LA PROMESSE DU SANG

TOME 1

La trilogie des poudremages

Brian McClellan

Éditions LEHA

Titre original :
Promise of Blood – The powder mage trilogy : Book 1

Première publication en anglais par Orbit

Version française
La Promesse du Sang - La trilogie des poudremages, tome 1
par Brian McClellan

Traduction : Thomas Bauduret
Illustration de couverture : Gene Mollica
Cartes : Isaac Stewart

Dépôt légal : mars 2022
ISBN : 978-2-493-40504-3

Éditions LEHA, 41 rue Saint-Augustin, 75002 Paris
Siège social : 18, avenue de la Madrague de Montredon – 13008 Marseille
www.editions-leha.com

Pour Papa,
Qui a toujours cru que j'y arriverais,
même lorsque ça n'était pas évident.

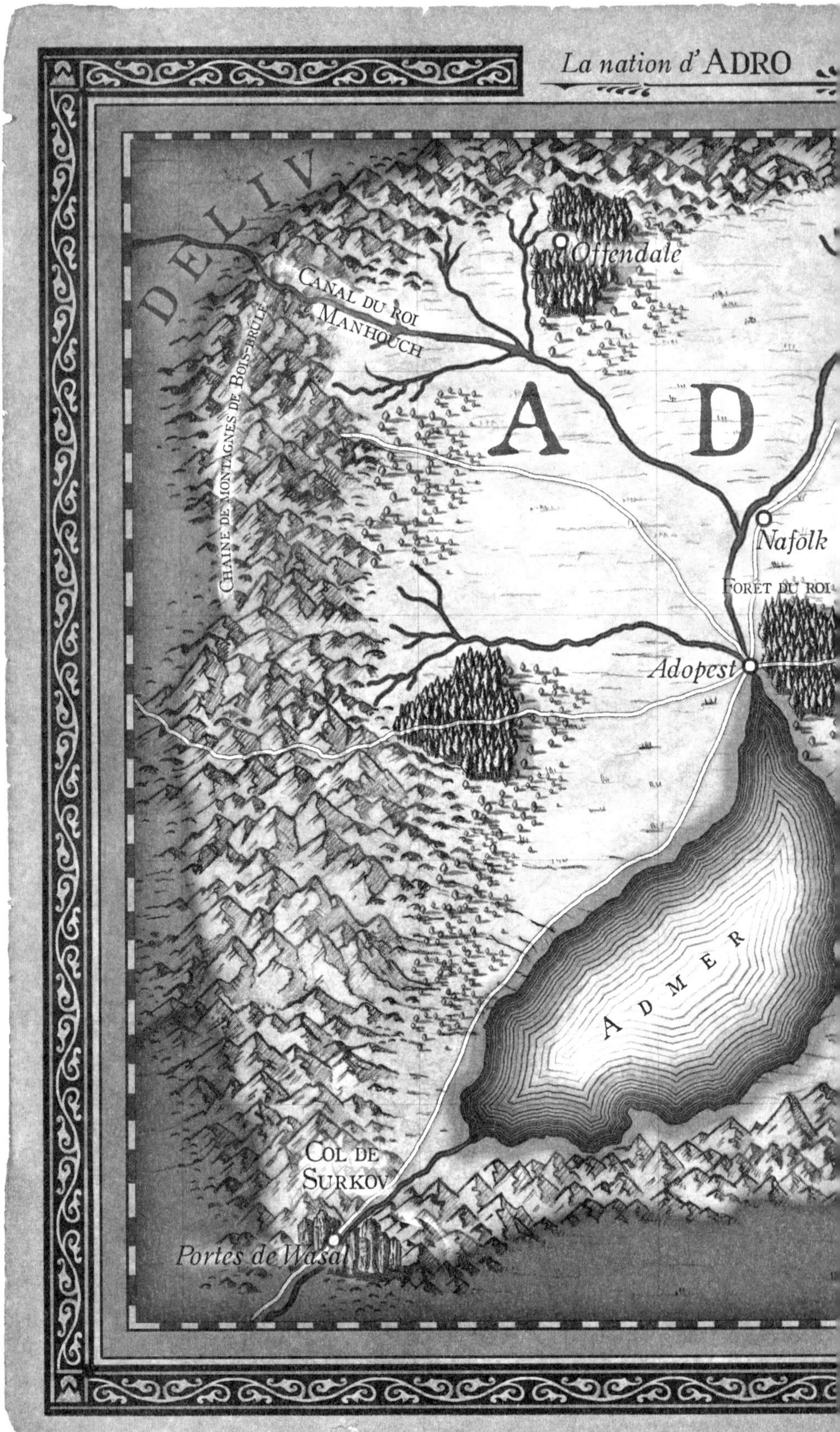
La nation d'ADRO
DELIV
Offendale
CANAL DU ROI MANHOUCH
CHAÎNE DE MONTAGNES DE BOIS-BRÛLÉ
A D
Nafolk
FORÊT DU ROI
Adopest
ADMER
COL DE SURKOV
Portes de Wasal

et les pays avoisinants
Université
Jileman
R O
I
V
O
N
Kresim Kurga
Docouronne
Monts du
Pic du Sud
Z
E
K
Échelle en milles
0
50
100
2012

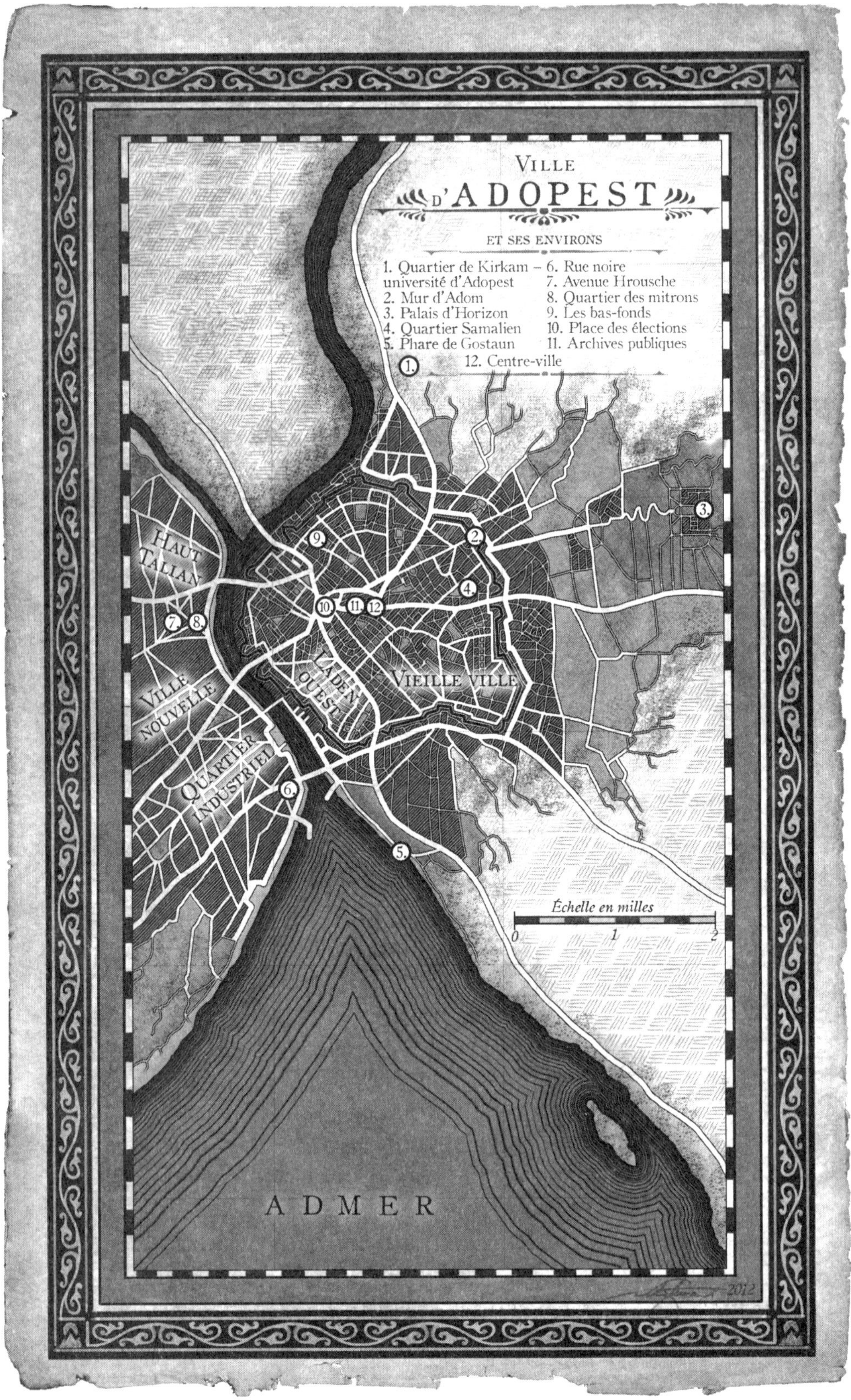
Ville
d'ADOPEST
ET SES ENVIRONS
1. Quartier de Kirkam – université d'Adopest
2. Mur d'Adom
3. Palais d'Horizon
4. Quartier Samalien
5. Phare de Gostaun
6. Rue noire
7. Avenue Hrousche
8. Quartier des mitrons
9. Les bas-fonds
10. Place des élections
11. Archives publiques
12. Centre-ville
Haut Talian
Ville nouvelle
Quartier industriel
L'Aden Ouest
Vieille ville
Échelle en milles
0 1 2
ADMER
2012

FORTERESSE DE DOCOURONNE
ET
CRATÈRE DE KRESIM
CRATÈRE DE KRESIM
Lac de Kresim
KRESIM KURGA
Palais de Kresimir
Perchoir
de Novi
Docouronne
Mopenhague
vers Adopest
Échelle en milles
0
5
10
2012

I

Adamat avait resserré et boutonné les pans de son manteau jusqu'au col pour se prévenir de l'air nocturne imprégné d'humidité. Il tira sur ses manches comme s'il voulait les rallonger et tripota la ceinture de sa veste, beaucoup trop serrée à la taille. Cela faisait cinq ans qu'il n'avait pas endossé ce vêtement, mais lorsque le roi vous faisait mander à une heure pareille, il n'était pas question de passer chez le tailleur pour récupérer son bon manteau. Malheureusement, cette tenue d'été ne le protégeait guère de la fraîcheur qui s'infiltrait par les vitres du fiacre.

L'aube était proche, mais le soleil aurait bien du mal à dissiper un brouillard aussi épais. Adamat pouvait sentir sa morsure humide, plus froide que les orteils gelés de Novi, excessive même en ce début de printemps. Les devins de la ruelle de Noman y voyaient un mauvais présage. Mais qui les écoutait encore de nos jours ? Adamat se dit qu'il allait probablement attraper un rhume et se demanda pourquoi on l'avait convoqué par une nuit aussi peu engageante.

L'attelage s'approcha de la grande grille d'Horizon et continua son chemin sans s'arrêter. Adamat passa ses mains sous ses genoux et regarda par la fenêtre. Les gardes n'étaient pas à leurs postes. Plus étrange encore, alors qu'il continuait sur le grand chemin entouré de fontaines, il remarqua qu'il n'y avait pas la moindre lumière. Horizon était constamment illuminé de lanternes, si bien qu'on pouvait voir le palais depuis la ville, même par les nuits les plus nuageuses. Or, les jardins étaient plongés dans les ténèbres.

Ce qui ne le dérangeait certainement pas. Le roi Manhouch gaspillait déjà assez l'argent du contribuable pour son bon plaisir. Adamat scruta le jardin, cherchant les gueules noires marquant l'entrée des labyrinthes de haies, crut voir des silhouettes aller et venir sur la pelouse. Et là ! Était-ce… Non, rien qu'une sculpture. Il se rassit et inspira profondément. Il pouvait sentir son cœur battre la chamade, son estomac se crisper. Peut-être vaudrait-il mieux qu'ils allument les lanternes…

Une voix dans sa tête se moqua de lui, une réminiscence de l'homme qui, un jour, avait été inspecteur de police, rôdant dans les ruelles mal famées par des nuits comme celle-ci à la recherche de voleurs ou de coupe-jarrets. *Calme-toi un peu, vieil homme*, se dit-il. *Un jour, ces yeux pénétrants qui luisent dans les ténèbres étaient les tiens.*

Le fiacre s'arrêta avec un soubresaut. Adamat attendit que le cocher vienne lui ouvrir la portière. Il aurait pu rester là toute la nuit. L'homme toqua contre le toit.

— Z'êtes arrivé, fit une voix bourrue.

Quel manque de savoir-vivre.

Il descendit de l'attelage et eut à peine le temps de prendre son chapeau et sa canne avant que le cocher ne secoue ses rênes et ne reparte dans un claquement de sabots pour disparaître dans la nuit. Adamat jura à voix basse avant de se retourner pour regarder Horizon.

Les nobles appelaient ce palais « le joyau d'Adro ». Il se dressait sur une grande colline à l'est d'Adopest afin que, chaque matin, le soleil se lève au-dessus de son toit. Un journaliste particulièrement audacieux l'avait comparé à un miséreux affamé vêtu d'une rivière de diamants. En cette période de disette, cette comparaison était particulièrement pertinente. L'orgueil d'un roi ne remplit pas l'estomac de son peuple.

Adamat se trouvait devant l'entrée principale. De jour, c'était une avenue grandiose, tout en dalles de marbres et fontaines, menant à deux immenses portes plaquées d'argent, elles-mêmes rendues insignifiantes par la façade titanesque du plus grand bâtiment d'Adro. Adamat tendit l'oreille pour saisir l'écho des pas étouffés de la garde royale. On disait que ses membres étaient partout, surveillant tous les recoins des jardins, leurs mousquets toujours chargés, baïonnettes au canon, leurs écharpes blanches et grises contrastant avec les splendeurs vertes et or du décor. Mais les fontaines restaient sèches et les pelouses silencieuses. Un jour, il avait entendu dire qu'elles ne s'arrêtaient qu'à l'occasion du décès d'un roi. Mais on ne l'aurait certainement pas convoqué ici si Manhouch était mort. Il lissa le devant de sa veste. Là, tout près du bâtiment, quelques lanternes étaient allumées.

Une silhouette émergea des ténèbres. Les doigts d'Adamat se crispèrent sur sa canne, prêts à tirer l'épée qui s'y cachait.

C'était un homme en uniforme, mais la lumière était trop faible pour qu'il puisse distinguer ses traits. Il tenait un fusil, ou un mousquet, vaguement braqué sur Adamat, et portait un képi à la visière rigide. Une seule chose était sûre… ce n'était pas un Prétorien du roi. Leurs grands chapeaux à plumes étaient faciles à reconnaître, et ils ne sortaient jamais tête nue.

— Tu es seul ? demanda une voix.

— Oui, répondit Adamat.

Il leva les deux mains.

— Bien. Viens.

Le soldat s'approcha et tira sur une des imposantes portes d'argent. Elle s'ouvrit avec une lenteur désespérante, bien que l'homme y mît toute sa force. Adamat fit un pas en avant pour examiner la veste du soldat. Elle était bleu marine avec des broderies argentées. Les couleurs de l'armée adrane. En théorie, les militaires ne rendaient compte qu'au roi, et personne d'autre. En pratique, un seul homme les contrôlait : le maréchal Tamas.

— Reste où tu es, mon ami, lança le soldat.

Il y avait une touche d'impatience dans sa voix, une tension nerveuse sous-jacente – mais peut-être n'était-ce dû qu'au poids de la porte. Adamat obéit, ne s'avançant pour se glisser dans l'ouverture que lorsque l'homme lui fit un geste éloquent.

— Va tout droit, lui ordonna-t-il. Prends à droite au Diadème et traverse la Galerie aux Diamants. Continue ton chemin et tu atteindras la Chambre des Réponses.

Il referma le panneau derrière le visiteur. La porte claqua avec un choc sourd.

Adamat se retrouva seul dans le vestibule du palais. *Des militaires adrans*, pensa-t-il distraitement. Pourquoi l'un d'entre eux était-il là, à l'intérieur du domaine, sans un seul garde prétorien en vue ? Une réponse lui vint aussitôt, la plus terrifiante qui soit. Une lutte de pouvoir. Les soldats étaient-ils là pour mater une rébellion ? Adro ne manquait pas de puissantes factions : les mercenaires des Ailes d'Adom, la cabale royale, les Montagnards et les grandes familles nobles. N'importe laquelle aurait pu donner du fil à retordre à Manhouch. Sauf que cela ne rimait à rien. S'il y avait eu un affrontement quelconque, le palais serait transformé en champ de bataille ou aurait été rasé par la cabale royale.

Adamat passa devant le Diadème – un énorme fac-similé de la couronne d'Adro – et remarqua que, conformément à la rumeur, il était en piteux état. Il entra dans la Galerie aux Diamants, où les murs et le sol étaient d'une couleur écarlate accentuée par des feuilles d'or incrustées de milliers de petites pierres précieuses – pierres qui donnaient son nom à la pièce –, et qui luisaient sous la lumière d'un unique lustre accroché au plafond. Ses petites flammes vacillaient comme par grand vent et il faisait un froid glacial.

L'inquiétude d'Adamat ne fit que croître alors qu'il s'approchait de l'autre extrémité de la galerie. Il n'y avait pas le moindre signe de vie et le seul bruit était celui de ses pas résonnant sur le sol de marbre. On avait brisé une fenêtre, ce qui expliquait le froid. La conséquence d'un des fameux accès de colère du roi ? Ou quelque chose d'autre ? Il pouvait entendre les battements de son cœur.

Là. Derrière un rideau. Était-ce une paire de bottes ? Adamat passa une main devant ses yeux. Une illusion d'optique. Afin d'en avoir le cœur net, il alla tirer sur la tenture.

Un cadavre était allongé là, dans la pénombre. Adamat se pencha pour palper sa peau. L'individu était encore chaud, mais pas de doute, il était bien mort. Il portait un pantalon gris avec une bande blanche sur le côté et une veste assortie. Un chapeau haut agrémenté d'une plume blanche gisait un peu plus loin. Un Prétorien. Les ombres jouaient sur un visage jeune et rasé de frais, l'expression paisible malgré un trou à la tempe et une tache sombre et humide sur le sol.

Il ne s'était pas trompé. Il y avait bien eu lutte. Les Prétoriens s'étaient-ils rebellés ? Avait-on fait appel à l'armée pour les mater ? Une fois de plus, cela défiait toute logique. Ce corps d'armée était d'une fidélité quasiment fanatique envers le roi, et tout ce qui se passait au Palais d'Horizon était géré par la cabale royale.

Adamat jura silencieusement. Chaque question en amenait d'autres. Il avait l'intuition qu'il ne tarderait pas à trouver des réponses.

Laissant le cadavre derrière la tenture, il leva sa canne et se retourna, découvrant quelques pouces d'acier de sa lame avant de s'approcher d'une grande porte flanquée de deux statues encapuchonnées, toutes deux munies de sceptres. Il s'arrêta entre les deux sculptures antiques et inspira profondément, laissant ses yeux vagabonder sur des écritures cryptiques griffonnées sur le portail. Il entra.

À côté de la Chambre des Réponses, la Galerie aux Diamants semblait minuscule. Deux escaliers, un de chaque côté de lui, chacun aussi large que trois calèches, menaient à une galerie surélevée qui faisait le tour de la salle. En dehors du roi et de sa cabale de sorciers privilégiés, rares étaient ceux qui y accédaient.

En son centre se trouvait un unique fauteuil posé sur une estrade face à un amas de coussins, là où la cabale recevait ses hommes liges. La pièce était bien éclairée, bien qu'il n'y ait pas de source de lumière apparente.

À la droite d'Adamat, un homme se tenait assis sur les marches. Il était plus âgé que lui, soixante ans à peine, les cheveux argentés, la moustache bien entretenue avec encore quelques traces de noir. Sa mâchoire était volontaire sans être trop proéminente et ses pommettes bien dessinées. Sa peau était bronzée et des rides profondes ravinaient les contours de sa bouche et de ses yeux. Il portait un uniforme de soldat bleu marine avec une broche argentée représentant un baril de poudre placée au-dessus du cœur et neuf galons dorés du côté droit, un pour chaque quinquennat passé dans l'armée adrane. Il n'avait pas d'épaulettes d'officier, mais toute l'expérience qui se lisait dans ses yeux marron indiquait qu'il avait mené des armées au combat. Un pistolet, au chien rabaissé, était posé à côté de lui sur la marche. Il s'appuyait sur une petite épée encore dans sa gaine et regardait un filet de sang qui dégoulinait le long des degrés, dessinant une ligne sombre sur le marbre blanc et jaune.

— Maréchal Tamas, dit Adamat.

Il rengaina sa lame et tourna la poignée jusqu'à ce qu'elle se referme avec un déclic.

L'homme leva les yeux.

— Je ne crois pas qu'on se soit déjà rencontrés.

— Et pourtant si, répondit Adamat. Il y a quatorze ans. À un bal de charité organisé par le Seigneur Aumen.

— Je m'excuse, je suis affreusement peu physionomiste.

Adamat n'arrivait pas à détacher son regard du filet de sang.

— Monsieur, si je suis là, c'est parce qu'on m'a convoqué. On ne m'a dit ni par qui, ni pour quelle raison.

— Oui, répondit Tamas, c'est moi qui t'ai fait mander. Sur la recommandation d'un de mes Marqués. Cenka. Il m'a dit que vous aviez servi ensemble dans les forces de police du douzième commissariat.

Adamat tenta d'invoquer l'image de Cenka du plus profond de son esprit. Il se souvint d'un petit homme avec une barbe broussailleuse et un penchant pour le vin et la bonne chère. Sept ans s'étaient écoulés depuis la dernière fois qu'il l'avait vu.

— J'ignorais que c'était un poudremage.

— Nous cherchons à reconnaître ceux qui ont une affinité pour la poudre le plus vite possible, mais Cenka y est venu tardivement. Quoi qu'il en soit… (Il agita la main.) Nous avons rencontré un problème.

Adamat cligna des yeux.

— Vous… avez besoin de moi ?

Le maréchal leva un sourcil.

— Est-ce si inhabituel ? Tu étais un excellent policier, un bon serviteur d'Adro, et Cenka m'a dit que tu avais une très bonne mémoire.

— Je le suis toujours…

— Hein ?

— Je suis toujours enquêteur. Plus pour la police, mais il m'arrive d'accepter des missions ponctuelles.

— Excellent. Donc, tu ne t'étonneras pas si je requiers tes services ?

— Eh bien non, convint Adamat. Mais, monsieur, nous sommes au Palais d'Horizon. Il y a un Prétorien mort dans la Galerie aux Diamants et… (Il désigna le filet de sang souillant les marches.) Où est le roi ?

Tamas inclina la tête sur le côté.

— Il s'est enfermé dans la chapelle.

— Vous avez fomenté un coup d'État, déclara Adamat.

Il aperçut un mouvement du coin de l'œil, puis vit un soldat s'annoncer en haut de l'escalier. C'était un Deliv, un homme du Nord à la peau sombre. Il portait le même uniforme que Tamas, avec huit galons dorés sur son sein droit. À gauche, il y avait un tonneau à poudre argenté, le signe des Marqués. Un autre poudremage.

— On a beaucoup de corps à déplacer, déclara le Deliv.

Tamas jeta un coup d'œil à son subordonné.

— Je sais, Sabon.

— Qui est-ce ? demanda ce dernier.

— L'inspecteur que Cenka a fait mander.

— Je n'aime pas ça. Sa présence pourrait nous gêner.

— Il a la confiance de Cenka.

— Vous avez fomenté un coup d'État, répéta Adamat avec fermeté.

— Je viens t'aider à porter les corps dans un moment, déclara Tamas. Je suis vieux, j'ai besoin de repos de temps en temps.

Le Deliv acquiesça sèchement et s'en alla.

— Monsieur ! s'écria Adamat en raffermissant sa prise sur sa canne-épée. Qu'avez-vous fait ?

Tamas plissa les lèvres.

— Certains prétendent que la cabale royale adrane dispose des sorciers privilégiés les plus puissants avec ceux de Kez, répondit-il d'une voix douce. Et pourtant, je les ai tous massacrés. Crois-tu qu'un vieil inspecteur armé d'une canne-épée me donnerait du fil à retordre ?

Adamat desserra les doigts. Il se sentait nauséeux.

— J'imagine que non.

— Cenka m'a donné à penser que tu étais pragmatique. Si c'est le cas, j'aimerais profiter de tes services. Dans le cas contraire, je te tue sur-le-champ, et j'irai chercher une solution ailleurs.

— Vous avez fomenté un coup d'État, répéta une fois de plus Adamat.

Tamas eut un soupir.

— Faut-il toujours en revenir au même point ? Est-ce si surprenant ? Tu n'es pas sans savoir qu'une douzaine de factions adranes, au bas mot, ont de bonnes raisons de vouloir renverser le roi ?

— Je ne pensais pas qu'elles en soient capables. Ou qu'elles en aient l'audace.

Il se tourna à nouveau vers le sang gouttant sur les marches, imagina sa femme et ses enfants qui, à cette heure, devaient être au lit, profondément endormis. Il regarda le maréchal. Ses cheveux étaient emmêlés et il y avait du sang sur sa veste – *beaucoup* de sang, maintenant qu'il y regardait de plus près. Tamas aurait pu en être aspergé. Il y avait des cernes sombres sous ses yeux et une lassitude qui n'était pas due qu'à son âge avancé.

— Je n'accepte pas un travail en aveugle, répondit Adamat. Dites-moi ce que vous attendez de moi.

— Nous les avons assassinés dans leur sommeil, déclara Tamas sans préambule. Il n'y a pas de méthode facile pour tuer un Privilégié, mais c'est encore la plus sûre. Quelqu'un a commis une erreur et nous avons dû combattre. (Un moment, Tamas eut l'air navré, ce qui poussa Adamat à soupçonner que cet affrontement ne s'était pas déroulé comme le maréchal l'aurait souhaité.) Nous avons triomphé. Cependant, des lèvres d'un agonisant, nous avons tiré une phrase.

Adamat attendit.

— « Vous ne pouvez pas rompre la Promesse de Kresimir », reprit Tamas. C'est ce que m'ont dit les sorciers à l'article de la mort. Cela t'évoque-t-il quelque chose ?

Adamat lissa l'avant de son manteau et fouilla à la recherche de vieux souvenirs.

— Non. La Promesse de Kresimir… Rompre… Rompue… Attendez… – La Promesse Rompue de Kresimir. (Il leva les yeux.) C'était le nom d'une bande des rues. Il y a vingt… Vingt-deux ans. Cenka ne s'en souvenait pas ?

— Ce nom lui était vaguement familier. Il était sûr que tu t'en rappellerais.

— Je n'oublie jamais rien, affirma Adamat. La Promesse Rompue de Kresimir était une bande de coupe-jarrets forte de quarante-trois membres. Tous jeunes, certains encore des enfants. Le plus vieux était âgé de vingt ans. On cherchait à rassembler certains de leurs chefs pour mettre fin à une série de vols. C'étaient de drôles d'oiseaux – ils s'introduisaient dans des églises pour dévaliser les prêtres.

— Que sont-ils devenus ?

Adamat ne pouvait s'empêcher de regarder le sang sur les marches.

— Un jour, ils ont disparu, tous jusqu'au dernier – y compris nos informateurs. On les a retrouvés quelques jours plus tard, quarante-trois cadavres fourrés dans un égout comme des pieds de porc mis à mariner. Une sorcellerie puissante les avait massacrés de la façon la plus brutale possible. Ce carnage portait la marque de la cabale royale. L'enquête s'est arrêtée là.

Adamat réprima un frisson. Il n'avait jamais vu un spectacle pareil, ni avant, ni depuis. Il avait assisté à des exécutions, des émeutes et des scènes de meurtre qui ne l'avaient pas choqué à ce point.

Le Marqué deliv apparut en haut des escaliers.

— On a besoin de toi, dit-il à Tamas.

— Trouve pourquoi ces mages ont prononcé ces mots dans leur dernier souffle, ordonna Tamas. Il y a peut-être un lien avec ta bande de coupe-jarrets. Ou peut-être pas. Quoi qu'il en soit, je veux une réponse. Je n'aime pas les énigmes, même posées par des morts.

Il se leva d'un bond, se déplaçant avec l'agilité d'un homme de vingt ans plus jeune, et monta les escaliers quatre à quatre pour rejoindre le Deliv. Ses bottes barbotèrent dans le sang, et il laissa une piste d'empreintes rouges derrière lui.

— Au fait, lança-t-il par-dessus son épaule, ne dis rien de ce que tu as vu ici avant le moment de l'exécution. Elle aura lieu demain à midi.

— Mais… hésita Adamat, par où dois-je commencer ? Puis-je m'entretenir avec Cenka ?

Tamas s'arrêta en haut des escaliers et se retourna.

— Si tu peux parler aux morts, ne te gêne pas.

Adamat grinça des dents.

— Comment les sorciers ont-ils prononcé ces mots ? reprit-il. Était-ce un ordre, une déclaration, ou… ?

Tamas fronça les sourcils.

— Une requête. Comme si le sang qui s'écoulait de leurs blessures était le cadet de leurs soucis. Je dois y aller.

— Une dernière chose, insista Adamat.

Tamas semblait à bout de patience.

— Si je choisis de vous aider, pourquoi tout ceci ?

Il désigna le sang sur les marches.

— Des choses urgentes requièrent mon attention, l'avertit Tamas.

Adamat sentit sa mâchoire se crisper.

— Est-ce pour le pouvoir ?

— Je l'ai fait pour moi, répondit Tamas, et pour Adro. Afin que Manhouch ne signe pas ces Accords qui nous rendraient tous esclaves des Kez. Je l'ai fait parce que ces râleurs d'étudiants de l'université se contentent de jouer les rebelles. L'ère des monarchies est morte, Adamat, et j'en suis le fossoyeur.

Adamat examina le visage du maréchal. Les Accords étaient un traité en cours de signature avec le roi des Kez qui devait annuler les dettes d'Adro, mais, en échange, imposerait des impôts et des règlements qui feraient du pays un vulgaire vassal de Kez. Le maréchal avait ouvertement critiqué ces Accords, mais cela n'avait étonné personne. Un jour, les Kez avaient exécuté l'épouse de Tamas.

— En effet, convint Adamat.

— Alors résous-moi ce mystère.

Le maréchal tourna les talons et disparut dans le vestibule.

Adamat se souvint des coupe-jarrets lorsqu'on les avait extraits de leur gangue de boue. Et de l'expression horrifiée gravée sur leur visage. *La solution à ce mystère risque fort de ne pas vous plaire, maréchal.*

II

— Lajos se meurt, déclara Sabon.

Tamas entra dans les appartements du Privilégié jadis connu sous le nom de Zakary le Bailli. Il traversa le salon pour entrer dans la chambre à coucher – plus grande que la plupart des maisons de marchands. Les murs étaient peints d'une couleur indigo et recouverts de tableaux bigarrés représentant divers baillis au cours de l'histoire de la cabale royale d'Adro. Des couloirs s'ouvraient sur les pièces auxiliaires comme le salon et les cuisines. La porte du bordel privé avait été déchiquetée et des échardes pas plus grosses que des doigts jonchaient la salle.

On avait également retiré les draps de son lit et le cadavre du Bailli en avait été jeté pour laisser la place à un poudremage blessé.

— Comment te sens-tu ? demanda Tamas.

Lajos toussa sèchement. Les Marqués étaient plus durs à cuire que la moyenne et, avec toute la poudre à canon qu'il avait ingérée, et qui circulait désormais dans son sang, il ne devait pas souffrir exagérément. *Bien piètre consolation*, pensa Tamas en contemplant son ami. La moitié de son bras droit avait été sectionnée – dans le sens de la longueur – et un trou de la taille d'un melon avait été foré dans son abdomen. C'était un miracle qu'il ait survécu aussi longtemps. Ils lui avaient administré une demi-corne de poudre. Cela aurait dû suffire à le tuer.

— J'ai connu mieux, répondit Lajos.

Il toussa à nouveau, et du sang s'écoula de la commissure de ses lèvres. Tamas tira son mouchoir pour l'éponger.

— Tu n'en as plus pour longtemps, reprit Tamas.

— Je sais.

Tamas serra la main de son ami.

« Merci », fit muettement Lajos.

Le maréchal inspira profondément. Sa vision se brouilla. Il cligna des yeux. La respiration rauque de Lajos s'interrompit soudain. Tamas allait retirer sa main lorsque le mourant l'agrippa avec force. Lajos ouvrit grand les yeux.

— C'est bien, mon ami, dit le maréchal. Tu as fait ce qu'il fallait. Va en paix.

Ses yeux se détournèrent, puis se révulsèrent. Il était mort.

Du bout des doigts, Tamas ferma les paupières de son ami.

Il se tourna vers Sabon. Le Deliv se tenait de l'autre côté de la pièce, examinant ce qu'il restait de la porte du harem qui pendait sur un seul gond. Tamas le rejoignit et regarda à l'intérieur. Une heure plus tôt, ses soldats avaient emmené les femmes dans une autre section du palais, avec ce qui restait des putains des Privilégiés.

— La fureur d'une femme, murmura Sabon.

— En effet.

— On ne pouvait pas prévoir une chose pareille.

— Va donc leur dire.

Tamas désigna du menton les quatre corps gisant sur le sol, et le cinquième qui ne tarderait pas à les rejoindre. Cinq poudremages. Cinq amis à lui. Tout ça parce qu'une seule Privilégiée leur avait échappé. Tamas venait de coller une balle dans la tête du Bailli – un homme à qui il avait serré la main et avec qui il s'était souvent entretenu. Les Marqués de Tamas étaient restés à peu de distance, prêts à agir au cas où le vieillard aurait eu encore un brin d'énergie pour se battre. Ils n'étaient pas prêts pour *l'autre* Privilégiée, celle qui se cachait dans le bordel. Elle avait réduit cette porte en petits bouts d'allumettes comme une lame de guillotine tranchant un melon. Des gants de Privilégiée aux mains, ses doigts dansant alors que sa sorcellerie dépeçait les poudremages de Tamas.

Un poudremage était capable de tirer une balle à plus d'une lieue et de toucher sa cible entre les deux yeux. Il pouvait contrôler son projectile par la simple force de son esprit et lui faire tourner l'angle d'un mur. S'il ingérait de la poudre noire, elle le rendait plus fort, plus rapide que le commun des mortels. Mais pour se défendre d'un autre Privilégié, à faible distance, il n'y avait pas grand-chose qu'il puisse faire.

Seuls Tamas, Sabon et Lajos avaient eu le temps de réagir et ils avaient à peine réussi à repousser l'attaque. La Privilégiée avait fui, l'écho de la destruction qu'elle avait semée la suivant tout au long du palais – ce qui devait juste être une démonstration de force visant à dissuader ceux qui auraient été tentés de la suivre. Son dernier coup avait mortellement blessé Lajos, mais elle l'avait décoché au jugé. Celui qui venait de mourir sur ce lit aurait aussi bien pu être Sabon, ou même Tamas en personne. À cette idée, son sang se glaça.

Le maréchal détourna les yeux de la porte.

— Il faut la suivre. La trouver et la tuer. Tant qu'elle est en liberté, elle est dangereuse.

— Un travail pour le brisemage ? demanda Sabon. Je me demandais pourquoi tu l'avais gardé parmi nous.

— Simple précaution. J'espérais bien ne pas avoir à faire appel à lui. Dommage que je n'aie pas de mage pour l'accompagner.

— Sa partenaire est une Privilégiée, remarqua Sabon. Un brisemage et une Privilégiée devraient pouvoir tenir tête à une seule Privilégiée de la cabale.

— Lorsqu'on parle de la cabale royale, répondit Tamas, je n'aime pas combattre à la régulière. Et n'oublie pas qu'il y a une nette différence entre un membre de la cabale royale et un vulgaire mercenaire.

— Qui était-ce ? demanda Sabon, d'une voix où pointait ce qui pouvait être un reproche.

— Je n'en ai pas la moindre idée, répondit Tamas d'un ton sec. Je connais tous les membres de la cabale royale. Je les ai rencontrés, j'ai dîné avec eux. Mais elle… c'est une étrangère.

Sabon enregistra la colère de Tamas sans faire de commentaire.

— Une espionne à la solde d'une autre cabale ?

— C'est peu probable. Les filles du bordel sont toutes contrôlées. Et elle n'avait pas l'air d'une putain. Elle était puissante, expérimentée. Peut-être la maîtresse du Bailli. Je ne l'avais jamais vue de ma vie.

— Le Bailli pouvait-il former quelqu'un en douce ?

— Nul ne peut avoir un apprenti secret. Les Privilégiés sont bien trop méfiants pour le permettre.

— Et leurs soupçons sont souvent fondés, remarqua Sabon. Si elle était là, il y a forcément une raison.

— Je sais. Le moment venu, nous nous occuperons d'elle.

— Si les autres avaient été là… fit Sabon.

— Nous aurions encore plus de pertes. (Tamas compta à nouveau les cadavres comme si, par magie, leur nombre pouvait avoir diminué. Cinq. Sur dix-sept mages sous ses ordres.) C'est justement pour cette raison que nous nous sommes séparés en deux groupes. (Il se détourna des corps.) Des nouvelles de Taniel ?

— Il est en ville, répondit Sabon.

— Parfait. Je l'enverrai avec le brisemage.

— Tu en es sûr ? demanda Sabon. Il revient tout juste de Fatrasta. Il a besoin de se reposer, de voir sa fiancée…

— Vlora est avec lui ?

Sabon haussa les épaules.

— J'espère qu'elle arrivera sans tarder. Nous avons encore des choses à faire. (Il leva une main pour prévenir les protestations.) Et Taniel pourra se reposer lorsque le coup d'État sera terminé.

— Ce qui doit être fait doit être fait, dit calmement Sabon.

Ils se turent, regardant leurs camarades tombés au champ d'honneur. Un long moment s'écoula avant que Tamas ne vît un sourire étirer le visage noir et ridé de Sabon. Le Deliv était épuisé et hagard, mais avait néanmoins l'air joyeux.

— On a réussi.

Tamas regarda à nouveau les dépouilles de ses amis – ses soldats.

— Oui. On a réussi.

Il se força à détourner les yeux.

Dans un coin, il y avait un tableau, une monstruosité sous un cadre doré posé sur un tripode d'argent digne d'un héraut de la cabale royale. Tamas l'étudia succinctement. Il représentait Zakary, alors dans la fleur de l'âge, un jeune homme bâti en force, aux épaules larges et au front sévère.

On était loin du cadavre vieux et tordu affalé dans un coin. La balle qui était entrée dans son cerveau l'avait tué instantanément, et, pourtant, sa gorge exsangue avait hoqueté les mêmes mots : « Vous ne pouvez pas rompre la Promesse de Kresimir. »

En entendant les cris d'agonie des premiers Privilégiés, Cenka était devenu blanc comme un linge. Il avait alors demandé que Tamas convoque Adamat ici même. Le maréchal avait espéré que Cenka se trompe. Que l'enquêteur ne trouverait rien.

Tamas quitta l'aile du palais qui abritait la cabale. Sabon le suivit de près.

— Il me faut un nouveau garde du corps, dit Tamas alors qu'ils cheminaient.

Cela le navrait de devoir dire une chose pareille alors que le cadavre de Lajos était encore chaud.

— Un Marqué ? demanda Sabon.

— Je ne peux en accaparer un pour mon usage personnel. Surtout maintenant.

— Je peux te recommander un des Doués. Un homme du nom d'Olem.

— C'est un soldat ? demanda Tamas. (Il avait l'impression de connaître ce nom. Il tendit la main juste en dessous de ses yeux.) Grand comme ça ? Cheveux blonds ?

— Oui.

— Quel est son Don ?

— Il n'a pas besoin de dormir. Jamais.

— Ça peut servir, convint Tamas.

— En effet. Il a également un troisième œil acéré qui lui permet de surveiller les Privilégiés. Je vais le mettre au courant, et tu l'auras à tes côtés au moment de l'exécution.

Un Doué ne serait pas aussi utile qu'un poudremage. Ils étaient plus courants et leurs capacités relevaient davantage du talent que des pouvoirs magiques. Mais s'il était capable de se servir de son troisième œil pour voir la sorcellerie, pourquoi pas.

Tamas s'approcha des portes de la chapelle, barrées par des planches. Deux de ses soldats émergèrent des ombres du mur, mousquets en batterie. Tamas les salua d'un hochement de tête et leur montra la porte.

Un des hommes tira un long couteau de sa ceinture et le glissa dans l'interstice des deux portes de la chapelle.

— Il a refermé le loquet du Diocèle, dit-il tout en faisant jouer sa lame, mais n'a pas jugé bon d'empiler quoi que ce soit devant l'entrée. Pas très malin, si vous voulez mon avis.

Il défit le loquet et, avec son compagnon, poussa les deux panneaux.

La chapelle était immense, comme toutes les salles du palais. Mais contrairement aux autres, elle n'avait pas subi les ravalements saisonniers dus aux caprices du roi, et semblait ne pas avoir changé en deux siècles. Le plafond voûté s'élevait à une hauteur incroyable, avec des alcôves pour la famille royale et les nobles de haute lignée à mi-hauteur entre deux colonnes aussi larges qu'un char à bœufs. Le sol était dallé de marbre avec des motifs dessinant des mosaïques complexes de tailles et de formes différentes. Le plafond, lui, s'ornait de panneaux représentant les saints alors qu'ils fondaient les Neuf Nations sous le regard paternel du dieu Kresimir.

À l'avant s'étendaient deux autels, légèrement surélevés par rapport aux bancs, à côté d'une chaire d'ébène. Le premier autel, le plus petit, le plus proche du public, était consacré à Adom, le saint fondateur d'Adro. Le second, plus grand, flanqué de marbre et drapé de satin, à Kresimir. C'est à côté de ce même autel que se blottissaient Manhouch XII, souverain d'Adro, et son épouse Natalija, duchesse de Taronie. Cette dernière restait en retrait, penchée au-dessus de l'autel, murmurant silencieusement une prière à la Corde de Kresimir. Manhouch était blême, les yeux rouges, les lèvres réduites à deux minces lignes. Il parlait au Diocèle en un chuchotement nerveux, mais se tut en voyant arriver Tamas.

— Attends, déclara le Diocèle, levant une main alors que le roi descendait les marches pour se diriger vers Tamas à grandes enjambées furieuses.

Les traits âgés du Diocèle étaient tirés et ses robes avaient été froissées lors de sa retraite précipitée vers la chapelle.

Tamas regarda Manhouch s'approcher. Il remarqua la main que ce dernier gardait derrière son dos, la tempête d'émotions jouant sur le visage jeune et aristocratique du roi. Grâce à la sorcellerie de la cabale royale, on lui donnait à peine dix-sept ans alors qu'il en avait largement trente. C'était censé symboliser l'intemporalité de la monarchie, mais Tamas avait toujours eu du mal à prendre au sérieux quelqu'un qui semblait si jeune. Il s'arrêta et regarda le roi, qui chancela un instant avant de se rapprocher davantage.

Lorsqu'il ne fut plus qu'à cinq pas, Manhouch dévoila son pistolet d'un geste rapide. À une telle distance, il ne pouvait pas le rater – après tout, c'était Tamas lui-même qui lui avait appris à tirer. Néanmoins, le simple fait qu'il agisse ainsi démontrait son manque de réalisme. Manhouch appuya sur la détente.

Tamas étendit son contrôle mental pour absorber la puissance de la détonation. Il sentit l'énergie le traverser, réchauffant son corps comme une gorgée d'un alcool fin. Il redirigea toute cette puissance vers le sol où elle se dissipa en fendant une dalle juste sous les pieds du roi. Manhouch fit un bond. La balle tomba du canon et roula au sol pour s'arrêter aux pieds de Tamas.

Celui-ci s'avança pour prendre le pistolet et l'arracher des mains du roi. Il sentit à peine la brûlure du métal chaud.

— Comment oses-tu, bafouilla Manhouch.

Son visage était rougi et couvert de poudre. Ses vêtements de nuit étaient froissés et gluants de sueur. Il tremblait légèrement.

— Tu étais censé nous protéger. Nous te faisions confiance.

Le regard de Tamas se porta vers le Diocèle qui se tenait toujours à côté de l'autel. Le vieux prêtre était adossé au mur, son grand chapeau cérémonial brodé en équilibre précaire sur sa tête.

— Je présume que c'est toi qui le lui as donné ? dit Tamas en agitant le pistolet.

— Ce n'était pas ce que j'avais en tête, siffla le Diocèle. (Il leva crânement le menton.) C'était pour le roi. Afin qu'il puisse mettre fin à ses jours de façon honorable, et non pas abattu par un traître impie.

Tamas affina ses perceptions, cherchant d'autres charges de poudre, mais en vain.

— Tu n'as apporté qu'un pistolet, avec une seule balle, remarqua-t-il. Il aurait été plus judicieux d'en prendre deux.

Il jeta un coup d'œil à la reine, qui priait toujours la Corde de Kresimir.

— Tu n'oserais pas…

— Non ! répondit Manhouch à sa place. Il ne nous tuera pas. Il ne peut pas. Nous sommes les élus de Dieu.

Il inspira profondément, cachant mal ses tremblements.

Tamas ressentit une pointe de pitié pour le roi. Il savait que Manhouch était plus âgé qu'il en avait l'air, mais, en réalité, il n'était qu'un enfant. Et ce n'était pas sa faute. Il était entouré de conseillers cupides, de tuteurs idiots, de sorciers permissifs. Certes, il avait fait un mauvais roi – non, un roi déplorable –, mais pour des raisons complexes. Néanmoins, il restait le roi. Tamas écrasa cette pitié. Manhouch devrait faire face aux conséquences de ses actes.

— Manhouch le Douzième, déclara-t-il, je vous arrête pour avoir ignominieusement négligé votre peuple. Vous serez jugé pour trahison, fraude et meurtre par famine.

— Un procès ? chuchota Manhouch.

— Et il se déroule ici même, reprit Tamas. Je suis juge et jury. Vous êtes coupable devant le peuple et devant Kresimir.

— Comment oses-tu parler au nom de Dieu ! s'exclama le Diocèle. Manhouch est notre roi ! Sanctionné par Kresimir !

Tamas eut un rire sans joie.

— Tu ne manques jamais d'invoquer Kresimir dès que ça t'arrange. Est-ce à lui que tu penses lorsque tu as une concubine à tes côtés dans tes draps de soie ou lorsque tu dégustes un repas fin qui suffirait à sustenter cinquante paysans ? Ta place n'est pas à la droite de Dieu, Diocèle. L'Église a avalisé ce coup d'État.

Les yeux du Diocèle s'écarquillèrent.

— Si c'était le cas, je le saurais.

— Les Archidiocèles te disent-ils tout ? J'en doute fort.

Manhouch rassembla ses forces et croisa le regard de Tamas.

— Tu n'as pas de preuves ! Pas de témoins ! Ce n'est pas un procès !

Tamas fit un geste circulaire de la main.

— Toutes les preuves sont là, dehors ! Le peuple n'a pas de travail et meurt de faim. Votre noblesse corrompue chasse et remplit ses assiettes de viande et ses verres de vin pendant que les serfs crèvent dans le caniveau. Des témoins ? La semaine prochaine, en signant les Accords, vous alliez livrer le pays tout entier aux Kez. Vous étiez prêt à faire de nous les vassaux d'une puissance étrangère rien que pour faire annuler vos dettes.

— Des accusations sans fondement proférées par un traître, répondit faiblement Manhouch.

Tamas secoua la tête.

— Vous serez exécuté demain à midi avec vos conseillers, votre reine et des centaines de vos proches.

— Ma cabale te détruira !

— Ils ont déjà été éliminés, tous jusqu'au dernier.

Le roi pâlit encore davantage et s'abattit sur le sol, en proie à de violentes convulsions. Le Diocèle s'avança lentement. Tamas baissa les yeux sur Manhouch et le toisa un moment, chassant la vision inopportune d'un jeune prince de six ou sept ans qu'il faisait sauter sur ses genoux.

Le Diocèle s'agenouilla à côté du roi. Il leva les yeux sur Tamas.

— Est-ce à cause de votre femme ?

Oui.

— Non, répondit-il à voix haute. C'est parce que Manhouch a amplement démontré que les citoyens de toute une nation ne devraient pas être soumis aux caprices d'un seul idiot consanguin.

— Tu renverserais un monarque sanctionné par Dieu et deviendrais un tyran tout en professant ton amour pour Adro ?

Tamas toisa Manhouch.

— Dieu ne sanctionne plus tout ça. Si tu n'étais pas aveuglé par tes robes brodées d'or et tes jeunes concubines, tu le verrais de tes yeux. Pour avoir négligé Adro, Manhouch mérite amplement de brûler en enfer.

— Tu l'y retrouveras certainement, affirma le Diocèle.

— Je n'en doute pas, Diocèle, mais je suis sûr d'y être en bonne compagnie. (Tamas jeta le pistolet vide aux pieds de Manhouch.) Vous avez jusqu'à midi pour faire la paix avec Dieu.

III

Taniel s'arrêta sur la dernière marche de l'escalier qui menait à la Maison des Nobles. À cette heure du matin, le bâtiment plongé dans l'obscurité était aussi silencieux qu'un cimetière. Des soldats montaient la garde à intervalles réguliers sur les marches, dans la rue et à chaque porte. Il reconnut les hommes du maréchal Tamas à leurs vestes bleu foncé. La plupart d'entre eux le connaissaient de vue. Les autres repérèrent le baril de poudre argenté épinglé à hauteur de poitrine. Un des soldats leva la main en guise de salut. Taniel le lui rendit, puis tira une boîte de tabac à priser et déposa une ligne de poudre noire sur le plat de sa main, avant de l'inspirer.

La poudre le rendit alerte, vivant. Elle affinait ses sens et son esprit. Elle faisait battre son cœur et calmait ses nerfs à vif. Pour un Marqué, c'était la vie elle-même.

Quelqu'un lui tapota l'épaule et il se retourna. Sa compagne faisait une tête de moins que lui et son corps avait la minceur de la jeunesse. Elle portait un long cache-poussière de voyage qui la réchauffait tout en lui donnant un tout petit peu de stature et un chapeau à large bord dissimulant ses traits. Bien que le printemps commençât à peine, le fond de l'air était frais, et Ka-poel venait d'un pays autrement plus chaud.

Elle désigna d'un air perplexe le bâtiment qui les dominait, dévoilant une petite main couverte de taches de rousseur. Taniel dut se rappeler qu'elle n'avait jamais rien vu de tel. La Maison des Nobles comptait cinq étages et était aussi grande qu'un champ de bataille. C'était le centre névralgique du gouvernement adran, assez vaste pour contenir les bureaux de tous les nobles et de leurs subordonnés.

— Nous sommes arrivés, dit Taniel d'une voix qui semblait particulièrement sèche dans le silence du petit matin. C'est là que le soldat nous a dit d'aller. Il n'y a pas de bureau. Est-ce que ça s'est vraiment passé hier soir ? J'aurais pu choisir un meilleur moment…

Il ne finit pas sa phrase.

Il bavardait avec une muette, trahissant sa nervosité. Lorsqu'il apprendrait la vérité à propos de Vlora, Tamas serait livide. Bien sûr, ce serait la faute de Taniel. Ce dernier remarqua qu'il tenait toujours sa poche de poudre. Ses mains tremblaient. Il tapota une autre ligne noire sur le bord de son pouce, la prisa et rejeta la tête en arrière alors que son cœur s'accélérait. Dans les ténèbres, tout devint plus vibrant, les bruits plus sonores, et il soupira alors qu'il s'adonnait à la transe engendrée par la poudre. Il leva une main vers la lumière du réverbère. Ses doigts avaient cessé de trembler.

— Pole, dit-il à la fille, ça fait un certain temps que je n'ai pas vu Tamas. C'est un homme dur avec tout le monde, si l'on excepte quelques proches. Sabon. Lajos. Eux sont ses amis. Moi, je suis juste un soldat comme un autre. (Des yeux verts le regardèrent sous le chapeau à large bord.) Tu comprends ?

Ka-poel acquiesça sèchement.

— Tiens, dit Taniel.

Il glissa la main dans sa veste et en tira son carnet à dessin relié de cuir d'agneau. Il était mangé par l'usure et les voyages. Il le feuilleta jusqu'à ce qu'il trouve un portrait du maréchal Tamas et le tendit à Ka-poel. Tracé au fusain, le dessin était partiellement effacé, mais le visage sévère du maréchal était éloquent. Ka-poel étudia brièvement le portrait avant de rendre le carnet.

Taniel poussa une des portes géantes et entra dans l'immense vestibule. Celui-ci était plongé dans les ténèbres à l'exception d'une flaque de lumière près d'un escalier sur la gauche. Une seule lanterne était accrochée au mur. En dessous d'elle, une silhouette lasse sommeillait sur une chaise de serviteur.

— Je vois que Tamas s'est élevé dans l'échelle sociale.

Taniel écouta sa propre voix résonner dans le vaste espace et, à sa grande satisfaction, vit Sabon sursauter sur sa chaise. Son visage à la peau sombre était raviné de mille rides que Taniel ne pouvait distinguer que grâce à la transe engendrée par la poudre. On aurait dit qu'il avait vieilli de dix ans durant les deux années qui s'étaient écoulées depuis leur dernière rencontre.

— Je n'aime pas ça, ajouta Taniel.

Il fit glisser de son épaule son fusil et son sac, qu'il laissa tomber sur l'épais tapis rouge, puis se pencha pour frotter ses jambes engourdies par vingt heures de voyage en calèche.

— Trop froid en hiver, trop solitaire en été. Et un espace pareil ne demande qu'à recevoir des invités.

Sabon gloussa en s'approchant de lui. Il serra la main de Taniel et l'attira contre lui pour l'étreindre.

— Comment se porte Fatrasta ?

— Officiellement ? Toujours en guerre contre les Kez. Officieusement, ces derniers ont fait une demande de paix, mais quelques régiments tout au plus sont revenus aux Neuf. Fatrasta a gagné son indépendance.

— Tu as descendu un ou deux Privilégiés kez pour moi ? demanda Sabon.

Taniel souleva son fusil pour le tenir à la lumière. Il passa ses doigts sur une série d'encoches creusées dans la crosse et eut un sifflement approbateur.

— Et même quelques Gardiens.

— Ceux-là sont durs à tuer.

Taniel acquiesça :

— Oui, il m'a fallu plus d'une balle pour en venir à bout.

— Taniel Deux-coups, affirma Sabon. Ça fait un an qu'on parle de toi dans tous les Neuf. La cabale royale était morte de peur. Ils voulaient que Manhouch te rappelle. Des Marqués qui tuent des Privilégiés, même kez, c'est un précédent fâcheux.

— Il est trop tard, je présume ? demanda Taniel en regardant autour de lui.

Sinon, il ne serait pas là. Si tout s'était passé comme prévu, Tamas avait massacré la cabale royale et capturé Manhouch.

— Tout est terminé depuis quelques heures.

Taniel crut discerner une pointe de dureté dans les yeux du vieux soldat.

— Ça s'est mal passé ?

— Nous avons perdu cinq hommes.

Sabon lui donna les noms des victimes.

— Que Kresimir les garde. (Alors même qu'il prononçait ces mots, ils lui semblèrent sonner faux. Il frémit.) Et Tamas ?

Sabon soupira.

— Il est… fatigué. Renverser Manhouch n'est qu'un premier pas. Il faut encore procéder à l'exécution, établir un nouveau gouvernement, traiter avec les Kez, la famine, les pauvres. La liste n'en finit pas.

— Est-ce qu'il prévoit qu'il y aura des problèmes avec le peuple ?

— Tamas prévoit à peu près tout. Il y a forcément des royalistes. Dans une ville d'un million d'habitants, il serait stupide de penser autrement. Mais on ignore combien ils sont et leur niveau d'organisation. Tamas a besoin de toi, et de Vlora. Elle n'est pas venue avec toi ?

Taniel jeta un coup d'œil à Ka-poel, la seule autre personne présente dans ce vestibule. Elle avait posé les bagages de Taniel sur le sol et faisait lentement le tour de la salle, contemplant les tableaux à peine visibles dans la faible lumière. Elle avait encore sa sacoche passée à son épaule.

Taniel sentit sa mâchoire se crisper.

— Non.

Sabon fit un pas en arrière et désigna Ka-poel d'un coup de tête. Taniel répondit à sa question muette :

— Ma servante. Une Dynize.

— Une sauvage, hein ? L'empire dynize a enfin fini par ouvrir ses frontières ? Étonnant !

— Non, répondit Taniel. Certaines tribus dynizes vivent à l'ouest de Fatrasta.

— On dirait une gamine.

— Fais attention, elle est assez susceptible à ce sujet.

— Une fille, donc, reprit Sabon en lui décochant un regard malicieux. On peut lui faire confiance ?

— Je lui ai sauvé la vie plus souvent qu'elle n'a sauvé la mienne. Ces sauvages prennent ce genre de choses très au sérieux.

— Pas si sauvage que ça, murmura Sabon. Tamas voudra savoir pourquoi Vlora n'est pas là.

— Laisse, je m'en charge.

Tamas demanderait à voir Vlora avant même de l'interroger à propos de Fatrasta. Taniel n'était pas bête au point de croire que tout aurait changé en deux ans. Deux ans ? Si longtemps ? Deux années auparavant, Taniel était parti à l'étranger pour ce qui devait être une brève tournée des colonies kez de Fatrasta. Pour qu'il se « calme », avait dit Tamas. Taniel était arrivé à destination une semaine avant qu'elles ne déclarent leur indépendance vis à vis de la tutelle kez, et il avait bien été obligé de choisir son camp.

Sabon acquiesça poliment.

— Alors je vais te mener à lui.

Sabon décrocha la lanterne pendant que Taniel ramassait ses affaires. Ka-poel les suivit à quelques pas de distance alors qu'ils traversaient de longs couloirs. La Maison des Nobles était immense et l'atmosphère qui y planait était étrange. Les épais tapis étouffaient leurs pas, si bien qu'ils avançaient dans un silence absolu, comme des fantômes. Taniel n'aimait pas ce silence. Il lui rappelait trop la forêt où rôdait l'ennemi. Ils contournèrent un angle pour constater que de la lumière s'échappait d'une porte ouverte, tout au bout du couloir. Des voix leur parvenaient. Des voix furieuses.

Taniel s'arrêta dans l'entrée d'un salon bien éclairé – l'antichambre du bureau d'un noble quelconque. À l'intérieur, deux hommes se faisaient face de chaque côté d'une cheminée surdimensionnée. Ils étaient là, à moins d'un pied de distance, les poings serrés, prêts à en venir aux mains. Un troisième homme, un garde du corps avec une présence impressionnante et les traits marqués d'un boxeur, se tenait sur le côté, l'air perplexe, se demandant s'il devait intervenir.

— Tu le savais ! disait le plus petit des hommes.

Son visage était rouge et il se dressait sur la pointe des pieds afin d'être à la même hauteur que son interlocuteur. Il releva les lunettes sur son nez, mais elles tombèrent à nouveau.

Taniel regarda le maréchal Tamas lever une main, la paume en avant.

— Bien sûr que non, je ne savais rien ! Je vais tout expliquer demain matin.

— Au moment de l'exécution ! Quel genre de coup d'État… (Le petit homme remarqua alors Taniel et ne finit pas sa phrase.) Sortez d'ici. C'est une conversation privée.

Taniel retira son chapeau et posa son épaule contre l'embrasure de la porte, s'éventant d'un air nonchalant.

— Dommage, ça devenait intéressant.

— Qui est ce gamin ? demanda le petit homme à Tamas.

Gamin ? Taniel regarda le maréchal. Tamas ne s'attendait pas à le voir débarquer cette nuit même, mais il ne montra pas le moindre signe de surprise. Parfois, Taniel se demandait s'il n'était pas totalement dépourvu d'émotions.

Le maréchal eut un soupir.

— Taniel. C'est bon de te voir.

Vraiment ? Il n'avait pas l'air particulièrement joyeux. En deux ans, il avait perdu des cheveux et, désormais, il y avait plus de gris que de noir dans sa moustache. Il vieillissait. Taniel le salua d'un hochement de tête.

— Pardonnez-moi, reprit Tamas après un bref silence. Taniel, je te présente Ondraus, le Préfet. Ondraus, je te présente Taniel le Marqué, un de mes mages.

— Ce n'est pas la place d'un gamin. (Ondraus aperçut Ka-poel qui se tenait derrière Taniel et plissa les yeux.) Ni d'une sauvage, finit-il.

Il plissa à nouveau les yeux comme s'il n'était pas sûr de ce qu'il avait vu la première fois et marmonna doucement quelque chose.

Tamas avait présenté Taniel comme un poudremage. Était-ce là tout ce qu'il était pour le maréchal ? Un simple soldat parmi tant d'autres ?

Tamas ouvrit la bouche, mais Taniel le devança :

— Monsieur, je suis capitaine de l'armée fatrastane, un Marqué au service d'Adro, et je sais tout sur ce coup d'État. D'un seul tir, je peux tuer deux Privilégiés à une lieue, et je l'ai fait plus d'une fois. Je ne suis plus un gamin.

Ondraus eut un reniflement hautain.

— Ah, oui, Tamas. Voilà donc ton fameux fils.

Taniel agaça ses dents du bout de la langue en regardant son père. *Alors, voilà ce que je suis ? Merci de t'en rappeler, Ondraus. Lui a tendance à l'oublier.*

— Taniel a le droit d'être ici, affirma Tamas.

Ondraus examina Taniel pendant un moment. Sa colère était peu à peu remplacée par un air calculateur. Il inspira profondément.

— Je veux que tu me fasses une promesse, dit-il à Tamas.

Toute émotion avait disparu de sa voix. Désormais, il parlait affaires et il y avait dans son ton une inflexion bien plus effrayante que sa colère précédente.

— Les autres seront tout aussi furieux que moi, reprit-il, mais si tu me laisses mettre la main sur les registres royaux avant l'exécution, je te soutiendrai.

— Comme c'est gentil, répondit sèchement Tamas. Tu es le préfet du roi. Tu as déjà accès à ces registres.

— Non, reprit Ondraus comme s'il expliquait quelque chose à un enfant. Je suis le préfet de la *ville*. Ce que je veux, ce sont les comptes *privés* de Manhouch. Ça fait dix ans qu'il claque son argent en bijoux comme une pute de luxe, et j'ai bien l'intention d'équilibrer les comptes.

Tamas y réfléchit un instant.

— Marché conclu. Tu as jusqu'à l'exécution. À midi.

— Bien.

Ondraus traversa la pièce en s'aidant d'une canne. Il fit signe au colosse de le suivre. Ils passèrent tous les deux devant Taniel pour continuer le long du couloir, leur pas résonnant sur le marbre.

— Sans même demander la permission de prendre congé… remarqua Taniel.

— Pour Ondraus, fit Tamas avec un geste de dérision, le monde se compose uniquement de chiffres et de calculs arithmétiques.

Il lui fit signe d'entrer, et ils se serrèrent la main. Taniel scruta les yeux de son père en se demandant s'il devait l'étreindre comme un camarade après une longue séparation. Tamas regardait le mur d'un air absent en fronçant les sourcils, l'esprit ailleurs, et Taniel le laissa réfléchir.

— Où est Vlora ? demanda le maréchal en regardant Ka-poel avec curiosité. Tu ne t'es pas arrêté à Jileman en chemin pour la voir ?

— Elle a pris une autre calèche.

Il tenta de garder une voix neutre. C'était la première question que Tamas lui posait. *Bien sûr.*

— Assieds-toi, dit ce dernier, on a beaucoup de choses à se raconter. À commencer par elle. Qui est-ce ?

Ka-poel avait posé le sac et le fusil dans un coin et examinait la salle et les rideaux avec un vif intérêt. Sa visite aux cités des Neuf avait été précipitée : Taniel et elle étaient passés d'une calèche à une autre, dormant en chemin, pour arriver à Adopest.

— Elle s'appelle Ka-poel. C'est une Dynize, d'une tribu de l'ouest de Fatrasta. Pole, ordonna Taniel, retire ton chapeau. (Il décocha un sourire d'excuse à son père.) Je lui apprends les bonnes manières adranes. Leur façon d'être est différente de la nôtre.

— L'empire dynize a ouvert ses frontières ? fit Tamas d'un air sceptique.

— Quelques indigènes des plaines de Fatrasta ont du sang commun avec les Dynizes, et Fatrasta les empêche de subir les pratiques « isolationnistes » de leurs cousins.

— Dynize inquiète-t-elle les généraux fatrastans ?

— Si elle les inquiète ? Rien que le nom leur donne des palpitations. Mais la guerre civile dynize ne donne aucun signe d'apaisement. Ils ne regarderont pas vers l'extérieur avant un bon moment.

— Et les Kez ? demanda Tamas.

— Lorsque je suis parti, ils faisaient déjà des propositions de paix.

— Dommage. J'espérais que Fatrasta les occuperait pendant quelque temps. (Tamas toisa alors Taniel.) Je vois que tu portes toujours des vêtements de maraudeur.

— Quel mal à ça ? J'ai dépensé tout mon argent pour faire ce trajet. (Taniel tira sur l'avant de sa veste en daim.) Ce sont les meilleurs habits qu'on puisse trouver aux Confins. Chauds, durables. J'avais oublié à quel point il peut faire froid à Adro. Je suis heureux de les avoir sur le dos.

— Je vois.

Tamas se dirigea vers Ka-poel et l'examina de près. Tenant son chapeau à deux mains, elle lui rendit fièrement son regard. Ses cheveux étaient d'un roux vif et sa peau claire grêlée de taches de rousseur – ce qui était inhabituel dans les Neuf. Ses traits étaient fins, délicats. Rien à voir avec l'image des farouches guerrières sauvages que la plupart des Adrans se faisaient des Dynizes.

— Fascinant, dit Tamas. Comment l'as-tu dénichée ?

— Elle servait d'éclaireuse à notre régiment. Elle nous a aidés à traquer les Privilégiés kez à travers les plaines de Fatrasta. J'en ai fait mon éclaireuse et je lui ai sauvé la vie quelques fois. Depuis, elle ne m'a plus quitté.

— Elle parle adran ?

— Elle est muette. Mais elle le comprend.

Tamas se pencha en avant pour plonger dans les yeux de Ka-poel. Il scruta aussi ses joues et ses oreilles comme si elle n'était qu'un cheval de course.

Taniel se demanda s'il irait jusqu'à vouloir examiner ses dents. Ka-poel ne manquerait pas de le mordre. Il l'espérait presque.

— C'est une sorcière, dit Taniel, une Œil-d'os. La version dynize des Privilégiés, bien que d'après ce que j'ai pu comprendre, leur magie est différente.

— Des sorciers sauvages, répondit Tamas. J'en ai entendu parler. Elle est toute petite. Quel âge a-t-elle ?

— Quatorze ans, enfin, je crois. Leur peuple est de petite taille, mais une fois sur le champ de bataille, ce sont de vrais démons. Et ils savent se débrouiller au tir. Ah, ajouta-t-il comme si un souvenir venait de refaire surface, je voulais te montrer quelque chose.

Il désigna son fusil d'un geste de la main. Ka-poel alla le récupérer et le lui apporta. Taniel sourit et tendit l'arme à son père.

— Est-ce… celui que tu as employé pour ce fameux tir ? demanda Tamas.

— Celui-là même.

Tamas le prit par le bout, le retourna et visa.

— Sacrément long. Bon poids. Canon rayé avec un couvre-bassinet. Un bel exemple d'artisanat.

— Jette un œil au nom sous le canon.

— Un Hrousche. Pas mal.

— Pas seulement le modèle : il a été fabriqué par le maître en personne. J'ai passé un mois avec lui à Fatrasta. Ça faisait un certain temps qu'il y travaillait, et il m'en a fait cadeau.

Tamas ouvrit de grands yeux.

— Il est authentique ? Je n'ai jamais vu un fusil aussi bien réalisé. Il y a un an, on a acheté la patente afin de les produire en chaîne pour notre armée, mais je n'en ai vu qu'un qui soit l'œuvre du maître en personne.

Taniel se sentit rasséréné par l'admiration de son père. Enfin, quelque chose de nouveau. Quelque chose dont Tamas pouvait être fier.

— Les Kez aussi ont voulu l'acheter, remarqua-t-il.

— Vraiment ? Alors qu'ils étaient en guerre avec Fatrasta ?

— Bien sûr. Les fusils Hrousche leur ont causé de lourdes pertes sur la frontière. Même dans les pires conditions climatiques, ils ne s'enrayent jamais. Hrousche n'a pas voulu le leur vendre, même pour un coffre rempli d'or et un Comté. Et les artisans kez n'ont jamais pu reproduire son travail.

— Personne n'en est capable, à moins d'avoir été apprenti du maître.

Tamas examina le fusil pendant plusieurs minutes encore avant de le lui rendre.

— Il te plaît ? demanda Taniel.

— Remarquable.

Soudain, il parut s'en désintéresser, comme si son esprit était déjà passé à autre chose. Taniel hésita.

— Alors ça, ça devrait te plaire. (Il tendit la main vers Ka-poel. Elle lui apporta une boîte faite d'acajou poli, un peu plus longue que l'avant-bras d'un homme.) Cadeau.

Tamas la posa sur une table et l'ouvrit.

— Incroyable, fit-il dans un souffle.

— Des pistolets de duel à crosse droite, dit Taniel, faits par le fils aîné de Hrousche – qui, dit-on, est encore plus doué que son père. Un silex affiné avec un bassinet protégé et un palier à roulement sur le ressort. Le canon est lisse, mais il reste plus précis que la plupart des armes sur le marché.

En voyant s'illuminer le visage de son père, Taniel sentit revenir la chaleur dans son estomac.

Le maréchal prit un des pistolets assortis et passa son doigt le long du canon octogonal. De magnifiques incrustations d'ivoire luirent à la lumière des lampes.

— Sublime. Il va falloir que je provoque quelqu'un en duel rien que pour pouvoir m'en servir.

Taniel gloussa. Une réaction typique de son père.

— Ils sont… merveilleux, insista Tamas.

Taniel crut voir briller quelque chose dans l'œil de son père. Était-il fier ? Reconnaissant ? *Non*, décida-t-il. Tamas ne connaissait pas la signification de ces mots.

— J'aimerais qu'on ait plus de temps pour parler.

— Affaires ?

Oui, bien sûr. Pas pour discuter de choses et d'autres. Pas pour apprendre ce qu'était devenu ce fils absent depuis si longtemps.

— Malheureusement, reprit Tamas, ignorant ou oubliant le sarcasme. Sabon ! cria-t-il. (Le Deliv apparut dans l'entrée.) Fais entrer les mercenaires. (Sabon disparut à nouveau.) Bon, où est Vlora ? J'ai besoin de vous deux. Sabon t'a-t-il parlé de nos pertes ?

— Oui. Triste. J'imagine que Vlora finira par arriver, ajouta-t-il avec un haussement d'épaules. Je ne lui ai pas vraiment parlé.

— Je croyais… fit Tamas en fronçant les sourcils.

— Je l'ai trouvée dans le lit d'un autre.

Il ressentit une certaine satisfaction en voyant l'air choqué de Tamas. Un sentiment qui se mua en colère, puis en douleur.

— Pourquoi ? Quand ? Pour combien de temps ?

Tamas bafouillait, un moment de confusion tel que Taniel se demanda si quiconque avait déjà vu le maréchal dans un tel état.

Taniel se pencha sur son fusil, retenant une grimace. Pourquoi Tamas devrait-il en faire tout un plat ? Ce n'était pas *sa* fiancée.

— Depuis plusieurs mois, à en croire les ragots. On a payé cet homme pour la séduire. Un fils de noble, en mal d'argent et de frissons.

— Payé ? répéta Tamas, fronçant les sourcils.

— Une machination. Une basse vengeance. Probablement fomentée par un riche noble.

Taniel n'avait pas pris le temps de découvrir qui était le coupable, mais il s'en doutait. Les nobles détestaient Tamas. Il était de sang roturier et avait usé de son influence sur le roi pour empêcher les riches d'acheter des commissions d'officier dans l'armée. Maintenant, on ne s'élevait dans la hiérarchie militaire que grâce à ses qualités propres. C'était contraire à la tradition, mais cela avait contribué à faire de l'armée adrane une des meilleures de tous les Neuf. La noblesse avait trop peur de Tamas pour s'en prendre directement à lui, mais ils l'attaquaient par tous les moyens, y compris à travers son fils.

Tamas serra les dents rageusement.

— Cette nuit, j'ai arrêté la moitié de la noblesse. Ils passeront à la guillotine avec leur roi. Je vais découvrir qui a payé ce crétin, et…

Soudain, Taniel se sentit très fatigué. Des années à mener une guerre qui n'était pas la sienne, suivies par des mois de voyage inconfortable, et, à son retour, il ne trouvait que trahison. Et un coup d'État. Tout d'un coup, sa colère était retombée. Il déposa une ligne de poudre noire sur sa main et la prisa.

— Épargne tes hommes. La guillotine suffit amplement.

Économise ta colère, Kresimir sait que tu en as suffisamment. Mais pas de pitié. Pas pour ton fils, celui qu'on a trahi.

— J'aurais dû la faire surveiller, déclara Tamas en se frottant les yeux.

— Elle est libre de faire ce qu'elle veut, répondit Taniel d'un grognement.

— Le mariage ?

— J'ai cloué son anneau au salopard qui couchait avec elle. Avec sa propre épée.

Sabon rentra à nouveau dans la pièce. Deux personnages d'allure douteuse le suivaient. Ils portaient les habits de ceux qui dorment sur leur selle ou sur un banc dans une salle de taverne. L'un était un homme grand, efflanqué, avec une calvitie s'étendant jusqu'à l'arrière de son crâne, bien qu'il n'eût pas plus de trente ans. Il portait une ceinture couvrant son estomac, où étaient accrochés quatre épées et trois pistolets de tailles et de formes différentes, et des gants de Privilégié – bien qu'au lieu d'être blancs avec des runes de couleur, ils étaient bleu marine avec des runes dorées. C'était un brisemage : un Privilégié qui avait renoncé à la sorcellerie dont il avait hérité, afin de pouvoir annuler à sa guise tout sortilège.

L'autre était une femme. Elle semblait être plus proche de la quarantaine que de la trentaine et portait un pantalon de cavalerie et une veste. Elle aurait été belle sans la cicatrice déjà ancienne qui soulevait la commissure de sa lèvre et montait jusqu'à sa tempe. Elle aussi portait des gants de Privilégiée qui lui permettaient de toucher l'Autre. Ils étaient blancs avec des runes rouge sang. Taniel se demanda pourquoi elle ne faisait pas partie d'une cabale. Il n'avait même pas besoin d'ouvrir son troisième œil pour sentir la puissance qu'elle irradiait.

Des mercenaires, avait dit Tamas. Ces deux-là avaient quelque chose de particulier. Un Privilégié adjoint à un brisemage formaient une puissante configuration. On s'en servait pour chasser les Doués, les Marqués et les Privilégiés. Taniel se demanda ce que complotait son père.

— Une Privilégiée nous a échappé à Horizon, dit Tamas. Pas une membre de la cabale royale, mais elle est très puissante. Je veux que vous trois (il regarda Ka-poel)… vous quatre, la traquiez et la tuiez.

Tamas jouait à nouveau le rôle du commandant habitué à donner ses ordres aux soldats. Taniel comprit que son retour se résumait à peu de choses de plus qu'une nouvelle mission. Chasser un autre Privilégié. Il jeta un coup d'œil aux deux mercenaires. Ils avaient l'air compétents. À Fatrasta, Taniel avait souvent dû se contenter de moins. Cette Privilégiée qu'ils devaient chasser avait tué cinq poudremages expérimentés en un tournemain. Elle était très dangereuse, et Taniel n'avait encore jamais mené une traque en ville. Il décida que ce nouveau défi lui ferait oublier… le reste.

Il leva une fois de plus sa boîte de poudre et tapota une ligne sur le dos de sa main, ignorant le regard désapprobateur de son père.

* * *

Nila s'arrêta un instant pour regarder brûler le feu sous la grande marmite suspendue dans l'âtre. Elle frotta ses mains abîmées pour les réchauffer à la chaleur des flammes. L'eau ne tarderait pas à bouillir, et elle pourrait finir de faire la lessive pour tous ceux de la maisonnée. Il y avait un petit paquet de linge rangé dans le placard, mais l'essentiel des vêtements de la famille et des livrées des serviteurs trempaient depuis le soir dans de grandes bassines remplies d'eau et de soude. Avant de s'en occuper, elle devait repasser l'uniforme d'apparat du duc qui avait rendez-vous avec le roi à dix heures. Elle avait encore plusieurs heures devant elle, mais tout, lavage, rinçage et repassage, devait être fini avant que les cuisiniers ne se lèvent pour préparer le petit déjeuner.

La porte de la salle de bain s'ouvrit et un petit garçon de cinq ans entra dans la cuisine en frottant ses yeux ensommeillés.

— Tu ne peux pas dormir, jeune maître ? demanda Nila.

— Non.

Jakob, fils unique du Duc Eldaminse, était très malade. Il avait des cheveux blonds et un visage pâle aux joues creuses. Il était petit pour son âge, mais intelligent et plus amical avec le personnel que n'aurait dû l'être le fils d'un duc. À sa naissance, Nila avait treize ans et était apprentie lavandière. Avant même de faire ses premiers pas, il s'était pris d'affection pour elle, au grand déplaisir de sa mère et de sa gouvernante.

— Assieds-toi, dit-elle en déposant une couverture propre et sèche près du feu. Mais juste deux minutes ! Il vaut mieux que tu sois de retour dans ton lit avant que Ganny se réveille.

Il s'installa sur la couverture et la regarda chauffer ses fers sur le four et étendre les vêtements de son père. Ses yeux ne tardèrent pas à se fermer et il s'affala sur le côté.

Nila porta un grand bassin vers la marmite. Elle allait verser l'eau lorsque la porte s'ouvrit à nouveau.

— Nila !

Ganny se tenait dans l'entrée, les mains sur les hanches. Elle avait vingt-six ans et était d'une sévérité excessive pour son âge : l'idéal pour la gouvernante d'un héritier ducal. Ses cheveux couleur chocolat étaient relevés en un chignon serré derrière sa tête. Même en chemise de nuit, Ganny semblait plus convenable que Nila, avec sa robe toute simple et ses boucles châtaines.

Nila posa un doigt sur ses lèvres.

— Tu sais qu'il n'est pas censé être là, reprit Ganny en baissant la voix.

— Que devais-je faire ? Dire non ?

— Bien sûr !

— Laissez-le, maintenant qu'il s'est enfin endormi !

— Il va attraper froid.

— Il est juste à côté du feu.

— Si la duchesse le trouve ici, elle sera furieuse ! (Ganny agita le doigt en direction de Nila.) Ne t'attends pas à ce que je prenne ta défense lorsqu'elle te jettera à la rue !

— Et quand avez-vous jamais pris ma défense ?

Les lèvres de Ganny formèrent un pli dur.

— Ce soir même, je recommanderai à la duchesse de te renvoyer. Tu as une mauvaise influence sur Jakob.

— Je vais…

Nila jeta un dernier regard au garçon assoupi et referma la bouche. Elle n'avait ni famille, ni relations, et la duchesse ne l'appréciait guère. Le Duc Eldaminse avait l'habitude d'emmener les servantes dans son lit, et, ces derniers temps, il ne cessait de la reluquer. Nila ne voulait pas s'attirer les foudres de Ganny, même si c'était une brute.

— Excusez-moi, Ganny, dit-elle. Je vais le remettre au lit. Avez-vous des vêtements à nettoyer, que je le fasse pour vous ?

— Voilà qui est mieux. Maintenant…

Elle fut interrompue par des coups frappés à la porte, assez sonores pour être entendus à l'autre bout de la maison de ville.

— Qui est-ce à une heure si matinale ? (Ganny resserra sa robe de chambre autour d'elle et partit le long du vestibule.) Ils vont réveiller Monseigneur et sa dame !

Nila posa ses mains sur ses hanches et dit à Jakob :

— Tu vas me faire avoir des ennuis, jeune maître !

Il battit des paupières et ouvrit les yeux.

— Pardon.

Elle s'agenouilla à côté de lui.

— C'est bon, rendors-toi. Je vais te porter au lit.

Elle le soulevait lorsqu'elle entendit un hurlement en provenance de l'avant de la maison. Des exclamations suivirent, puis des pas pressés martelant les marches de l'escalier central. Lui parvinrent des voix masculines furieuses qui n'appartenaient à aucun des serviteurs de la maisonnée.

— Qu'est-ce que c'est ? demanda Jakob.

Elle le déposa sur ses pieds pour qu'il ne puisse sentir ses mains trembler.

— Vite, dit-elle, dans la cuve !

La lèvre inférieure du garçon se mit à trembler.

— Pourquoi, qu'est-ce qui se passe ?

— Cache-toi !

Il fit ce qu'elle lui disait. Elle balança le linge sale sur lui pour le dissimuler, et, lorsque le tas eut atteint une hauteur suffisante, partit à son tour vers le vestibule.

Elle faillit rentrer dans un soldat qui la repoussa dans la cuisine. Deux autres hommes ne tardèrent pas à le rejoindre, puis un troisième tenant Ganny par le col. Il la jeta à terre sans ménagement. Dans les yeux de la gouvernante, la frayeur se mêlait à l'indignation.

— On se contentera de ces deux-là, dit un des soldats.

Il portait l'uniforme bleu marine de l'armée adrane avec deux galons de commandement sur la poitrine et une médaille d'argent indiquant qu'il avait servi la Couronne à l'étranger. Il se dirigea vers Nila tout en dégrafant sa ceinture.

Celle-ci empoigna le fer brûlant posé sur le four et lui en donna un grand coup en pleine face. Il s'écroula au sol sous les exclamations de ses camarades.

Quelqu'un prit les bras de Nila, un autre s'empara de ses jambes.

— Elle ne se laisse pas faire, dit l'un des soldats.

— Ça va laisser une marque, reprit un autre.

Ganny s'était enfin relevée.

— Non, mais que faites-vous ? Savez-vous chez qui vous êtes ?

— Tais-toi. (Le soldat que Nila avait frappé s'était relevé, une brûlure rouge couvrant la moitié de son visage. Il donna à Ganny un grand coup de poing dans l'estomac.) On s'occupera de toi plus tard.

Il se tourna vers Nila qui se débattait contre des mains beaucoup trop fortes. Elle se tourna vers la marmite, espérant que Jakob ne puisse rien voir de ce qui allait advenir, puis elle ferma les yeux dans l'attente des coups.

— Heathlo ! aboya une voix.

Elle rouvrit les yeux lorsque les mains qui la retenaient la lâchèrent.

— À quoi joues-tu, soldat ?

L'homme qui l'avait interpellé portait le même uniforme que les autres, avec pour seule différence un triangle doré accroché à son revers argenté. Il arborait des cheveux blonds et une barbe bien taillée. Une cigarette pendait au coin de sa bouche. Nila n'avait encore jamais vu de soldat barbu.

— Je m'amusais juste un peu, sergent.

Heathlo jeta un regard menaçant à Nila avant de se tourner vers son supérieur.

— Ce n'est pas le moment de s'amuser, soldat. Tu as entendu les ordres du maréchal.

— Mais, sergent…

Celui-ci se pencha pour ramasser le fer abandonné par terre. Il le regarda, puis la brûlure sur le visage de l'homme.

— Tu veux que je te fasse la même de l'autre côté ?

Les yeux de Heathlo se durcirent.

— Cette garce m'a frappé.

— La prochaine fois que je te prends à vouloir violer une citoyenne adrane, je te frapperai à un endroit moins moche que ta sale trogne. (Il pointa sa cigarette vers Heathlo.) On n'est pas à Gurla.

— J'en parlerai au capitaine, monsieur, grogna le soldat.

Le sergent haussa les épaules.

— N'en rajoute pas, Heathlo, dit un des autres militaires. Désolé, sergent, c'est un nouveau dans la compagnie.

— Tiens-le en laisse, répondit le sergent. D'accord, c'est un bleu, mais j'attends mieux de vous deux. (Il aida Ganny à se relever, puis se tourna vers Nila et toucha son front.) Mademoiselle. Nous cherchons le fils du Duc Eldaminse.

Ganny regarda Nila avec de grands yeux terrifiés.

— Il était avec toi, dit-elle.

Nila se força à croiser les yeux bleus du sergent.

— Je viens de le mettre au lit.

— Allez le chercher, ordonna-t-il à ses soldats.

Ils s'empressèrent de quitter la cuisine. Leur supérieur resta et examina lentement la pièce.

— Il n'est pas dans son lit.

— Il a l'habitude d'aller se promener, expliqua Nila. Je viens de le coucher, mais je suis sûre que tout ce bruit lui a fait peur. Que se passe-t-il ?

Ce n'était pas un hasard. Ces soldats savaient très bien chez qui ils se trouvaient. Le sergent avait parlé d'un maréchal. Il n'y avait à Adro qu'un seul homme de ce rang : Tamas.

— Le Duc Eldaminse et sa femme sont aux arrêts pour trahison, déclara le sergent.

Ganny devint blanche comme un linge et parut au bord de l'évanouissement.

Nila sentit son estomac se crisper. Trahison. Une telle accusation rejaillirait sur tout leur personnel. Pas moyen d'y échapper. Un jour, elle avait entendu parler d'un archiduc, le propre cousin du Roi d'Acier, qui avait comploté contre le trône. Non seulement sa famille avait été envoyée à la guillotine, mais aussi tous les membres de sa maisonnée.

— Tu es libre, reprit le sergent. Nous sommes là pour le duc et sa famille, et personne d'autre. (Il se dirigea vers la cuve en fronçant les sourcils.) Tu peux te chercher un nouvel employeur. En fait, il vaudrait mieux que tu quittes la ville, ne serait-ce que pour quelques jours.

Il mit la cigarette entre ses lèvres et souleva un pantalon sale posé en haut de la pile.

— Olem !

Le sergent tourna la tête alors qu'un autre soldat entrait dans la cuisine.

— Ils ont trouvé le garçon ? demanda Olem, oubliant le linge sale.

— Non, mais un ordre vient de tomber. Une convocation. Le maréchal veut vous voir.

— Moi ? reprit Olem dubitatif.

— Veuillez vous présenter immédiatement devant le commandant Sabon.

— Bien. (Il écrasa sa cigarette sur la table de cuisine.) Garde un œil sur Heathlo. Ne le laisse pas brutaliser d'autres femmes. Si tu dois laisser les hommes piller un peu la baraque pour les occuper, tant pis.

— Mais, les ordres...

— Ils finiront par y désobéir d'une façon ou d'une autre, alors autant qu'ils le fassent d'une manière qui ne les mènera pas à la potence.

— Bien.

Olem jeta un dernier coup d'œil à la cuisine, puis il se tourna vers Ganny et Nila.

— Prenez tout ce que vous possédez comme objets de valeur et allez-vous-en, dit-il. Le duc ne reviendra pas chercher quoi que ce soit, alors...

Il toucha son front en guise de salut avant de s'en aller.

Alors servez-vous, finit Nila dans sa tête.

Ganny jeta un dernier regard à la lavandière avant de se précipiter dans le vestibule. Un peu plus tard, Nila put entendre ses pas alors qu'elle montait l'escalier de service.

Elle prit la clé du maître d'hôtel là où ce dernier la cachait, au-dessus de la cheminée, et déverrouilla le placard où était rangée l'argenterie. Elle avait déjà un butin dissimulé sous son matelas, au premier, mais rien qui atteignait la valeur de ce qu'elle fourrait maintenant dans son sac de toile.

Elle attendit de ne plus entendre les soldats dans le vestibule pour extraire Jakob du bac à linge sale. Elle l'aida à passer sa chemise de nuit par-dessus sa tête et lui tendit un pantalon sale et la chemise d'un des jeunes serviteurs. Elle était trop grande, mais elle ferait l'affaire.

— Que fais-tu ? demanda-t-il.

— Je te mets en sécurité.

— Et mam'zelle Ganny ?

— Je crois qu'elle est partie pour de bon.

— Maman et Papa ?

— Je ne sais pas, répondit Nila. Je pense qu'ils veulent que tu me suives. (Elle prit une poignée de cendres froides au coin du foyer et les mélangea à de l'eau dans sa paume.) Ne bouge pas.

Elle macula ses cheveux et son visage de la mixture ainsi obtenue et lui prit la main. Puis, un sac rempli d'argenterie volée sur l'épaule, elle se dirigea vers la porte de derrière.

Deux soldats surveillaient la ruelle flanquant la maison de ville. Nila se dirigea vers eux, la tête basse.

— Hé, toi ! dit l'un des soldats. À qui est cet enfant ?

— À moi.

Le soldat leva le menton de Jakob.

— Il ne ressemble pas au fils d'un duc.

— Doit-on les retenir jusqu'à ce qu'on ait trouvé ce gamin ? demanda l'autre.

— Le sergent Olem a dit qu'on pouvait partir, dit Nila.

— Bien. Alors filez. On a une dure nuit devant nous.

IV

Au Palais d'Horizon, Adamat prit une calèche conduite par un soldat de Tamas qui le ramènerait directement chez lui. Ce fut un long trajet, avec pour seule compagnie ses inquiétudes et ses doutes alors que le cocher traversait les rues assoupies d'Adro. Adamat aurait bien aimé qu'il presse le pas. À l'est, le ciel s'éclaircissait déjà lorsqu'il descendit de la calèche pour aller ouvrir la vieille grille. Il traversa son petit jardin jusqu'à la porte de devant, chercha ses clés, les laissa tomber, puis s'arrêta et inspira profondément.

Il avait connu plus grave, se dit-il. Ça ne pouvait pas être pire que les émeutes d'Oktersehn. Il fourra la clé dans le verrou et la fit tourner, faisant grincer le métal rouillé alors qu'il poussait le panneau du bras et du pied.

Il monta les marches quatre à quatre et frappa à chaque porte en courant le long du couloir. Il atteignit sa propre chambre et entra en coup de vent.

— Faye, dit-il.

Sa femme leva la tête de l'oreiller et le regarda à la lumière tamisée de la lampe. Les ombres se déplacèrent sur son visage, enténébré par un halo de cheveux noirs bouclés.

— Quelle heure est-il ? demanda-t-elle.

— Un peu après cinq heures, répondit-il. (Il tourna la molette de la lampe pour accroître la lumière.) Debout. Tu vas te rendre à notre maison d'Offendale.

Faye serra les couvertures contre sa poitrine.

— Qu'est-ce qui te prend ? Quelle maison d'Offendale ?

— Celle qu'on a achetée lorsque je suis entré dans l'armée. Au cas où un danger vous menacerait, toi et les enfants.

Faye se redressa.

— Je croyais qu'on l'avait vendue. Je… Adamat ! Que s'est-il passé ? (Une note d'inquiétude pointa dans sa voix.) Est-ce à cause de la famille Lourent ? Ou une nouvelle affaire ?

La famille Lourent l'avait embauché pour qu'il enquête sur le passé mouvementé du prétendant à la main de leur plus jeune fille. Toute l'histoire s'était mal terminée lorsqu'il avait dû démasquer l'imposture du jeune homme.

— Non, pas celle-là. Quelque chose de beaucoup plus important. (Adamat se retourna en entendant de petits pas dans le couloir.) Astrit, dit-il doucement.

Sa plus jeune fille tenait un chien en peluche effiloché sous un bras. Elle portait sa chemise de nuit et une paire de vieilles pantoufles bien trop grandes appartenant à Faye. Dans la lumière tamisée, on aurait dit sa mère en miniature. Elle inclina la tête d'un air interrogateur.

— Va chercher ton manteau, chérie, dit Adamat. Tu vas faire un beau voyage.

— Je dois mettre une robe ? demanda-t-elle.

Adamat se força à sourire.

— Non, chérie, juste ton manteau sur ta chemise de nuit. Tu vas partir très bientôt. N'oublie pas tes chaussures !

Elle lui sourit et tourna les talons pour repartir dans le couloir, son vieux chien en peluche au bout de la main. Ses frères et sœurs plus âgés lui jetèrent des regards étonnés alors qu'eux-mêmes sortaient de leurs chambres.

— Josep, dit Adamat à son fils aîné, assure-toi que les enfants soient prêts à partir. Vite, demande-leur de faire leurs bagages, qu'ils prennent de quoi tenir quelques semaines.

Ce garçon était sérieux. Il venait d'avoir ses seize ans et était en vacances. Il frottait nerveusement l'anneau passé à son doigt, un cadeau que le père d'Adamat lui avait fait avant sa mort, et qui ne le quittait presque jamais. Josep patienta un moment, attendant une explication. Comme elle ne venait pas, il acquiesça avant de faire rentrer ses frères et sœurs dans leurs chambres respectives.

Bon garçon. Adamat se tourna à nouveau vers Faye, qui était assise sur son lit. Elle passait une main dans ses cheveux emmêlés.

— Tu as intérêt à avoir une bonne explication, dit-elle. Que s'est-il passé ? Les enfants sont-ils en danger ? Et toi ? Est-ce à cause de ce nouveau travail que tu as accepté ? Je t'ai bien dit d'arrêter de fouiner dans les affaires des femmes nobles et de te mêler de ce qui ne te regarde pas.

Adamat ferma les yeux.

— Je suis enquêteur, ma chère. Les affaires des autres me regardent. Il faut s'attendre à des émeutes. Je veux que toi et les enfants ayez quitté la ville d'ici une heure. Simple précaution, bien sûr.

— Pourquoi y aurait-il des émeutes ?

Satanée femme. Que ne donnerait-il pas pour une épouse obéissante ?

— Un coup d'État. Manhouch doit être guillotiné à midi.

Il eut la brève satisfaction de la voir en rester bouche bée. Puis elle se leva d'un bond pour se diriger vers le placard. Adamat la regarda un moment. Son corps était plus angulaire qu'il ne l'avait été ; des coudes aigus et une peau ridée à la place de courbes douces et de rondeurs fort agréables. Depuis qu'elle avait pris sa retraite de l'armée, les années avaient laissé leur empreinte, et elle était loin d'être aussi belle que dans sa jeunesse. Quoique, pensa Adamat, il ne valait guère mieux. Petit, presque chauve, son visage rond de plus en plus creusé au fil du temps alors que sa barbe et sa moustache rétrécissaient. Il n'était plus aussi jeune qu'il l'avait été. Et pourtant… Il se mordit la lèvre inférieure en regardant Faye, imaginant des activités qui devraient forcément attendre.

Elle se retourna et le surprit à la détailler.

— Tu viens avec nous, n'est-ce pas ? demanda-t-elle.

— Non.

— Pourquoi ? reprit-elle après un silence.

Il ferait mieux de mentir. De lui parler de ses engagements précédents.

— Je… suis impliqué.

— Oh, non Adamat, bordel, qu'est-ce que tu as fait ?

Il retint un sourire. Il aimait bien l'entendre jurer.

— Pas comme ça, non. C'est suite à la convocation de ce soir. Le maréchal Tamas avait une tâche à me confier.

Elle fit la grimace.

— Sauf que *lui* a eu assez de tripes pour renverser un roi. Eh bien, arrête de sourire comme un idiot. Va appeler une calèche et aider les enfants à mettre leurs chaussures. (Elle fit un signe de la main.) Allez, vas-y !

Vingt minutes plus tard, Adamat regardait sa famille s'empiler dans deux calèches. Il paya les cochers et resta un moment aux côtés de son épouse.

— Si les émeutes semblent se déplacer dans ta direction, n'hésite pas à remettre les enfants au Deliv. Lorsque les choses se seront calmées, je reviendrai te trouver.

Le visage de Faye – généralement dur et désapprobateur – était soudain empreint de douceur. À ses yeux, elle était redevenue jeune, une fille inquiète attendant que son amant marche sur les routes de minuit. Elle se pencha pour l'embrasser tendrement sur la bouche.

— Que dois-je dire aux enfants ?

— Ne leur mens pas. Ils sont assez âgés.

— Ils vont s'inquiéter. Surtout Astrit.

— Bien sûr.

Faye renifla.

— Je ne suis pas allée à Offendale depuis ces vacances qu'on y a passées après la naissance d'Astrit. La maison est-elle habitable ?

— Elle est petite, admit Adamat. Douillette. Mais vous y serez en sécurité. Tu te souviens de nos codes ? La poste est à la ville suivante. J'enverrai une lettre à Saddie pour lui demander de t'apporter le courrier.

— Est-ce vraiment nécessaire ? demanda Faye. Je pensais que ce n'étaient que quelques échauffourées.

— Le maréchal Tamas est un homme dangereux. Je ne… (Il se tut avant de reprendre.) Simple précaution. Fais-moi confiance.

— Bien sûr. Prends bien soin de toi.

Adamat rendit son embrassade à son épouse, puis se pencha à la fenêtre de chaque calèche pour donner à chacun de ses neuf enfants un baiser, deux pour chacun des jumeaux. Il s'arrêta devant Astrit et s'agenouilla sur le plancher de la calèche pour la regarder dans les yeux.

— Vous resterez là-bas quinze jours. Cette ville va devenir un peu trop agitée.

— Pourquoi ne viens-tu pas avec moi ?

— Je dois contribuer à restaurer l'ordre.

Il pensa à la Promesse Rompue de Kresimir. Ces mots lui donnaient le frisson.

— Tu as froid ? demanda Astrit.

Il passa un doigt le long de sa joue.

— Oui. L'air est glacial. Je ferais mieux de rentrer avant d'attraper un rhume. Fais bon voyage !

Il ferma la porte de la calèche et resta là, à les regarder partir jusqu'à ce que les attelages tournent à l'angle de la rue. Faye lui manquerait, et ce pour bien des raisons. Lorsqu'il était lancé dans une enquête, elle était bien plus qu'une épouse pour lui. C'était une équipière. Elle disposait d'un vaste réseau d'amis et de connaissances et savait disséquer les ragots et les on-dit pour en tirer des informations que lui-même aurait été bien en peine d'obtenir.

Il partit vers la maison, mais s'arrêta en cours de route. Il avait cru voir un mouvement sous une porte cochère de l'autre côté de la rue. Un jeune homme revêtu d'un long manteau raide en sortit pour se diriger dans la direction opposée à celle qu'avaient prise les calèches. Il jeta un coup d'œil à Adamat et pressa le pas.

Ce dernier le regarda partir en s'assurant que cet étranger sentait le poids de son regard braqué sur son dos. Sans doute un des soudards de Palagyi. Il ne tarderait pas à avoir de ses nouvelles. Adamat rentra dans la maison, refermant la porte derrière lui, et se rendit aussitôt dans son étude. Il farfouilla dans les tiroirs de son bureau jusqu'à ce qu'il trouve du papier.

Lorsqu'il eut fini de rédiger son courrier, le soleil caressait enfin les fenêtres, éclairant les maisons et les montagnes lointaines. Il avait la crampe de l'écrivain et sa bougie avait brûlé jusqu'à n'être plus qu'un moignon. Il bâilla, laissant errer son esprit. Un faible grincement de métal raclant le métal attira son attention.

Adamat remit la liasse de lettres dans un tiroir qu'il verrouilla aussitôt. Il prit sa canne et la tourna jusqu'à ce qu'elle émette un déclic, puis traversa la maison, à l'affût du moindre bruit. Il atteignit une porte, vieille et petite, menant à un treillis envahi par la végétation qui correspondait avec le jardin séparant sa maison de la voisine. On pouvait s'y rendre depuis la demeure elle-même ou en empruntant un petit couloir qui passait entre les deux bâtisses, fermé par une porte à serrure.

Adamat ouvrit le panneau d'un coup sec, canne en main. Trois hommes se dressaient devant lui. Deux d'entre eux portaient les manteaux délavés et les chapeaux à simple rebord des travailleurs ordinaires. Les genoux et les manches de chemise du premier étaient noircis, sans doute d'avoir pelleté du charbon dans un four, et le deuxième, le forceur de serrure, arborait des vêtements trop grands pour lui, l'uniforme classique des voleurs des rues qui leur permettait de cacher toutes sortes d'objets sur leur personne. Le troisième était richement vêtu d'un pardessus gris sur un gilet noir, et avait des chaussures si brillantes qu'on pouvait y vérifier la propreté de ses dents.

Le forceur de serrure, toujours à genoux, leva les yeux sur Adamat.

— Vous faites tellement de bruit que vous auriez aussi bien pu frapper à la porte. (Adamat soupira en baissant sa canne et s'adressa au mieux habillé du trio.) Que me veux-tu, Palagyi ?

L'intéressé semblait surpris de le trouver là. Il repoussa une paire de lunettes rondes posée sur ses joues potelées plus que sur son nez mince. Cet homme était une anomalie vivante, avec un corps qui aurait davantage été à sa place dans un cirque. Son ventre recouvrait presque sa ceinture, et pourtant, ses bras et ses jambes étaient minces comme des brindilles. Il ressemblait à un boulet de canon surdimensionné avec des allumettes en guise de bras.

C'était un ancien brigand de rue, assez impitoyable pour s'être lancé dans des affaires légales, mais pas assez intelligent pour avoir oublié son passé douteux. Le rôle de banquier lui convenait à merveille. En un éclair, Adamat passa en revue son casier judiciaire.

— La rumeur veut que tu aies quitté la ville, dit Palagyi.

— Tu veux dire la rumeur selon ce dégénéré consanguin que tu as envoyé traîner autour de chez moi ces dernières semaines ?

— J'ai mes raisons de te garder à l'œil.

Il semblait irrité de voir qu'Adamat était toujours là.

Ce dernier eut un soupir consterné et regarda Palagyi grincer des dents. Cette brute avait horreur de ne pas être prise au sérieux. Il avait peu changé depuis le temps où il n'était qu'un ivrogne et un usurier.

— J'ai encore deux mois de délai avant de devoir payer ma dette.

— Tu ne pourras jamais rassembler soixante-dix mille kranas en deux mois. Donc, quand j'ai entendu dire que ta famille quittait la ville au beau milieu de la nuit, j'en ai conclu que tu avais peut-être choisi de prendre la voie des lâches et de t'enfuir.

— Fais bien attention avant de me traiter de lâche, fit Adamat en resserrant sa prise sur le pommeau de la canne.

Palagyi fit la grimace.

— Il y a bien longtemps que tu ne m'as pas battu comme plâtre, et tu n'es plus sous la protection de la police. Maintenant, tu es l'un des nôtres, un vulgaire rat de gouttière. Tu n'aurais jamais dû m'emprunter de l'argent.

Il éclata de rire. Un son métallique qui tapa sur les nerfs d'Adamat.

Ce fut son tour de grincer des dents. Il n'avait pas emprunté de l'argent à Palagyi, mais à une banque qui appartenait à un de ses amis. Un ami qui avait cessé de l'être lorsqu'il avait vendu la créance à Palagyi pour cent cinquante pour cent de sa valeur. Son nouveau créancier s'était empressé de tripler les intérêts, puis d'attendre que la nouvelle entreprise d'Adamat, une maison d'édition, fasse faillite. Ce qui n'avait pas tardé.

Palagyi essuya une larme de joie et renâcla comme un cheval.

— Lorsque j'apprends qu'un de mes plus gros débiteurs privés envoie sa famille Dieu sait où deux mois avant l'échéance, je préfère me déplacer personnellement pour voir ce qu'il en est.

— Et tu essaies de t'introduire chez lui ? rétorqua Adamat. Tu ne peux pas me jeter à la rue, pas avant l'échéance.

— Bon, peut-être que je me suis montré un peu trop empressé. (Palagyi eut un mince sourire.) Maintenant, je dois savoir où est ta famille, que je puisse garder un œil sur eux.

Adamat rétorqua entre des dents serrées :

— Chez mon cousin, à l'est de Nafolk. Surveille-les tant que tu voudras.

— Bien. Je n'y manquerai pas. (Palagyi tourna les talons, mais s'arrêta soudain.) Comment s'appelle ta fille ? La plus jeune. Je vais demander à mes hommes de la ramener, au cas où tu chercherais à monter dans un de ces nouveaux bateaux à vapeur pour filer à Fatrasta.

Palagyi eut juste le temps de frémir avant que la canne d'Adamat ne frappe son épaule. Il poussa un cri et tituba le long du jardin. Le charbonnier donna un coup de poing à Adamat, l'atteignant à l'estomac.

Celui-ci se cassa en deux sous l'effet de la douleur. Il ne s'attendait pas à ce qu'il frappe si vite et si fort. Il faillit lâcher sa canne et dut faire un gros effort pour rester debout.

— Je t'enverrai la police ! gémit Palagyi.

— Vas-y, siffla Adamat. J'ai toujours des amis là-bas. Ils te riront au nez. (Il se reprit et se redressa suffisamment pour claquer la porte.) Reviens dans deux mois !

Il s'empressa de tourner la clé du verrou.

Se tenant l'estomac, il regagna son bureau en titubant. Ce coup lui vaudrait une bonne semaine d'indigestion. Pourvu qu'il ne saigne pas.

Il mit quelques minutes à se remettre, puis rassembla ses lettres, quitta la maison et partit dans la rue. Tout autour de lui, il pouvait sentir croître une tension presque palpable. Il aurait bien voulu l'attribuer au conflit qui, il le savait, ne tarderait pas à éclater – la révolution qui balaierait la ville lorsque Manhouch serait déclaré mort et le chaos qui s'ensuivrait. Pourvu que Tamas parvienne à garder le contrôle de la situation. Une tâche qui pouvait bien s'avérer impossible. Mais non, cette tension n'était probablement due qu'à la migraine qu'il sentait poindre et à la douleur au creux de son estomac.

Non loin du bureau de poste, Adamat s'arrêta à l'angle d'une rue afin de reprendre son souffle. Il avait pressé le pas sans s'en rendre compte, un sentiment de danger rôdant dans un coin de son esprit.

Un vendeur de journaux qui ne devait pas avoir plus de dix ans apparut au pas de course. Il s'arrêta à côté d'Adamat et inspira profondément plusieurs fois avant de rejeter la tête en arrière et de brailler :

— Manhouch a été renversé ! Le roi est déchu ! À midi, Manhouch sera guillotiné !

Puis le garçon repartit en courant vers le coin de rue suivant.

Adamat resta un instant silencieux, abasourdi, puis se secoua. Il se retourna pour voir que d'autres faisaient comme lui. Il *savait* que Manhouch avait été renversé. Il avait vu le sang de la cabale royale sur la veste de Tamas. Cependant, l'entendre proclamer à haute voix au coin d'une rue faisait trembler ses mains. Le roi était destitué. On avait imposé cette révolution au pays, et le peuple serait bien obligé de réagir d'une façon ou d'une autre.

Le choc initial se dissipait déjà. Il y eut un moment de panique alors que les passants changeaient de direction en cours de route. Une calèche tourna abruptement dans la rue. Le cocher ne vit pas une petite fille, une marchande de fleurs, qui marchait sur la chaussée. Adamat s'empressa de la saisir par le bras et l'attira à lui avant que les chevaux ne la piétinent. Ses fleurs se répandirent dans la rue. Un homme bouscula un passant alors que, soudain, il se précipitait pour traverser la rue. L'autre homme le poussa à son tour, l'envoyant à terre. Une bagarre éclata, vite interrompue par un policier maniant sa matraque.

Adamat aida la fille à ramasser sa cargaison avant qu'elle ne s'enfuie. Il soupira. *Ça commence déjà*. Il baissa la tête et pressa le pas en direction du bureau de poste.

V

Tamas se tenait sur un balcon, cinq étages au-dessus de l'immense place publique connue sous le nom de Jardin du Roi, le visage au vent, regardant la foule se rassembler. Ses deux chiens sommeillaient à ses pieds, ignorant l'importance de ce jour. Il portait son uniforme fraîchement repassé, bleu nuit avec des épaulettes dorées et des boutons d'or en forme de baril de poudre. Les revers et le col étaient faits de velours rouge, sa ceinture de cuir noir. Sur l'insistance de ses aides de camp, il avait également mis ses médailles : des étoiles d'or, d'argent et violettes de tailles et de formes différentes, qu'une demi-douzaine de chahs gurlans et de rois des Neuf lui avaient décernées. Il avait passé son chapeau bicorne sous son bras.

Le soleil apparaissait à peine au-dessus des toits d'Adopest, et pourtant, à vue de nez, il y avait déjà quinze mille badauds sur la place, à regarder les hommes construire une rangée de guillotines. On disait que le Jardin pouvait contenir quatre cent mille hommes, soit la moitié de la population de la capitale.

Aujourd'hui, il saurait si le compte était bon. Son regard dériva du Jardin pour se poser sur la tour qui se découpait comme une épine sur le ciel. Sablecroc avait été érigée par le Roi d'Acier, le père de Manhouch, afin de servir de prison pour ses ennemis les plus dangereux et d'avertissement pour les autres. Sa construction avait duré la moitié de son règne de soixante ans et le matériau avec lequel elle avait été bâtie avait valu son surnom au monarque. Elle faisait trois fois la hauteur de n'importe quel autre bâtiment d'Adopest, un clou de basalte passablement laid qui semblait arraché à un livre de légendes des temps précédant l'ère de Kresimir.

En ce moment, Sablecroc était pleine à craquer, avec près de six cents nobles et pour certains, leurs épouses et fils aînés, plus cinq cents courtiers et dignitaires royaux qu'il valait mieux ne pas laisser en liberté. Lorsque Tamas ferma les yeux, il crut entendre des gémissements angoissés et se demanda s'ils étaient le fruit de son imagination. Les nobles savaient ce qui les attendait. Ils avaient eu un siècle pour s'y préparer.

Tamas se détourna en entendant s'ouvrir la porte derrière lui. Un soldat entra sur le balcon. Son uniforme bleu au col argenté était assorti à celui du maréchal, avec un triangle doré de sergent punaisé à son revers et des galons de service au-dessus de sa poitrine indiquant dix ans d'armée. On lui aurait donné une trentaine d'années. Sa barbe blonde était finement taillée, bien que le règlement militaire interdise son port, et ses cheveux étaient coupés court au-dessus des oreilles. Tamas le salua d'un hochement de tête.

— Olem, monsieur, au rapport.

— Bien, répondit Tamas. Tu es conscient du poste que je veux te confier ?

— Celui de garde du corps, reprit Olem, de serviteur personnel et de coursier. Tout ce qui siéra au maréchal. Sans vouloir vous manquer de respect, monsieur.

— J'imagine que c'est ainsi que Sabon l'a présenté ?

— Oui, monsieur.

Tamas réprima un sourire. Cet homme finirait peut-être par lui plaire. Bien qu'il ait la langue un peu trop bien pendue.

Un fin ruban de fumée s'éleva derrière Olem.

— Soldat, ton dos est en feu ?

— Non, monsieur.

— Alors d'où vient cette fumée ?

— Ma cigarette, monsieur.

— Une cigarette ?

— Du dernier cri. Du tabac ultra fin, monsieur, et à moitié prix. Venu tout droit de Fatrasta. Je les roule moi-même.

— On dirait une réclame, fit Tamas avec une pointe d'irritation.

— C'est mon cousin qui vend ce tabac, monsieur.

— Pourquoi la caches-tu derrière ton dos ?

Olem haussa les épaules.

— Vous ne buvez pas d'alcool, monsieur, et il est notoire que vous n'aimez pas trop la fumée non plus.

— Alors pourquoi est-ce que tu la caches derrière ton dos ?

— J'attendais que vous vous retourniez pour pouvoir tirer une bouffée, monsieur.

Au moins, il était franc.

— Un jour, j'ai fait fouetter un sergent qui avait fumé dans ma tente. Pourquoi crois-tu que je ne ferai pas de même avec toi ?

— Parce que vous avez besoin de moi pour surveiller vos arrières, monsieur. Il tombe sous le sens que vous ne ferez pas battre comme plâtre celui sur lequel vous comptez pour rester en vie.

— Je vois.

Olem n'avait même pas souri. Tamas décida que cet homme lui plaisait bien. Même si cela n'aurait pas dû être le cas.

Ils s'examinèrent mutuellement pendant un moment. Tamas ne pouvait s'empêcher de regarder le ruban de fumée qui s'élevait derrière Olem. C'est alors que l'odeur de son tabac atteignit ses narines. Elle n'était pas trop désagréable, moins âcre que la majorité des cigares, mais pas aussi plaisante que celle du tabac à pipe. Elle présentait même une pointe de menthe.

— Est-ce que j'ai le poste, monsieur ? demanda Olem.

— C'est vrai que tu peux te passer de sommeil ?

Olem tapota son front.

— J'ai le Don, monsieur. C'est un trait de famille. Mon père pouvait renifler un menteur à plus d'une lieue. Mon cousin peut manger comme cent, puis jeûner pendant des semaines. Mon Don particulier ? Je peux me passer de sommeil. J'ai aussi le troisième œil, donc vous voyez que ce n'est pas rien.

Les hommes qui avaient un Don étaient considérés comme les moins puissants parmi ceux qui montraient des inclinaisons pour la sorcellerie. Il se manifestait généralement sous la forme d'un talent particulier, et certains de ces talents pouvaient être assez puissants. Nombreux étaient ceux qui prétendaient posséder un Don. Seuls ceux qui détenaient le troisième œil – la capacité de voir la sorcellerie et qui s'en servait – l'avaient réellement.

— Pourquoi personne ne t'a-t-il jamais offert un poste de garde du corps ?

— Monsieur ?

— Avec un talent pareil, tu pourrais être chef de la sécurité pour un duc de Kez et gagner plus d'argent qu'une douzaine de soldats. Ou peut-être servir à l'étranger avec les Ailes d'Adom.

— Ah, répondit Olem. Je souffre du mal de mer.

— C'est tout ?

— Les gardes du corps des riches doivent pouvoir prendre le bateau avec eux. Moi, une fois sur l'eau, je ne suis qu'un poids mort.

— Donc, tu surveilleras mes arrières tant que je resterai sur le plancher des vaches ?

— En gros, oui, monsieur.

Tamas le regarda encore quelques instants. Parmi les soldats, Olem avait bonne réputation et tout le monde l'appréciait – il savait tirer, boxer, monter à cheval et jouer aux cartes et au billard. C'était un monsieur tout le monde.

— Il y a une tache sur ton CV, dit Tamas. Un jour, tu as décoché un coup de poing à un na-baron. Tu lui as cassé la mâchoire. Tu peux m'en parler ?

Olem fit la grimace.

— Officiellement, monsieur, je l'ai poussé pour lui éviter de se faire écraser par un attelage emballé. Je lui ai sauvé la vie. La moitié de ma compagnie a assisté à la scène.

— Tu l'as sauvé d'un coup de poing ?

— Oui.

— Et la version non officielle ?

— Cet homme était un crétin. Il a tué mon chien parce qu'il avait effrayé son cheval.

— Et si un jour, je suis obligé de tuer ton chien ?

— Je vous donnerai un coup de poing.

— C'est bon. Je t'engage.

— Oh, bien.

Olem eut l'air soulagé. Il retira ses mains de derrière son dos pour fourrer aussitôt sa cigarette dans sa bouche et tirer dessus. Il exhala de la fumée par le nez.

— Elle risquait de s'éteindre.

— Je vais regretter ma décision, n'est-ce pas ?

— Bien sûr que non, monsieur. Quelqu'un arrive.

Tamas vit du coin de l'œil un mouvement à l'intérieur du bâtiment.

— Il était temps.

Il se dirigea vers la porte du balcon et s'arrêta. Les chiens se réveillèrent et se massèrent autour des jambes de leur maître. Le maréchal jeta un coup d'œil à Olem.

— Tu es aussi censé m'ouvrir la porte.

— Oh, oui. Pardon, monsieur. Il me faudra peut-être un temps d'adaptation.

— À moi aussi, acquiesça Tamas.

Olem lui ouvrit donc la porte. Les chiens bondirent en avant, la truffe au sol. Malgré le bourdonnement croissant des voix dans le Jardin, la pièce était presque silencieuse. Après plusieurs nuits blanches, Tamas trouva ce calme réconfortant.

Il se trouvait dans un bureau, si toutefois une pièce si immense pouvait porter ce nom. Ça avait été celui du roi, un lieu où il pouvait étudier en paix ou examiner les décisions de la Maison des Nobles. Comme tout ce qui nécessitait un brin d'intelligence ou d'intérêt pour les affaires du royaume, ce bureau était resté inoccupé durant la totalité du règne de Manhouch – bien que Tamas sût de source sûre que, l'an dernier, Manhouch l'avait prêté à sa maîtresse préférée avant que ses conseillers ne le découvrent.

Ricardo Tumblar se tenait face à une table pleine de nourriture, farfouillant dans une pile de gâteaux sucrés pour se réserver les meilleurs. Bien qu'il perdît ses cheveux bruns coupés court, il était encore bel homme, avec des traits altiers et des rides aux coins de la bouche démontrant qu'il souriait un peu trop. Il portait un costume coûteux fait de poils d'un animal quelconque venu des provinces septentrionales de Gurla, et sa barbe était longue, selon la mode de Fatrasta. Un chapeau et une canne tout aussi éclectiques et coûteux étaient posés près de la porte.

Ricardo contrôlait l'unique syndicat des travailleurs d'Adopest et l'intégralité du conseil des comploteurs de Tamas. De tous ses membres, il était le seul avec qui on pouvait avoir une conversation intéressante pendant plus de quelques minutes. Hrousche et Rirepoix vinrent renifler ses basques jusqu'à ce qu'il leur donne un gâteau chacun. Les chiens s'emparèrent de leur butin et battirent en retraite vers le canapé près de la fenêtre.

Tamas soupira. Il n'aimait pas que d'autres leur donnent à manger. Ils auraient la chiasse pendant une semaine.

— Sers-toi, dit Tamas.

Ricardo lui sourit.

— Merci, c'est ce que je vais faire. (Il fourra un gâteau dans sa bouche et parla en mâchant.) Tu y es arrivé, mon vieux ! Je n'y croyais pas, et pourtant, tu as réussi.

— Pas tout à fait, corrigea Tamas. Il faut mener à bien les exécutions et remettre de l'ordre dans la cité. Il y aura des émeutes et des coups de main des royalistes, et en plus, je dois m'occuper des Kez.

— Et diriger le pays, ajouta Ricardo.

— Heureusement, je laisserai ça au conseil.

Ricardo leva les yeux au ciel.

— Oui, quelle chance. Je redoute le moment où il faudra composer avec les autres. On a besoin de ton jugement pour ne pas s'entre-égorger.

— C'est vrai, convint Ondraus.

Le préfet entra d'un pas lent, canne en main, un gros classeur sous l'autre bras. Il traversa la pièce pour jeter son fardeau sur le bureau du roi, puis se laissa tomber sur la chaise derrière le meuble. Tamas faillit protester, puis se retint.

Ondraus ouvrit le classeur. Tamas aurait pu jurer voir s'élever un nuage de poussière. Il se rapprocha. C'était un volume très âgé, avec des lettres dorées embossées sur la couverture – un mot en deliv ancien. Qui avait trait à l'argent, présuma-t-il. Les pages elles-mêmes étaient presque noires. En y regardant de plus près, il vit une écriture serrée – des lettres et des chiffres rédigés de façon si dense qu'il fallait une loupe pour les déchiffrer.

— Le trésor du roi est à sec, annonça Ondraus.

Il tira une loupe de sa poche et la braqua sur les pages, la lorgnant comme s'il parcourait quelques lignes au hasard.

Ricardo inspira sèchement, s'étranglant sur un bout de gâteau.

— Comment ça ? demanda Tamas en scrutant le préfet.

— Je ne l'avais pas ouvert depuis la mort du Roi d'Acier, répondit le préfet en désignant le volume. On y notifie toutes les transactions faites au nom de la Couronne au cours des siècles, jusqu'au dernier krana. Depuis que Manhouch est monté sur le trône, il était aux mains de ses comptables personnels. Au moins, on peut dire qu'ils ont bien tenu leurs registres. Et d'après leurs écritures, il n'y a plus un seul krana dans les coffres royaux.

Tamas serra le poing pour empêcher ses doigts de trembler. Comment allait-il payer ses soldats ? Nourrir les pauvres et financer les forces de police ? Il lui faudrait des centaines de millions – il espérait au moins en avoir une dizaine en caisse.

— La première chose à faire, déclara Ondraus en refermant le classeur, c'est de lever des impôts.

— Non, répondit Tamas. Ce n'est pas une option, tu le sais. Si nous remplaçons Manhouch par des impôts encore plus écrasants et des contrôles encore plus stricts, d'ici un an tout au plus, ce sont nos têtes qui rouleront dans un panier.

— Pourquoi voulez-vous lever des impôts ?

L'Archidiocèle Charlemund entra dans la pièce, les longues robes violettes de sa fonction traînant derrière lui. C'était un homme de haute taille, fort et athlétique, qui, contrairement à bien d'autres, n'avait pas perdu la force de la jeunesse en atteignant l'âge mûr. Il avait un visage anguleux, des yeux bruns et était rasé de frais. Il était paré de fourrures et de soies luxueuses, avec un chapeau rond doré perché sur son crâne. Les anneaux passés à ses doigts présentaient assez d'or et de pierres précieuses pour acheter une douzaine de manoirs. Mais ça n'avait rien de surprenant chez un Archidiocèle de l'Église Kresim.

— Je vois que vous avez apporté toute votre garde-robe, remarqua Ricardo.

Tamas inclina la tête.

— Charlemund, salua-t-il.

L'Archidiocèle eut un reniflement méprisant.

— Je suis un homme de la Corde, dit-il. J'ai un titre dont vous pouvez vous servir, bien que ça me pèse de vous l'infliger.

— Votre Éminence !

Ricardo mima le geste de retirer son chapeau et se courba.

— Je me doute qu'un homme tel que vous est incapable de comprendre, dit l'Archidiocèle à Ricardo. Je pourrais répondre à vos provocations, mais vous êtes trop lâche pour vous battre en duel.

— J'ai des hommes pour le faire à ma place, répondit-il.

Il y avait une pointe de frayeur dans son regard. Avant d'être nommé à la Corde, l'Archidiocèle avait été le meilleur bretteur de tous les Neuf, et il avait la réputation de provoquer parfois des hommes et – prêtre ou non – de les étriper sans pitié.

— Il reste les biens immobiliers, dit Tamas au préfet. Maintenant que les nobles et leurs proches vont tous tâter de la guillotine, la moitié d'Adro est à nous. Ondraus, ce que je vais te dire devrait te plaire : fourgue-moi tout ça. Lentement, mais assez vite pour financer tous les projets dont nous avons discuté. Vends le tout à des étrangers s'il le faut, mais bon sang, lève-nous des fonds.

— Il y avait des projets pour ces biens, remarqua l'Archidiocèle.

— Oui, et…

— Que comptez-vous faire de cette fameuse Propriété ? demanda une nouvelle voix.

Tamas soupira. Dame Winceslav entra à son tour, vêtue d'une robe rivalisant facilement avec celle de l'Archidiocèle en termes d'opulence, tant en ce qui concernait le tissu que les gemmes qui y étaient incrustées. C'était une femme d'une cinquantaine d'années, avec des pommettes hautes, une taille fine et des boucles d'oreilles en diamant. Elle dirigeait les Ailes d'Adom, la compagnie de mercenaires la plus prestigieuse au monde, et était Adrane de souche. Ces derniers mois, en toute discrétion, on avait rappelé ses troupes de leurs divers postes étrangers pour les rapatrier à Adro en préparation du coup d'État, et Tamas savait qu'il aurait désespérément besoin d'eux très prochainement.

Un homme grand et chauve en tunique une-pièce la suivait de près : l'eunuque du Propriétaire. Enfin, le doyen Lektor – le vice-chancelier de l'université d'Adopest – s'annonça derrière eux. Il avait bien dix ans de plus que le préfet et était d'un poids supérieur d'au moins cent livres. Il tituba jusqu'à une chaise.

Tous les six co-conspirateurs de Tamas étaient désormais présents : cinq hommes et une femme qui avaient contribué à la chute de Manhouch et qui, maintenant, décideraient de l'avenir d'Adro.

— Par la poix, Tamas, dit le vice-chancelier en essuyant son front dégoulinant de sueur. (Une marque de naissance violette sinuait le long du côté gauche de son visage, touchant ses lèvres et un de ses yeux. Il portait la barbe, mais les poils ne poussaient pas sur cette marque, donnant à ce vieux lettré une apparence barbare.) Il fallait vraiment choisir le dernier étage ? Vous le regretterez dans quelques années, lorsque vos os deviendront friables.

— Ma dame, dit Tamas, hochant la tête en direction de Dame Winceslav, puis vers le vice-chancelier et l'eunuque. Doyen. Eunuque. Merci d'être venus.

L'eunuque se glissa vers l'angle et regarda par la fenêtre. Il se déplaçait avec l'agilité d'une anguille et sentait les épices du sud. Le Propriétaire, le numéro un de la pègre d'Adopest, ne participait jamais en personne à ce genre de rencontre – il préférait envoyer un de ses lieutenants.

— Nous n'avions pas le choix, déclara-t-il d'une voix douce, comme un enfant parlant dans une église. Vous avez avancé la date des opérations.

— Ce n'est pas tout, ajouta Charlemund. Il cherche à prendre possession des propriétés que nous avons confisquées aux nobles.

Tamas leva les mains pour apaiser les voix qui s'élevaient déjà et jeta un regard furieux à l'Archidiocèle.

— Nous ne sommes pas là pour découper Adro comme une pièce de boucher, rétorqua-t-il. Nous sommes là pour la rendre à son peuple. Si dans les années qui vont suivre, nous voulons avoir un minimum de contrôle sur ce pays, il nous faut absolument de l'argent. Vos mercenaires auront des terres, ma Dame, et Ricardo, ton syndicat touchera des subventions. Tout le monde aura sa part.

— Quinze pour cent pour l'Église, demanda calmement l'Archidiocèle en étudiant ses ongles.

— Allez brûler en enfer, rétorqua Ricardo.

— Je ne demande qu'à vous y envoyer, répondit l'Archidiocèle.

Il passa une main sous ses robes. Ricardo se recula.

— Charlemund ! lâcha Tamas.

L'Archidiocèle s'arrêta et se tourna vers Tamas.

— L'Église touchera sa dîme habituelle de quinze pour cent. C'était le prix de notre soutien.

— Le prix ? répéta Tamas. Je croyais que le coup d'État était sanctionné par l'Église parce que Manhouch laissait mourir de faim son peuple. Ou était-ce parce qu'il taxait l'Église afin d'entretenir un palais rempli de concubines ? Je ne me souviens plus. L'Église aura cinq pour cent et devra s'en contenter.

L'Archidiocèle fit un pas vers Tamas.

— Comment osez-vous ?

Tamas ne se recula pas. Sa main se dirigea vers l'épée courte passée à sa ceinture.

— Défiez-moi si vous l'osez, cracha-t-il. Pour rendre les choses plus intéressantes, je ne choisirai pas le pistolet.

L'Archidiocèle hésita. Un rictus étira le coin de sa lèvre.

— Si je vous éliminais, dit-il, mon pays sombrerait dans le chaos et l'anarchie. Je réponds avant tout devant Dieu. Mon pays passe en second. Je vais aller trouver les autres Archidiocèles et voir ce que je peux faire.

Il retira ses mains de sous ses robes et les étendit en signe de paix.

Tamas décocha un sourire hypocrite à Charlemund.

— Merci.

Sa main se posa sur la garde de son épée.

L'eunuque prit la parole :

— S'il n'y a plus un sou dans le trésor royal, quel argent Manhouch dépensait-il ?

— Celui de l'Église, grogna l'Archidiocèle.

— En partie, corrigea Ondraus. Il a emprunté des sommes colossales à diverses banques des Neuf. La Couronne doit au gouvernement kez près de cent millions de kranas.

Ricardo émit un sifflement.

Tamas se tourna vers le préfet.

— La Couronne est sur le point de finir dans un panier. Dès que tu auras dissous les propriétés des nobles, commence à payer nos propres banques. Et s'il reste encore un peu d'argent, règle nos alliés.

— Ce sont surtout des Kez, fit Ondraus en haussant les épaules.

— Bien. Ils peuvent crever.

Il se retourna en entendant des éclats de rire. L'eunuque était toujours près de la fenêtre. Il avait pris un verre d'eau glacée et fixait son fond.

— Votre vendetta personnelle contre les Kez finira par tous nous envoyer faire connaissance avec la lame du bourreau, dit-il.

— Ça n'a rien de personnel, rétorqua Tamas.

Et pourtant, il savait que personne n'était dupe. Ils étaient tous au courant pour sa femme. Tous les Neuf l'étaient. Ce qui ne l'empêchait pas de nier l'évidence.

— Cette dette explique pourquoi Manhouch était prêt à vendre Adro aux Kez. (Il s'interrompit avant de reprendre.) L'un d'entre vous a-t-il pris la peine de lire les Accords ?

— Ils étaient censés limiter le pouvoir des syndicats, dit Ricardo.

— Et déclarer les Ailes d'Adom hors-la-loi, ajouta Dame Winceslav.

— Est-ce que l'un d'entre vous a examiné l'intégralité des Accords et pas uniquement ce qui le concernait directement ?

Assis à l'arrière de la pièce, le vice-chancelier leva la main. Tous les autres évitèrent de croiser le regard de Tamas.

— Ils auraient détruit Adro telle qu'elle est aujourd'hui, reprit Tamas. Nous aurions tous été esclaves des Kez, officieusement sinon officiellement. Le peuple meurt de faim, la nation a assez souffert sous le règne de Manhouch. Elle aurait subi encore plus d'avanies sous les Kez. C'est pour *ça* que nous envoyons Manhouch à la guillotine.

Et non pas parce que les Kez ont exécuté mon épouse et que Manhouch les a laissés faire sans une protestation.

— Allez-vous dire quelque chose ? intervint soudain Dame Winceslav.

— À qui ? demanda Tamas.

— À la foule. Vous devez vous adresser au peuple. Leur monarque est sur le point d'être décapité. Ils vont se retrouver sans chef. Ils doivent savoir qu'ils ont quelqu'un pour les diriger, pour les aider à surmonter les épreuves qui les attendent.

À surmonter la guerre avec les Kez, qui était désormais quasiment inévitable, voulait-elle dire.

— Non, répondit Tamas. Aujourd'hui, je resterai muet. De plus, ce n'est pas moi qui prends la place du roi, mais vous six. Je suis là pour protéger le pays et maintenir la paix pendant que vous composez un gouvernement qui aura à cœur de penser au peuple avant tout.

— Ce serait tout de même mieux de faire une déclaration, remarqua le vice-chancelier, tripotant sa tache de naissance alors qu'il parlait. Pour préserver la paix.

Tamas eut un regard qui les englobait tous.

— Pour l'instant, le peuple veut du sang, pas des discours. Et ce depuis des années. Je l'ai senti. Vous aussi. C'est pour cela que nous nous sommes unis pour déposer Manhouch. Puisqu'ils veulent du sang, je vais leur en donner. Beaucoup. Un déluge qui va les noyer, les écœurer. Puis mes soldats les rabattront vers le quartier Samalien, où ils pourront piller les maisons des nobles, violer leurs filles et tuer leurs jeunes fils. J'ai l'intention de les confronter à leur propre folie. D'ici deux jours, je réprimerai les émeutes. Alors, viendra le temps des proclamations. Mes soldats puniront les émeutiers d'une main et donneront des provisions et des vêtements aux pauvres de l'autre. Croyez-moi, je *vais* remettre de l'ordre.

Les six membres de son conseil le regardèrent en silence. Dame Winceslav avait blêmi et Ricardo comme l'eunuque s'étaient plongés dans une étude minutieuse du fond de leur verre. Tamas voulait qu'ils y réfléchissent. Qu'ils pensent à ce qu'il ferait pour protéger son pays, rendre justice et restaurer l'ordre.

— Vous êtes un homme dangereux, remarqua l'Archidiocèle.

— Vous parlez comme si vous pouviez contrôler une foule, reprit l'eunuque d'un ton dédaigneux.

— Nul ne peut accomplir un tel exploit, répondit Tamas, mais on peut lâcher la meute. Je suis prêt à en assumer les conséquences. Si vous avez des objections, exposez-les maintenant. Mais, je vous le répète : ces gens sont assoiffés de sang.

Les autres gardèrent le silence. Au bout d'un moment, Tamas continua :

— Nous avons encore bien des choses à discuter.

Le maréchal alla s'asseoir dans un coin et regarda plus qu'il n'intervint pendant que ses co-conspirateurs débattaient des actions à entreprendre au cours des prochains mois. Il faudrait nommer des gouverneurs, réécrire les lois, payer les ouvriers. Ils avaient beaucoup de chemin à faire. Il siffla ses chiens, puis posa une main sur la tête de chacun d'entre eux tout en écoutant.

Il leva les yeux en entendant s'ouvrir la porte du balcon et s'aperçut alors qu'il s'était assoupi.

— Monsieur, dit Olem, c'est l'heure.

Tamas se leva, secouant les dernières traces de sommeil, puis alla tenir la porte pour Dame Winceslav.

— Ma Dame.

Le groupe s'aligna sur le balcon. Tamas regarda le Jardin, et le spectacle qui l'attendait lui coupa le souffle. La foule était si dense qu'on ne voyait pas un seul pavé. Tous étaient là, épaule contre épaule, le murmure des voix évoquant le bruit du ressac sur une plage. Non seulement le peuple occupait chaque pouce du Jardin, mais il débordait dans les cinq rues adjacentes pour s'étaler à perte de vue.

— Monsieur, dit Olem.

Tamas se força à détourner les yeux de la foule. Il s'enorgueillissait d'être un homme qui ignorait la peur, mais face à une telle affluence, il se sentait tout petit. Il se demanda brièvement s'il n'était pas fou à lier. Personne ne pouvait contrôler une telle masse. L'expression de ses compagnons lui apprit qu'ils partageaient son admiration teintée d'appréhension – même Ondraus le cynique en restait sans voix.

Tamas ajusta son chapeau pour se protéger du soleil de midi. Il s'aperçut soudain qu'il ne s'était pas rasé depuis deux jours et que ses joues étaient mangées de barbe. Ce qui n'était pas digne d'un maréchal en uniforme d'apparat.

En contrebas, le tumulte s'était calmé jusqu'à n'être plus qu'un murmure à peine audible. Il se retourna et sentit son cœur se serrer en constatant que tous les visages étaient braqués sur lui.

— Je n'ai jamais vu une foule pareille, murmura Tamas, ni une audience si captive. Tout est prêt ? demanda-t-il à Olem.

— Oui, monsieur.

Tamas scruta les bâtiments avoisinants. Ses poudremages et ses meilleurs tireurs d'élite étaient postés sur les toits, leurs fusils pointés sur la foule. Tamas tenta d'imaginer la tête de la Privilégiée qui avait massacré ses mages pas plus tard qu'hier soir. Le visage buriné, les cheveux grisonnants, des rides aux coins des yeux et sa tunique puant la poussière. Il se demanda si elle viendrait faire une ultime tentative de sauver le roi. Tout en haut, au Palais d'Horizon qui se découpait à l'est, dominant les toits de la ville, Taniel et ses mercenaires étaient lancés à ses trousses.

Tamas regarda ses compagnons sur le balcon et se demanda ce qu'ils diraient s'ils savaient qu'ils servaient d'appâts pour une Privilégiée. Il sentait qu'Olem avait ouvert son troisième œil et scrutait la foule.

— Donne le signal, dit Tamas.

Olem leva une paire de drapeaux rouges et les agita par deux fois.

Les portes de Sablecroc s'ouvrirent avec un grincement aigu qui dut s'entendre à des lieues à la ronde. La foule tourna le dos à Tamas, les corps se tordant par vagues gigantesques alors que leur attention se portait vers l'autre côté du Jardin du Roi. Tamas se pencha en avant, son cœur martelant sa poitrine.

Des soldats montés à cheval s'écoulèrent des portes de la prison pour se frayer un chemin au milieu de la foule. Tamas put entrevoir le crâne luisant de Sabon en tête du petit groupe, hurlant ses directives. La foule fut bien obligée de s'écarter, délimitant un passage. Un chariot de transport de prisonniers les suivit.

La foule rugit comme un seul homme et se propulsa en avant. Un instant, Tamas redouta qu'ils n'arrivent à submerger Sabon et ses troupes. Le roi atteindrait-il seulement la guillotine ?

Les soldats repoussèrent la masse de corps. Ils se dirigèrent vers la place, progressant pouce par pouce, sans cesser de lutter contre les citadins. Le chariot du roi vint s'arrêter devant la rangée de guillotines, juste en dessous du balcon de Tamas. Les soldats se déployèrent derrière le véhicule, s'efforçant de maintenir le passage ouvert, comme un serpent géant au milieu de la multitude d'hommes et de femmes. Tamas avala la boule qui s'était formée dans sa gorge. Depuis la porte de Sablecroc, entre les deux rangées protégeant le cordon, s'avança une caravane d'un millier de captifs aux chevilles reliées par des chaînes. C'était les nobles et leurs fils aînés, ainsi que bon nombre de leurs épouses. Leurs tenues luxueuses n'avaient aucune signification pour les roturiers furieux qui, sur leur passage, leur crachaient dessus ou leur jetaient de la nourriture avariée par-dessus la tête des soldats.

— Après ça, remarqua Olem, le bourreau va prendre sa retraite.

Devant ce spectacle, Tamas était en proie à des sentiments contradictoires : une partie de lui était exaltée, une autre écœurée. Ce qui se passait aujourd'hui avait été planifié depuis des dizaines d'années. Il tremblait d'enthousiasme et, pourtant, ne pouvait s'empêcher de douter. S'il y avait un fait d'armes qui lui vaudrait de figurer dans les livres d'histoire, c'était bien celui-là.

Un tumulte s'éleva à sa droite, dans la rue de la Reine Floun. Le cœur aux bords des lèvres, il demanda :

— Donne-moi un fusil.

Olem obéit aussitôt.

— Une charge de rechange.

Tamas prit la charge et la brisa entre ses doigts. Il déposa un peu de poudre noire sur sa langue et, aussitôt, sentit un picotement. Il tressaillit et se retint à la rambarde pendant que sa vision se modifiait. Il ferma les paupières et, lorsqu'il les rouvrit, tout lui sembla beaucoup plus clair, plus détaillé. Il pouvait distinguer chaque cheveu sur la tête de ceux qui se tenaient cinq étages plus bas et voir à presque une lieue le long de l'avenue de la Reine Floun, comme s'il s'y trouvait physiquement.

— Des Dragons, dit-il. Toute une compagnie.

Les Dragons portaient les uniformes chamarrés des Prétoriens du roi et s'avançaient montés sur de puissants chevaux de guerre. Ils se frayaient un chemin au milieu de la foule comme si la rue avait été déserte, piétinant sans sourciller femmes et enfants. Ils chevauchaient fièrement, sabre au clair, pistolets tirés.

Sans attendre un ordre, Olem leva d'une main le drapeau. Il le fit tournoyer au-dessus de sa tête, puis le tendit à l'horizontale en direction de l'avenue de la Reine Floun. Tamas vit alors des hommes en manteau noir, de simples points au milieu de cette multitude, partir dans cette direction. C'était des soldats grands, forts et revêches issus du fameux contingent des Montagnards, spécialement dépêchés pour gérer les foules. Les tireurs postés sur les toits au-dessus de l'avenue se tournèrent vers les Dragons. Tamas jeta un coup d'œil à Olem pour constater que Sabon l'avait bien préparé à ce qui allait suivre. Il se montrait calme, professionnel, même maintenant, alors que les Prétoriens menaçaient de faire capoter leurs plans.

— Ne tirez pas avant mon signal, déclara Tamas.

Olem retranscrit son ordre à l'aide de ses drapeaux.

Les Dragons ralentirent en abordant le Jardin du Roi. La masse humaine y était trop dense, même pour leurs bêtes de près de deux mille livres. D'autres corps disparurent sous leurs sabots : il n'y avait nulle part où fuir. La foule se tourna vers les Dragons.

Les montures des Prétoriens s'immobilisèrent. Où pouvaient-ils aller ? Marcher sur la tête des badauds ? Ils tentèrent frénétiquement de faire avancer les chevaux alors que des gémissements s'élevaient derrière eux, suivis des cris de colère des amis et des familles des victimes, qui tentaient désespérément de venir en aide à ces dernières.

Le premier Prétorien fut arraché à sa monture et disparut sous une masse de corps. Des mains se tendirent pour agripper les autres qui, pris de panique, donnèrent des coups de sabre dans le vide. Un coup de pistolet résonna, et la foule répondit comme un seul homme : par un rugissement de colère.

Un Prétorien tint bon quelques minutes, faisant décrire des cercles à son cheval qui martelait le sol de ses sabots, jouant de sa lame pour tenir les gueux à distance, puis la foule finit par s'emparer de lui. Tamas entendit un hoquet incrédule. Dame Winceslav s'évanouit. Une tête s'éleva au-dessus de la foule. Elle portait toujours son grand chapeau à plumes de Prétorien, mais il lui manquait définitivement un corps. Elle passa de mains en mains, laissant derrière elle un sillage de sang et de chair. D'autres têtes ne tardèrent pas à la rejoindre.

Tamas se força à regarder. C'était là son œuvre. Pour Adro. Pour le peuple.

Pour Erika.

— Voilà une mort particulièrement horrible, monsieur, remarqua Olem.

Il tira sur sa cigarette, regardant la foule comme le faisait Tamas, alors que même Charlemund avait détourné les yeux.

— Oui, répondit le maréchal.

On mena le roi et la reine aux guillotines. Elles étaient au nombre de six, bien alignées, prêtes à servir, les bourreaux en position. Manhouch et sa femme se tinrent face à la foule qui les bombardait de nourriture pourrie. Tamas cligna des yeux en voyant un bout de viande sanguinolente frapper la reine en pleine face, laissant une trace écarlate sur sa peau d'albâtre et sa robe de chambre crème. Elle s'évanouit alors, s'écroulant sur le sol de la plateforme. Manhouch sembla ne rien remarquer.

Tamas se tourna à nouveau vers les têtes des Dragons. Elles continuaient de naviguer au milieu de la foule, se rapprochant des guillotines.

Le roi leva les yeux vers le maréchal, puis fouilla sa poche pour y saisir un morceau de papier souillé. Il s'éclaircit la gorge pour prendre la parole, bien que Tamas doutât que quelqu'un puisse l'entendre, à part peut-être le bourreau. Le brouhaha s'accentua alors que Manhouch tentait de faire son discours final, jusqu'à ce qu'il finisse par renoncer et baisser la tête d'un air vaincu. Le bourreau tira sur sa chaîne. Comme figé sur place, le roi ne bougea pas, si bien que l'homme dut lui donner un coup sur la nuque et le traîner vers la guillotine.

C'était une bien piètre consolation, pensa Tamas, mais le roi comme la reine étaient inconscients lorsque la lame s'abattit.

La tête de Manhouch roula dans le panier posé sous la machine, et une fontaine de sang aspergea les spectateurs les plus proches, bien qu'on ait aménagé une zone de sécurité de dix pas. On plaça la reine inerte dans la guillotine adjacente alors que les servants préparaient à nouveau la précédente. Sa tête tomba à son tour dans une cascade de boucles blondes.

— Ça va prendre toute la journée, murmura Ricardo.

— Oui, répondit Tamas. Et toute la journée de demain. Je t'ai bien dit que j'entendais offrir au peuple assez de sang pour qu'il s'étouffe. (Il regarda la tache écarlate qui s'étendait de la plate-forme jusqu'aux pieds d'hommes et de femmes soudain nerveux.) Il détrempera le Jardin du Roi et teintera ses pierres.

Tamas scruta une fois de plus la foule avant de s'éloigner du balcon. La Privilégiée n'était pas venue. Il restait donc encore un ennemi en liberté. *Non*, corrigea-t-il, *pas en liberté. Tôt ou tard, Taniel la trouvera*.

— Quand les gens auront faim, annonça-t-il sans s'adresser à personne en particulier, alors viendront les émeutes. Demain, nous imposerons le couvre-feu. En attendant, je vous suggère d'éviter de traîner dans les rues.

VI

Adamat héla un fiacre afin de se rendre à l'université d'Adopest. Le trajet n'était pas bien long, mais on aurait dit que toute la population se dirigeait vers le cœur de la capitale alors que l'université était excentrée. Lorsqu'ils atteignirent le quartier de Kirkam, le flot de la populace n'était plus qu'un ruisseau. Un calme presque surnaturel planait sur la cité universitaire.

Tout le monde était allé assister à l'exécution. Tamas devait avoir envoyé ses cavaliers les plus rapides porter le mot aux quatre coins de la ville, afin de donner à tous l'occasion de voir la mort de Manhouch. Ce qui n'était pas sans risques. Le peuple allait adorer ce spectacle. Adamat lui-même aurait bien aimé être aux premières loges. Mais pourvu qu'ils n'aient pas échangé un tyran contre un idiot.

Alors qu'il marchait le long des allées désertes de l'université, un bourdonnement lointain lui parvint. Adamat s'imagina que c'était là le rugissement de millions de voix qui assistaient à l'exécution du monarque déchu. Les pillages ne tarderaient pas, lorsque les gens commenceraient à quitter la place du massacre et s'apercevraient que tous avaient oublié de fermer leurs portes à clé, ou avaient déserté leurs boutiques. Puis viendraient les émeutes, lorsque les frères affronteraient leurs frères. Si Kresimir le voulait, à ce moment-là, il serait rentré chez lui.

Il passa entre le solarium et la bibliothèque, ses pas éveillant mille échos dans la cour vide, pour monter les marches du principal bâtiment administratif. Les grandes portes de chêne bordées de fer n'étaient pas fermées à clé. À l'intérieur, il passa devant une enfilade de bureaux. Il s'arrêta devant un portrait du vice-chancelier actuel. Même jeune, le doyen Lektor avait toujours été laid, avec cette marque de naissance violette mangeant un tiers de son visage. On disait qu'il était d'une érudition sans pareille. Adamat continua son chemin, passant devant le bureau du vice-chancelier pour s'arrêter face à la porte suivante.

Elle était petite, maintenue ouverte avec un bout de bois, et la pièce était si spartiate qu'elle aurait pu être un simple placard à balai. Même depuis le couloir, Adamat entendait le grattement d'une plume.

Il frappa deux fois sur le panneau. Dans un coin du réduit, un jeune homme était assis devant un simple meuble. On aurait pu s'attendre à ce que le bureau de l'assistant du vice-chancelier soit en désordre, mais chaque feuille de papier, chaque livre, chaque rouleau de parchemin étaient à sa place et chaque surface époussetée quotidiennement. Adamat sourit. Certaines choses ne changeaient jamais.

— Adamat, dit le jeune homme. (Il posa sa plume sur son support et souffla sur l'encre avant de mettre ses paperasses de côté.) Quelle agréable surprise.

— Uskan. Je suis content que tu sois resté ici plutôt que d'être allé assister à l'exécution.

Une ombre passa sur le visage de l'assistant alors qu'il faisait le tour de son bureau pour venir serrer la main d'Adamat.

— Une de mes stagiaires a un don pour l'écriture. Je lui ai demandé de tout noter en détail pour la postérité. (Uskan fit une grimace dégoûtée.) J'avais du travail. Et aucun goût pour les effusions de sang.

Adamat examina Uskan. Son ami avait bien l'air jeune, bien plus que ses quarante-cinq ans. Il avait le visage pincé d'un homme qui plisse souvent les yeux à force de lire sous une faible lumière.

— C'est le spectacle du siècle, remarqua-t-il.

— Du millénaire, oui, renchérit Uskan. (Il retourna à son bureau et fit signe à Adamat de prendre la seule autre chaise de la pièce.) Jamais dans l'histoire des Neuf, depuis leur création par Kresimir et ses frères, n'a-t-on déposé un roi. Pas une seule fois. Je ne… je ne sais même pas quoi dire. (Il effaça de son visage son air inquiet comme il l'aurait fait d'un simple grain de poussière.) Comment va Faye ?

— Partie avec les enfants, heureusement.

— Un coup de chance.

— Oui.

Uskan parut s'animer.

— Comment fonctionne cette presse à imprimer ? Ça fait si longtemps que j'ai du travail jusqu'au cou que je n'ai même pas pensé à t'envoyer une lettre. Ce doit être bien de la voir marcher. La première imprimerie à vapeur de tout Adro !

Adamat fit la grimace.

— On ne t'a rien dit ?

Uskan secoua la tête.

— Elle a explosé.

Uskan en resta bouche bée.

— Non !

— La déflagration a tué un apprenti et détruit la moitié du bâtiment. J'étais sorti boire une tasse de thé, et à mon retour… (Adamat mima une explosion avec ses mains.) Finies les éditions Adamat et Compagnie.

— Tu étais assuré ?

— Bien sûr, mais ils n'ont pas voulu payer. Je leur ai fait un procès en dommages et intérêts. Ils ont trouvé moins coûteux de filer un pot-de-vin au juge plutôt que me rembourser.

Uskan ne cessait de remuer les lèvres en silence.

— Je n'arrive pas à y croire. Tu avais de quoi devenir riche et célèbre. Si ça avait marché, tu serais millionnaire. Hé, je viens de voir qu'à Adopest, onze librairies ont ouvert en six mois. Lire est désormais à la mode. Des romans, de la poésie, des récits historiques. L'industrie du livre est florissante !

— Ne remue pas le fer dans la plaie.

— Désolé, fit Uskan en grimaçant.

Adamat agita la main.

— Ça arrive. C'était il y a près d'un an. Mais je ne suis pas là pour parler de mes soucis. Je travaille.

— Une enquête ? Au moins, tu as de quoi rebondir.

— Oui.

— Si je peux faire quoi que ce soit…

— J'espère que ça ne te dérangera pas trop. J'ai besoin d'en savoir davantage sur ce qu'on appelle « la Promesse Rompue de Kresimir » ou « la Promesse de Kresimir »…

Uskan se pencha sur sa chaise et regarda le plafond en fronçant les sourcils.

— Ça me dit vaguement quelque chose. Mais je n'arrive pas à mettre le doigt dessus. Je n'ai pas ton don. (Il se leva.) Allons jeter un œil.

Ils quittèrent le bâtiment administratif pour passer dans la bibliothèque. Quelqu'un avait pensé à verrouiller ses portes antiques, mais Uskan en avait les clés.

Le vestibule n'était guère qu'un endroit où accrocher son manteau et essuyer ses chaussures. Au-delà s'étendait une grande salle avec deux étages remplie d'échelles et d'escaliers, avec des tables de lecture posées au hasard au bout des étagères ou sous les fenêtres.

— J'espère que tu as une idée de l'endroit où on doit commencer, dit Adamat.

Il était facile d'oublier à quel point cette bibliothèque était immense – cela faisait des dizaines d'années qu'Adamat n'y avait pas mis les pieds.

— Sinon, on risque d'y passer la nuit.

Sans hésiter, Uskan vira vers la droite pour se diriger vers l'escalier le plus proche.

— Je crois le savoir, même si ça peut prendre un moment. Ces derniers mois, on a pas mal étendu notre catalogue et je ne passe pas autant de temps à la bibliothèque que je le voudrais. Et pourtant, je ne peux pas me plaindre qu'on reçoive de nouveaux livres. L'industrie a beau être florissante, ils restent chers. (Il regarda Adamat.) Une presse d'imprimerie à vapeur aurait changé tout ça.

Adamat leva les yeux au ciel. Uskan n'avait que de bonnes intentions, mais à l'entendre, on aurait dit qu'Adamat était responsable de l'explosion.

Uskan compta des rangées d'étagères avant d'en choisir une d'un air résolu. Il prit une échelle coulissante et la tira devant lui. Sa voix résonna dans l'espace vide au-dessus de leurs têtes.

— Dans le temps, c'était l'université de Jileman qui obtenait toutes les bonnes subventions. En fait, la collection des archives publiques d'Adopest est deux fois plus grande que la nôtre. Pourquoi n'as-tu pas commencé par là ?

Adamat prit le temps de passer ses doigts le long des reliures de cuir. Il aimait les bibliothèques. Elles étaient sèches et poussiéreuses, imprégnées de l'odeur du papier, qu'il associait au savoir. Et pour un enquêteur, c'était un élément crucial.

— Parce qu'en ce moment, le centre-ville est un zoo. À cause d'une certaine exécution, si tu t'en souviens.

Uskan se retourna vers lui.

— Oh, oui, fit-il en continuant de pousser l'échelle. Si nous ne trouvons pas ici, tu n'auras qu'à aller aux archives. Ils sont plutôt bien organisés. On y trouve des bibliothécaires très compétents… Référence croisée : « théologie » et « histoire ». Du moins c'est là que je vais regarder en premier.

Uskan arrêta l'échelle coulissante et l'escalada. Les marches de fer grincèrent et Adamat posa une main dessus pour la stabiliser.

— J'essaie d'éviter de référencer la théologie.

Le gloussement sec d'Uskan lui parvint depuis dix pieds au-dessus.

— Comme tout le monde de nos jours, non ? (Un silence.) Voilà qui est étrange.

— Quoi ?

L'échelle grinça à nouveau pendant qu'il redescendait.

— Il manque des livres. Quelqu'un doit les avoir empruntés. Seuls les membres de la faculté en ont le droit, et en ce moment, notre classe de théologie est totalement désorganisée. En tout et pour tout, elle se compose de trois frères qui passent la moitié de l'année en congé sabbatique dans des pays plus chauds. Plus personne n'étudie la théologie. Seules comptent les mathématiques et la science. Par Kresimir, depuis mon arrivée ici, les départements de physique et chimie ont quintuplé ! (Il jeta un coup d'œil au vide dans les étagères là où s'étaient trouvés les livres manquants.) Il me semble pourtant me rappeler… Peu importe, allons chercher ailleurs.

Adamat suivit son ami au deuxième étage. Les livres qu'il croyait y trouver étaient également absents. Ils regardèrent à deux autres endroits avant qu'Uskan ne s'appuie sur une étagère pour s'essuyer le front.

— Quelqu'un doit faire une dissertation de théologie, dit-il. Ces fichus étudiants se servent toujours dans les rayons. C'est vrai qu'ils ne sont qu'une poignée, mais aussi peu nombreux soient-ils, ils s'imaginent être chez eux sous prétexte que leurs grands-pères ont fait un don à l'université il y a des lustres. Ou quelque chose comme ça.

Adamat se demanda s'il devait lui en révéler davantage sur ses recherches. En eux-mêmes, les mots n'étaient guère dangereux, mais Adamat voulait qu'un minimum de personnes soit au courant de la nature de son enquête. Inutile de se voir accusé de traîtrise avant que Tamas ait pris le pouvoir pour de bon.

— Tu n'as pas de livres remontant à l'Obscurcissement ? On dit qu'il y a une abondance de textes sur Kresimir qui ont été écrits à cette époque.

— Où as-tu entendu ça ?

— Dans un journal que j'ai lu au printemps, il y a trois ans.

— Bah, ces journalistes impriment n'importe quoi. C'est vrai, c'était une époque très religieuse, mais l'Obscurcissement était une ère sinistre livrée à l'obscurantisme. Kresimir et ses frères et sœurs avaient disparu. Les nouvelles monarchies étaient en conflit avec les Predeii – une ancienne caste de Privilégiés très puissants. Il ne reste pas grand-chose de cette période. Un jour, le vice-chancelier m'a dit que si nous disposions ne serait-ce que de la moitié du savoir, en termes de sciences et de sorcellerie, dont on disposait à l'époque de Kresimir – et dont l'essentiel a été perdu lors de l'Obscurcissement –, nous vivrions un âge d'or, tant pour les nobles que pour les paysans.

— Eh bien, essaie les références théologie, histoire et sorcellerie.

— Tu ferais un bon bibliothécaire.

— Qu'est-ce que tu sais en matière de sorcellerie ?

— La philosophie de la sorcellerie est un de mes points d'intérêt, bien que je n'aie moi-même pas le moindre talent pour la magie. Mon grand-père était un Privilégié. Un guérisseur, en fait.

Uskan se tut en lui décochant un regard.

— Oui ? insista Adamat.

Uskan se renfrogna.

— Un guérisseur. Le plus rare des Privilèges. N'importe quel écolier ayant suivi un cours d'introduction à la sorcellerie sait ça. On dit que le corps humain est si complexe que seul un Privilégié sur cent dispose de la capacité de guérison la plus élémentaire.

— Rare, donc ?

— Très rare, Adamat. Bon sang, avec ta passion pour les détails, on aurait pu croire que tu saurais déjà tout ça. Tu n'as vraiment aucune connaissance en sorcellerie ?

— Pas loin, admit Adamat.

Il vivait dans le monde des rues, peuplé de citoyens et de criminels. Il n'avait pas de temps pour les histoires de mages et, franchement, elles lui étaient étrangères. Il lui arrivait de tomber sur un Don de temps en temps, mais il laissait tout ce qui était plus puissant aux cabales. Un inspecteur n'avait pas à s'en mêler. Tout ce qu'il savait remontait à l'école.

— Tu es un Doué, remarqua Uskan, donc tu as le troisième œil, n'est-ce pas ?

— Oui, mais je ne vois pas le rapport…

— Donc, quand tu l'ouvres et regardes dans ce que les Privilégiés appellent l'Autre, tu peux voir l'aura de tout ce qui est ?

Ces temps-ci, Adamat ouvrait rarement son troisième œil. Ça n'avait rien de bien agréable, mais il se souvenait de la lueur qui entourait chaque chose, comme si le monde avait été repeint en des tons pastel.

— Oui.

— Un Privilégié peut manipuler l'Autre, reprit Uskan. Chacun de ses doigts est attaché à un des éléments : le feu, la terre, l'eau, l'air et l'éther.

— Sauf que le feu n'est pas un élément, remarqua Adamat. C'est le résultat d'une combustion.

Uskan renifla.

— Laisse-moi continuer. Au vu des découvertes effectuées ces cent dernières années, cette explication est désormais considérée comme imparfaite, mais c'est la seule que nous ayons. Donc, chaque doigt correspond à un élément et à la force avec laquelle un Privilégié peut manipuler ledit élément, le pouce étant le plus fort. Un Privilégié se sert de sa main la plus forte – généralement la droite – pour invoquer l'aura de ce qu'il veut manipuler dans l'Autre. Il emploie sa seconde main pour diriger ces auras une fois qu'il les a attirées dans notre monde.

— Alors comment marche la sorcellerie d'un poudremage ?

— Du diable si je le sais. Les Privilégiés détestent les poudremages, et les cabales ont toujours découragé leur étude.

— Pourquoi une telle haine ?

Adamat avait entendu dire que la plupart des Privilégiés étaient allergiques à la poudre à canon.

— Ils en ont peur, oui, répondit Uskan. La plupart des sorts des Privilégiés ont une portée de moins d'une lieue. Les poudremages peuvent tirer sur le double de cette distance. Les cabales n'ont jamais aimé être à leur désavantage. On dit aussi que si toutes choses, mortes, vivantes ou élémentaires, ont des auras dans l'Autre, la poudre n'en a pas, ce qui rend nerveux les Privilégiés. Ah, nous y sommes.

Uskan s'arrêta devant une étagère. Il passa ses doigts sur les reliures avant de sortir plusieurs volumes et les fourrer dans les bras d'Adamat. Des nuages de poussière s'élevèrent alors que les livres s'entrechoquaient.

— Il n'en manque qu'un, dit Uskan. Et je sais où il est. Dans le bureau du vice-chancelier.

— On peut le prendre ?

— Le vice-chancelier est absent, on l'a convoqué en urgence à Adopest tôt ce matin. Je n'ai pas la clé de son bureau. Il faudra attendre son retour.

Ils s'installèrent devant une des tables avec leur pile et entamèrent leurs recherches. Adamat s'assit, ouvrit le premier volume et fronça les sourcils.

— Uskan ?

— Hmmm ? répondit ce dernier en levant les yeux. (Il se leva d'un bond et fit le tour de la table avec une rapidité qu'Adamat ne lui connaissait pas.) Qu'est-ce que c'est ? Qui a fait ça ?

On avait arraché les premières pages du livre, et, dans d'autres volumes, des pans entiers de texte étaient barrés, comme si quelqu'un avait trempé son doigt dans l'encre pour ensuite le passer sur la page. Uskan tira un mouchoir de sa poche pour s'éponger le front et se mit à faire les cent pas derrière Adamat.

— Ces livres ont une valeur inestimable, s'indigna-t-il. Qui pourrait bien faire une chose pareille ?

Adamat se pencha en avant pour scruter la déchirure. Il soupesa le volume. Il était fait d'un vélin bien plus épais que le papier actuel et quatre fois plus solide. Le reliquat de la partie arrachée était légèrement noirci.

— Un Privilégié, conclut Adamat.

— Qu'est-ce qui te fait dire ça ?

Adamat désigna la déchirure.

— Qu'est-ce qui peut laisser une telle marque sans endommager le reste du papier, sinon la sorcellerie ?

Uskan se remit à tourner comme un lion en cage.

— Un Privilégié ! Que Kresimir les damne tous. Ils devraient connaître la valeur d'un livre !

— Je crois qu'ils en sont conscients, sinon, ils se seraient contentés de le brûler. Jetons un œil aux autres.

Il ouvrit un autre volume, puis encore un autre. Sur onze livres qu'ils avaient pris sur l'étagère, sept présentaient des passages censurés ou des pages arrachées. Lorsqu'ils en eurent terminé, Uskan était dans une colère noire.

— Attends un peu que le vice-chancelier apprenne ça ! Il va aller tout droit à Horizon pour casser la figure de ces maudits Privilégiés et…

— Tamas a fait exécuter toute la cabale.

Uskan se figea. Ses narines s'épatèrent, ses lèvres se retroussèrent en un rictus féroce.

— Alors j'imagine qu'il n'y aura aucune réparation.

Adamat secoua la tête.

— Jetons un œil à ce qui nous reste.

Ils passèrent un moment à étudier les textes et trouvèrent huit endroits différents où les passages barrés pouvaient avoir contenu des références à la Promesse de Kresimir. Ils étaient indéchiffrables.

— Ce dernier livre, dit Adamat. Celui qui se trouve dans le bureau du vice-chancelier…

— Oui, répondit Uskan en se grattant la tête. « Au service du roi ». Il détaille les devoirs des cabales royales dans l'accomplissement de leur tâche, à savoir protéger les rois des Neuf. Un ouvrage très célèbre.

Adamat lissa l'avant de sa veste.

— Voyons s'il a laissé sa porte déverrouillée.

Uskan remit les livres en place et pourchassa Adamat jusqu'à la cour de la bibliothèque.

— Il n'aurait pas laissé la porte ouverte comme ça. On n'a qu'à attendre son retour. Le vice-chancelier est très à cheval sur ce genre de choses.

— Je suis en pleine enquête, déclara Adamat en entrant dans le principal bâtiment administratif.

— Ça ne te donne pas le droit de regarder dans les bureaux des autres. De plus, il est certainement fermé à double tour.

Il eut un sourire de triomphe en constatant que la poignée refusait de tourner.

— Peu importe.

Adamat s'accroupit et tira le petit passe-partout qu'il cachait dans une de ses poches.

Uskan ouvrit de grands yeux.

— Quoi ? Non, tu ne peux pas faire ça !

— Le vice-chancelier sera de retour quand, d'après toi ?

— Tard. Je… (Il comprit son erreur dès qu'Adamat se mit à tripoter la serrure. Il eut un regard sévère et s'adossa au mur.) J'aurais dû dire « d'un moment à l'autre », marmonna-t-il.

— Tu ne sais pas mentir.

— Oui, c'est vrai. Et lorsque le vice-chancelier me demandera si quelqu'un s'est introduit dans son bureau, j'en serai tout aussi incapable.

— Oh, arrête. Il ne le saura jamais !

— Bien sûr que si, qu'est-ce que tu…

La serrure cliqueta. Adamat poussa délicatement le panneau. Le bureau qui se trouvait derrière était assez représentatif de ce qu'on attendait d'un universitaire. Il y avait des livres et des paperasses partout, et des assiettes souillées de nourriture à demi mangée trônaient sur les chaises, les tables et même le sol. La salle entière était bordée d'étagères de deux fois la taille d'un homme, et toutes pliaient sous le poids de livres entassés au petit bonheur la chance.

— Ne touche à rien, l'enjoignit Uskan. Il connaît l'emplacement de chaque chose. Il saura si… (D'un regard, Adamat lui coupa la parole.) Attends, je vais te trouver ce fichu bouquin, marmonna-t-il d'un ton boudeur.

Adamat resta en bordure de cette jungle d'encre et de papier qu'était le bureau du vice-chancelier pendant qu'Uskan cherchait le livre manquant avec la grâce naturelle d'un secrétaire. Il souleva des paperasses et déplaça des grimoires, mais prit soin de tout remettre exactement à sa place.

Adamat se leva sur la pointe des pieds pour étudier la salle.

— N'est-ce pas celui-là ? demanda-t-il en désignant du doigt le bureau du vice-chancelier.

Uskan leva la tête de sous la chaise.

— Oh. Oui.

Adamat traversa la pièce comme s'il marchait sur des œufs. Il souleva délicatement le livre et le feuilleta. Uskan vint se tenir derrière lui.

— Les pages sont intactes, remarqua Adamat.

Il continua son examen, parcourant rapidement le texte, cherchant deux mots en particulier. Il les trouva enfin dans la postface, juste sur la toute dernière page, et lut à voix haute :

— « Et ils garderont la Promesse de Kresimir au péril de leurs vies, car si elle venait à être rompue, les Neuf périraient tous. » (Il parcourut des yeux la page, puis celle d'après, puis celle d'avant. Il n'y avait pas d'autre référence. Il fronça les sourcils.) Ça ne rime à rien.

Uskan poignarda du doigt le milieu du livre, son ongle touchant la reliure.

— Quoi ?

— Il manque des pages, répondit Uskan d'une voix tremblante de colère. La moitié de la postface.

Adamat y regarda de plus près. Il avait raison : on avait arraché quelques feuillets. La reliure de ce volume était différente, si bien qu'il était difficile de dire combien exactement. Il soupira.

— Où puis-je en trouver un autre exemplaire ?

Uskan secoua la tête :

— Peut-être aux archives publiques. Je crois que l'université de Nopeth en a un aussi.

— Je n'ai pas l'intention de prendre une calèche et de faire un voyage d'un mois pour avoir « peut-être » une chance de le trouver, rétorqua Adamat. (Il ferma le livre d'un coup sec et le reposa sur le bureau du vice-chancelier.) Je vais faire un tour aux archives publiques.

— Mais, et les émeutes ? protesta Uskan alors qu'Adamat se dirigeait vers la porte.

Adamat s'arrêta net.

— Ils auront certainement bouclé les archives, continua Uskan. Elles contiennent les registres des impôts, l'histoire des familles, même des coffres-forts. Elles sont sous bonne garde, Adamat.

Ce qui n'était un problème que s'il se faisait prendre.

— Merci de ton aide. Si tu trouves quoi que ce soit d'autre, fais-le-moi savoir.

VII

Taniel regarda la foule qui marchait inexorablement le long de la rue en se demandant si elle lui donnerait du fil à retordre. La ville était plongée dans le chaos, avec des carrioles renversées, des bâtiments en feu, des cadavres jonchant les rues, le tout à la merci des pillards ou pire encore. La fumée qui pendait au-dessus de la cité comme un rideau semblait ne jamais vouloir se dissiper.

Taniel feuilleta son carnet de croquis au hasard et tomba sur un portrait de Vlora. Il s'arrêta un instant dessus, puis s'empara de la reliure du carnet pour arracher la feuille, qu'il froissa avant de la jeter au milieu de la rue. Il regarda la déchirure et regretta aussitôt son geste. Il n'avait pas de quoi se payer un nouveau carnet. Il avait vendu tout ce qui avait la moindre valeur pour acheter un anneau serti d'un diamant à Fatrasta. Celui-là même qu'il avait laissé cloué à ce crétin à Jileman. Il pouvait encore voir le sang s'écouler de l'épaule de l'homme, souillant la bague qu'il avait glissée sur sa lame avant de planter cette dernière. Taniel aurait dû garder l'anneau. Le mettre au clou. Il ravala la boule qui s'était formée dans sa gorge. Il regretta ne pas avoir dit quelque chose – n'importe quoi – à Vlora alors qu'elle se tenait à la porte de leurs appartements, serrant les draps contre sa poitrine.

Il vérifia l'heure sur une tour horloge. D'ici quatre heures, les hommes de son père entreprendraient de rétablir l'ordre. Les derniers émeutiers qui traîneraient encore dans les rues après minuit devraient en répondre devant les hommes du maréchal Tamas. Les soldats risquaient d'avoir du mal. De nos jours, à Adopest, bien des gens étaient au bout du rouleau.

— Que penses-tu de ces mercenaires ? demanda Taniel.

Il se pencha pour ramasser le portrait roulé en boule et le lissa sur sa jambe pour le remettre dans son carnet à croquis.

Ka-poel haussa les épaules en regardant approcher la foule vengeresse. Un véritable colosse ouvrait la marche, un fermier en salopette vieille et usée portant une matraque improvisée. Sans doute un paysan qui était monté en ville pour travailler en usine, mais n'avait pu s'inscrire à un syndicat. Il vit

Taniel et Ka-poel qui se tenaient dans l'embrasure d'une boutique fermée et se tourna vers eux en levant son arme. D'autres victimes en vue.

Taniel passa un doigt sur la frange de sa veste en daim et caressa la crosse du pistolet passé à sa ceinture.

— Ne t'en mêle pas, mon ami, dit le colosse.

Ka-poel serra ses poings délicats.

Les yeux du fermier se posèrent sur la broche argentée représentant un baril de poudre épinglée au revers de Taniel. Il s'arrêta net et dit quelque chose à l'homme qui le suivait. Tous tournèrent les talons d'un air boudeur. Ils eurent beau jeter des regards noirs à Taniel, personne ne voulait se frotter à un poudremage.

Taniel eut un soupir de soulagement.

— Ces « hommes » de main prennent tout leur temps.

Il y avait une heure que Julène, la mercenaire Privilégiée, et Gothen, le brisemage, s'étaient lancés aux trousses de la fugitive. Elle n'était pas loin, avaient-ils déclaré, et ils allaient la localiser avant de revenir chercher Taniel et Ka-poel. Le mage commençait à croire qu'ils les avaient abandonnés.

Du pouce, Ka-poel désigna sa propre poitrine, puis mit sa main en visière pour se protéger les yeux, tendant le cou comme si elle cherchait quelqu'un.

— Oui, acquiesça Taniel, je sais que tu es capable de la trouver. Mais je préfère laisser ces mercos faire le gros du travail. De toute façon, ils ne nous serviront pas à grand-chose tant que…

Soudain, un grand déplacement d'air propulsa sa tête vers l'arrière. Sa nuque frappa la pierre du bâtiment, le tonnerre de l'explosion faisant vibrer ses tympans. Ka-poel bascula vers lui. Il la rattrapa avant qu'elle ne tombe, la stabilisa et secoua la tête afin que ses oreilles cessent de carillonner.

Lorsque la poudre s'était embrasée, ils se trouvaient à moins d'une lieue d'un dépôt de munitions. Cela pouvait être une explication, mais ses sens de Marqué lui disaient que la poudre ne suffisait pas. On y avait adjoint une dose de sorcellerie.

À deux pâtés de maison de là, une langue de flammes se déploya pour se résorber tout aussi rapidement. Taniel entendit des cris. Il se tourna vers Ka-poel. Ses yeux étaient écarquillés, mais elle semblait indemne.

— Suis-moi, dit-il en se mettant à courir.

Il passa devant la foule éparpillée sur les pavés comme des jouets d'enfants renversés par un poing rageur, et tourna à l'angle d'une rue pour se diriger vers le cœur de l'explosion. Il heurta quelqu'un et roula sur les pavés, mais se releva d'un bond, accordant à peine un coup d'œil à celui ou celle qu'il avait percuté.

Il venait de se remettre à courir lorsqu'il prit conscience de l'apparence de sa victime : une vieille femme aux cheveux gris, vêtue d'une veste et d'une jupe brunes très simples, avec des gants de Privilégiée.

Taniel se retourna en tirant son pistolet.

— Arrêtez ! cria-t-il.

Ka-poel apparut à son tour à l'angle de la rue, droit dans sa ligne de tir. Il baissa son arme et courut vers elle. Par-dessus son épaule délicate, il vit la Privilégiée se retourner. Elle agitait les doigts en une danse précise et Taniel sentit la chaleur d'une flamme alors que la femme touchait l'Autre.

Il s'empara de Ka-poel et se jeta à terre, l'entraînant à sa suite. Une boule de feu de la taille d'un poing passa devant son visage, assez chaude pour lui roussir les cheveux. Il leva son pistolet et visa, sentant le calme de la poudretranse s'emparer de lui alors qu'il se concentrait sur la visée, la poudre et la cible. Il appuya sur la détente.

Si la femme n'avait pas trébuché à ce moment précis, la balle lui aurait transpercé le cœur. À la place, elle frappa son épaule. L'impact la fit tressaillir, et elle grogna tout en le dévisageant.

Taniel regarda autour de lui. Il avait besoin d'un abri. À vingt pas de là, il y avait un vieil entrepôt qui ferait l'affaire.

— Ne restons pas là, dit-il à Ka-poel.

Il la releva et ils coururent vers l'entrepôt.

Du coin de l'œil, il vit danser à nouveau les doigts de la femme. Voir un Privilégié toucher l'Autre était un spectacle fascinant – si toutefois le magicien en question ne voulait pas vous tuer. Selon sa maîtrise des éléments, il pouvait vous lancer une boule de feu ou invoquer des éclairs pour vous foudroyer.

Taniel sentit trembler le sol. Il se cacha derrière le mur de l'entrepôt, mais le bâtiment lui-même était secoué. Un cri s'échappa de sa gorge, anticipant la décharge qui allait déchiqueter les briques et les détruire.

Le vieil immeuble tressauta, des fissures apparurent sur ses murs, mais il n'explosa pas. De la fumée jaillit des crevasses. Un bruit sourd fit vibrer l'air. Puis le calme retomba. Ils étaient vivants. Quelle que soit la sorcellerie que la Privilégiée entendait leur jeter, quelque chose l'avait arrêtée.

Taniel jeta un coup d'œil à Ka-poel. Il laissa fuser un soupir.

— C'était toi ?

Elle lui jeta un regard indéchiffrable et tendit le doigt.

— Lui courir après ? Oui. Allons-y.

Il fonça au beau milieu de la rue, échangeant son pistolet vide contre un autre chargé. Il s'interrompit un moment en voyant Julène et Gothen se précipiter vers eux.

On aurait dit qu'un baril de poudre avait explosé à la figure de Julène. Ses cheveux étaient roussis, ses vêtements noircis. Même Gothen avait une lueur de folie dans l'œil et des traces de suie sur sa chemise – et pourtant, il était censé être immunisé contre la sorcellerie. L'épée dans sa main était cassée.

— Qu'est-ce qui vous est arrivé, bon sang ? demanda Taniel. Vous deviez venir nous chercher avant de vous lancer à sa poursuite !

— On n'a pas besoin d'un Marqué dans nos pattes, rétorqua Julène avec un geste grossier.

— Elle n'aurait pas dû savoir qu'on était là, reprit Gothen. (Il jeta un regard penaud à Taniel.) Toutefois, elle le savait.

— Et c'est elle qui a fait ça ? répondit ce dernier en désignant la lame de Gothen.

Celui-ci fronça les sourcils.

— Oh, maudite poix, marmonna-t-il en la jetant à terre.

— Si on reste là à papoter, remarqua Taniel, on ne risque pas de la rattraper. Julène, essaie de la prendre à revers et…

— Tu n'as pas à me donner d'ordres, rétorqua-t-elle en se penchant en avant. Je lui sauterai à la gorge.

Elle tira sur ses gants et partit en courant.

— Bon sang ! s'exclama Taniel en claquant l'épaule de Gothen. Tu viens avec moi.

Ils se dirigèrent vers une rue adjacente, puis le long de l'avenue suivante, parallèlement à Julène.

— Que s'est-il passé ? demanda Taniel.

— On l'a trouvée dans une boutique d'astronomie, répondit Gothen entre deux hoquets alors qu'il courait, faisant cliqueter ses épées, ses boucles de ceinture et ses pistolets. On a fait le tour du bâtiment pour repérer les issues et tendre notre piège. On était sur le point de passer à l'attaque lorsque la façade du bâtiment a volé en éclats. Julène a à peine eu le temps de se protéger. J'ai senti la chaleur de l'explosion ! Ça n'aurait pas dû arriver. Je devrais pouvoir annuler n'importe quelle aura qu'elle peut invoquer dans l'Autre. Pas de flammes, pas de chaleur, pas d'énergie, rien ne devrait m'atteindre, et pourtant…

— Donc, elle est puissante.

— Très.

Par une ruelle, Taniel vit Julène cavaler le long de l'avenue parallèle. Il s'arrêta en inspirant profondément, faisant signe à Gothen d'en faire autant. Quelque chose ne lui plaisait pas. Il se retourna.

— Ka-poel ?

La Dynize s'était arrêtée juste devant la ruelle. Elle posa un doigt sur ses lèvres, les yeux mi-clos, désignant l'étroit passage.

Taniel fit signe à Gothen de passer en premier. Il préférait éviter les pièges ou les sorts qu'elle leur préparait. Le poudremage leva son pistolet et le tint braqué juste au-dessus de l'épaule de Gothen. La ruelle puante était jonchée de débris – des ordures, de la boue, de la merde, quelques barils pourris. Rien d'assez grand pour pouvoir se cacher. Le soleil de midi illuminait ce triste spectacle.

— Là !

Gothen bondit, et Taniel surprit un mouvement droit devant eux. Il cligna des yeux pour mieux y voir. C'était comme si la lumière se retournait sur elle-même pour former une flaque d'ombre. Juste de la bonne taille pour dissimuler un être humain.

Puis la Privilégiée apparut. Ses mains se tordirent alors qu'elle les braquait sur Gothen, qui se crispa.

L'air se mit à luire, brouillé par une fournaise de sorcellerie. Gothen poussa un hurlement qui fit saillir les veines de son cou. Taniel ouvrit le feu.

La balle rebondit sur la peau de la Privilégiée, comme si elle était faite de métal, et ricocha dans la ruelle. Elle tendit les mains. Gothen tituba avant de s'affaler sur le sol.

Des échelons étaient disposés dans le mur du bâtiment le plus proche afin d'accéder au toit. La Privilégiée les escalada avec l'aisance et la rapidité d'une personne bien plus jeune. Elle finit de grimper les deux étages avant que Taniel ne puisse recharger un de ses pistolets. Il se fit une prise de poudre et se lança à sa poursuite.

— Ne la laisse pas partir ! cria-t-il à Gothen.

Ka-poel s'élança le long de l'avenue afin de suivre la progression de leur cible.

Taniel atteignit le toit et y posa le pied. La Privilégiée sauta sur le bâtiment suivant, puis se retourna d'un bond pour lui décocher une boule de feu. La poudretranse envahit Taniel comme une bouffée de chaleur. Il put *voir* l'aura de sa sorcellerie, *sentir* la trajectoire que prendrait le projectile. Il se baissa et roula sur lui-même pour se redresser aussitôt. Son adversaire reprit sa course folle, glissant sur les tuiles cliquetantes.

Taniel n'eut aucun mal à sauter par-dessus l'autre ruelle. Comme le toit était en pente, il perdit de vue la Privilégiée, puis elle réapparut quand elle atteignit le sommet du toit suivant. Il visa et tira.

Il fit mouche une fois de plus, mais elle ne s'écroula toujours pas. Pourtant, il l'avait atteinte à hauteur de la colonne vertébrale. Elle aurait dû être tuée sur le coup, ou du moins paralysée. Or, elle avait à peine trébuché.

Taniel feula de colère. Il rangea son pistolet, fit balancer le fusil sur son épaule jusqu'à pouvoir le saisir, et y fixa sa baïonnette. Il faudrait y aller à la dure.

Un poudremage en plcinc transe pouvait distancer un cheval. Deux bâtiments plus loin, et il n'était plus qu'à quelques pieds d'elle. Elle sauta sur un autre toit, mais toucha à peine le parapet du bout du pied. Déséquilibrée, elle bascula, se raccrochant de justesse aux tuiles.

Taniel, lui, atteignit le toit avec une marge confortable. Il s'arrêta en glissant et se retourna, prêt à lui planter sa baïonnette dans l'œil. La Privilégiée préféra lâcher prise pour se recevoir dans la ruelle en contrebas.

Taniel poussa un juron retentissant. Il n'hésita qu'un instant avant de la suivre. Même au plus profond de sa poudretranse, lorsqu'il frappa le sol, une pointe de douleur poignarda ses genoux et tout son corps se mit à trembler. Il tomba accroupi juste à côté de la Privilégiée, qui s'était déjà relevée. Réagissant par pur instinct, il lui décocha un coup de baïonnette et sentit la lame pénétrer sa chair.

La femme s'effondra devant lui, sa main gantée à moins d'un pied de sa tête. Elle devait jadis avoir été très belle, même si maintenant, sa peau était ridée et tannée, avec des pattes d'oie au coin des yeux. Elle eut un hoquet, puis s'arracha à la lame de Taniel.

— Tu n'as pas la moindre idée de ce qui se passe, mon garçon, dit-elle en un murmure lourd de menaces.

Taniel entendit le tintement des armes de Gothen alors que le brisemage arrivait à leur hauteur, pistolet prêt à tirer.

Taniel sentit trembler le sol.

— À terre !

Gothen bondit entre Taniel et la Privilégiée.

Des crevasses apparurent dans le sol de terre battue. Le corps entier de Taniel hurla sous la puissance relâchée. Il avait l'impression d'avoir été fourré dans un canon et d'avoir servi de combustible pour l'explosion. Ses oreilles étaient bouchées et il se sentait tout étourdi. Une migraine pulsait entre les parois de son crâne.

Tout autour d'eux, des débris tombaient en pluie.

Lorsque la poussière finit par retomber, Taniel vit Gothen toujours accroupi devant lui, le visage figé en une grimace douloureuse. Le brisemage ouvrit un œil. Ses lèvres remuèrent, mais Taniel n'entendit rien. Julène n'était pas loin. Tout autour d'eux, les bâtiments avaient été littéralement rasés, exhibant leurs fondations, des caves suintantes remplies de gravats sur lesquelles planait un nuage de poussière. Au milieu des débris, on pouvait voir des taches de sang et des bouts de chair. Ces bâtiments avaient été habités

– par des gens qui n'avaient pas eu de brisemage à leur disposition pour s'interposer entre eux et la déflagration.

Taniel inspira sèchement.

Julène marcha droit vers lui et, d'un coup bas, faucha ses jambes tremblantes. Ka-poel se glissa entre eux, son regard silencieux faisant reculer instinctivement la Privilégiée. Taniel dut attendre un peu avant de pouvoir entendre ce que braillait la mercenaire.

— … laissée partir ! Tu l'as laissée partir, espèce d'idiot !

Taniel se releva tant bien que mal et écarta doucement Ka-poel d'un petit coup sur l'épaule.

Julène fit un pas en avant et lui décocha un coup de poing en pleine face. Sa tête fut projetée sur le côté. Il réagit sans réfléchir, parant son coup suivant pour lui tordre cruellement le poignet et la gifla.

— Bas les pattes. (Taniel se détourna pour cracher du sang.) Elle est morte. Personne n'aurait pu survivre à ça.

Julène avait les joues rouges, mais elle n'eut aucune réaction belliqueuse.

— Elle est en vie. Je la sens toujours. Elle s'est enfuie.

— Je l'ai transpercée avec plus d'un pied d'acier ! Après ça, elle ne risquait pas de s'en aller sur ses jambes.

— Tu crois que l'acier peut quelque chose contre elle ? Non, vraiment ? Tu n'y connais rien.

Taniel inspira profondément pour se calmer, puis prisa un peu de poudre.

— Ka-poel. Est-elle toujours vivante ?

Elle leva le fusil de Taniel, passa un doigt le long de la baïonnette maculée de sang et le frotta contre son pouce. Au bout d'un moment, elle acquiesça.

— Tu peux la pister ?

Ka-poel opina à nouveau.

— Même moi, j'en suis incapable, se rebiffa Julène. Elle couvre ses traces. Elle a beau être blessée, elle est bien plus puissante que tu ne le penses. Cette gamine ne pourra jamais la trouver.

— Pole ?

Ka-poel eut un reniflement de mépris et se détourna. Elle prit quelques instants pour s'orienter, puis tendit le doigt.

— Elle a flairé sa piste, déclara Taniel. Alors reprends-toi et regarde faire une vraie traqueuse. (Il fit signe à Ka-poel.) On te suit.

* * *

Taniel se protégea les yeux de la pluie et regarda Julène. Elle le dominait de toute sa taille, les bras croisés, un sourire belliqueux étirant la cicatrice qui la défigurait.

— Ça fait deux jours, dit-elle. Admets que ta sauvage n'arrive pas à pister cette traînée.

— Tu abandonnes bien vite, hein ?

Taniel garda ses deux mains plongées dans le caniveau et fit de son mieux pour ne pas penser à la substance visqueuse qui gargouillait entre ses doigts. Ces collecteurs d'eau charriaient tout ce qui traînait, des excréments humains aux animaux morts en passant par toute la boue et les ordures qui pouvaient s'amasser dans les rues. Pendant une tempête comme celle-ci, cette mixture finissait dans les immenses égouts sillonnant le sous-sol de la ville. Cette rigole en particulier était bouchée, obligeant Taniel à plonger jusqu'au coude dans cette gadoue immonde, ce qui l'amusait presque autant que les railleries incessantes de Julène.

— Tu n'ignores pas que Tamas ne te paiera que lorsque tu auras rempli la mission qu'il t'a confiée, n'est-ce pas ? lui rappela-t-il.

— Nous la trouverons, affirma Julène. Pas aujourd'hui, c'est tout. Pas sous cette pluie. C'est *elle* qui a provoqué la tempête. Je le sens. Les auras qu'elle a invoquées depuis l'Autre tourbillonnent tout autour de nous. Elles brouillent sa piste, mais dès que la pluie cessera, *je* la retrouverai.

— Ka-poel l'a déjà flairée.

Taniel se pencha jusqu'à ce que ses joues touchent presque la surface bourbeuse. Il buta sur quelque chose de dur, l'empoigna et tira.

— Elle a gratté des ongles les pavés afin de te faire fouiller toutes les rigoles jusqu'à… Bon sang, qu'est-ce que c'est que ça ?

Taniel se releva. Dans ses mains, le morceau de boue grise ressemblait à ce que l'on obtenait lorsqu'on raclait des centaines de semelles. Il le tint à bout de bras : son odeur fétide lui soulevait l'estomac. La fange s'agglutinait à un bout de bois. Avec un gargouillis répugnant, la rigole commença à se vider.

— Une canne cassée, je crois, remarqua Taniel.

Ka-poel vint examiner la boue. Elle la tâta du bout du doigt, la tête redressée, louchant sur la masse putride. Soudain, elle y enfonça les phalanges, puis les ressortit, pinçant quelque chose.

Julène se pencha en avant.

— Qu'est-ce que c'est ? (Elle secoua la tête.) Rien. Espèce d'idiote.

Taniel lava son bras dans la flaque la plus propre qu'il puisse trouver, puis prit sa chemise et sa veste en daim que lui tendait Gothen.

— Tu as besoin d'yeux plus acérés, dit-il à Julène. C'est un cheveu. Appartenant à la Privilégiée.

— Impossible. Nul ne pourrait trouver un simple cheveu dans toute cette boue. Même si c'était bien ça, que veux-tu que ta sauvage en fasse ?

Taniel haussa les épaules et se tourna vers la Dynize :

— Trouve-la.

Ka-poel ouvrit sa sacoche. Elle s'affaira pendant un moment, le dos tourné. Lorsqu'elle leur fit de nouveau face, elle passa le sac à son épaule et acquiesça vivement. Elle tapota sa propre poitrine, puis fit semblant d'agripper quelque chose.

Taniel sourit en reboutonnant sa veste.

— On la tient.

Ils arrêtèrent un fiacre. Ka-poel s'assit aux côtés du cocher afin de lui indiquer la direction à suivre, pendant que Taniel, Julène et Gothen s'empilaient à l'intérieur. Après avoir fermé la portière, Julène prit un air dégoûté.

— Tu pues, dit-elle. Je préfère encore être sous la pluie que là-dedans avec toi. Je vais sur le marchepied.

Elle ressortit de la cabine. Un instant plus tard, le fiacre s'ébranla.

— Ka-poel peut traquer la Privilégiée à partir d'un de ses cheveux ? demanda Gothen au bout de quelques minutes, ses genoux heurtant ceux de Taniel dans l'espace étroit.

— C'est difficile avec un seul. C'est mieux s'il y en a plusieurs. Le sang sur ma baïonnette, un ongle jeté dans la rue – les Privilégiés se les rongent –, un cil. Chaque chose mène à une autre. Plus elle a d'éléments, plus ça lui facilite la tâche. Si on veut prendre cette Privilégiée par surprise, il nous faudra savoir précisément où elle se trouve.

Taniel ouvrit son carnet de croquis et le feuilleta, s'arrêtant brièvement sur le portrait de Vlora fourré entre deux pages, avant de passer à celui, à demi fini, de la Privilégiée. Il devait se fier à sa mémoire, mais des quatre chasseurs, il était le seul à l'avoir vue de près. Gothen examina le dessin inachevé pendant quelques instants. Lorsqu'il lui rendit le carnet, Taniel le referma avec un claquement et le rangea sous sa veste.

— Comment marche la sorcellerie de Ka-poel ? demanda Gothen.

— Je n'en ai pas la moindre idée. Je ne l'ai jamais vue en action. Ce n'est pas ce qu'on considère comme de la magie, en tout cas. Pas de doigts qui s'agitent, pas d'invocation d'auras.

Il y avait longtemps qu'il avait renoncé à essayer de comprendre.

Au bout d'une minute, Gothen s'éclaircit la gorge. Il évita de regarder Taniel en face, mais un léger sourire étira ses traits.

— On a fait un pari, Julène et moi.

— Lequel ? demanda Taniel en tapotant une ligne de poudre sur le dos de sa main avant de l'inspirer.

— Julène pense que tu couches avec la sauvage. Moi, je suis sûr que non.

— Ce n'est pas vraiment galant.

— On est tous des soldats, répondit Gothen avec un sourire de plus en plus grand.

— Combien avez-vous parié ?

— Cent kranas.

— Au temps pour l'intuition féminine. Dis-lui qu'elle est ta débitrice.

— Je m'en doutais. Les hommes sont bien plus faciles à déchiffrer que les femmes. Tu la lorgnes comme ça de temps en temps – la sauvage, je veux dire – mais même s'il y a un brin de désir, ce n'est pas le regard d'un amant.

Taniel jeta un regard noir au brisemage et se tortilla sans trop savoir quoi répondre. S'il avait été en position de commandement, étant l'offensé, il aurait pu le provoquer en duel. Mais là, dans des circonstances pareilles… Eh bien, comme l'avait dit Gothen, ils étaient entre soldats.

— Ce n'est qu'une gamine, reprit Taniel. De plus, j'ai quelqu'un d'autre, qui était là bien avant que je connaisse Ka-poel.

— Ah. Félicitations.

— Mais le mariage a été annulé.

— Pardon, reprit Gothen en détournant les yeux.

Taniel tapota une autre ligne sur le dos de sa main. Il agita sa boîte en un geste de dérision.

— Ce n'est rien.

Il inhala la poudre noire et inspira profondément, puis s'appuya contre le flanc du fiacre. Il écouta le crépitement de la pluie sur le toit, le cliquetis des sabots des chevaux et le bruissement des roues sur les pavés. Tant de bruits qui permettaient d'oblitérer ses pensées.

Il se demanda où pouvait bien être Vlora en ce moment. Peut-être venait-elle d'arriver à Adopest. Peut-être en était-elle déjà repartie, envoyée en mission par Tamas. Il se força à ne plus penser à elle, comme il le faisait à chaque moment de calme depuis qu'il avait cloué cet abruti au mur, le laissant se tortiller comme un papillon épinglé. Qu'est-ce qui avait bien pu tourner au vinaigre ? Il n'aurait jamais dû partir pour Fatrasta comme il l'avait fait. Se mêler à une guerre dans le simple but d'impressionner Tamas. Il l'avait laissée seule bien trop longtemps. Ce n'était pas la faute de Vlora. Celui qui l'avait détournée du droit chemin était un séducteur notoire.

Il serra le poing pour mieux maîtriser la rage qui couvait en lui. Était-il en colère parce qu'il aimait Vlora ? Ou parce qu'un autre homme lui avait volé sa promise ? Avait-elle jamais vraiment été à lui ? Il ne pouvait se souvenir d'une époque où il n'allait *pas* épouser Vlora. Tamas n'avait jamais raté une occasion de les rapprocher. Elle était une poudremage de grand talent et il y avait de fortes chances que leurs enfants soient également Doués. En fait, Vlora était plus la future belle-fille de Tamas que la promise de Taniel. Il ravala cette pensée et, en même temps, sa satisfaction de voir Tamas cruellement déçu. Maintenant, Taniel n'avait plus la moindre obligation de se marier – ou alors, il se trouverait une épouse tout seul comme un grand, pas une union arrangée avec une poudremage. Ka-poel, peut-être. Taniel gloussa, ignorant le regard intrigué que lui jeta Gothen. S'il épousait une sauvage étrangère, Tamas en ferait une maladie. Son amusement retombé, il résista à l'envie d'ouvrir son carnet pour regarder le portrait de Vlora.

— Ce quartier est magnifique, remarqua Gothen, l'arrachant à ses pensées.

Le brisemage avait tiré le rideau juste assez pour regarder à l'extérieur. Un peu plus tard, le fiacre s'arrêta brusquement. Taniel ouvrit la portière.

Ils se trouvaient au cœur du quartier Samalien. La ville entière était recouverte d'un épais nuage de fumée qui, mêlé à la bruine, piqua les yeux de Taniel. Il planait un silence presque total – les émeutiers avaient été matés deux jours plus tôt, mais ils n'avaient pas laissé grand-chose des manoirs cossus composant ce secteur. Il n'en restait plus que des ruines fumantes.

Excepté celui qui se dressait devant eux. C'était une maison de deux étages faite de pierre grise ancienne. On l'avait construite en prenant pour modèle les antiques châteaux, avec des parapets et des chemins de ronde. Les murs avaient été noircis par les incendies qui s'étaient propagés alentour, mais le bâtiment lui-même semblait intact. Et il était facile de deviner pourquoi.

Des soldats gardaient les parapets. On avait arraché des pavés à la rue pour former un mur montant jusqu'à hauteur d'homme devant l'entrée principale. D'autres soldats étaient tapis derrière, mousquets prêts à tirer, regardant le fiacre de Taniel sans chercher à cacher leur hostilité.

Taniel ouvrit en grand la portière et descendit de la cabine. Ka-poel fit de même depuis le poste du cocher. Julène était déjà dehors et mettait ses gants.

— À qui appartient cette demeure ? demanda Taniel au cocher.

Il se gratta le menton.

— Au général Westeven.

Un groupe de soldats se dirigea droit vers eux. Taniel sentit son estomac se crisper. Tous portaient l'uniforme gris et blanc et le grand chapeau à plumes des Prétoriens du roi. Or ces derniers étaient censés avoir été massacrés jusqu'au dernier. Et, pourtant, ils étaient là, gardant la résidence de l'ancien chef de la garde royale. Le général Westeven avait près de quatre-vingts ans, ce qui était indéniablement vieux. Toutefois, on le disait toujours aussi fringant. De tous les commandants d'Adro, lui seul avait une réputation digne de celle de Tamas.

— Le général est-il en ville ? demanda Taniel.

Tamas se serait certainement occupé de son cas. Il ne pouvait négliger la menace qu'il représentait.

— J'ai entendu dire qu'il était revenu, répondit le cocher. Il était en vacances à Novi. Il les a écourtées pour revenir pas plus tard qu'hier.

Taniel se tourna vers Ka-poel.

— Tu es sûre qu'elle est là ?

Ka-poel acquiesça.

— Oh, poix.

Les Prétoriens s'arrêtèrent à cinq pas de Taniel. Leur capitaine était un vieil homme au visage rébarbatif. Il était plus grand d'une main que Taniel et, lorsque ses yeux se posèrent sur la broche représentant un baril de poudre, ses lèvres se retroussèrent en un rictus.

— Une femme s'est réfugiée dans cette maison, dit Taniel, effleurant la crosse de son pistolet. Une Privilégiée. Je suis venu l'arrêter au nom du maréchal Tamas.

— Ici, mon garçon, nous ne nous soumettons pas aux traîtres.

— Donc, vous admettez la protéger ?

— Elle est l'invitée du général.

Une invitée. Non seulement des Prétoriens s'étaient mis sous le commandement du général Westeven, mais maintenant, ils gardaient une Privilégiée ! Il était en terrain miné. Il pouvait voir des fusils aux fenêtres des étages et sur les parapets. La capitaine des Prétoriens avait une épée et un pistolet à la ceinture. Deux de ses gardes étaient munis de carabines longues et minces avec des cartouches de la taille d'un poing accrochées sous leur corps – des réservoirs contenant l'air comprimé qui remplaçait la poudre. Des armes conçues pour être insensibles aux pouvoirs d'un poudremage. Plusieurs tireurs d'élite devaient être pareillement équipés.

Avec Julène et le brisemage à ses côtés, il pouvait certainement se frayer un chemin jusqu'au manoir. Les soldats n'étaient pas un problème, mais la Privilégiée…

Il put percevoir le moment où Julène touchait l'Autre. Il leva la main.

— Non. Arrête.

— Tu parles, rétorqua-t-elle. Je vais tous les réduire en cendres et…

— Gothen, mets-lui une muselière.

Il devait quitter ce lieu. Prévenir Tamas. Si le général Westeven était en ville, il ne tarderait pas à reprendre le commandement de ses troupes. Il attaquerait rapidement et frapperait au cœur. Taniel humecta ses lèvres desséchées.

— Nous sommes partis.

— Monsieur, dit un des Prétoriens, c'est Taniel Deux-coups.

Le capitaine fronça les sourcils.

— Tu ne bouges pas d'ici, Deux-coups.

— Au fiacre, dit Taniel. On s'en va. Cocher !

Les soldats baissèrent leurs mousquets. Taniel sauta sur le marchepied de l'attelage, tira son pistolet et virevolta. Il abattit un des Prétoriens d'une balle en pleine poitrine avant même que ce dernier n'ait pu braquer son fusil. Taniel jeta sa propre arme à l'intérieur du fiacre et se tourna à nouveau vers les soldats, ses sens affinés cherchant leur poudre. Deux d'entre eux portaient des mousquets conventionnels et le capitaine un pistolet. Ils avaient tous des réserves.

Il n'eut aucun mal à trouver leurs cornes remplies de poudre. D'une pensée, il déclencha une étincelle.

L'explosion qui s'ensuivit faillit l'envoyer à terre. Les chevaux hennirent et détalèrent, terrifiés, pendant que Taniel se cramponnait du mieux qu'il pouvait. Il jeta un coup d'œil en arrière. Le capitaine des Prétoriens avait été coupé en deux. Un de ses compagnons luttait pour se relever. Les autres avaient été déchiquetés, et leurs entrailles jonchaient la route. Personne ne prit la peine de tirer sur le fiacre.

Lorsque le cocher réussit à reprendre le contrôle de ses bêtes, Taniel passa la tête à l'intérieur de l'habitacle.

— J'aurais pu les pulvériser, râla Julène.

— Et tu nous aurais fait tous tuer. Il y avait au moins deux douzaines de tireurs munis de carabines à air comprimé braquées sur nous, sans oublier la Privilégiée. Vous deux, descendez et allez surveiller ce manoir. Si la Privilégiée en sort, suivez-la, mais n'essayez *surtout pas* d'y entrer de force.

— Où vas-tu ? demanda Gothen.

— Avertir mon père.

Taniel alla s'asseoir aux côtés du cocher et lui dit de ralentir. Gothen et Julène sautèrent en route, se reçurent sur le bas-côté et foncèrent dans une ruelle. Taniel espérait presque qu'ils désobéiraient et tenteraient de s'introduire dans le manoir, ne serait-ce que pour ne plus avoir à s'occuper d'eux. Mais il avait besoin du brisemage.

— Tu seras bien rétribué, affirma-t-il au cocher.

Celui-ci acquiesça, les lèvres pincées.

— Emmène-moi à la Maison des Nobles. Le plus vite possible.

VIII

— Olem, dit Tamas, sais-tu que quelqu'un a écrit ma biographie ?

Le sergent, en position repos près de la porte, se redressa.

— Non, monsieur, je l'ignorais.

— Ce n'est pas de notoriété publique. (Tamas joignit les doigts et regarda la porte.) La cabale royale a acheté tous les exemplaires pour les brûler. Enfin, presque tous. L'auteur, le Seigneur Samurset, a perdu les faveurs de la Couronne et a été banni d'Adro.

— La cabale royale n'aimait pas le portrait qu'il faisait de vous ?

— Oh, au contraire. Il était très flatteur pour les poudremages. D'après lui, ils étaient une formidable arme moderne qui, un jour, prendrait la place des Privilégiés.

— Une conjecture plutôt dangereuse.

Tamas acquiesça.

— Je suis juste assez vaniteux pour avoir apprécié son livre.

— Que disait-il de vous ?

— Samurset prétendait que mon mariage m'avait rendu conservateur, que la naissance de mon fils m'avait rendu accessible à la pitié, et que la mort de mon épouse avait renforcé ces deux qualités en y ajoutant assez d'objectivité pour les rendre utiles. Il disait que mon accession au rang de maréchal au beau milieu de la campagne de Gurla était la meilleure chose qui soit arrivée à l'armée adrane depuis mille ans. (Tamas eut un geste de dérision.) Bon, c'était des bêtises, mais je dois faire un aveu.

— Monsieur ?

— Parfois, ce que je ressens n'est ni de la pitié ni une soif de justice, mais de la colère brûlante. Parfois, j'ai l'impression d'avoir à nouveau vingt ans et que la solution à tous les maux est une balle bien placée à vingt pas. Olem, pour un commandant, il n'y a rien de plus dangereux. C'est pourquoi, si tu vois que je suis sur le point de perdre mon calme, je te demande de me prévenir. Pas d'allusions, pas de toussotement poli. Tu me le dis clairement, sans détour. Tu peux le faire ?

— Je peux le faire, répondit Olem.

— Bien. Alors fais entrer Vlora.

Tamas regarda l'ex-fiancée de son fils non sans une certaine appréhension. En général, on le trouvait froid comme la glace. Une perception qu'il encourageait. Peut-être son fils en avait-il souffert. Mais Tamas savait que sous sa nature calculatrice, il avait des émotions, et pour la première fois de sa vie, il avait envie d'abattre une femme.

Tamas croisa les doigts sur le bureau devant lui. Il se composa une expression ambiguë, entre le sourire et le rictus mécontent.

Vlora était une beauté aux cheveux noirs, à la silhouette classique, avec des hanches larges et une poitrine menue soulignée par l'uniforme bleu serré des soldats adrans. Son père avait été un na-baron qui avait perdu sa fortune en spéculations hasardeuses. Ce qui restait des biens familiaux avait été investi dans une mine d'or de Fatrasta – qui s'était effondrée deux mois après son ouverture. Il était mort un an après ce dernier échec. Vlora n'avait alors que dix ans. Sabon l'avait découverte quelques mois plus tard, collée dans un pensionnat par les derniers parents qui lui restaient. Une enfant abandonnée avec un Don unique : la capacité de bouter le feu à la poudre, non pas à douze pas, comme la plupart des Marqués, mais à plusieurs lieues. Tamas l'avait recueillie, avait pourvu à son éducation et lui avait proposé une carrière dans l'armée. Qu'est-ce qui avait mal tourné ?

— Monsieur, dit-elle en se mettant au garde-à-vous devant lui. (Tamas se surprit à scruter un point invisible au-dessus de la tête de l'ex-fiancée de son fils alors qu'il luttait pour maîtriser sa colère.) Poudremage Vlora au rapport, monsieur.

Tamas frémit. Depuis ses quatorze ans, elle l'appelait par son nom. Personne n'avait jamais contesté cette marque de familiarité. Elle le traitait comme son père, plus que Taniel ne l'avait jamais fait.

— Assieds-toi, ordonna-t-il.

Elle obéit.

— Sabon t'a mis au courant de la situation ?

Il sentit qu'elle scrutait son visage. Il garda son propre regard braqué sur un point au-dessus de sa tête.

— On a perdu beaucoup d'hommes, monsieur, reprit-elle. Beaucoup d'amis.

— Un coup dur pour la cabale de la poudre. Maintenant, il me faut des mages. J'aurais aimé te laisser…

À l'université de Jileman, finit-il dans sa tête. Là où elle pourrait poursuivre ses études et trahir son fils. Tamas s'éclaircit la gorge.

— J'ai besoin de toi ici.

— Je suis là.

— Bien. Tu vas rejoindre le soixante-quinzième régiment qui se trouve au nord de la ville. Il y a encore quelques émeutiers à balayer et…

Il s'interrompit : on venait de frapper à la porte. Olem l'entrouvrit. On lui passa un communiqué, puis le garde du corps et celui qui se trouvait de l'autre côté du panneau échangèrent des murmures.

— Tamas, déclara soudain Vlora, j'aimerais faire équipe avec Taniel, si c'est possible.

Tamas se sentit tressaillir et ravala de justesse sa colère.

— C'est « monsieur », je te prie, soldat, rétorqua-t-il. Et non, ce n'est pas possible. Il faut nettoyer cette ville, et tu vas le faire au sein du soixante-quinzième régiment.

Il ne ferait pas un coup pareil à Taniel. Il était froid, mais pas cruel.

Olem agita le communiqué.

— Monsieur, dit-il.

— Qu'y a-t-il ?

— Des problèmes.

— De quel genre ?

— Les nôtres se sont heurtés à des barricades.

— Et ?

— Énormes, monsieur, bien que bâties à la hâte. Très organisées. Rien à voir avec les pillards.

— Où ?

— Dans le quartier de Centester.

— C'est à moins d'une lieue d'ici. Sont-ils entrés en contact avec la barricade ?

— Oui, répondit Olem, qui n'avait pas l'air très content. Ce sont des royalistes, monsieur.

— Ils allaient bien finir sortir par de leurs trous. Les hommes liges du roi se retrouvent sans monarque. Combien ?

— Pas la moindre idée. On dirait qu'ils sont apparus d'un coup, comme ça.

— Quelle surface occupent-ils ?

— Je vous l'ai dit, monsieur. Centester.

— Quoi, tout le centre-ville ?

Olem acquiesça.

— Maudite poix.

Tamas s'adossa à sa chaise. Il laissa son regard descendre sur Vlora. Il lui en voulait toujours d'avoir trahi Taniel, mais une partie de sa colère s'élevait contre la bêtise de ceux qui gâchaient leurs vies au nom d'un monarque mort. Ses mains tremblaient.

— Pourquoi ?

La question lui échappa contre sa volonté. Il s'en voulut immédiatement. Il avait tout intérêt à ne pas se laisser emporter. Il se força à croiser le regard de Vlora. *Pourquoi as-tu trahi mon fils ?*

Il lut de la peine dans ses yeux. Une fille triste et solitaire. Une enfant qui savait qu'elle avait commis une grave erreur. Ce qui ne faisait qu'aviver la colère du maréchal. Il se leva, envoyant valser sa chaise derrière lui.

— Monsieur ! aboya Olem.

— Quoi ? rétorqua Tamas d'une voix irritée.

— Ce n'est ni le moment ni le lieu, monsieur !

Tamas sentit sa mâchoire se mouvoir silencieusement. *Je lui ai moi-même demandé de m'arrêter.*

La porte du bureau s'ouvrit en coup de vent. Taniel fit son apparition, hors d'haleine, comme s'il avait monté les quatre étages à la volée. Il s'arrêta dans l'embrasure, paralysé par la vision de Vlora.

Celle-ci se leva pour le saluer.

— Taniel.

— Qu'y a-t-il ? demanda Tamas avec un calme forcé.

— Le général Westeven s'est acoquiné avec les Privilégiés.

— Westeven est en vacances à Novi. Je m'en suis assuré avant de mettre en œuvre le coup d'État.

— Il est rentré hier. Je reviens justement de son manoir. Il est gardé par au moins deux douzaines de Prétoriens. On a pourchassé la Privilégiée jusqu'à ses portes, mais nous n'avons pas pu entrer. Elle est son invitée.

— Il est forcément absent. Peut-être qu'ils se servent de sa demeure comme d'une base d'opérations.

Sans quitter son père des yeux, Taniel entra dans la pièce à grandes enjambées pour s'arrêter à côté de Vlora.

— Si Westeven est en ville, il va agir vite. Il peut frapper d'un instant à l'autre.

Tamas se rassit, le temps de digérer ces nouvelles informations. Le général Westeven, capitaine des Prétoriens, en retraite depuis longtemps, était une légende vivante. Il intimait le respect aux nobles comme aux roturiers et avait remporté des batailles dans la moitié du monde. C'était un des rares militaires, locaux ou étrangers, que Tamas considérait comme son égal. Et c'était un royaliste dans l'âme.

Tamas fit glisser la valise contenant ses pistolets de duel sur le bureau et se mit à charger l'un d'entre eux.

— Olem, chasse de ce bâtiment quiconque n'est pas un membre de la septième brigade. Lorsque la Maison des Nobles sera sécurisée, on pourra s'occuper de ces barricades. Le général Westeven est peut-être derrière ce soulèvement.

Olem s'en alla au pas de course.

Les autres suivirent Tamas dans le vestibule et descendirent l'escalier. Olem les retrouva à nouveau au premier étage. Toute une foule s'y massait – des citadins, des paysans, des marchands pauvres. On aurait dit que la moitié de la ville s'y était donné rendez-vous. Olem dut s'y frayer un chemin pour rejoindre Tamas.

— Monsieur, dit-il, il y a trop de monde dans le bâtiment. Les évacuer tous risque de prendre des heures.

Tamas fronça les sourcils.

— Qui sont tous ces gens ?

Une queue s'était formée. Tamas était bien incapable de voir où elle commençait. Il saisit l'homme le plus proche par l'épais tissu de sa salopette : un charpentier dont la poche arborait un marteau cousu.

— Que fais-tu là ?

L'homme tremblait légèrement.

— Heu, pardon, m'sieur, je suis venu parler de mes nouveaux impôts. (Il désigna la queue.) Comme nous tous.

— On n'a pas encore levé de nouveaux impôts, remarqua Tamas.

— Pour le roi !

Un coup de feu résonna aux oreilles de Tamas. L'homme s'affala à terre avant d'avoir pu finir de dégainer son poignard. Vlora se mit aussitôt à recharger son pistolet. De l'autre côté de Tamas, Taniel avait tiré les siens.

Tout le vestibule s'anima soudain. On laissa tomber des capes et des manteaux, dévoilant les armes qu'ils dissimulaient – des épées, des dagues, des pistolets, certains avaient même des mousquets. Ce qui, quelques instants plus tôt, n'était qu'une file de citadins et de roturiers s'était transformée en bande armée.

Ils se jetèrent sur les soldats de Tamas en lançant le même cri de guerre :

— Pour le roi !

Olem s'interposa entre les émeutiers et Tamas. Il déchargea son pistolet, puis tira son épée, abattant trois royalistes en autant de clins d'œil. Tamas dégaina à son tour et brailla :

— À moi, hommes de la septième brigade. Tous à moi !

Les soldats qui s'étaient laissé surprendre furent abattus. Une fois le piège des royalistes refermé, ils ne pouvaient pas grand-chose face à un ennemi si nombreux. Mais les rebelles ne s'attendaient pas à devoir affronter trois poudremages ou la férocité d'Olem.

— Vers les escaliers, monsieur ! cria celui-ci. Montons d'un étage !

Ils battirent en retraite vers les marches sans cesser de combattre. Les royalistes attaquaient en masse, cherchant à profiter de leur avantage numérique. Tamas vint se tenir aux côtés d'Olem pour les retenir pendant que, derrière eux, Taniel et Vlora déchargeaient leurs pistolets. L'escalier s'emplit de la fumée âcre des détonations. Tamas l'inhala, savourant son arôme corsé.

Des hommes en uniforme gris et blanc apparurent dans le vestibule. Des Prétoriens – ce qui restait de la garde personnelle de Manhouch. Ils étaient douze en tout, armés des meilleures carabines à air comprimé, toutes prolongées de baïonnettes, et ils chargèrent sans hésiter. Ce n'étaient pas que des royalistes. C'étaient des tueurs bien entraînés, un cran au-dessus des meilleurs hommes de Tamas. Ils n'hésiteraient pas, ne reculeraient pas tant qu'il leur resterait un souffle de vie.

Si les Prétoriens étaient munis de fusils à air comprimé, les gueux n'avaient que des armes traditionnelles. Tamas sentit que Vlora boutait le feu à une corne de poudre, et un homme vola en éclats, renversant deux Prétoriens tout en aspergeant la foule de sang et de bouts de chair. Tamas se servit de ses sens pour faire détoner la poudre contenue dans le mousquet d'un royaliste. L'explosion inattendue arracha le visage de la femme qui se tenait à côté de lui.

Ils atteignirent le deuxième étage, les Prétoriens sur leurs talons. Ils allaient monter au troisième lorsque les petits bruits secs des carabines à air comprimé firent vibrer l'air. Il y avait de quoi glacer le sang d'un Marqué, car il savait que ces balles lui étaient destinées.

Vlora tituba et tomba. Taniel, un peu plus haut dans l'escalier, fut sur elle dans l'instant, glissant sa baïonnette sur le canon du fusil pour accueillir la charge des Prétoriens avec un feulement silencieux. Sa lame trancha la tête d'un des soldats avec le geste sûr et rapide d'un boucher exercé. Il plongea pour éviter un autre assaut et empoigna un deuxième Prétorien. Cet homme était plus grand que lui d'une main et pesait bien quarante livres de plus. Taniel lui décocha un coup de crosse assez sauvage pour lui enfoncer le nez dans son cerveau. Le soldat s'abattit sans un cri. En regardant combattre son fils, Tamas ressentit une pointe de fierté. En plus d'être Taniel Deux-coups, au combat à mains nues, il était aussi doué et brutal que n'importe quel homme d'infanterie.

Taniel se tourna vers les quatre Prétoriens restants, prêt à en découdre.

— Taniel ! aboya Tamas. En arrière !

Il ramassa Vlora. Plongé comme il l'était dans la poudretranse, le corps de la fille semblait léger comme une plume. Elle serra les dents sous l'effet de la douleur.

— L'os est touché ? demanda Tamas.

Elle secoua la tête.

Tamas entendit un « pop » sec et sentit une balle égratigner son épaule gauche, passant à quelques pouces à peine de la tête de Vlora. Il se retourna pour se retrouver face au canon d'une carabine à air comprimé dont la baïonnette visait son ventre.

Il transféra le poids de Vlora sur son autre bras, tira son pistolet et abattit le Prétorien d'une balle dans l'œil.

Lorsque Tamas atteignit le troisième étage, les derniers renégats gisaient sur les marches, raides morts. Tamas et ses hommes firent l'inventaire de leurs blessures. Olem arborait toute une série de coupures – qui nécessiteraient quelques points de suture, mais rien de plus. La balle qui avait atteint Vlora avait ricoché contre sa cuisse. Elle pouvait appliquer une pression sur la plaie : l'os n'était pas touché. Elle s'en sortirait. Taniel était indemne. Son visage se contorsionnait en une grimace farouche alors qu'il essuyait sa baïonnette gluante de sang. Ka-poel, qui s'était jointe à eux durant l'escarmouche, empestait le soufre et ses mains étaient noires. Elle les essuya sur ses peaux de daim et sourit lorsqu'elle surprit le regard de Tamas.

En contrebas, l'écho des coups de feu et de l'acier frappant l'acier finit par s'éteindre. Tamas inspira profondément plusieurs fois, écoutant battre le cœur de Vlora. Ils s'adossèrent au mur, la tête de la jeune femme reposant sur l'épaule du maréchal. Puis celui-ci s'écarta.

Des pas retentirent sur les marches, montant droit vers eux. Un peu plus tard, Sabon fit son apparition, des traces de poudre sur les manchettes de sa veste et une profonde coupure le long du bras. Il eut un bref soupir de soulagement en les voyant rassemblés.

— Personne n'est blessé ? demanda-t-il.

— Rien de grave, répondit Tamas. Où étais-tu passé ?

— Au mess des officiers. Ils ont jailli de nulle part.

— Il y a des pertes ? demanda Tamas.

Quelqu'un d'important ?

— Quelques-unes. (Sabon répondit d'un léger mouvement de tête à sa question silencieuse.) À première vue, rien que des gueux. Ils nous ont pris par surprise, mais dès qu'on a pu rassembler nos hommes, l'issue du combat était entendue. Tous les Prétoriens avaient une seule cible : *vous*.

— La Maison est-elle sécurisée ?

— On y travaille.

— Vous avez capturé des ennemis ?

— On a deux douzaines de prisonniers, et ils n'ont rien fait pour se défendre. Une quarantaine d'autres sont blessés. Ce sont des hommes du général Westeven.

— Je sais. (Tamas se dirigea vers son fils et posa une main sur son épaule.) Bien joué, Taniel.

Celui-ci démonta sa baïonnette et la remit dans son étui avant de passer le fusil à son épaule. Il jeta un bref coup d'œil à Vlora, puis hocha avec raideur la tête à l'attention de Tamas.

— Je retourne au travail, monsieur.

Tamas regarda son fils descendre l'escalier, suivi de près par cette sauvage. Il aurait dû ajouter quelque chose, se dit-il. Mais il n'était pas sûr de savoir quoi.

— Sabon.

— Monsieur ?

— Préviens Dame Winceslav. Dis-lui qu'il faut envoyer des soldats en ville. Le général Westeven est derrière ces barricades et du diable si je vais envoyer mes hommes s'y faire tuer. Il est temps que nos mercenaires gagnent leur solde. Qu'on me prépare un poste de commandement près des barricades. S'il veut la guerre, il l'aura. Vlora. (Il se tut un instant, le temps de peser sa décision.) Va avec Sabon. Je te veux dans mon équipe.

* * *

— Taniel !

Celui-ci s'arrêta sur le palier et jeta un coup d'œil en arrière, le temps de décider s'il attendrait ou pas. Il connaissait cette voix, et quoi qu'elle ait à lui dire, il ne voulait pas l'entendre. Il donna un petit coup de pied à un cadavre. Un des Prétoriens qu'il avait étripé avec sa baïonnette. L'homme battit des paupières. Il était encore vivant. Il toisa Taniel d'un regard furieux, grinçant des dents sans un bruit, bien que sa douleur dût être atroce. Taniel se demanda s'il devait appeler un chirurgien ou l'achever. Sa plaie était mortelle. Il s'accroupit à ses côtés.

— Tu ne finiras pas la semaine, remarqua-t-il.

— Traître, chuchota le Prétorien.

— Veux-tu survivre encore un jour ou deux, gardé en vie afin de pouvoir répondre aux interrogateurs de Tamas ? Ou en finir maintenant ?

Les yeux de l'homme trahirent sa souffrance. Il garda le silence.

Taniel dégrafa sa ceinture et la replia avant de la tendre à l'homme.

— Mords là-dedans.

Le Prétorien obéit.

Tout fut fini en quelques secondes. Taniel essuya son couteau sur le pantalon du Prétorien et retira sa ceinture d'entre ses dents crispées. Il se releva tout en la remettant dans ses passants. Pourquoi faisait-il tout ça ? Il aurait dû être à l'université, à courir après les filles. Il tenta de se souvenir de la dernière fois où cela était arrivé. Durant sa première nuit à Fatrasta, avant la guerre, il avait rencontré une fille dans un bar du port. S'il avait été un peu plus saoul, il aurait pu coucher avec elle, mais il avait repris ses esprits et pensé à Vlora. Il se demanda si la fille était toujours là. Il l'avait dessinée dans son carnet.

Le Prétorien gisait à ses pieds, l'air apaisé malgré la plaie béante dans son estomac et le sillon sanglant tranchant sa gorge. Ka-poel se tenait à quelques pieds, en silence, comme toujours. Elle regardait le mort, fascinée.

— On devrait y aller, lui dit-il.

— Attends, Taniel !

Vlora dévalait l'escalier. Elle trébucha, se cramponna à la rambarde, puis tomba assise à mi-chemin. Elle posa une main sur la blessure à sa cuisse.

Ils se dévisagèrent pendant un moment. Vlora fut la première à détourner les yeux, et son regard se posa sur le cadavre aux pieds de Taniel.

— Comment vas-tu ? demanda-t-elle.

— Je suis vivant, répondit-il.

Un autre moment de silence suivit. À l'étage supérieur, Taniel pouvait entendre son père braillant des ordres. Il ne s'était pas même laissé décourager par cette agression subite. Un guerrier jusqu'au bout.

Quelques soldats les dépassèrent, deux montant les marches, un autre les descendant. Il y eut un tumulte en bas, dans le grand hall, alors que les hommes de Tamas rassemblaient les prisonniers blessés.

— Pardonne-moi, dit Vlora.

Des larmes striaient ses joues. Taniel résista contre l'envie d'aller la rejoindre pour la réconforter et panser sa plaie. Il sentait sa douleur, émotionnelle et physique, mais cette dernière ne pouvait percer le mur de sa poudretranse. Il ne voulait pas se laisser amadouer. Il glissa son pouce dans sa ceinture et serra la mâchoire.

— Allons-y, dit-il à Ka-poel.

* * *

Exaspéré, Adamat grinça des dents. Sept jours s'étaient écoulés depuis le coup d'État. Sept jours depuis sa visite à Uskan qui n'avait fait qu'engendrer de nouvelles questions. Qui avait bien pu arracher des pages entières de livres d'histoire religieuse et de sorcellerie ? Qui avait volé les autres volumes ? Et qu'était-ce donc que cette fameuse Promesse de Kresimir ?

Adamat arrêta son fiacre dans le quartier des Mitrons le temps d'acheter une tourte à la viande, puis continua le long de l'avenue Hrousche, où une odeur d'huile, de bois, de chaudière et de poudre planait entre les boutiques d'armes à feu et les fonderies. Là, le bruit était plus fort que d'habitude, la foule des badauds plus épaisse. Devant chaque magasin, un garçon assis sous le porche, muni d'une liasse de papiers, prenait les commandes pendant que des gentilshommes bien habillés se mêlaient aux soldats de classe inférieure. Un crieur de rues braillait que le nouveau fusil Hrousche permettrait de protéger n'importe quelle maisonnée. Les armuriers écoulaient leurs armes aussi vite qu'ils pouvaient les fabriquer.

Adamat feuilleta le journal du jour. On y disait que Taniel Deux-coups était revenu en héros de la guerre d'indépendance de Fatrasta. Maintenant, il chassait une criminelle Privilégiée. Certains voyaient en elle une survivante de la cabale royale, d'autres une espionne des Kez venue surveiller la cabale de la poudre de Tamas. Quoi qu'il en soit, elle avait déjà rasé tout un pâté de maisons, faisant des douzaines de morts et de blessés. Adamat espérait que cette fameuse Privilégiée serait capturée ou quitterait la ville sans autre effusion de sang. Il y en aurait déjà bien assez lors de l'affrontement à venir entre Westeven et Tamas.

Les royalistes s'étaient barricadés à Centester, quartier qui comprenait presque tout le centre d'Adopest. Ils avaient lancé une attaque contre les forces de Tamas qui les avaient repoussés. Maintenant, la population tout entière retenait son souffle. Malgré ses presque quatre-vingts ans, le général Westeven avait rallié tous les royalistes de la ville, les avait rassemblés et avait fait édifier assez de barricades pour arrêter une armée. Et tout ça en une seule nuit, du moins en apparence. Le général Tamas avait contre-attaqué en convoquant deux légions entières de l'armée mercenaire des Ailes d'Adom et en faisant encercler Centester par des canons et de l'artillerie lourde. On n'avait pas encore tiré un seul coup de feu. Les deux hommes avaient assez d'intelligence pour ne pas transformer le centre d'Adopest en champ de bataille.

C'était un cauchemar, décida Adamat. Deux des chefs militaires les plus décorés qui se retrouvaient face à face dans une ville d'un million d'habitants. Personne ne pouvait en sortir vainqueur.

Et pourtant, la vie continuait. Les gens devaient travailler, manger. Ceux qui n'étaient pas directement impliqués dans ce nouveau conflit préféraient ne pas s'en mêler. Tamas avait réussi à maintenir l'ordre dans le reste de la ville, cc qui était déjà un exploit en soi.

Pour compliquer les choses, les archives publiques, où Adamat avait le plus de chances de trouver d'autres exemplaires des livres endommagés de la bibliothèque, étaient *derrière* la barricade des royalistes. Et il n'avait aucune envie d'y aller seul.

L'attelage s'arrêta devant un bâtiment de deux étages situé dans une rue adjacente du Haut Talian, les bas-fonds d'Adopest. Cette rue n'avait qu'une seule entrée, derrière une double porte vert olive défraîchie. Elle était à moitié bloquée de l'intérieur, la peinture écaillée et la maçonnerie du montant à demi éboulée. L'autre moitié était ouverte à tous les vents et un homme de petite taille s'y tenait adossé.

Adamat prit son chapeau et sa canne et les tint d'une main pendant que de l'autre, il tirait un mouchoir de sa poche. Il s'en servit pour se couvrir la bouche alors qu'il descendait du fiacre. Il paya le cocher et s'approcha de la porte, entendant sans y prêter attention le martèlement des sabots derrière lui alors que l'attelage s'éloignait.

— Au nom de Kresimir, où as-tu trouvé une pomme en cette saison ?

Adamat s'essuya le nez et fourra le mouchoir dans sa poche.

Le portier lui fit un sourire édenté.

— Bonsoir, M'sieur. Ça fait bien un mois ou deux que je ne vous avais pas vu. (Il mordit bruyamment dans son fruit.) Mon cousin habite au sud du quartier des Mitrons. Il peut avoir des fruits frais toute l'année.

— On raconte que si les négociations échouent, dit Adamat, on risque de devoir déclarer la guerre aux Kez. Tu devrais attendre l'automne pour manger des pommes.

— C'est bien ma chance, répondit Jeram en grimaçant.

— Comment se sont passés les combats aujourd'hui ?

Jeram tira un morceau de papier froissé du rebord de son chapeau élimé et l'étudia, tentant de déchiffrer les inscriptions les plus récentes.

— SouSmith a gagné trois fois d'affilée, Formichael deux fois aujourd'hui. Ils avaient l'air prêts à aller se coucher, mais le contremaître a pris la mouche et décrété que ces deux-là allaient se battre dans l'heure.

— Ça fait déjà cinq fois qu'ils s'affrontent ? renâcla Adamat. Ça ne vaudra pas un clou s'ils ont à peine la force de se tenir debout.

— Ouais, c'est ce que disent les clients, et ils ne se bousculent pas pour prendre des paris. Mais les rares qui ont craché au bassinet ont misé sur Formichael.

— SouSmith cogne dur.

Jeram lui décocha un regard rusé.

— S'il peut placer un coup. Formichael est bien reposé, il est plus jeune que SouSmith et pèse la moitié de son poids.

— Bah, vous autres jeunots pensez toujours que vos anciens n'ont plus rien dans le ventre.

Jeram gloussa.

— Oui, alors qu'est-ce que ce sera, Monseigneur ?

De sa poche arrière, il tira une feuille de papier pliée en quatre, couverte de taches et de lignes rayées. Il la déplia, la posa contre la porte et leva un crayon.

— Quelles sont les probabilités ?

Jeram se gratta la joue, y laissant une trace de graphite.

— Je le mets à neuf contre un.

Adamat haussa les sourcils.

— Mets-moi vingt-cinq sur SouSmith.

— C'est risqué, grogna Jeram.

Il griffonna les chiffres et replia le bout de papier. Adamat savait que c'était juste du spectacle. Jeram avait une mémoire presque aussi bonne que la sienne, même s'il n'avait pas le moindre Don – il n'oubliait jamais un visage, un chiffre, et ne s'était jamais trompé sur un pari, bien qu'on l'en eût parfois accusé. Mais ça ne risquait plus d'arriver, pas depuis que le Propriétaire avait repris le ring de boxe. Il n'aimait pas qu'on dise du mal de ses bookmakers.

Une fois à l'intérieur, la seule lumière provenait de fenêtres rectangulaires munies de stores, situées en hauteur, juste sous le toit. Adamat franchit une série de rideaux étouffant les bruits et cachant aux yeux des curieux ce qui se passait à l'intérieur. L'immense bâtiment, évidé depuis longtemps, n'était plus qu'une seule et immense pièce, avec quelques alcôves et recoins privés où les boxeurs pouvaient se reposer tranquillement après un combat. Au milieu se trouvait ce qui donnait son nom à l'établissement : l'arène, un puits circulaire de douze coudées de diamètre, à quatre coudées en dessous du plancher.

Toute une série de gradins hétéroclites entourait le ring, s'étendant d'un bout à l'autre de la salle et montant presque jusqu'au toit. Adamat passa sous les sièges arrière, déboucha de l'autre côté et se fraya un chemin au milieu de ceux qui traînaient au bord de l'arène. Les tribunes étaient pleines, les hommes se tenaient coude à coude sur les gradins qui accueillaient quelques centaines de gentilshommes avec leurs cannes et leurs chapeaux, de travailleurs aux vestes effilochées, et même deux agents de police, faciles à repérer avec leurs capes noires et leurs hauts de forme.

Un match s'était terminé à peine dix minutes auparavant et les employés de l'*Arène* jetaient de la sciure sur le sol pour éponger le sang, en attendant le combat suivant. Un murmure paisible emplissait la salle alors que les hommes discutaient entre eux, reposant leurs voix afin de mieux acclamer leurs champions. Adamat inspira un relent de sueur, de crasse et de colère. Il frissonna et exhala lentement. La boxe à mains nues était un sport féroce, barbare. Il sourit. *Un vrai bonheur.* Il inspira à nouveau, surprenant un remugle de porcherie. Normal : il n'y avait pas si longtemps, ce bâtiment *était* une porcherie. Et avant ça ? Une série de boutiques, peut-être, lorsque Haut Talian était censé être le nouveau quartier riche et à la mode.

À l'autre bout de la salle, deux hommes torse nu sortirent des loges des boxeurs. Ils entrèrent dans l'arène côte à côte et sans grande cérémonie. Les employés s'en allèrent et les combattants se firent face. Celui de gauche était plus petit, plus mince, les muscles noueux et saillants comme ceux d'un cheval de guerre. Formichael. Le préféré du Propriétaire – ou du moins il l'était la dernière fois qu'Adamat était venu ici. C'était un manutentionnaire, jeune et beau, et on chuchotait que le Propriétaire le formait pour en faire autre chose qu'une vulgaire brute.

L'homme de droite semblait faire le double de la taille de Formichael. Ses cheveux grisonnaient légèrement, et il portait une barbe mal taillée. Ses yeux porcins profondément enfoncés dans leurs orbites examinaient son adversaire avec l'intensité froide d'un vrai tueur. Ses bras semblaient assez gros pour remporter un match de catch avec un ours des montagnes. Il y avait des cals sur ses phalanges là où elles avaient cassé – ou avaient été cassées par – des mâchoires, et son visage était couvert de cicatrices laissées par des points de suture bâclés. Il montra des dents ébréchées à son adversaire.

Malgré l'avantage qu'avait SouSmith en termes de taille et d'expérience, il était manifestement fatigué. Après une journée de combats remportés à la dure, son menton s'affaissait, le coin de ses yeux trahissait son épuisement, et ses épaules étaient très légèrement tassées. De plus, son expérience commençait à montrer ses limites. SouSmith se faisait vieux et, à force d'excès de boisson, sa poitrine et son estomac étaient devenus flasques.

L'arbitre descendit les deux pas menant à l'arène pour s'entretenir avec les combattants. Au bout d'un moment, il recula. Il leva la main, puis l'abattit tout en s'éloignant d'un pas vif.

Trois cents hommes braillèrent alors que le match commençait. Les poings claquèrent sur les paumes, des bruits mats noyés sous les hurlements.

— Tue-le !

— Fais-le souffrir !

— Le ventre ! Frappe le ventre !

La voix d'Adamat se perdit dans cette cacophonie. Il ne savait même pas ce qu'il venait de dire, mais, dans ses cris, son cœur laissa libre cours à son exaspération envers Palagyi et sa colère d'avoir dû faire partir sa femme et ses enfants. Il se pencha en avant en agitant les poings comme pour se moquer des deux hommes, hurlant à corps perdu comme tous les autres.

Formichael atteignit SouSmith d'un direct vicieux dans les côtes. Le boxeur tituba tout en reculant dans les cordes et le jeune homme en profita pour le marteler, toujours au même endroit, peut-être une côte brisée autrefois, ses poings luisant dans la faible lumière. Tremblant comme une feuille, SouSmith recula vers le bord de l'arène jusqu'à se retrouver contre les lames de bois le séparant des spectateurs. Ceux-ci tendirent la main, leurs ongles égratignèrent sa tête nue, des postillons s'écrasèrent sur sa joue. Adamat regarda le spectacle, la tête du malheureux hors de sa portée.

— Vas-y ! cria-t-il. Ne le laisse pas t'acculer contre le mur !

Quelque chose céda avec un craquement audible. SouSmith tomba sur un genou, levant les mains pour parer les coups de Formichael.

— Relève-toi, salopard, gronda Adamat entre ses dents.

Formichael continua de pilonner les mains et les bras de son adversaire jusqu'à ce que le vieil homme se retrouve à genoux. Il continua d'encaisser. Sentant la victoire à sa portée, le visage congestionné, Formichael frappa de moins en moins fort, puis finit par s'arrêter. Il resta là, hors d'haleine, à examiner l'homme gisant à ses pieds. SouSmith ne leva pas les yeux.

Bah, pensa Adamat. *Vas-y, achève-le.*

Mais ce n'était pas ce que Formichael avait en tête. Il sourit, se pencha et prit SouSmith par un bras pour le relever d'un seul uppercut d'une grande brutalité. SouSmith retomba à genoux, tremblant de tout son corps. Formichael répéta la manœuvre, laissant son adversaire presque à terre, abattu par l'épuisement, tout en le tabassant jusqu'à ce qu'il ne soit plus qu'une plaie.

Formichael frappa encore plusieurs fois avant de laisser SouSmith tomber à quatre pattes. Son visage n'était plus qu'une masse de sang et de chair meurtrie. Il cracha dans la sciure de bois. Formichael se tourna et leva les mains face à la foule pour s'immerger dans ses rugissements. Puis il revint une fois de plus à SouSmith.

Le colosse se leva d'un bond et ses deux cents livres pesèrent de tout leur poids sur le direct qui frappa le beau visage de son adversaire. L'impact souleva Formichael du sol. Son corps décrivit un arc de cercle qui l'envoya rebondir sur les lattes de bois comme un jouet, avant qu'il ne s'écroule à terre. Il eut un frisson, puis s'immobilisa. SouSmith cracha sur son dos avant de se détourner pour monter les marches d'un pas lourd vers les vestiaires des combattants. Des mains se tendirent pour lui claquer le dos pendant que ceux qui avaient perdu leur pari le maudissaient.

Adamat ramassa ses gains, puis attendit de pouvoir se fondre dans la foule pour se glisser vers les vestiaires sans que personne ne le remarque. Il entra dans la loge de SouSmith et tira le rideau derrière lui.

— Tu parles d'un match.

En l'entendant, le boxeur s'interrompit, un seau au-dessus sa tête, et lui jeta un coup d'œil. Il inclina le seau, laissant l'eau qu'il contenait l'asperger, lavant une couche de sang et de sueur, puis il se frictionna avec une serviette sale. Il regarda Adamat, les yeux bouffis, les lèvres et les arcades sourcilières fendues.

— Alors, tu as parié sur le bon ?

— Bien sûr.

— Ce salopard veut ma peau.

— Qui ?

— Le Propriétaire.

Adamat gloussa avant de comprendre qu'il ne plaisantait pas.

— Qu'est-ce qui te fait dire ça ?

SouSmith secoua la tête, tordit sa serviette pour en extraire une eau brune, puis la jeta dans un seau propre.

— Il veut que je plonge.

SouSmith était loin d'être bête, mais il avait toujours eu tendance à s'exprimer par phrases courtes. Après des années à se prendre des coups, on avait un peu de mal à mettre en ordre ses pensées.

— Pourquoi ? Tu es un bon boxeur. Les gens viennent pour te voir.

— Les gens viennent voir de jeunes brutes. (Il cracha dans un des seaux.) Moi, je suis vieux.

— Formichael y réfléchira à deux fois la prochaine fois qu'on lui demandera de t'affronter. (Adamat se souvint du corps immobile sur le sol de l'Arène. Les employés avaient dû l'emporter.) S'il est encore en vie.

— Il vivra. (SouSmith tapota sa tempe.) Et il aura peur.

— Ou il fera tout pour en finir le plus vite possible, remarqua Adamat.

SouSmith inspira profondément, puis il eut un gloussement qui se termina sur une toux rauque.

— Ça me va aussi.

Pendant un moment, Adamat regarda son vieil ami. SouSmith n'était pas tel que le suggérait son apparence. Contrairement aux autres boxeurs, ce n'était pas qu'une vulgaire brute. Une intelligence vive se cachait derrière ses yeux aux paupières tombantes ; sous les poings noueux, les mains douces d'un frère et d'un oncle. Beaucoup s'y laissaient tromper, ce qui était une des raisons de sa longue suite de victoires. Par contre, une chose était claire : derrière tout cela, plus profondément enraciné en lui que sa loyauté envers sa famille ou que son intelligence, il avait l'instinct du tueur.

— J'ai une question pour toi, dit Adamat.

— Je croyais t'avoir manqué.

— Un jour, tu m'as dit que tu avais fait partie d'une bande de coupe-jarrets du nom de Promesse Rompue de Kresimir.

SouSmith se figea, le coin de la serviette encore pressé contre son oreille.

— Sans blague ?

— Tu avais beaucoup bu.

Soudain, SouSmith se fit suspicieux. Il jeta un coup d'œil au bureau rudimentaire de la loge, là où il avait certainement caché un pistolet dans le tiroir. Et pourtant, un homme de sa stature n'avait pas besoin d'arme.

Adamat eut un geste rassurant.

— Tu avais beaucoup bu, répéta-t-il. À l'époque, je ne t'ai pas cru. J'étais là lorsqu'ils ont tiré du ruisseau ces gamins. Je croyais que nul n'avait pu échapper à ceux qui les poursuivaient.

SouSmith l'examina un instant.

— L'un d'entre eux s'en est peut-être tiré. Ou pas.

— Comment ?

SouSmith répondit par une autre question.

— Pourquoi ?

Adamat avait déjà décidé de lui confier la vérité.

— Je mène une enquête au nom du maréchal Tamas. Il veut savoir ce qu'est la Promesse de Kresimir.

— Voilà un homme que je ne veux pas m'aliéner, fit SouSmith, l'air impressionné.

— Bien d'accord. Tu as une idée de ce que ça signifie ?

SouSmith se remit à sa toilette.

— Notre chef était un rebut de la cabale royale. (Il ouvrit le tiroir du bureau, en tira une vieille pipe crasseuse et une blague à tabac. Il l'alluma avant de reprendre.) Une grande gueule. Un crétin. Du genre à vouloir se faire remarquer à tout prix. D'après lui, notre nom était censé rappeler leur statut de mortels à ceux de la cabale.

C'était bien la plus longue phrase qu'Adamat l'ait entendu prononcer depuis des années.

— Il t'a précisé ce que ça signifiait ?

— Quiconque rompt la Promesse de Kresimir provoquera la fin du monde, reprit SouSmith en tirant sur sa pipe, emplissant la pièce d'une odeur de tabac à la pistache.

— Quelle est cette fameuse Promesse ?

Le boxeur haussa les épaules.

Adamat tapota sa joue de son doigt, alors que SouSmith se radossait à sa chaise, lui faisant comprendre qu'il n'en dirait pas davantage. Du moins pas à ce sujet. Adamat laissa dériver ses pensées vers Palagyi. Cet imbécile de banquier avait toujours des nervis qui rôdaient en ville. Il était imprévisible. Un homme avec la stature et la réputation de SouSmith pourrait le remettre en place. *Du moins jusqu'à l'échéance de son prêt... alors, il aura la loi de son côté.* De plus, il pouvait lui être très utile en cas de pépin – par exemple, s'il essayait de gagner les archives publiques, derrière la barricade des royalistes.

— Tu n'aurais pas besoin d'un emploi, par hasard ? demanda Adamat.

SouSmith l'examina de ses petits yeux.

— De quel genre ?

IX

Taniel trouva le poste de commandement de son père, placé juste hors de portée de tir de la barricade royaliste. Les rues désertes étaient souillées de débris, les pavés humides de la pluie tombée la nuit précédente. Les relents de la ville menaçaient de brouiller ses sens affinés par la poudretranse qu'il entretenait presque en continu depuis deux semaines. Le monde puait la merde et la peur, le pot de chambre plein et la méfiance.

Ka-poel se tenait à ses côtés. Même après tout ce qui s'était passé, le spectacle de la cité la rendait toujours perplexe – tant de bâtiments, tous si grands. Ça ne lui plaisait pas. Trop de gens, lui avait-elle fait comprendre par gestes. Trop d'immeubles. Taniel compatissait. En tant que poudremage, son talent était de faire flotter une balle sur des lieues entières – réussir des tirs à distance sur d'immenses champs de bataille. À quoi cela lui servait-il lorsqu'il était entouré d'obstacles ?

Gothen se tenait également aux côtés de Taniel. Le brisemage se gratta l'arrière de la tête, là où il lui restait quelques cheveux. Il scrutait la barricade, une main sur la crosse d'un de ses trois pistolets.

— Tu viens avec moi ? lui demanda Taniel.

Gothen secoua la tête.

— Ton père me rend nerveux.

— Tu n'es pas le seul, marmonna Taniel.

Tamas avait installé son quartier général de l'autre côté de la rue, dans une des centaines de maisons abandonnées près du centre-ville. Les soldats qui grouillaient devant le bâtiment ne portaient pas l'uniforme bleu marine de l'infanterie adrane. Leur tenue était rouge, blanc et or, leur emblème, une auréole de saint avec des ailes dorées. C'étaient les Ailes d'Adom. Cette compagnie de mercenaires étant basée à Adro, la plupart d'entre eux étaient natifs de la ville, mais on trouvait dans ses rangs des soldats de toutes origines. Taniel traversa la rue et s'arrêta assez longtemps pour qu'un des gardes puisse jeter un œil à sa broche en forme de tonneau de poudre avant de rentrer, Ka-poel sur ses talons.

Le salon de la maison ressemblait à une tente de commandement. Des cartes recouvraient toutes les surfaces disponibles, des équipements étaient déposés dans les coins et il y avait même des fusils et des caisses de munitions. Tamas se tenait derrière une table, à examiner une carte de la ville pendant que deux brigadiers des Ailes – des commandants de brigades – se tenaient à ses côtés. Son garde du corps fumait une cigarette, installé sur un canapé.

Tamas ne fit pas signe de remarquer son entrée. Taniel se racla la gorge. Pas de réponse. Les brigadiers lui jetèrent un drôle de regard.

— Je veux Bo, déclara Taniel.

Tamas leva enfin les yeux. Il avait l'air tendu d'une personne dérangée alors qu'elle était plongée dans ses pensées.

— Bo ?

Taniel leva les yeux au ciel.

— Borbador. J'ai besoin de son aide.

Tamas fronça les sourcils.

— Pour l'instant, je ne veux pas voir un seul Privilégié en ville.

— Et cette mercenaire que tu m'as imposée ? Julène ?

— C'est différent. Borbador faisait partie de la cabale royale.

— Qui l'a envoyé en exil, remarqua Taniel. Et il ne portait pas le roi dans son cœur. S'il a rejoint la cabale royale, c'était pour l'argent et les filles du bordel.

— Et on l'a exilé parce qu'il avait couché avec la maîtresse préférée du chef de la cabale, termina Tamas. (Il quitta la table et se laissa tomber sur un fauteuil. Il se frotta les yeux, semblant vouloir chasser son épuisement par la simple force de sa volonté.) Ils ont failli le réintégrer il y a quelques mois. Je l'ai fait transférer chez les Montagnards pour qu'il ne soit pas là lors du massacre de la cabale royale. Je fais attention à ce genre de détails.

Taniel ressentit une étincelle de gratitude et s'en voulut aussitôt. Tamas changea de sujet.

— Où en est la traque ?

Taniel resta debout pour faire son rapport alors même que son père lui faisait signe de s'asseoir.

— Le manoir de l'ouest a été abandonné. La Privilégiée est partie, elle aussi. Elle sait couvrir ses traces, et les méthodes de Ka-poel, bien qu'elles soient précises, ne sont pas assez efficaces pour retrouver quelqu'un qui est continuellement en mouvement.

— Julène devrait pouvoir la filer.

— Julène cause plus de problèmes qu'elle n'en résout.

Tamas se redressa.

— Elle mérite largement les gages que je lui donne. Elle a déjà fait ses preuves par le passé. Elle est discrète et prudente.

— Ses preuves, hein ? répéta Taniel. Comme ces trois Privilégiés adrans qui ont disparu l'an dernier ? C'était dans les journaux de Fatrasta. Si je me souviens bien, ils s'opposaient de façon un peu trop virulente à ta cabale de la poudre, c'est ça ?

— Oui.

— Et tu lui fais confiance ?

— Tant que je peux la payer.

— Tamas, c'est un tonneau de poudre avec une mèche courte. Elle a affronté directement la Privilégiée, seule avec son brisemage, et à l'encontre de mes ordres. Soit elle est suicidaire, soit elle en fait une affaire personnelle.

— Et quand est-ce que je t'ai donné le commandement du groupe ? rétorqua Tamas.

Il se leva et alla se verser un verre d'eau. Taniel se raidit.

— C'était implicite lorsque tu m'as accolé à ces deux-là. Je suis un Marqué.

— Hmmm, dit Tamas en faisant tournoyer l'eau dans son verre. Si cette Privilégiée te glisse encore entre les doigts, je mettrai Julène à la tête de cette opération. Elle est efficace – brutale lorsqu'il le faut, mais efficace.

— C'est ça, et il te restera à expliquer au conseil pourquoi on a laissé deux Privilégiés s'affronter et détruire la moitié de la ville en cours de route.

Taniel ne pouvait cacher le fiel dans sa voix. Tamas était-il volontairement obtus ?

— Je te donne encore une chance.

Taniel grinça des dents.

— Tu me crois incapable de faire mon boulot ? À tes yeux, je suis forcément incompétent, hein ? Qu'est-ce qu'il te faut pour que tu aies enfin confiance en moi ? Cinquante Privilégiés devenus des encoches sur la crosse de mon fusil ? Cent ?

— Je sais de quoi tu es capable, mais tu es encore jeune. Tu es trop emporté.

— C'est toi qui me le reproches ?

— Attention à ce que tu dis. Tu vas obéir aux ordres, ou je confie cette mission à quelqu'un d'autre. En ce moment, Vlora ne demande qu'à trouver un moyen de s'attirer mes bonnes grâces.

— Je peux encore réussir, fit Taniel entre ses dents serrées.

— Alors prouve-le. Écoute les conseils de Julène. C'est une vétérane de la chasse aux Privilégiés et une sorcière qualifiée.

Taniel eut un reniflement de mépris.

— Par Kresimir, à t'entendre, on croirait que tu as couché avec elle. (Il y eut un bref silence et une lueur dangereuse s'alluma dans l'œil de Tamas. Taniel sentit un sourire étirer ses traits. Puis il rejeta la tête en arrière pour rugir de rire.) Tu l'as fait ! Tu as couché avec cette mercenaire !

— Suffit, soldat.

C'était le nouveau garde du corps de Tamas qui venait de s'interposer. Il était assis sur le canapé et les regardait tous les deux à travers un nuage de fumée. Taniel lui jeta un coup d'œil avant de revenir à son père. Des veines saillaient sur le cou de Tamas, il serrait les poings et grinçait des dents. Taniel sentit son orgueil lutter contre l'atmosphère dangereuse qui planait soudain dans la salle. Les deux brigadiers étaient penchés sur une carte des Neuf, faisant semblant de ne pas entendre la conversation entre le père et le fils.

Taniel s'éclaircit la voix.

— Julène ne peut pas la retrouver. Elle-même en a convenu. La Privilégiée peut répandre les auras en utilisant la pluie. J'ai également employé mon troisième œil, en vain. Ka-poel est notre seule chance, et elle agit lentement. Et même si nous la rattrapions – elle est puissante. Et pas que par sa magie. Je lui ai tiré dessus trois fois et lui ai plongé ma baïonnette dans le ventre. Même avec ça, elle a rasé deux bâtiments et a disparu. Ces blessures auraient dû la tuer, et pourtant, elle est toujours en fuite. C'est pour ça que je veux Bo.

Tamas sembla se maîtriser.

— Certainement pas. Je ne veux pas courir le risque d'envoyer un Privilégié de la cabale en ville. Dans quelques mois, peut-être. Il va te falloir te contenter de ce que tu as. Ryze, dit-il au plus âgé des deux brigadiers, un vétéran avec un bandeau sur l'œil, je veux qu'une compagnie se tienne à la disposition de Taniel au cas où il en aurait besoin. Et donne-lui un pisteur expérimenté. Un qui sait se débrouiller en ville. (Le vieux brigadier acquiesça, et Tamas se retourna vers Taniel.) C'est tout, soldat.

Taniel fit un salut ironique et tourna les talons pour quitter la salle. Il s'arrêta devant le poste de commandement le temps d'inspirer une autre ligne de poudre. La poudretranse s'intensifia aussitôt. Il frissonna, sa vision du monde si claire qu'elle le faisait larmoyer.

— Cesse de me regarder comme ça, dit-il à Ka-poel.

La fille mima une prise de poudre et secoua la tête. *Tu abuses.*

— Ça va.

Elle secoua à nouveau la tête.

— Qu'est-ce que tu en sais ?

Elle lui jeta un regard noir.

Taniel se détourna. Gothen était toujours de l'autre côté de la rue, déplaçant son armurerie privée afin de pouvoir s'asseoir confortablement sous un porche.

— Je pense que l'un d'eux correspond avec le maréchal dans mon dos, dit Taniel à Ka-poel. Ce serait bien du style de Tamas. Il ne m'a jamais fait confiance. (Il se frotta le nez.) Pour lui, je suis encore un gamin.

Ka-poel posa le poing sur son cœur avant de désigner Taniel du doigt.

— Il m'aime ? Hum, peut-être. C'est mon père, il est censé le faire – et il fait toujours ce qui est convenable. Mais s'il *m'appréciait* en plus, ça ne serait pas plus mal. (Il désigna Gothen d'un coup de menton.) Je n'ai jamais fait confiance aux mercenaires. (Il jeta un coup d'œil autour de lui pour s'assurer que pas un seul soldat des Ailes d'Adom n'était à portée de voix avant de continuer.) Ils ne font pas la moitié du travail pour lequel on les paye et, au final, ils préfèrent sauver leur peau plutôt que terminer leur boulot.

Ka-poel parut y réfléchir un moment. Elle le comprenait bien – lorsque ça lui convenait – mais quand il s'exprimait trop vite, il lui fallait quelques instants pour assimiler les informations.

De ses mains, elle dessina la silhouette d'une femme.

— Julène ?

Elle acquiesça et montra les dents.

— Moi non plus, je ne l'aime pas. Elle aurait pu tous nous faire tuer dans cet affrontement contre la fugitive. Une Privilégiée – plus que tout autre, en fait – devrait savoir qu'on ne peut aller trouver ce genre de personne en espérant qu'elle se laisse sagement arrêter. Elle agit comme si elle était persuadée de pouvoir remporter n'importe quel combat.

Ka-poel le désigna du doigt. Taniel gloussa.

— Moi ? Je *sais* que je peux remporter n'importe quel combat !

Il traversa la rue pour rejoindre Gothen sur le porche.

— Où est Julène ? demanda-t-il.

Gothen haussa les épaules.

— Elle va, elle vient. Mais comme on est en mission, elle devrait être de retour avant deux heures.

— Ça fait longtemps que tu travailles avec elle ?

— Deux ans.

— Et pour Tamas ?

— Un peu moins d'une année.

— Et avant, où étiez-vous ?

— À Kez.

— À chasser des poudremages ?

Gothen se tortilla, mal à l'aise.

— Un Gardien devenu fou. Un Privilégié, un ancien membre d'une cabale. Ce genre de choses.

— J'imagine qu'à Kez, la paie est bonne.

Taniel décida de ne pas insister sur les poudremages.

— Très bonne, acquiesça Gothen. Mais on était en mission pour le compte d'un duc lorsque les choses ont mal tourné, et on a dû quitter le pays à toute vitesse.

Taniel nota que Julène pouvait avoir gardé une dent contre les Kez. Ce qui aurait expliqué pourquoi Tamas l'aimait tant.

— Une Privilégiée s'acoquinant avec un brisemage, remarqua-t-il. Ça peut sembler bizarre. Elle ne peut se servir de sa magie en ta présence.

Gothen lui fit un sourire torve.

— Ça marche mieux qu'on ne pourrait le croire. Je dois toucher l'Autre (il leva les mains, bien qu'il ne portât pas ses gants) pour annuler la magie d'un Privilégié. Et même alors, il faut que je sois à moins de dix pas.

— Ce qui n'est pas si facile, remarqua Taniel.

— Non.

Taniel s'adossa au mur.

— Les brisemages sont très rares. Je pense que même mon père ignore comment vous travaillez.

— C'est vrai, nous *sommes* rares. Je n'en ai rencontré qu'une poignée. Contrairement aux Privilégiés, aux poudremages ou aux Doués, nous ne sommes pas nés comme ça.

— Comment, alors ?

— C'est une décision consciente, répondit Gothen, le regard perdu dans le vague.

— C'est aussi simple que ça ?

— Ça l'est. Je me concentre, je touche l'Autre et je dissipe les auras par la simple force de ma volonté.

Il tira ses gants de Privilégié de sa poche et les montra à Taniel. Ils étaient bleu foncé avec des runes dorées – rien à voir avec celles qu'on voyait sur les habituels gants blancs.

— Ils ont changé de couleur instantanément. Une forme de polarisation, ai-je cru comprendre. Lorsque j'entre en contact avec l'Autre, tout ce qui est autour de moi est vidé de sorcellerie. On ne peut invoquer, créer ou manipuler d'aura. Même lorsque je ne touche pas l'Autre, il ne peut y avoir la moindre aura à six pouces de moi.

— Peut-on inverser le processus ? Si tu voulais redevenir un Privilégié ?

— Non, répondit Gothen en remettant ses gants dans sa poche.

Les Privilégiés étaient les êtres les plus puissants qui soient. Ils faisaient tomber la foudre comme un enfant jetait un ballon. Ils commandaient la terre comme la mer. Taniel ne pouvait imaginer qu'on puisse renoncer à un tel pouvoir.

— Pourquoi ? demanda-t-il.

Gothen donna un coup de botte dans un pavé.

— Pour un Privilégié, j'étais bien faible. À peine assez fort pour toucher l'Autre, et encore moins doué pour manipuler les auras. J'ai échoué à l'examen pour rejoindre la cabale royale. J'étais furieux. Je me suis dit que s'ils refusaient de m'arracher à la rue pour partager avec moi leur pouvoir et leur fortune, je deviendrais ce qu'ils redoutent le plus : quelqu'un qui ne craint pas leur sorcellerie.

— Un choix respectable.

Gothen lui rendit son sourire.

— Et maintenant, je gagne un bon paquet d'argent en les traquant et en les éliminant.

— Tu en as tué beaucoup ?

Gothen tendit cinq doigts.

Probablement aussi des poudremages, s'il travaillait pour les Kez. Gothen n'avait pas de carabine à air comprimé, mais s'il prenait un poudremage par surprise, un pistolet faisait l'affaire. Taniel avait entendu parler de chasseurs de primes utilisant des balles avec de la poudre d'or mélangée au métal. Lorsque l'or se mêlait au sang d'un mage, il empêchait les Marqués de faire détoner la poudre ou d'entrer en poudretranse. Heureusement, cette technique était à la fois chère et peu fiable.

— Qu'est-ce que tu penses de notre cible ? demanda Taniel.

Un nuage passa sur le visage de Gothen.

— Elle est très forte, dit-il. Plus que ceux que j'ai traqués jusqu'à ce jour. Julène dit que je me fais des idées.

— Je ne crois pas. J'étais là lorsqu'elle a rasé ces bâtiments. Si tu ne t'étais pas interposé, je serais mort. Je t'en remercie.

Gothen hocha la tête d'un air peu convaincu.

— Il y a une chose que tu devrais savoir.

— Quoi ?

— Lorsque j'ai sauté devant toi, j'étais en contact avec l'Autre. J'étais largement assez près pour annuler sa magie. Et pourtant cela n'a pas suffi. Ça ne m'était encore jamais arrivé.

Taniel essuya une goutte de sueur de son front.

— Tu devrais dire à ta coéquipière de ne pas se montrer trop audacieuse.

— Comme si elle m'écoutait ! On dirait qu'elle a… un intérêt personnel dans tout ça. Et elle ne veut pas de ton aide – poix, c'est comme si elle refusait jusqu'à la mienne !

Taniel eut un reniflement de mépris.

— Elle peut y aller seule si ça lui chante.

— Aller où ?

Taniel sursauta. Julène était là, à leurs côtés, une main sur la hanche, fronçant les sourcils, ce qui étirait sa cicatrice. Elle n'avait pas fait le moindre bruit. Seule Ka-poel ne semblait pas surprise de la voir.

Ils s'assirent un moment en gardant le silence. Gothen tenta d'éviter le regard noir de Julène sous lequel il semblait se flétrir. Taniel fut le premier à se relever…

Mais il s'effondra presque aussitôt sur le pavé alors que le sol s'inclinait sous ses pieds.

— Un tremblement de terre ! cria quelqu'un.

* * *

Tamas se penchait sur ses cartes lorsque le sol fut agité de soubresauts. Il fut projeté en arrière, heurta le mur, puis finit à terre comme si une charge de cavalerie l'avait renversé. Du plâtre tomba du plafond, noyant la pièce dans un nuage de poussière. Il se cramponna des deux mains, l'estomac révulsé, voyant la table passer d'un côté, puis de l'autre jusqu'à ce qu'un des pieds du meuble casse. Il tituba à nouveau, secoué comme une feuille au vent. Les meubles s'effondrèrent et les décorations tombèrent des étagères. Des cris de panique montèrent depuis la rue.

Puis le tremblement de terre s'arrêta aussi brusquement qu'il avait commencé. Tamas se releva, agitant la main pour chasser le nuage de poussière de plâtre. La pièce semblait intacte, bien que la plupart des meubles soient en morceaux. Il eut un soupir de soulagement : au moins, la maison ne s'était pas effondrée sur leurs têtes. Dans ce quartier, la plupart des constructions étaient vieilles et fragilisées. Bien des habitants n'avaient probablement pas eu cette chance.

Olem avait été jeté au sol, lui aussi, et une étagère de livres lui était tombée sur le dos. Les jambes de Tamas flageolaient comme s'il avait passé des mois en mer. Il alla aider le sergent à se relever.

Olem gisait sur le dos, se frottant le front d'une main tandis que de l'autre, il repoussait les livres. Il prit la main que Tamas lui tendait.

— Vous êtes taché de sang, monsieur, remarqua-t-il.

Tamas se toucha le front. Ses doigts revinrent écarlates.

— Je ne le sens même pas.

— Un bout de plâtre a dû vous couper.

Tamas leva les yeux. Il y avait plusieurs trous de bonne taille dans le plafond, dont un juste au-dessus de la table de commandement.

— C'est bon, dit-il, juste une bosse.

Il scruta les lieux, tout étourdi. Il faudrait des heures pour tout ranger. Ses cartes avaient été éparpillées dans la pièce. Il chancela.

— Vous êtes sûr que ça va, monsieur ? demanda Olem, tendant une main pour stabiliser le maréchal.

Tamas le repoussa.

— C'est bon, c'est bon. Allons évaluer les dégâts.

La rue était en proie au chaos. Des gens sortaient de leurs maisons en hurlant à l'aide. Des mercenaires tentaient de redresser des canons qui avaient été renversés comme s'ils ne pesaient pas plus qu'une plume. Les pavés avaient jailli de la chaussée tels des bouchons. Des rangées entières d'immeubles s'étaient écroulées, leurs briques se répandant dans la rue.

Un des mercenaires des Ailes d'Adom s'arrêta devant Tamas.

— C'était un tremblement de terre, monsieur.

— Merci, soldat, je m'en doutais un peu.

L'homme s'en alla, les yeux quelque peu vitreux. Tamas échangea un regard avec Olem.

— Ce n'est pas courant par chez nous, remarqua Tamas.

Olem secoua la tête.

— La première fois de ma vie…

Tamas se retourna pour étudier les dégâts. Certains quartiers seraient certainement encore plus touchés, d'autres s'en tireraient mieux. Tamas ne voulait même pas penser à ce qui devait rester des quais.

— Sablecroc ne semble-t-elle pas un peu inclinée, monsieur ? demanda Olem.

Tamas scruta l'horizon. En effet, la tour noire s'élevant au-dessus des quartiers ouest semblait légèrement de guingois.

— Au moins, elle ne s'est pas effondrée. Olem ?

— Monsieur ?

— Trouve-moi des éclaireurs. Je veux une évaluation des dégâts dans toute la ville. Et un point sur les barricades. Si certaines parties se sont éboulées, ça nous donnera peut-être une chance de pouvoir les enfoncer.

— Maintenant ?

— Sur le champ. Le général Westeven va certainement profiter du tumulte pour avancer ses barricades et les renforcer avec les débris laissés par le tremblement de terre. Il faut qu'on en profite également.

— Vous êtes sûr de ne pas être blessé, monsieur ?

— Sûr et certain. Exécution.

Olem s'en alla en courant. Tamas attendit qu'il soit hors de vue avant de s'affaler contre le mur derrière lui. Sa tête pulsait douloureusement à l'emplacement de sa bosse. À l'autre bout de la rue, il pouvait voir des silhouettes s'affairer sur les barricades, descendant sur la chaussée le temps de ramasser des briques et des bouts de maçonnerie pour les jeter de l'autre côté.

— Ryze ! s'écria Tamas.

Le brigadier mercenaire se fraya un chemin au milieu des débris pour rejoindre Tamas.

— Parmi ces canons, certains sont-ils opérationnels ? demanda Tamas.

— Des axes sont tordus, des roues cassées. Il faudra faire venir des forgerons pour les réparer.

Tamas désigna les barricades.

— Fais passer le mot, que tes hommes se postent à distance de tir. Ne laissez pas Westeven fortifier ses positions.

Ryze salua sèchement et virevolta pour aboyer des ordres à ses troupes.

Tamas rentra dans la maison. Il trouva une chaise et la remit à l'endroit, puis il farfouilla jusqu'à ce qu'il trouve un manteau de rechange. Il le défroissa tant bien que mal et le pressa contre son front, puis se laissa tomber sur la chaise.

— Vous allez avoir une vilaine bosse au front.

Un homme se tenait dans l'entrée, les mains sur les hanches, examinant les dégâts. Il avait une fine moustache et de longs cheveux noirs ramenés en une queue-de-cheval tressée qui pendait sur son épaule. C'était un homme grand, pesant au moins deux cent quarante livres, faisant une tête de plus que Tamas. Sa peau était très légèrement jaune, suggérant des origines rosveliennes, mais il parlait avec l'accent d'un natif d'Adro. Sous une veste effilochée, il portait le pantalon brun et la longue chemise blanche sale d'un ouvrier de ville.

— Oui, répondit Tamas, pressant délicatement ses doigts sur ses tempes. Je crois bien. Qui es-tu, un chirurgien ?

L'homme regarda ses mains, surpris.

— Non, je ne crois pas. Ces doigts grassouillets n'ont qu'une seule vocation : la cuisine.

— Un cuistot ?

Ça ne faisait pas une minute qu'il avait envoyé Olem en mission et, déjà, toutes sortes de voyous entraient dans son poste de commandement comme dans un moulin.

— Si tu as besoin d'aide, je suis sûr que les soldats sont en train d'établir un hôpital de campagne là dehors.

L'homme fronça les sourcils.

— Un cuistot ? rétorqua-t-il. Est-ce que j'ai l'air d'un vulgaire bouilleur de soupe saumâtre et de viande mal cuite ? Je suis un grand chef, par la poix, et, à l'avenir, faites attention à qui vous traitez de cuistot. Vous risquez de blesser les sentiments de certains.

Tamas baissa les mains et dévisagea l'intrus. Pour qui se prenait-il ? Son amusement se mua en irritation en voyant l'homme entrer dans la salle et relever à son tour une chaise pour s'asseoir à côté de Tamas.

— Sais-tu qui je suis ? demanda Tamas.

L'homme agita la main pendant que de l'autre, il caressait son énorme ventre.

— Maréchal Tamas, si je ne m'abuse ?

Quel toupet.

— Et tu es ?

L'homme tira un mouchoir de sa poche et s'en épongea le front.

— Qu'est-ce qu'il fait chaud là-dedans. Mais je manque à tous mes devoirs. Je suis Mihali, fils de Moaka, Seigneur des Chefs d'Or.

Ce nom lui disait quelque chose, mais Tamas ne pouvait pas mettre le doigt dessus.

— Moaka ? demanda-t-il soudain. Le na-baron ?

— Mon père préférait se voir comme un expert culinaire avant tout, que Kresimir prenne pitié de lui.

— Oui.

Tamas se toucha délicatement la tête. Apparemment, la bosse avait cessé de saigner, mais son mal de crâne ne faisait qu'empirer.

— Un jour, j'ai été invité à un de ses galas. Les plats étaient incomparables. Il est décédé l'an dernier, je crois ?

Même le fils d'un na-baron n'avait rien à faire ici. Mais où était donc passé Olem ?

— Il faisait toujours la cuisine en personne. (Mihali baissa la tête.) Quel dommage. Son cœur a lâché pendant qu'il goûtait mon soufflé d'agneau. Il était si fier de moi, qui l'avais enfin surclassé.

Le regard de Mihali se perdit pendant qu'il fouillait ses souvenirs.

— Excuse-moi, demanda Tamas alors que le martèlement dans son crâne continuait de croître, mais bon sang de poix, que fais-tu là ?

— Oh. Je vous prie de m'excuser. Je suis la réincarnation du dieu Adom.

Tamas ne put s'en empêcher. Il se mit à glousser, puis à rire de bon cœur. Il se claqua la cuisse.

— Saint Adom, hein ? Elle est bonne. Aïe.

Il enserra sa tête. Rire n'était pas conseillé.

— Un saint, grommela Mihali. Je donne des ordres au chaos aux côtés de Kresimir et ces gens me relèguent au statut de vulgaire saint. Oh, bon, on ne peut pas gagner à tous les coups, n'est-ce pas ?

Tamas réussit à étouffer ses gloussements.

— Par Kresimir, tu es sérieux ?

— Bien sûr, répondit Mihali, posant une main sur son cœur. Je le jure sur la soupe à la courge que me faisait ma mère.

Tamas se leva. Était-ce une blague ? Un coup de Sabon ? Ou peut-être d'Olem. Celui-ci était bien plus effronté qu'il n'aurait dû.

— Olem ! cria-t-il.

Pas de réponse. Tamas jura à voix basse. Il lui avait demandé d'envoyer des éclaireurs, pas d'inspecter personnellement toute la ville !

— Olem !

Il passa la tête dans le vestibule. Il n'y avait personne.

Il se retourna pour se retrouver face à face avec Mihali. Celui-ci jeta un coup d'œil à la porte.

— Pour l'instant, dit-il, je préfère ne voir personne. Je ne veux pas faire d'histoires. Rencontrer un dieu, ça n'est pas rien, vous ne trouvez pas ?

— Qui es-tu, un acteur ? (Il lui donna un petit coup dans le ventre, cherchant un rembourrage. Il ne trouva que de la graisse.) Ton numéro est croquignolet, mais je ne suis pas d'humeur.

Mihali désigna le front de Tamas.

— Vous avez reçu un sacré coup, dit-il. Je sais, c'est dur à avaler. Peut-être devriez-vous vous asseoir un moment ? Dans ce corps, ma mémoire est imparfaite, mais je vais faire de mon mieux. (Il s'éclaircit la gorge.) Est-ce qu'avant de mourir, les Privilégiés vous ont averti, comme ils devaient le faire ?

Tamas s'apprêtait à palper sa blessure, mais se figea. Il saisit Mihali par les revers de sa veste.

— M'avertir de quoi ?

Mihali parut sincèrement perplexe. Il eut un haussement d'épaules en guise d'excuse.

— Comme je l'ai dit, ma mémoire n'est pas ce qu'elle devrait. (Il sembla se revigorer.) Mais, avec le temps, elle ne pourra que s'améliorer. Enfin, je crois.

— Fini les blagues, rétorqua Tamas. Qui es-tu, par la poix ?

Tamas fut projeté vers l'embrasure de la porte, s'y cognant brutalement l'épaule, avant de finir à terre. Un instant, il crut que c'était Mihali qui l'avait balancé comme une poupée de son, puis il comprit. Un autre tremblement de terre. Le cœur au bord des lèvres, il empoigna les montants de la porte et regarda d'autres morceaux de plâtre s'abattre au sol, priant pour que, cette fois non plus, le bâtiment ne leur tombe pas sur le crâne. En quelques secondes, tout fut terminé.

Il se releva et s'épousseta tout en examinant la salle. L'homme avait disparu. Tamas serra les dents et regarda le vestibule. Olem était là, une main sur le mur pour garder son équilibre.

— Où étais-tu passé, par la poix ? demanda Tamas.

— Chercher des éclaireurs. Tout va bien, monsieur ?

Tamas le scruta avec attention. Pas même un rictus. Personne n'était aussi bon comédien.

— Bien. Tu as vu passer quelqu'un ?

Il fixa son garde du corps. Son regard passait d'un côté à l'autre du vestibule. Il fouilla les gravats à ses pieds et en tira une cigarette encore fumante.

— Non, monsieur.

Tamas rentra dans son poste de commande. La maison avait une porte de derrière, mais personne n'aurait pu traverser la salle si vite en plein tremblement de terre.

Mon coup sur la tête était-il vraiment si violent que ça ?

X

Adamat s'arrêta chez lui pour récupérer ses pistolets. Cela faisait maintenant cinq jours qu'il avait embauché SouSmith et le cordon autour du centre-ville ne leur avait pas laissé la moindre possibilité de s'introduire dans les archives publiques. Le tremblement de terre avait tout changé. Toute la ville était sens dessus dessous. Des bâtiments s'étaient effondrés et les réfugiés se massaient dans les rues. Adamat en avait profité pour faire une évaluation des positions royalistes, cherchant un chemin jusqu'aux archives. Mais il était revenu bredouille.

Selon une rumeur, Tamas allait faire venir son armée entière à Adopest pour abattre les barricades. Mais au lieu d'envoyer ses soldats et ses mercenaires au feu, il semblait qu'il les avait chargés d'aider les habitants. Lorsque les combats commenceraient pour de bon, Centester serait un endroit particulièrement dangereux. Une autre rumeur, elle, disait que les poudremages de Tamas étaient toujours à la recherche d'une Privilégiée en fuite dans les bas-fonds de la ville. Ces temps-ci, pour traîner dans les rues, il valait mieux avoir les nerfs solides.

Tous les trois jours, Adamat recevait un messager de Tamas. Tous les trois jours, il était bien obligé de dire qu'il n'avait rien découvert. Sentir l'œil du maréchal dans son dos sans pouvoir lui annoncer la moindre avancée était exaspérant.

Adamat s'arrêta juste devant la porte pour ramasser son courrier. Au moins, Tamas avait réussi à faire fonctionner la poste. Un exploit pour lequel il était difficile de réserver son admiration. Adamat attendit que SouSmith revienne, puis poussa la porte de son pied. Le boxeur lui tapota l'épaule.

Passant par la cuisine, il constata que la porte de derrière était ouverte. Il posa le courrier sur une petite table et retira une canne du porte-parapluie près de l'entrée. SouSmith se dirigea vers le salon. Adamat passa l'angle juste derrière lui, brandissant haut sa canne, puis la baissa lentement.

— Tu m'as épargné le trajet, remarqua-t-il.

Palagyi était assis dans le fauteuil préféré d'Adamat, à côté de la cheminée, les mains croisées sur ses genoux. À côté de lui se tenaient les deux mêmes nervis que la dernière fois. Le forceur de serrures était affalé sur le canapé, les bottes posées sur l'accoudoir, et le colosse aux bras maculés de charbon étudiait le portrait de famille accroché au-dessus du foyer. Un quatrième homme était assis derrière le bureau d'Adamat, les mains croisées, affichant un air serein.

En voyant SouSmith, Palagyi ouvrit de grands yeux.

— Tu venais me voir ? demanda-t-il.

— Oui, en fait.

— Pourquoi ? Tu ne peux pas avoir de quoi rembourser ta dette.

Une fois de plus, il jeta un regard nerveux à SouSmith.

Adamat inspira profondément le temps de se maîtriser.

— Non, mais j'en ai une partie. Tu as bien dit que tu me laisserais tranquille jusqu'à l'expiration du délai.

— C'est ce que j'ai fait.

Adamat regarda autour de lui.

— Il me reste encore plus d'un mois.

— Pour ta famille, tu m'as donné une fausse adresse.

— C'était celle de mon cousin.

— Tes cousins sont une famille de bagarreurs ?

— Sept fils qui, tous, tiennent de leur père. De vrais champions.

— Oui, reprit Palagyi. C'est peut-être vrai, mais en tout cas, ta femme et tes enfants n'étaient pas chez eux.

— Vraiment ?

— Et quand mes hommes ont insisté, ils les ont chassés de la ville. Avec du goudron et des plumes.

— Je me demande bien pourquoi.

Il sourit intérieurement, mais réussit à garder son sérieux.

Palagyi lutta pour se maîtriser.

— Je veux bien passer là-dessus.

Adamat se figea. Cet enfoiré mijotait quelque chose.

— Pourquoi ? demanda-t-il.

Palagyi examina ses ongles.

— Je voudrais te présenter mon nouvel ami. (Il désigna l'homme assis devant le bureau d'Adamat.) Voilà le Seigneur Vetas. Une personne aux nombreux talents. Et aux relations haut placées.

— Enchanté.

Adamat le salua d'un hochement de tête poli tout en l'inspectant discrètement. Il avait la peau jaune et poussiéreuse d'un Rosvelien de pure souche. À l'exception d'un gilet écarlate et de la chaîne en or d'une montre à gousset dépassant de sa poche, il était tout de noir vêtu. Il était assis sur le fauteuil d'Adamat dans une position studieuse, comme un écolier, et ses yeux examinaient la pièce de l'œil sûr de celui à qui rien n'échappe.

Palagyi attira à nouveau son attention.

— Tu savais pour le coup d'État. Avant même que les journaux n'en parlent. Le soir d'avant, tu es resté absent toute la nuit. On t'avait convoqué quelque part. Mon homme t'a vu partir. Lorsque tu es revenu, tu as aussitôt mis ta famille dans une calèche en partance pour…

— Un endroit sûr, finit Adamat.

— Un endroit sûr, continua Palagyi. Ensuite, tu as écrit une série de lettres. À qui étaient-elles destinées ? Mystère. Tu t'es précipité à l'université, quitte à rater l'exécution – ce qui est étrange, parce que tu dois bien être le seul de tout Adopest à ne pas y avoir assisté. Depuis, tu n'as cessé de rôder aux quatre coins de la ville, la sillonnant en fiacre du sud au nord, tout en écrivant encore plus de lettres. Tu as visité toutes les bibliothèques au sud d'Adro.

— Je vois que tu as embauché des hommes un peu plus doués pour me suivre, remarqua Adamat.

— En effet, répondit Palagyi en frottant un ongle sur son gilet.

— Et pourtant, il t'a fallu tout ce temps pour additionner deux et deux.

— Je ne me laisserai pas décourager. Tu travailles pour Tamas. Je le sais. Et le Seigneur Vetas également. Tout comme son maître.

Adamat examina l'homme assis derrière son bureau.

— Et de qui peut-il bien s'agir ?

— Quelqu'un qui porte un intérêt particulier aux affaires d'Adro et au reste des Neuf.

C'était la première fois que le Seigneur Vetas parlait. Sa voix était douce, avec l'énonciation posée de ceux qui sont passés par les meilleures écoles.

— Un criminel ? demanda Adamat. Palagyi traite rarement avec les gens honnêtes. Le Propriétaire, peut-être ?

Le Seigneur Vetas eut un gloussement sec.

— Non.

— Arrête de changer de sujet, feula Palagyi en se levant. Tu travailles pour Tamas, oui ou non ?

— Assieds-toi, dit le Seigneur Vetas.

Palagyi obéit sans réagir.

— Et si je dis oui ?

Palagyi ouvrit la bouche.

— Silence, reprit le Seigneur Vetas d'une voix qui, malgré sa douceur, fit taire instantanément le créancier. Tu peux t'en aller, Palagyi. Tu as fait les présentations.

Ce dernier regarda le Seigneur Vetas d'un air furieux.

— Ne crois pas pouvoir t'attribuer tout le mérite. C'est moi qui ai découvert tout ça. J'ai dit au Seigneur...

Venu de derrière, le garrot se referma sur la gorge de Palagyi pour s'y resserrer. Adamat tira sa canne-épée, SouSmith son pistolet. Le Seigneur Vetas leva une main. Adamat se figea. Il regarda avec une fascination morbide Palagyi lutter contre les puissantes mains de son propre nervi, le mineur aux réflexes rapides. Le visage du truand vira au violet. L'homme garda le lacet serré autour de sa gorge bien après que la vie eut quitté son corps. Adamat baissa sa canne-épée.

Le Seigneur Vetas croisa à nouveau ses mains.

— Je viens de racheter ta dette à feu Palagyi. Maintenant, il est dans ton intérêt de travailler pour moi.

— Pour faire quoi ?

L'esprit d'Adamat fonctionnait à toute allure. Palagyi était une brute, mais il était prévisible. Adamat pouvait s'en accommoder. Néanmoins, ce Seigneur Vetas... était un homme dangereux. Dangereux comme le Propriétaire : de ceux qui poussent les policiers à prendre une retraite anticipée.

— Je veux tout savoir sur Tamas. Ce qu'il fait, tout ce qu'il te dit. Ce qu'il t'a envoyé chercher.

— Ma loyauté n'est pas à vendre.

— Alors il va falloir en changer.

— J'ignore qui tu es et qui est ton maître, déclara Adamat. Mais je suis au service d'Adro, et rien ne pourra changer ça.

— Je te l'assure, reprit le Seigneur Vetas, mon maître ne pense qu'aux intérêts des Neuf.

Sa voix basse et sifflante commençait à irriter Adamat. Il devait tendre l'oreille pour percevoir le moindre mot.

— Les Neuf ne sont pas Adro. Pour autant que je sache, ce sont eux qui t'emploient. D'après les journaux, ils envoient des ambassadeurs pour inciter Tamas à signer les Accords.

— Je ne travaille pas pour les Kez.

— Alors pour qui ?

— Ça n'a pas grande importance, du moins pour toi.

— Tu ne fais pas grand-chose pour m'amadouer, dit Adamat. Tu entres dans ma demeure, tu assassines un homme dans mon salon et tu me menaces ? Comment peux-tu être sûr que je ne vais pas appeler la police séance tenante ?

Un sourire sans joie étira les lèvres du Seigneur Vetas.

— Je ne suis pas le genre d'homme à qui l'on envoie la police. Toi, plus que tout autre, devrais le savoir.

— Oui, je m'en doutais un peu, fit Adamat en grinçant des dents. Tu es le genre d'homme qui donne un visage au mal.

Son interlocuteur parut étonné.

— Le mal ? Oh, non, mon bon monsieur. Je suis juste pragmatique.

— Je connais les gens comme toi, reprit Adamat. Et tu sembles tout savoir de moi. Ou du moins tu le crois. Maintenant, sors de chez moi.

Il se tourna vers SouSmith. Palagyi avait été étranglé par son propre garde du corps. Le même sort lui était-il réservé ? SouSmith était-il vraiment un ami ? Le boxeur avait l'air perplexe. Son regard engloba à la fois le Seigneur Vetas et ses nervis, et il fit craquer ses phalanges comme lorsqu'il se préparait à combattre.

— Je te donnerai ton argent, déclara Adamat, si toutefois tu as vraiment endossé le prêt. Ou si tu choisis de m'expulser, je vivrai à la rue. Mais jamais je ne trahirai mon client ou mon pays.

Le Seigneur Vetas examina ses mains d'un air pensif. Il se leva et prit son chapeau posé sur le bureau.

— Je reviendrai lorsque j'aurai d'autres moyens de pression.

Une déclaration prononcée d'une voix toute naturelle, mais le terme « moyen de pression » lui donna le frisson.

— Entre-temps, reprit le Seigneur Vetas, afin de témoigner de la bonne volonté de mon maître, j'annule ta dette. (Il passa devant Adamat et porta la main au rebord de son chapeau.) Réfléchis à notre proposition.

Et il lui donna une petite carte avec une adresse imprimée sur le dos.

Ce n'est qu'après le départ du Seigneur suivi de ses nervis qu'Adamat se rappela le cadavre affalé dans son fauteuil préféré. Il jeta un regard lugubre à SouSmith.

— Va à la cuisine nous chercher de quoi déjeuner. Je vais étudier un moyen de nous débarrasser de ce poids mort.

* * *

— Jakob s'est attaché à toi, dit la femme.

Nila était assise en face d'elle à la table d'un café et buvait une tasse de thé bien chaud. Le soleil brillait et une brise sèche balayait la rue. Elle pouvait presque oublier les barricades qui s'étendaient derrière l'angle du bâtiment, où les royalistes et les soldats de Tamas, ces derniers plus nombreux et bien mieux entraînés, se regardaient en chiens de faïence.

— Je ne peux pas rester, déclara Nila.

La femme l'examina par-dessus sa propre tasse de thé. Elle s'appelait Rozalia et était une Privilégiée. D'après les Prétoriens, c'était même la dernière Privilégiée d'Adro, mais nul ne savait d'où elle venait. Elle ne faisait pas partie de la cabale royale de Manhouch. Pourquoi s'intéressait-elle à une simple lavandière ? Mystère. Nila ignorait comment se comporter en présence d'une Privilégiée. Comment pouvait-elle faire la révérence tout en restant assise ? Alors, elle fixait les profondeurs de sa tasse tout en essayant d'être aussi polie que possible.

— Pourquoi, mon enfant ?

Nila se redressa sur sa chaise. À ses propres yeux, elle n'était plus une enfant. Elle savait faire la lessive, le repassage, rapiécer des vêtements et aurait pu, un jour, épouser Yewen, le fils du maître d'hôtel, si le coup d'État de Tamas n'avait pas plongé le monde entier dans la poix. Maintenant, Yewen avait disparu, peut-être en fuite, peut-être assassiné au coin d'une rue.

Comme Nila ne répondait pas, Rozalia continua :

— Ce matin, nous devons tenir des pourparlers avec le maréchal Tamas. S'il revient à la raison, si le général Westeven peut l'en convaincre, tu as des chances de devenir la gouvernante du nouveau roi d'Adro.

— Je ne suis pas gouvernante, dit-elle, mais lavandière.

— Cela ne détermine pas qui tu es, mon enfant. Au cours de ma vie, j'ai été bien des choses. Privilégiée n'est ni la dernière, ni la plus glorieuse.

Y avait-il un statut plus glorieux que celui de Privilégiée ?

— Je suis désolée, dit Nila.

Rozalia eut un sourire.

— Parle à cœur ouvert, ma fille. Regarde-moi dans les yeux. Tu n'es plus la lavandière d'un duc.

— Je suis une roturière, madame… mademoiselle.

Nila chercha à se souvenir de l'étiquette à suivre lorsqu'on s'adressait à un Privilégié. Jusque-là, elle n'en avait jamais rencontré.

— Tu as sauvé la vie d'un des héritiers directs du trône, affirma Rozalia. On a octroyé des baronnies à des gens du peuple pour moins que ça.

Nila avala sa salive en tentant de ne pas s'imaginer dans la peau d'une baronne d'un domaine au nord d'Adro. Ça ne risquait pas d'arriver à quelqu'un comme elle. Elle sentait le regard de la Privilégiée qui l'étudiait.

— Tu es sûre que nous allons perdre ce conflit. (Rozalia attendit la réponse de Nila, puis ajouta, non sans impatience :) Parle ! Tu peux t'exprimer librement.

Nila osa enfin lever les yeux.

— Le maréchal Tamas a tous les atouts dans son jeu, dit-elle. Il n'a pas fait exécuter la moitié de la noblesse pour mettre Jakob sur le trône. D'ici un mois ou deux, il aura abattu ces barricades et envoyé à la guillotine Jakob et tous les nobles qui l'auront soutenu. Lorsque ça se produira, je préférerais ne pas être là pour le voir.

Elle se demanda, et pas pour la première fois, si amener Jakob au général Westeven n'avait pas été une erreur. Elle aurait pu fuir à Kez avec lui. L'argenterie qu'elle avait volée au manoir aurait largement pu financer le voyage.

— Tu es maligne, dit Rozalia en posant un doigt sur son menton.

Nila croisa les bras.

— Que vas-tu faire ? demanda Rozalia. Lorsque tu auras franchi le blocus de Tamas et quitté la ville ?

En quoi une Privilégiée pouvait-elle s'intéresser à sa situation ? Nila réalisa alors qu'elle ignorait la réponse. Elle avait toujours cette argenterie. Enfin, une bonne partie. Elle avait eu besoin de vêtements neufs et de médicaments pour Jakob, et d'un endroit où se cacher pendant les émeutes.

— Je peux m'engager dans l'armée, dit-elle. On a toujours besoin de lavandières, et ils payent bien.

— Au mieux, tu finiras par épouser un soldat. Quel gâchis.

— C'est toujours mieux que de mourir pour une cause perdue, répondit calmement Nila.

— Et si les hommes de Tamas t'avaient surprise à faire sortir Jakob de la résidence du duc, que crois-tu qu'ils auraient fait ? Tu ne manques pas de courage, ma fille, et ne va pas me faire croire que tu n'aimes pas ce garçon. Si tu ne te souciais que de toi-même, en ce moment, tu serais presque arrivée à Brudania. Reste ici. Prends soin de Jakob. Si les pourparlers de demain se passent bien, tu finiras riche. Sinon… Eh bien, tu devras peut-être lui sauver la vie une fois de plus.

Si Nila restait aux côtés de Jakob, elle pouvait effectivement faire fortune, comme venait de le dire Rozalia. Ou le suivre à la guillotine. Elle se rappela des mains du soldat qui l'avait maîtrisée, le sentiment d'horreur et d'impuissance qui s'était emparé d'elle. La prochaine fois que les brutes de Tamas enfonceraient une porte, il n'y aurait pas de sergent barbu pour la sauver. Elle avait enterré l'argenterie dans un coin du cimetière en bordure de la ville. Jamais elle n'aurait à ressentir pareille frayeur.

Nila ne put s'empêcher de se demander si Rozalia avait d'autres raisons de vouloir qu'elle reste. Un Privilégié n'aidait pas les roturiers, il les exploitait. Si elle s'intéressait tant à Nila, il y avait forcément une raison.

Jakob apparut au-dessus de l'épaule de Rozalia. Malgré le stress des deux dernières semaines, il était un peu moins pâle. Rozalia avait soigné sa toux. Il sourit à Nila en agitant la main, puis un papillon voletant dans les débris d'un immeuble abattu par le tremblement de terre attira son attention. Elle le regarda suivre l'insecte, accompagné par deux Prétoriens vigilants.

— Je reste, dit-elle. Du moins pour l'instant.

* * *

— Tu peux y mettre fin rapidement, dit Julène.

Tamas examina la femme assise sur la chaise en face de son bureau. Elle était venue de sa propre initiative, laissant Taniel et le brisemage Dieu sait où. Elle portait un chemisier dont le décolleté était assez avantageux pour laisser libre court à l'imagination, mais assez serré pour qu'elle puisse se déplacer rapidement. Tamas savait que cet effet était voulu. Toutefois, il n'était pas homme à commettre deux fois la même erreur. Julène était dangereuse. Elle était du genre à employer n'importe quelle arme à sa disposition pour parvenir à ses fins. Il détourna les yeux de sa poitrine et de la cicatrice montant de la commissure de ses lèvres à son arcade sourcilière.

Il se demanda pourquoi elle conservait cette balafre. Des Privilégiés s'y entendaient en sorcellerie guérisseuse. Un art assez délicat – et ceux qui l'exerçaient étaient rares –, mais vu les gages que Julène exigeait en échange de ses services, elle avait les moyens de se le payer. Peut-être aimait-elle avoir l'air dangereuse.

— Comment ?

— En employant des assassins. Envoie-les de l'autre côté des barricades. Débarrasse-toi de leurs meneurs et les autres ne tarderont pas à se rendre.

Tamas eut un reniflement.

— J'ai fait de mon mieux pour remettre sur pied l'ancien réseau d'espions de Manhouch, en vain, et tu veux que je trouve des assassins en nombre suffisant pour abattre ces barricades ? C'est de la folie.

— Embauche les Barbiers de la Rue Noire.

— Cette bande de coupe-jarrets ?

Julène acquiesça.

— Ils ne sont pas donnés, mais dans leur domaine, ce sont les meilleurs. Ils mettront fin à cette guerre civile.

— On ne peut pas contrôler les bandes.

— Pour peu qu'on leur propose assez d'argent, c'est possible. Et les Barbiers ne sont pas comme les autres. Ils sont à la solde de Ricardo Tumblar. Il les emploie pour policer les quais.

— Ce serait risqué. Une vague d'assassinats pourrait retourner le peuple contre moi.

— Tu es idiot !

— Fais attention à ce que tu dis.

— Si tu ne veux même pas y penser, alors tu auras besoin de moi lors des pourparlers.

— Pourquoi ?

Tamas consulta sa montre. Le rendez-vous était à dix heures. Dans deux heures, donc.

— Parce que le général Westeven s'est associé avec la Privilégiée que nous recherchons. Elle sera présente. Ça ne m'étonnerait pas qu'elle tente quelque chose contre toi.

— Alors elle aura affaire à mes poudremages.

— Ton homme lui a tiré trois fois dessus et a planté la longueur d'un bras d'acier dans son ventre. Tes autres Marqués ont-ils quoi que ce soit de nouveau à lui opposer ?

Ce qui confirmait les rapports de Taniel. Cette Privilégiée sortait de l'ordinaire. Elle était… quelque chose de plus.

— Tu la connais, n'est-ce pas ? reprit Tamas. C'est bien une affaire personnelle. Je le sens à la façon dont tu en parles. Tu veux sa mort.

— Ne sois pas absurde.

— Je t'ai envoyée tuer sept Privilégiés en deux ans. À chaque fois, tu étais froide, mécanique.

— Et à chaque fois, j'ai pu les éliminer en un jour ou deux. Maintenant, c'*est* une affaire personnelle. Je veux la peau de cette garce.

— Donc, tu ne la connais pas.

— Non, bien sûr que non.

Elle mentait. Tamas pouvait le dire à la façon dont ses yeux se durcissaient lorsqu'elle parlait. C'était un indice bien mince, et il ne l'avait remarqué que récemment : Julène avait juste tendance à mettre un peu plus de passion dans ses mensonges. Mais pourquoi refusait-elle de dire la vérité ?

— Tu penses pouvoir t'en débarrasser si elle tente quoi que ce soit ? demanda-t-il.

— Bien sûr. À chaque fois que j'ai engagé le combat, elle s'est enfuie. Au moins, je lui fais peur.

— Sois là dans une heure, dit Tamas. Amène Gothen, Taniel et sa sauvageonne. Et ne fais rien d'idiot.

— Je serai là pour te protéger et rien d'autre, affirma Julène.

* * *

Tamas se tenait près d'une pièce d'artillerie récemment réparée et regardait une rangée d'hommes marcher vers la barricade sous un étendard blanc. Olem se trouvait accoudé au canon, discutant tranquillement avec Sabon. Vlora était en arrière avec les brigadiers Ryze et Sabastenien, les deux seuls commandants mercenaires cantonnés en ville. Du haut d'un bâtiment, de l'autre côté de la rue, Taniel braquait son fusil sur la barricade. Julène tirait machinalement sur ses gants, son brisemage proche d'elle. Toute une compagnie de soldats adrans se tenait au garde-à-vous à vingt pas de là. Tamas voulait faire comprendre au général Westeven combien ses chances étaient maigres.

Cette rencontre serait cruciale. Le maréchal avait l'impression de tenir toutes les cartes en main, mais le général Westeven était un commandant d'exception. Il pouvait gâcher les plans de Tamas rien qu'en retardant la guerre civile.

— Ils font pitié, monsieur, remarqua Olem en désignant les royalistes qui s'approchaient d'eux.

Tamas n'était pas si catégorique. Cela faisait huit jours qu'ils étaient terrés derrière leur barricade. Ils étaient sales et dépenaillés, mais n'avaient pas l'air affamés ni même fatigués. Ils se cachaient peut-être derrière une barrière faite de bric et de broc, mais le général Westeven s'assurait personnellement que chaque homme ou femme sous ses ordres dorme dans un bon lit et mange à sa faim – ce qui n'était pas difficile, puisqu'ils avaient capturé les principaux greniers de la ville. En ce moment, les rebelles royalistes étaient mieux nourris que le reste de la ville.

Tamas flottait dans une légère poudretranse qui lui permettait de scruter sans mal les visages à distance. Il connaissait le général Westeven, un homme grand et chauve avec des taches de vin sur le crâne. L'âge ne lui avait guère laissé plus que la peau sur les os et ses rhumatismes l'obligeaient à marcher lentement. Néanmoins, il ne fallait surtout pas le sous-estimer. Son esprit restait vif comme une anguille.

Tamas ne reconnut pas un seul des hommes qui l'accompagnaient. À en voir leurs tenues luxuriantes, bien qu'elles soient réduites à de vulgaires haillons, ce devaient être des nobles. Ils avaient dû échapper au coup de filet de ses hommes le soir du coup d'État, ou étaient de rang trop bas pour avoir attiré l'attention.

Par contre, il reconnut la seule femme parmi eux. C'était la Privilégiée qui avait tué Lajos et les autres. Malgré les blessures que Taniel lui avait infligées, elle semblait en pleine forme. Peut-être ce dernier s'était-il trompé ? Peut-être l'avait-il ratée ? Tamas la dévisagea un moment. Elle lui rendit son regard sans sourciller.

Pourtant, Taniel était un tireur hors pair. Il ne ratait jamais sa cible.

Les royalistes marquèrent une pause. Ils eurent une discussion brève, mais animée avant de repartir pour s'arrêter devant Tamas et ses mercenaires. Ils étaient une vingtaine et Westeven était le seul militaire. Ce n'était pas une force d'opposition, comprit Taniel dégoûté. C'était un comité.

— Maréchal Tamas, dit un noble gros et gras avec un grand châle en guise de ceinture. Ordonnez à vos hommes de se reculer ! Nous venons demander une trêve.

Tamas regarda les soldats derrière lui. Ils étaient au garde-à-vous, les fusils à l'épaule.

— Westie, dit-il. Heureux de te voir.

Westeven lui retourna son salut.

— J'aimerais que ce soit dans d'autres circonstances, mon ami.

— Si tu te dissociais de ces gens-là, tout serait oublié. Tu serais un atout majeur dans la reconstruction du pays.

— De la façon dont je vois les choses, répondit Westeven, c'est toi qui le détruis.

— Ne me dis pas que tu n'as pas vu la corruption qui l'infectait ? Seule la destruction de cette noblesse décadente pouvait sauver Adro.

Les yeux de Westeven étaient las, ses traits tirés. Il semblait avoir désespérément envie d'acquiescer.

— Les enjeux sont bien plus importants que tu ne le crois. Et tu as tué mon roi, Tamas. Je ne peux te le pardonner.

— Ton roi allait livrer le pays aux Kez ! fit le maréchal d'une voix forte.

Westeven était intelligent. Non, c'était un homme brillant. Comment pouvait-il ne pas voir ce que Tamas cherchait à accomplir ? Comment pouvait-il s'interposer ?

— Je ne laisserai pas signer les Accords, ni ne permettrai de voir ce pays tomber dans la servitude. Qu'y a-t-il de plus important que le peuple ?

Le général toisa les membres de la garde de Tamas.

— Je ne vais pas en débattre maintenant, dit-il. (Ses yeux se durcirent.) Nous sommes venus négocier.

— Sur quelles bases ? demanda Tamas. Vous êtes encerclés. J'ai plus d'hommes que…

— J'en ai vingt mille derrière ces barricades.

— Y compris des femmes et des enfants, peut-être ? rétorqua Tamas. Tu as peut-être quelques Doués, au mieux, en plus d'elle. (Il désigna la Privilégiée.) Et pourtant, de mon côté, j'ai une douzaine de poudremages et assez de pièces d'artillerie pour détruire la moitié de la ville.

— Tu veux dire la moitié qui n'a pas été dévastée par le tremblement de terre ?

Le calme de Westeven était exaspérant. Tamas grinça des dents.

— J'ai tout le temps du monde, reprit Westeven. Je tiens les principaux greniers et armureries de la ville – de la nourriture et des armes dont tu as grand besoin, vu que les ambassadeurs kez ne vont pas tarder. S'ils voient que nous nous battons entre nous, ils flaireront le sang et une armée kez viendra frapper à nos portes d'ici quelques semaines. Et quand bien même, le peuple va vite se lasser de cette guerre civile. Tes soldats et tes mercenaires deviendront un fardeau. Lorsque tu ne pourras plus les alimenter, qu'ils constateront que tu es incapable de rebâtir la ville, ils se retourneront contre toi.

Ce salopard lisait en lui comme dans un livre. Tamas toisa le petit groupe de nobles.

— Que proposes-tu ?

Le gros homme à la ceinture souillée s'approcha.

— Je suis le Vicomte Maxil. (Il leva une feuille de papier et la parcourut des yeux.) Nous avons rédigé une liste de revendications.

Tamas lui arracha la feuille avant qu'il ne puisse protester et la lut en diagonale.

— Vous vous attendez à ce que je jette l'éponge et me mette moi-même aux arrêts ? demanda-t-il, incrédule.

— Tu es coupable de haute trahison ! dit l'un d'entre eux. Tu as assassiné notre roi !

Tamas les toisa jusqu'à ce qu'un autre dise doucement :

— Sur ce point, nous sommes disposés à négocier.

Tamas reprit sa lecture. Avant d'avoir fini le paragraphe suivant, il secoua la tête.

— Vous exigez que les terres royales et celles des nobles exécutés soient réparties entre vous ? Non, mais vous me prenez pour un imbécile ?

— Ce sont des points de négociation, ajouta Maxil.

— Il y a une minute, vous disiez que c'étaient vos revendications !

— Mettons des suggestions, reprit Maxil en détournant les yeux.

Tamas lui rendit sa liste.

— Westie, tu peux certainement leur mettre du plomb dans la cervelle ?

Westeven haussa les épaules.

— Négocie, Tamas. Je t'en prie.

— Laisse-moi une minute.

Tamas alla se tenir derrière les canons et fit signe aux brigadiers de le rejoindre. Olem, Vlora, Sabon, Ryze et Sabastenien obéirent. Julène resta dans son coin, à fixer la Privilégiée avec autant d'intensité que l'aurait fait un chat.

Le brigadier Sabastenien fut le premier à prendre la parole :

— Ils n'ont pas de base sur laquelle négocier.

L'homme était jeune, à peine plus âgé que Taniel, et Tamas avait du mal à le prendre au sérieux. Et pourtant, on ne devenait pas un brigadier des Ailes d'Adom sans bonnes raisons.

— Je crains que si, répondit Sabon. Westeven a raison. On n'a pas le temps. Si les ambassadeurs kez arrivent et nous voient en si piteux état…

— Sans oublier les greniers, ajouta Tamas. On a réduit d'un tiers les rations de l'armée et on a juste de quoi remplir les cantines des citadins. Le peuple est affamé. Il ne le supportera plus longtemps.

— Le conseil sera furieux si vous prenez une décision sans le consulter, remarqua Vlora. Monsieur, ajouta-t-elle.

— C'est une affaire militairc, capitaine, déclara Tamas, et sur ce point, ils m'ont donné les pleins pouvoirs. Je mènerai les négociations à ma guise. (Il se tourna vers Ryze.) Peut-on abattre ces barricades sans y laisser quelques milliers d'hommes ?

Ryze y réfléchit un instant.

— Uniquement si on commence par un solide pilonnage d'artillerie. Et même… Le bilan risque d'être lourd.

Tamas leva les yeux au ciel. Ryze avait été commandant d'artillerie avant de rejoindre les Ailes d'Adom. Pour lui, il n'y avait pas de problème qui ne puisse se résoudre par un bon tapis d'obus.

— Et sinon ?

— Ce sera un bain de sang, répondit Ryze. Des deux côtés.

— Merde.

Tamas retourna vers les royalistes.

— Faites-moi une proposition. (Il désigna la feuille que tenait encore Maxil.) Une proposition sérieuse. Pas cette liste de conneries. Et un des articles doit préciser qu'elle – il montra la Privilégiée du doigt – se rendra pour répondre du meurtre de mes hommes.

La Privilégiée rendit son regard à Tamas avec cette expression sévère dont seules sont capables les vieilles dames. Pour elle, ils n'étaient que des enfants jouant dans un bac à sable.

— C'est hors de question, déclara le général Westeven. Sois réaliste, Tamas. C'est la guerre, et toute guerre entraîne des pertes. C'est un fait.

— Faites-moi des propositions, rétorqua Tamas entre des dents serrées.

Maxil sauta sur l'occasion et Tamas comprit alors qu'il n'attendait que ça.

— Un cousin du roi se trouve derrière notre barricade, dit-il.

— Comment s'appelle-t-il ? coupa Tamas.

— Jakob le Juste.

Tamas cligna des yeux tout en cherchant à se rappeler des lignées royales.

— Plutôt Jakob le marmot, oui. C'est un cinquième cousin, au maximum, et il a à peine cinq ans.

— Maintenant, c'est *lui* le plus proche parent de Manhouch, continua Maxil. Nous proposons de le mettre sur le trône sous le nom de Manhouch le Treizième. Le général Westeven et toi resterez à la tête de l'armée, et nous nous joindrons à votre conseil pour former le noyau de la nouvelle commission consultative du roi. Tes poudremages seront la nouvelle cabale royale.

— Et le roi ? demanda Tamas.

— Nous l'épaulerons jusqu'à ce qu'il soit majeur.

Tamas regarda Westeven. Cette revendication frappée au coin du bon sens témoignait de son influence. La noblesse lui proposait de garder l'essentiel de son pouvoir. Et pourtant, il ne pouvait accepter.

— Je ne laisserai plus jamais un roi régner sur Adro. C'est tout. Si vous tenez à avoir un monarque, sa fonction sera purement décorative.

Maxil fronça les sourcils.

— Une monarchie de parade ?

— Au mieux, et encore, c'est une grande concession de ma part.

— Non, rétorqua Maxil. Adro doit disposer d'un vrai monarque.

— Plus jamais.

— C'est tout ? Tu refuses de négocier ? Nous te laissons le commandement de l'armée. Nous te mettons à la tête de la nouvelle cabale royale. Tu seras le deuxième homme le plus puissant d'Adro. Tu veux vraiment tout garder pour toi ?

Tamas gloussa.

— Pauvres idiots. Ce n'est pas le pouvoir qui me motive. Je voulais détruire la monarchie et libérer le peuple. Je ne vais pas revenir en arrière et mettre un gamin sur le trône afin que vous puissiez retourner dans vos belles villas et continuer de saigner le pays à blanc. (Il regarda Westeven.) Je suis désolé, mon ami, mais ni un roi ni une puissance étrangère ne mettra la main sur Adro.

— Je lutterai jusqu'au bout, répondit Westeven.

Tamas s'inclina devant son vieil ami.

— Je sais.

Quelqu'un lui toucha l'épaule. C'était Julène, dont le visage affichait un air très préoccupé.

— Il y a un problème, dit-elle.

— Quoi ?

Tamas échangea un froncement de sourcils avec le général Westeven.

Les détonations caractéristiques des carabines à air comprimé résonnèrent au-dessus de la barricade. D'un bond, Julène s'interposa entre le maréchal et le général Westeven, repoussant Tamas. Des balles se heurtèrent à un bouclier invisible. Julène se laissa tomber en arrière tout en décochant des boules de feu aussi vite qu'elle pouvait les invoquer. Elles s'écrasèrent contre la barricade dans des éruptions de flammes.

L'autre Privilégiée passa à l'action aussitôt après Julène. Des centaines de boucliers d'air interceptèrent les tirs des soldats de Tamas, couvrant la retraite précipitée de la délégation royaliste. Le sol trembla, l'atmosphère elle-même sembla secouée et le canon le plus proche de Tamas craqua soudain, puis ses roues volèrent en éclat, le métal cassé frappant le sol avec un bruit sourd.

Tamas se releva d'un bond. Ils l'avaient attaqué. Et ils prétendaient vouloir une trêve ! Westeven n'aurait jamais fait une chose pareille. Westeven… Il chercha des yeux son vieil ami. On tirait son corps vers la barricade. Il avait perdu un bras et toute sa poitrine était noircie. Était-il déjà mort ? Une des boules de feu de Julène l'avait frappé. Tamas eut envie de vomir.

— Crétins ! cracha-t-il. Brigadier Ryze ! Préparez l'artillerie. Nous passons à l'attaque !

XI

— Les archives publiques sont juste au-dessus de nous, déclara Adamat.

Quelque part derrière lui, la lanterne de SouSmith s'immobilisa et le bruit de clapotement se tut.

— Tu es sûr de toi cette fois-ci ?

Adamat leva sa propre lanterne vers les barreaux rouillés de l'échelle. Il y avait une plaque fixée sur les briques du mur censée indiquer vers quel bâtiment cette échelle menait, mais les lettres étaient effacées depuis bien longtemps. Les égouts souterrains d'Adro n'étaient pas très bien entretenus. C'était même un miracle qu'ils aient résisté au tremblement de terre – et une belle preuve des compétences des ingénieurs adrans qui les avaient conçus.

— Ma mémoire a beau être parfaite, reprit Adamat, sa voix éveillant mille échos le long du tunnel, ces fichues galeries se ressemblent toutes.

— Heh. Moi, j'ai bien aimé notre petit détour par les bains des femmes.

— Je veux bien le croire, répondit Adamat. Je me demande pourquoi on s'en sert encore, alors que Tamas pilonne ce quartier. (Il frotta la plaque, cherchant à distinguer les lettres.) C'est forcément là.

SouSmith se rapprocha de lui. Le boxeur devait presque se casser en deux. À force d'évoluer dans ces couloirs, Adamat avait mal aux genoux et aux cuisses, mais vu sa masse, le boxeur devait souffrir bien davantage.

— Je vais voir, dit SouSmith.

Il tendit sa lanterne à Adamat et grimpa les barreaux. L'échelle grinça sous son poids.

— Lanterne, dit-il en tendant une main.

Adamat entendit un raclement alors qu'une grille était déplacée, puis SouSmith disparut. Au-dessus d'eux, plus proche qu'il ne l'aurait souhaité, résonnait le bruit sourd des coups de canon.

— Viens, dit SouSmith d'une voix étouffée.

Adamat grimpa le long de l'échelle pour se retrouver dans un sous-sol au plafond haut et voûté. Les murs étaient faits de ciment humide et moisi, et un demi-pouce d'eau croupie couvrait le sol. Cela faisait des décennies que personne n'était entré dans cette salle.

— C'est là, déclara Adamat.

— Vraiment ? demanda SouSmith, peu convaincu.

— Lorsque j'étais enfant, j'allais jouer dans ces égouts. Ça rendait ma mère furieuse. J'ai dû explorer la moitié des caves d'Adro. (Il sourit au boxeur.) Lorsqu'on a trouvé les bains, j'ai tout de suite su qu'on se rapprochait du but.

— Tu as passé du temps là-dessous, hein ?

— Sûr. Après tout, un jour, j'ai été un adolescent comme les autres.

Ils passèrent devant des pièces toutes semblables servant de réserves avant de trouver un escalier étroit. La porte grinça lorsqu'Adamat chercha à l'ouvrir.

— SouSmith, dit-il.

Il recula pour laisser passer le boxeur. Celui-ci se cramponna aux deux montants pour donner un coup de pied au panneau. Le verrou céda aussitôt et la porte en fit autant, s'arrachant de ses gonds. Ils se regardèrent alors que le bruit de l'effraction résonnait dans les couloirs.

Ils laissèrent leurs lanternes à côté de l'entrée des sous-sols et continuèrent prudemment leur chemin. Adamat était armé de sa canne, SouSmith de deux pistolets à canon court. Ils sortirent du couloir pour déboucher dans le rez-de-chaussée des archives.

Le bâtiment était aussi grand qu'un terrain d'entraînement et comprenait trois étages. Des étagères s'étendaient d'un mur à l'autre. Adamat emprunta l'une des allées. Au-delà des parois de briques, il entendait les tirs des fusils et des mousquets. L'air était poussiéreux, l'odeur des livres presque entêtante – un relent de colle, de papier, de vélin ancien, d'ancienneté et de moisissure.

— Il n'y a personne, déclara SouSmith.

Adamat jeta un coup d'œil en arrière. Le boxeur inspectait les étagères avec un air ressemblant à de la suspicion. Lorsqu'un homme résolvait tous les problèmes qui pouvaient se présenter avec ses poings, les livres étaient des créatures étranges.

— Ça ne m'étonne pas, déclara Adamat. Le général Westeven a accordé de généreuses subventions à plusieurs bibliothèques aux quatre coins des Neuf, y compris celle-ci. Il ne laissera personne y toucher.

Ils se retrouvèrent au cœur de la salle de lecture : un grand espace dégagé dépourvu d'étagères, où s'étendaient des tables. Une verrière occupant les trois étages fournissait une lumière tamisée éclairant jusqu'au cœur des archives.

Les tables étaient vides. Toutes sauf une. Adamat posa un doigt sur ses lèvres et fit signe à SouSmith de le suivre. Dans un coin, on avait étalé un certain nombre de volumes. Ils étaient ouverts, comme si quelqu'un les avait consultés quelques minutes auparavant. Au fur et à mesure qu'ils s'approchaient, Adamat fronçait les sourcils. De toute évidence, on avait arraché des pages et, sur l'un d'entre eux, on avait biffé des paragraphes entiers. Il retourna le livre pour regarder son titre. *Au service du roi.*

D'un geste rapide, il dégaina sa canne-épée et se retourna d'un bond. Il avait entendu le déclic d'un des pistolets de SouSmith.

Une femme venait d'apparaître à ses côtés. Elle portait une robe de cavalière en laine et les cheveux cascadant sur ses épaules étaient grisonnants. Ses yeux noirs empreints de sagesse évoquaient ceux d'un corbeau. Une main cachée sous un gant de Privilégiée se tendait vers Adamat et SouSmith. Une décharge d'artillerie fit trembler le bâtiment, soulevant la poussière omniprésente.

Adamat se lécha les lèvres. SouSmith ouvrit de grands yeux et son doigt effleura la détente.

— Tu vas nous faire tuer tous les deux, lui dit Adamat.

— J'aime pas ça, répondit le boxeur.

— Moi non plus. Qui êtes-vous ? demanda-t-il à la Privilégiée, bien qu'il eût déjà sa petite idée.

— Je m'appelle Rozalia.

— Vous êtes cette Privilégiée que Tamas fait rechercher.

Son silence fut assez éloquent. Les yeux d'Adamat parcoururent les livres sur la table.

— Vous allez nous tuer ?

— Uniquement si vous m'y obligez.

Adamat baissa lentement sa canne. Il fit signe à SouSmith de rengainer ses pistolets.

— Tu es un Doué, constata Rozalia.

— Oui.

— Vous me cherchiez ?

— Non.

La Privilégiée sembla perplexe.

— Alors que faites-vous là ?

Adamat désigna les livres du menton. La Privilégiée n'avait toujours pas baissé ses mains gantées, ce qui le rendait nerveux.

— Est-ce vous qui avez arraché ces pages ? Censuré ces livres ? Et volé ceux de l'université ?

Rozalia baissa lentement les mains.

— Non.

— Vous n'avez pas pris les livres à l'université ?

— Si. Mais je n'ai jamais arraché la moindre page. C'est *elle* qui l'a fait.

— Qui ?

La Privilégiée ne répondit pas.

— Qu'avez-vous fait avec ceux que vous avez volés ?

— La même chose que toi, il semblerait, répondit-elle. J'y ai cherché des réponses.

— La Promesse de Kresimir, fit Adamat en un souffle.

Rozalia eut un sourire de dérision.

— Rien de plus simple. Il y a plus de questions que tu ne le crois.

— La seule qui m'intéresse concerne la Promesse de Kresimir. Qu'est-ce que c'est ?

Elle inclina la tête sur le côté et regarda Adamat comme un chat lorgne une souris. Le craquement sec des fusils remplit le silence et un canon rugit au-dehors.

— Je voudrais que tu délivres un message, déclara-t-elle.

— Lequel ?

— Un message, répéta-t-elle. À remettre en personne.

— Tout ce que vous voudrez, mais dites-moi ce qu'est cette promesse. Donnez-moi quelque chose.

— Je n'ai pas confiance en toi, rétorqua Rozalia. Si tu transmets ce message, alors je t'expliquerai. (Soudain, ses yeux roulèrent dans ses orbites alors que le bruit d'une crosse frappant la porte leur parvenait. Elle émit un sifflement du fond de sa gorge.) Le maréchal Tamas est là. Je dois partir. Tu ne trouveras pas de réponses à tes questions dans ces livres.

Adamat calcula ses chances de la prendre par surprise. Un signal à SouSmith, un coup sec sur la nuque. Ils pourraient la remettre à Tamas et le laisser lui extirper la réponse. Sauf qu'une telle entreprise était vouée à l'échec. La sorcellerie de la Privilégiée les mènerait à une mort certaine.

— À qui est destiné ce message ?

— À Borbador le Privilégié. Le dernier membre survivant de la cabale de Manhouch. Il est à la forteresse de Docouronne. Dis-lui qu'*elle* va chercher à invoquer Kresimir.

— C'est tout ? demanda Adamat.

Rozalia acquiesça sèchement.

— Et la Promesse de Kresimir ?

Elle eut un rire aux sonorités métalliques.

— Demande à Borbador. Il le sait.

Le bruit de bottes résonna sur le marbre de l'entrée des archives. Rozalia tourna les talons et s'enfuit, sautant par-dessus les tables comme une femme ayant la moitié de son âge. Elle venait juste de disparaître lorsque des soldats jaillirent entre les étagères. Ils portaient les couleurs des mercenaires des Ailes d'Adom et pointaient leurs fusils sur Adamat et SouSmith.

Adamat leva les mains et soupira.

— Dites au maréchal Tamas que l'inspecteur Adamat veut le voir.

Les mercenaires se regardèrent.

— Alors ? insista Adamat. Il ne doit pas être loin, non ?

Un des mercenaires remonta une des allées. SouSmith jeta un regard furieux à Adamat.

— Pas un mot, lui chuchota l'inspecteur. Si j'avais su que Tamas allait reprendre les archives aujourd'hui même, je n'aurais pas passé les deux derniers jours dans les égouts, à ramper dans la boue.

— Saloperie, marmonna SouSmith en regardant ses souliers détrempés.

— Inspecteur ?

Le maréchal Tamas émergea d'une des allées. Il portait un pistolet de duel à canon scié et la poudre maculant ce même canon indiquait qu'il avait déjà été déchargé.

— Par la poix, qu'est-ce que tu fiches là ?

— J'inspecte, monsieur.

— Bien sûr, fit négligemment Tamas. (Il toisa Adamat et SouSmith, puis renifla.) Vous êtes passés par les égouts ?

— En effet.

— Bien joué. (Il se tourna vers les mercenaires attendant derrière lui.) Baissez vos armes. L'inspecteur Adamat est mon employé. Vérifiez le reste de la bibliothèque. (Les mercenaires s'en allèrent, et Tamas se tourna à nouveau vers Adamat.) As-tu résolu mon énigme, inspecteur ?

— J'ai une piste, monsieur. Rien de bien précis pour l'instant. Tous les livres que je recherchais ont été profanés ou volés.

— J'espérais que tu ferais un peu plus que consulter de vieux bouquins.

— Souvent, c'est l'essentiel de mon travail d'enquêteur, se rengorgea Adamat. On suit le moindre indice.

— Très bien. Continue. Attends.

Adamat s'arrêta.

— Que sais-tu des Barbiers de la Rue Noire ?

Il fouilla sa mémoire et réfléchit un instant avant de répondre.

— Leur chef est un homme du nom de Tef. Dans les bas-fonds d'Adro, ils ont la réputation d'être les meilleurs assassins qui soient. Selon la rumeur, ils acceptent n'importe quel boulot du moment qu'on les paye bien. Durant les siècles passés, au moins une douzaine de Barbiers ont fait une tentative d'assassinat sur la personne du roi – la solde était en conséquence. Ils n'ont jamais réussi, la cabale royale les en a empêchés. J'ai déjà rencontré Tef. C'est… le moins dément du lot. Franchement, toute cette clique devrait être internée dans un asile de fous. J'espère que vous n'envisagez pas…

— Merci, fit Tamas en hochant la tête avant de tourner les talons.

— … de faire appel à eux, termina doucement Adamat.

Il récupéra sa canne là où il l'avait laissée tomber à l'arrivée des mercenaires. Il jeta un coup d'œil à l'endroit où avait disparu Rozalia en remâchant son message cryptique.

— Il est temps de partir pour Docouronne, dit-il à SouSmith.

* * *

— Jakob !

Nila passa devant un soldat royaliste et trébucha sur des débris de briques qui avaient été projetés en pleine rue lors des derniers tirs d'artillerie. Elle souleva sa jupe et se releva, continuant son chemin hasardeux tout en hurlant le nom du garçon.

Sa robe était tachée de sang. Un boulet de canon avait sifflé au-dessus de son épaule pour emporter la tête d'un homme du nom de Penn, alors qu'ils prenaient un maigre petit déjeuner. Elle pouvait encore entendre ce terrible son, comme une bouilloire en ébullition, alors qu'une mort instantanée passait à quelques pouces d'elle. Le projectile avait foré un trou dans le mur derrière Penn pour traverser la chambre de Jakob et s'enfoncer dans un des derniers bâtiments encore intacts derrière les barricades. Le cadavre de Penn était toujours assis sur sa chaise, les épaules affaissées, une cuillère en main. Jakob aurait dû être dans son lit. Il n'y était pas.

Nila trouva un des Prétoriens servant de garde du corps à Jakob occupé à nettoyer son uniforme crasseux. Il s'appelait Bystre et avait environ trente-cinq ans. Sa placidité lui rappelait le sergent barbu dans la demeure du Duc Eldaminse.

— Où est Jakob ? lui demanda-t-elle.

— Il n'est pas dans son lit ? répondit Bystre.

— Non.

— Poix, il est encore parti se balader.

Une grenade explosa au-dessus de leurs têtes, les poussant tous les deux à plonger pour s'abriter. Nila se retrouva allongée par terre sous le corps de Bystre.

— Rien de cassé ? demanda-t-il.

— Ça ira. Il faut trouver Jakob.

Il l'aida à se relever et ils partirent en courant le long de la rue en criant le nom du garçon. Nila entendit la détonation des mousquets et l'odeur âcre de la poudre frappa ses narines. Une barricade s'élevait devant eux. Des soldats et des volontaires royalistes se cachaient derrière, tirant sur des Adrans invisibles.

Les pourparlers s'étaient déroulés cinq jours plus tôt. Depuis, les soldats de Tamas avaient attaqué sans relâche. L'air vibrait jour et nuit des coups de feu. L'air puait la poudre sulfureuse.

Quelqu'un cria un avertissement. Un peu plus tard, des uniformes bleus investirent le sommet de la barricade comme de l'eau fracassant une digue.

— Va-t'en, ordonna Bystre. Retirez-vous derrière la deuxième barricade ! hurla-t-il aux volontaires les plus proches.

Bystre prit Nila par le bras.

— On doit retrouver Jakob !

Soudain, il virevolta, son chapeau à plumes tombant à terre. Un soldat adran venait d'apparaître dans une ruelle toute proche. Bystre tira son épée, parant la lame d'une baïonnette. Le soldat lui décocha un coup de crosse en pleine mâchoire. Bystre s'écroula sur le sol sans un cri. Le soldat se dressa au-dessus de lui, prêt à l'épingler.

Nila eut à peine la force de soulever la brique qu'elle portait. Elle la fit tournoyer au-dessus de sa tête pour l'abattre sur la nuque du soldat. À son tour, l'homme s'effondra sans un mot. Bystre se tint la mâchoire, cherchant à reprendre ses esprits.

Elle l'aida à se relever.

— Là ! s'écria-t-elle.

Elle venait d'apercevoir Jakob qui courait le long de la rue, plus près de la barricade. Une balle frappa le sol devant lui, le prenant par surprise, et il s'écroula, les larmes aux yeux.

Des soldats adrans avaient pris la barricade. Ils n'étaient qu'à une centaine de pieds de l'enfant. Nila était à la moitié de cette distance. Elle souleva sa jupe et partit en courant. Elle pouvait entendre Bystre qui la suivait. Les hommes de Tamas se souciaient plus de consolider leur victoire que d'un gamin errant dans la rue. La jeune fille tomba à genoux aux côtés de Jakob et le ramassa dans ses bras. Bystre l'aida à se relever et tous deux se précipitèrent pour se mettre en sécurité.

Nila s'arrêta net. Bystre n'était plus derrière elle. Elle se retourna. Il fixait la barricade enfoncée.

— C'est fini, dit-elle.

— Lui ! s'exclama Bystre en tirant son épée.

— Qu'est-ce que…

C'est alors qu'elle le vit. Le maréchal Tamas se tenait sur la barricade au milieu de ses hommes, scrutant la rue. Derrière lui, elle remarqua une silhouette familière. Le sergent barbu qui l'avait sauvée ce soir-là, dans la cuisine de la résidence.

— Bystre, il faut mettre Jakob en sécurité.

— Personne ne peut échapper à ce sale traître.

— Le général Westeven…

— Il est mort.

Nila ne savait que dire. Elle savait que le général avait été blessé lors des pourparlers, mais on avait affirmé aux royalistes qu'il était toujours vivant. Lui seul pouvait se mesurer sur le plan stratégique au maréchal Tamas. Maintenant, leur cause était bel et bien perdue.

Elle regarda la barricade suivante. Les royalistes lui firent signe de les rejoindre. Là, elle trouverait une sécurité toute relative. Elle serra Jakob contre sa poitrine. Il pressait ses mains contre ses oreilles et elle sentait les sanglots qui secouaient ses épaules.

— Bystre, supplia-t-elle.

Où était Rozalia ? Maintenant, elle était leur dernier espoir. Elle pouvait faire tomber sa sorcellerie de Privilégiée sur Tamas et son armée et les chasser des rues.

Bystre ramassa le fusil d'un soldat mort et examina sa baïonnette. Il épousseta la poudre du chien et, empoignant l'arme à deux mains, fonça seul vers la barricade perdue.

Le sergent barbu le montra du doigt et leva son propre fusil. Le maréchal Tamas se retourna. Il inclina la tête comme si le spectacle de ce Prétorien enragé courant vers lui le déconcertait. Il tira un pistolet et appuya sur la détente. Bystre eut un soubresaut et s'abattit au sol, roulant une fois sur lui-même avant de s'immobiliser, secoué de spasmes. Puis il retomba, inerte. La balle lui avait transpercé l'œil. Le maréchal Tamas souffla sur le canon de son pistolet.

Nila poussa un cri.

Elle vit le maréchal la montrer du doigt et attendit qu'une seconde balle vienne lui fracasser le crâne. Mais elle n'arriva jamais. Des soldats adrans descendirent de la barricade pour foncer vers elle. Nila les fixa, sous le choc, jusqu'à ce qu'elle se souvînt que Jakob était dans ses bras.

Elle tourna les talons et courut vers la barricade suivante. Elle avait de l'avance sur ses poursuivants, mais ils étaient plus rapides qu'elle. Elle trébucha et se débattit avec le rebord de sa robe qui l'entravait. À quarante pieds de là, les royalistes ouvrirent le feu pour la couvrir. Des balles ricochèrent sur les pavés autour d'elle, l'odeur de poudre lui brûla la gorge. Plus que trente pieds.

Quelque chose la frappa par-derrière. Elle tomba. Se retournant, elle vit que les soldats adrans l'avaient rattrapée. Elle cria et se débattit, mais on lui arracha l'enfant. Un des hommes se tourna vers elle, sa baïonnette prête à la clouer au sol. À la dernière seconde, il retourna son arme et la poussa de la crosse. Les soldats battirent en retraite, emportant un Jakob hurlant avec eux.

Nila lutta pour se relever et tenta de les suivre d'un pas mal assuré. Ils ne pouvaient pas emmener le garçon. Pas maintenant, pas après qu'elle avait réussi à le protéger pendant si longtemps. Elle s'arrêta devant le corps de Bystre. Il gisait sur le ventre, son œil indemne fixant l'autre côté de la rue d'un regard vitreux. Des mouches bourdonnaient autour du trou béant dans son crâne. Elle tomba à genoux et vomit tripes et boyaux.

Quelqu'un l'arracha au pavé pour l'entraîner dans une ruelle jonchée de débris avant que les tirs ne reprennent.

Nila s'affala contre un mur partiellement intact.

— Tu les as laissés le prendre, cracha-t-elle à son sauveteur.

Rozalia regarda la rue, ses doigts gantés prêts à agir, laissant passer une menace qui resta hors de vue. Enfin, ses mains retombèrent.

— Ce n'est plus mon combat, répondit-elle.

— Tu aurais pu les arrêter, insista Nila. Tu aurais pu tuer Tamas. Tu aurais pu protéger Bystre.

La jeune fille entendit sa voix se briser, sentit des larmes inonder ses joues. Elle les essuya avec une manche crasseuse.

— Le général Westeven est mort, dit Rozalia. Il est inutile de prolonger ces affrontements. (Elle s'arrêta un moment, rendant son regard accusateur à Nila.) Oui, j'aurais pu frapper Tamas, mais le mal est fait, à une échelle que tu ne peux même pas imaginer. À ce stade, tuer le maréchal n'aurait fait qu'aggraver les dégâts.

— Et Bystre ?

— Je savais bien que tu ne comprendrais pas. (Soudain, la voix de Rozalia s'adoucit.) Tu es courageuse. Intelligente. J'espère que tu vas passer à autre chose. Tamas s'est emparé du garçon. Westeven n'est plus. Les royalistes vont tenir le plus longtemps possible, mais le maréchal finira inévitablement par l'emporter. Sors-toi de ce bourbier tant que tu le peux encore. À l'angle sud-ouest des barricades, il y a un chemin au milieu des gravats. Personne ne le connaît. Tu n'as qu'à passer par là. Rassemble autant d'argent que possible et va vivre ta vie loin d'ici. (Une lueur malicieuse brilla dans ses yeux.) Fatrasta est agréable en cette saison.

— Que va-t-il faire de Jakob ?

Rozalia tendit la main. Nila l'accepta et la Privilégiée l'aida à se relever.

— Jakob, reprit-elle comme Rozalia ne répondait toujours pas. Que va-t-il lui faire ?

— Tamas est pragmatique. S'il laisse survivre un héritier au trône, il pourrait se retrouver face au même problème. Il va s'en débarrasser sans tambour ni trompette.

Nila sécha ses larmes. Elle sentit son cœur se durcir à l'idée de voir la tête blonde de Jakob rouler dans un panier.

— Quitte Adro, insista Rozalia. C'est ce que je ferai lorsque j'aurai mené à bien ma tâche. Tiens.

Elle prit quelque chose dans la poche de sa veste et la fourra dans la main de la jeune femme. Une pièce de cent kranas.

— Merci.

Rozalia fit un geste de la main et partit le long de la ruelle dans la direction opposée aux barricades. Nila attendit encore quelques instants, pensant à la pièce dans sa paume et à l'argenterie enterrée en bordure de la ville. D'où elle se tenait, elle pouvait encore voir le cadavre de Bystre. Il gisait en plein milieu de la rue, indifférent aux tirs qu'échangeaient encore les royalistes et les soldats adrans. Nila serra le poing sur la pièce. Il y avait de quoi acheter de nouveaux vêtements et prendre une calèche jusqu'à Brudania. Avec l'argenterie, elle pourrait commencer une nouvelle vie.

Dans son esprit, elle revit le maréchal Tamas alors qu'il abattait froidement Bystre.

Non, elle ne pourrait entamer une nouvelle existence. Pas tant que les souvenirs de celle-ci la hanteraient encore.

XII

La forteresse de Docouronne se dressait sur une crête déchiquetée de la Montagne du Pic du Sud. Les murs de ses bastions étaient inclinés et toujours lisses malgré les rigueurs du climat à cette altitude, une démonstration de la puissante sorcellerie qui les avait construits et les protégeait depuis cinq siècles. Au sud-ouest, les plaines de Kez s'étalaient dans le lointain. Au nord-ouest, on pouvait apercevoir, au-dessus des collines et des forêts, les montagnes bordant Adro. Adopest se nichait comme un diamant à la pointe de l'Admer. Au nord, le Pic du Sud fumait, vaguement menaçant.

Adamat se détourna du rebord du bastion. Voir le monde s'étaler à ses pieds comme sur une carte lui donnait le vertige et il avait envie de retourner en ville – oui, car il y avait une ville derrière les murailles du bastion, c'était dire s'il était immense ! – et pourtant, le soldat Montagnard lui avait dit d'attendre le Privilégié Borbador ici même. Ils auraient pu lui proposer une chambre. À une telle hauteur, la température était si basse que l'eau gelait. C'était comme s'ils voulaient le voir trembler de froid.

Adamat était épuisé. Physiquement et mentalement. Même avec les routes modernes, le trajet en calèche prenait cinq jours et il s'était à peine arrêté pour se reposer. À force de rester assis sur un siège inconfortable qui ne cessait de tressauter, tout son corps était moulu. Le manque de sommeil faisait pulser douloureusement sa tête. Et chaque fois qu'il avait pu fermer l'œil, les avertissements cryptiques de Rozalia parlant d'une femme qui allait invoquer Kresimir lui avaient donné des cauchemars. Qu'est-ce qui lui arrivait ? Il était un homme moderne, un lettré. Kresimir était un mythe, l'incarnation d'un pouvoir monastique chargé de remettre les paysans à leur place.

— Que fais-tu ?

SouSmith s'arrêta alors qu'il chargeait un de ses pistolets à canon court. Dans ses grosses pattes, l'arme ressemblait à un jouet.

— Qu'est-ce que tu crois ?

— Tu penses qu'il va nous tuer ? reprit Adamat. Rien que pour avoir posé une question ?

— La dernière Privilégiée qu'on a croisée a bien failli nous faire la peau.

— Et ?

— Et quoi ?

— C'est un Privilégié, SouSmith. S'il refuse de nous parler, il n'aura qu'à agiter la main pour nous balayer de son bastion.

SouSmith haussa les épaules.

— Je suis ton garde du corps, non ? C'est pour ça que tu me paies.

— Oui.

Adamat soupira. SouSmith n'avait pas l'air de comprendre. C'était un Privilégié. Et contre un être comme celui-ci, il n'y avait pas de garde du corps qui soit efficace.

— Même un Privilégié devra passer sur mon cadavre avant de pouvoir s'en prendre à toi, affirma SouSmith en finissant de charger son pistolet.

Adamat retint un sourire, puis comprit que ces quelques mots avaient apaisé sa nervosité. Il était là, sur le toit du monde, à cinq jours de voyage d'Adopest. Il était dans un poste de Montagnards, et tout le monde savait que ceux-ci étaient remplis de repris de justice, de coupe-jarrets et des hommes les plus durs de tous les Neuf. Ils gardaient les cols, faisaient tourner les mines et les scieries et étaient la première ligne de défense d'Adro contre les invasions étrangères. Adamat faisait confiance aux légions des Montagnards pour garder le pays, mais il ne leur aurait pas confié sa vie pour autant.

— Et d'abord, qu'est-ce qu'un Privilégié vient faire dans ce trou ? demanda SouSmith, finissant de charger ses pistolets.

Il les rangea à sa ceinture, puis se pencha sur un des canons fixes braqués sur Kez.

— Il est en exil.

Adamat loucha sur la fumée de condensation qui s'échappait de sa bouche.

— Pourquoi ?

— Officiellement ? À cause d'un changement interne dans la cabale royale. Borbador se serait trouvé du mauvais côté. Officieusement, la rumeur dit qu'il aurait couché avec la concubine préférée du Privilégié Khen.

SouSmith eut un rire qui ressemblait à un grognement.

— Et il a sauvé sa peau ?

— Bien sûr que oui, fit une voix.

Le Privilégié arriva depuis la ville contenue dans le bastion. De l'endroit où il se trouvait, il n'aurait pas dû entendre leur conversation. Il portait un long manteau de daim descendant jusqu'aux genoux, des bottes, un pantalon et un chapeau assorti. Il était plus petit que ne l'aurait cru Adamat. Sous sa barbe rugueuse pendaient des lambeaux de peau qui avaient été des bajoues. La forteresse des Montagnards n'était clémente envers personne, pas même un Privilégié.

Il s'arrêta à quelques pieds d'eux. Il avait remonté ses mains dans ses manches, mais Adamat crut apercevoir la couleur blanche des gants de Privilégié.

— En fait, reprit-il, ça n'a rien eu de difficile. J'ai dit à Magus Khen que s'il me tuait, mon meilleur ami se chargerait de me venger.

— Qui est-ce ?

— Taniel Deux-coups. Je suis le Privilégié Borbador. Appelez-moi Bo.

Adamat tendit la main. Bo la serra avec une force surprenante.

— Inspecteur Adamat. Et voici mon associé, SouSmith.

Bo le regarda en plissant les yeux.

— Le boxeur ?

— Lui-même, répondit SouSmith, surpris.

— Quand j'étais gamin, j'allais te voir combattre. On s'esquivait en douce, Taniel et moi, pour aller au match. Il a perdu pas mal d'argent en pariant contre toi.

— Et vous ?

— Tu m'as rendu riche. Pour un gamin.

Adamat examina cet homme. Il ne savait pas grand-chose sur lui en dehors des rumeurs. Il valait mieux ne jamais être trop bien renseigné sur un membre de la cabale royale.

— Ça semble bizarre, un poudremage et un Privilégié qui sympathisent comme ça.

— On s'est rencontrés bien avant de savoir ce que cela signifiait, répondit-il. J'étais orphelin lorsqu'on est devenus amis. Tamas me laissait habiter au sous-sol. Il m'a même offert une gouvernante à sa solde. Pour lui, si Taniel devait avoir des amis, il préférait qu'ils aient de l'éducation. Lorsque les cherchemages sont venus me trouver, tout le monde est tombé des nues. Je n'ai pas revu Taniel depuis son départ pour Fatrasta.

— Les Privilégiés ne sont-ils pas allergiques à la poudre ?

— Mes yeux gonflent dès que je m'approche de lui. Même lorsque j'étais gamin, je me suis toujours demandé pourquoi. Qu'est-ce qui amène un gentilhomme comme toi chez les Montagnards ? Vous deux ne ressemblez pas aux assassins de Tamas.

— Nous ne sommes pas des assassins, s'empressa de dire Adamat. Bien que je comprenne que vous vous soyez posé la question. Je travaille pour le maréchal Tamas. S'il voulait votre mort, je pense que vous ne seriez pas là.

Bo oscilla sur ses talons.

— Il ne sait pas, murmura-t-il.

— Il ne sait pas quoi ?

— Rien. Pourquoi es-tu venu me trouver ?

Son ton badin disparut, son sourire se fana.

— Qu'est-ce que la Promesse de Kresimir ? demanda l'inspecteur.

Bo l'étudia un moment.

— Tu es sérieux ?

— Tout à fait.

— Tamas t'a envoyé jusqu'ici pour me poser cette question ?

— Je suis venu de mon propre chef, répondit Adamat, mais je cherche une réponse au nom du maréchal Tamas.

La réaction de Bo, mi-moqueuse, mi-incrédule, l'inquiétait.

Soudain, le Privilégié eut l'air soulagé. Il afficha un sourire, puis se mit à glousser.

— Laisse-moi deviner, dit-il. Lorsque Tamas a massacré la cabale royale, dans leur dernier souffle, ils ont dit quelque chose qui ressemblait à « Ne rompez pas la Promesse de Kresimir » ?

Adamat serra les dents. Ce Privilégié commençait à l'agacer. Il semblait apprécier grandement de savoir ce que lui-même ignorait.

— Oui, dit-il. Vous vous moquez des derniers mots de sorciers ? Est-ce une espèce de plaisanterie morbide ? Un sort voué à mystifier leurs meurtriers ?

Bo cessa de rire.

— Pas du tout. Ces Privilégiés étaient on ne peut plus sérieux. On peut tisser un sort, une forme d'avertissement, qui se matérialisera à la mort du sorcier. Une plaisanterie ? Non. C'est ce que je pourrais faire *moi*, mais pas ces gens-là. Ils y croyaient dur comme fer.

— Et qu'est-ce que cela signifie ?

— La Promesse de Kresimir. (Bo fit rouler ces mots dans sa bouche comme s'il avait mordu dans quelque chose d'amer.) D'après la légende, lorsque Kresimir a formé les Neuf, il a choisi neuf rois pour gouverner les nations qu'il avait créées. Pour chaque roi, il a nommé une cabale royale de sorciers pour le protéger et le conseiller. Il les a appelés les Privilégiés. Voyant le pouvoir qu'ils détenaient, les rois ont déclaré à Kresimir qu'ils redoutaient que les cabales royales se retournent contre eux pour prendre leur trône. Alors Kresimir leur a fait une promesse.

« Il leur a juré que leurs lignées règneraient à tout jamais sur les Neuf – que leur semence porterait toujours ses fruits. Kresimir a dit à ces Privilégiés tout juste nommés que si quelqu'un devait mettre fin par la violence à une de ces lignées, il reviendrait personnellement et détruirait la nation tout entière. (Lorsqu'il eut fini, Bo se pencha en arrière comme un écolier ayant bien récité sa leçon.) Qu'en penses-tu ?

— Je suis un homme de raison… dit Adamat.

Et pourtant, il ne put réprimer le frisson qui descendit le long de son échine.

— Bien sûr, répondit Bo. Comme à peu près tout le monde de nos jours. Cette légende est idiote. Une des nombreuses histoires inventées pour éviter que les cabales royales ne deviennent trop avides de pouvoir. Kresimir a régné il y a quatorze siècles – quelque chose comme ça. Peut-être plus tôt. Même les rois n'y croient plus et seuls les membres les plus âgés des cabales ont encore la foi. (Bo toucha quelque chose sous son manteau.) Non, il y a des moyens bien plus efficaces de contrôler les cabales.

— Que dois-je dire à Tamas ? demanda Adamat.

Bo haussa les épaules.

— Ce que tu veux. Dis-lui de s'inquiéter de ce qui est vraiment important, comme de nourrir le peuple. (Il désigna du doigt Kez, qui s'étendait derrière le mur.) Ou d'eux.

Adamat inspira profondément, puis exhala lentement.

— Alors, c'est tout.

— C'est tout. Encore que, ajouta Bo, je ne sais pas pourquoi tu n'as pas trouvé ton explication à la bibliothèque. Des dizaines de livres en parlent.

— On les a brûlés. Ou on a arraché les pages ou biffé des passages entiers. Un Privilégié, semblerait-il.

Bo fit la grimace.

— Les Privilégiés ne devraient pas s'amuser à ça. Les livres sont importants. Ils nous relient au passé, au futur. Chaque mot écrit nous donne un indice sur la façon de contrôler l'Autre.

— Bo ! lança une voix depuis la ville.

Il se retourna.

— On va à la carrière !

— Encore cinq minutes ! répondit-il. (Il retira ses mains de ses manches et étira ses doigts gantés.) Ces enfoirés deviennent paresseux. Ils pensent que, puisqu'ils ont un Privilégié sous la main pour leur usage personnel, ils peuvent me faire tailler des pierres, abattre des arbres et dégager des avalanches. La semaine dernière, tout nettoyer après ce tremblement de terre m'a laissé sur les genoux. Eh bien, je suis désolé si ma réponse n'avait rien de très spectaculaire. Si tu vois Taniel Deux-coups, salue-le de ma part.

Bo était déjà reparti lorsqu'Adamat se souvint du message qu'il avait promis de délivrer. Il courut pour le rattraper.

— J'ai un message pour vous, dit-il.

— De Taniel ?

— Non, d'une Privilégiée du nom de Rozalia.

Bo haussa les épaules.

— Je ne connais personne de ce nom.

— Eh bien, elle m'a demandé de vous délivrer un message.

— Et ?

— Voilà ce qu'elle m'a dit : « *Elle* va invoquer Kresimir ». Je ne sais pas qui est cette « elle ». J'ai eu l'impression qu'elle-même l'ignorait. Je…

Bo s'était figé sur place. Toute couleur avait déserté son visage. Il faillit tomber. Adamat le rattrapa à temps.

— Qu'est-ce que ça signifie ?

Bo le repoussa. Il claquait des dents.

— Poix et damnation. Va-t'en ! Retourne à Adopest. Dis à Tamas de mobiliser son armée ! Et à Taniel de quitter le pays. Et puis… Merde !

Il cracha plus qu'il ne prononça ce dernier mot. Il tourna les talons et partit au triple galop vers la ville.

Adamat resta figé sur place, abasourdi.

SouSmith s'approcha derrière lui, tapant sa pipe pour en faire sortir du vieux tabac.

— Drôle de bonhomme, fit-il.

* * *

— Ça ne me plaît pas, déclara Tamas.

— Je crois que ça ne plaît à personne, mon ami.

Tamas regarda Sabon. Le Deliv se tenait sous un grand parasol, scrutant les barricades qu'on apercevait dans le lointain. Son crâne chauve s'était perlé de gouttelettes de sueur comme de l'eau sur un verre glacial. Il était rare qu'il fasse si chaud alors que le printemps commençait à peine. Le soleil qui brillait dans le ciel séchait ce qu'il restait de l'humidité amenée par les pluies des semaines précédentes.

— Les hommes comprendront-ils ? demanda Tamas.

— Les nôtres ou les mercenaires ?

— Les mercenaires sont pragmatiques. Ils seront payés de toute façon. Mais mes propres hommes – après un coup pareil, est-ce qu'ils cesseront d'avoir confiance en moi ?

Olem se tenait à quelques pieds de là. Il se tourna vers Tamas, même si la question ne s'adressait pas à lui.

— Je ne crois pas, répondit Sabon. Mais ça risque de ne pas leur plaire. Après tout, la guerre est censée être un sport de gentilshommes. Mais ils comprendront. Ils respecteront le fait que tu ne veuilles pas risquer leurs vies dans des batailles sans fin. Que tu refuses de pilonner ta propre ville.

Tamas acquiesça lentement.

— Je ne me suis encore jamais résigné à faire appel à des assassins. Jamais en vingt-cinq années de commandement.

— Je me souviens de quelques moments où tu aurais dû, remarqua Sabon. Tu te rappelles ce chah qu'on a affronté au sud-est de Gurla ?

— J'essaie encore de l'oublier.

Tamas se pencha en avant pour cracher. Il porta sa cantine à ses lèvres sans quitter les barricades des yeux. Il pouvait entendre des tirs de mousquet et, de temps en temps, des coups de canon à trois lieues de là, où le brigadier Ryze commandait un assaut sur l'armurerie.

— J'ai rencontré ma part de pourritures humaines, reprit Tamas en pensant au chah, mais celui-ci était un monstre. Il pouvait faire enterrer vive toute la famille d'un homme qui osait remettre en question un de ses ordres.

— Tu l'as fait châtrer, remarqua Sabon.

Olem s'étouffa. Il jeta sa cigarette à terre et se mit à tousser de la fumée.

— La guerre n'est certainement pas un sport de gentilshommes, mon ami, dit Tamas. Sinon, je n'y jouerais pas. (Il jeta un regard à Olem.) Laisse-nous une minute.

Olem s'éloigna sans cesser de tousser. Tamas rejoignit Sabon sous le parasol. Il tira une lettre de sa poche et la lui donna.

— Ta nouvelle mission, dit Tamas.

Sabon prit la lettre.

— Quoi ?

— J'ai chargé Andriya et Vadalslav de flairer d'autres poudremages. Maintenant que la cabale royale est morte, je pense que les mages seront plus enclins à se présenter spontanément. Sans oublier la solde qu'on leur offre. Ils se sont installés en bordure de la ville, près de l'université, et ne tarderont pas à avancer sur Deliv, Novi et Unice pour chercher des recrues. Je veux que tu les accompagnes.

— Non, répondit Sabon, tentant de lui rendre la lettre.

— Je suis ton officier supérieur. Tu ne peux me dire non.

— Je le peux à mon vieil ami.

— Pourquoi refuser cette mission ?

Sabon grogna :

— Andriya et Vadalslav suffisent largement pour s'occuper des recrues. Tu as envoyé les autres aux Portes de Wasal. Taniel parcourt la ville à la recherche d'un fantôme et bien que tu aies assigné Vlora à ton équipe, tu es toujours trop en colère contre elle pour lui adresser la parole. Je ne te laisserai pas sans mage à tes côtés. (Il désigna les barricades.) Les ambassadeurs kez seront là dans une semaine, et il faut encore nettoyer tout ça. Sait-on seulement si les Barbiers ont réussi leur coup ?

— Tu t'inquiètes pour moi ? s'étonna Tamas. C'est ça, ton excuse ?

— Je m'inquiète à l'idée que tu fasses une connerie et que tu aies besoin de quelqu'un pour nettoyer derrière toi. (Sabon se tut. Ils pouvaient entendre des cris venant de derrière la barricade.) On devrait peut-être les aider.

— Ces fichus Barbiers peuvent s'en charger. S'ils se font tous tuer, ça ne m'empêchera pas de dormir. Ne cherche pas à changer de sujet. Vadalslav dit qu'ils ont déjà trouvé sept candidats avec un minimum de talent. Trois d'entre eux auraient un vrai potentiel.

— Il faut des années pour entraîner un poudremage, reprit Sabon. Ils doivent apprendre à contrôler leurs pouvoirs et, en même temps, à devenir soldats.

— C'est pourquoi je veux que tu t'en occupes, insista Tamas. Tu as entraîné Taniel et Vlora à toi tout seul, ou presque. Maintenant, Taniel est le meilleur tireur d'élite au monde et Vlora peut faire exploser un baril de poudre à une lieue de distance.

— Ce n'est pas pareil, et tu le sais très bien, rétorqua Sabon, maintenant en colère, ses yeux noirs luisant dangereusement. Taniel s'est exercé au tir depuis qu'il a été en âge de tenir un fusil. Et Vlora… Eh bien, c'est une prodige.

— Tu n'auras pas à recruter toi-même, reprit Tamas, mais je veux que tu montes une école. Tu auras un budget défini et j'aurai un droit de regard sur tout ce qui s'y passera. Tu seras à quelques heures d'Adopest. Si j'ai besoin d'aide, je pourrai te convoquer instantanément.

— Tu me donnes ta parole ?

— Tu l'as.

Sabon fourra l'enveloppe dans sa poche.

— Je veux être présent lorsque l'ambassadeur kez arrivera.

— Certainement.

— Ne prends pas cet air réjoui.

Tamas réprima un sourire.

— Monsieur !

Olem était revenu et désignait les barricades.

Une silhouette les escaladait lentement. Elle continua à avancer dans la rue, où elle manœuvra le long des gravats laissés par le tremblement de terre. L'homme portait un grand tablier blanc sur une chemise de même couleur et un pantalon noir. L'avant du tablier était éclaboussé de sang.

L'inconnu se dirigea droit vers eux. Il ouvrit un rasoir à main, le soleil se reflétant sur sa lame. Tamas vit Olem se raidir. Le nouveau venu toucha son front avec le rasoir en une parodie de salut.

— Tef, monsieur, des Barbiers de la Rue Noire, dit-il. Les barricades sont à vous.

— Les chefs royalistes ?

— Morts ou capturés. Mais surtout morts.

Tamas eut un reniflement de mépris.

— Les femmes et les enfants ?

L'homme referma son rasoir dans un claquement sec pour le rouvrir aussitôt. Il passa nerveusement la lame sur sa propre gorge.

— Heu, il y a eu quelques incidents malencontreux. Certains de mes hommes ont, hum, quelques problèmes. Je m'en suis occupé. De façon permanente.

Tamas serra les poings. Il n'aurait jamais dû se tourner vers ces malades.

— Et le général Westeven ?

— Il était mort, monsieur. Comme vous l'aviez prévu.

Tamas espérait que la blessure qu'il avait reçue durant la brève mêlée après les pourparlers n'était pas trop grave. Mais il y avait laissé un bras. Westeven était vieux, et il n'était pas poudremage.

— Olem, fais rassembler les Barbiers et qu'on les garde jusqu'à ce qu'on puisse les payer.

— Hé, un instant.

Tef fit un pas vers Tamas. En une seconde, Olem s'interposa, sa baïonnette à un cheveu du tablier ensanglanté du tueur. Tef avala sa salive.

Tamas fit un geste au capitaine mercenaire le plus proche.

— Ne t'en fais pas, Tef. Si tu as rempli ta part du marché, je ferai de même. C'est vrai, j'aimerais beaucoup t'envoyer croupir à Sablecroc, mais je suis un homme de parole. Et… tu peux encore m'être utile.

Tamas abandonna Tef pour s'approcher de la barricade en compagnie de Sabon, Olem et toute une compagnie des Ailes d'Adom. Il fit appel à ses sens affinés pour chercher des charges explosives. Il perçut un petit dépôt de munitions près de la barricade et de la poudre éparpillée.

Il escalada la barricade et regarda autour de lui. Il savait à quoi s'attendre : un semblant de campement, une chaussée nettoyée des gravats, des drapeaux improvisés accrochés au-dessus des demeures et des boutiques transformées en baraquements.

Les rues étaient bondées. Il y avait là bien plus de monde que Tamas ne l'aurait cru. Des centaines de femmes et d'enfants. Beaucoup moins d'hommes. Leurs visages reflétaient la peur, le dégoût, le deuil. L'expression de ceux qui se réveillent un beau matin pour constater que leurs maris, leurs amis, leurs pères et leurs chefs sont morts dans leurs lits, la gorge tranchée dans leur sommeil. Des gens qui, après une telle expérience, n'ont plus aucune envie de se battre.

Chaque groupe était gardé par un Barbier armé d'un pistolet, d'une matraque ou, parfois, de rien d'autre qu'un rasoir ouvert. Ce qui semblait suffisant.

— Brigadier Sabastenien ? demanda Tamas.

Le jeune soldat escalada la barricade pour se tenir à ses côtés.

— Monsieur ?

— Que vos hommes relayent les Barbiers. Qu'on fasse sortir ces gens de derrière la barricade.

— Pour les emprisonner à Sablecroc, monsieur ?

— Non. (Tamas scruta une fois de plus ces visages affligés.) J'imagine que les responsables directs du soulèvement royaliste ont déjà expié leur faute. Qu'on escorte les survivants à l'ancienne enceinte. Désarmez-les, mais donnez-leur un bon repas. Faites-les examiner par des docteurs, puis qu'on leur donne des lits. Ces gens ne sont plus des royalistes, mais des citoyens. Nos compatriotes.

— Mes hommes ne sont pas des femmes de chambre, monsieur.

— Maintenant si. Rompez.

Tamas regarda s'éloigner les mercenaires en direction des royalistes. Les échanges se firent à voix basse, et quasiment tout le monde les suivit de bonne grâce. Les soldats entreprirent de démanteler la barricade. De temps en temps, ils tournaient la tête en entendant un coup de canon en provenance du sud.

— Sabon, va trouver le brigadier Ryze. Dis-lui que nous avons pris la principale barricade. Qu'il propose des pourparlers. Tout royaliste de sang roturier recevra le pardon. Si les Barbiers ont bien fait leur travail, je présume que beaucoup accepteront.

— Vous comptez les pardonner tous, monsieur ? demanda Olem.

— Si je les traite comme des bêtes, comme des criminels, alors j'aurai un second soulèvement royaliste sur les bras. Si je les traite comme des citoyens, si je leur rends leur place dans la ville, je les remets sous notre giron. C'est la meilleure solution. Je me refuse à ordonner une nouvelle fournée d'exécutions.

— La sagesse même, monsieur.

Tamas le toisa longuement.

— Heureux d'avoir ton approbation.

— Eh bien, monsieur, même si vous proposiez un mois de gages, personne n'ira nettoyer le sang qui souille la Place des Élections. Les pierres sont définitivement tachées. On dit qu'à certains coins, le sang coagulé est profond d'un demi-pied. Ça suffit largement comme ça.

— La Place des Élections ?

— L'ancien Jardin du Roi, monsieur. On l'a rebaptisé.

— Je l'ignorais.

— Eh bien, monsieur, vous étiez pas mal occupé ces jours-ci, avec ces barricades et tout ça.

— Pourquoi la Place des Élections ?

Olem gloussa.

— Eh bien, c'est une forme d'humour noir, monsieur. Pour le peuple, ces exécutions étaient l'équivalent d'élections.

— Il n'y a pas eu de vote.

— Monsieur, je crois que le peuple a voté lorsqu'il a écharpé ces Prétoriens.

Un soldat mercenaire apparut, courant entre les files bien ordonnées des royalistes quittant la barricade. Il se mit au garde-à-vous.

— Monsieur, le brigadier Sabastenien a dit que vous seriez content de savoir qu'on a retrouvé le général Westeven.

Le général se trouvait dans une petite pièce derrière ce qui avait été un marché aux puces. Ses quartiers étaient froids et humides et semblaient bien réduits pour un si grand homme. Tamas dut se baisser pour entrer.

Westeven gisait sur une paillasse. Ses quelques maigres possessions étaient éparpillées sur la commode – le seul meuble mis à part le lit. Elles comprenaient un portrait de poche de feu l'épouse de Westeven, un couteau de chasse gurlan au manche usé, un fétiche indigène, des bésicles et un mouchoir soigneusement plié.

Tamas fronça les sourcils en voyant son adversaire. Westeven était allongé sur le dos sous une mince couverture bien trop courte pour son corps, si bien que ses pieds couverts de chaussettes dépassaient. Ils avaient lavé son cadavre, mais on voyait encore ses brûlures. Ses yeux étaient clos. Même dans la mort, sa main valide enserrait toujours un vieux livre relié de cuir. Apparemment, il avait survécu à la perte de son bras – même si ce n'était que pour une heure. Ses doigts étaient tordus par des rhumatismes.

Tamas tourna la tête pour lire le titre du volume. *L'Ère de Kresimir.* Il ignorait que Westeven s'intéressait à la religion.

Il ramassa le couteau de chasse gurlan et le fétiche indigène.

— Brigadier, dit-il doucement.

Sabastenien se baissa pour entrer et le rejoignit. Dans la chambre obscure, il y avait à peine assez de place pour eux deux.

— Qu'on envoie le corps du général à ses parents les plus proches.

Sabastenien retira son chapeau.

— Je ne crois pas qu'il ait encore de la famille.

Tamas sentit une boule se former dans sa gorge et avala. Lorsqu'il se reprit, il dit :

— Alors je me charge du corps. Préviens le prévôt de la ville. Je veux qu'il soit enterré avec les honneurs dus à son rang. Peu importent les frais. S'il le faut, je paierai la note de ma poche.

Sabastenien ne répondit pas. Lorsque Tamas se retourna, il vit briller des larmes dans les yeux du jeune brigadier.

— Monsieur, dit-il, je dépose la requête formelle pour que le général Westeven soit inhumé au cimetière des Ailes d'Adom. Je suis sûr que Dame Winceslav sera d'accord.

Tamas posa une main sur son épaule.

— Merci, dit-il.

Car ce qu'il proposait était un immense honneur. Il était difficile d'entrer de son vivant dans les Ailes d'Adom, mais plus encore dans la mort.

Sabastenien le laissa seul avec le cadavre. Tamas posa son chapeau sur la poitrine de Westeven et inspira profondément.

— On aurait pu trouver mieux pour tes derniers instants. Désolé, mon ami. Et pourtant, tu t'es sacrifié au nom de ce que tu croyais juste. Maintenant, il me reste à régler le problème des Kez, et j'aurais bien aimé t'avoir à mes côtés.

XIII

— Elle est là, déclara Julène.

Taniel la regarda en fronçant les sourcils. La Privilégiée arborait un petit sourire vicieux que sa cicatrice étirait sur le côté et ses yeux étaient écarquillés. Elle lui rappelait un couguar qu'il avait vu un jour au cirque. Ils se tenaient devant les grilles de l'université d'Adopest. Les murs entourant la cité universitaire n'étaient guère que des reliques à demi effondrées derrière lesquelles des drapeaux claquaient au vent sur les tours des bâtiments. Taniel pouvait encore entendre des rires d'étudiants. Ce n'était pas l'endroit idéal pour affronter une Privilégiée.

Mais c'était toujours mieux qu'en pleine ville.

— Tu es sûre ? demanda Taniel.

Ça faisait des jours qu'il n'avait pas ouvert son troisième œil. La dernière fois, il avait bien failli tomber raide. Ce n'était pas parce qu'il avait passé quatre semaines dans une poudretranse ininterrompue. Du moins s'en était-il persuadé. Il n'était pas aveuglé par la poudre, n'était pas dépendant.

Il prisa une nouvelle ligne de poudre et frissonna.

Julène ignora sa question.

— Alors ? insista-t-il.

Le brisemage hocha la tête.

— Elle est là, confirma-t-il.

Taniel chercha Ka-poel des yeux. Elle étudiait les gargouilles au-dessus de la grille. Un groupe d'étudiants, tous des hommes, la regardaient. Taniel les toisa d'un air furieux, une main sur la crosse de son pistolet.

— C'est une vraie sauvage ? demanda l'un d'entre eux.

— Il faut avoir un permis pour porter une arme sur le domaine de l'université, informa un autre.

— Va te faire voir, rétorqua Taniel. Hé, un instant. Où puis-je trouver une carte du campus ?

Le gamin – Taniel le considérait ainsi, bien qu'il eût probablement le même âge que lui – renifla.

— Toi aussi, va dans la poix.

Taniel se tourna vers le groupe afin qu'ils puissent voir le badge en forme de baril de poudre.

— On est censés être impressionnés ? railla le gamin.

Taniel eut un sourire d'ogre.

— Tu le seras lorsque je t'aurai fait avaler tes dents.

Il tira son pistolet et le retourna d'un coup sec pour le tenir par le canon. Il le fit sauter à nouveau, puis tourner autour de son doigt jusqu'à ce qu'il revienne dans la bonne position.

— Pas mal, fit un des garçons en riant. Au bureau du directeur administratif. Après la grille, tournez à droite. Vous finirez bien par tomber dessus.

— Merci. Et au fait, oui, c'est une sauvage. *Ma* sauvage.

Son sourire disparut lorsqu'il se retourna pour voir que Ka-poel le dévisageait d'un air furieux. Il s'éclaircit la gorge.

— Allons chercher une carte de l'université. Julène, à quelle distance peux-tu t'approcher d'elle sans qu'elle s'en aperçoive ?

— Je me fiche qu'elle sache que je suis là.

— Moi non, rétorqua Taniel. Ne dis pas d'âneries.

Ka-poel tapota sa poitrine, puis mima de deux doigts une personne qui marchait.

— Tu peux t'en rapprocher ? demanda Taniel.

Ka-poel leva les yeux au ciel.

Bien sûr qu'elle le pouvait. Elle était quasiment capable d'aller tapoter sur l'épaule d'un Privilégié sans qu'il ou elle la remarque. Taniel se demanda à quoi elle pensait. C'était cette fichue poudre, se dit-il. Lorsque toute cette histoire serait terminée, il ferait un mois de sevrage.

— D'accord, Pole, trouve-la. Je veux savoir précisément où elle se trouve, dans quel bâtiment, dans quelle chambre. Vous deux, ajouta-t-il en désignant les mercenaires, attendez le capitaine Ajucare.

Conformément aux ordres de Tamas, ça faisait maintenant une semaine que ce dernier les filait. Assez loin pour ne pas s'interposer, assez prêt pour être là s'ils avaient besoin de lui.

Un bref coup d'œil vers la route lui permit d'apercevoir des cavaliers dans le lointain.

— Dites-lui de commencer l'évacuation de l'université. On va se débarrasser de cette Privilégiée ici et maintenant. Gothen, tu pourrais couper son accès à l'Autre ?

— Bien sûr.

— Cette fois, il n'y aura pas d'anicroche ?

— Non. Je ne commettrai pas la même erreur que la fois précédente.

Il lui suffirait de pouvoir s'approcher assez près d'elle pour annuler sa magie. Si les balles et les lames ne suffisaient pas à la tuer, ça laisserait à Julène une chance d'employer sa propre sorcellerie.

— Si on fait évacuer l'université, ça lui mettra la puce à l'oreille, remarqua Julène.

— Si l'affaire tourne mal et que l'arrestation vire au duel de sorcellerie, je ne veux pas causer la mort d'étudiants innocents.

Julène le regarda, un rictus railleur aux lèvres.

— Je reviens, dit Taniel.

Il franchit les grilles pour se diriger vers le bâtiment administratif. Une série d'écriteaux l'aidèrent à s'orienter. Cet endroit était une véritable ville. Les édifices de pierre gris sombre étaient gigantesques, avec des tours élevées et de grandes arches. Ils étaient séparés par de vastes parterres dégagés où les étudiants flânaient sur l'herbe. Taniel passa devant la bibliothèque. Ses armes à feu attirèrent plus d'un regard.

— Je peux vous aider, monsieur ?

Un homme d'une quarantaine d'années l'intercepta alors qu'il se dirigeait vers l'escalier du bâtiment administratif.

— Poudremage Taniel, répondit-il. Qui êtes-vous ?

L'homme se redressa de toute sa taille.

— L'assistant du vice-chancelier. Professeur Uskan à votre service.

— Professeur. Le vice-chancelier est-il là ?

— Il est à Adopest pour affaires. Excusez-moi, êtes-vous Taniel Deux-coups, le fils du maréchal ?

— Écoutez, j'ai une compagnie de soldats qui va bientôt franchir vos grilles. Une Privilégiée criminelle se trouve dans l'enceinte de l'université. Nous la chassons sur ordre de mon pè… du maréchal Tamas.

Uskan ouvrit de grands yeux.

— Que… Non, vous ne pouvez pas l'affronter ici. C'est une université.

— Nous ferons de notre mieux pour l'éviter. Avez-vous un plan d'évacuation ?

— Quoi ? Non…

— Eh bien, vous devriez en préparer un. Maintenant, par exemple. Mes soldats sont des mercenaires des Ailes d'Adom. Faites passer le mot à vos étudiants : qu'ils quittent les environs au plus vite.

— Qu'ils quittent les environs ? Ils sont plus de cinq mille ! Le campus fait plus d'une lieue de large ! Que voulez-vous que je fasse ?

— Trouvez quelque chose.

— Et la Privilégiée ?

— On s'en charge.

L'homme se tordit les mains.

— Une Privilégiée ! Elle pourrait faire de graves dégâts ! Les réparations…

— Je suis sûr qu'on n'en viendra pas…

Taniel se figea. Pas de doute, c'était *elle*. À moins de deux cents pas, sortant de la bibliothèque, d'un air tout naturel. Sa respiration s'accéléra. Elle ne portait pas ses gants de Privilégiée. Ça lui donnait un avantage.

— Allez-y, pressa Taniel. Vous devez faire évacuer les lieux.

— Mais que vais-je dire ?

— Je ne sais pas, gronda Taniel.

Il tendit lentement la main vers son pistolet, cherchant à rester discret.

Uskan avala sa salive et toisa Taniel. Il lui jeta un regard suppliant.

— Essayez de ne pas abîmer le bâtiment des sciences appliquées, implora-t-il. Il est flambant neuf.

Il inspira profondément, puis leva soudain les mains en l'air.

— Buffet gratuit ! brailla-t-il. Buffet gratuit ouvert à tous ! C'est à l'œil et c'est devant la porte nord !

Et il partit en courant.

— Merde, fit Taniel.

La femme le dévisagea. Il tira un des pistolets passés à sa ceinture, puis hésita. Dans tout le campus, les étudiants s'écoulaient des bâtiments pour suivre Uskan, attirés par la promesse d'un bon déjeuner aux frais de la princesse. Taniel serra les dents.

La femme se mit à courir dans la direction opposée.

Taniel visa et appuya sur la détente. Le coup de feu résonna entre les bâtiments. Jurant à voix basse, Taniel détourna d'un pouce la balle avant qu'elle ne frappe un jeune homme. Le projectile rata la Privilégiée et alla se loger dans le mur de la bibliothèque. Un hurlement retentit. Les étudiants s'égaillèrent.

Taniel se lança à sa poursuite, fourrant le pistolet dans sa ceinture pour tirer son arme de secours. Sa cible passa l'angle du mur de la bibliothèque. Taniel s'arrêta net : elle pouvait aussi bien l'attendre de l'autre côté. Sa sorcellerie le mettrait en pièces avant qu'il ne puisse ouvrir le feu. Il regarda autour de lui. Ses yeux tombèrent sur la tour derrière le bâtiment administratif.

Le clocher était le point le plus élevé du campus. Il revint en arrière, traversant un jardin botanique clos avec de grandes plaques de verre maintenues par une structure d'acier servant de toit. Il faillit tomber dans le bassin en cherchant à sauter par-dessus, reprit son équilibre et se dirigea vers la porte du clocher.

Il grimpa l'escalier quatre à quatre et s'interrompit à mi-hauteur, devant une fenêtre, afin de surveiller le campus. À vue de nez, il devait être à quatre étages au-dessus du sol. Pas la moindre trace de la Privilégiée. Il continua jusqu'à la fenêtre suivante. Elle était là ! Elle traversait l'allée, progressant entre le musée et un immense bâtiment qui, comme le proclamait une pancarte aux grandes lettres, s'appelait le Conclave de Banasher.

Taniel retira le fusil passé à son épaule. Il ferma les yeux, respirant avec le calme induit par la poudretranse, et se concentra à nouveau. Lorsqu'il les rouvrit, il put la voir comme si elle était à cinq pas de lui. Elle était très belle, avec des traits acérés et une verrue au-dessus d'un sourcil. Elle marchait d'un pas vif, toujours vêtue de sa robe d'universitaire. Elle avait mis ses gants de Privilégiée. Elle jeta un coup d'œil par-dessus son épaule.

— Rozalia !

Ce cri résonna le long du campus.

Surpris, Taniel sursauta. La Privilégiée fit de même, une lueur farouche dans l'œil. Taniel posa son doigt sur la détente.

Une décharge de sorcellerie l'éblouit. Des mottes de terre s'envolèrent, suivies par des rideaux de flammes s'élevant tout autour de la Privilégiée. Taniel cligna des yeux pour en chasser la poussière.

Une pluie de débris obscurcit la moitié du rectangle de gazon. Avec un ricanement aigu de démente, Julène se dirigeait vers leur adversaire, ses mains gantées tendues devant elle.

Taniel entrevit un bout de robe. Il posa la crosse de son fusil au creux de son épaule et ouvrit le feu. La balle ricocha à quelques pouces de la tête de la Privilégiée pour s'écraser contre un bouclier invisible, dans un bruit évoquant une cuillère frappant du verre. Taniel jura.

La foudre s'abattit sur Julène. Elle glissa en arrière, ses pieds laissant un sillon dans le gazon. Néanmoins, elle réussit à conserver son équilibre, les mains levées au-dessus de sa tête. Le tonnerre renversa Taniel.

Il roula sur le palier avant d'interrompre sa chute. Il reprit son fusil et plaça une balle dans le canon, puis tira une charge de poudre de son sac et l'écrasa entre ses doigts. Il retourna à la fenêtre, visa sommairement et tira.

La Privilégiée virevolta, un jet de sang s'échappant de son épaule. Elle tomba à genoux, une main à terre, et leva les yeux vers le clocher.

— Oh, poix, jura Taniel.

Elle mima le geste de trancher quelque chose du plat de la main.

Taniel ferma les yeux. Rien. Il entrouvrit une paupière. Le monde était en mouvement. Quelque part en dessous de lui, il entendit le bruit terrible de la pierre crissant contre de la pierre.

Le cœur aux lèvres, Taniel comprit que le clocher allait s'écrouler. Enserrant son fusil, il sauta par la fenêtre.

Il ouvrit la bouche, mais s'aperçut qu'il n'avait pas assez de souffle pour crier. Les panneaux du jardin botanique se rapprochèrent à grande vitesse. Il les heurta les pieds en premier et ses jambes se plièrent alors que le verre se brisait. Il dégringola les vingt pieds qui le séparaient encore du sol pour atterrir sur l'épaule. Des échardes de verre de la taille d'un homme s'abattirent tout autour de lui. Heureusement, pas une seule n'était tombée *sur* lui.

Une fois en transe, les poudremages étaient largement plus puissants. Ils pouvaient supporter des dommages bien plus importants que le commun des mortels et mieux endurer la douleur. Et pourtant, une telle chute aurait dû le tuer, ou du moins lui casser quelques os.

Le sol trembla. Taniel se sentit rouler sur lui-même sous l'effet de l'onde de choc alors que, dans un bruit de tonnerre, les étages supérieurs du clocher s'effondraient sur le bâtiment en contrebas. Les pierres s'abattirent, le bois éclata. Taniel jeta les mains au-dessus de sa tête.

Lorsqu'il leva les yeux, la poussière retombait déjà. Il se releva lentement.

Son fusil gisait à vingt pieds de là. Il se dirigea dans sa direction d'un pas mal assuré, enjambant des débris et des pans de verre brisé. Il avait mal partout, mais n'avait rien de cassé. Il chercha son carnet de croquis dans sa sacoche. Il était toujours là. Taniel ramassa son arme.

— C'est fou tout ce à quoi on survit ces derniers temps, toi et moi, marmonna-t-il.

Un autre éclair le fit chanceler. Il sortit du jardin en boitant pour gagner un autre bâtiment adjacent, évitant les ruines de la tour. Il trouva un vestibule d'où il put surveiller le campus. L'extrémité de la salle avait été détruite. *Pourvu qu'il n'y ait eu personne à l'intérieur.*

Il s'assit contre le mur juste sous la fenêtre et tendit l'oreille. Un autre coup de tonnerre. Quelqu'un riait. Julène. Il grinça des dents en entendant cet étrange son, rechargea son fusil, puis se leva.

Le parterre avait été ravagé. Partout, le sol était labouré, dévoilant plus de terre qu'une centaine d'hommes munis de pelles n'auraient pu déplacer en un jour, répartie en monticules comme si la main d'un dieu avait joué à faire des pâtés. Sous ses yeux, une mince ligne de flammes naquit d'un des amas et se répandit, embrasant le Conclave de Banasher au passage. Taniel vit des visages pressés contre les fenêtres. L'instant d'après, ils avaient disparu et leur expression horrifiée se grava dans sa mémoire alors que toute la façade du bâtiment s'écroulait.

Taniel se cacha à nouveau derrière le mur et inspira profondément. Ce n'était pas un combat normal. Non, il avait déjà vu des Privilégiés s'affronter, sur les champs de bataille de Fatrasta. Ils jetaient des éclairs, de la glace et des boules de feu. Mais jamais rien de tel. Julène et son adversaire utilisaient des forces bien au-delà de sa compréhension. À en juger par cette démonstration de puissance, chacune d'elles aurait dû se trouver à la tête d'une cabale royale.

Taniel se demanda où pouvait bien être Ka-poel. Après tous ces coups de tonnerre, ses oreilles carillonnaient et ses pensées semblaient distantes. Ne l'avait-il pas vue partir à la poursuite de la Privilégiée ? Pourvu qu'elle n'ait rien fait de stupide. Pourvu qu'il ne lui soit rien arrivé.

Il jeta encore un coup d'œil. Il pouvait voir la Privilégiée. Elle se tenait sur les marches d'un autre bâtiment. *Le musée*, pensa-t-il. Il leva lentement son arme.

Les doigts de la Privilégiée dansèrent. Elle tendit une main, paume en avant, phalanges écartées, vers le centre du parterre. Un jet de flammes jaillit. Derrière les collines nouvellement formées, Julène fut soulevée de terre et jetée contre les ruines du Conclave de Banasher. Lors de l'impact, les pierres s'effondrèrent autour d'elle et ce qui restait du bâtiment s'écroula comme du papier mâché.

La Privilégiée s'essuya les mains sur sa robe d'universitaire et rentra dans le musée.

Taniel se leva d'un bond. Il avait parcouru la moitié du chemin lorsqu'il commença à s'interroger. À quoi jouait-il ? Il se frottait à des forces bien au-delà de ses propres capacités. Il était inutile de se lancer dans cette poursuite. Que pouvait-il faire ?

Il pensa à la scène de destruction à laquelle il venait d'assister. Les Privilégiés étaient sensibles à la fatigue. Ils ne pouvaient continuer indéfiniment. La fugitive ne devait plus avoir beaucoup d'énergie.

Le bâtiment dans lequel elle s'était réfugiée était relié au musée par une passerelle de pierre surélevée. Taniel y jeta un coup d'œil, puis fonça le long de l'escalier et ouvrit une porte. Il se retrouva dans un petit vestibule, presque un placard d'entretien où on avait entreposé des seaux et des balais. Une autre porte, ouverte celle-ci, menait à la salle principale. Il aperçut des galeries remplies de reliques anciennes : des corps momifiés, des squelettes d'animaux quelconques, des poteries datant d'une civilisation préhistorique et des pierres étincelantes. Il entendit le bruit de pas pressés claquant sur le marbre.

La Privilégiée arpentait la galerie principale. Son épaule saignait encore là où la balle l'avait frappée. Elle jeta un coup d'œil des deux côtés, mais ne sembla pas voir Taniel. En tout cas, elle ne vit certainement pas le brisemage qui se rapprochait au-dessus d'elle.

Gothen sauta par-dessus la rambarde de la galerie supérieure pour se recevoir sur le marbre à cinq pieds d'elle. Il leva un visage triomphant, une courte épée en main.

Taniel poussa un cri. *Oui !* Il bondit de sa cachette. Ils la tenaient enfin. Elle ne pouvait…

La Privilégiée écarta les bras. La robe d'universitaire du brisemage palpita, puis se mit à scintiller. Gothen écarquilla les yeux.

Taniel s'arrêta net. Il fit un pas en arrière en voyant Gothen chatoyer d'une lueur floue. Il tenta de lui hurler d'en finir.

Le brisemage tomba à genoux. Il ouvrit la bouche sur un cri silencieux. Ses lèvres continuèrent de s'étirer. Sa mâchoire tomba, puis son corps se mit à couler comme une figurine de cire fondant sous une flamme. Ses vêtements se consumèrent, son épée se dissolut et goutta sur le plancher. Bientôt, son corps tout entier ne fut plus qu'une flaque aux pieds de la Privilégiée.

Taniel se cacha derrière une colonne. Il se demanda ce qu'il pouvait bien faire, alors même qu'il saisissait sa poudre et la renversait sur sa main. Il la porta à son nez et inspira. Il baissa les yeux. Il avait du sang sur les paumes. Il coulait de son nez. Il sentit le calme de la poudretranse agir sur ses nerfs.

Il prit la baïonnette accrochée à sa ceinture pour la glisser au bout du canon de son fusil. Presque aussitôt, ses doigts se remirent à trembler. Il vérifia ses pistolets pour s'assurer qu'ils étaient chargés et se prépara à se relever.

Taniel sentit quelque chose effleurer sa tête.

La Privilégiée était là, à côté de lui. Elle pressait un doigt contre sa tempe.

— Vas-y, tue-moi, dit-il en un soupir tremblant.

De si près, il pouvait voir qu'elle était épuisée. Ses cheveux étaient gluants de sueur. Les pattes d'oie aux côtés de ses yeux injectés de sang étaient creusées et des rides de fatigue étiraient ses traits.

— Je veux que tu cesses de me suivre, dit-elle.

— Tu as tué mes amis.

— Les poudremages d'Horizon ? C'était une erreur. Non. Pas vraiment. Je les aurais tous tués si j'étais arrivée à temps pour arrêter Tamas et empêcher ce coup d'État stupide. J'étais venue alerter la cabale royale, mais suis arrivée trop tard. Lorsque j'ai vu que tout était terminé, j'ai préféré m'enfuir.

— Qui es-tu, par la poix ?

— Je m'appelle Rozalia.

— *Qu*'es-tu ?

Elle laissa échapper un long soupir.

— Je suis une des dernières Predeii. Ou du moins je l'étais. Ces derniers temps, je ne suis plus vraiment en pleine forme.

— Ça ne me dit rien.

— Tu n'es qu'un gamin ignorant. Comme vous tous. Privilégiés comme poudremages. Vous ne savez rien à rien.

— Alors, tue-moi.

— Si je fais ça, ton père lâchera tous ses poudremages à mes trousses. Je ne pourrai plus jamais dormir tranquille.

Taniel eut un reniflement de mépris. Ainsi, elle savait qui il était.

— Dis à ta sauvage de reculer, reprit-elle. Je ne veux pas l'affronter.

— Pole ? (Il regarda autour de lui, mais ne la vit pas.) Va-t'en ! cria-t-il.

Il crut apercevoir une tache de cheveux roux derrière un des présentoirs.

— Laisse-moi partir, reprit Rozalia, et je quitte le pays dès ce soir. Je te le jure. Je n'ai plus rien à faire ici.

— C'est si simple que ça ?

L'esprit de Taniel battait la campagne. Après avoir traversé un immeuble, Julène devait être morte. Gothen n'était plus qu'une flaque. En quoi pouvait-il être un danger pour elle ? Avait-elle vraiment si peur de son père ?

Taniel surprit le regard nerveux qu'elle jeta à Ka-poel. Rozalia en avait peur ? Pole n'était qu'une gamine.

— C'est si simple que ça, reprit la Privilégiée. Je m'en vais. Ton père a donné un coup de pied dans un nid de frelons et j'entends bien ne plus être là lorsqu'ils se mettront à piquer.

— Que veux-tu dire ?

Rozalia secoua la tête.

— Alors tu n'en sais rien, hein ? Tu joues avec quelque chose de dangereux – non, pire que dangereux. Irresponsable. Mais maintenant, il est trop tard. Il est impossible de restaurer la monarchie, de réparer les dégâts. Westeven avait compris, mais vous autres êtes aveugles.

— Tu es folle.

— Si tu ne me crois pas, demande au Privilégié Borbador. Il est le dernier de la cabale royale. Il te dira la vérité.

— Je n'y manquerai pas.

Rozalia baissa la main. Taniel se releva.

— Je ne peux te garantir que Tamas n'enverra pas quelqu'un d'autre à tes trousses. Mais, quant à moi, j'en ai fini.

— D'ici une semaine, répondit Rozalia, je serai sur un bateau, bien loin des Neuf. Hors de sa portée. De plus, je serai le cadet de ses soucis.

Elle tourna les talons.

Taniel la surveilla de l'œil alors qu'elle se dirigeait vers la sortie du musée.

— Attends !

Il courut lui ouvrir la porte. Il tenta de ne pas regarder ce qui restait de Gothen au passage.

Une douzaine de soldats se tenaient au bas des marches. Leurs fusils étaient braqués sur eux, baïonnettes au clair.

— En arrière, dit Taniel. (Ils le dévisagèrent.) En arrière, bon sang, où nous sommes tous morts !

Ils baissèrent lentement leurs armes. Rozalia descendit l'escalier comme si elle était une reine entourée de sa garde d'honneur. Elle passa devant les soldats pour se diriger vers les grilles de l'université. Elle s'arrêta à une vingtaine de pieds de Taniel et se tourna vers lui.

— Méfie-toi de Julène, dit-elle avant de continuer son chemin.

Ce n'est qu'une demi-heure plus tard que Taniel vit cette dernière marcher vers lui sur le parterre. C'était un autre rectangle de terre, intact celui-là, dans un coin tranquille du campus. Ka-poel était assise à côté de lui, les jambes croisées. Il restait là, la tête contre le mur, une main sur son carnet de croquis. Il avait commencé à faire le portrait de Gothen. Cet homme était brave et, mercenaire ou non, il méritait qu'on se souvienne de lui. Taniel avait mal à la tête. Tout le reste de son corps l'élançait. Et la personne qui se dirigeait vers lui n'aurait pas dû être en vie.

On aurait dit que Julène avait été piétinée par une horde de chevaux de guerre. Ses vêtements étaient déchirés et brûlés, dévoilant des parties intimes de son anatomie, bien qu'elle ne semblât guère s'en soucier. Elle vint se tenir devant Taniel et s'arrêta, les mains sur les hanches.

— Où est Gothen ?

— Il a… fondu.

Elle pâlit, mais se reprit vite.

— Le capitaine Ajucare dit que tu l'as laissée partir.

Taniel acquiesça.

— Elle va quitter le pays.

Julène se pencha, son visage à moins d'une main de celui de Taniel.

— Tu as laissé partir cette salope !

Elle leva une main gantée.

Taniel ne se souvint pas avoir tiré son pistolet. Une seconde, ses mains étaient croisées sur ses genoux, et tout à coup, il tenait son arme pressée sur la partie où se rejoignaient le cou et la mâchoire de Julène. Elle ouvrit de grands yeux.

— Va-t'en, dit-il.

XIV

La plupart des historiens faisaient remonter l'érection du phare de Gostaun à l'ère de Kresimir. D'autres prétendaient qu'il était encore plus vieux, ce qui n'aurait pas étonné Tamas : c'était certainement le bâtiment le plus ancien de tout Adopest. La pierre était sculptée par les vents, ses blocs de granit troués et érodés par des siècles d'exposition aux éléments, fouettés impitoyablement par le mauvais temps en provenance de l'Admer.

Tamas se tenait sur le balcon de la salle aux lanternes, ses mains crispées sur la rambarde de pierre. Quelque chose ne collait pas. Maintenant que les royalistes s'étaient débandés, les greniers étaient à nouveau ouverts au public. Déjà, on avait entamé les efforts de reconstruction en ville et des milliers d'hommes étaient employés à balayer les rues et rebâtir les constructions. Il aurait dû se consacrer à plein temps aux ambassadeurs kez, et, pourtant, il ne pouvait s'empêcher de regarder vers le sud-ouest.

La montagne du Pic du Sud fumait. Le panache n'avait été qu'un mince pinceau noir à l'horizon le jour du tremblement de terre, deux semaines à peine auparavant. Depuis, il avait décuplé de taille. De grands nuages gris et noir s'élevaient du sommet, s'étendant alors qu'ils prenaient de la hauteur et dérivaient vers l'Admer. D'après les historiens, la dernière éruption du Pic du Sud remontait au jour où Kresimir avait posé le pied sur cette montagne sacrée. On disait qu'alors, tout Kez avait été couvert de cendres et que des centaines de villages adrans avaient été détruits par la lave.

Des mots comme « malédiction » et « mauvais présages » avaient été prononcés par des hommes bien trop éduqués pour prendre au sérieux ce genre de fadaises.

Il se détourna des lointaines montagnes pour regarder au sud. Le phare lui-même ne faisait pas plus de trois étages, mais il se dressait sur une falaise qui le plaçait bien au-dessus des autres bâtiments d'Adopest. Un pan de la colline s'était éboulé durant le tremblement de terre, révélant les fondations de l'édifice, sans avoir pour autant sapé son intégrité. En contrebas, des pièces d'artillerie flanquaient les quais. Tamas doutait que ces canons aient jamais ouvert le feu. Ils étaient surtout là à titre décoratif, une relique des anciennes traditions, un peu comme les Montagnards eux-mêmes. Durant leur longue histoire, les Neuf s'étaient retrouvés au bord du conflit d'innombrables fois, mais depuis l'Obscurcissement, il n'y avait pas eu d'effusions de sang. Dans le lointain, une galère avait jeté les amarres, pavillon kez flottant au bout d'un mât.

— Qu'on vérifie ces canons demain, dit Tamas. On pourrait en avoir besoin bientôt.

— Oui, monsieur, répondit Olem.

Olem et Sabon se tenaient à ses côtés, patients, le laissant à ses réflexions. Sur la plage, toute une garde d'honneur attendait la délégation kez. Des serviteurs grouillaient, gérant les préparations de dernière minute pour offrir à leurs hôtes une collation digne de ce nom. On amenait des plats et des parasols, des tentes ouvertes étaient plantées dans le sable et des hommes en livrées tentaient d'empêcher un vent sec venu de l'Admer de les emporter.

Andriya et Vlora étaient en planque de chaque côté de la plage, les yeux grands ouverts, les fusils chargés, prêts à parer toute intervention des Privilégiés. Tamas ne voulait pas courir le moindre risque et cette terrible crispation dans son estomac lui disait qu'il ne se trompait pas. Il y avait bien des Privilégiés dans la délégation, lui avait révélé son troisième œil – même si à cette distance, il était difficile de déterminer leur nombre et leur puissance.

Une chaloupe était partie de la galère et se dirigeait vers le rivage. Tamas posa une longue-vue contre son œil et compta deux douzaines d'hommes. Il y avait des Gardiens au milieu d'eux, faciles à reconnaître par leur grande taille, leurs épaules voûtées et leurs bras malformés.

— Ipille ose nous envoyer des Gardiens, gronda Tamas. J'ai bien envie de faire canonner ce bateau sans plus attendre.

— Bien sûr qu'il ose, remarqua Sabon. C'est le roi des Kez. (Sabon toussa dans sa main avant de reprendre.) Les Privilégiés qui les accompagnent ont probablement la même opinion de toi que celle que tu te fais d'eux. Ipille sait que tu as posté des poudremages sur la plage.

— Mes Marqués ne sont pas des tueurs impies nés de la sorcellerie.

Seuls les Kez avaient découvert comment briser l'esprit d'un homme et contorsionner son corps afin d'obtenir un Gardien. Toutes les autres cabales royales des Neuf pâlissaient à la simple idée d'expérimenter sur des êtres humains.

Cette remarque sembla amuser Sabon.

— Qu'est-ce qui t'effraie le plus : un homme quasiment impossible à tuer ou un homme qui peut t'abattre à une lieue de distance avec un fusil ?

— Un Gardien ou un poudremage ? Ni l'un, ni l'autre ne me font peur. Les Gardiens me dégoûtent. (Il cracha sur le sol de pierre.) Quelle mouche t'a piqué aujourd'hui ? Ces derniers temps, tu joues les philosophes au point d'arracher des larmes à un homme endurci.

Olem eut un rire étranglé.

— C'est à cause de son petit déjeuner.

Tamas se tourna vers le soldat.

— Pardon ?

— Il a mangé six bols de porridge ce matin, expliqua Olem. (Il tapota la cendre de sa cigarette et regarda le vent l'emporter.) Je n'ai jamais vu un colonel descendre une telle quantité si vite.

Le Deliv eut un hochement d'épaules gêné.

— Ce nouveau cuistot est une merveille. C'était comme de boire du lait à même les tétons d'une sainte. Où l'as-tu trouvé ?

Tamas avala sa salive. Il sentit une sueur froide lui monter au front.

— Que veux-tu dire ? Je n'ai pas embauché de nouveau cuistot.

— Il a dit que tu l'avais engagé personnellement. (Olem mit une main en avant pour simuler un tour de taille conséquent et prit un air pénétré.) Pour remplir le cœur, l'esprit et l'âme des soldats et leur donner des forces pour les années à venir. Du moins c'est ce qu'il raconte.

— Un gros homme, grand comme ça ? demanda Tamas, tenant sa main au-dessus de sa tête.

Olem acquiesça.

— Avec de longs cheveux noirs, l'allure d'un Rosvelien ?

— Je le croyais partiellement deliv, répondit Olem. Mais oui.

— Tu es dingue, intervint Sabon. Il n'a pas une goutte de sang deliv.

— Mihali, reprit Tamas.

— Oui, c'est lui, répondit Sabon. Une recrue de taille.

— Un chef cuisinier, fit Tamas pensivement. Et quoi d'autre ? Cherche à te renseigner sur lui. Tout ce que tu pourras glaner. Il prétend que son père était Moaka, le na-baron de… un domaine ou un autre. Trouve-le.

Pas question de voir des étrangers s'infiltrer dans son quartier général, même avec un soufflé d'agneau pour seule arme.

— Je m'y mets tout de suite, monsieur.

— Exécution !

— Tout de suite, monsieur !

Olem jeta sa cigarette d'un coup de pouce et se dirigea vers l'escalier. Tamas le regarda partir, puis revint à la chaloupe en approche. Il sentait le regard de Sabon sur son dos.

— Quoi ? demanda-t-il d'une voix plus irritée qu'il ne l'aurait souhaité.

— Par la poix, qu'est-ce que c'était ? Toute cette histoire pour un vulgaire cuistot ?

— Un chef, corrigea Tamas.

— Tu crois que c'est un espion ?

— Je ne sais pas. C'est ce qu'Olem va découvrir, du moins je l'espère.

— À quoi bon avoir un garde du corps si tu l'envoies en mission alors que les Kez sont à nos portes ?

Tamas ignora sa question. Ainsi, ce Mihali n'était pas qu'un produit de son imagination. Mais qu'en était-il de ses déclarations ? Ne lui avait-il pas conseillé d'enquêter sur les avertissements des Privilégiés mourants ?

Tamas n'était pas porté sur la religion. S'il avait dû souscrire à une croyance, ça aurait sans doute été celle qui était alors la plus populaire parmi les philosophes et les membres des classes supérieures : Kresimir avait été un dieu temporaire, il était venu mettre sur pied les Neuf et avait continué son chemin sans jamais revenir.

Et maintenant, la montagne sacrée elle-même grondait de colère. Qu'est-ce que cela pouvait bien signifier ?

Superstitions, tout ça. Il ne pouvait se laisser fléchir. Ce soir même, il ferait arrêter Mihali, et ce serait tout.

Pendant quelques minutes, ils fixèrent la barque, puis Sabon montra la plage du doigt.

— Les fauteurs de troubles sont là.

— C'est pas trop tôt.

Ils descendirent sur les quais pour rejoindre le conseil de Tamas. Vu le nombre d'assistants, d'aides de camp, de gardes du corps et de fantassins, on aurait pu croire que tout Adopest s'était donné le mot. Tamas regrettait l'époque où, pour plus de discrétion, ils se retrouvaient en petit comité : juste sept hommes et une femme complotant pour renverser leur roi.

Les membres du conseil se rassemblèrent à l'avant du groupe avant de rejoindre le maréchal sur la promenade.

— Mon cher Tamas, dit Dame Winceslav en le voyant approcher. Voulez-vous bien demander à Son Éminence et aux autres gentilshommes (elle désigna d'un air dédaigneux l'Archidiocèle et l'eunuque) de ne pas fumer en compagnie d'une dame.

— Vous pouvez le faire vous-même, répondit Tamas.

— Elle l'a fait, répondit Ricardo. Apparemment, Sa Sainteté ignore les règles élémentaires de la galanterie.

Dame Winceslav fit la grimace.

— Monsieur, vous ne valez pas mieux.

Ricardo retira son chapeau et fit la révérence.

— Je ne suis qu'un humble travailleur, madame. Excusez-moi.

L'Archidiocèle et l'eunuque semblaient apprécier la gêne de Dame Winceslav. Charlemund se tourna vers Tamas en soufflant des ronds de fumée.

— Vous saviez que cet homme s'est vu privé de sa virilité à la naissance ? Je n'aurais jamais cru que ce genre de pratique se faisait encore.

— Il y a cinquante ans à peine, l'Église préférait encore les castrats pour leurs chœurs, dit Ondraus, le préfet, en regardant l'Archidiocèle avec un rictus railleur. Quelques chanteurs célèbres comme Kirkham et Noubenhaus sont des castrats. Ils sont populaires dans les cathédrales de tous les Neuf. Ça m'étonne que vous ne soyez pas au courant.

L'Archidiocèle tira sur sa pipe.

— Ça n'a rien d'inhabituel, dit doucement l'eunuque, sa voix aigüe presque couverte par le bruit du ressac. Dans mon pays natal, il existe toute une caste d'eunuques, créés à la naissance pour servir les magistrats gurlans. Ils servent dans les harems et les cours, où ils assouvissent leurs moindres caprices. N'importe lesquels.

— Répugnant, fit Dame Winceslav en se détournant.

Tamas assista à leur échange sans dire un mot. Parfois, les membres du conseil ne ressemblaient à rien d'autre que des enfants dans un internat qui n'aurait eu aucune considération pour les classes sociales ou l'éducation. C'était un groupe bien disparate.

— Tout ceci est très intéressant, dit-il, mais l'ambassadeur est là. Je vais l'accueillir. Seul. Il va certainement aborder les Accords avant même d'être descendu du bateau. Je vais lui dire qu'il peut se les fourrer quelque part.

— Je pense qu'un peu de charme féminin sera plus efficace, déclara Dame Winceslav.

— Certainement, grogna l'Archidiocèle. Je n'ai rien à dire. Pour ce qui est des guerres internes aux Neuf, l'Église garde une stricte neutralité.

— Votre soutien inconditionnel me touche, dit Tamas. Les Kez auront certainement des revendications. Si possible, je préfère la paix. La seule question est de savoir jusqu'où il faudra aller pour l'obtenir. Les Accords sont hors de question. Je refuse de leur donner les clés de notre pays. Ricardo ?

— Une guerre ralentirait les échanges commerciaux sur l'Admer, répondit Ricardo. Ce qui ne plaît pas au syndicat. Et pourtant, les usines vont tourner à plein tube, employant des milliers de travailleurs pour fabriquer des munitions, des vêtements et des boîtes de conserve. Ça donnera un grand coup à l'industrie d'Adopest. Entre ça et la reconstruction de la ville, on peut résoudre le problème du chômage.

— Entrer en guerre pour relancer l'économie, murmura Tamas. Si seulement c'était si facile. Ma Dame ?

— Mes mercenaires sont à votre disposition.

Jusqu'à ce qu'Adro manque de terres à offrir à ses officiers, présuma Tamas.

L'eunuque haussa les épaules.

— Mon maître n'a pas d'opinion sur la guerre.

— Est-ce qu'il nous aidera à contrôler les bandes ? Si Adopest entre en guerre, mais ne réussit qu'à se déchirer, tout sera terminé avant même d'avoir commencé.

L'eunuque tira sur sa pipe.

— Le Propriétaire saura... garder la main.

— Vice-chancelier ? demanda Tamas.

Le vieil homme jeta un regard empreint de nostalgie à l'horizon et caressa du doigt sa tache de vin arachnéenne.

— Depuis l'Obscurcissement, les Neuf n'ont jamais connu de véritable guerre. Je veux la paix, mais... (Il passa une main lasse sur son front humide de sueur.) Ipille est avide. Faites ce qui doit l'être.

Le préfet fut le dernier à s'exprimer. Ondraus mit son registre dans sa poche et retira les lunettes posées sur son nez pour les plier et les ranger sous son manteau.

— Il nous coûtera davantage de rembourser ce que Manhouch a emprunté que de faire la guerre pendant deux ans. Ils peuvent aller brûler dans la poix.

Sabon éclata de rire. Ricardo et l'eunuque sourirent. Tamas lui-même réprima un gloussement et hocha la tête à l'attention du préfet.

— Merci pour cet avis éclairé, Monsieur.

Tamas se dirigea vers les quais pour accueillir l'ambassadeur. Il retira une dose de poudre de sa poche, la déballa délicatement et en mit un peu sur sa langue. Il sentit crépiter la puissance et son esprit s'éclaircir, symptômes d'une poudretranse. Il ferma les yeux tout en marchant, un pied après l'autre, sentant craquer les planches sous son poids.

Une petite délégation était en cours de débarquement. Des Gardiens s'empressaient de monter sur le quai pour aider les nobles, leurs muscles gonflés de sorcellerie bougeant comme des serpents sous leurs manteaux. Ils étaient tous bâtis en force. Certains faisaient jusqu'à deux têtes de plus que Tamas et, au combat, chacun d'entre eux valait dix hommes. Le maréchal eut un frisson.

Il ne se laisserait pas intimider. Quoi que disent les Kez au cours des négociations à venir, il devrait garder la tête froide. Ils ne manqueraient pas de le menacer et même de l'insulter. Il resterait de marbre. La guerre était loin d'être la meilleure des solutions. Il ferait tout pour maintenir la paix, mais il n'irait pas jusqu'à sacrifier son pays.

Un par un, les ambassadeurs descendirent sur le pont. Ils étaient nombreux et tous vêtus des tenues luxueuses de la noblesse. Lorsqu'un Gardien prit la main d'un d'entre eux pour l'aider à garder son équilibre, il aperçut des gants blancs de Privilégié. Il n'y avait qu'un sorcier parmi eux, lui apprit son troisième œil. Tamas inspira profondément et activa son sixième sens. Ce Privilégié n'était pas des plus puissants, bien que cette notion soit toute relative lorsqu'on parlait d'individus capables de raser un bâtiment d'un seul geste.

Le Privilégié s'arrêta le temps de relever le col de son manteau. Il rit à ce que venait de lui dire un autre ambassadeur et partit, seul, vers Tamas.

Celui-ci croisa les doigts dans son dos pour les empêcher de trembler. Il sentit son cœur rugir à ses oreilles et, en bordure de son champ de vision, il vit apparaître une forme rouge. Il haussa les épaules pour chasser la main de Sabon qui s'y était posée.

Nikslaus.

Le Duc Nikslaus était un homme de petite taille avec les mains délicates d'un Privilégié et une tête surdimensionnée qui semblait tanguer sur sa frêle stature. Il portait une petite casquette à fourrure et un manteau noir dépourvu de boutons. Il s'arrêta à un pied de Tamas et lui tendit la main, un rictus fat au coin de la bouche.

— Tamas. Ça fait longtemps…

Avant même qu'il n'ait eu le temps de finir sa phrase, les doigts du maréchal se refermèrent sur la gorge du duc. Les yeux de Nikslaus saillirent. Sa bouche s'ouvrit sans émettre un son. D'une seule main, Tamas le souleva de terre. Nikslaus griffa le vide. Tamas repoussa ses doigts d'une claque avant qu'il ne puisse déchaîner sa sorcellerie. Il sentait vaguement les Gardiens qui se précipitaient vers eux, son propre garde du corps qui s'empressait derrière lui et le cliquètement du pistolet qu'armait Sabon. Il secoua le duc sans douceur.

— Voilà ce qu'Ipille m'envoie pour négocier ? Est-ce là son drapeau blanc ? Je leur avais bien dit que si tu avais le malheur de remettre un pied dans mon pays, je te clouerais de mes mains à Sablecroc.

— Guerre, siffla difficilement Nikslaus.

Tamas desserra sa prise.

— Tu risques de déclencher une guerre ! hoqueta le duc.

— Comment oses-tu te présenter devant moi ? Ipille *vient* de déclarer la guerre. Il m'a envoyé son serpent. (Il jeta Nikslaus sur le quai. Le duc se tortilla sur les planches, rampant pour s'éloigner du maréchal tout en agitant les doigts.) Tente quoi que ce soit et mes Marqués te tireront comme un lapin.

— Comment oses-tu ? s'indigna Nikslaus. Je viens avec les meilleures intentions !

— Tu peux les garder, ver de terre ! Va-t'en, quitte mon pays. Tu diras à Ipille qu'il peut toujours se torcher avec les Accords.

— Alors c'est la guerre ! brailla le duc.

— La guerre !

Tamas tira une poignée de doses de poudre et les écrasa dans sa main. Pendant que la substance s'écoulait, il y bouta le feu et dirigea l'énergie de l'explosion vers le duc. Juste sous les pieds de Nikslaus, les planches du quai éclatèrent, le projetant dans les airs et l'envoyant finir son vol plané dans la mer. Les Gardiens se précipitèrent. Tamas tourna les talons, ignorant les appels à l'aide du duc.

— Par la poix, qu'est-ce qui s'est passé ? demanda l'Archidiocèle.

Tamas l'empoigna et le jeta à terre. Les autres membres du conseil étaient stupéfaits. Il sentit leurs regards posés sur son dos alors qu'il remontait la plage pour gagner le phare. Son ouïe affinée par la poudretranse perçut ce que disait Sabon.

— Ne le jugez pas trop durement. Ce soi-disant ambassadeur est l'homme qui a fait décapiter sa femme.

* * *

Adamat dut marteler la grande porte des archives publiques pendant vingt minutes avant d'entendre le cliquètement des verrous. Un des immenses panneaux s'ouvrit et le visage d'une jeune femme, éclairé par une lanterne, apparut.

— La bibliothèque est fermée.

Elle s'apprêta à clore la porte. Adamat la bloqua de son pied.

— Il est trois heures du matin, dit-elle.

— Je dois avoir accès aux archives.

— Dommage pour vous. Nous sommes fermés.

Elle rouvrit légèrement la porte, puis la rabattit brutalement comme pour écraser le pied d'Adamat.

— Aïe ! SouSmith, je t'en prie.

Le boxeur se pencha vers le panneau, repoussant la femme en arrière.

— J'appelle la garde ! s'écria-t-elle alors qu'Adamat franchissait le seuil.

Il fit signe à SouSmith d'entrer en refermant la porte derrière lui.

— Ne prenez pas cette peine, déclara Adamat. J'ai un blanc-seing du maréchal Tamas. (C'était faux, mais elle l'ignorait.) Je viens juste faire quelques recherches. Je serai parti avant le lever du soleil.

— Un blanc-seing ? Montrez-le-moi.

Ce n'était pas la première fois depuis le début de son enquête qu'il regrettait d'avoir envoyé Faye se mettre au vert. Avec ses relations, elle lui aurait permis d'accéder aux archives à toute heure. Et voilà qu'il était réduit à y entrer de force.

Adamat toisa la femme. Elle ne ressemblait pas à l'image qu'on se faisait d'une bibliothécaire. Ses cheveux libérés étaient dorés et bouclés, et elle était très jeune. Presque trop. Elle ne devait pas avoir plus de seize ans.

— Qui êtes-vous ? demanda-t-il.

Elle se rengorgea comme quelqu'un qui avait l'habitude de devoir justifier de son autorité.

— La bibliothécaire de nuit ! Je m'occupe des étagères et effectue les recherches.

— Oui, eh bien, mademoiselle, savez-vous qui finance les archives publiques ?

— Le roi… heu… Des dons de la nobles… heu…

— Et croyez-vous que le maréchal Tamas sera content de savoir qu'on a empêché un de ses agents d'effectuer des recherches dont dépend peut-être la sécurité de l'État ? Croyez-vous qu'il va financer une officine qui traite si mal ses employés ? Des fonds qui pourraient fort bien être dirigés vers une autre bibliothèque, mettons celle de l'université d'Adopest, dans laquelle je pourrais entrer sans problème si elle n'était pas si éloignée.

Il était assez facile de convaincre les employés de nuit. Généralement, ils n'étaient pas très malins. Celle-ci s'accrocha à chaque mot que prononça Adamat. Il pouvait le dire rien qu'à son regard. Il avait de la chance que son argument tienne la route.

— D'accord, convint-elle. Mais pour quelques minutes seulement.

Adamat la suivit à l'intérieur du bâtiment. Des lanternes étaient accrochées aux murs – juste en nombre suffisant pour éclairer le chemin. Les bibliothèques faisaient très attention à éviter tout ce qui pouvait déclencher un incendie. Il s'arrêta en arrivant à hauteur des tables.

— Vous avez dit que vous vous occupez des étagères ?

— C'est une des tâches d'une bibliothécaire.

— Donc, c'est vous qui rangez les livres ?

— Bien sûr.

— Vous souvenez-vous d'un tas de bouquins qui se trouvaient sur cette même table il y a environ dix jours ? Ils devraient toujours y être, maintenant que Tamas a repris la bibliothèque aux royalistes.

Elle se retourna si vite qu'il en eut un mouvement de recul.

— On les avait profanés, dit-elle en agitant un doigt devant son nez. Était-ce vous ?

SouSmith eut un rire chevalin.

— Non, répondit-il avec un soupir. C'est très important. Où sont-ils ?

Elle le dévisagea pendant au moins trente secondes.

— Par ici, fit-elle fermement. On les a emmenés en salle de réparation.

Il la suivit dans l'antichambre de la bibliothèque. On avait installé un banc dans un coin. Il était usé, le bois poli par des heures et des heures passées sous le postérieur d'un employé. Des amas de vieux bouquins abîmés gisaient tout autour, attendant que soient restaurées leurs couvertures ou leurs reliures. Tout en haut de la pile, Adamat reconnut ceux que lisait Rozalia. Il s'assit sur le banc et ramassa l'un d'eux.

Lorsqu'il fut clair qu'il ne resterait pas « qu'un moment », la bibliothécaire le laissa, à contrecœur. Il feuilleta les paragraphes le plus vite possible, se contentant de parcourir d'un rapide coup d'œil le texte. Ce n'est qu'au moment où la pièce commençait à être éclairée par la lumière de l'aube qu'il se déclara satisfait. Il prit trois volumes et réveilla SouSmith.

— Il faut qu'on aille trouver Tamas.

Le bâtiment des archives publiques n'était qu'à vingt minutes de marche de la Maison des Nobles. Alors qu'il traversait le centre-ville, Adamat ne cessa de s'émerveiller. On avait déblayé les principales artères, rasé les immeubles détruits par le tremblement de terre et les préparatifs de la reconstruction étaient déjà amorcés. D'après les journaux, les Nobles Guerriers du Travail avaient embauché cinquante mille hommes et femmes pour contribuer à cet effort.

On laissa entrer Adamat et on le mena presque immédiatement au maréchal. Lorsqu'ils atteignirent l'étage supérieur, Adamat manqua de se faire renverser en atteignant la porte. Une jeune femme aux cheveux noirs, arborant une broche de poudremage, le repoussa sèchement pour passer. Sa bouche se limitait à un pli résolu et son visage était rouge à force d'avoir crié. À l'intérieur, la pièce était remplie de personnes qui semblaient avoir une forte envie d'être ailleurs. Adamat reconnut deux des conseillers de Tamas – le préfet de la ville et le vice-chancelier. Deux hommes et une femme étaient des brigadiers des Ailes d'Adom. Une demi-douzaine de soldats adrans étaient assis à une table déplacée dans un coin de la pièce, tous des hauts-gradés.

Le maréchal Tamas se tenait derrière son bureau, la tête entre les mains. Il leva les yeux en entendant entrer Adamat. On aurait dit qu'il venait de hurler sur quelqu'un.

— Tu viens me faire ton rapport ? demanda-t-il d'une voix étonnamment calme.

— Oui. (Il lui montra les livres passés sous son bras.) Et plus encore.

Tamas désigna le balcon d'un coup de menton.

— Excusez-moi un instant, dit-il à ses officiers.

Au-dehors, le soleil brillait. Sentant la brise, Adamat regretta de ne pas avoir passé un manteau un peu plus chaud. Le vent était plus fort ici qu'au niveau de la rue.

— Qu'as-tu trouvé ?

Adamat posa les livres.

— La Promesse de Kresimir.

— Et alors ?

— Je reviens du camp des Montagnards du Pic du Sud. Là, j'ai interrogé le Privilégié Borbador, le dernier membre de la cabale royale de Manhouch.

— Un *ancien* membre de la cabale, corrigea Tamas. Il a été exilé. Autrement, il serait enterré dans une tombe anonyme, comme les autres.

Adamat fit la grimace.

— Nous y viendrons dans un moment. Lorsque j'ai cité la Promesse, Bo m'a ri au nez. C'est une vieille légende qui se transmet entre membres de la cabale royale. Elle raconte que Kresimir a promis aux premiers rois des Neuf que leur progéniture règnerait pour toujours. Si leur lignée venait à être interrompue, il reviendrait les venger en personne.

— Un conte de fée pour faire peur aux petits enfants, conclut Tamas.

— C'est ce qu'a confirmé Bo. Les rois ont perpétué la légende afin de maintenir à leur place les cabales royales. Ils craignaient que, dès que Kresimir serait parti, les Privilégiés prennent le pouvoir.

— Je ne vois pas comment cela pourrait être vrai. Quel homme ayant un tant soit peu d'éducation considèrerait ce genre de choses comme sérieuse ?

— Apparemment, d'anciens membres de la cabale royale.

Tamas eut un grognement.

— Ça m'a fait réfléchir, continua Adamat. Bo a vaguement suggéré que le roi avait d'autres moyens de réfréner les ambitions des cabales royales – des moyens qui rendraient caduque la Promesse de Kresimir.

Ce qui parut éveiller l'intérêt de Tamas.

— Continue.

Adamat ramassa un des livres. Il trouva la page qu'il avait marquée et la tendit à Tamas. Lorsque celui-ci eut fini de la lire, l'inspecteur lui montra un passage du deuxième livre avant de passer au troisième.

Tamas lui rendit le dernier volume, l'air perplexe.

— Un pacte, dit-il.

— Une forme d'obligation, de contrainte. Chaque Privilégié royal y est lié. Si le roi est tué, il se doit de le venger. Une obsession qui ne cesse de gagner en intensité jusqu'à ce qu'il ait obtenu vengeance, ou qu'il en meure. Le pacte se manifeste sous la forme d'une escarboucle démoniaque – une grosse pierre précieuse que le Privilégié doit porter sur lui et qu'il ne peut retirer. Lorsque j'en ai parlé avec Bo, je l'ai vu tripoter un collier. Et ça.

Il ouvrit une autre page du troisième livre et la montra à Tamas.

Celui-ci fronça les sourcils tout en lisant. Lorsqu'il eut terminé, il claqua le volume et le rendit à Adamat.

— Donc, ce pacte est permanent. Rien ne peut le rompre, pas même le fait d'être exilé ou rejeté de la cabale royale.

— Exact. Encore une chose.

Adamat lui relata rapidement sa rencontre avec Rozalia et le message qu'elle avait fait passer à Bo.

— À peine lui avais-je répété ses paroles qu'il détalait dans la forteresse. Lorsque j'ai fini par le retrouver pour lui demander la signification de tout cela, il n'a pas voulu me recevoir. Une heure plus tard, je l'ai vu sortir par la porte nord du Pic du Sud.

— La porte nord… ? répéta Tamas.

— Celle qui donne sur la montagne. Celle que prennent les pèlerins pour atteindre le Pic du Sud, là où Kresimir a posé le pied. C'est la seule route qui y mène.

Tamas se pencha sur la rambarde du balcon et regarda le soleil.

— Qu'est-ce que tu penses de tout ça ?

Adamat avait eu tout le temps d'y réfléchir durant les cinq jours de voyage pour revenir du Pic du Sud.

— Je suis un homme de raison, monsieur. Un homme moderne. Si les derniers mots de ces sorciers m'ont donné le frisson, il n'y a pas à tergiverser. C'est un tissu d'âneries. Ça pue la religion. S'il y a cinq siècles que les cabales royales ont choisi de prendre leurs distances vis-à-vis de l'Église Kresim, elles avaient de bonnes raisons à cela.

— C'est vrai, convint Tamas. Et cette histoire de pacte ?

— Il y a la religion et il y a la sorcellerie. J'ai cherché des sources secondaires qui ont confirmé cette histoire. (Adamat désigna les livres.) La sorcellerie n'est pas une mince affaire.

— Il semblerait que j'aie eu tort d'épargner Borbador. (Une expression de douleur traversa le visage du maréchal et disparut si vite que l'inspecteur crut l'avoir imaginée. Tamas le toisa avec soin.) Tu as largement dépassé le cadre de mes sollicitations.

— Et je suis désolé du peu de résultats, répondit Adamat en serrant la main que le maréchal lui tendait.

— Ne sois pas désolé. Il vaut mieux savoir qu'une chose est sans fondement que d'ignorer ce qu'est cette chose. Va voir le préfet pour tes gages. Je m'assurerai qu'il soit généreux. Bonne journée.

* * *

Taniel se réveilla en sursaut, pistolet en main. Il lutta pour voir clairement la silhouette qui se découpait au-dessus de lui.

— Un de ces jours, fit une voix familière, tu vas te tirer une balle dans le pied.

Taniel se laissa retomber sur sa couche et lâcha son pistolet.

— Que me veux-tu ?

Tamas tira la seule chaise et s'assit dessus, posant ses bottes sur le bord du lit de son fils.

— Ce n'est pas comme ça qu'on parle à son père.

— Que la poix t'emporte.

Il y eut un moment de silence. Taniel pouvait à peine penser droit. Il avait tenu jusqu'à deux heures du matin avant de prendre sa corne à poudre. Ka-poel l'avait cachée avec sa blague à tabac et toutes ses doses de rechange. Son pistolet n'était même pas chargé. Maudite sauvage. Il venait à peine de s'endormir.

— Vlora te cherchait.

— Je m'en fiche.

— Je ne lui ai pas dit où tu te trouvais.

— Je m'en fiche.

— J'ai jeté le Duc Nikslaus dans l'Admer.

Taniel ouvrit les yeux et s'assit. Son père se curait les ongles. Il avait l'air très content de lui.

— Je crois que j'ai déclenché une guerre, reprit-il.

— Tu aurais dû lui faire sauter la cervelle. L'Admer est encore trop bien pour lui.

Tamas inspira profondément.

— Non, une balle est également plus qu'il ne mérite. Je veux qu'il souffre. Je veux qu'il se sente humilié. Mais je veux que ça dure.

Taniel grogna son approbation.

— C'était calculé, reprit Tamas.

— Quoi ?

— Lorsque le roi Ipille m'a envoyé Nikslaus, il savait ce qu'il faisait. Il voulait me rendre furieux. Il voulait que je le tabasse ou que je le tue. Il voulait une excuse pour nous déclarer la guerre.

— Toi aussi. Dès le début, tu attendais une occasion de leur rentrer dans le lard.

— Ces derniers mois, j'ai pas mal réfléchi. Et j'en ai conclu qu'il valait mieux éviter le conflit. Surtout depuis le tremblement de terre. Il faut qu'on rebâtisse notre pays, nourrisse notre peuple. Maintenant, il est trop tard.

— Peut-on en sortir vainqueurs ?

Taniel sentait son esprit s'éclaircir. Ce qui n'était pas pour le mieux. Un forgeron tapait du marteau contre les parois de son crâne.

— Peut-être, répondit Tamas. L'Église menace de choisir son camp. Celui des Kez, plus précisément. Ils n'ont pas aimé me voir jeter Nikslaus dans l'Admer. Charlemund, cette outre gonflée de suffisance, dit qu'il cherche à les convaincre du contraire, et je le crois. Il le faut. Après tout, avant de devenir Archidiocèle, il était adran.

Taniel passa ses jambes par-dessus son lit et grogna. Tout son corps lui faisait mal. Surtout sa tête. Ce qui avait sauvé sa vie à l'université, sorcellerie ou chance, ne lui en avait pas épargné la douleur consécutive à sa chute.

— Mes cuisines ont un nouveau chef, remarqua Tamas.

Taniel regarda longuement son père. En quoi cela le concernait-il ? Il avait mal partout. Tout ce qu'il voulait, c'était de la poudre, et Pole avait caché sa réserve.

— Il prétend être la résurrection d'Adom, reprit Tamas. J'aurais dû le faire arrêter, mais sa cuisine est vraiment trop bonne. D'après la rumeur, il a nourri la moitié des régiments. Je ne sais pas comment il s'y prend, mais les hommes l'aiment bien. J'ai une guerre qui va bientôt éclater, un cuistot fou qui est en train de devenir l'homme le plus populaire de toute mon armée, et…

— Ça suffit.

— Ça suffit quoi ?

— Tes discours interminables. Lorsque tu parles sans rien dire comme ça, c'est que tu as quelque chose à me demander, quelque chose que je n'ai aucune envie de faire.

Tamas se tut. Taniel le regarda aux prises avec son conflit interne, des émotions qui ne se reflétaient qu'à peine sur son visage. C'était la première fois qu'il était seul avec son père depuis, quoi, quatre ans ? Il remarqua qu'il portait les pistolets de duel qu'il avait fait venir de Fatrasta. Ils paraissaient avoir servi plus d'une fois.

Tamas inspira profondément, étouffant son gloussement, et fixa le plafond.

— Je veux que tu assassines Bo.

— Quoi ?

Tamas lui parla du pacte. Une explication particulièrement longue avec un luxe de détails techniques. Taniel l'écouta à peine. Tout ce qu'il retint, c'était que son père avait parlé d'un inspecteur et d'une promesse. Au ton du maréchal, il comprit que Tamas aurait préféré ne pas devoir lui en parler. Seul son sens du devoir lui forçait la main.

— Pourquoi moi ? demanda-t-il quand il finit par se taire.

— Si Sabon devait être éliminé, je lui ferais la courtoisie de le tuer moi-même. Si je lui envoyais quelqu'un d'autre, j'aurais l'impression d'être lâche.

— Et tu crois que je peux assassiner mon meilleur ami ?

— Bo est très puissant. Je le sais. Je te donnerai des assistants.

— Ce n'est pas ce que je voulais dire. Je pourrais l'abattre d'une balle, c'est sûr. Je peux sans doute m'approcher de lui sans qu'il se méfie. Mais crois-tu vraiment que je m'y résoudrai ?

— En es-tu capable ?

Taniel regarda ses mains. La dernière fois qu'il avait vu Bo, c'était deux ans auparavant, le jour où il avait pris le bateau pour Fatrasta. Le Privilégié était venu l'accompagner. Et maintenant, était-il toujours son ami ? Le monde avait bien changé. Il avait tué des dizaines d'hommes. Sa fiancée l'avait trompé avec un autre. Son pays n'avait plus de roi. Qui pouvait dire si Bo était resté le même ?

Il serra les poings. Comment osait-il ? Comment Tamas pouvait-il venir lui demander une chose pareille ? Taniel était un soldat, mais aussi son fils. Cela avait-il encore la moindre importance ?

— Si tu me le dis de père à fils, je ne le ferai pas. Mais si tu m'en donnes l'ordre, en tant que poudremage, alors j'obéirai.

Le visage de Tamas se durcit. C'était un défi, il le savait. Le père de Taniel n'aimait pas les défis. Il se leva.

— Capitaine, je vous ordonne de tuer le Privilégié Borbador à la forteresse des Montagnards du Pic du Sud. En guise de preuve, rapportez-moi la gemme qu'il porte sur lui.

Taniel ferma les yeux.

— Oui, monsieur.

Quel vieil enfoiré. Il allait vraiment le forcer à tuer son meilleur ami. Taniel se demanda si, lorsqu'il en aurait fini avec Bo, il ne reviendrait pas lui loger une balle dans la tête.

— Julène t'accompagnera.

Il ouvrit les yeux en grand.

— Non. Je refuse de travailler avec elle.

— Pourquoi ?

— Elle est trop imprudente. Son équipier est mort par sa faute, et j'ai bien failli le suivre dans la tombe.

— Elle dit la même chose de toi.

— Et tu préfères la croire *elle* plutôt que moi ?

— Elle a eu la présence d'esprit de venir me faire son rapport après que tu as laissé filer l'ennemi.

— Cette Privilégiée nous aurait tués, tous jusqu'au dernier, rétorqua Taniel.

— J'ai donné un ordre. (Tamas tourna les talons et se dirigea vers la porte.) Marqué Taniel, exécution. Ensuite, il te faudra un peu de temps pour… gérer tes problèmes personnels.

Mes problèmes personnels ? Taniel eut un rictus.

Sentant quelque chose sur son bras, il baissa les yeux. Son nez pissait le sang. Il jura en cherchant une serviette. Qu'est-ce qui pourrait arranger ça ? Ah, oui, un peu de poudre noire…

XV

Sous la Maison des Nobles, encore plus profondément enfoncée sous la terre que les égouts, il y avait une salle qui avait connu ses plus beaux jours sous le règne du Roi de Fer. Une sorcellerie de Privilégié permanente absorbait les ténèbres et les odeurs de moisi et empêchait les murs de suinter. La salle faisait cinquante pas de large sur dix de haut, avec des murs de plâtre blanc couverts de toiles de maîtres que les amateurs d'art croyaient perdues depuis longtemps. Il y avait des tables et des chaises, des canapés pouvant servir de lits, des caisses de provisions en boîte et des barils d'eau cachés derrière des tentures de soie.

Même Manhouch ignorait l'existence de l'abri d'urgence de son père ; seule une poignée de conseillers, les plus intimes du roi, Tamas compris, savaient comment y accéder. Le Roi de Fer redoutait que le peuple se soulève ou que des espions viennent l'égorger. Dans ces circonstances, après avoir appris qu'elle était désaffectée depuis le couronnement de Manhouch XII, Tamas avait trouvé approprié qu'elle serve à ceux qui complotaient pour renverser le roi.

Depuis le coup d'État, le conseil des co-conspirateurs de Tamas se rassemblait dans un lieu moins éloigné, tout en haut du deuxième étage de la Maison des Nobles, comme il convient à un gouvernement, mais lorsqu'il avait besoin de calme et de solitude, le maréchal se rendait encore dans ce sanctuaire souterrain. Parmi ses hommes, nul n'en connaissait l'existence, pas même Olem et Sabon. Mais il ne tarderait pas à retourner à l'air libre.

Il s'assit dans le plus confortable des fauteuils, les pieds sur un pouf, un bol de soupe de courge sur les genoux – le seul plat que Mihali lui avait laissé emporter lorsqu'il était passé par les cuisines – et une carte miniature de la Vallée de Surkov dans une main. De l'autre, il grattait la tête d'un de ses chiens qui le gratifiait occasionnellement d'un coup de langue reconnaissant.

Il examina la carte avec attention. Trois jours s'étaient écoulés depuis qu'il avait jeté le Duc Nikslaus dans l'Admer. La Vallée de Surkov – le mince passage au milieu des montagnes reliant Adro à Kez – était à trois jours de voyage d'Adopest en comptant un changement de cheval, pour peu qu'on accepte de se passer de sommeil. Il n'y avait pas une heure, Tamas avait reçu la nouvelle que l'armée kez se rassemblait au pied de Budwiel, la cité frontalière, juste devant la Vallée de Surkov.

Nikslaus et toute sa délégation n'étaient qu'une feinte, une excuse pour qu'Ipille puisse déclarer la guerre. Les Kez avaient déjà commencé leurs préparatifs. Ils avaient bien l'intention d'envahir Adro. Et, pourtant, il leur faudrait cent mille hommes pour investir la Vallée de Surkov. Ce couloir était défendu par des troupes et des pièces d'artillerie. À moins que Surkov n'ait pas été leur cible.

Il posa la carte et son bol de soupe sur une table toute proche. Rirepoix s'approcha en grondant doucement.

— Chut, dit-il au chien.

Tamas s'empara d'une carte plus grande représentant tout le sud d'Adro et l'étudia.

La Vallée de Surkov était la seule passe assez grande pour que les Kez puissent y faire manœuvrer toute une armée sans devoir y passer tout l'été. Pouvaient-ils tenter un coup pareil ? Leurs commandants décideraient-ils qu'un goulot d'étranglement plus petit avec moins d'hommes ferait une meilleure cible ? Il regarda les contours de l'Admer, dont un coin touchait le seul port en territoire kez au-delà du delta du fleuve. Ils pouvaient chercher à venir en bateau, mais les Kez n'avaient pas de flotte digne de ce nom. Tamas soupira et se radossa à son fauteuil. Il baissa les yeux sur Hrousche. Le chien lui rendit son regard, la tête inclinée, ses bajoues haletantes formant l'illusion d'un sourire.

Qu'est-ce qu'Ipille pouvait bien avoir en tête ? Les armées kez étaient cinq fois plus nombreuses que celles d'Adro, et pourtant, cette dernière avait l'avantage sur bien des points : son industrie, ses commandants bien plus compétents, les Montagnards. Adro tenait tous les goulets d'étranglement.

— Je devrais faire descendre Olem ici, dit-il au chien. Je réfléchis mieux lorsque j'ai un auditoire pour mes ratiocinations.

Oui, mais la salle s'emplirait du relent de ses cigarettes. Tamas se pencha pour avaler une cuillère de la soupe de Mihali. Il n'avait jamais rien goûté de tel, une douceur laiteuse avec une touche de sucre brun.

Tamas entendit un cliquetis à l'autre bout de la pièce, non loin de la porte. Les couloirs menant à cette salle souterraine formaient un labyrinthe de cul-de-sac, de faux murs, de passages abrupts et de pièges susceptibles de confondre et de décourager l'intrus le plus déterminé. C'est donc avec une certaine surprise que Tamas se redressa pour enfiler ses bottes. Il se leva et se tourna vers la porte, tirant sur sa chemise, tendant une main pour faire taire les gémissements de Hrousche.

Lorsqu'il vit la créature qui passait la porte, le cœur de Tamas s'accéléra. C'était un homme, ou du moins il l'avait été un jour. Il portait un long manteau noir et un chapeau haut de forme qui ne suffisaient pas à dissimuler ses difformités. C'était un bossu avec des bras et des jambes bâtis en force. Son visage était presque beau, si ce n'était son front proéminent. Il n'avait pas de barbe et des cheveux blond filasse cascadaient de chaque côté de sa tête.

— Un Gardien, dit Tamas, surpris par la fermeté de sa propre voix.

Les Privilégiés kez se servaient souvent des Gardiens comme messagers, bien que ceux que la cabale royale kez avait créés tant de siècles auparavant n'aient qu'une seule fonction : tuer les poudremages.

Tamas n'avait emporté ni fusil ni pistolet. Il avait toujours son épée, mais elle ne pouvait pas grand-chose contre un Gardien, il le savait. Quelle idée d'être parti sans son garde du corps, même pour se rendre à l'endroit le plus sûr de tout Adro ! Il fouilla ses poches. Pas une seule dose, pas même sa boîte remplie de faux cigares bourrés de poudre. Ils se trouvaient dans sa veste. Laquelle était de l'autre côté de la pièce, accrochée à une patère à deux pas du Gardien.

Celui-ci scruta avec soin la salle pour s'assurer qu'ils étaient seuls avant de retirer son chapeau et de l'accrocher à une patère libre. Son manteau, sa chemise et son nœud papillon suivirent, ne lui laissant qu'un pantalon noir. C'est avec un grand sourire qu'il enleva ses chaussures.

Ses muscles semblaient bouger de leur propre volonté, se contractant et se détendant, parfois secoués de spasmes. À certains endroits, ils se rassemblaient pour former des nœuds alors qu'ils paraissaient avoir disparu ailleurs, là où la peau était tendue sur l'os, puis se modifiaient à nouveau. C'était comme de voir une masse de serpents dans un sac de soie.

Le Gardien crispa ses muscles ondoyants et s'étira.

— Mage, dit-il d'une voix grave et vibrante.

— Putain de sourire d'ogre ! lâcha Tamas.

Il tendit la main vers le dossier du fauteuil, attrapa la ceinture portant son épée et tira sa lame, rejetant le fourreau. Rirepoix se tenait derrière lui, le vieux chien de chasse montrant les dents avec un grondement menaçant. Hrousche avait battu en retraite derrière un canapé et, de cet endroit qu'il croyait sûr, il grondait également en fixant le Gardien.

— Ce n'est pas souvent que je peux atteindre si facilement un poudremage, répondit le Gardien. Surtout un avec une telle réputation. En général, je dois manger la lie que les sorciers peuvent tirer de la campagne kez.

Manger ? Tamas se sentit vaguement nauséeux.

Le Gardien sourit. Il étira ses bras comme pour étreindre Tamas depuis l'autre côté de la salle, ses membres distendus assez larges pour saisir un baril de poudre.

— Comment m'as-tu retrouvé ? demanda le maréchal.

Il s'éloigna de son fauteuil en tenant l'épée contre son flanc. Rirepoix s'interposa entre lui et le Gardien. Il eut alors une vision fulgurante de l'intrus déchirant ses chiens à mains nues.

— Rirepoix, fit-il sèchement. En arrière.

L'animal battit en retraite à contrecœur, laissant le champ libre entre Tamas et le Gardien.

Ce dernier secoua la tête sans cesser de sourire.

— Je ne peux courir le risque de te laisser survivre à cette rencontre, dit-il en faisant craquer ses énormes phalanges déformées. Mais tu mourras en sachant que chacun de tes précieux mages sera traqué et dévoré corps et âme.

Le Gardien baissa la tête comme un taureau de combat et chargea. Ils étaient à trente pas l'un de l'autre, et pourtant, la créature couvrit cette distance en un rien de temps, une main empoignant un tabouret au passage pour le jeter sur Tamas comme un vulgaire jouet.

Tamas évita le projectile tout en se décalant pour s'éloigner de la trajectoire son adversaire. Il donna un coup puissant de sa lame, visant le cœur. Un poing charnu heurta sa tempe, l'envoyant tituber à l'autre bout de la pièce.

Le Gardien ne lui laissa pas une chance de se remettre sur pied. En une fraction de seconde, il changea de direction pour se jeter sur lui, ignorant l'épée pointée sur sa poitrine. Tamas le poignarda de toutes ses forces, puis une fois de plus, s'écarta de la trajectoire du Gardien. Le maréchal bondit, roula sur lui-même et se releva d'un bond.

Du sang sourdait des deux trous percés dans la chair de la brute. Tamas devait avoir traversé son estomac et un poumon, mais la créature lui sourit, ignorant les plaies. Le cœur des Gardiens était protégé par une coque osseuse née de la sorcellerie, et la magie des Privilégiés pouvait faire fonctionner ses autres organes bien après leur mort naturelle.

Le Gardien fonça une fois de plus. Tamas para sur le côté pour lui donner un coup fouetté. Une main énorme s'avança pour s'emparer de lui. Il plongea sous le bras et frappa par-derrière. Sa lame s'enfonça dans l'aisselle de la créature jusqu'à la garde.

Le Gardien hurla et se dégagea, arrachant la lame de la main de Tamas. Le cœur de celui-ci battait la chamade et ses mains tremblaient.

Le Gardien se débattit encore quelques instants avant de s'immobiliser brutalement. Son regard noir se perdait sous son front surdimensionné, mais ses yeux bleus étaient voilés et injectés de sang. Son bras droit pendait, les muscles dissimulant presque la poignée de l'épée. La lame ressortait par la poitrine, trente pouces d'acier trempé. Le Gardien la scruta d'un air dédaigneux. Il chercha à la retirer de sa main gauche, mais vu l'angle qu'elle décrivait, c'était impossible.

— Tu as quelque chose à la poitrine, dit Tamas, bien qu'il n'y eût guère d'énergie derrière sa raillerie.

Ses poumons brûlaient et ses muscles étaient douloureux. Il lorgna le manteau accroché de l'autre côté de la pièce. Il pouvait sentir les doses de poudre au fond de sa poche.

Soudain, le Gardien se jeta sur lui, lançant son corps comme un poisson se tortillant. Tamas recula pour rester hors de sa portée, mais les doigts de la créature se refermèrent sur l'avant de sa chemise. Elle l'attira contre elle, son cou à un doigt de la lame qui lui ressortait par la poitrine. Tamas sentit un souffle chaud et furieux contre sa joue et un relent de bile émanant de la créature.

D'une main, il frappa les yeux du Gardien. Ce dernier brailla comme un ours blessé, luttant d'un seul bras, tentant d'épingler sa proie sur sa propre lame, avant de la rejeter à l'autre bout de la pièce.

Tamas se reçut sur un canapé et se redressa aussitôt. Il remarqua le portemanteau tout proche et se précipita vers lui.

— Rirepoix ! Tue !

Le chien se rua sur le Gardien, cent vingt livres de crocs et de muscles furieux. L'animal tourna autour du bras blessé de la créature pour viser la gorge. L'homme réussit à se détourner, si bien que les crocs du molosse se plantèrent dans ce même bras.

Tamas jeta à terre les habits du Gardien pour atteindre sa propre veste. Il prit son étui à cigares et l'ouvrit, dévoilant son contenu, saisit un des six cigares soigneusement emballés et en mordit le bout, vidant la décharge de poudre dans sa bouche. Il sentit la brûlure du soufre sur sa langue, puis la nausée provoquée par une telle quantité de substance ingérée si rapidement. Il chancela.

Il leva vivement les yeux en entendant un gémissement. Rirepoix avait été projeté à terre. Ses pattes arrière décrivaient un angle peu naturel. Il cherchait à ramper pour s'éloigner du Gardien en geignant pitoyablement. Un son qui brisa le cœur de Tamas, et quelque chose céda au plus profond de lui. La poudretranse s'empara alors de son corps et de son esprit.

En quelques grandes enjambées, il traversa la pièce, enregistrant à peine la distance. De son bras indemne, le Gardien lui décocha un coup de poing. Tamas l'intercepta et bouta le feu à un de ses faux cigares, aspirant sa puissance. Un os céda dans le bras du Gardien et sa main devint flasque.

Sans lâcher prise, Tamas se tordit, soulevant son adversaire de terre. Les yeux écarquillés, le Gardien ouvrit la bouche sur un cri silencieux. Le maréchal empoigna la poignée de l'épée et tira un bon coup, la sentant râper les os à l'intérieur du corps de la créature. Il arracha la lame et la laissa tomber sur le sol où elle cliqueta sur la pierre.

Le Gardien montra les dents en un sourire de dément et se jeta sur son adversaire face en avant. Même ravagé par la douleur, il ne renonçait pas. Tamas lui empoigna la tête de ses deux mains et le souleva facilement grâce à la force née de la poudretranse. Il lui tordit le cou et l'envoya cogner contre le sol de pierre, entendant le crâne se fracasser sous la violence de l'impact. Il bouta le feu à un autre des faux cigares glissés dans sa poche et balança son énergie dans le cerveau même de son adversaire.

Le corps de la brute s'affala.

Mort.

Tamas s'éloigna du cadavre sur des jambes mal assurées. Il était étourdi, à court d'énergie. Son corps était détrempé de sang et il n'aurait su dire quelle proportion lui appartenait. Les coupures sur sa poitrine étaient assez profondes pour nécessiter des points de suture et, au-delà de la poudretranse, dans le lointain, il sentait leur brûlure. Il avait également mal aux bras, aux poignets. Ses vieux os n'étaient plus habitués à recevoir une telle puissance. Il inspira profondément et ses yeux se posèrent sur Rirepoix.

Le chien de chasse gisait au centre d'un tapis. Hrousche émergea de sa cachette derrière un divan pour s'approcher de son congénère. Il lui donna de petits coups de museau en gémissant. Le dos de Rirepoix était tordu, ses pattes de derrière cassées. Il ouvrit les yeux et croisa le regard de Tamas.

— Tu as bien fait, mon garçon, dit doucement Tamas.

Il partit vers la porte, mais s'arrêta en voyant que Rirepoix tentait de le suivre, traînant ses pattes derrière lui en gémissant. Tamas sentit ses yeux le brûler.

Il eut bien du mal à atteindre les étages supérieurs de la Maison des Nobles en portant le vieux chien. Au premier, il trouva le docteur Petrik qui jouait aux cartes avec quelques officiers. Ils le dévisagèrent alors qu'il entrait dans la pièce, couvert de sang, un énorme molosse dans les bras, Hrousche sur ses talons.

On allongea Rirepoix sur un canapé. Petrik l'examina pendant que des dizaines de soldats se massaient devant la porte en cherchant à voir ce qui s'y passait. Quelques jurons bien sentis les chassèrent, puis Olem fit son apparition. Il se figea en voyant Tamas. Le visage du garde du corps était rougi, ses yeux écarquillés.

— Monsieur, dit-il. (Il tendit des mains tremblantes pour toucher Tamas comme pour s'assurer qu'il était bien vivant. Il évita de croiser son regard.) Je vous ai failli.

— Ce n'est pas ta faute, répondit Tamas. Tu ne pouvais pas savoir. C'est moi qui me suis isolé.

— J'aurais dû être là. (Il baissa les yeux sur Rirepoix.) Je suis désolé, monsieur. Par Kresimir, je…

— Tu n'as pas manqué à ton devoir, dit Tamas d'un ton ferme. Tu n'étais même pas là. Mais maintenant, j'ai besoin de ta présence. Envoie des messagers. Je veux que le conseil dans son intégralité se réunisse dans l'heure. Qu'ils se fassent pousser des ailes, je m'en fiche, mais qu'ils soient ponctuels. Va. Qu'ils me retrouvent dans la salle sous la Maison des Nobles.

Le docteur Petrik s'approcha de lui.

— Je ne peux rien faire pour votre chien. Même le meilleur vétérinaire au monde ne pourrait le sauver.

— Bien sûr. Merci, docteur.

Tamas prit un des pistolets d'Olem et alla se tenir au chevet de son chien. Il passa délicatement ses doigts entre les yeux de l'animal.

— Bon garçon. Va en paix.

Lorsque le coup de feu résonna, il sentit quelque chose tressauter au fond de lui. Il resta encore quelques minutes agenouillé aux côtés de l'animal, ignorant les gardes affolés par la détonation.

Enfin, il se leva et choisit un soldat au hasard.

— Trouve-moi un marteau et des clous. Exécution.

* * *

Dans la salle sous la Maison des Nobles, Tamas attendit. Il fixa le corps difforme du Gardien. Ces créatures étaient fortes et difficiles à tuer, mais les Kez devaient savoir que, s'ils ne lui en envoyaient qu'une, Tamas saurait s'en débarrasser. S'il n'avait pas eu de poudre sur lui au moment de l'agression, ce n'était que par malchance. Quel était leur but ? Engendrer la méfiance ? Semer le chaos dans le cercle rapproché de Tamas ?

Si c'était le cas, ils avaient réussi leur coup.

Les membres de son conseil arrivèrent un par un et il les orienta vers une série de chaises à l'autre bout de la salle, ignorant leurs questions et leurs protestations jusqu'à ce que le dernier s'annonce. Il se tint devant eux, les bras croisés, toujours dans sa chemise détrempée de sang. Le Gardien était cloué par un poignet au mur derrière lui, des gouttes écarlates s'écoulant de son corps et maculant les pierres du sol.

— L'un d'entre vous m'a trahi, déclara Tamas, et je découvrirai lequel, soyez-en sûrs.

Et il les laissa à la contemplation du cadavre difforme.

* * *

Adamat sentit une ombre descendre sur ses épaules. Quelqu'un se tenait au-dessus de lui. Il toucha la canne appuyée contre son genou et posa sa tasse de thé sur la table de métal. Pendant un moment, il étudia cette ombre, se rappela le bruit que les bottes avaient fait sur les galets et ses doigts se détournèrent de la canne.

— Maréchal, dit Adamat sans lever les yeux.

Tamas jeta un journal à côté du thé d'Adamat et s'assit en face de lui. Il leva la main pour faire venir un serveur.

— Comment as-tu su que c'était moi ?

— Des bottes de militaires, des pas de militaires, répondit Adamat avant de boire une gorgée de thé. Il n'y a qu'une seule personne de l'armée pour laquelle j'ai travaillé au cours de ces dix dernières années.

— J'aurais pu t'envoyer un aide de camp.

Adamat haussa les épaules.

— Chaque personne marche à une cadence différente. La vôtre est bien définie.

— Fascinant. Je présume qu'Ondraus t'a octroyé largement de quoi payer ta dette ?

Que Tamas soit au courant de ses problèmes d'argent n'avait rien d'étonnant. Adamat étudia rapidement le maréchal ; il avait des bleus sur le visage, quelques coupures. Il s'était battu. Et il avait l'air épuisé.

— Certainement, répondit Adamat.

Mais pas tout à fait suffisamment, pensa-t-il. Si d'ici la fin du mois, il trouvait une dizaine de bonnes missions, il pourrait peut-être rembourser le Seigneur Vetas.

— Je vous remercie pour votre générosité, ajouta-t-il.

— Ça en valait la peine.

Tamas parlait doucement en tendant le cou pour regarder ceux qui passaient dans la rue. Après un moment de silence, il se détourna de ce spectacle et tira une enveloppe de sa veste. Il la posa sur la table, couvrant le journal.

— J'ai une autre mission pour toi, dit-il.

Adamat fit de son mieux pour dissimuler son enthousiasme.

— J'espère que cette fois, ça n'a rien à voir avec les derniers mots d'un sorcier ?

— Pas encore.

Tamas remercia le serveur qui lui apportait un thé. Il vida la tasse d'un coup, sans même paraître remarquer sa chaleur. Lorsqu'il eut terminé, il tira quelques pièces de sa poche. En les voyant, il eut un grognement dégoûté, puis en jeta une sur la table.

— Je veux l'identité de celui qui cherche à me tuer.

Et il se leva et s'en alla. Adamat regarda la pièce qu'il avait laissée. Elle était gravée de ce qui ressemblait fort au portrait de Tamas lui-même.

Adamat ramassa l'enveloppe et tapota sa tranche contre la table. Il retourna le journal. *Le Quotidien d'Adopest*. « Tentative de meurtre sur la personne du maréchal Tamas. »

Il scruta l'enveloppe. Il avait besoin de travailler. Et pourtant, cette mission était dangereuse. Elle donnait au Seigneur Vetas toutes les raisons de revenir et faire chanter Adamat pour qu'il lui parle des cercles intimes de Tamas. Ce qui mettait également l'inspecteur – et sa famille – en péril. Le traître ne le laisserait pas faire. Adamat comptait faire mander Faye pour qu'elle revienne à Adopest. Ce qui devrait être retardé… Pour l'instant.

Il ouvrit l'enveloppe. À l'intérieur, il trouva un chèque de dix mille kranas. Un petit bout de papier replié tomba sur la table. Il s'en empara avant que la brise ne puisse l'emporter.

« À part moi, lut-il, six personnes seulement connaissent l'emplacement de la salle où on a tenté de me tuer ».

Suivait une liste de noms. Les membres du conseil de Tamas. Adamat essuya son front couvert de sueur. Il relut la liste en se demandant si dix mille kranas suffiraient. Au bout de la feuille, il y avait une phrase très simple : « Prévoir un maximum de protections. »

Adamat fourra le chèque et le mot dans sa poche. Il avait renvoyé SouSmith un peu trop tôt.

XVI

— Monsieur, nous avons découvert qui est Mihali.

Tamas leva les yeux de son bureau. Pour une fois, le Q.G. était calme. Pas un seul brigadier des Ailes, pas de conseiller, d'officier ou de secrétaire en vue. Olem était la première personne que Tamas voyait de la matinée, bien qu'il soit posté juste derrière sa porte.

— Mihali ?

Olem prit le temps d'allumer une cigarette.

— Le nouveau chef.

Tamas se souvint du bol de soupe à la courge posé au coin de son bureau. Malheureusement vide. Ce mets de choix était aussi addictif que la poudre noire.

— Ah, oui… Mihali. Tu as pris tout ton temps.

— J'ai eu une semaine un peu chargée.

— Je comprends.

— Mihali est le na-baron de Moaka, reprit Olem. Il est plus connu sous son titre professionnel : le Maître des Chefs d'Or.

— Et qu'est-ce que ça signifie ?

— Les Chefs d'Or sont une institution culinaire. La meilleure des Neuf. Ceux qui sortent de leur école sont très recherchés par les familles riches des quatre continents. Ce sont les cuisiniers des rois.

— Et leur seigneur ?

— L'homme qui est considéré par ses pairs comme le plus doué de sa génération.

— Et il est dans notre cuisine, en train de préparer le rata des trois régiments ?

— Exactement, monsieur.

— Pourquoi ?

— Il semblerait qu'il s'y cache.

Tamas dévisagea Olem.

— Il… s'y cache ?

— Il y a peu de temps, il s'est échappé de l'asile d'Hassenbour.

Tamas se radossa à son fauteuil.

— Qu'y a-t-il de si drôle, monsieur ? demanda Olem.

Tamas se mordit l'intérieur de la joue.

— Est-ce qu'il a claironné à qui voulait l'entendre qu'il était la réincarnation du dieu Adom ?

— Oh, oui, monsieur. C'est même pour ça qu'on l'a enfermé.

— Voilà qui explique bien des choses.

Tamas regarda son bureau. Devant lui, il y avait des requêtes de la Société des Chenils d'Adopest, des paperasses à signer pour le syndicat de Ricardo Tumblar et une proposition d'impôt touchant l'Église Kresim. Il secoua la tête. Rien dont il avait envie de s'occuper maintenant.

— Alors, il est temps d'avoir une petite discussion avec notre cuistot.

Olem le suivit dans le couloir.

— Est-ce vraiment sage, monsieur ?

— Est-il dangereux ? demanda Tamas.

— Pour autant que je puisse en juger, non. Les hommes l'adorent. Jamais personne ne leur a fait des petits plats comme les siens. À côté, les rations de toutes les autres armées sont de la merde.

— Qu'est-ce qu'il prépare ? De la soupe à la courge ?

Olem éclata de rire.

— Vous vous souvenez de votre déjeuner d'hier ?

— Bien sûr. C'était un repas de roi. Neuf services, bon sang ! De l'anguille, de la marmotte fourrée, du bœuf braisé et une salade assez grande pour rassasier un taureau… La seule fois où j'ai aussi bien mangé, c'était durant les fêtes de Manhouch.

— C'était une ration ordinaire, monsieur.

Tamas s'arrêta si brutalement qu'Olem faillit lui rentrer dedans.

— Tu veux dire que tout le monde est à la même enseigne ?

— Oui, monsieur.

— Toi aussi ?

— Oui, monsieur.

— Toute cette putain de brigade ?

Olem acquiesça.

— Tout le budget annuel consacré aux rations va y passer ! (Tamas se remit à marcher d'un pas un peu plus pressé.) Ondraus va m'en faire une jaunisse.

Olem le rattrapa.

— Au contraire, monsieur. J'ai demandé à une secrétaire. Apparemment, il n'a même pas encore touché aux fonds.

— Alors comment paye-t-il ces festins ?

Olem haussa les épaules.

Il n'y avait qu'une cuisine pour toute la Maison des Nobles. Elle se trouvait légèrement en dessous du rez-de-chaussée, afin que les fenêtres placées en haut des murs puissent laisser entrer la lumière durant la journée, et était presque aussi longue que la Maison était large. Un côté des cuisines était occupé par des dizaines de fours avec des conduits d'évacuation disparaissant dans le plafond et assez de plans de travail pour préparer les repas des milliers de secrétaires et de nobles qui, en temps normal, auraient rempli le bâtiment. Au milieu de la vaste salle, il y avait de grandes tables basses où rédiger des recettes et préparer les ingrédients et, de l'autre côté, s'étendaient des huches et des armoires remplies d'instruments de mesure, d'épices et d'autres ingrédients. Des herbes, des saucisses, des légumes et toutes sortes d'accessoires pendaient du plafond.

À peine était-il entré dans la salle que Tamas se tapota le front. La chaleur était telle qu'il faillit battre en retraite séance tenante dans le couloir. Il cligna des yeux plusieurs fois et tint bon, en partie grâce à la myriade de senteurs qui assaillit ses narines : des vapeurs de cacao, de cannelle, de pain et de viande. Il se mit à saliver.

— Ça va, monsieur ? demanda Olem.

Tamas lui jeta un regard noir.

Des dizaines de marmitons couraient dans toutes les directions. Tous portaient une variation du même uniforme : un tablier blanc sur un pantalon noir avec une toque sur la tête. Certains devaient avoir de quoi se payer des vêtements de qualité, d'autres semblaient avoir récupéré les leurs dans la rue. Tamas remarqua que même si ces habits étaient élimés, ils étaient propres. Et il fit encore une autre constatation : il n'y avait que des femmes. D'âge et de beauté variables. Des marmitonnes ? Toutes travaillaient avec la plus grande concentration. Personne ne sembla s'apercevoir de sa présence.

Le chef lui-même tournait au milieu de ses assistantes. Tamas le reconnut immédiatement : c'était l'homme qui s'était présenté à son Q.G. le jour du tremblement de terre. Sous les yeux de Tamas, Mihali s'arrêta pour dire quelque chose à l'une des filles et passa immédiatement à la suivante, ajoutant un brin de telle épice à ce plat en particulier, prenant délicatement le bras d'une des marmitonnes avant qu'elle ne mette un peu trop de farine dans une pâte. Il avait réparti les travailleuses par poste et dansait de l'un à l'autre avec l'aisance d'un commandant, donnant des ordres et changeant les recettes en cours de route, semblant garder un œil sur tout en même temps.

Mihali remarqua la présence de Tamas et lui sourit. Il se dirigea vers la porte, mais s'arrêta à mi-chemin devant un comptoir à viandes pour aider une femme corpulente à mieux manier son hachoir. Il découpa une douzaine de côtes avec la précision d'un bourreau, puis hocha la tête vers la femme en lui rendant sa lame. Il lui chuchota quelque chose de rassurant avant de repartir vers Tamas.

— Bonjour, maréchal. Ces quinze jours qui ont suivi notre rencontre ont été bien remplis.

Olem le toisa avec curiosité.

— Je vous le dis, continua-t-il, je travaillerais deux fois plus vite si je ne devais pas entraîner tout un aréopage de marmitonnes. (Il retira sa toque et passa une manche sur son front, maculant le tissu de sueur avant de s'essuyer les mains sur son tablier. Un air soucieux passa sur son visage.) Je crains que le déjeuner ne soit servi avec quelques minutes de retard.

Tamas scruta la salle des yeux. Avec toute cette activité, impossible de dire ce qu'ils préparaient exactement. Il était descendu là pour poser des questions. Il voulait éclaircir cette histoire de « chef fou ». Et pourtant, les mots lui manquaient.

— Je doute que quelqu'un se plaigne. (Soudain, l'estomac de Tamas gargouilla.) Qu'y a-t-il au menu ?

— Salamandre noircie au curry avec une tarte légère aux légumes, déclara Mihali. Et ce soir, il y aura du bœuf mariné pour dîner, et je pensais l'arroser d'un vin d'épices. En plat de résistance, bien sûr. Il y aura aussi tout un assortiment de mignardises au choix.

— Pour tous ceux de la Maison ?

Mihali ouvrit de grands yeux comme si cette question était le comble de l'absurdité.

— Bien sûr. Croyez-vous qu'un secrétaire mérite moins qu'un maréchal, ou un soldat moins qu'un comptable ?

— Pardon, répondit Tamas.

Il échangea un regard avec Olem en tentant de se rappeler pourquoi il était venu.

— Je vous en prie, maréchal, faisons un tour.

Mihali partit d'un pas pressé sans attendre de réponse. Lorsque Tamas le rattrapa, le chef ajustait la flamme sous une cuve de soupe en changeant l'influx d'air dans le four. Il plongea un doigt dans le liquide et le fourra dans sa bouche avant de tirer de son tablier une gousse d'ail et un couteau pour rajouter de l'assaisonnement.

— J'ai entendu parler de la tentative d'assassinat, dit-il.

Tamas s'arrêta net. Il s'aperçut soudain que, depuis qu'il était entré dans la cuisine, la douleur de ses blessures et des points de suture sur sa poitrine ne le tourmentait plus. Ce n'était plus qu'une pulsation sourde, comme ressentie à travers une poudretranse.

Une pointe de tristesse teinta la voix de Mihali.

— Je rejette ce que les sorciers font subir à ces Gardiens. C'est contre-nature. Je suis heureux que vous ayez survécu.

— Merci, répondit lentement Tamas.

L'idée que Mihali puisse être un espion lui semblait de moins en moins vraisemblable. Sa réputation, ses dons culinaires ne pouvaient être feints.

— Mihali, je suis venu te poser des questions sur cet asile où tu étais détenu.

Le chef se figea, une fourchette de tarte aux légumes à mi-chemin vers sa bouche. Il s'empressa de finir son geste.

— Ça manque de poivre, dit-il à une assistante. Et rajoute une douzaine de patates à la prochaine fournée.

Il se pressa vers le poste suivant, forçant Tamas à le rattraper.

— Oui, dit-il, je me suis évadé d'Hassenbour. C'est un véritable trou à rats.

— Comment as-tu pu t'enfuir ?

Ils avaient atteint une section des cuisines dépourvue de marmitonnes. En fait, c'était comme si on avait tiré un rideau invisible les séparant de toute cette activité. La chaleur et la vapeur étaient moins étouffantes, le bruit en sourdine. Tamas jeta un coup d'œil par-dessus son épaule pour s'assurer qu'ils étaient toujours dans la même pièce. Derrière eux, tout le monde continuait de s'affairer.

— Lorsque je n'étais pas sous traitement, ils me laissaient accéder aux cuisines. (Ce souvenir le fit frissonner.) Et même s'ils prétendaient que je travaillais pour le personnel de l'asile, j'ai vite découvert qu'ils envoyaient mes plats aux manoirs des nobles du voisinage contre une somme d'argent. Alors j'ai fait un grand gâteau, je me suis planqué dedans et mes assistants l'ont envoyé au-dehors.

— Tu plaisantes ? demanda Olem, roulant une cigarette non allumée entre ses lèvres, tout en lorgnant le four allumé le plus proche.

Mihali haussa les épaules.

— C'était un très grand gâteau.

Tamas attendit qu'il ajoute quelque chose, peut-être qu'il révèle la *véritable* façon dont il s'était évadé, mais Mihali garda le silence. Cette section de la cuisine, qui occupait la moitié de la surface totale, contenait autant de casseroles et de fours allumés que le reste de la salle. Mais, alors que le chef se déplaçait d'un plat à l'autre, il devint évident qu'il était le seul à s'en occuper. Mihali leva les bras pour retirer une énorme marmite du crochet qui la retenait. Elle semblait aussi lourde que Tamas lui-même. Le chef la déplaça sans mal et la posa sur un poêle. Il ouvrit le gaz, vérifia la température, puis passa à un tournebroche posé dans un coin.

Tamas le suivit. Il s'arrêta devant la marmite que Mihali venait de déposer – de la vapeur s'en élevait. Il s'avança et cligna des yeux. Elle était remplie jusqu'à ras bord d'un brouet de patates, de carottes, de maïs et de bœuf.

— N'était-elle pas vide il y a quelques instants ? demanda-t-il doucement à Olem.

Celui-ci fronça les sourcils.

— En effet.

Toutes les autres marmites étaient également remplies. Soudain, Tamas se sentait moins affamé et un rien perturbé. Mihali était toujours devant le tournebroche. Une gigantesque pièce de bœuf y cuisait doucement. Le chef prit un petit bol et arrosa la viande avec une sorte de marinade. Tamas surprit son estomac qui gargouillait à nouveau, les nouvelles senteurs étant plus fortes que son malaise.

— Mihali, as-tu dit à d'autres que tu es la réincarnation du dieu Adom ?

Tamas examina son visage, cherchant le moindre signe de démence. Pas de doutes, cet homme était un maestro des fourneaux, mais ne disait-on pas que tout génie était aussi à moitié fou ? Il chercha à se rappeler ses cours de théologie. Adom était le saint patron d'Adro. L'Église l'appelait le frère de Kresimir, mais, contrairement à ce dernier, ce n'était pas un dieu.

De la pointe de son couteau, Mihali piqua la pièce de bœuf et regarda bouillonner la graisse dégoulinant le long de la viande pour aller grésiller sur les charbons ardents. Il fronça lentement les sourcils.

— Les membres de ma famille m'ont fait interner, reprit-il. Mes frères et mes cousins. Je suis un bâtard – ma mère était une beauté rosvelienne que mon père aimait plus que son épouse légitime, ce qui explique pourquoi mes frères m'ont toujours détesté. Mon père m'a protégé et m'a aidé à développer mes talents naturels. Contrairement à la coutume, il a fait de moi son héritier. (Il piqua une fois de plus la pièce de bœuf.) Le jour même de sa mort, ils m'ont envoyé à l'asile. On ne m'a même pas laissé assister aux funérailles. Le fait que je prétende être la réincarnation d'Adom n'était qu'un prétexte.

Soudain, Mihali se redressa de toute sa taille, comme s'il venait de se réveiller en sursaut.

— Du pain, du pain, marmonna-t-il. Encore cinquante au moins. Ces filles ne travaillent pas assez vite.

Il alla se tenir devant les comptoirs au milieu de la salle. Là, il y avait des mottes de pâte sous des linges humides. Il les retira d'une main tout en plongeant l'autre dans les monticules.

— Parfaitement montée, dit-il, un sourire distrait aux lèvres.

Il divisa la pâte en portions égales, travaillant si vite que Tamas pouvait à peine suivre le manège de ses doigts. Il plaça les pains par deux sur des palettes de boulanger puis glissa ces dernières dans un four béant, continuant jusqu'à ce qu'il ne reste plus de pâte.

Lorsqu'il eut terminé, il retira aussitôt sa première fournée. Le pain était doré, la croûte fine et croustillante, bien qu'il ne soit resté qu'une minute ou deux dans le four. Tamas fronça les sourcils et se mit à compter.

— Ce n'est pas mon imagination, dit-il en se penchant vers Olem.

— Non, confirma le garde du corps. Il a mis au four à peine un quart de la pâte nécessaire pour obtenir une telle quantité. (Olem fit le signe de la Corde, joignant deux doigts puis les portant à son front et à sa poitrine.) Par Kresimir. Avez-vous déjà entendu parler d'une sorcellerie qui permette de créer quelque chose à partir de rien ?

— Jamais. Mais ces derniers temps, je vois pas mal de choses qui m'étaient inconnues.

Mihali finit de retirer du four les derniers pains et se tourna vers les deux hommes.

— Hassenbour a envoyé des hommes me chercher. Mais je préfèrerais encore fuir à l'autre bout de Fatrasta pour faire la cuisine aux sauvages plutôt que de retourner à l'asile.

Tamas détourna son regard des pains pour lorgner la pièce de bœuf presque cuite et la marmite de brouet qui était vide quelques minutes plus tôt. Il hocha la tête vers Mihali et s'écarta lentement, Olem à ses côtés.

— Un Don, dit Olem. C'est la seule explication. J'ai entendu dire qu'il y en avait de plus puissants encore que la sorcellerie des Privilégiés. Le sien doit avoir un rapport avec la cuisine.

— Qu'en pense ton troisième œil ? demanda Tamas.

Olem acquiesça.

— Je confirme. Il a bien l'aura d'un Doué.

— Eh bien, reprit Tamas, ce n'est pas un dieu, même s'il croit le contraire. Mais son Don est puissant. Ses plats sont responsables pour moitié de l'excellent moral des soldats. Maintenant, que dois-je faire de lui ?

XVII

— Je cherche le Privilégié Borbador.

Taniel se tenait à l'entrée de la taverne. Celle-ci était vaste, quoique très ancienne. La moitié du toit s'était effondrée et avait été mal réparée. L'établissement s'appelait le *Wendigo Hurlant*. Il devait son nom au gémissement sourd du vent dans les feuilles qui, à ce moment précis, couvrait tous les autres bruits, puisque les conversations s'étaient tues.

Cinquante paires d'yeux étaient braquées sur lui. Il était seul : il avait laissé Julène et Ka-poel à l'extérieur. Il portait sa tenue de daim et sa casquette, et s'en félicitait. Le printemps avait beau s'épanouir dans la vallée, à la forteresse de Docouronne, l'hiver ne cédait pas ses droits.

— Qu'est-ce qu'un poudremage peut bien vouloir à notre Privilégié ?

Notre Privilégié. Voilà qui ne lui disait rien qui vaille. Bo s'était acoquiné avec ces brutes. Des repris de justice et des réfractaires, des pauvres et des déshérités – tels étaient les Montagnards. Il était difficile de gagner leur confiance et ils accueillaient les étrangers comme la peste. C'étaient certainement les hommes les plus durs des Neuf.

Taniel inspira profondément. Il n'était pas d'humeur pour ce genre de choses. *Je suis venu le tuer*, avait-il envie de dire. *Mettez-vous sur mon chemin et je vous loge une balle dans la tête.*

— C'est mon affaire, préféra-t-il répondre.

Un homme se leva. Il était plus jeune que Taniel, mais d'un ou deux ans tout au plus. Barbu, noueux, il portait une chemise sans manches malgré le froid. Ses bras arboraient les muscles de celui qui avait coupé des arbres et travaillé dans les mines. Il regarda Taniel avec une grimace peu engageante.

— C'est devenu notre affaire, rétorqua-t-il.

— Fesnik, lança quelqu'un d'autre, ne va pas te frotter à un poudremage. Tu veux que Tamas vienne nous souffler dans les bronches ?

— La ferme, répondit Fesnik par-dessus son épaule. Et si on ne te dit rien ?

— C'est toi le plus dur ici ?

— Hein ? fit Fesnik, l'air décontenancé.

— Simple question, répondit Taniel. Es-tu le plus dur de tous les traîne-savates, les coupe-jarrets, les violeurs de bouc et les fils de pute consanguins ici présents ?

Fesnik se tourna vers Taniel, l'ombre d'un sourire aux lèvres. Il reprit vite ses esprits et tira son couteau. Taniel, lui, dégaina ses deux pistolets. Une crosse frappa la bouche de Fesnik, brisant des dents et mettant une halte au coup de poignard que le Montagnard s'apprêtait à porter. Fesnik ouvrit de grands yeux. Le second pistolet se braqua sur le premier homme qui se leva.

— Je m'appelle Taniel Deux-coups, proclama-t-il à voix haute. Et je suis venu voir mon meilleur ami, Bo. Veuillez avoir l'amabilité de me dire où je peux le trouver.

— Taniel Deux-coups ? répéta une voix. Tu ne pouvais pas le dire tout de suite ? Bo est dans la montagne.

— C'est vrai ? demanda-t-il à Fesnik.

L'homme acquiesça en louchant sur le canon de pistolet fourré dans sa bouche. Taniel rengaina ses deux armes.

— Pardon, dit Fesnik en examinant ses dents de la pointe de la langue. Bo a bien spécifié de ne rien dévoiler à un poudremage. Sauf à toi, bien sûr. Il a dit que tu pourrais venir le chercher.

Taniel tenta de retenir son sourire fat.

— Pardon pour les dents. C'est la tournée du maréchal Tamas ! brailla-t-il.

Tout le monde l'acclama. Taniel fit signe à Fesnik de se rapprocher.

— Tu dis qu'il est dans la montagne ?

— Il y est monté il y a deux semaines. Juste après la visite d'un inspecteur venu d'Adopest.

— A-t-il dit quand il redescendrait ?

— Non.

Taniel se gratta le menton. Il ne s'était pas rasé depuis qu'il s'était lancé aux trousses de cette Privilégiée à Adopest. Son cou le démangeait.

— Pourquoi est-il parti ?

Fesnik secoua la tête.

Taniel sentit un frisson de peur descendre le long de son échine. Bo savait que Tamas enverrait quelqu'un le tuer.

— Et il a précisé de ne le révéler à personne d'autre que moi ?

— Oui. Il nous a beaucoup parlé de toi. Comme quoi vous êtes potes depuis des années.

Taniel eut l'impression de recevoir un coup de poignard dans les tripes. Il serra les dents et se força à sourire. Était-ce une forme de guerre psychologique de la part de Bo ? Ou juste des bavardages d'ivrognes ?

— C'est vrai. Combien de temps cela prend-il pour grimper jusqu'au sommet de la montagne ?

— Eh bien, il ne sera pas nécessaire d'aller si haut. Il y a un monastère pour pèlerins trois lieues avant Kresim Kurga. Il a dû s'y arrêter.

Kresim Kurga. La Ville Sainte. Un nom tiré tout droit des légendes. Taniel ne l'avait pas entendu depuis son enfance, lorsque sa nourrice l'emmenait chaque semaine à la chapelle de Kresimir. Même à cette époque, il ne croyait pas que la ville existait vraiment.

Taniel revint à l'instant présent. Il ne pouvait pas attendre. Il lui faudrait courir après Bo et l'enterrer dans la neige après l'avoir tué. Lorsqu'on découvrirait sa mort, il serait de retour à Adopest.

— Je vais aller le voir, dit-il.

— À cette époque de l'année ? (Fesnik secoua la tête.) Même un Montagnard expérimenté refuserait de t'y mener, et crois-moi, sans guide, tu t'enfonceras dans une tempête de neige et n'en ressortiras jamais. Avant l'été, les routes sont traîtresses.

— Mon père m'a parlé d'un nommé Gavril. Un vieil ami à lui. Le meilleur Montagnard de tous les Neuf. Quoi ?

Fesnik s'était mis à rire.

— Gavril pourrait convenir. S'il est assez sobre pour voir ce qu'il y a devant lui et assez bourré pour ne pas penser droit. Je vais essayer de te le trouver.

Fesnik disparut dans la foule. Taniel, lui, ressortit dans la rue, où il trouva Julène occupée à dévisager Ka-poel d'un air furieux. La Dynize, elle, regardait la montagne qui se dressait au-dessus d'eux.

— Bo est là-haut, dit-il en désignant le pic. Et on va aller le chercher.

Julène fronça les sourcils.

— C'est probablement un piège. Il doit savoir que Tamas lui enverra quelqu'un.

— C'est vrai. Mais il a dit aux Montagnards de me révéler où il était allé. Et à personne d'autre. Ce qui signifie qu'il a confiance en moi.

— Ou qu'il a bien l'intention de te tuer avant que tu n'aies pu dégainer.

— Je le connais. Ça signifie qu'il a confiance en moi. (Il inspira profondément.) Dommage pour lui.

— Il nous faudra des provisions et des équipements de montagne, reprit Julène. Et des vêtements d'hiver.

— Tu restes.

— Quoi ? fit Julène avec un regard noir.

— Tu as déjà failli causer ma mort plus d'une fois.

— Comment oses-tu ?

— Tais-toi. Je vais y aller avec Pole. On va tuer mon meilleur ami et redescendre aussitôt. Prudemment, silencieusement. Si tu commences à balancer des sorts à droite et à gauche, non seulement le Poste des Montagnards tout entier saura ce qu'on mijote, mais il y a aussi de grandes chances que tu déclenches une avalanche et qu'on se la prenne sur le crâne.

Julène eut un rictus déplaisant.

— Je n'ai aucune confiance en toi. Tu es faible. Tu seras incapable d'appuyer sur la détente.

— Tuer des Privilégiés est ma spécialité. (Il inspira une prise de poudre. Une petite, juste pour calmer ses nerfs. Puis une deuxième.) Bo est un danger, et je sais comment m'en débarrasser. Maintenant, ferme ton clapet et va te trouver une chambre où te planquer. J'ai une autre raison de te laisser ici. Si Bo me prépare un sale coup, ou s'il réussit à m'échapper, ce sera à toi de jouer. Tue-le à vue. Peux-tu faire ça, mademoiselle ?

Les bras de Julène tremblaient de rage. Elle avait l'air prête à sauter sur Taniel pour l'égorger d'un coup de dents. Sans sa poudretranse, ce dernier aurait peut-être été intimidé. Avec, il s'en moquait totalement.

— Alors ? insista-t-il. Tu en es capable, oui ou non ?

Julène tourna les talons et partit le long de la rue à grandes enjambées.

— Je prends ça pour un oui.

La porte de la taverne s'ouvrit et Fesnik en sortit en enfilant un long manteau de peau qui lui descendait jusqu'aux chevilles. Il était suivi par un colosse tel que Taniel en avait rarement vu, vêtu de cuirs épais et de fourrures moites de sueur et de bière. Le géant lutta pour focaliser sa vision sur le poudremage tout en manquant de tomber, se retenant contre le mur. Il secoua la tête et fit d'une voix pâteuse :

— M'appelle Gavril.

Taniel le toisa.

— Formidable.

* * *

Taniel s'arrêta pour ajuster les fourrures qui protégeaient son visage alors qu'un vent glacial l'aspergeait de neige. Il frémit sous la morsure du froid, détournant la tête, bien que Gavril lui ait bien précisé que cela pouvait le tuer – toujours un pied devant l'autre, les yeux braqués sur la congère devant vous, ou vous risquiez de tomber dans une crevasse ou du haut d'une falaise.

À ce moment précis, Taniel s'en moquait. Dix mille pieds en contrebas, des fermiers travaillaient leurs terres alors que le printemps les réchauffait. Encore quelques semaines et il ferait assez beau pour se baigner dans l'Admer. Et voilà qu'il s'approchait du sommet d'une des montagnes les plus élevées de tous les Neuf – du monde, disaient certains – avec des raquettes aux pieds, armé de pistolets et de fusils sans doute trop gelés pour fonctionner, en chemin pour tuer son meilleur ami avec un ivrogne pour guide.

Il était relié à Gavril par une solide corde, bien que le vent fût suffisamment retombé pour qu'il puisse voir à travers les tourbillons le dos du colossal Montagnard qui marchait à dix pieds devant lui. Le chemin était escarpé, mais supportable. Après tout, il y avait une route cachée là-dessous. Ce passage était très fréquenté en été – du moins c'est ce que prétendait Gavril. Le vent qui tourbillonnait autour d'eux n'apportait pas d'autres chutes de neige, il ne faisait que déranger les couches supérieures laissées par la tempête précédente. À chaque fois que des flocons le frappaient en plein visage, Taniel aurait pu jurer entendre un rire enfantin. La montagne était cruelle, avait-il décidé.

Une autre corde reliait Taniel à Ka-poel, qui luttait pour soulever ses lourdes raquettes. Et derrière elle cheminait un petit homme du nom de Darden. C'était un vieux Deliv qui avait tenu à les suivre. Il prétendait avoir un cousin au monastère qui était mourant à l'automne, et il voulait savoir s'il avait survécu à l'hiver. Taniel n'avait pas confiance en lui. Était-ce un des amis de Bo ?

Gavril était un poivrot jovial et cette expédition avait paru piquer son intérêt. Ils étaient partis quelques heures à peine après leur rencontre et si, au début, sa démarche avait été quelque peu hésitante, Taniel fut certain qu'à la fin du jour, il était parfaitement sobre.

Le poudremage s'arrêta brièvement pour vérifier le pistolet passé à sa hanche. Le chien était gelé, bloqué par la neige et la glace. Mais la poudre semblait être restée sèche et la balle était à sa place. Pour un Marqué, c'était tout ce qui importait. Il pouvait générer une étincelle pour la faire partir. Et pourtant… Taniel examina Gavril. Lorsque viendrait le moment de loger une balle dans l'œil de Bo, est-ce que le Montagnard le laisserait faire ? Et les moines ? Taniel examina son second pistolet. Pourrait-il redescendre la montagne sans l'aide de Gavril ?

Lorsqu'ils s'élevèrent enfin au-dessus des vents les plus violents, Taniel ne sentait plus ses jambes depuis longtemps. Les tourbillons de neige s'étaient calmés et, à travers les nuages, le soleil apparut, l'aveuglant presque. La piste devint plate et, soudain, il put voir le sol ; non pas de la neige tôlée, mais de la vraie terre ponctuée de traces de pelles. On l'avait déblayée récemment. Il cligna des yeux et voulut sourire, mais son visage était trop engourdi.

— Comment ça va ?

La voix de Gavril interrompit le cours de ses pensées. Cela le changeait agréablement des hurlements du vent et des rires moqueurs de la montagne. Après trois jours et demi de voyage, Taniel réalisa qu'il n'avait pas prononcé un mot durant tout ce temps, pas même lorsqu'ils campaient la nuit, se blottissant les uns contre les autres pour se réchauffer sous la petite tente de Gavril.

— 'ien.

Taniel s'arrêta derrière le gigantesque Montagnard, et ils attendirent Ka-poel et Darden. Il ferma les yeux pour forcer sa bouche à former des mots.

— Bien, dit-il. H'est hencore hoin ? Loin ?

— Là, répondit Gavril en tendant le doigt vers le haut.

Taniel leva la tête en plissant des paupières.

— Je n'y vois rien avec cette lumière. Comment fais-tu ?

— Ça fait des années que je crapahute en montagne. Lorsque tu y es resté aussi longtemps que moi, tu n'as plus besoin d'yeux pour voir. Le Perchoir de Novi. On est juste en dessous.

Darden grimaça de ses lèvres craquelées, son visage à la peau sombre quasiment fendu en deux par son sourire. C'était un homme de petite taille largement aussi âgé que Tamas.

— On y est presque, dit-il.

Taniel remarqua, non sans irritation, qu'il haletait à peine alors que lui-même avait bien du mal à reprendre son souffle.

Il leva sa blague à poudre devant son nez et renifla sans même prendre la peine de faire une ligne. Avec précaution, il la remit dans sa poche – il ne faisait guère confiance à ses doigts engourdis. Le déferlement de la poudretranse le grisa un instant, puis sa respiration s'apaisa et ses muscles se détendirent.

Ils retirèrent leurs raquettes et finirent l'ascension jusqu'au monastère, qui n'était plus qu'à quelques centaines de pieds. Au fur et à mesure qu'ils progressaient, le chemin se faisait de plus en plus étroit. À leur gauche, la montagne s'élevait sur des lieues en une falaise abrupte et lisse. Sur leur droite, on ne voyait que le ciel blanc – le gouffre semblait ne pas avoir de fond. Ils passèrent sous l'ombre du monastère et, pour la première fois, Taniel put lever les yeux et le voir enfin dans toute sa majesté.

Le Perchoir de Novi semblait faire partie de la montagne elle-même. Il était fait de la même roche grise poussiéreuse et une portion avait été manifestement taillée dans les fondations du Pic. Il bloquait la piste – c'est-à-dire que celle-ci se terminait aux portes du monastère et le bâtiment s'élevait sur encore une centaine de pieds. Il dépassait de la falaise sur une douzaine de pieds et Taniel se demanda comment les moines pouvaient dormir la nuit en sachant qu'ils étaient suspendus au-dessus du vide.

Le monastère lui-même était très simple, sans fioritures. La pierre était gravée à plat, les arches des portes et des fenêtres arrondies en leur sommet. Pas de tours ou de façades ornementées. Seul le lieu où avait été érigé le bâtiment, suspendu entre ciel et terre, conférait à ce dernier une certaine grandeur de par l'audace même de sa construction.

Taniel gravit le seuil de pierre. Il leva les yeux, ignorant qu'il s'était écarté du droit chemin, du moins jusqu'à ce que Gavril le saisisse par l'avant de son manteau. Il sursauta en constatant qu'il se trouvait à moins de deux pieds de la falaise et du vide.

La double porte du monastère s'ouvrit dans un gémissement de gonds mal huilés. Taniel avait à moitié sorti son pistolet avant de voir que ce n'était pas Bo qui la poussait. Un homme et une femme, tous deux de la taille du poudremage, s'inclinèrent en guise de salut. Ils étaient grands pour des Novis, et leur peau était de couleur vert olive – un peu plus claire que celle de Darden.

— C'est un peu tôt dans l'année pour des pèlerins, remarqua le Novi alors qu'ils entraient tous.

Taniel jeta un coup d'œil à ses armes, à ses épais vêtements de cuir et de fourrure, puis à ses compagnons et leur équipement d'alpinisme. Ils n'avaient rien de pèlerins.

— Je suis venu voir le Privilégié Borbador, dit doucement Taniel.

Ses mots résonnèrent dans l'interminable couloir de pierre. Il eut l'impression de chuchoter le long du squelette incroyablement ancien du Pic lui-même.

— Où puis-je le trouver ?

Il fallait en finir le plus vite possible. Si Bo avait le moindre doute…

La femme hocha solennellement la tête.

— Je vois. Je crains que votre voyage soit loin de toucher à sa fin.

— Poix. (Taniel regarda les moines d'un air penaud.) Pardon, ma sœur.

— Il est à quelques lieues du monastère. Dans une grotte.

— Je la connais, intervint Gavril.

— Bo vous a-t-il dit pourquoi il voulait monter jusque-là ?

Les deux moines secouèrent la tête.

— Il a précisé qu'une personne viendrait peut-être l'y trouver. Il nous a demandé de ne pas chercher à l'en empêcher.

Pas de doute, il attendait quelqu'un.

— Comment puis-je y aller ?

— En passant par le monastère, répondit la femme. C'est le seul passage vers la montagne, même en été. Nous sommes les gardiens de Kresim Kurga.

Taniel sentit son cœur bondir dans sa poitrine.

— Elle existe vraiment ?

Les deux moines haussèrent les sourcils.

— La Ville Sainte ? insista Taniel. Elle est vraiment là-haut ?

— Oui, du moins ses ruines, répondit l'homme. Il y a bien longtemps, Novi a choisi ceux qui seraient chargés de garder les plus hauts sommets des Neuf. Kresim Kurga est peut-être abandonnée depuis longtemps, la protection de Kresimir s'est dissipée, mais nous faisons toujours ce que notre saint patron nous a ordonné.

Gavril s'avança pour se tenir aux côtés de Taniel, pendant que Darden allait trouver l'homme et la femme et leur parlait à voix basse. Il entendit les mots « malade » et « cousin » avant que l'homme n'emmène Darden plus loin dans le couloir.

— Qu'est-ce que la protection de Kresimir ? demanda Taniel.

Gavril était si grand que sa tête touchait presque le plafond du monastère.

— Durant son règne, le dieu a tissé des sorts assez puissants pour s'assurer que personne, jeune ou vieux, malade ou bien portant, ne soit affecté par les éléments ou le mal de l'altitude.

— Qu'est-ce que c'est ? demanda Taniel.

— Tout le monde ne supporte pas une telle altitude. Darden et moi sommes habitués. D'autres deviennent assoiffés, saignent du nez, ont des migraines ou mal à l'estomac. Bien sûr, tu n'auras rien de tout ça.

— Pourquoi ?

Gavril ne répondit pas. La femme novi s'approcha d'eux.

— Veux-tu te reposer avant de continuer ton chemin ?

Il aurait dû dire oui, il le savait, mais il ne pouvait courir ce risque. Quelqu'un pouvait prévenir Bo de son arrivée.

— Non, merci.

— La montée devrait être facile, reprit-elle tout en les guidant à travers le monastère. On a commencé à déblayer la route menant au sommet.

Ils longèrent des couloirs adjacents qui semblaient s'étirer jusqu'aux profondeurs de la montagne, ainsi que des douzaines de pièces plus petites dont les portes ouvertes révélaient les moines, hommes et femmes mélangés, s'affairant à l'intérieur. Taniel s'arrêta devant une des loges. Un moine était assis à même le sol, les jambes croisées, dessinant des schémas dans une boîte remplie de sable coloré avec un long bâton incurvé. Les couloirs semblaient déserts, même si des voix provenaient des plus profonds d'entre eux. Taniel n'aurait jamais cru que le Perchoir de Novi fût aussi grand, ni que tant de monde pût vivre au cœur de la montagne durant tout l'hiver.

Ka-poel s'arrêta devant chaque pièce et chaque vestibule avec le sourire d'une enfant avide d'explorer ce nouveau lieu. Taniel la traîna derrière lui avec impatience.

Après avoir monté bien des marches, ils atteignirent un cul-de-sac. Là, le couloir semblait identique à celui de l'entrée, avec les mêmes doubles portes.

— Après votre passage, elles seront bloquées, dit la femme novi. Il y a… d'autres peuplades… de ce côté de la montagne.

Taniel réfléchit un moment. Il ouvrit la bouche pour interroger la femme, mais elle battit en retraite le long du vestibule. Il se retrouva seul avec Gavril et Ka-poel. Le Montagnard haussa les épaules.

— Ces moines colportent de drôles de récits, majoritairement sur les créatures qui descendent de Kresim Kurga durant les longs mois d'hiver. Chaque année, ils attendent un peu plus longtemps avant de laisser venir les pèlerins. (Il haussa à nouveau les épaules.) Je n'ai jamais rien vu d'inhabituel en haut, à part un lion des cavernes ou deux. Prêt ?

Taniel posa une main sur la poitrine de Gavril.

— Je vais y aller seul, affirma-t-il, et il se tourna vers Ka-poel : je veux aussi que tu restes ici.

Elle le toisa d'un air mécontent.

— Il faut que je m'entretienne en privé avec Bo. Ça ne devrait pas prendre trop longtemps, et les moines disent que la route est libre.

Ka-poel leva un doigt, puis se désigna elle-même du pouce.

— Non. Tu restes là. Avec Gavril.

Gavril se mordit l'intérieur des joues.

— Je devrais… marmonna-t-il.

— Non, affirma Taniel. (Il montra son fusil.) J'ai de quoi me protéger des lions.

Après être sorti du monastère, Taniel entendit Gavril verrouiller la porte derrière lui et se demanda si le gigantesque Montagnard se faisait des idées sur ses intentions. Il devait se douter de quelque chose. Mais c'était un ivrogne. Une fois de retour à Docouronne, il lui paierait quelques tournées avant de repartir.

La piste s'élargit suffisamment pour que Taniel puisse continuer son chemin sans craindre de tomber. Finalement, sur sa gauche, la surface de roche s'arrondit jusqu'à devenir un flanc de colline couvert de neige. La pente était douce et il put retirer ses raquettes.

Taniel remarqua l'entrée de la caverne à bonne distance. Ce qui n'était pas vraiment difficile : elle était de la taille d'une maison. Peu après, il trouva un monticule herbu perché légèrement au-dessus de la piste entre celle-ci et la falaise. Il l'escalada prudemment et s'assit dans la neige. Le point idéal pour un tireur d'élite. Non seulement il avait une vue imprenable sur l'entrée de la caverne, mais il était caché derrière les congères.

Le seul défaut était la proximité de l'abîme. Dix mille pieds de vide jusqu'à la vallée, présuma Taniel. Il plongea ses doigts dans la neige. Si Bo avait vent de sa présence, il n'aurait qu'à claquer des doigts pour le balayer de son perchoir.

Taniel surveilla les lieux pendant plusieurs minutes. Malgré la distance, la poudretranse lui permettait de voir la grotte dans ses moindres détails. L'entrée semblait creusée à même la roche, avec un mince sentier permettant de s'y rendre et une façade abrupte de neige et de glace sur la gauche. Elle était située juste au bord de la falaise.

La grotte n'était pas déserte. Un mince filet de fumée s'en échappait, s'élevant tout droit dans le ciel sans vent, et le sentier avait été régulièrement emprunté. Taniel ouvrit son troisième œil pour le confirmer – Bo était bien là, à l'intérieur, son aura luisant à côté d'un feu de camp.

Il descendit le monticule en rampant, ouvrit son sac et commença les préparatifs. Ses gestes étaient précis, méthodiques, vérifiant tout deux fois, nettoyant la neige collée à la platine à silex, examinant le canon. Il mordit dans la cartouche et prépara le bassinet, puis versa la poudre et la balle dans la bouche. Il en déposa un peu sur sa langue pour approfondir la poudretranse, et il fourra la bourre en place. Enfin, il tira son carnet à croquis et l'ouvrit sur l'une des premières pages. Un portrait que Taniel avait fait lors de son voyage à Fatrasta. Celui de Bo. Sur le papier, il était bien rasé, avec des cheveux courts et des joues rebondies, un sourire railleur aux lèvres. Il tapota le dessin d'un doigt et remonta sur le monticule pour attendre le bon moment.

Il resta là alors que le soleil atteignait son zénith puis entamait sa grande descente vers l'ouest. L'air s'éclaircit et, de son perchoir, il put voir Kez sur sa droite, ses plaines distantes et ses villes luisant à l'horizon sous les feux du couchant.

Sa longue attente donna à Taniel l'occasion de laisser vagabonder son esprit. Il ne put s'empêcher de penser à Vlora. Lorsqu'ils étaient jeunes amants, ils avaient passé des après-midis entières à sécher l'entraînement pour se retrouver dans une chambre d'auberge miteuse. Ces souvenirs le firent sourire et son cœur accélérera. Non, il fallait se reprendre. Il devait garder son calme en attendant sa proie. Il se souvint d'une autre fois où il était rentré d'une de ces escapades pour tomber sur Tamas qui l'attendait. Il l'avait informé que, dès qu'ils seraient tous deux assez âgés, il épouserait Vlora. Ce qui avait marqué le début de leurs fiançailles.

Spontanément, des images de Vlora au lit avec un autre homme lui vinrent à l'esprit. Ses mains se mirent à trembler jusqu'à ce qu'il repousse ces visions. Il se força à chercher le calme de la poudretranse. À penser objectivement. L'aimait-il vraiment ? Peut-être. Il avait toujours apprécié sa compagnie. Mais l'aimait-il pour autant ?

Taniel se posait souvent la question. Parfois, l'amour semblait être une notion qui lui était étrangère – quelque chose qui n'appartenait qu'aux livres de poésie. Depuis la mort de sa mère, lorsqu'il avait six ans, Vlora avait été la seule femme dont il s'était senti proche. Il avait peu de souvenirs de sa mère. L'essentiel lui avait été raconté plus tard : elle était poudremage et membre de la noblesse adrane, bien qu'elle-même fût d'origine kez. À première vue, c'était une dure, tout autant que Tamas, mais il se rappelait très nettement de la douceur qu'elle ne cherchait plus à dissimuler lorsqu'elle était chez elle. Taniel avait beau avoir eu une gouvernante pour s'occuper de lui, sa mère avait toujours été à ses côtés.

Après sa mort, tout avait changé. Il avait eu toute une série de gouvernantes et il soupçonnait Tamas d'avoir couché avec la plupart d'entre elles. Puis ce cirque avait cessé d'un coup, comme si Tamas s'en était lassé. La femme qui était alors entrée dans leurs vies n'était autre que Vlora. Il se souvint être entré en compétition avec Bo pour s'attirer ses bonnes grâces. C'était la seule fois de sa vie qu'il avait pu le surclasser en ce qui concernait l'affection d'une fille. Cela signifiait-il qu'elle était la femme de sa vie ? Non. C'était un trop grand mot.

Aujourd'hui, quelques semaines à peine après leur rupture, il pensait rarement à elle, ce qui l'étonnait lui-même. Il toucha sa poche, là où il rangeait le portrait qu'il avait arraché à son carnet. Non, il ne l'aimait pas. Sa trahison l'avait blessé, mais c'était surtout son orgueil qui en avait souffert. Leur mariage avait été un aboutissement prévu depuis si longtemps que, maintenant qu'il n'était plus d'actualité, il laissait comme un vide.

Il se demanda quelle était sa mission en ce moment. Était-elle toujours rattachée au personnel de Tamas ? Celui-ci n'était pas un grand sentimental. L'annulation du mariage devait l'avoir mis en colère, mais il ne voudrait pas se passer des services d'une poudremage aussi talentueuse qu'elle.

Taniel se surprit à grincer des dents. *Un grand sentimental.* Ha. Lui qui envoyait son propre fils tuer son meilleur ami. Pourquoi faisait-il ça ? Une forme de châtiment pour ne pas avoir éliminé Rozalia ? Était-ce une épreuve pour tester sa loyauté ?

Non, ce n'était rien de tel. Pour ce vieux birbe, ce n'était qu'une question d'opportunité. Taniel était le meilleur tireur de toute son armée. Il pouvait arracher le chapeau d'un passant à une lieue un jour venteux. De plus, il était capable de s'approcher de Bo sans éveiller de soupçons et lui donner un coup de poignard. Quand Tamas comprendrait-il que ce qui était pratique n'était pas forcément la meilleure solution ? Il l'avait certainement démontré lorsqu'il avait jeté Nikslaus dans l'Admer. À cette idée, Taniel se sentit fier de son père. Mais ça ne dura pas.

— Il va bien falloir que tu ailles chier à un moment ou à un autre, marmonna-t-il alors que la journée s'écoulait.

Il se souvint d'un jour, lors de sa quatorzième année, dans la forêt royale d'Adopest. Bo avait découvert où la reine et ses servantes aimaient se baigner dans la rivière. Ils s'étaient cachés dans un bosquet pendant vingt-quatre heures en attendant qu'elles se rendent sur la rive. Bo s'était muni d'une longue-vue, Taniel d'une poire à poudre pour que la poudretranse affine sa vision. C'était une entreprise risquée et ils n'ignoraient pas que s'ils se faisaient prendre, ils auraient droit à une bonne correction. Mais on prétendait que la reine était une des plus belles femmes de tous les Neuf.

Et cela se trouva être la stricte vérité. L'attente – et les risques – en avaient largement valu la peine.

Il perçut un mouvement dans la grotte. Quelques secondes plus tard, Bo en sortit. Il se tint devant l'entrée et se frotta les mains, regardant Kez depuis un point situé à un pied à peine de la falaise. Taniel se demanda comment Bo pouvait rester si près du gouffre sans trembler à l'idée de chuter. Il inspira profondément et se prépara à tirer.

Bo se retourna pour examiner le flanc de colline. Il retira une capuche de fourrure pendant que Taniel observait son vieil ami le long du canon de son fusil. Depuis son absence, Bo avait laissé pousser ses cheveux et il portait un fin collier de barbe ébouriffé. Il avait également perdu du poids depuis la dernière fois que Taniel l'avait vu. Bo étudia la colline, puis parcourut la route du regard, jusqu'à l'endroit où se tenait le poudremage.

Celui-ci résista à l'envie de se cacher. Bo observait dans sa direction, se protégeant les yeux du soleil. Il tira machinalement sur ses gants de Privilégié. Les symboles runiques qu'ils portaient reflétèrent la lueur du soleil et Taniel se demanda s'il s'était entouré d'un bouclier d'air durci. C'était l'élément sur lequel Bo avait le plus de prise.

Savait-il qu'il était là ? Le Privilégié était-il en train de rire intérieurement, attendant que Taniel dévoile sa position pour frapper ? Le surveillait-il de son troisième œil ? Le poudremage ne pouvait le savoir, pas plus qu'il ne pouvait percevoir une quelconque forme de bouclier. Son doigt se crispa sur la détente…

Bo resta là encore une minute ou deux, scrutant la route, avant de tourner les talons et de rentrer dans la grotte.

Taniel jura. Pourquoi n'avait-il pas tiré ? Il l'avait dans sa ligne de mire. Il soupira. Il savait pourquoi.

— Oh, que la poix l'emporte, dit-il à haute voix en se levant.

Il descendit du monticule et ramassa ses équipements, puis partit vers l'entrée de la grotte.

Qu'allait-il lui dire ? *« Salut, Bo, où étais-tu passé ? Je suis monté jusqu'ici pour te tuer, mais ne t'en fais pas, je me suis ravisé. J'espère que ça ne changera rien entre nous. »*

Taniel rassembla ses pensées et sa détermination – ou ce qu'il en restait. Il secoua la tête. Il avait été forcé de choisir entre son devoir et son amitié. Pourvu qu'il fasse un ami correct, parce que comme soldat, il ne valait pas un clou.

Il fit encore un pas sur le sentier menant à la grotte et se figea. Bo venait de ressortir. Cinquante pas les séparaient. Le Privilégié allait certainement voir le fusil que Taniel avait posé sur son épaule. Le reconnaîtrait-il ? Il retira les fourrures de son visage et tenta de sourire. Il leva une main en guise de salut.

Bo fronça les sourcils. Taniel avala sa salive. Bo tira sur ses gants de Privilégié. D'un blanc éblouissant, ils se fondaient avec la neige et seuls les symboles dorés s'en détachaient.

— Reste où tu es ! cria Bo. Pas un geste !

Il tira à nouveau sur ses gants. Taniel surprit son expression. Elle n'annonçait rien de bon. Il savait pourquoi le poudremage était là.

Bo leva les mains, prenant une pose presque comique. Il était de stature peu imposante et, avec ses joues creuses et sa barbe clairsemée, avait l'air d'un gamin. Sa poitrine se souleva, sa respiration s'affola. Il se préparait à frapper. Taniel n'avait pas besoin d'ouvrir son troisième œil pour savoir que Bo avait touché l'Autre de ses doigts gantés. De la sorcellerie s'écoulait en ce monde. Il ferma les yeux et serra les paupières.

— À terre, idiot ! brailla Bo.

Taniel rouvrit les yeux. Quelque chose le heurta par-derrière, le renversant comme une quille. Il alla s'affaler contre une congère, le sang battant à ses oreilles pendant qu'un être énorme passait devant lui. Était-ce Gavril, couvert de ses fourrures ?

Il sentit son cœur se révulser. Non, ce n'était pas Gavril. Mais un lion des cavernes.

On avait beau le nommer ainsi, il ne ressemblait guère à un lion. Ses pattes arrière étaient couvertes de coussinets, mais celles de devant étaient prolongées de griffes longues comme des faucilles. Sa tête évoquait celle d'un tigre. Seules sa puissante poitrine et ses épaules couvertes d'une opulente crinière étaient effectivement léonines. Cette bête était la plus grosse qu'il ait jamais vue, ou dont il ait jamais entendu parler. À côté, un ours des marais de Fatrasta semblait presque nain. Et il courait vers Bo, debout sur ses pattes arrière.

Les doigts du Privilégié jouèrent dans l'air comme s'il pinçait les cordes d'un violoncelle invisible. Il y eut un craquement de tonnerre qui résonna entre les parois de la montagne alors qu'un éclair jaillissait des cieux pour frapper la tête du félin.

Celui-ci parut ne pas s'en ressentir. Il se laissa tomber à quatre pattes, rebondissant avec l'élégance d'un jaguar. De la fumée s'éleva de sa crinière.

Bo leva brusquement un bras avant de le baisser. Au-dessus du sentier, la neige trembla pour s'abattre en une mini-avalanche qui frappa le lion avec l'impact de dix fiacres. La glace se brisa, glissant autour de la créature qui avançait toujours comme l'aileron d'un requin fendant les flots. Des bourrasques de vent le frappèrent, des flammes tombant du ciel aspergèrent son mufle. L'animal ignora tout ce déchaînement de puissance.

Il était désormais à quinze pas de Bo, qui avait l'air de fatiguer. Son front était luisant de sueur. Ses doigts tressaillirent, semblant tirer des fils invisibles. Le lion s'arrêta un instant.

Il secoua son énorme tête, puis continua à avancer, lentement.

— Ne reste pas ici.

Taniel sentit qu'on le relevait de force. Gavril était là. Son visage était rouge des suites d'une longue et difficile course. Il avait en main une lance pour la chasse aux sangliers.

— Qu'est-ce que tu attends pour tirer ?

Taniel fit glisser le fusil de son épaule et visa sommairement. La créature secoua la tête, comme étourdie, et poussa un rugissement sourd. Ses deux pattes griffues se refermèrent sur sa tête. Il commença à cogner son front contre le sol comme si son crâne était rempli d'abeilles.

Taniel appuya sur la détente. Lorsque la balle frappa la bête, l'impact rejeta sa tête en arrière. Taniel ouvrit de grands yeux. Le projectile avait rebondi contre le mufle hideux de la créature – comme avec la Privilégiée à Adopest. Elle rugit à nouveau et eut un geste de dégoût à l'attention de Taniel. Il y avait de la sorcellerie dans cette bête, de celle dont les dieux sont faits.

Taniel sentit la neige voler en éclats sous ses pieds. Il fut projeté dans les airs, droit vers la falaise. Il tomba sur la couche blanche et se mit à glisser sans trouver la moindre prise pour interrompre sa chute. Il battit des mains, en vain. Dans quelques secondes, il allait passer par-dessus le rebord…

Ses bottes touchèrent quelque chose de solide. Un bout de roche saillante, un talus de la taille d'un homme qui s'interposait entre lui et le gouffre. Qui n'était pas là la seconde d'avant. Taniel lutta pour remonter la pente. Il sentit des mains puissantes s'emparer de lui.

— Viens, dit Darden.

Le vieux Montagnard deliv était armé d'une lance, comme Gavril. Il remonta Taniel jusqu'à lui. Ka-poel était là, elle aussi. Ses yeux écarquillés se posèrent sur le poudremage.

Taniel chercha son fusil. Il était à terre, hors de sa portée. Avait-il le temps de recharger ? Un coup d'œil à Bo lui suffit pour conclure que non.

Le Privilégié avait battu en retraite dans la grotte, le dos contre l'une des parois. Le lion s'avançait vers lui, dressé sur ses pattes arrière. Il progressait lentement, un pas après l'autre, comme s'il luttait contre un puissant courant. Une lutte qu'il était près de remporter.

Gavril fut le premier à atteindre l'animal. Il brandit sa lance et la planta dans le flanc mou du lion. Celui-ci gémit et se retourna. Le Montagnard évita juste à temps un coup de griffes et roula sur le sentier. Darden bondit par-dessus le corps de Gavril, lance au clair, et fonça vers la bête…

Il vola en éclats. Un instant, il était là et une seconde plus tard, il n'en restait que des flaques de sang et des rubans de chair maculant le flanc de montagne. Le lion des cavernes poussa un rugissement de triomphe. Taniel ne prit le temps ni de réfléchir ni de s'inquiéter du sang de Darden qui maculait son manteau. Il pointa ses deux pistolets et ouvrit le feu.

Un poudremage pouvait faire flotter une balle sur une distance certaine. Cela donnait une portée supérieure à ses tirs, sans grands efforts, si ce n'était un peu de concentration et un léger surcroît de poudre. Il était également capable de faire détoner cette même poudre et d'en transmettre l'énergie. Un bon Marqué pouvait faire de même avec une balle, lui donnant assez de puissance pour transpercer la pierre ou l'acier.

Taniel fit exploser toute sa corne de poudre, redirigeant le souffle derrière ses balles.

Les deux projectiles déchirèrent la bête. Elle hurla alors que son sang vert se mêlait à celui, écarlate, de Darden. Elle se détourna de Bo, ses rugissements ressemblant désormais aux hennissements d'un cheval blessé, et se précipita vers Taniel. L'animal leva une patte griffue. Le poudremage sentit la chaleur d'une puissante sorcellerie.

Sur l'étroit sentier, Ka-poel se glissa entre Taniel et la paroi afin de s'interposer.

— Poix ! Ka-poel ! Non !

La sauvage leva les mains d'un air de défi. Elle tenait quelque chose : une poupée, nue, faite de cire, de petite taille. Sa réalisation était soignée. Elle avait les proportions d'un être humain, une femme, plus précisément, et surtout un visage très détaillé. Celui de Julène.

Ka-poel poignarda la poupée avec une longue aiguille. Le lion hurla à nouveau en se tenant le flanc. Elle replanta l'aiguille, cette fois dans la tête de l'effigie, la faisant tourner dans le minuscule crâne. L'animal gronda, pris de convulsions. Il se griffa les oreilles et le mufle, y laissant de profondes coupures sanguinolentes. Ka-poel se pencha en avant, inspira profondément, puis souffla sur la poupée.

Soudain, le lion s'embrasa. Bo renouvela ses assauts, ses doigts dansant dans l'air, projetant sur la bête des stalactites de glace arrachées à la caverne. Ignorant ses mains tremblantes, Taniel rechargea un de ses pistolets. Sa corne était vide, mais il lui restait encore quelques charges de secours. Que pouvait-il contre une telle créature ? Elle était prise en tenaille entre la sorcellerie de Bo et celle de Ka-poel, et, pourtant, elle refusait de mourir. Combien de temps pouvaient-ils tenir ?

Taniel virevolta.

— Gavril, ta corne de poudre. Exécution !

Le Montagnard, un peu plus loin sur le sentier, croisa le regard de Taniel et lui jeta l'objet demandé.

Ce dernier l'attrapa d'une main et la soupesa. Presque pleine. Bien. Il se retourna. Bo avait l'air au bout du rouleau. Ka-poel jonglait avec la poupée, jouant des doigts et de l'aiguille avec un air de joie farouche.

— À terre ! cria le poudremage en jetant la corne.

Il prit Ka-poel par les épaules et la jeta contre le flanc de montagne. La corne atterrit entre la grotte et le lion. D'une pensée, Taniel y bouta le feu.

Son esprit dirigea la décharge, utilisant sa sorcellerie de Marqué pour maximiser la puissance de l'explosion. La bête fut projetée dans les airs, s'élevant sur vingt, trente, cinquante pieds dans le ciel avant de redescendre. Taniel la regarda s'éloigner, rugissant en griffant le vide. Le hurlement se changea en cri alors que l'animal se transformait, prenant la forme d'une femme. Elle rebondit sur une avancée rocheuse comme une poupée de son et continua sa chute vertigineuse jusqu'à disparaître dans les nuages masquant la vallée.

XVIII

Tamas s'arrêta sous un réverbère pour vérifier l'adresse qu'il avait griffonnée sur une feuille de papier, quelques heures plus tôt.

— Cent soixante-dix-huit, marmonna-t-il, plissant des yeux pour voir les plaques.

Olem marchait quelques pas derrière lui, ses pistolets cachés sous un long manteau, à l'affût du moindre problème.

Les Routs étaient un quartier particulièrement riche de la ville, où les banques et les restes des anciennes guildes marchandes tenaient toujours boutique tous les jours de la semaine. Il avait été relativement épargné par le tremblement de terre et le soulèvement royaliste ne l'avait pas touché. Les ruelles étaient bordées de maisons petites mais bien entretenues où habitaient les hommes d'affaires, les clercs et les employés. Les lanternes étaient allumées et il y avait un agent de police à chaque coin de rue. Assez pour que Tamas ait l'impression de s'être fourvoyé dans le mauvais quartier.

Pas le lieu idéal pour tuer quelqu'un, remarqua-t-il. Il s'arrêta pour se corriger en constatant une tache de ténèbres dans la rue, un peu plus loin. En se rapprochant, il vit une demi-douzaine de lanternes qui s'étaient éteintes – ou plutôt, qu'on avait soufflées, comme il le constata en y regardant de plus près. Il compta les numéros afin d'être sûr de trouver la bonne maison, puis une fois satisfait, traversa la rue pour aller frapper trois fois à la porte. Il n'y avait pas de lumière, ni le moindre signe de vie. L'endroit semblait abandonné.

La porte s'entrouvrit et on les fit aussitôt entrer, Olem et lui. Le garde du corps s'assit dans un petit salon pendant qu'on prenait Tamas par le bras pour le mener dans un vestibule, puis dans ce qu'il prit pour une arrière-boutique. On craqua une allumette pour bouter le feu à une lanterne.

La clarté fauve éclaira un visage familier.

— Content de te voir, Tamas, déclara Sabon.

— De même. J'espère ne pas être en retard.

— Les Barbiers ne sont pas encore arrivés.

— Bien. Je veux voir comment ils opèrent.

Les yeux de Tamas s'accoutumèrent à la pénombre. Il regarda autour de lui. Ils se trouvaient dans une petite cuisine au sol et aux armoires vides. Quelqu'un était assis dans un coin sur un des plans de travail, une pipe non allumée à la bouche. C'était un petit homme à l'air réservé, de taille moyenne, au visage mangé par une barbe noire qui rendait ses traits quasiment invisibles dans la faible lumière. Il scruta Tamas en mordillant le bec de sa pipe.

— C'est toi, notre contact ? demanda Tamas.

— Leste-Doigt, répondit l'homme.

— Je présume que ce n'est pas ton vrai nom ?

— Un pseudonyme. Pour ma propre protection.

L'homme étudiait Tamas avec attention, ses yeux le toisant lentement – pesant, jugeant. Tamas lui trouva quelque chose de particulier.

— Tu as un Don, affirma-t-il.

Leste-Doigt ajusta son long manteau noir et l'épousseta.

— Ah, oui. Comme bien des espions. Il est plus facile de parvenir à ses fins lorsqu'on a un talent particulier que nul autre ne peut deviner.

— Ça rend également difficile de mettre sur pied un réseau d'espionnage, vu que celui de Manhouch s'est débandé lorsque j'ai tué la cabale royale.

— Craindre pour sa vie est une excellente raison de vouloir disparaître.

Les yeux de Leste-Doigt passaient de Sabon à Tamas. De toute évidence, il n'aimait pas se trouver dans la même pièce que deux poudremages.

— Et pourtant, te voilà, remarqua Tamas.

— J'ai des bouches à nourrir. (Il se tut, puis ajouta :) Je suis un Doué des plus mineurs. Je peux déverrouiller un verrou sans passe-partout ou ouvrir des loquets de l'extérieur.

Tamas avait entendu les lettrés parler de ce genre de don. Télékinésie mineure, comme ils disaient.

— Rien que je ne puisse considérer comme une menace, déclara Tamas. Oui, je vois ce que tu veux dire, mais je n'ai aucun différend avec qui que ce soit n'appartenant pas à la cabale royale – à moins qu'ils n'aient un différend avec moi. J'ai besoin des espions de Manhouch. Fais passer le mot : je double votre solde.

Leste-Doigt retira la pipe de sa bouche et toussa dans sa main.

— Tu te moques de moi ? demanda Tamas.

Il jeta un coup d'œil à Sabon, qui se contenta de hausser les épaules.

— Par la poix, qu'y a-t-il de si drôle ? s'irrita Tamas.

— Que vous vouliez nous augmenter. Ça ne fonctionne pas comme ça.

Tamas fronça les sourcils.

— Alors comment est-ce que ça fonctionne ?

— Des espions ne sont pas des soldats, maréchal. Un soldat a sa loyauté pour lui, c'est vrai, mais au final, il fait ce qu'il fait pour se remplir l'estomac et toucher un mois de solde. Les espions sont motivés par l'amour de l'art. Ils aiment leur pays, ou leur roi.

— Es-tu en train de me dire que je ne pourrai pas récupérer le réseau d'espionnage de Manhouch ?

Leste-Doigt tendit vers lui le bec de sa pipe.

— Pas du tout, maréchal. La plupart d'entre nous étaient fidèles à Manhouch. Ceux-là ont déjà quitté le pays, ou ils ont changé de camp et travaillent pour les Kez. Ceux qui restent aiment Adro et se remettront peu à peu au travail. J'imagine que plus longtemps je resterai en vie, moi qui suis Doué et tout ça, plus vite les espions ressortiront de leurs trous.

Tamas se frotta les yeux. Quand ils réapparaîtraient, il lui faudrait également s'assurer qu'ils ne comptent pas parmi eux des agents doubles, et déterminer lesquels étaient dignes de confiance. Un vrai casse-tête.

— Je croyais que tu faisais ça parce que tu avais une famille à nourrir, remarqua Tamas.

Leste-Doigt acquiesça.

— C'est vrai, bon, j'ai peut-être un peu menti.

Sabon eut un rictus railleur. Tamas lui jeta un regard noir. Ces espions ! Il aurait encore préféré encore les laisser tous pourrir dans la poix. Malheureusement, il avait besoin d'eux.

— Les Barbiers sont arrivés ? demanda Tamas.

— Je ne sais pas, répondit Leste-Doigt.

Tamas tendit un pouce vers la porte.

— Va voir.

— Quelqu'un nous préviendra si…

— *Exécution !*

L'espion s'en alla. Tamas alla s'asseoir à son tour sur le plan de travail. Il frotta les points de suture sur sa poitrine, résistant à l'envie de tirer dessus.

— J'ai besoin de conseils, dit-il.

— Je m'en doute. Maintenant que je ne suis plus à tes côtés, tu es comme un nouveau-né.

Le silence retomba pendant quelques instants. Tamas pouvait lire dans les yeux de Sabon. *Si j'avais été là, ce Gardien n'aurait pas eu l'ombre d'une chance de te tuer.*

— Mihali, dit soudain Tamas. Le chef fou.

— Est-il vraiment digne de ton attention ?

— Il fait la cuisine pour toute mon armée. Le moral des troupes est plus haut qu'il ne l'a jamais été, en partie grâce à lui.

— Qu'as-tu appris sur lui ?

— Il s'est échappé de l'asile d'Hassenbour.

— Ah. Un fou.

— C'est ce qu'ils croient. Ils ont envoyé des hommes le capturer. Il prétend qu'on l'a enfermé parce que ses parents et ses concurrents étaient jaloux de lui.

— Un délire de persécution ?

— Possible, répondit Tamas en haussant les épaules.

— Renvoie-le, trancha Sabon. C'est un bon cuisinier, mais il ne vaut pas qu'on se fâche avec le directeur de l'asile. Tu sais de qui il s'agit ?

— Un homme du nom de Claremonte.

Sabon resta un moment silencieux.

— Le nouveau patron de la Compagnie marchande de Brudania-Gurla ?

— Oui.

— Alors c'est tout vu. On ne peut risquer de couper notre approvisionnement en salpêtre.

— Je n'en suis pas si sûr.

— Ces âneries dans le journal, comme quoi Mihali prétend être la résurrection d'Adom ? fit Sabon avec mépris. Si ce n'est pas une preuve de sa folie, je ne sais pas ce que c'est. Peu d'hommes éduqués avalent ce genre de fables.

— Tu ne l'as pas rencontré.

Sabon passa une main sur son crâne lisse.

— Tu le crois ?

— Ne me regarde pas comme ça. Bien sûr que non. Mais il est inoffensif.

— Alors pourquoi veux-tu le garder ?

— À cause de sa sorcellerie.

— C'est un Privilégié ?

— Il a un Don, répondit Tamas. Un Don en rapport avec la cuisine. Il peut créer des plats à partir de rien.

— Ça n'a pas l'air bien méchant, remarqua Sabon.

— As-tu déjà entendu parler de quelqu'un qui puisse créer quelque chose à partir du vide ? Même un Doué ?

— Hmm, grogna Sabon. Ce serait l'homme le plus riche au monde.

— S'il le faut, il peut nous servir à alimenter tout Adro. Même en cas de famine. Plus la guerre se prolongera, plus on aura besoin de lui.

— Ce ne sont pas des tours de passe-passe ?

— J'en doute fort, répondit Tamas. On l'a surveillé de près, Olem et moi. Il a décroché une marmite vide pour la poser sur le feu et, lorsque j'ai regardé dedans, elle était remplie à ras bord. Il a mis dix pains au four et en a retiré cent.

Sabon fronça les sourcils.

— Ça peut être de la sorcellerie et des tours. C'est peut-être un Privilégié cachant sa vraie puissance. Impossible de dire qui est capable de quoi. Même la cabale royale ignore tout ce qu'on peut accomplir en manipulant les auras.

— Oui, j'y ai pensé également. Mais la rumeur court, et j'ai bien peur qu'un culte ne se forme. Parmi mes rangs, pas moins. Olem dit qu'il est très populaire avec la septième brigade. Ils adorent ses petits plats.

— Que vas-tu faire ?

— Je ne peux tout de même pas le virer et le renvoyer à l'asile. Pas après avoir vu ce que j'ai vu. Il a un Don très précieux – bien qu'inhabituel – et il faut qu'on le garde dans notre camp. En temps de guerre, toute source de nourriture est inestimable.

La porte s'ouvrit, coupant leur conversation. C'était Leste-Doigt.

— Tout est prêt, affirma-t-il. Venez.

Ils le suivirent dans le noir jusqu'à une petite pièce du premier étage, à l'avant de la maison, avec une bonne vue sur la rue. Les rideaux étaient tirés, mais la pièce était tout de même plongée dans l'obscurité afin de se protéger d'observateurs indiscrets. Leste-Doigt les dirigea vers deux chaises à un pas de la fenêtre. Ils s'assirent et attendirent.

— Alors c'est donc lui ? demanda doucement Tamas en désignant la maison d'en face avant de se rappeler qu'il ne pouvait pas voir son geste.

— C'est lui, confirma Leste-Doigt. Un espion depuis longtemps à la solde des Kez. Il dirige une petite compagnie d'import-export sur l'Admer. Ce Gardien qui a tenté de vous tuer ? Il est arrivé dans un de ses cargos.

— Et tu es sûr qu'il est impliqué ?

— Jusqu'aux yeux. C'est un banquier ici, dans les Routs, et il a des amis au conseil municipal. Aux dernières réunions, il s'est montré particulièrement bavard, prétendant que les poudremages allaient tous nous faire tuer et qu'on devrait renverser votre cabale pour se rendre aux Kez.

— Des paroles bien audacieuses, remarqua Tamas.

— Oui, bien trop pour un espion. Du moins c'est ce que j'aurais pensé si on n'avait pas gardé un œil sur lui depuis son entrée dans notre pays, quinze ans plus tôt. Pas de doutes, c'est lui qui a fait entrer le Gardien en ville.

— Qu'une chose soit claire, dit Tamas en baissant la voix. Je ne veux pas orchestrer le massacre des citoyens d'Adro. Ni la naissance d'un État policier. Nous faisons tout ça pour nous débarrasser des espions kez, et à moins que tu n'aies des preuves irréfutables qu'un dissident est en fait un traître, va juste dire au commissariat qu'il faut le surveiller. Je ne vais pas faire la guerre aux Kez *et* à mon propre peuple.

Il y eut un moment de silence.

— Compris, acquiesça Leste-Doigt.

— Bien, conclut Tamas. Tout se passe bien ? La collaboration avec les Barbiers ? J'avoue que j'ai hésité à faire appel à eux.

— Ils sont formidables, répondit Leste-Doigt. Je n'ai jamais rien vu de tel, même chez nos propres assassins. Je m'étonne qu'on ne les ait encore jamais employés.

— À ce point ? demanda Sabon.

— À ce point. Ils tuent en silence et nettoient leurs traces à la perfection. Ils ne laissent pas une goutte de sang, pas un seul corps. Parfait.

Tamas se souvint des barricades, des cadavres de nobles et de chefs royalistes gisant dans leurs lits imprégnés de sang, la gorge tranchée.

— Donc, ils peuvent faire preuve de modération ?

Leste-Doigt eut un petit gloussement.

— Oui, eh bien, s'ils veulent qu'on retrouve les corps, ça peut devenir salissant. Ils tiennent à leur réputation. Comme ça, les gangs plus importants ne s'en mêlent pas. Mais on leur a demandé d'y aller en douceur, et bon sang, c'est ce qu'ils font.

Tamas releva à peine le léger frémissement dans sa voix.

— Et le problème ?

— Parfois, ne rien laisser du tout est pire qu'un tas de cadavres. Lorsque toute une famille disparaît du jour au lendemain sans que rien ne soit dérangé, pas même un livre, la rue s'en empare. Il circule de vilaines rumeurs qui parlent de fantômes, de dieux et de démons.

Tamas pensa à la montagne du Pic du Sud fumant dans le lointain, à l'explication d'Adamat concernant la Promesse de Kresimir et aux avertissements cryptiques de Mihali. Billevesées. L'homme de la rue était prêt à croire n'importe quoi.

— Je veux que ces rumeurs cessent. Vois si tu peux rendre les choses un peu plus tangibles.

— Nous ferons de notre mieux.

Tamas aperçut une silhouette noire dans la rue. Il tapota sur l'épaule de Sabon et la lui désigna. D'autres se joignirent à elle.

— Je reviens tout de suite, dit Leste-Doigt.

L'espion quitta la pièce en silence et, un instant plus tard, rejoignit les nouveaux venus. Tamas crut entrevoir le tablier qui servait d'uniforme aux Barbiers. Il secoua la tête.

— À partir de maintenant, je crois que je me raserai tout seul, remarqua-t-il.

— Moi aussi, renchérit Sabon.

— Et la police locale ? demanda Tamas.

— On leur a dit de ne pas s'en mêler. Ils nous laisseront en paix, parce qu'ils savent qu'ainsi, ils auront moins de problèmes demain matin.

Tamas ouvrit son troisième œil. Dans sa vision, Leste-Doigt n'était qu'une vague tache de couleur qui se détachait même à travers les murs. Il suivit l'espion qui entrait dans la maison d'en face par la grande porte, puis montait l'escalier pour se diriger vers une des chambres à coucher.

— Attends, dit Tamas. Cet autre espion, celui qu'ils visent. C'est un sorcier. Plus puissant qu'un Doué. Un Privilégié.

Sabon resta un moment silencieux. Puis :

— Merde. Regarde les fenêtres.

Il sauta de sa chaise, tâtonna un moment, puis fourra un fusil dans les mains du maréchal.

Il l'ajusta au jugé.

— Chargé et armé ?

— Oui, répondit Sabon.

— Il va faire un sacré boucan. Tout le monde se doutera de ce qui s'est passé ici, tous ceux qui habitent cette rue.

— Au cas où.

Tamas visa, surveillant les fenêtres de la chambre. Il pouvait voir la lumière que dégageait le Privilégié kez allongé dans son lit et sentait Leste-Doigt debout devant la porte. Il entrevit également des formes se déplaçant dans les ténèbres.

Tamas se baissa instinctivement lorsqu'un éclair de sorcellerie éclaira les fenêtres. Il fut suivi par un choc étouffé, à peine audible, puis le silence retomba. Le maréchal scruta l'extérieur, prêt à faire feu. Il pouvait voir les lueurs du Privilégié et du Doué. Leste-Doigt était encore sur le palier, allongé sur le ventre, pendant que le Kez s'agenouillait sur le sol de sa chambre. Tamas présuma qu'on avait posé un rasoir sur sa gorge – sinon, il aurait à nouveau usé de sa sorcellerie. Leste-Doigt se releva lentement et entra dans la chambre. Tamas baissa son fusil.

Quelques minutes s'écoulèrent avant que des silhouettes sombres ne sortent de l'autre maison : les Barbiers et leurs prisonniers. Ils traversèrent la rue et Tamas entendit s'ouvrir la porte de devant. Il ne bougea pas, scrutant la rue au cas où des voisins ou des passants se montreraient un peu trop curieux, pendant que Sabon allait aux nouvelles. Mais le calme continua de régner.

Leste-Doigt revint un peu plus tard, une chandelle en main. Il n'avait pas l'air très content.

— Vous ne nous aviez pas dit que c'était un Privilégié.

— Tu aurais dû t'en douter, répondit Tamas. Si tu as vraiment un Don, tu dois aussi avoir le troisième œil. Tu as été trop expéditif.

— Je ne peux pas l'ouvrir, marmonna l'espion. Ça me flanque la chiasse pour une semaine.

— Ce Privilégié aurait pu te priver de ta tête.

Leste-Doigt eut un reniflement de mépris.

— Ce n'était qu'un spectacle. Un son et lumière. Rien de méchant, bien que pendant un instant, j'ai vraiment cru que ma chair allait fondre.

— La peur te rend honnête. (Tamas désarma son fusil et le posa contre le mur.) Tu as apporté son épouse.

— L'éclair l'a réveillée. Il avait dû poser un sort de protection sur la chambre. Lorsque les Barbiers se sont présentés devant son lit, il était bien éveillé. (Il secoua la tête.) J'ai déjà vu ces braves types tuer un homme dans les bras de sa femme et emporter son corps sans même la réveiller. Sans ce sort, tout se serait bien mieux passé.

Leste-Doigt redoutait que Tamas ne pense qu'il avait salopé le boulot, comprit ce dernier.

— Bien joué, dit-il. Tu me communiqueras les résultats de l'interrogatoire.

— Vous ne venez pas ? demanda l'espion, surpris.

— Malgré ce qu'on t'a peut-être dit, je ne suis pas spécialement assoiffé du sang des Privilégiés.

Leste-Doigt renifla, comme déçu.

— Je doute qu'il y ait beaucoup à en tirer. Il a l'air d'un dur.

— Dis-lui qu'il a cinq minutes pour parler avant de perdre une main. Et dix minutes pour la seconde.

Leste-Doigt ouvrit de grands yeux.

— C'est…

Tamas lui décocha un sourire sans joie.

— Bon, d'accord, peut-être que j'aime un peu voir couler le sang des sorciers. Mais je sais aussi comment les convaincre.

Leste-Doigt quitta la pièce. Tamas tendit l'oreille, attendant des cris qui ne vinrent pas. L'insonorisation avait été bien réalisée. Au bout d'une minute, Sabon réapparut.

— Leste-Doigt a l'air d'avoir avalé quelque chose de travers.

— Je lui ai dit de couper les mains du Privilégié s'il fallait en arriver là.

— Ça ferait un précédent dangereux. Est-ce là la façon dont nous allons traiter les Privilégiés d'Adro non affiliés à une cabale ?

— Poix, non ! Mais ce salopard est un espion kez, et il faut faire vite.

Leste-Doigt ne tarda pas à revenir à son tour. À la lueur des chandelles, son visage était blanc comme un linge et ses mains tremblaient légèrement.

— Il nous a déjà donné trois noms.

Tamas ressentit une pointe d'enthousiasme.

— Quelqu'un de mon conseil ?

— Non. Il prétend n'avoir jamais eu affaire à qui que ce soit de plus haut placé que lui, du moins pas directement. Juste des intermédiaires et des messages codés. Il nous a donné le nom de sa femme. (Il se tut avant de reprendre.) Poussez un homme à bout, maréchal Tamas, et il vous livrera sa mère elle-même. Il y a une raison pour laquelle nous ne pratiquons la torture que jusqu'à un certain point. Parce que ceux qui la subissent diraient n'importe quoi pour que la douleur cesse.

— C'est purement psychologique, répondit Tamas. Tu ne lui as pas vraiment coupé une main, non ?

Il ravala sa déception de ne pas avoir un indice sur l'identité du traître.

— Non…

— Interroge son épouse. Fais-lui cracher tout ce qu'elle sait. Lorsque tu en auras fini avec eux, livre-les à mes soldats et ils se chargeront de l'exécution. Ils ont des enfants ?

— Une fille. En pensionnat à Novi.

— En territoire neutre. Ils se préparaient à cette éventualité. Envoie une missive à son institutrice. Qu'elle la garde, indéfiniment.

Leste-Doigt acquiesça, ébranlé.

— Que sait-on de ces espions ? reprit Tamas. Ces infiltrés, comme celui-ci. D'après toi, combien sont-ils ?

Leste-Doigt mâchonna le bec de sa pipe.

— Ça ne vous plaira pas.

— Tant pis pour moi. Je veux savoir.

— Des centaines. Nos premiers contacts nous ont donné des dizaines de noms – des bons, pas uniquement de ceux qu'on balance sous la torture. Des gens qui sont effectivement des espions kez, et des centaines d'autres avec un grand point d'interrogation au-dessus de leur nom. Les Kez sont profondément implantés. Cela fait des dizaines d'années qu'ils préparent leur coup.

Tamas ferma les yeux. Ce n'était pas ce qu'il voulait entendre, en effet. Il pouvait y avoir des taupes dans son armée, dans la ville, dans les campagnes, dans chaque bâtiment d'Adopest. Il savait déjà qu'un membre de son conseil l'avait trahi. Combien d'autres lui emboîteraient le pas ?

— Bien joué, Leste-Doigt, dit doucement Tamas.

L'espion attendit un moment sans quitter Tamas des yeux, avant de repartir.

— Je vais devoir doubler les gages que je verse aux Barbiers, dit-il. Ils ont les effectifs nécessaires, du moment que j'ai de quoi payer.

— Trop se reposer sur eux peut être dangereux, remarqua Sabon.

— C'est un risque qu'il va falloir courir. Ces espions pourraient détruire tout ce que nous avons accompli. Il faudra doubler les patrouilles et déléguer plus d'autorité à la police locale. Par Kresimir, il va peut-être falloir retarder la nomination du nouveau gouvernement.

— On a toujours su que le chemin que nous empruntions serait périlleux. N'oublie pas que nous œuvrons pour le peuple.

— Bien sûr que non. Comment se passe l'entraînement ? J'espère que tu as de bonnes nouvelles.

Un sourire las étira les lèvres de Sabon.

— Mieux que je ne l'aurais cru. Andriya a beau être fou à lier, les jeunes recrues l'aiment bien. Contre toute attente, Vadalslav est un bon pédagogue. On a pris les moins talentueux pour leur expliquer comment reconnaître un poudremage et le convaincre de les suivre, et on les a envoyés recruter. Il y a déjà plus de candidats que nous ne pensions.

— Combien ?

— Treize jusqu'à présent, mais plutôt doués. Deux d'entre eux sont à mon niveau. Mais malheureusement pas un seul du tien, ou de celui de Taniel.

— Treize ? répéta Tamas. Tu veux rire ? J'ai mis des années à rassembler la cabale de la poudre que nous avons aujourd'hui.

— Si je ne l'avais pas vu de mes yeux, je n'y aurais pas cru. N'oublie pas la grande chasse aux poudremages d'il y a cent cinquante ans. Chaque homme, femme et enfant fut examiné pour voir s'il ou elle détenait le moindre pouvoir, et si c'était le cas, il était exécuté séance tenante. Maintenant, ceux qui se découvrent une affinité préfèrent encore le cacher. Du moins c'est ce qu'ils faisaient. On cherche un système qui nous permette de reconnaître directement les poudremages.

— Tu veux dire, comme les sourciers chercheurs de Privilégiés ?

Sabon acquiesça.

— La cabale royale disposait de plus de pouvoir magique que nous. Et en plus grand nombre. Mais on finira bien par trouver quelque chose.

Tamas lui claqua l'épaule.

— Tu as bien travaillé, mon ami. Tiens-moi au courant. Je sais que cette mission ne te plaît guère.

— J'ai encore une question à te poser.

Sabon parut hésiter.

— Laquelle ? insista Tamas.

Il parla lentement, en choisissant ses mots avec soin.

— Jusqu'à peu, Taniel et Vlora étaient fiancés et futurs époux. Je me dois de te le demander : les as-tu sciemment rapprochés ?

— Que veux-tu dire ? demanda Tamas, bien qu'il sache où Sabon voulait en venir.

— Est-ce que tu les as mis en couple afin qu'ils engendrent des poudremages ?

Tamas réfléchit un instant. C'était une bonne question, cela ne faisait aucun doute. Lorsqu'il les avait encouragés à se fiancer, il avait bel et bien une idée derrière la tête.

— J'avoue y avoir pensé.

— Même la cabale royale ne s'est jamais abaissée à ce genre de manipulation, reprit Sabon d'un ton nettement désapprobateur.

— Non, sans blague ? Pourquoi crois-tu que le roi offrait à chaque sorcier son propre harem ? Par bonté de cœur ? Non, Sabon, c'était un élevage à Privilégiés. Rares sont ceux qui le savent, mais le Bailli lui-même a eu un millier d'enfants.

— Combien de Privilégiés parmi eux ?

— Un. Un jeune membre de la cabale royale. Il ne savait même pas qui était son père.

Sabon resta bouche bée, horrifié.

— Qu'est-il arrivé aux autres enfants ?

— Envoyés en camp de travail, en orphelinat, chez les Montagnards. (Tamas haussa les épaules.) Certains ont même été tués à la naissance. La cabale royale n'a jamais fait de sentiment. Je ne laisserai jamais celle de la poudre devenir ainsi. Mais oui, j'espérais que leurs enfants soient des Marqués. Selon mes propres recherches, le statut de poudremage est plus souvent héréditaire que celui de Privilégié.

— Depuis combien de temps étudies-tu cela ?

— Depuis bien avant notre première rencontre.

Sabon lui jeta un regard noir.

— Erika était une poudremage.

Tamas lutta pour contenir le rictus qui menaçait de tordre ses traits. Le raisonnement de Sabon relevait de la simple logique.

— N'y pense même pas, répondit-il d'une voix qui, malgré ses efforts, ressemblait à un feulement. J'aimais ma femme. Je donnerais tout pour l'avoir à mes côtés. (Sa voix se brisa. Il s'éclaircit la gorge.) Taniel *n'était pas* une expérience.

— Bien. (Cette réponse parut satisfaire Sabon. Après une pause, il ajouta :) J'espérais qu'après ton aventure récente, tu me rappellerais à tes côtés.

Tamas secoua la tête.

— Désolé. J'ai besoin de toi pour instruire les nouveaux poudremages. Je peux assurer ma propre protection.

Tamas entendit Sabon grincer des dents.

— Tu es une tête de bois, dit Sabon, et tu ne réussiras qu'à te faire tuer. La prochaine fois, ils t'enverront plus d'un Gardien.

— C'est probable, mais pas maintenant. Je vais dormir un peu. Avant que tu retournes à l'école, fais passer le mot que je veux qu'on décapite ce sale espion et qu'on envoie ses mains à Kez avec sa veuve. Ipille doit comprendre que ses taupes vont revenir dans des boîtes de plus en plus petites jusqu'à ce qu'il les ait toutes rappelées.

XIX

Ils enterrèrent ce qu'ils purent rassembler de Darden sous une petite avancée de pierre et de glace. Gavril leur apprit que bien d'autres malheureux étaient ensevelis le long du sentier : des pèlerins qui n'avaient pas survécu à leur voyage jusqu'au sommet, des moines ayant succombé aux rigueurs de l'hiver, à la maladie ou aux prédateurs hantant la montagne. Il leur assura que leur camarade serait en bonne compagnie.

Taniel prit un crayon de fusain et se mit à dessiner le portrait de Darden dans son cahier. Les souvenirs qu'il avait de lui se délitaient déjà. Il ne l'avait pas connu assez longtemps, c'était tout. Il ferma ses yeux pour mieux se concentrer.

Mais c'est la vision de Julène – car maintenant, il était sûr que c'était elle – rebondissant en hurlant sur la pente de la montagne avant de disparaître dans le gouffre, qui revint le hanter. Cette nuit-là, il n'avait pu trouver le sommeil. Chaque fois qu'il s'endormait, il revoyait Julène ou son incarnation bestiale, se débattant, se moquant de lui. Comment pouvait-il avoir été aussi aveugle ? Sa colère, son imprudence. Au moins, il aurait dû se douter qu'elle le trahirait d'une façon ou d'une autre. Il finit par aller s'asseoir devant l'entrée de la caverne, à regarder s'éclaircir le ciel alors que le soleil se levait à l'est, de l'autre côté de la montagne.

Il avait désobéi à un ordre direct. Comment réagirait Tamas ? Qu'est-ce qui pouvait en sortir de bon ? Le maréchal se contenterait d'envoyer un autre poudremage. Peut-être viendrait-il en personne. Il ferait passer Taniel en cour martiale. Pouvait-il le faire exécuter ? Même quelqu'un comme Tamas ne condamnerait pas son propre fils à mort. Du moins il l'espérait.

Comment pourrait-il s'expliquer devant lui ? Que ferait Bo lorsqu'un autre poudremage viendrait l'exécuter ? Taniel donna un coup de pied dans un bout de glace. Il résoudrait ces problèmes lorsqu'ils seraient d'actualité.

Il entendit un bruit de neige écrasée alors que Bo le rejoignait. Le Privilégié avait la triste mine de celui qui n'a pas dormi depuis des semaines entières. Ses yeux étaient rouges, son visage recuit par le soleil. Il semblait transpirer constamment, tripotant nerveusement le revers de sa veste alors qu'il s'asseyait aux côtés de Taniel.

Bo regarda les étoiles commencer à s'estomper tandis que le poudremage continuait de dessiner le portrait de Darden. Peu après, ils entendirent les premiers cris des oiseaux qui cherchaient leur petit déjeuner.

— Tu commences à être bon, remarqua Bo. C'est lui tout craché.

— Heureux que ça te plaise. J'ai du mal à me souvenir de ses traits.

Il fourra le bout de charbon de bois dans sa poche et ferma son carnet.

— Tamas a quand même un sacré culot de t'envoyer jusqu'ici pour me tuer, reprit Bo. (Sa voix était douce, agréable. Bien des femmes devaient la trouver apaisante.) Ne t'y trompe pas, ajouta-t-il, je suis content qu'il l'ait fait. Quelqu'un d'autre aurait ouvert le feu. Mais tu aurais pu choisir un meilleur moment.

— Tu savais que j'allais venir, dit Taniel.

Ce qui, il le remarqua alors, ne l'étonnait guère. Bo avait tendance à être au courant de bien des choses, même lorsqu'il aurait dû les ignorer. Taniel souffla sur ses mains pour les réchauffer.

— Un poudremage, certainement, répondit Bo. En fait, je m'attendais à ce que Julène soit la première à tenter sa chance. Je m'étais préparé à l'affronter. (Il désigna du doigt le sentier sinuant le long de la montagne et le monastère en contrebas.) Ça fait deux semaines que je garde ce chemin. Depuis que cet inspecteur est venu me voir pour me dire qu'*elle* allait chercher à invoquer Kresimir.

Il tripota à nouveau son revers, passant un doigt sous son col.

— « Elle » ?

— Julène. Cette garce Predeii.

— Predeii, répéta Taniel. La Privilégiée que j'ai pourchassée à Adopest disait être Predeii, elle aussi.

— Il y en a deux ? s'étonna Bo en avalant sa salive. Poix !

— Qu'est-ce qu'un Predeii ?

— Tu l'ignores ?

— Sinon, est-ce que je poserais la question ?

Bo fronça les sourcils.

— Quand tu fais partie d'une cabale royale, tu découvres pas mal de choses. Des choses dont seuls les lettrés se souviennent. Des secrets remontant à mille ans, voire plus. Je, heu… tu m'as bien dit que Tamas a exécuté la cabale royale ?

— Oui.

Bo regarda les étoiles pâlissantes.

— Alors j'imagine que personne ne m'en voudra si je dévoile leurs petits secrets. (Il inspira profondément.) Kresimir n'est pas venu ici de son propre chef.

Taniel jeta un regard suspicieux à son ami.

— Je n'ai pas assisté à un sermon depuis mon enfance. Aujourd'hui, seuls les paysans croient en ces fadaises.

— Les paysans ne sont pas aussi bêtes que tu le crois. Toute superstition se base sur des faits.

— Et tu crois cette superstition en particulier ? reprit Taniel en louchant sur son ami.

Bo inspira profondément.

— Il y a une différence entre un acte de foi, croire en quelque chose que tu n'as jamais vu, et savoir que cette même chose existe.

— Tu veux dire que tu as rencontré Kresimir ?

— Non, je ne l'ai pas… (Bo soupira.) Tais-toi et écoute-moi. Dans la cabale royale, on te révèle des secrets qui se sont transmis d'un sorcier à l'autre depuis des millénaires.

Taniel eut un reniflement méprisant.

— Kresimir. Bien. Mettons qu'il ait vraiment existé. C'était il y a des millénaires, non ?

— Oh, Kresimir a bien existé. Qu'il ait été appelé un dieu ou un sorcier particulièrement puissant, toutes les histoires de l'époque s'accordent pour dire qu'il était réel. Et c'était il y a quatorze siècles, en gros. La chronologie exacte s'est perdue durant l'Obscurcissement. On l'a invoqué. Peut-être même les Predeii l'ont-ils fait venir de force. Certains prétendent qu'il était soumis à leur volonté.

— Qu'il soit dieu ou sorcier, comment peut-on obliger quelqu'un à se matérialiser en ce monde ?

Bo continua de tirer sur son col.

— Les Predeii sont les prédécesseurs des Privilégiés. Des sorciers d'une puissance telle qu'à côté, les Privilégiés ressemblent à des enfants jouant avec le feu. Ils étaient au pouvoir avant l'ère de Kresimir et ont cherché à étendre leur domination. Ils ont invoqué Kresimir depuis… (Il fit un geste mystique de la main et haussa les épaules.) Et ils se sont servis de ses pouvoirs pour faire régner l'ordre sur les Neuf.

— Les saints ?

Bo agita la tête.

— Non. Les saints – Adom, Novi et les autres – sont venus plus tard, quand Kresimir n'était plus à la hauteur et avait besoin de ses frères et ses sœurs pour l'aider. Ils ont partagé son pouvoir et sa sagesse, et lorsqu'il est reparti, ils l'ont suivi.

— Mais les Predeii sont restés ? demanda Taniel. Ils doivent avoir plus de mille ans.

— Ou plus. (Bo haussa à nouveau les épaules.) Avant même d'invoquer Kresimir, ils ont découvert un moyen de s'immuniser contre la vieillesse et la maladie. En ce temps-là, la sorcellerie était beaucoup plus puissante. Aujourd'hui, je ne sais même pas si quelqu'un peut encore tuer un Predeii.

Taniel avala sa salive et regarda par-dessus le rebord de la falaise les nuages de néant tourbillonnant en contrebas.

— Tu veux dire qu'elle n'est pas morte ?

— Je ne sais pas, reprit Bo d'un ton lugubre. Probablement pas, bien que je m'efforce de rester optimiste. Quoi qu'il en soit, il faut qu'on le découvre. Si elle a survécu, Adro court un grave danger.

— Comment ça ?

— Elle veut annihiler nos armées, nos sorciers et nos poudremages. Maintenant que la cabale royale est anéantie, la moitié du travail a déjà été faite. Si elle invoque Kresimir, il finira la tâche et Adro sera à sa botte. Kresimir a bien dit que gouverner les Neuf ne l'intéressait pas. Si Julène lui démontre que les rois et leurs cabales ne sont pas à la hauteur, elle s'imagine qu'il la laissera régner. Ça fait longtemps qu'elle attend ça.

— Kresimir, railla Taniel. Qui peut s'imaginer une chose pareille ? Il est parti depuis longtemps.

— Julène n'est pas d'accord. La noblesse kez non plus, ainsi que certaines factions de l'Église Kresim.

— Pourquoi voudrait-elle faire venir un dieu ? Il me semble qu'elle n'est elle-même pas loin d'être une déesse.

Il lui raconta la bataille de l'université d'Adopest où Julène et Rozalia avaient fait une démonstration de leur puissance.

— Le pouvoir. C'est tout ce qui l'intéresse. Dominer les autres. Pour les livres d'histoires, l'Obscurcissement était l'ère où les hommes ont perdu le savoir de Kresimir, mais seules les cabales royales se souviennent de ce qui s'est passé durant cette période. Ce fut une époque de guerre entre les Predeii et les nouveaux rois des Neuf et leurs cabales. Julène s'enorgueillit d'avoir déclenché ce conflit. Il a causé des millions de morts. Au final, les Predeii, largement inférieurs en nombre, ont été vaincus. Certains ont péri, d'autres se sont enfuis. D'autres encore sont entrés dans la clandestinité. Julène fait partie des survivants.

— Tu sembles en savoir long sur elle.

Bo fit la grimace.

— Un jour… Nous avons été… ensemble.

Taniel ne put s'empêcher d'éclater de rire.

— Je n'en suis pas particulièrement fier, ajouta Bo.

— Qu'est-ce que tu as bien pu voir en elle ?

Bo renifla.

— C'est une amante hors pair.

— Mais d'après ce que tu m'as dit, elle a cinquante fois ton âge !

— Ce qui lui donne une grande expérience. (Bo examina ses ongles.) Et lorsqu'elle se laisse dominer par ses émotions, son jugement s'en ressent. Elle est tombée amoureuse de moi et m'a appris des choses qu'elle aurait dû me cacher.

— Et maintenant, elle cherche à te tuer. Pourquoi ?

Bo jeta une pierre par-dessus la falaise et la suivit des yeux jusqu'à ce qu'elle disparaisse.

— Tu as dit qu'elle était au service de Tamas ?

— En tant que mercenaire, oui. Pour traquer les Privilégiés.

— Elle a dû y voir une opportunité à ne pas rater. Elle n'est pas comme les autres Predeii, et une chose est sûre, elle ne m'aime plus. Tu as vu les efforts qu'elle a déployés pour m'abattre. Rien n'arrête la colère d'une femme. Je l'ai à peine ralentie, et j'avais posé assez de pièges magiques sur ce sentier pour balayer une armée. (Il jeta un regard irrité à Taniel.) Dommage que tu en aies déclenché la moitié.

Taniel fronça les sourcils.

— Tu ne sais pas ? (Bo se frotta les tempes.) Bon sang, il faut donc tout t'expliquer ? Tu es enveloppé d'un manteau de sorcellerie qui te colle au corps plus que ta peau ne le fait. Même le plus puissant des Privilégiés ne peut créer un tel niveau de protection. Le corps humain est bien trop complexe. Sur ce flanc de montagne, j'ai tissé des sorts assez puissants pour arrêter un dieu – du moins c'est ce que je croyais –, et tu les as traversés sans même les remarquer. Je n'avais encore jamais vu une telle sorcellerie. Les sorts de garde sont plus faibles autour d'un Marqué, et certains parmi les plus puissants, comme Tamas, peuvent les désamorcer, mais ça prend du temps et de la pratique.

— C'est pour ça que tu m'as crié de rester là où j'étais ?

— Oui.

— Eh bien…

Taniel secoua son manteau pour en chasser la neige. L'étendue de son ignorance était déprimante. Bo semblait détenir pas mal de réponses, mais même lui ne pouvait tout savoir. Il se passait quelque chose à Adro, au-delà du coup d'État et de la guerre, une chose qui était plus obscure que personne ne le soupçonnait. Ça lui donnait mal à la tête.

— Qui a bien pu tisser des sorts autour de moi ? Je ne peux même pas… Ah.

Elle.

Bo regarda l'intérieur de la caverne où dormait Ka-poel.

— Parle-moi de ta sauvage.

Elle était emmitouflée sur sa couche, ne dévoilant pas un pouce de peau. Seuls quelques cheveux roux dépassaient des couvertures. Celles-ci se soulevaient paisiblement au rythme de sa respiration.

— C'est une Dynize, expliqua Taniel. Pas de l'empire dynize, mais des plaines de Fatrasta.

— Comment es-tu tombé sur elle ?

— Quand Fatrasta a proclamé son indépendance, je me suis enrôlé dans cette guerre. Pendant treize mois, son village m'a servi de base. Sa tribu était alliée aux Fatrastans. De là, j'ai écumé tout le sud de Fatrasta avec mon unité, lançant des raids sur les villages kez, tuant des officiers et des Privilégiés, et même deux Gardiens. Son village était situé au plus profond des marais, impossible à trouver sans un guide indigène. C'était le campement parfait.

« Une autre tribu habitait ce même marais. Elle est restée neutre pendant la majeure partie de la guerre, mais, vers la fin du conflit, elle s'est laissé soudoyer par les Kez. Elle a attaqué le village de Ka-poel. Son peuple a réussi à la repousser, mais pas avant que vingt à trente enfants n'aient été capturés.

« Le village a demandé aux Fatrastans de les aider à les récupérer. Mais ils ont refusé. Ils étaient trop dispersés. On a ordonné à mon unité de quitter le village. Je suis resté pour aider les indigènes à libérer les enfants. Enfin, ceux qui n'avaient pas été tués.

Taniel sentit sa bouche s'assécher. Même maintenant, ce souvenir le hantait encore. La vision de dizaines d'enfants crucifiés sur des croix de barbelés, laissés suspendus aux branches noueuses d'arbres des marais couverts de mousse.

— Pourquoi ? demanda Bo.

Taniel eut un reniflement de mépris.

— Ils voulaient montrer aux Kez l'étendue de leur sauvagerie. Les Kez leur avaient offert des barils de whisky, des épices, des fusils, des chevaux. Tout ce qu'ils pouvaient désirer, du moment qu'ils les aidaient à détruire mon unité. Cette année-là, nous les avions saignés à blanc.

— Et qu'est-ce que tu as fait dans ce village ?

Taniel jeta une pierre dans le vide.

— J'ai rendu justice. Je n'en suis pas fier, mais je ne peux pas dire que je le regrette.

Taniel regarda des nuages vaporeux se faire et se défaire au gré de courants invisibles. Soudain, il eut froid et serra ses bras autour de son corps. Des souvenirs de meurtres, bien enfouis dans les replis les plus lointains de sa mémoire, ressurgirent soudain. Peut-être avait-il quelques regrets, tout compte fait.

Il se secoua de sa rêverie.

— Bref. Ka-poel était un peu plus âgée que les autres, mais ils l'avaient enlevée tout de même. Sans doute parce que c'était une Œil-d'os. J'ignorais ce que ça signifiait, et je n'en sais pas plus aujourd'hui. Hier, pour la première fois, je l'ai vue se servir de son pouvoir pour autre chose que flairer une piste. Mais j'avais compris depuis bien longtemps qu'elle était une sorte de Privilégiée.

Taniel fouilla ses poches et son sac jusqu'à ce qu'il tombe sur une charge de poudre. Il en mordit le bout, sentant le goût du soufre sur sa langue, et inspira d'un coup la moitié de la dose.

Bo le regardait d'un air soucieux. Taniel se détourna de la contemplation de la poudre en grattant machinalement sa peau exposée.

— Oh, ne me regarde pas comme ça, dit-il.

— Je n'ai encore jamais vu de sorcellerie pareille à celle qu'elle a déployée hier, ni de protection comme celle qu'elle t'a octroyée. En ce qui concerne les cabales royales, il y a trois types de sorciers : les Marqués, les Privilégiés et les Doués. On a rencontré des traces de magie mineure chez des shamans et des docteurs dans des lieux éloignés, mais rien qui soit d'une telle puissance. A-t-elle le troisième œil ?

— Oui, j'en suis sûr. Elle m'aide à traquer les Privilégiés.

Bo posa une main sur le front de Taniel. Il ferma les yeux, marmonna quelque chose, puis se recula d'un bond. Il nettoya sa paume sur la neige.

— Poix, tu pues la poudre. Mes yeux vont encore enfler et mes gencives me gratter. Quant à ta protection… Euh. Je n'en ai pas la moindre idée. En tout cas, elle a suffi à désamorcer mes pièges. Je ne sais pas si elle arrêterait une balle ou une lame. Peut-être ne fonctionne-t-elle que contre les sorts. Quoi qu'il en soit, je ne prendrai pas le risque d'essayer de le découvrir.

Taniel repensa au combat contre le lion des cavernes – contre Julène. Il avait bien failli tomber dans le gouffre. Puis une bordure rocheuse avait surgi du néant juste à temps pour l'empêcher de faire une chute mortelle. Il se demanda si c'était Ka-poel ou Bo qui l'avait sauvé. Il ne posa pas la question. Il ne voulait pas dépendre de quelqu'un d'autre pour sa protection.

Bo était capable de s'attribuer ce tour de magie, même s'il n'en était nullement responsable. Ou peut-être l'inverse. Bo avait toujours été imprévisible.

— Tamas t'a envoyé me tuer.

— Oui.

Ils évitèrent de se regarder.

— Je ne l'ai pas fait.

— Oui.

Bo avait l'air malicieux. Il jeta un regard torve à Taniel, puis sourit.

— J'aurais dû aller jusqu'au bout ?

Le sourire de Bo se fana.

— Il est au courant pour le pacte, alors ?

— C'est vrai ?

— Oui, grogna Bo. Ça fait partie des conditions requises lorsqu'on se joint à la cabale royale. (Il toucha doucement son col.) Un jour, il faudra que je venge le roi en tuant Tamas.

Il tira un pendentif de sa chemise. Un bijou très simple, d'argent tressé autour d'une seule gemme. Taniel se souvint avoir vu quelque chose qui y ressemblait au cou des Privilégiés kez morts. Même les sauvages n'avaient pas osé leur arracher.

— C'est… c'est ça ? demanda-t-il.

— Une escarboucle démoniaque, répondit Bo. De la magie très noire. Mieux vaut ne pas trop en savoir à ce sujet. Le pacte visant à protéger – ou venger – le roi est lié à cette pierre. Même en ce moment, je sens son attraction qui me pousse vers Adopest. Elle n'est pas encore trop forte, mais elle le deviendra. Si j'y résiste trop longtemps, elle finira par me tuer.

— Et la seule façon d'éviter ça est de venger le roi ?

Bo garda le silence.

— Donc, il te faut tuer mon père ?

Bo ramassa une pierre et la jeta dans le vide. Cette idée n'avait pas l'air de le réjouir.

— On devrait chercher un moyen de rompre cette malédiction, dit Taniel d'un ton qu'il espérait confiant. Des Privilégiés ne se mettraient pas un tel boulet au pied s'il n'y avait pas un moyen de s'en débarrasser. Ce n'est qu'un nouveau secret. Peut-être qu'un des Predeii le sait.

Taniel examina son ami. Il constatait seulement maintenant que le combat de la veille l'avait épuisé. Ses traits étaient tirés, sa peau ridée, flasque, comme s'il avait vieilli de quarante ans.

— Nous allons le chercher. Nous romprons ce pacte. Je te le jure.

Bo eut un gloussement las.

— Ce qui veut dire que mes yeux me gratteront chaque jour que je passerai avec toi, incorrigible optimiste. Viens. (Il se leva, s'étira.) Allons voir si on a vraiment tué cette garce.

XX

Le salon de la Maison des Winceslav était vaste, avec des murs de brique et une cheminée de granit assez grande pour y faire passer deux bœufs. Adamat avait refusé poliment le siège que le maître d'hôtel lui avait proposé et tournait en rond dans la pièce en attendant la maîtresse de maison. Il y avait un nombre conséquent de portraits de Dame Winceslav et feu son mari, Henri Winceslav, mais un seul tableau les représentant tous les deux en compagnie de leurs quatre enfants. La toile, peinte juste avant la mort du vieux duc, avait environ cinq ans ; depuis, d'après l'enquête d'Adamat, les enfants avaient tous été envoyés en pension ou à la campagne avec leurs gouvernantes.

Adamat examina le sol, les murs et les portes. On pouvait en apprendre beaucoup sur la fortune ou les infortunes d'une vieille famille adrane en inspectant l'état de son manoir. Lorsque l'argent venait à manquer, l'entretien et les réparations passaient souvent au second plan alors qu'on congédiait des domestiques et que les matériaux se faisaient rares.

Tout était impeccable. Les meubles de bois et les bronzes étaient polis de frais, le sol récemment remplacé, les briques époussetées. Même sans le Seigneur Winceslav pour les diriger, ses mercenaires se débrouillaient bien. Ils luttaient contre les Kez à Fatrasta, contre les Gurlans au nom des Brudanians, et à peu près partout où les colons des Neuf avaient trois sous pour les payer.

Adamat dut se rappeler que le Seigneur Winceslav n'était pas seul responsable de la création des Ailes. On disait que Dame Winceslav avait l'esprit assez vif pour faire la pige à la plupart des maréchaux et, qu'avant sa mort, le vieux duc dépendait de ses conseils. Le vieux Winceslav était lui-même loin d'être bête, et était habile avec les mots comme avec les hommes. Sa dame était pleine d'astuce et avait l'esprit pratique ; une planificatrice née, capable de calculer à long terme.

Lorsqu'il entendit des voix dans le vestibule, Adamat se tourna vers la porte et lissa l'avant de son gilet. Un petit groupe entra dans le salon : trois hommes et une femme, tous en uniforme blanc avec des écharpes dorées de militaires en travers de la poitrine. Quatre brigadiers des Ailes d'Adom. Peu après, Dame Winceslav s'annonça à son tour. Elle portait une robe équestre de laine soyeuse mauve, le col relevé en dépit de la chaleur inhabituelle en cette saison, et un châle assorti drapé sur ses épaules. Ses bottes à talons cliquetaient sur le plancher de bois.

Les commandants regardèrent Adamat avec une certaine lassitude. Il reconnut deux d'entre eux, qu'il avait vus sur un autre tableau accroché dans le grand vestibule de l'entrée : le brigadier Ryze était le plus âgé, plus vieux que le maréchal Tamas lui-même, avec des cheveux aussi blancs que son uniforme. Il avait des cicatrices visibles sur les mains et le visage, et un bandeau de lin blanc recouvrait l'un de ses yeux, cachant une plaie reçue sur le champ de bataille cinq ans plus tôt.

La brigadière Abrax était une femme à l'apparence diamétralement opposée à celle de Dame Winceslav. Elle portait des cheveux blonds coupés court et bien dégagés au-dessus des oreilles. Son visage était tanné après moultes campagnes à Gurla. Son uniforme était identique à ceux de ses pairs, si l'on exceptait la légère protubérance d'une poitrine menue. Elle toisait Adamat avec une froideur qu'il avait rarement ressentie.

Les deux hommes les plus jeunes étaient le brigadier Sabastenien et le brigadier Barat. Comparés à leurs anciens, ils étaient beaucoup moins marqués par la vie et avaient presque l'air de gamins jouant avec l'uniforme de leur père. Chacun devait avoir un peu plus de vingt ans.

Le brigadier Barat s'approcha d'Adamat.

— Puis-je voir vos lettres de crédit ? demanda-t-il.

Adamat fronça les sourcils face à une telle impertinence.

— Je les ai montrées au maître d'hôtel dès mon arrivée. Tout est en ordre.

— Néanmoins…

Adamat tira une enveloppe de sa poche et la tendit au jeune homme. Il se força à ravaler son indignation. Contrairement à bien des armées, chez les Ailes, on ne pouvait s'acheter un grade. Être brigadier si jeune était remarquable.

Le brigadier Barat examina ses papiers – soit, la lettre de Tamas qui lui octroyait toute latitude dans le cours de son enquête. Il traversa la pièce pour les tendre à ses anciens.

— Pourquoi, demanda lentement le brigadier Ryze, Tamas ressent-il le besoin de menacer de façon plus ou moins implicite ses conseillers les plus proches ?

— Simple précaution, répondit Adamat. Une assurance qui m'autorise à mener mes investigations rapidement et sans… anicroches.

Sauf qu'il y en aurait, il en était sûr. La lettre de crédit de Tamas promettait que quiconque chercherait à nuire à son enquête serait considéré comme coupable. Et pourtant, même une centaine de documents tels que celui-ci ne pourraient empêcher les nobles de vouloir garder leurs petits secrets. Adamat se demanda si Tamas tiendrait sa promesse, si on le retrouvait mort dans le caniveau devant le manoir.

Le brigadier Ryze rendit la lettre au brigadier Barat, qui la donna à Adamat. Celui-ci la prit sans le remercier et la remit dans sa poche. Il pouvait presque sentir Barat bouillonner de colère alors qu'il rejoignait ses supérieurs. Ce jeune homme venait de la noblesse, il l'aurait parié. Le genre à mépriser quiconque placé en dessous de lui pour mieux cirer les pompes de ses supérieurs.

— Finissons-en, déclara le brigadier Ryze. Dame Winceslav n'a rien à cacher.

Adamat parcourut du regard les quatre soldats avant de se tourner vers la maîtresse des lieux. Elle était assise sur sa gauche dans un coin du salon, derrière les brigadiers, comme si elle s'attendait à n'être qu'un témoin de leur échange. Elle parut surprise lorsqu'Adamat s'adressa directement à elle.

— Avez-vous informé les Kez du lieu de votre rendez-vous avec le maréchal Tamas ?

— Comment osez-vous !

Le brigadier Barat se leva, sa main se posant sur l'épée courte passée à sa ceinture.

Adamat attendit pour laisser le temps aux soldats de réprimander leur jeune camarade. En vain. L'inspecteur désigna la chaise de Barat de la pointe de sa canne.

— Asseyez-vous.

Le brigadier le regarda en clignant des yeux, les mâchoires serrées, avant de regagner son siège.

— Dois-je reposer ma question, ma Dame ?

— La réponse est non, répondit-elle.

Adamat se permit un petit sourire.

— Prions que vous soyez tous aussi francs et honnêtes.

— Ça n'est pas nécessaire, fit la brigadière Abrax.

Elle avait le ton d'une maîtresse d'école, débitant les mots d'une façon sèche et rapide.

Adamat se tut un moment. Les brigadiers s'assirent comme pour former un cercle de défense autour de la maîtresse de maison. Il se demanda s'ils étaient là pour l'empêcher de parler ou s'ils étaient vraiment aussi protecteurs.

— Je suis ici pour vous interroger *vous*, ma Dame. Pas pour subir la condescendance de vos brigadiers. Je suis sûr que vous avez des serviteurs pour ça.

Intérieurement, Adamat eut un mouvement de recul. Il se laissait emporter. Il pouvait encore entendre son ancien commandant du temps de ses jeunes années dans l'armée. Le vieil homme avait clairement expliqué la façon dont il convenait de parler aux nobles : ne *jamais* les contrarier.

Dame Winceslav examina Adamat de sous le rebord de son chapeau. Ses yeux étaient placides, ses mains posées tranquillement sur ses genoux. Elle se leva pour traverser la pièce et s'assit juste en face de lui.

— Posez vos questions, inspecteur.

Malgré sa politesse, ses mots trahissaient un sentiment de supériorité et son nez était légèrement levé.

Adamat eut un soupir. C'était le mieux qu'il puisse espérer.

— Pourquoi avez-vous soutenu le coup d'État de Tamas ?

— Oh, pour bien des raisons. Pour commencer, si Manhouch avait signé les Accords avec les Kez, les Ailes d'Adom auraient été dissoutes.

— Pourquoi ? Les Ailes d'Adom sont juste basées à Adro. Elles n'ont aucune allégeance envers le roi.

— Cela faisait partie des négociations. (Elle se pencha en avant.) Savez-vous pourquoi Ipille veut régner sur Adro ?

— À cause de nos ressources naturelles abondantes ?

— Ça en fait partie, oui. Mais surtout, Ipille et sa cabale royale ont peur d'Adro. À Kez, ce sont les différentes cours qui dirigent le pays. Aucune décision n'est prise sans leur consentement. Adro est différente. Malgré ses défauts, Manhouch était un roi à l'esprit ouvert. Il a permis aux syndicats, aux poudremages et à mes mercenaires d'opérer indépendamment des cours. C'est ce qui a fait la force d'Adro. Mais la cabale royale de Kez craint que les poudremages ne rendent les Privilégiés obsolètes. Ils redoutent que les Montagnards, qui contrôlent les principales routes commerciales, essaiment dans tous les Neuf. Et ils ont peur des Ailes d'Adom, car Henri a assemblé les plus grands esprits militaires et les hommes les plus courageux de tous les Neuf et a acheté – et gagné – leur loyauté. Les Accords stipulaient que les poudremages seraient dissous également, que les Montagnards réduiraient leurs effectifs et que les Ailes d'Adom ne pourraient plus opérer à l'intérieur des frontières d'Adro. (Elle secoua la tête.) Je ne pouvais le tolérer, et je ne le tolèrerai jamais.

— Vous auriez pu installer votre quartier général dans un autre pays – à Fatrasta, même, loin de l'influence d'Ipille.

— Non, répondit Dame Winceslav. Mon mari a choisi Adro parce que c'était son pays, sa fierté. Les Ailes d'Adom ne sont pas une compagnie mercenaire comme les autres. Ils sont les défenses secondaires d'Adro. Et c'est en tant que tel que Tamas va les employer dans la guerre à venir. J'entends bien respecter la vision d'Henri.

Adamat examina Dame Winceslav. Ses joues étaient rougies, et elle avait élevé la voix. Elle était très impliquée dans la compagnie fondée par son mari, et dans les affaires d'Adro. Si elle jouait la comédie, c'était une actrice née.

— Et les Ailes monnayent les services qu'ils rendent à Adro ?

— Ils recevront une partie des terres confisquées à la noblesse.

— Et si les Kez vous proposent une récompense plus importante que ce qu'Adro peut vous offrir ?

Dame Winceslav se redressa de toute sa taille :

— Les Ailes d'Adom n'ont jamais changé de camp après avoir accepté un contrat.

— Veuillez me pardonner. Quelles sont vos autres raisons de soutenir le coup d'État ?

Dame Winceslav se ressaisit.

— Je partage l'opinion de Tamas concernant la monarchie. C'est une institution obsolète et corrompue.

— Vous-même êtes une figure éminente de la noblesse.

Dame Winceslav tira de sa manche un éventail brodé, l'ouvrit d'un coup sec et s'éventa.

— Contrairement aux apparences, je ne suis pas née avec un titre. Henri était mercenaire à Gurla et j'étais la plus jeune fille d'un marchand. Après qu'Henri a fait fortune dans le textile, il a formé les Ailes d'Adom et acheté son titre de duc à un vieillard infirme qui n'avait ni femme ni enfant.

Adamat cligna des yeux.

— Le Duc Winceslav n'était pas son père ?

Elle regarda son expression et eut un petit rire.

— Oh, Kresimir, non. Bien sûr, nous ne le crions pas sur les toits. En fait, en dehors de cette pièce, rares sont ceux qui sont au courant. Tamas en fait partie. Et je ne vous le confie que dans l'espoir d'être rayée de la liste des suspects. Tamas et moi sommes des âmes sœurs. Jamais je ne souhaiterais sa mort.

Adamat jeta un œil aux quatre commandants mercenaires. Ils lui rendirent son regard sans ciller, comme des requins.

— Avez-vous parlé à qui que ce soit, même à vos plus proches confidents, de la réunion du conseil ?

— Non, répondit Dame Winceslav, le menton levé. Tamas l'a formellement interdit. Pas même mes brigadiers n'étaient dans la confidence. (Elle se tourna brièvement vers eux.) Bien qu'ils le regrettent.

Adamat posa encore quelques questions avant de se rasseoir en croisant les mains sur les genoux. Il lutta pour ne pas grimacer. Il faisait chou blanc. Winceslav était une vraie dame. Polie et charmante, mais qui n'abattait pas ses cartes. Cette histoire comme quoi son mari aurait acheté son titre de duc… Adamat était sûr que tous ceux qui auraient pu se servir de cette information pour lui nuire avaient fini sur la guillotine le mois précédent.

— Merci de votre franchise, déclara l'inspecteur en prenant soin d'avoir l'air dûment sincère. C'est appréciable. (Il se tourna vers le maître d'hôtel qui venait d'entrer.) Avez-vous rassemblé le personnel du manoir ?

L'homme acquiesça sobrement.

Adamat se leva en même temps que Dame Winceslav. Les brigadiers firent de même. Adamat prit la main que la femme lui offrait et la toucha de son front.

— Je vais essayer d'en terminer le plus vite possible.

— Mon personnel et le manoir sont à votre entière disposition pour la journée, inspecteur.

Adamat s'arrêta dans l'entrée.

— Encore une chose, ma Dame. Avez-vous des raisons de soupçonner un des autres membres du conseil ?

Dame Winceslav s'arrêta, puis se rassit.

— Personne ne me vient à l'esprit. Charlemund est un homme de Kresimir. Jamais je ne soupçonnerais le vice-chancelier. Le doyen est un vieil ami de la famille, un lettré. Le Propriétaire doit certainement être en haut de votre liste. Après tout, malgré ses relations, c'est un criminel. J'ai entendu dire que Tamas et Ondraus se disputent depuis des semaines les registres de la ville, bien que je doute que cela aille plus loin. (Elle fronça les sourcils.) J'ai aussi entendu que juste après le coup d'État, Ricardo Tumblar avait envoyé à Kez une délégation issue de son syndicat. Il semblerait qu'il veuille y fonder une section.

Dame Winceslav se leva et le salua. Les brigadiers se mirent en ligne derrière elle, le laissant seul avec le maître d'hôtel.

* * *

Adamat interrogea le personnel et les gardiens pendant des heures avant de s'en aller inspecter les jardins du manoir. SouSmith le rejoignit, engoncé dans ses nouveaux vêtements qui semblaient prêts à craquer.

— Alors ?

— Cette vieille chouette est douée, répondit Adamat. Malgré ce que ses brigadiers veulent nous faire croire.

Il jeta un coup d'œil par-dessus son épaule. Barat et Abrax sortaient justement par une porte de service. Ils ne firent pas le moindre effort pour cacher le fait qu'ils filaient Adamat et SouSmith. Adamat repéra une petite dépendance située un peu plus loin et vira de bord pour traverser un parterre qui y menait directement. Il voulait juste voir jusqu'où les brigadiers les suivraient.

— Les brigadiers qui l'entourent sont extrêmement protecteurs. C'est probablement l'un d'entre eux qui a trahi Tamas, pas elle – bien qu'elle prétende qu'ils ignoraient tous l'emplacement du rendez-vous. Bien sûr, quelqu'un peut l'avoir espionnée, ou même… (Il réfléchit à cette idée avant de l'exprimer à voix haute.) Peut-être qu'elle parle dans son sommeil.

SouSmith lui jeta un drôle de regard.

— Il est toujours possible qu'elle couche avec un ou plusieurs de ses brigadiers, même si cette idée n'est pas très convenable. Comme je la vois mal portée vers les femmes, ça élimine donc Abrax. Sabastenien et Barat sont tous deux de beaux jeunes hommes, tandis que Ryze a un côté buriné qui, en général, plaît aux femmes, quel que soit leur âge.

Ils suivirent un vieux sentier décrivant une boucle vers les étables pour continuer à travers une épaisse forêt. Les deux brigadiers les suivirent à bonne distance.

— Parmi le personnel, personne n'a rien vu de suspect durant les deux derniers mois. Ils se souviennent que Tamas a souvent rendu visite à leur dame durant cette dernière année, mais plus depuis le coup d'État. Ils n'ont également pas vu le moindre étranger, en tout cas rien qui suggère un agent kez. (Adamat secoua la tête.) Pour l'instant, elle est tout en bas de ma liste de suspects. Mais il y a quelque chose qui me chiffonne. Elle a dit que Ricardo Tumblar a envoyé une délégation au roi Ipille de Kez. C'est bien la première fois que j'en entends parler. Ce qui me pousse à me demander… (Il tapa sur le sol avec sa canne.) Nous sommes arrivés.

Ils atteignirent la calèche qui les attendait avec une douzaine de coudées d'avance sur les brigadiers Abrax et Barat. Adamat se retourna et s'appuya contre la portière. Les deux soldats s'approchèrent sans hésitation.

La brigadière Abrax prit la parole d'une voix distante, froide, comme si elle pensait à une bataille se déroulant bien loin de là, et qui ne lui laissait que peu de temps – et d'intérêt – à consacrer à Adamat.

— J'espère qu'en ce qui concerne notre maîtresse, votre enquête est terminée, inspecteur.

— Mon enquête est toujours en cours. Si j'ai à nouveau besoin des lumières de Dame Winceslav, je ne manquerai pas de lui faire savoir.

— Il est hors de question de la déranger une nouvelle fois ! s'indigna Barat.

La brigadière lui jeta un regard insondable qui le fit taire.

Adamat fit semblant d'ignorer Barat pour se concentrer sur Abrax. Discrètement, il examina le jeune homme. Pourquoi une telle véhémence ? Était-ce une affection filiale envers la veuve ou quelque chose de plus profond ? Il déclara à voix haute :

— Je mène une enquête. Je ne suis pas un camelot qui harcèlerait votre maîtresse sans raison. J'ai d'autres suspects à *déranger*.

Le brigadier Barat s'avança alors que la porte de la calèche se refermait. Il posa la main sur le rebord de la fenêtre.

— Il vaut mieux ne pas se frotter aux Ailes d'Adom, inspecteur. N'essayez pas d'abuser de votre autorité.

Adamat repoussa les doigts du brigadier du bout de sa canne.

— Et vous, jeune homme, n'abusez pas de ma patience. J'ai déjà maté bien pire que vous.

Adamat frappa deux coups sur le plafond et l'attelage se mit en mouvement. Tôt ou tard, cet homme finirait par devenir un problème.

* * *

— Bo dit que tu m'as enveloppé de sorts de protection.

Taniel pressa le pas pour se tenir aux côtés de Ka-poel. Celle-ci lui jeta un regard torve, ses yeux verts restant insondables. Alors qu'ils descendaient le sentier de montagne, elle l'avait évité, se plaçant toujours loin en avant ou en arrière. Peut-être était-ce une coïncidence, mais elle était toujours emmitouflée jusqu'aux oreilles, ce qui l'empêchait d'entendre Taniel quand il passait à côté d'elle. Peut-être, mais il en doutait fort. Elle savait qu'il avait des questions à lui poser.

Un autre regard interminable. Ils continuèrent de crapahuter dans la neige, leurs pas rendus maladroits par les raquettes qui les empêchaient toutefois de crever la couche supérieure et de s'enliser jusqu'aux genoux.

— Merci, reprit Taniel.

Elle lui jeta un nouveau regard, surpris cette fois-ci. Il réprima un sourire.

— Il dit que tu es très puissante.

Elle s'arrêta un instant, puis se tourna vers lui.

— Je me demande ce que j'ai fait pour mériter ta protection.

Ka-poel tendit la main pour toucher son visage.

Une image jaillit dans son esprit : Ka-poel, nue, terrifiée, en larmes au fond d'une hutte au sol boueux. Ils l'avaient aveuglée à l'aide d'herbes pour qu'elle ne puisse s'échapper et, malgré tout, lorsque Taniel était entré dans la hutte, elle avait agité un bâton pointu au hasard, cherchant à tuer un de ses ravisseurs. Elle avait alors reconnu sa voix, et il avait réussi à la calmer. Il se rappelait les coupures sur son ventre et ses cuisses et le sang sur son visage.

Cette vision laissa Taniel bouche bée. Il ralentit pour se reprendre : ses jambes semblaient s'être changées en coton. Était-ce son œuvre ? La scène s'était déroulée devant ses propres yeux. Comment pouvait-elle… ? Il secoua la tête. Il avait renoncé à déterminer l'étendue de ses pouvoirs.

Ils atteignirent le début de la piste menant au Poste des Montagnards. Bo cheminait à quelques pas d'eux. Lorsque Taniel l'entendit inspirer sèchement, il courut le rejoindre.

On aurait dit que le monde entier s'étalait devant eux. En contrebas, Docouronne était posé sur la crête montagneuse séparant Kez et Adro, comme un bouchon au milieu d'une digue. Et Taniel vit des hommes, réduits à la taille de fourmis par la distance.

Toute une troupe occupait le bassin situé juste en dessous de Docouronne du côté kez. Une mer de tentes s'y étendait et des routes sinuaient comme des serpents jusqu'au cœur de la capitale, chacune se tortillant comme des insectes cheminant en rang.

— Une armée, fit Bo en un souffle.

— Toute cette fichue Grande Armée.

Taniel inspira une ligne de poudre.

— Ou une bonne partie, grogna Gavril.

— Poix, d'où sort-elle ? demanda Taniel. On est restés sur cette montagne, quoi, six jours ?

— Sept, corrigea Gavril.

— Ils n'étaient pas là à notre départ.

Gavril se contenta de hausser les épaules.

— J'étais trop bourré pour le remarquer.

— Ils n'étaient pas là, répéta Taniel, sûr de lui. On a déclaré la guerre il y a… (il fit un rapide calcul dans sa tête) moins de trois semaines. Comment ont-ils pu rassembler toute une armée en si peu de temps ? Et que font-ils là alors que le Col de Surkov est une cible bien plus évidente ?

Taniel constata que tous regardaient Bo.

— Julène, fit-il avec un reniflement méprisant.

— Non, répondit Taniel. Elle ne pouvait être au courant. Elle est restée à mes côtés pendant cinq semaines.

— Ce n'est pas *son* armée, remarqua Bo. Mais je te parie qu'elle saura l'utiliser à son profit.

— Comment ?

— Des plans à l'intérieur d'autres plans, répondit Bo en évitant le regard de Taniel. Un jour, elle a laissé entendre qu'elle était bien introduite dans les cours kez.

— On ne trouvera pas son cadavre, n'est-ce pas ?

Bo secoua la tête.

— De toute façon, elle est tombée du côté kez.

— Alors que fait-on maintenant ? demanda Taniel.

Gavril inspira profondément.

— On reprend nos places au milieu des Montagnards. Et on fait ce que nous faisons depuis mille ans. (Il se redressa de toute sa taille imposante.) On défend Adro.

Ils atteignirent la forteresse en milieu d'après-midi. Un petit groupe d'hommes et de femmes attendaient devant la porte nord-est. Plus près d'eux, trois femmes couraient sur le chemin. Inutile de se demander de qui il s'agissait.

Pour le sexe opposé, les Privilégiés étaient de véritables aimants. Il était communément admis que c'était une conséquence de leur pouvoir et de leur statut social. On savait également que leurs interactions constantes avec l'Autre aiguisaient leurs besoins sexuels. Rares étaient les Privilégiés, surtout les hommes, qui n'avaient pas leur propre harem. Bo ne faisait pas exception.

Il les repoussa d'un geste brusque de la main, elles comme les questions qui se pressaient sur leurs lèvres, préférant rejoindre Fesnik et un autre Veilleur du nom de Mozes. Ils quittèrent le petit groupe sans un mot. Ka-poel disparut à son tour, laissant Taniel seul avec Gavril.

— Je veux voir cette armée d'un peu plus près, dit le Montagnard.

Taniel le suivit dans le bastion. Il avait lui aussi besoin de renseignements s'il voulait faire son rapport à Tamas.

Il y avait des travailleurs partout. Le poudremage n'aurait jamais cru que le Poste des Montagnards puisse contenir tant de monde. Il se demanda si on avait envoyé des renforts d'Adopest. Les Veilleurs grouillaient, comme pris de frénésie, et la plupart étaient armés de fusils. Mais, malgré toute cette agitation, personne ne *faisait* rien. Les Montagnards étaient en pleine forme, et ils s'étaient bien préparés. Maintenant, ils attendaient l'inévitable assaut.

Le mur sud de la forteresse était un ancien bastion conçu pour épouser les contours de la montagne. Depuis l'avènement de l'artillerie, des tirs en hauteur pouvaient facilement atteindre la ville tout en laissant la muraille quasi intacte. Elle était ponctuée de meurtrières à canon fixes – autant qu'on puisse en fourrer dans un espace réduit. Le tout était plutôt propre et bien entretenu.

Taniel et Gavril se rendirent à la pointe du bastion. De là, ils pouvaient voir tout le flanc de la montagne. Taniel ne put s'empêcher de se demander si les troupes kez étaient assez suicidaires pour tenter de prendre le Poste des Montagnards. Il y avait des lieues de terres dégagées clairement exposées aux tirs d'artillerie et d'armes à feu et un seul chemin pour accéder à la forteresse – par la route. Sinon, il faudrait escalader les pentes, puis le mur, le tout sous un feu nourri.

Taniel leva le pouce pour évaluer la distance.

— À mi-chemin, dit Gavril, il y a une bourgade du nom de Mopenhague. C'est là qu'ils ont installé leur camp secondaire.

— C'est loin ?

— À vol d'oiseau ? Trois lieues. Juste hors de portée de l'artillerie.

— Mais à ma portée à *moi*.

Lorsque la bataille commencerait, Taniel fracasserait quelques têtes, et ils devraient reculer d'une lieue.

— Par les orteils de Novi ! s'écria Gavril en fronçant les sourcils. Quels idiots. (Il prit un jeune Veilleur par l'épaule et désigna la pente.) Qui les a laissés se rapprocher aussi près ? Ils sont à portée de mousquet, c'est sûr. Ils sont presque dans nos redoutes !

Le garçon haussa les épaules.

— Désolé. Ils ont débarqué en nombre, comme ça. Personne n'a donné l'ordre d'ouvrir le feu. Lorsque l'armée est arrivée, on a envoyé un coursier à Adopest, mais on n'a pas encore reçu la moindre directive.

Taniel fouilla des yeux la pente, cherchant l'endroit que Gavril lui désignait. Là, un mince ruban de silhouettes montait ou descendait la route en lacets. Leurs uniformes étaient couleur sable avec des broderies vertes. Des hommes d'infanterie kez. Ils portaient du bois et des outils pour les entasser juste en dessous des redoutes. Les soldats adrans qui les gardaient se contentaient de les regarder travailler.

— Poix, jura Gavril.

Il franchit la porte à grandes enjambées furieuses pour continuer sur la route. Taniel ramassa son fusil et une corne de poudre de rechange et s'empressa de le suivre.

Les redoutes étaient une série de six petits forts saillant des premiers lacets de la route. Chacun contenait un petit canon fixe et assez de servants pour le manipuler avec quelques fusiliers en sus. On avait déblayé récemment la neige qui les encombrait et les pièces d'artillerie plus importantes avaient été remisées dans la forteresse. Taniel présuma que personne ne devait les avoir occupées depuis au moins un siècle.

Taniel et Gavril continuèrent leur chemin à flanc de montagne jusqu'à la première redoute. Le Montagnard alla se tenir face au premier lacet.

— Qui est le caporal en charge ? demanda-t-il.

Un homme leva la main. C'était un soldat de l'armée régulière, portant l'uniforme bleu des troupes de Tamas, envoyé d'Adopest pour renforcer les Montagnards. Il toisa Gavril d'un air sceptique.

— C'est moi. Qui le demande ?

— Un Veilleur. Pourquoi laissez-vous les Kez installer leur artillerie et… (il regarda par-dessus le mur) creuser des tunnels de sape ?

Taniel fronça les sourcils. Pourquoi les Kez creuseraient-ils des tunnels de sape ? Ils étaient trop loin pour s'attaquer aux fondations des bastions, et s'ils avaient assez d'hommes, ils pouvaient toujours prendre les redoutes – une stratégie qui aurait la préférence de la plupart des généraux. Elles n'étaient qu'un point avancé. Dès que l'ennemi aurait franchi ce premier lacet, les Adrans se retrancheraient dans la forteresse.

Le caporal coupa le flot de dénigrement de Gavril.

— Écoute, je ne vais pas supporter tout ça sans rien dire. D'accord, je ne suis pas un Veilleur, mais je reste plus gradé que toi… Qui que tu sois.

Taniel ignorait le rang de Gavril. Les Montagnards avaient leur hiérarchie bien à eux. Il désigna sa propre broche en forme de baril de poudre.

— Et je *suis* plus gradé que toi. Écoute-le.

Le caporal lui jeta un regard noir, bien que Gavril fasse deux têtes de plus que lui et pèse le double.

— Alors qu'est-on censés faire ?

Taniel entendit le colosse grincer des dents.

— Ton fusil est chargé ?

Taniel lui tendit son arme. Gavril l'examina, passa un doigt sur le canon, puis eut un sifflement admiratif.

— Ce que vous êtes censés faire ? Ça, dit-il au caporal.

Il se pencha par-dessus le rempart et ouvrit le feu. À moins de cinquante pieds de là, un sapeur s'écroula à terre. Des ouvriers kez s'empressèrent de se mettre à couvert.

Gavril rendit son fusil à Taniel.

— La guerre est déclarée. (Il se tourna vers le caporal.) Tire ces enfoirés comme des lapins jusqu'à ce qu'ils s'enfuient ou qu'ils fassent venir des Privilégiés pour qu'ils t'écrasent comme une fourmi.

Le caporal regarda Taniel, cherchant confirmation.

— Exécution, dit-il.

Il emboîta le pas à Gavril, qui remontait vers la forteresse. Derrière eux, des coups de mousquet se firent entendre, suivis par les cris des soldats ennemis.

— Est-ce qu'un Privilégié pourrait vraiment écraser ces redoutes d'un seul clin d'œil ? demanda Taniel.

L'artillerie légère toussota derrière eux.

— Allez-y ! cria Gavril à la redoute suivante. Mitraillez tout ce qui passe à votre portée ! (Puis, se tournant vers Taniel :) Tout ce pan de montagne regorge de sorts de protection. Chaque brique des redoutes et du bastion a été enduite de magie dès sa construction.

— C'était il y a un siècle, remarqua Taniel en jetant un regard indécis en arrière.

La cabale royale ne tarderait pas, il en était sûr. Il se demanda combien de temps Bo pourrait les retenir. C'était un Privilégié, mais il était seul.

— En ce temps-là, répondit Gavril, leur magie était plus forte. On dit que depuis l'avènement de la poudre, le pouvoir des Privilégiés n'a cessé de diminuer. Jadis, leurs sorts de protection pouvaient durer mille ans. Maintenant, ils disparaissent avec celui qui les a tissés.

Gavril semblait en savoir long sur les sorciers. Taniel étudia le géant. Il n'avait plus rien de l'ivrogne qui l'avait guidé jusqu'en haut de la montagne une semaine plus tôt.

Lorsqu'ils rentrèrent dans la forteresse, Mozes, Bo et Fesnik les attendaient sur le bastion.

— Je vois que tu as ordonné de tirer, dit Bo.

Un tissu recouvrait son nez et sa bouche. Taniel inspira. Des nuages de fumée de poudre dérivaient déjà vers eux. Bientôt, ce serait encore pire. Lorsque l'artillerie s'y mettrait, Bo risquait de souffrir le martyre.

— Il fallait bien que quelqu'un le fasse, répondit Gavril.

En entendant les coups de feu, des Veilleurs s'étaient précipités. Ils regardaient maintenant les sapeurs battre en retraite le long de la montagne.

— Hé, vous, lança Gavril à un autre petit groupe. Préparez les canons. Faites quelques tirs de soutien. S'il y a une chose dont on ne manque pas, c'est bien de munitions. Je ne veux pas que ces sapeurs atteignent la plaine.

Bo et Mozes se regardèrent longuement.

— Tu prends la tête des opérations ? demanda Mozes au Montagnard.

— Poix, non ! Je secoue un peu les hommes en attendant Jaro. Où est-il ?

Mozes secoua la tête.

— Il est bien plus malade qu'on ne le croyait. Il peut à peine bouger. D'après les docteurs, il ne passera peut-être pas la nuit.

Un instant, Gavril s'assombrit, puis il disparut derrière une façade de pierre.

— Alors, ainsi soit-il. (Il virevolta sur un pied et partit le long du rempart.) Vous, là. Amenez-moi ces boulets. Encore des barils de poudre !

Et il continua son chemin, aboyant des ordres tout en agitant ses poings gros comme des jambons.

Jaro devait être le Maître des Veilleurs, se dit Taniel.

— Un instant ! s'écria-t-il. C'est *lui* le commandant en second ?

— Il était le premier avant qu'il se mette à boire, répondit Bo.

Mozes avait suivi Gavril, et Fesnik était allé chercher un fusil.

— C'est vrai, comme guide, il est compétent, mais… *lui ?*

— Oui. Lui. (Bo secoua la tête.) Il, heu… Ce n'est pas à moi de te le dire. Mais ne t'en fais pas, Gavril est notre homme. Ah, ajouta-t-il en regardant par-dessus le rempart. Je vois qu'ils sont prêts à rendre les coups.

Une compagnie de soldats était sortie de Mopenhague. Une deuxième la suivit, puis encore une autre. Apparemment, ils allaient tenter un assaut prématuré. D'ici à ce qu'ils soient à portée de tir, il ferait nuit. Mais la guerre avait commencé.

* * *

— Au suivant !

Nila s'avança jusqu'à atteindre la tête de la file. Elle se tenait devant l'escalier de la Maison des Nobles, le nouveau Q.G. de l'armée adrane. Derrière elle, les guillotines qui avaient éliminé la noblesse avaient été démontées depuis longtemps, mais les traces du sang qu'elles avaient versé tachaient toujours les pavés. Le soleil martelait ses épaules et le vent soulevait ses boucles châtaines. Elle les lissa contre sa tête. Dans sa nouvelle robe, elle avait l'air cent fois plus riche que n'importe qui d'autre dans la foule des chômeurs.

L'employé derrière la table la toisa de haut en bas.

— T'as pas l'air d'avoir besoin de travailler.

Il portait un uniforme bleu de l'armée adrane avec l'emblème des quartiers-maîtres sur sa poitrine, placé sous trois bandes de service.

— Je suis lavandière, dit Nila en relevant fièrement la tête. Je prends soin de mes vêtements.

— Une lavandière, hein ? Dole, les Nobles Guerriers du Travail ont-ils besoin d'une lavandière ?

Un homme assis derrière la table suivante leva les yeux pour la toiser à son tour.

— Non. Les chefs disent qu'on en a déjà de trop.

Nila rajusta sa jupe.

— J'ai entendu dire que l'armée en manquait.

— Ma fille, quelqu'un comme toi ne devrait pas s'engager dans l'armée. (Le quartier-maître s'adossa à sa chaise.) C'est pas une bonne idée, c'est tout.

— On dit qu'ils paient bien. Ils vous donnent une tente et tout l'équipement. Je pourrais me faire dix fois la solde d'un soldat.

— C'est vrai, convint le quartier-maître. Mais si j'étais toi, je ne m'en vanterais pas. On paie mieux que le syndicat pour quelqu'un de ta profession. Tu es sûre de toi ?

— J'ai besoin d'argent, répondit Nila. (Elle désigna d'un coup de tête l'endroit où s'était tenue la guillotine.) Mon dernier employeur a perdu la tête, et personne d'autre ne paie aussi bien.

— Oui, c'est ce que j'entends souvent ces derniers temps. T'es pas une de ces royalistes, non ?

Nila se pencha en avant et dit à voix basse :

— Depuis mes onze ans, mon seigneur me mettait dans son lit deux fois par jour, dit-elle en relâchant autant de fiel que possible dans sa voix. Lorsque sa tête a roulé sur le billot, je lui ai craché dessus.

— Je vois. (Le quartier-maître mordit le bout de son crayon.) Tu as du chien. Quelque chose me dit que tu peux te débrouiller. Néanmoins, je vais te faire travailler pour les officiers. C'est plus sûr. Enfin, en général. Tu sais coudre ? Je crois que le maréchal a besoin d'une couturière.

— Ce serait parfait, dit Nila en lui décochant le premier vrai sourire qu'elle ait eu depuis des semaines.

XXI

Tamas se réveilla au son de ses propres hoquets. Il s'assit sur les coudes, luttant pour contrôler sa respiration. Il avait l'impression qu'un moulin à vent était posé sur sa poitrine. Il repoussa les couvertures enroulées autour de ses pieds et se pencha vers le sol.

Ces temps-ci, il dormait dans son bureau du dernier étage de la Maison des Nobles, renonçant aux épais coussins du canapé royal pour une simple mais confortable paillasse de soldat installée dans un coin de la pièce. Le matelas de toile rugueuse était détrempé de sueur, tout comme ses vêtements de nuit et ses cheveux. Il s'enserra de ses bras, frissonnant alors que la couche de transpiration commençait à sécher. L'horloge, visible à la clarté de la lune, indiquait trois heures et demie du matin.

Ses rêves lui revinrent, brisés, brouillés comme des souvenirs du temps jadis. Lorsqu'il y repensait, ses mains tremblaient. Et ce n'était pas à cause du froid. Dans ses songes, des hommes mouraient – des soldats qu'il avait côtoyés toute sa vie, des amis et des connaissances, et même des ennemis. Tous ceux qui avaient un jour croisé sa route. Ils s'alignaient sur le bord de la montagne du Pic du Sud et, un par un, sautaient dans un lac de lave incandescente. Taniel y était également, bien que son destin soit occulté. Il frissonna. Où était Vlora dans ce rêve ? Il avait vu Sabon s'abîmer dans le volcan, mais où était Olem ?

Tamas inspira péniblement. Il se rendit au balcon et y resta un bon moment, à regarder la pleine lune. Le ciel nocturne était dégagé, si ce n'était un mince ruban de nuage formant un cercle parfait autour de la lune. L'œil de dieu. Tamas frissonna à nouveau, de plus en plus violemment. Il s'agrippa au mur des deux mains jusqu'à ce que les tremblements cessent.

Il entendit un gémissement familier et baissa les yeux.

— Hrousche, dit-il à son chien. Ça va. Où est Rirep… (Il s'arrêta, sa phrase interrompue par une quinte de toux involontaire.) Oh, oui. Pardon, mon garçon. (Il se pencha en tendant ses mains au chien.) Bientôt, je t'emmènerai à la chasse. Histoire de te changer les idées.

Tamas trouva ses pantoufles et se passa les doigts dans les cheveux. Il enfila sa robe de chambre et ouvrit la porte donnant sur le couloir, clignant des yeux sous la lumière crue. Olem était installé sur une chaise à côté sa porte. En face de lui, Vlora ronflait doucement sur une autre chaise, appuyée sur son fusil. Plus loin dans le couloir, deux autres gardes veillaient sous une lampe allumée. Après la tentative d'assassinat, on avait doublé la sécurité.

— Monsieur, dit Olem.

Il écrasa sa cigarette sur le bras de la chaise.

— Tu ne dors donc jamais ?

— Non, monsieur. C'est même pour ça que vous m'avez engagé.

— C'était une blague, Olem.

— J'avais compris.

— Tout est calme ?

— Très, monsieur. Pas un bruit.

Sa voix était tranquille, modérée.

Tamas désigna Vlora du menton.

— Que fait-elle là ?

— Elle s'inquiétait pour vous, monsieur.

Tamas eut un soupir.

— Ça va, monsieur ?

— Un cauchemar, répondit Tamas.

— Ma grand-mère disait que les mauvais rêves sont de mauvais présages.

Tamas lui décocha un regard furieux.

— Merci, ça me remonte le moral. Je vais chercher quelque chose à manger.

Il partit d'un pas lourd le long du couloir.

Olem lui laissa un peu d'intimité, marchant à dix pieds derrière lui jusqu'à l'escalier. Descendre les cinq étages dans l'obscurité rallongeait considérablement le trajet et Tamas dut bien admettre que la présence d'Olem était réconfortante lorsque les recoins d'ombre excitaient son imagination, comme si des spectres étaient prêts à lui sauter dessus dans les ténèbres. À un moment donné, il sursauta en croyant discerner la silhouette bossue d'un Gardien attendant dans un angle. En y regardant de plus près, il constata que c'était juste un four à charbon.

Tamas espérait trouver quelques restes du dîner de la veille dans les cuisines et remonter dans sa chambre quelques minutes plus tard, et, pourtant, une fois sur place, il vit rougeoyer les fours et sentit l'odeur du pain frais. Sa bouche s'emplit de salive – signe qu'il n'était pas loin des merveilles concoctées par Mihali. Il avança dans la salle et s'arrêta face à un spectacle inattendu.

Deux femmes se tenaient devant l'un des fours. Elles s'affairaient autour d'une immense poêle, aussi large qu'une roue de chariot, cassant des œufs et jetant les coquilles. Mihali était derrière elles – *juste* derrière elles, son corps pressé contre les leurs, un bras de chaque côté, ses doigts agiles dansant au-dessus du fourneau. Il ajouta une pincée de sel, puis une de ses mains plongea sur le côté, arrachant un rire nerveux et surpris à une des assistantes, avant de réapparaître munie d'un couteau et d'un poivron vert entier qu'il découpa lestement en tranches avant de le jeter dans la poêle.

Tamas s'éclaircit la gorge. Les deux filles firent un bond, ouvrant de grands yeux en l'apercevant. Mihali s'éloigna d'elles avec une certaine grâce malgré sa corpulence, et sourit.

— Maréchal ! s'écria-t-il. (Il s'essuya les mains sur son tablier, tapota chacune des filles sur la joue, puis se dirigea vers Tamas.) On dirait que vous ne passez pas une bonne nuit.

— Je n'en dirais pas autant de toi, répondit Tamas. Maintenant, j'aurai tout vu : une opération de séduction lors de la préparation d'une omelette.

Il était difficile d'en être certain, à cause de la faible lumière, mais il eut l'impression que Mihali devenait rouge comme une pivoine.

— Juste quelques leçons matinales. De toutes mes élèves, Bellony et Tasha sont les plus prometteuses. Il faut que je m'occupe d'elles.

— Des élèves ? répéta Tamas. Je croyais qu'elles étaient des assistantes.

— Chaque assistante est une élève. Si elles n'apprennent pas, à quoi peuvent-elles me servir ? Chaque maître doit s'attendre à ce que son élève le dépasse, comme mon père avant moi. Un jour, quelqu'un concoctera des plats encore plus exceptionnels que les miens. Ce sera peut-être une de ces deux-là.

— J'en doute, répondit Tamas.

Il jeta un coup d'œil aux deux femmes. L'une était plus âgée, une trentaine d'années peut-être, une demoiselle au visage agréable avec ce qu'il fallait de courbes. L'autre était jeune et un rien replète, avec des fossettes sur les joues. Elles regardaient Mihali plus qu'elles ne surveillaient leur plat, avec une expression telle qu'on n'en voyait que chez deux catégories de personnes : les jeunes amants et les prosélytes religieux. Tamas se demanda de quel cas de figure il s'agissait.

— Vous dormez mal ? demanda Mihali.

— Des cauchemars, répondit Tamas en haussant les épaules.

— Ou plutôt de mauvais présages.

— C'est ce que je lui ai dit, remarqua Olem depuis l'entrée.

Mihali toisa Tamas d'un air critique.

— Vous voulez du lait chaud ?

— Chez moi, ça n'a jamais marché. Il t'arrive de dormir ? Il est trois heures du matin.

— Trois heures quarante-cinq, corrigea Mihali, bien qu'il n'y eût pas d'horloge dans la cuisine. Depuis mon enfance, je me suis toujours contenté d'un minimum de sommeil. Papa y voyait une conséquence de ma part divine.

— Ton père y croyait ? demanda Tamas. Je ne veux pas être malpoli, mais tu m'as précisé qu'il préférait que tu ne parles pas de cette histoire de réincarnation.

— Pas de problème.

Mihali se dirigea vers une table vide et se mit à tirer de petits flacons d'épices de la poche de son tablier. Ils ne comportaient pas d'étiquettes, mais il les disposa selon un ordre bien précis.

— Il me croyait. Mais il était conscient des problèmes que je rencontrerais si trop de monde était au courant.

— Et maintenant ? reprit Tamas. Tu me l'as dévoilé, et je crois que la nouvelle de tes prétentions est en train de se propager.

Il jeta un coup d'œil aux deux femmes. Était-ce de l'amour charnel ou de l'adoration religieuse ? Ou les deux à la fois ? Elles continuèrent de fixer Mihali d'un regard langoureux jusqu'à ce que l'une d'entre elles remarque que l'omelette brûlait et se retourne avec un petit cri.

Mihali eut un léger sourire. Il tira un mortier, un pilon et se mit à broyer des herbes.

— Mes prétentions ? Vous ne me croyez pas, n'est-ce pas ?

— Je… Je ne sais pas, admit Tamas. C'est dur à avaler. J'ai vu ce que tu réalises en cuisine – comment tu peux faire apparaître des plats. Je n'ai encore jamais entendu parler d'une sorcellerie comme celle-ci. Et j'ai vu l'aura de Doué qui t'entoure.

Ce qui sembla prendre Mihali par surprise.

— Vous avez remarqué ?

— Oui, eh bien, tu l'as fait devant Olem et moi.

— Oh. Personne n'est censé le voir. D'habitude, je suis plus prudent. Lorsque j'étais petit, Papa m'avait conseillé de le cacher. Il disait que si les cabales ou l'Église venaient à l'apprendre, ils viendraient me chercher.

Tamas scruta le visage de Mihali pour chercher à savoir s'il mentait. Le chef se concentrait sur son travail, mélangeant des herbes jusqu'à ce qu'il paraisse satisfait. Il tira de la poudre noire qu'il ajouta à la mixture.

— Tasha, tu veux bien me passer le lait de chèvre, s'il te plaît ?

— Je croyais que tu l'avais fait exprès, dit lentement Tamas. Peut-être pour nous convaincre de ta… nature divine.

Mihali eut un sourire timide.

— Je n'ai jamais été un dieu flamboyant. Je laisse ça à Kresimir.

— Tu as également servi des plats qui ne sont pas d'Adro, continua Tamas. Par exemple, il n'y a pas d'anguilles dans l'Admer. Tu te sers d'épices rares comme si ce n'était que de l'eau ou de la farine. J'ai passé quelque temps dans l'armée de Gurla. Je sais ce que coûte tout ça, et aussi qu'Ondraus n'aime pas qu'on gaspille nos fonds. Est-ce là ton Don ? Faire apparaître des plats ?

Mihali gratta sa mince moustache.

— Oui, c'était un peu trop évident, non ? Est-ce que je dois… me cacher ?

— Peut-être, convint Tamas. (Mihali avait un Don, c'était certain. Un jour, Tamas pourrait avoir besoin de ses pouvoirs. Devait-il le flatter dans le sens du poil ?) Ne te montre pas trop. Par précaution.

— Puis-je vous demander de quoi parlaient vos mauvais rêves ?

— Je m'en rappelais à mon réveil mais, maintenant, ils m'échappent. Je crois que tous ceux que j'aimais – non, pas tous, mais la plupart – se tenaient sur le rebord du Pic du Sud et se jetaient dans la lave. Mon fils était là, lui aussi, même si je ne voyais pas ce qui lui arrivait et… (Il s'arrêta alors qu'un souvenir lui revenait.) Une autre personne était présente. Quelqu'un que je n'ai encore jamais vu. Avec des yeux de feu et des cheveux comme des fils d'or. Il incitait tout le monde à sauter et avait un couteau posé sur la gorge de Taniel.

— Je peux dire quelque chose ? fit doucement Mihali.

Tamas fit un pas en avant pour mieux entendre.

— Certainement.

Mihali prit une tasse des mains d'une des femmes.

— Merci, Tasha, dit-il. J'ai pas mal écouté la ville.

Il ajouta son mélange d'herbes au lait chaud et le remua d'un doigt boudiné avant de tendre la tasse à Tamas. Celui-ci but une gorgée presque machinalement… et ouvrit de grands yeux. Il avait déjà goûté du chocolat fatrastan une ou deux fois, et il était trop amer à son goût. Celui-ci y ressemblait, en plus sucré, avec un fond mordant, poivré. Les épices lui brûlèrent la langue mais les herbes l'apaisèrent, et le liquide cascada le long de sa gorge pour la réchauffer comme le meilleur des alcools. Il inclina la tasse pour ne pas en perdre une goutte.

— Le danger et la trahison sont présents partout, reprit Mihali. Adopest est un vrai chaudron en ébullition, et si la température ne baisse pas, il finira par déborder. Avant la venue de Kresimir. Je crois… Je crois que je dois me préparer à accueillir mon frère. Bonne nuit, maréchal.

Tamas baissa les yeux alors que le chef lui prenait sa tasse. Il l'entendit dire, d'une voix qui paraissait lointaine :

— Tu devras le porter jusqu'à son lit. Maintenant, il ne devrait plus avoir de problèmes d'insomnie.

* * *

— Adamat, mon vieil ami !

Ricardo Tumblar se tenait dans l'embrasure de la porte d'un petit bureau, les bras écartés. Il avait changé depuis la dernière fois qu'Adamat l'avait vu. Sa tignasse brune et frisée avait battu en retraite sur la moitié de son crâne et commençait à grisonner. Il arborait une longue barbe à la façon des colons fatrastans. Son manteau de fourrure coûteux était froissé comme s'il avait dormi dedans et sa cravate était de travers. Adamat étreignit son vieil ami.

— C'est bon de te voir, Ricardo.

Celui-ci sourit jusqu'aux oreilles. Il prit Adamat par les épaules et le regarda droit dans les yeux, comme un vieux frère.

— Comment va la vie ?

— Plutôt bien. Et toi ?

— Je ne me plains pas. Prends un siège.

Il devança Adamat dans la pièce, où s'entassait un capharnaüm de livres, de bouteilles d'eau de vie à moitié vides et d'assiettes sales. Ricardo balaya une pile de journaux pour libérer une chaise et alla s'installer derrière son bureau. Avec un grognement, il ouvrit une fenêtre.

— Coel ! cria-t-il par l'ouverture. Apporte-nous du vin. Une bouteille de Pinny ! Avec deux verres – non, deux bouteilles !

Il referma la fenêtre, mais pas avant qu'elle ne laisse entrer le relent du poisson mort et des eaux saumâtres de l'Admer. Ricardo plissa le nez et tira une boîte d'allumettes de sa poche pour allumer le bâton d'encens à moitié consumé posé sur une étagère, au-dessus de son bureau.

— Je ne supporte pas cette odeur, expliqua-t-il. Là-haut, elle est omniprésente. Et pourtant, on est à une demi-lieue des quais. (Il haussa les épaules.) Mais que veux-tu que je fasse ? Je dois être au cœur de l'action.

— J'ai entendu dire beaucoup de bien de tes progrès avec le syndicat.

Peu après sa remise de diplôme, Ricardo avait mis sur pied son premier syndicat de travailleurs. Il avait échoué, comme une demi-douzaine d'autres, peut-être par manque de bras ou parce que la police leur avait fait fermer boutique. Ricardo avait été emprisonné cinq fois. Mais sa ténacité avait fini par payer et, il y avait de cela cinq ans, Manhouch avait autorisé la création du premier syndicat des Neuf.

Le sourire de Ricardo s'élargit encore.

— Les Nobles Guerriers du Travail. Depuis les Élections, on a ouvert trois salles capitulaire et on est en pourparlers avec le conseil municipal pour en fonder six autres avant la fin de l'année. On compte plus de cent mille membres et mes comptables me disent que ce n'est qu'un début. Dans quelques années, nous pourrions être un million, voire plus. On a syndiqué la métallurgie, les charbons, les mines – toutes les plus grandes industries d'Adro.

— Pas toutes, remarqua Adamat. Il paraît que l'avenue Hrousche est plus difficile ?

Ricardo eut un reniflement de mépris.

— Ces fichus armuriers refusent de se syndiquer.

— On ne peut leur en vouloir. Ils fabriquent déjà la moitié des armes utilisées dans l'ensemble des Neuf. Ils n'ont pas de véritable compétition.

— Et cela concernerait le reste du monde s'ils voulaient bien se syndiquer ! Tout est une question d'organisation. Bah ! Ce qui nous enthousiasme, c'est ce canal qui partira de Bois-brûlé pour traverser Deliv. Lorsqu'il sera terminé, nous aurons un accès direct à l'océan, et notre production ne connaîtra plus de limites. Adro pourra enfin s'étendre aux contrées les plus lointaines. (Soudain, il fit la grimace.) Mais pardon, c'est inconvenant de parler de ma bonne fortune comme ça…

Ricardo ne termina pas sa phrase. Adamat eut un geste désabusé.

— Tu parles de ma faillite ? Ne t'en fais pas. De toute façon, c'était une gageure dès le départ, et j'ai parié sur le mauvais numéro. Je ne peux blâmer le coût du papier, ou la compétition…

— Ou les imprimeries qui explosent.

— En effet. Mais j'ai toujours ma famille et mes amis, donc, je suis un homme riche.

— Comment va Faye ?

— Plutôt bien. Elle restera éloignée tant que la situation ne sera pas un peu plus stable dans la capitale. En fait, je pense lui dire d'attendre que la guerre soit terminée.

— La guerre, c'est la poix, acquiesça Ricardo.

Un jeune homme aux bras noueux et aux vêtements usés entra dans la pièce, portant sur un plateau une bouteille et deux verres à vin de cristal.

— J'en ai demandé deux, bon sang ! s'écria Ricardo.

Son cri ne sembla guère toucher le jeune homme.

— Il n'en restait plus qu'une.

Il posa le plateau sur le bureau avec un tintement et s'empressa de battre en retraite, échappant de justesse à une gifle.

— Il n'y a plus de bon personnel, soupira Ricardo en stabilisant la bouteille.

— En effet.

Ricardo emplit leurs verres. Ils étaient sales, mais le vin bien frais. Ils en burent deux chacun avant de reprendre leur conversation.

— Tu sais pourquoi je suis là ? demanda Adamat.

— Oui. Pose tes questions : je ne risque pas de m'offusquer. Tu fais ton boulot.

Quel soulagement, pensa Adamat. Il se pencha en avant.

— As-tu de bonnes raisons de vouloir la mort du maréchal Tamas ?

Ricardo se gratta la barbe.

— Faut croire. Ces derniers temps, il n'a pas cessé de grogner qu'il voulait limiter la taille des syndicats. Il raconte qu'on prend trop de pouvoir, trop rapidement. (Il étendit les mains.) S'il décidait de mettre une limite à notre puissance, ou de taxer lourdement nos revenus, ça pourrait être problématique pour les Guerriers.

— Assez pour le faire assassiner ?

— Certainement. Mais il faut peser soigneusement le pour et le contre. Tamas tolère les syndicats – il soutient leur existence, bien qu'ils aient été interdits pendant près de mille ans. Si Manhouch m'a autorisé à mettre sur pied les Guerriers, c'est à cause des taxes exorbitantes qu'il prévoyait de prélever. On a réussi à limiter ses exigences, ce qui nous a permis d'exister.

— Si vous aviez les coudées franches sous Manhouch, pourquoi avoir soutenu le coup d'État ?

— Ses comptables commençaient à s'intéresser d'un peu trop près à nos livres de comptes. Ils se sont aperçus qu'on ne payait pas autant d'impôts qu'on aurait dû et ses conseillers l'encourageaient à nous dissoudre. La noblesse nous a toujours détestés. Elle avait horreur d'avoir à payer davantage les travailleurs, même si, en échange, la productivité était supérieure. Même si Manhouch ne nous avait pas dissous, les Accords auraient mis Adro sous la loi coloniale des Kez – sous laquelle nous aurions été jetés en prison, moi et le reste des chefs syndicaux. Les Guerriers auraient été interdits et nos biens confisqués.

— Tu dis que, pour toi, tenter d'assassiner Tamas comporterait des risques ?

— Surtout des questions. Je n'ai pas beaucoup d'amis au conseil. Dame Winceslav tolère mon existence. Le préfet me hait parce que mes comptables sont presque aussi bons que les siens et l'Archidiocèle m'a excommunié deux fois. Le doyen Lektor me prend pour un abruti et le Propriétaire – eh bien, il aime les pots-de-vin que le syndicat lui verse. Si Tamas était assassiné, je n'aurais plus que deux soutiens au conseil, et ils pourraient aussi bien se retourner contre moi.

Adamat but une gorgée de vin. *Peut-être que l'un d'entre eux l'a déjà fait*, pensa-t-il, se rappelant ce que Dame Winceslav lui avait déclaré.

— On chuchote que tu as envoyé une délégation à Ipille.

— Qui t'a dit ça ? demanda Ricardo.

— Tu sais bien que je ne peux répondre.

— Bah. Toi et tes fameuses sources. Il m'arrive d'oublier que tu sais tout. Même ce qui est sous le sceau du secret.

— Donc, c'est vrai ?

Ricardo haussa les épaules.

— Bien sûr. Même Tamas l'ignore. Pas que je lui cache quoi que ce soit, ajouta-t-il en levant une main en l'air.

— Pourquoi tous ces secrets si tu n'as rien à cacher ? insista Adamat.

L'inspecteur s'aperçut que Ricardo était sur les nerfs. Il avait beau être un vieil ami, il magouillait dans le dos de Tamas, ce qui relativisait leurs relations.

— J'ai dit qu'un jour, on pourrait atteindre le million de membres ?

— Oui.

— Eh bien, imagine si c'était plutôt dix millions ? Ou cent millions ?

— Ça ferait l'ensemble des travailleurs des Neuf.

Ricardo acquiesça solennellement.

— Les Guerriers ont envoyé une petite délégation à Ipille. On ne mijote pas un coup bas, comme de lui livrer le pays. Juste lui faire une déclaration d'intention, comme quoi les Guerriers n'entendent pas s'en tenir à Adro et veulent s'étendre dans tous les Neuf. Tout le monde sait que les Kez ont l'avantage du nombre, mais que notre industrie est largement supérieure. Nous leur proposons quelques petits avantages s'ils nous laissent ouvrir une salle capitulaire dans une de leurs villes.

— Je vois.

Adamat inspecta l'intérieur de son verre de vin. Il comprenait parfaitement pourquoi Ricardo avait agi en sous-main. Maintenant que la guerre était déclarée, Tamas ne voudrait pas que quelqu'un assiste les Kez. Or ceux-ci avaient beaucoup à gagner des syndicats. Kez était un pays majoritairement agricole. Il lui restait à développer son industrie, comme l'avait fait Adro. Malgré sa population plus nombreuse, il était en retrait en termes de technologie et de production. Si les Guerriers s'étendaient sur Kez, leurs connaissances industrielles les suivraient. Comme disait

Ricardo, l'industrie kez était en retard par rapport à Adro. Du moins pour l'instant.

— Tu as reçu une réponse ?

Ricardo fit la grimace. Il scruta son bureau, puis les étagères, avant de trouver enfin ce qu'il cherchait sous une croûte de pain à moitié mangée. Il jeta un papier sur les genoux d'Adamat.

Il portait le sceau royal d'Ipille. Adamat le parcourut rapidement.

— Ils ont refusé.

— Méchamment, acquiesça Ricardo. Mes hommes se sont fait jeter comme des malpropres. Les Kez sont des idiots. Ils restent ancrés dans le siècle précédent pendant que le reste du monde avance. Satanés nobles.

Adamat y réfléchit. Voilà une piste qui disparaissait. À moins que d'autres négociations secrètes soient prévues – ce qui n'était pas totalement incongru. S'il le fallait, Adamat creuserait plus profondément. Ricardo était un bon ami, mais ça ne l'empêcherait pas de vérifier si son histoire tenait la route.

Ricardo but ce qui restait de vin à même la bouteille. Il la posa à plat sur son bureau et la fit tourner.

— Le mois dernier, Maies m'a quitté, juste après le coup d'État.

Maies était sa sixième femme en l'espace de vingt ans. Adamat ne put s'empêcher de se demander ce qu'il avait fait cette fois-ci.

— Ça va ?

Ricardo fixait la bouteille en mouvement.

— Ça va. Avoir un bureau près des quais n'a pas que des inconvénients. J'ai trouvé des jumelles… (Il tendit les mains.) Je pourrais te les présenter…

Adamat lui coupa la parole.

— Je suis heureux en mariage, et je tiens à le rester. (Ricardo n'était pas du genre partageur. L'inspecteur ne comprenait pas à quoi rimait son offre.) Que penses-tu des autres conseillers ? demanda-t-il, changeant de sujet.

— Personnellement ?

— Peu m'importe s'ils te plaisent. Ce que je veux savoir, c'est si tu crois qu'un d'entre eux pourrait comploter contre Tamas.

— Charlemund, répondit Ricardo sans hésitation. Cet homme est un renard dans le poulailler. (Il secoua la tête.) Tu as entendu parler de sa villa, non ? Un lieu de débauche pour les puissants en bordure de la ville.

— Des rumeurs, rien de plus.

— Oh, elles sont vraies. Même moi, elles me font rougir, et je ne suis pas une vierge effarouchée. Quelqu'un qui a de tels appétits veut forcément s'emparer du pays. Crois-moi.

— Tu as des preuves ? Des soupçons solides ?

— Non, bien sûr. Cet homme est dangereux. L'Église s'en prend déjà ouvertement aux Guerriers. Ils disent qu'en refusant de baisser la tête et qu'en ne laissant pas la noblesse nous faire trimer jusqu'à la mort, nous allons à l'encontre de la volonté de Kresimir. Je ne veux pas m'en mêler.

— Et Ondraus ? demanda Adamat.

Ricardo se figea.

— Lui, je te conseille de le tenir à l'œil. Il est plus qu'il n'y paraît.

Une mise en garde étrange, venant de sa bouche.

— Eh bien, si tu découvres une preuve pour faire inculper l'Archidiocèle, préviens-moi, fit Adamat en ramassant son chapeau.

Ricardo leva le doigt.

— Attends ! Je viens de me rappeler quelque chose. Il y a quelques années, des rumeurs disaient que Charlemund faisait partie d'une secte. (Il posa une main sur sa tête.) Mais du diable si je me souviens de son nom.

— Une secte, répéta Adamat d'un ton léger. (Voilà que Ricardo s'emballait. De toute évidence, il n'aimait pas cet homme.) Si ça te revient, fais-moi signe. J'ai besoin d'avoir accès aux registres du syndicat, et à toutes propriétés sur les quais lui appartenant.

— Pfffft. Il te faudra une armée pour examiner tout ça.

— Néanmoins…

— Oh, fais-toi plaisir. Je vais faire passer le mot à mes hommes, que personne ne te dérange et que tous répondent à tes questions.

Adamat et SouSmith passèrent le reste de la journée et une bonne partie du lendemain à sillonner les quais et les entrepôts. Comme dans ce quartier, tout le monde ou presque faisait partie du syndicat, Adamat posa *beaucoup* de questions. Mais comme il s'en doutait, ses efforts furent infructueux. Il avait interrogé plus de trois cents personnes. Il obtint beaucoup d'allusions, de demi-vérités, de ragots et de mensonges éhontés, mais ne fit que tourner en rond. Ricardo avait raison : il lui faudrait une armée pour en venir à bout.

La seule chose qu'il pouvait confirmer, c'est que des agents kez venus de l'Admer étaient passés par ces quais. Au soir du second jour, il s'arrêta au quartier général de Tamas pour y déposer une liste de noms et de bateaux pour que les soldats de Tamas y jettent un œil, mais lorsqu'il rentra chez lui, il n'était pas plus avancé dans sa quête du traître.

Ses investigations avaient peut-être empêché une nouvelle tentative d'assassinat, il en était bien conscient, mais il ne pouvait s'empêcher de penser qu'il naviguait à vue dans des eaux saumâtres et infestées de requins. Il n'était qu'un homme et les ennemis de Tamas pouvaient frapper n'importe où, n'importe quand.

XXII

Le carillon de la cloche des Montagnards tira Taniel d'un sommeil pénible. Il se releva d'un bond, ramassa son fusil posé à côté de son lit et se précipita vers la porte. Dans un coin de la chambre, Ka-poel remua sur sa couche alors que le poudremage franchissait la porte pour dévaler les escaliers.

Le mess des officiers était désert. Taniel courut entre les rangées de tables et les chaises posées dessus à l'envers pour jaillir dans la rue.

Il ne s'arrêta que le temps de tirer sur sa chemise et d'ajuster son équipement. Il enfila ensuite ses bottes et, lorsqu'il fut prêt, des hommes et des femmes s'écoulaient déjà des autres bâtiments pour se rassembler dans la rue. Il se joignit au flot de ceux qui se dirigeaient vers le mur sud-ouest du bastion.

— Tu as entendu le signal d'alarme ? demanda Fesnik en arrivant à sa hauteur.

Durant les deux semaines qui avaient suivi son retour de la montagne en compagnie de Bo, le Montagnard s'était attaché à Taniel. Ce dernier n'aurait pu dire pourquoi. Lorsqu'il lui avait fourré son pistolet dans la bouche, il lui avait fendu une dent.

Taniel leva les yeux au ciel. Bien sûr qu'il l'avait entendu. Comme la moitié d'Adro, et ces fichues cloches résonnaient toujours.

— Oui, répondit-il.

— Tu crois que c'est le début de l'assaut ?

— Sais pas.

Cette idée semblait rendre le jeune Veilleur un peu trop enthousiaste. Depuis les premiers tirs, il y avait juste eu quelques escarmouches. L'armée kez s'était contentée de se déployer hors de portée de l'artillerie pour attendre… quelque chose. Ses Privilégiés restaient hors de vue, ce qui irritait Taniel, même s'il avait les Gardiens dans sa ligne de mire. Mais pour en abattre un d'un seul coup, il fallait plus de chance que de talent.

Taniel trouva un emplacement derrière la barricade et s'installa confortablement. Il prisa une dose de poudre afin de chasser les dernières bribes de sommeil et plissa les yeux sous la lumière matinale.

— Ils ont le soleil de leur côté, remarqua-t-il.

— Bâtards, grogna Fesnik.

— On a toujours su qu'ils attaqueraient un beau matin. Cet après-midi, leur avantage se retournera contre eux, lorsqu'ils regarderont en haut pour viser.

Le soleil n'était qu'une langue rouge au-dessus des collines distantes. Bien qu'on s'approchât de l'été, l'air était frais. La neige avait disparu des contreforts du Pic et la route du Sud devait être détrempée – lorsque les troupes commenceraient à monter, elle ne serait plus qu'une patinoire de boue. Taniel se demanda quelle était leur stratégie.

Derrière eux, le carillon finit par se taire. Le silence retomba, uniquement rompu par des murmures nerveux et les cliquetis des équipements. On chargea les canons, on apprêta les mousquets. Des hommes avec de lourds fusils se massèrent contre le rempart, laissant juste assez de place entre eux pour pouvoir manipuler leurs armes. Taniel n'aurait pas voulu être à la place de l'ennemi.

— Par Kresimir, dit Fesnik en plissant les yeux, ils ont assez d'hommes et de balles pour nous canarder jusqu'à la fin des temps !

— Ils peuvent toujours essayer, dit une Veilleuse à la droite de Taniel.

Il crut reconnaître la voix et se tourna. C'était Katerine, une des femmes de Bo. C'était une fille sérieuse, pas du tout le type du Privilégié, grande et mince avec des cheveux aile-de-corbeau et une voix sévère. Il acquiesça. Elle fit de même.

Taniel prit encore un peu de poudre et scruta les plaines en contrebas, cherchant un mouvement. Être un poudremage ne le rendait pas insensible aux rayons du soleil. On tira sur sa manche. Ka-poel se tenait à ses côtés et désignait la pente du doigt.

Taniel tenta de suivre la direction qu'elle lui indiquait, cherchant les flancs de la colline et la plaine. C'est alors qu'il la vit. Tout près de Mopenhague. La ville avait été abandonnée depuis longtemps, le quartier général ayant été reculé plus en contrebas. On y avait construit une tour pendant la nuit. Faite de poutres, elle s'élevait sur deux étages et avait pour base un traîneau avec un attelage de bœufs prêts à la tirer.

Taniel sentit son cœur bondir dans sa poitrine.

— Une tour de Privilégiés.

Il ouvrit son troisième œil pour s'en assurer. Dans l'Autre, une lueur entourait la tour, assez épaisse pour avaler les auras individuelles.

— Ce n'est qu'un assemblage de bâtons, railla Fesnik. Un bon coup de canon et on en fait des petits bouts d'allumettes.

Ka-poel renâcla comme un cheval. Taniel doutait fort qu'elle ait jamais vu une tour de Privilégiés, mais elle pouvait certainement percevoir la sorcellerie qui s'en dégageait.

Katerine semblait inquiète. Elle jeta à Taniel un regard perplexe.

— Ne te berce pas d'espoirs, dit-il à Fesnik. Les tours de Privilégiés sont faites de magie plus que de bois.

De son troisième œil, il scruta l'édifice. Il découvrit un amas de couleur à sa base, mille pastels entremêlés et mélangés.

— Ils ont eu près d'un mois pour tisser des sorts de garde. Je doute qu'elle soit faite pour durer… Il faut mobiliser toute une cabale royale, et quand elle est prête…

— Bon, d'accord, mais à quoi sert-elle ?

Taniel toisa le jeune Veilleur. Le canon de son mousquet oscilla.

— À protéger les soldats qui monteront la colline et les Privilégiés qui s'y cacheront.

— Je ne peux toujours pas la voir, répondit Fesnik en mettant sa main en visière.

— Ça viendra. (Taniel leva son fusil et se retourna d'un bond.) Tu sais où est Bo ?

Fesnik secoua la tête.

— Au-dessus de la grande porte avec Gavril, répondit Katerine.

Le plus important rempart se trouvait au-dessus de la porte sud-est. Il saillait du mur principal, dominant le flanc de la montagne de ses vingt canons et pièces d'artillerie. C'est là que Taniel trouva Gavril, assis sur le muret, se protégeant les yeux du soleil, penché en avant comme s'il attendait qu'une balle le frappe. Bo faisait les cent pas un peu plus loin tout en regardant dans le vide et en fronçant les sourcils.

— Une tour de Privilégiés, dit Taniel.

— Je sais. Je me demandais ce qu'ils mijotaient. Je croyais qu'ils attendaient des renforts. (Il grogna et tira sur son col.) Je ne m'attendais pas à ça.

— Je n'en avais encore jamais vu. J'en avais juste entendu parler.

— Ça ne m'étonne pas. La dernière a été édifiée il y a, oh, deux cent quinze ans, lorsque les forces kez ont fait le siège du palais d'un chah gurlan. Et, en plus, ajouta-t-il d'un ton méprisant, ils étaient alliés à Adro. Les Adrans et les cabales royales kez avaient œuvré de concert pour en bâtir trois. Elles leur ont permis de remporter la bataille, puis la guerre.

— Pourquoi en avaient-ils besoin ? demanda Taniel.

Bo le regarda longuement.

— Parce que le palais du chah était protégé par un dieu gurlan.

Taniel sentit un frisson descendre le long de son échine. Et le vent n'en était pas la cause.

— Tu veux rire. Un dieu ?

— Un des petits secrets des cabales royales, mon ami, répondit Bo en tapotant le coin de son nez. C'était un jeune dieu. Jeune et naïf.

— C'est pas le genre de récits qu'on trouve dans les livres d'histoire, ajouta Gavril.

Il descendit du rempart et se plaça face à eux, rempochant un miroir. Il était vêtu de fourrures disparates, avec des bottes de cuir et un gilet assorti qu'il pouvait à peine fermer. Ce dernier était vieux et délavé, et Taniel pouvait presque sentir le relent de poussière qui s'en échappait, comme s'il avait longtemps été remisé au fond d'un placard ou d'un coffre. Sur la poitrine, à gauche, Gavril portait l'emblème des Montagnards – un triangle surmonté d'un halo flanqué de deux plus petits. Une tenue de Commandant de Veille.

Gavril, l'ivrogne du village, était le chef des Montagnards. Il n'arrivait pas à s'y faire.

— Qu'en penses-tu ? demanda Bo en désignant le rempart.

— Ça ne me plaît pas. (Gavril frotta son menton mangé de barbe. Lorsqu'il avait été nommé commandant, il se l'était rasée, mais elle repoussait vite et il ne s'en occupait qu'épisodiquement.) S'ils ont édifié une tour de Privilégiés, ça veut dire que toute la cabale est là.

— Ou pire encore, ajouta Bo.

— Julène, renchérit Taniel.

Ils échangèrent des regards inquiets.

— J'ai vu de mes yeux ce dont elle est capable, dit Taniel. Sa sorcellerie est puissante.

— Bah, reprit Bo, elle se retenait. Tu n'en as pas idée.

— Alors elle va nous balayer comme un fétu de paille ?

— Peu m'importe qui elle est, affirma Gavril, on ne se laissera pas abattre si facilement. Une magie aussi vieille qu'elle ancre cette forteresse à la montagne. Elle imprègne chaque brique, chaque poignée de terre et de poussière. C'est le Poste des Montagnards.

Bo lui jeta un regard irrité.

— Il ne faut pas non plus la sous-estimer. Notre affrontement l'a peut-être affaiblie. Là-haut, elle a pas mal encaissé. Il y avait de quoi tuer la moitié d'une cabale royale. Sans compter la chute. Elle a dû laisser un cratère dans le sol à l'endroit de l'impact.

Un murmure parcourut les troupes alignées sur le rempart. Taniel alla jeter un œil. Gavril et Bo le rejoignirent.

Plissant les yeux, Taniel put voir que le bas de la montagne grouillait d'animation. L'armée tout entière s'était déplacée dans la nuit juste en deçà de la ligne de tir. On aurait dit une masse géante et désorganisée, mais, sous le regard de Taniel, elle se mit peu à peu en rangs. C'est alors qu'il vit les bannières de la cabale kez. Elles étaient largement plus grandes que celles de la noblesse et de la maison royale. Insensibles au vent, soutenues par la sorcellerie, elles s'élevaient au-dessus des rangs, leurs pans se tendant vers la forteresse. On y voyait un serpent blanc dans un champ de blé, le symbole de la puissance kez. Alors que Taniel l'examinait, le serpent se tordit. De la sorcellerie, encore une fois. Il ouvrit la bouche pour cracher un jet de venin en direction du Poste.

Taniel jeta un coup d'œil à Bo.

— Des tours de passe-passe. Des illusions, rien de plus. Il n'y a aucun danger. Pour l'instant.

— Oui.

La tour de Privilégiés se mit à avancer lentement sur la route. Des soldats s'écoulaient de chaque côté, marchant au pas, le rythme régulier des tambours de guerre résonnant le long de la montagne, dominant le grincement des harnais alors que mille chevaux tirant des canons se mettaient en branle. Un coup de clairon signala le début de leur ascension.

Jusque-là, il y avait eu quelques feintes et quelques escarmouches, quelques compagnies montant soudain au feu pour regagner aussitôt la relative sécurité des méplats naturels créés par les lacets de la route. Les soldats adrans s'étaient déjà retirés plusieurs fois des redoutes extérieures… pour les reprendre sans combattre dès que l'ennemi battait en retraite.

Mais cette fois, ce n'était pas une feinte. La véritable attaque avait commencé. Personne ne s'arrêterait tant qu'un des deux belligérants n'aurait pas été détruit.

On tira sur la manche de Taniel. Ka-poel le prit à part et lui tendit une sacoche de la taille d'un boulet de canon, et bien aussi lourde.

— Qu'y a-t-il, Pole ? Euh, qu'est-ce que c'est ? (Il posa la sacoche par terre et regarda à l'intérieur. Elle était remplie de balles, assez pour une demi-unité. Il regarda Ka-poel en fronçant les sourcils.) Heu, merci ?

La Dynize leva les yeux au ciel. Elle donna un petit coup de poing sur sa propre poitrine – un symbole qui représentait les Privilégiés –, puis mima un tir de fusil. Taniel sentit un sourire étirer ses traits alors qu'il comprenait.

— Qu'est-ce que c'est ? demanda Bo en regardant par-dessus l'épaule de la sauvage.

— Des munitions.

Il en tira une pour l'examiner à la lumière. C'était une balle de mousquet des plus ordinaires, large comme le pouce. En y regardant de plus près, il vit une bande rouge foncé en son milieu. Bo tenta de la prendre, mais Taniel l'éloigna de lui.

— Je te le déconseille. C'est une rougebande.

Bo lui jeta un regard sceptique.

— Une quoi ?

— Elles ont été ensorcelées par une Œil-d'os – une sorcière dynize. On en a utilisé lors de la guerre fatrastane. Elles ont tué plus d'un Privilégié.

Bo scruta la balle tout en restant à bonne distance.

— Quel genre de magie ?

Taniel montra Ka-poel du pouce.

— Une qui permet de pénétrer les boucliers des Privilégiés. Si tu veux des détails, adresse-toi à *elle*. D'après ce que j'ai cru comprendre, ces balles nécessitent pas mal d'énergie.

Taniel dévisagea Ka-poel. Il ne savait pas comment elle pouvait les créer. Elles semblaient authentiques, et les poches sous les yeux de Ka-poel témoignaient des nuits blanches passées à travailler à leur conception. Il réalisa soudain qu'il ne l'avait pas beaucoup vue cette semaine. Il était sur ce fichu mur du lever au coucher du soleil, à surveiller les Kez.

Bo affichait l'air concentré qu'il prenait à chaque fois qu'il ouvrait son troisième œil.

— Tu m'as conseillé de ne pas les toucher, murmura-t-il en se rapprochant. Est-ce qu'elles causent des dégâts… euh… plus importants que le trou qu'elles font dans un front ?

— Oui. Un Privilégié de Fatrasta m'a dit qu'elles sont brûlantes au toucher. Je préfère ne pas imaginer ce qui se passe lorsque tu en as une dans le corps.

— Donc, pas besoin d'un coup létal ? demanda Bo pensif avant de se redresser. Pourquoi n'en ai-je jamais entendu parler ?

— Si tu étais à la place des Kez, voudrais-tu que tout le monde sache que des balles enchantées peuvent venir à bout de tes meilleures défenses ? Si tu étais les Fatrastans, voudrais-tu renoncer à ton meilleur avantage en étant trop bavard ?

— Les Fatrastans pourraient gagner gros en les mettant sur le marché.

Taniel pouvait quasiment sentir tourner les méninges de Bo.

— En effet, et courir le risque qu'un jour, elles se retournent contre eux ?

— Oui, ça ne serait pas bien. (Il restait pensif.) Si j'étais toi, je n'en parlerais à personne.

Gavril se rapprocha d'eux.

— Taniel. Les Privilégiés commencent à montrer leur nez. Il est temps d'y aller. Et toi, Bo (Il eut un gloussement.) Je veux que tu leur balances tout ce que tu pourras. La bataille va commencer.

Un coup de canon ponctua ses mots et fit carillonner les oreilles de Taniel. Quelques secondes plus tard, un deuxième le suivit, puis un troisième.

— Il va falloir s'y habituer, cria Gavril par-dessus le bruit. La seule chose dont ils ne risquent pas de manquer, c'est de munitions. Ils vont nous pilonner jour et nuit jusqu'à ce que l'un des deux camps y passe.

Taniel passa le reste de la matinée à envoyer les Privilégiés kez ramper dans leurs trous. Les rougebandes perçaient les protections qu'apportait la tour, mais pas celles de la tour elle-même. Là, la sorcellerie était trop puissante et les balles magiques se heurtaient à un mur invisible, tout comme l'artillerie conventionnelle. Les Privilégiés kez se blottissaient autour d'elle, suivant sa lente progression. Certains s'étaient même perchés sur l'édifice, envoyant des sorts peu convaincants le long de la montagne sous la forme d'éclairs et de flammes. Pas un seul ne dépassa les redoutes. La magie de garde protégeant la forteresse des Montagnards était trop puissante.

À midi, la tour des Privilégiés avait parcouru les trois quarts du chemin. Elle s'arrêta sur une section relativement plate de la route, près d'une avancée rocheuse où l'ennemi put installer une petite maison et des latrines. Les soldats posèrent des blocs sous les roues et regroupèrent les bœufs. Enfin, ils dressèrent des tentes à l'abri de la tour.

La cabale des Kez avait trouvé son camp de base.

Ils travaillèrent tout le jour sous un torrent de fer et de feu. L'air au-dessus de leurs têtes luisait là où les obus et les grenades pleuvaient sur les boucliers magiques. Plus tard dans la journée, Taniel vint s'asseoir aux côtés de Bo.

Celui-ci portait ses gants, mais n'avait pas cherché à répondre à la cabale kez. Il étudiait sa position d'un air grave à l'aide de sa longue-vue.

— Poix, marmonna-t-il. (Il rangeait l'appareil lorsqu'il perçut la présence de Taniel et se retourna.) Elle est là en bas.

— Julène ? Comment peux-tu en être sûr ?

Bo se frotta les tempes.

— J'ai gardé mon troisième œil ouvert toute la journée. Elle se cache bien, et il est sacrément difficile de repérer un individu en particulier derrière ce bouclier. Mais je l'ai vue user de son pouvoir par deux fois. À chaque fois que la tour était coincée. (Il eut un gloussement méprisant.) Voilà que cette garce dirige un troupeau. Je viens de la voir une fois de plus. C'est elle, pas de doute. Seuls les Predeii émettent une telle lumière dans l'Autre. Elle ne prend pas la peine de se dissimuler.

— Et s'il y en avait un ou une autre ? demanda Taniel.

Bo devint blanc comme un linge. Il avala sa salive et se retourna pour regarder à nouveau dans sa longue-vue. Au bout d'un moment, il la retira de son œil et cracha aux pieds de Taniel.

— Espèce de salopard, comment as-tu pu suggérer une chose pareille ? (Il se frotta les yeux.) Maintenant, je vais rester debout toute la nuit pour en chercher un deuxième. Merde.

— Donc, elle a survécu à la correction qu'on lui a administrée sur la montagne ?

— Il faut croire.

— Alors comment peut-on la tuer ? Est-ce seulement possible ?

— Je n'en sais rien.

— Tu ne m'inspires guère confiance, tu sais ? (Il ignora le regard noir que lui décocha Bo.) Elle veut vraiment monter ici pour invoquer Kresimir ?

— Oui.

Taniel devait avoir posé la question une cinquantaine de fois. Il espérait que Bo lui donnerait une autre réponse. En vain. Mais il ne pouvait s'en empêcher.

— Pourquoi ne l'a-t-elle pas fait bien plus tôt ? Elle aurait pu passer sous notre nez et monter là-haut.

— La dernière fois, répondit Bo, il a fallu l'énergie de treize des Privilégiés les plus puissants que ce monde ait connus. Cette fois, ce sera toute une cabale royale.

— D'où les Kez.

— Oui.

— Pourquoi voudraient-ils l'aider ?

— Qui sait ce qu'elle a bien pu leur promettre. Le pouvoir ? L'immortalité ? Régner sur les Neuf aux côtés de Kresimir ?

— Il faut le dire à mon père.

— Je lui ai envoyé un avertissement, il y a un mois de cela. En guise de réponse, il m'a envoyé un tueur…

— Je te crois.

— Très rassurant. Tu lui as parlé de Julène ?

— Oui.

Il avait envoyé une lettre à son père, mais attendait toujours la réponse. Qu'est-ce que cela signifiait ? Il avait reçu les dernières nouvelles d'Adopest une semaine plus tôt. Un Gardien avait tenté de tuer Tamas et échoué. Taniel ignorait si son père avait été blessé, s'il était handicapé – ou s'il était simplement trop occupé pour lui répondre. Ou peut-être comptait-il toujours envoyer quelqu'un tuer Bo. Chaque jour, Taniel regardait par-dessus son épaule, cherchant un autre poudremage. Aucun n'était venu.

— Je peux déjà te dire qu'il ne croira jamais ces histoires d'invocation à Kresimir. Il a l'esprit trop pratique.

— Mais tu l'as prévenu, non ?

— Bien sûr. Je lui ai dit que j'étais incapable de te tuer parce que j'avais besoin de ton aide. Et que j'avais vu l'armée kez et qu'il nous fallait un Privilégié pour la retarder.

— Tu n'as vu l'armée kez qu'*après* notre retour.

— Oui, mais ça faisait un mensonge plausible.

— Les seuls qui fonctionnent.

— Oh, j'ai aussi demandé des renforts. Au moins, Tamas va nous en envoyer.

— Bien. Le seul problème, avec un goulot d'étranglement comme celui-ci, c'est qu'il ne faut pas trop d'hommes pour le défendre. Si les renforts sont nombreux, on risque de se marcher sur les pieds. Je vais en parler à Gavril. Quelques compagnies cantonnées au bas de la montagne du côté adran nous permettraient d'effectuer une rotation. Nos hommes pourraient se reposer pendant que la relève prendrait leur place.

Quelques minutes durant, Taniel et Bo scrutèrent l'armée kez sans rien dire, puis Bo se tourna vers lui.

— Tamas joue avec le feu, non ?

— Il semblerait.

— J'ai une question, dit Bo d'un ton hésitant.

Taniel fronça les sourcils. Qu'est-ce qui l'avait jamais empêché de dire le fond de sa pensée ?

— Oui ?

— Qu'est-il arrivé à ta mère ? J'ai entendu la version officielle. Lors d'une mission diplomatique à Kez, on l'a accusée d'espionnage et de trahison, puis on l'a décapitée sans tarder. Ça n'est pas tout, non ?

Bo voulait surtout savoir pourquoi Tamas avait déclenché cette guerre.

— Je ne te l'ai jamais raconté ?

— Je ne t'ai jamais posé la question. Mais il me semblait que tu n'aimais guère… aborder le sujet.

Taniel ouvrit la bouche pour constater qu'il n'avait rien à dire. Il s'étrangla, puis toussa dans sa main en cherchant à ravaler ses larmes. Non, il n'en parlait jamais. Même avec ses proches. Il lutta pour retrouver sa voix.

— Ma grand-mère côté maternel était kez. Ce qui donnait à ma mère une bonne excuse pour se rendre sur place une fois par an, voire deux. Son statut de noble empêchait les Kez de l'importuner, malgré leur habitude d'emprisonner les poudremages. À chaque visite, elle se mettait en quête d'un poudremage et cherchait à le faire passer à Adro sous la protection de Tamas, ou même à l'aider à quitter les Neuf. Le Duc Nikslaus a tout découvert. Les Kez ont arrêté ma mère et mes grands-parents. Le temps que la nouvelle atteigne Adro, ils avaient été mis à mort. (Taniel s'éclaircit la gorge avant de reprendre.) Tamas a exigé de Manhouch qu'il déclare la guerre. Le roi a refusé. La Couronne a enterré toute l'affaire si profondément que personne n'a posé la moindre question. Mon père a disparu pendant près d'un an. À son retour, il y a eu une rumeur prétendant qu'il avait tenté d'assassiner Ipille, et échoué. Cette rumeur a été étouffée aussi vite que celle qui prétendait que ma mère avait été exécutée sans procès.

— Ton père a essayé de tuer le roi de Kez et n'a pas été inquiété ?

— Il ne m'en a jamais parlé. Ma mère avait deux frères qui, tous deux, ont disparu en même temps. Je crois qu'on les a arrêtés, et Tamas a proclamé qu'il n'avait rien à voir avec tout ça.

Taniel répandit de la poudre sur le dos de son poignet et l'inspira. Ses oncles n'étaient qu'un vague souvenir. Il ne se rappelait même pas leurs noms.

— Dois-je surveiller mes arrières au cas où un autre poudremage voudrait ma peau ? demanda Bo.

Taniel apprécia le changement de sujet.

— Je ne pense pas. Maintenant que la Grande Armée tout entière est là avec une partie de la cabale kez, Tamas sait qu'il a besoin de toi. Du moins jusqu'à ce que l'armée ne batte en retraite.

— Formidable.

Bo réussit à sourire et lui claqua l'épaule. Il se tourna pour repartir vers la ville. Taniel caressa son fusil en regardant s'éloigner son ami. Ses épaules étaient affaissées, son pas lent et traînant. Il était épuisé, réalisa le poudremage.

Bo était leur meilleure arme contre les Kez. Une arme qui commençait à s'émousser. En avaient-ils une de rechange ? Taniel sentit sa bouche s'assécher. Tout cela constituait un gros poids sur ses épaules. Le genre de pression que Tamas adorait. Le maréchal aurait tiré une centaine de balles et tué tous les Privilégiés kez qui se seraient aventurés sur cette montagne. C'était *lui* qui aurait dû être là.

Taniel passa son fusil à l'épaule et retourna au rempart. Il faudrait faire ça à l'ancienne. Une balle à la fois. Non. Il était Taniel Deux-coups. *Deux* à la fois.

XXIII

Tamas descendit du fiacre et inspira profondément l'air frais de la campagne. Olem était déjà dans l'allée, une main sur la crosse du pistolet passé à sa ceinture, l'autre dans la poche de son manteau de chasse rouge vif. Il levait le nez comme un chien de garde tout en examinant les alentours. Il portait une tenue semblable à celle de Tamas, avec des bottes et un pantalon noirs en sus de sa veste écarlate et de sa casquette de chasse, un fusil passé à son épaule.

Les aboiements des chiens résonnaient sur les pâturages. Le pavillon de chasse était niché entre deux collines, au sein d'une crique rocailleuse en bordure de la Forêt du Roi. C'était un immense bâtiment comportant des centaines de pièces, conçu avec le mauvais goût qu'on attribuait généralement à la monarchie adrane. À l'origine, il avait été construit à l'aide de pierres locales et d'immenses chênes tels qu'on n'en avait plus vu depuis des centaines d'années dans cette région. Une rénovation récente l'avait doté d'une façade de briques. Le chenil, un bâtiment à un étage aussi grand que les étables du roi, était visible de l'autre côté des pâturages sud.

— Viens, Hrousche, dit Tamas.

Le molosse bondit de l'attelage et posa immédiatement sa truffe à terre, ses oreilles pendantes caressant le gravier. Tamas eut un pincement au cœur. Rirepoix ne le suivrait pas comme il l'avait fait depuis tant d'années. À présent, la chasse serait bien différente. Par bien des aspects.

En entrant dans la ferme, Tamas fut frappé par les babillements nerveux et circonspects. Il faisait partie des derniers arrivés et, pourtant, il y avait à peine une dizaine de personnes dans l'entrée principale.

— Il n'y a pas foule, monsieur, remarqua Olem.

Un maître d'hôtel jeta un regard désapprobateur à sa cigarette. Le garde du corps l'ignora.

— J'ai tué quatre-vingt-dix pour cent des habitués, murmura Tamas.

Le maréchal salua d'un hochement de tête chacun des présents. Il vit deux marchands et deux nobles de rang assez bas. L'an dernier, ils auraient porté les braies pâles et le gilet noir de ceux qui n'étaient pas directement impliqués dans la chasse. Cette année, comme les autres, ils auraient droit aux couleurs des chasseurs, et ce afin de gonfler leur nombre. Les brigadiers Ryze et Abrax discutaient avec les marchands. Tamas échangea quelques mots avec eux et les remercia pour leur aide dans l'écrasement de la rébellion royaliste. Lorsqu'il passa devant les nobles, les conversations se turent.

Dame Winceslav, vêtue d'une tenue de cavalière noire et d'un manteau de la même couleur avec un col écarlate, descendit l'escalier de façon théâtrale.

— Tamas ! Heureux que vous ayez pu venir.

Le brigadier Barat, un jeune homme renfrogné et si impétueux qu'il donnait à Tamas l'envie de lui flanquer des baffes, traînait derrière elle sur les marches.

— Je n'aurais raté cette occasion pour rien au monde. Hrousche a besoin de se changer les idées. (En entendant son nom, le chien abandonna ses explorations olfactives pour lever les yeux.) Et peut-être que moi aussi.

— Bien sûr, répondit Dame Winceslav. J'en conclus qu'il est dans la course ?

— Il va la gagner, oui, se rengorgea Tamas. L'an dernier, Rirepoix était le seul qui ait pu le battre. Maintenant que les chenils royaux sont hors jeu, c'est tout vu. (Il sentit son sourire se faner et, d'un geste, demanda à Dame Winceslav de le suivre à l'écart. Une fois seuls dans le vestibule, il déclara :) Ma Dame, c'est une plaisanterie ?

Elle lui jeta un regard noir.

— Pas du tout, et le prétendre est insultant.

— Le roi est mort. Cette chasse était *sa* tradition. La plupart de ceux qui y participaient sont morts, eux aussi.

— Alors on devrait la laisser disparaître avec lui ? Vous aimez bien ces sorties, ne le niez pas.

Tamas inspira profondément. La chasse à courre de la Vallée des Vergers était une tradition annuelle remontant à six cents ans, qui marquait le début du festival de Saint Adom. Tamas était tiraillé. Lui aussi appréciait une bonne chasse, et pourtant…

— Nous envoyons un mauvais message, reprit Tamas. Nous voulons montrer au peuple que nous ne remplaçons pas Manhouch et ses nobles par d'autres nobles. La vénerie est un sport d'aristocrates.

— Je ne pense pas, répondit Dame Winceslav. C'est un sport adran. Voulez-vous faire interdire le tennis, le polo ? Ce ne sont que des distractions. (Elle secoua la tête.) Bientôt, ce sera au tour des bals masqués, et d'ici l'hiver, lorsqu'il n'y aura plus rien à faire, on verra si vous êtes si populaire que ça.

— Je ne ferai pas ça. C'est dans un de ces bals que j'ai rencontré ma femme.

Elle lui jeta un regard compatissant.

— Je sais. Regardez un peu autour de vous, Tamas. Certaines des meilleures familles marchandes d'Adro sont là. Même Ricardo et Ondraus sont venus. J'ai envoyé une invitation libre à tout Adopest.

— Tout Adopest ? répéta Tamas. En ce cas, il y aurait plus de monde, ne serait-ce que pour profiter du buffet gratuit.

Dame Winceslav soupira.

— Vous savez ce que je veux dire. Il y a même des propriétaires de chenils du nord de Jonal. Des paysans affranchis. Ils sont plutôt vulgaires, mais semblent s'y connaître en matière de chiens. (Elle poignarda la poitrine de Tamas d'un doigt mince et légèrement ridé.) Le festival de Saint Adom ne peut commencer sans la chasse de la Vallée aux Vergers. Bien, les veneurs ont déjà tracé la piste. La chasse elle-même commencera dans vingt minutes. Mettez Hrousche sur la ligne de départ. Les maîtres d'étable vous ont préparé un cheval.

Tamas et Olem trouvèrent leurs montures, puis se dirigèrent vers les chenils, où commencerait officiellement la chasse. On avait tiré une ligne à la craie sur l'herbe couvrant toute la largeur d'un champ. Des centaines d'hommes et de femmes étaient déjà assis sur leurs chevaux. Certains tenaient leurs chiens en laisse, d'autres les gardaient au pied d'un simple commandement, tandis que les plus fortunés avaient leurs maîtres-chiens à leurs côtés.

Tamas prit sa place au bout de la rangée. Il y avait plus de monde qu'il ne l'aurait cru, et beaucoup plus de chiens.

— Elle ne plaisantait pas en disant qu'elle avait invité tout le monde, dit-il à Olem. La moitié de ces gens ne portent même pas les couleurs.

Il ravala un commentaire désobligeant. Ce n'était pas le moment de râler. Sans lui, il n'y aurait que des nobles de haut rang.

— Oui, répondit Olem. C'est déjà bien qu'il y ait du monde. Ce serait triste de commencer le festival sans une bonne chasse à courre.

— Dame Winceslav t'a payé pour dire ça ?

Olem était un soldat, issu de la paysannerie. Il n'avait aucune affinité avec la vénerie.

— Non, monsieur, répondit Olem, surpris.

Il jeta le mégot de sa cigarette dans l'herbe et entreprit aussitôt d'en rouler une autre.

— Je plaisantais, Olem.

Tamas regarda autour de lui, grimaçant en voyant un paysan sur une jument miteuse avec deux chiens et un manteau rouge.

Quelques minutes plus tard, on sonna la corne et on lâcha les chiens. Tamas partit au petit galop, regardant Hrousche prendre une bonne avance sur les autres bêtes attirées par la piste. Peu après, la meute disparut sous le couvert des bois. Tamas éperonna sa monture pour se placer en tête des cavaliers jusqu'à ce qu'il atteigne à son tour la forêt, puis il ralentit et se laissa dépasser. Il ferma les yeux, écoutant les aboiements lointains des chiens, un bruit qu'il trouvait étrangement réconfortant.

Au bout d'un moment, il rouvrit les yeux pour se retrouver seul avec Olem. Le cheval du garde du corps trottait à ses côtés. Il scrutait les buissons avec la vigilance d'un faucon.

— Tu ne te détends donc jamais ? demanda Tamas.

— Pas depuis l'épisode du Gardien, monsieur.

Tamas pouvait distinguer les chevaux devant lui et entendait les autres restés à l'arrière. Les chasseurs s'étaient déployés afin de profiter du moment pendant que les chiens filaient, courant jusqu'à épuisement complet. L'événement durerait soit jusqu'à ce qu'une des bêtes rattrape le veneur traçant la piste du gibier, soit en fin de journée, lorsqu'elles atteindraient l'heure limite de la traque. L'an dernier, Rirepoix avait trouvé sa cible au milieu de l'après-midi, s'attirant l'ire de la noblesse d'Adro pour avoir raccourci leur événement sportif. En guise de récompense, Tamas lui avait offert un demi-bœuf.

Le maréchal refoula les souvenirs des chasses passées et se tourna vers Olem.

— Ce n'était pas ta faute. Ils m'enverront certainement d'autres Gardiens. Tu ne peux te mesurer à l'un d'entre eux.

Olem posa une main sur la crosse de son pistolet.

— Ne m'enterrez pas trop vite, monsieur. Je peux faire plus de dégâts que vous ne le croyez.

— Bien sûr, acquiesça doucement Tamas.

Il se sentait plus détendu qu'il ne l'avait été depuis, eh bien, des années. Il laissa vagabonder son esprit, profitant de la douce brise et de la chaleur sporadique du soleil qui se faufilaient à travers les arbres et venaient caresser son visage. Le ciel était d'un bleu uniforme. C'était une belle journée pour la chasse à courre de la Vallée des Vergers.

— Puis-je vous poser une question, monsieur ? demanda Olem, le tirant de sa rêverie.

— Si elle a trait aux Kez, garde-la pour toi.

— Je me demandais ce que vous alliez faire de Mihali, monsieur.

Le maréchal jeta un regard irrité à Olem, qui continuait de fouiller les taillis des yeux.

— J'étudie la possibilité de le renvoyer à Hassenbour.

Olem lui jeta un bref coup d'œil.

— Non, toi aussi ? reprit Tamas. Je comprends que les simples troufions s'y attachent, mais pas toi.

— Je *suis* un simple troufion, monsieur. Mais vous avez vous-même reconnu sa valeur, lui qui peut créer des plats à partir de rien.

— Je risque de m'attirer la colère de Claremonte. Il vaut mieux ne pas se frotter au patron de l'asile, surtout considérant le poste qu'il occupe dans la Compagnie marchande de Brudania-Gurla. Tout notre approvisionnement en salpêtre est en jeu. Et en temps de guerre, la poudre est plus importante que la nourriture.

— Et plus tard ? demanda Olem.

— Mihali est fou à lier, Olem. Sa place est dans un asile. (Il choisit ses mots avec soin.) Ce serait cruel de le laisser vivre comme un homme normal. (Il savait que c'était la raison même qui lui dictait ces mots, et pourtant, en les prononçant, ils laissaient un goût amer dans sa bouche. Il fronça les sourcils.) À l'asile, ils pourront l'aider. Tu as vérifié cette liste de noms qu'Adamat nous a donnée ? ajouta-t-il afin de changer de sujet.

Cette fin de non-recevoir sembla mettre Olem mal à l'aise.

— Oui, monsieur, répondit-il sèchement. Nos hommes sont dessus. Lentement. Pour être franc, ils ne sont pas assez nombreux. Mais les intuitions d'Adamat sont souvent correctes.

— Il dit avoir amassé cette liste de noms et de bateaux en deux jours d'enquête seulement. Depuis le début de la guerre, la police des quais dans son ensemble nous a remis à peine une demi-douzaine de trafiquants kez. Comment peut-il agir si vite ?

Olem haussa les épaules.

— Il a un don. De plus, il n'a pas les mêmes restrictions que la police. Il n'est pas en uniforme. On ne peut ni l'intimider, ni l'acheter.

— Tu crois qu'il pourra trouver mon traître ?

— Peut-être, répondit Olem, bien qu'il n'en eût pas l'air si convaincu. J'aimerais que vous mettiez davantage d'hommes sur cette affaire. Vous ne devriez pas laisser l'avenir d'Adro dépendre d'un seul enquêteur.

Tamas secoua la tête.

— Comme tu l'as dit, il peut aller là où la police en est incapable. Je ne peux me reposer sur personne d'autre. Tous ceux en qui j'ai confiance – Sabon, toi, le reste de la cabale de la poudre – sont déjà sur des missions de la plus haute importance, et pas un seul d'entre eux n'a le talent et l'expérience d'Adamat. S'il n'arrive pas à démasquer mon traître, c'est que nul n'en est capable.

Olem lui jeta un regard noir. Le coin de sa bouche tressauta nerveusement. Tamas sentit un frisson d'angoisse descendre le long de son échine.

— Donnez-moi un mandat de mission, dit doucement Olem, et cinquante hommes, et je vous le trouverai.

Tamas leva les yeux au ciel.

— Je ne vais pas te laisser crapahuter au milieu de mon conseil avec un hachoir dans une main et un tison ardent dans l'autre. Il n'en restera plus rien et je me suis déjà aliéné les hommes les plus puissants d'Adro. Désolé, Olem, si j'ai besoin de toi pour surveiller mes arrières, j'ai également besoin des cinq autres membres du conseil – du moins ceux qui ne sont pas des traîtres. (Tamas se retourna en entendant des chevaux approcher au triple galop.) Poix, moi qui espérais passer une journée tranquille.

— Holà, maréchal Tamas, lança Charlemund.

L'Archidiocèle n'avait plus rien d'un homme de la Corde. Il portait fièrement ses couleurs de chasse sur un cheval qui devait bien faire cent livres de plus que celui de Tamas. Il était suivi de trois femmes, sans doute des prêtresses, bien que ce soit difficile à dire avec leurs tenues de chasseresses. Derrière elles se tenait le préfet Ondraus. Le vieil homme portait un manteau noir et des braies pâles pour indiquer qu'il ne faisait pas proprement dit partie de la chasse, et pourtant, il chevauchait sa monture avec plus de maintien et de confiance que Tamas ne l'aurait cru possible de la part d'un comptable monté en grade.

— Combien de chiens faites-vous concourir aujourd'hui, Charlemund ? demanda le maréchal.

L'Archidiocèle lui jeta le regard furibond qui accompagnait généralement ses réponses lorsqu'on s'adressait à lui en omettant son titre.

— Dix, bien que pour être honnête, trois d'entre eux courent au nom de ces demoiselles. (Il désigna celles qui l'accompagnaient.) Prêtresses Kola, Narum et Ule, je vous présente le maréchal Tamas.

Ce dernier les salua d'un hochement de tête poli. Il leur donnait à peine vingt ans et, pourtant, elles avaient le rang de prêtresses. Elles étaient beaucoup trop jeunes. Et jolies. Des demoiselles avec un physique pareil ne se mettaient pas au service de l'Église.

Le préfet s'approcha de Tamas.

— Ondraus. Tu es bien la dernière personne que je m'attendais à voir à une chasse à courre !

Ondraus se tourna sur sa selle.

— Non, *voilà* la dernière personne que tu t'attendais à voir à une chasse à courre !

Non loin de là, un cheval se dépêtrait d'un buisson de bruyère pendant que Ricardo Tumblar l'encourageait par un jet constant d'insultes. Le syndicaliste s'égratigna la joue sur une épine et poussa un glapissement en éperonnant sa monture. Il sortit du buisson et partit au galop pour rejoindre les autres. Lorsque le cheval passa à sa hauteur, Tamas tendit la main pour s'emparer de ses rênes. Il se pencha pour poser une main rassurante sur le front de l'animal.

— Chut. Doucement, là, dit-il pour le calmer. Bon sang, Ricardo, tu ne devrais pas l'aiguillonner comme ça. Tu vas finir par terre.

Ricardo avait planté ses talons dans les flancs de l'animal. Il arrêta aussitôt et eut un grand soupir.

— Bordel de merde. Je suis fait pour voyager en calèche, pas à dos de canasson.

Charlemund lui sourit.

— Non, sans blague ? J'ai vu des enfants plus doués.

— Et j'ai vu des maquereaux avec moins de putains, rétorqua Ricardo.

Les trois prêtresses en restèrent bouche bée. L'Archidiocèle virevolta sur sa selle pour se tenir face à lui, posant une main sur la poignée de son épée.

— Retirez ça ou je vous fais la peau.

Ricardo tira un pistolet de sa ceinture.

— Un pas de plus et je vous fais sauter la cervelle.

Tamas grogna. Il prit l'arme de Ricardo par le canon et la lui arracha.

— Arrêtez, tous les deux. (Il fit bouger sa monture pour se tenir aux côtés de Ricardo.) Tu es fou ? gronda-t-il. Tu oses menacer un Archidiocèle ?

L'interpellé essuya le sang sur sa joue, là où la bruyère avait égratigné sa peau, et regarda ses doigts.

— Maudite vénerie.

— Que fais-tu là ? reprit Tamas.

— Dame Winceslav a insisté. Elle a dit que maintenant, en tant que membre du conseil, je fais partie de l'élite, et que ça fait partie de mes obligations. Je préfèrerais encore être au fond de la cale d'un bateau-lavoir.

— Vous êtes déjà monté à cheval ? demanda Olem.

Ricardo repassa son pistolet à sa ceinture et prit les rênes à deux mains.

— Pas une seule fois. Quand j'étais gamin, mon père n'avait pas de quoi me payer des leçons et lorsque j'ai envisagé d'apprendre, j'étais assez riche pour me payer une calèche. Bon, où est ce fichu veneur ? Dame

Winceslav a dit qu'il resterait à mes côtés pour m'empêcher de me couvrir de ridicule.

— Ce n'est pas une réussite, remarqua Charlemund.

Ricardo le dévisagea d'un air furieux. Tamas lui donna un grand coup de coude dans les côtes. Le chef syndicaliste se tourna vers les trois prêtresses.

— Veuillez me pardonner, mesdemoiselles. Mon commentaire ne s'adressait pas à vous.

Toutes les trois levèrent le nez en l'air à l'unisson. Ricardo soupira.

— Je suis venu passer une bonne après-midi, déclara Tamas. Est-ce encore possible ou dois-je partir de mon côté ?

Ricardo et Charlemund grommelèrent sous leur barbe. Tamas éperonna doucement son cheval, entraînant celui du chef syndicaliste.

— Laisse-le faire, dit-il au bout d'un moment en lâchant sa bride. Il connaît le chemin et les autres chevaux, il les suivra bien tout seul. Il a compris que tu n'es pas un cavalier. Si tu essaies de reprendre le contrôle, il se débattra.

Ricardo acquiesça en silence, évitant de regarder dans la direction de Charlemund et de ses prêtresses.

Le veneur ne tarda pas à les rejoindre. Au grand étonnement de Tamas, ce dernier s'aperçut qu'il le connaissait.

— Gaben ! s'écria-t-il.

— Monsieur.

L'homme le rejoignit en souriant jusqu'aux oreilles. C'était un jeune homme alerte qui, manifestement, était bon cavalier. En général, les veneurs étaient chargés de s'assurer que les chiens restent sur la bonne piste, mais, de toute évidence, celui-ci rabattait plutôt les *gens*.

— Olem, je te présente Gaben. Le plus jeune fils du capitaine Ajucare.

— Enchanté. Je connais votre père depuis des années.

Gaben lui tendit la main.

— Tu es ce Doué qui ne dort jamais ?

— Exact.

— Tout le plaisir est pour moi.

— Donc, reprit Tamas, la Dame t'a mis provisoirement au service de Ricardo ?

Gaben acquiesça.

— Elle a dit qu'il aurait besoin d'un coup de main.

— Tu l'as perdu pendant un moment.

— Il est passé à travers des buissons, monsieur. J'ai préféré les contourner.

— Bien vu. Ton père m'a dit que tu étais doué comme personne avec les chevaux.

— Il exagère, dit Gaben avec modestie.

— Permets-moi d'en douter. (Tamas le surprit à lorgner les jeunes femmes.) Mais je ne veux pas te retarder.

Gaben alla se tenir aux côtés des prêtresses pour répondre à leurs questions concernant la vénerie. Peu après, le brigadier Sabastenien arriva à son tour. Il se joignit au quatuor et écouta attentivement leur discussion.

Tamas se pencha vers Olem.

— Durant les combats contre les royalistes, le brigadier Sabastenien m'a fait une très bonne impression. Ces prochaines années, il faudra garder un œil sur lui. Crois-moi, il sera brigadier-chef bien avant la quarantaine.

Le silence retomba sur ce bout de forêt, uniquement rompu par les conversations étouffées des jeunes gens à quelques dizaines de pieds devant eux. Tamas commençait à apprécier ce calme tout relatif lorsqu'Ondraus prit la parole.

— Je voudrais que tu me parles de ce cuistot, dit-il.

Tamas se tourna vers lui. Là où ils se trouvaient désormais, le chemin était assez large pour avancer à quatre de front. Tamas se trouvait sur la gauche, avec Ricardo sur sa droite, légèrement en arrière, et Ondraus entre le chef syndicaliste et Charlemund. Olem restait en retrait pour mieux surveiller les alentours.

— Quel cuistot ? demanda Tamas.

— Celui qui prépare les repas des clercs et des employés de la Maison des Nobles, en plus de ceux de ta garnison.

Sous le soleil de l'après-midi, le vieux comptable avait l'air particulièrement vif et chevauchait comme un homme beaucoup plus jeune. Son regard était aussi serein que celui de Tamas.

— Celui qui créé des plats tels qu'on n'en a jamais vu à Adopest, qui reçoit des cargaisons de fruits et légumes largement hors saison dans cette partie du monde sans passer la moindre commande. Celui qui nourrit cinq mille têtes chaque jour pour quelques centaines de kranas de bœuf et de farine. (Il lui décocha un petit sourire.) Celui qui prétend être un dieu. Ou est-ce que tu n'as rien remarqué de tout ça ?

Tamas ralentit légèrement et attendit que les autres en fassent autant. Les prêtresses, les brigadiers et le veneur continuèrent sans rien voir. Lorsqu'ils furent hors de portée, Tamas dit :

— C'est un Doué, pas un dieu.

Charlemund renâcla :

— Heureux de l'entendre. Ce serait un blasphème.

— Donc, vous en avez entendu parler ? reprit Tamas, résigné.

Il espérait que Mihali ait échappé aux yeux inquisiteurs de Charlemund. Un espoir bien vain.

— Bien sûr. Mes collègues de l'Église m'en ont fait part. J'ai reçu leur communiqué pas plus tard que ce matin.

— Et ?

— Ils veulent que je l'arrête sur-le-champ au nom de l'Église afin qu'il cesse de propager ses mensonges.

— Il est inoffensif, dit Tamas. Il s'est échappé de l'asile d'Hassenbour. Je ne vais pas tarder à l'y renvoyer.

Il n'avait vraiment pas envie que l'Église s'en mêle.

— Qui est-ce ? demanda Ondraus.

— Le Seigneur des Chefs d'Or.

— Ne te moque pas de moi, répondit Ondraus, décontenancé.

— C'est n'importe quoi, intervint soudain Ricardo. Seigneur des Chefs d'Or est un titre honorifique chez les cuisiniers. Ça veut dire qu'il est le meilleur chef de tous les Neuf. Je n'arrive pas à croire qu'il puisse avoir échoué à Adro.

— Tu le connais ? demanda Tamas.

— Mettons que je sais qui il est, répondit Ricardo. Il y a cinq ans, j'ai payé une fortune pour qu'il prépare un festin destiné à Manhouch. C'est au cours de ce dîner que j'ai convaincu le roi de me laisser mettre sur pied un syndicat. Je n'avais jamais rien mangé de tel. (Il eut un léger sifflement.) Sa soupe à la courge est à se damner. J'aimerais beaucoup le revoir.

À la simple mention de la fameuse soupe de Mihali, Tamas réprima un sourire. Sa bouche s'emplit de salive et, un instant, il put en sentir l'odeur, comme si Mihali en préparait une marmite dans la clairière avoisinante.

— Eh ben, reprit Charlemund, c'est trop tard. Je le remettrai à l'Église dès ce soir. Ce n'est que par respect envers Tamas que je ne l'ai pas fait ce matin.

— Et si je refuse de le livrer ? demanda Tamas d'un ton badin.

Charlemund eut un petit rire, comme s'il avait fait une plaisanterie.

— Vous n'avez pas le choix. Cet homme est un païen et un blasphémateur. Tout le monde sait qu'il n'y a qu'un seul vrai Dieu : Kresimir.

— Adom, Unice, Rosvel et toute la clique ne sont-ils pas censés être les frères et les sœurs de Kresimir ? demanda Tamas. J'ai un peu oublié mon folklore théologique…

— C'est notre doctrine, pas du folklore, corrigea Charlemund. C'est vrai, ils l'ont aidé à créer les Neuf, c'est ce qui en fait des saints. Mais Kresimir est le seul vrai Dieu. Prétendre autre chose est aller à l'encontre du dogme de l'Église. Ainsi en a décidé le Conseil de Kezlea en l'an de grâce 507.

Ricardo ouvrit de grands yeux.

— Alors vous *connaissez* l'histoire de votre religion. Incroyable ! Je croyais que pour être Archidiocèle, il suffisait d'avoir un joli chapeau et un harem.

Charlemund l'ignora comme si Ricardo n'était qu'un marchand de tapis trop empressé au marché de la ville.

— Le Conseil a également établi que les hérétiques et les blasphémateurs tomberaient sous la juridiction de l'Église. Tous les rois des Neuf ont signé ce concordat.

— Il est intéressant de noter qu'Adro n'a plus de roi, remarqua Tamas.

Ce qui sembla ébranler Charlemund.

— Que…

— Ainsi, parmi les Archidiocèles, pas un seul n'a envisagé que, maintenant, Adro n'est plus lié par les engagements pris par les rois précédents ? En fait, techniquement parlant, plus rien ne nous oblige à payer la dîme…

— Je… je n'y crois pas, bafouilla Charlemund. Je veux dire, nous avions passé un marché…

— Avec Manhouch, insista Ondraus.

Un sourire teigneux étirait les lèvres du préfet. Tamas se demanda s'il n'avait pas donné à ce dernier l'occasion de dresser l'Église contre eux. Il ferma les yeux et serra fort les paupières. *Ô Kresimir, vous qui êtes aux cieux. J'aurais mieux fait de me taire.*

Avant que Charlemund ne puisse répondre, il les rouvrit.

— Je vais rejoindre le reste de la chasse. J'entends à peine les chiens.

Et il éperonna son cheval. En quelques instants, il se retrouva à la hauteur du veneur.

— Monsieur, dit Gaben en se retournant, nous avons pris un retard important par rapport au reste du groupe.

— Oui, je m'en doutais un peu.

— Avec votre permission, monsieur, j'aimerais vous montrer un raccourci qui nous permettra de traverser la forêt. Je sais où ils doivent se rassembler dans, oh… (Il regarda le soleil qui pointait à travers les arbres.) Deux heures. Je pense qu'on peut les y retrouver. Sinon, il ne faut pas espérer les rattraper avant la fin de la chasse.

— Monsieur, reprit Olem à voix basse, il est dangereux de quitter la piste. Ces forêts étaient celles du roi, elles sont plus grandes qu'Adopest et ses banlieues. J'y jouais lorsque j'étais gamin. Lorsqu'on s'y perdait, on mettait parfois des jours à retrouver notre chemin.

— Il nous faudra progresser lentement, renchérit le veneur. Nous devrons passer à travers les buissons, mais nous pourrons les tailler sans problème. Je connais ces bois comme ma poche.

— Ça ne me plaît pas, monsieur, déclara Olem.

Tamas ravala son propre sentiment de malaise et sourit à son garde du corps.

— Ne t'en fais pas. Je connais Gaben depuis qu'il est haut comme ça. Ce qu'il y a de plus dangereux dans ce bois, ce sont les cerfs. Ouvre-nous la voie.

* * *

Ils trottèrent le long de la piste à cerfs, à la queue leu leu, se frayant un passage au cœur de la forêt. Derrière Tamas, les prêtresses jacassaient bruyamment. Celui-ci laissa vagabonder son esprit, élaborant des plans de bataille et des tactiques. Les combats ne s'étaient pas encore étendus jusqu'à la Porte de Wasal. Il n'y avait qu'au Pic du Sud que des coups de feu avaient été tirés et le positionnement unique de la forteresse ne requérait pas de grands efforts de stratégie. Cela faisait des mois qu'ils gardaient les Kez à distance avec un minimum de pertes et malgré une forte concentration de sorcellerie du côté de l'ennemi. La simple mention de la trahison de Julène faisait bouillonner son sang.

Et Taniel. Que pouvait-il faire ? Bo était toujours en vie, et ils luttaient de conserve pour défendre la forteresse des Montagnards. Ce qui lui plaisait bien. Et pourtant, le Privilégié était toujours sous l'emprise du pacte. Tamas pouvait-il avoir confiance en eux ? Taniel avait désobéi aux ordres. Il devrait y avoir une sanction, même si ce dernier prétendait avoir toutes les raisons de garder Bo en vie. Ils avaient besoin d'un Privilégié s'ils espéraient tenir Docouronne.

Tamas savait ce que Taniel cherchait à lui dissimuler. Il n'avait pas pu, tout simplement. Il n'avait pu se résoudre à tuer son meilleur ami, même sur ordre de son supérieur. Il devait savoir que Tamas ne se contenterait pas de ses explications. Il repoussa cette idée : il refusait de se gâcher la journée.

Alors qu'ils chevauchaient, le chemin changea peu à peu. Ils descendirent dans une vallée jonchée de gros rochers rongés de mousse, où le sol était couvert de branches mortes et d'aiguilles de pin pourrissantes. Il y planait un lourd silence qui semblait absorber tous les sons. La forêt était profonde et incroyablement ancienne, si bien que les claquements des sabots paraissaient incongrus.

La piste arriva à sa fin. Ils continuèrent le long d'un petit ruisseau. Les rochers se firent plus gros, la voûte végétale encore plus épaisse. Et ils n'avaient pas atteint le fond de la vallée. Tamas ne se souvenait pas être un jour passé par là, même durant les autres chasses à courre.

Il se surprit à fixer la nuque d'Ondraus. Des boucles de cheveux argentés étaient collées à son crâne, à côté d'une paire de verrues grosses comme des pièces de deux kranas. Était-ce lui le traître ? Tamas prit conscience qu'il chevauchait en compagnie de quatre des membres de son conseil, et que chacun d'entre eux pouvait bien être ce fameux traître.

Soudain, Olem éperonna son cheval. Il passa à l'avant des autres cavaliers pour s'arrêter devant le veneur.

— Où sommes-nous ? demanda-t-il.

— Presque arrivés. Le point de rendez-vous est à moins d'une lieue.

— Alors pourquoi n'entend-on pas les chiens ?

Tamas alla à son tour à l'avant de la colonne, suivi de près par Charlemund et Ondraus. Ricardo resta à l'arrière de la colonne, fixant les rochers tout autour d'eux.

— Avec ces blocs de pierre, impossible d'entendre quoi que ce soit, répondit Gaben, alors que Tamas s'arrêtait à ses côtés.

— On ne se rapproche pas de la chasse, insista Olem. Ce rocher, là, s'appelle la Table de Billard Géante. Je venais y jouer quand j'étais gamin.

Tamas toisa Gaben d'un regard sévère.

— J'espère que tu as une bonne explication.

Une pierre tomba du haut d'un des rochers. Tamas se retourna d'un bond, scrutant la forêt des yeux.

— Ricardo ? appela-t-il.

Le cheval du chef syndicaliste était à l'arrière de la petite colonne, les rênes rejetées sur une branche cassée. Pas la moindre trace de son cavalier. Tamas se retourna vers Gaben.

— Qu'as-tu à dire ?

Tout autour d'eux, le maréchal entendit bruire des feuilles. Il se retourna à nouveau, aux aguets. Mais il ne vit rien. Il laissa ses perceptions s'affiner. Ricardo était armé d'un pistolet. Tamas sentait l'aura de sa poudre : le disparu n'était pas loin. Ricardo était-il le traître ? Était-ce un piège ? Pourtant, le chef syndicaliste savait bien que le maréchal pouvait le localiser rien qu'à cette même poudre.

Un homme sortit de sa cachette juste devant eux. Il tenait un arc qu'il braquait droit sur Tamas. Il visait d'un œil, car l'autre était recouvert d'un bandeau de tissu blanc. L'homme était plus vieux que le maréchal, le visage couturé par mille batailles. Il portait un manteau brun et vert afin de se fondre dans la forêt.

— Brigadier Ryze, dit Tamas.

Olem jeta un pistolet à son supérieur et prit son fusil avec les gestes rapides et sûrs d'un soldat expérimenté. Le maréchal attrapa l'arme au vol et la braqua sur le brigadier sans prendre la peine de l'armer. Pour un poudremage, c'était inutile.

— Baissez votre pistolet, lança le brigadier Ryze.

Son arc ne dévia pas de sa cible. Il fit un pas en avant d'un pied sûr. Un pan de son manteau s'écarta, dévoilant les couleurs de la chasse.

— Je vais te tirer comme un lapin, avertit Tamas.

— Peut-être. Mais vous ne nous tuerez pas tous.

Tamas ne quitta pas l'archer des yeux.

— Olem ?

— Nous sommes encerclés, monsieur, répondit le garde du corps d'un ton lugubre. Tous munis d'arcs. J'en compte une quinzaine, mais il peut y en avoir d'autres cachés dans les bois.

— Il y en a, confirma Ryze.

— Sais-tu qui je suis ? lança Charlemund.

Tamas n'avait pas besoin de le regarder pour savoir qu'il avait tiré son épée courte. Ce qui ne lui servirait pas à grand-chose face aux archers.

— Nous le savons, Archidiocèle, dit le brigadier Ryze. Et il ne vous sera fait aucun mal, ni à vous ni à qui que ce soit, tant que le maréchal Tamas nous suit sans histoires.

— Je te détruirai, feula Charlemund.

— Je n'en doute pas, répondit le brigadier Ryze sans la moindre émotion. Maréchal, je vous prie ?

Tamas fit un bref inventaire de ses armes. Une douzaine de balles. Pas de quoi tuer quinze hommes d'un tir en rafale, même au mieux de sa forme. Il regarda Ricardo, également juché sur un rocher, et se demanda s'il était là-haut parce qu'il avait senti un piège ou parce que c'était lui qui l'avait tendu.

— Il semblerait que je n'aie pas le choix.

— Exact. (L'œil unique de Ryze parcourut lentement le petit groupe.) Allons-y.

Tamas étendit ses perceptions. Pas un seul de ces hommes n'avait ne serait-ce qu'un grain de poudre sur lui. Ils avaient bien préparé leur coup. Il sonda plus loin dans les bois, cherchant si d'autres étaient armés de la précieuse substance… et se figea. Il y avait un Privilégié dans cette forêt.

— Pourquoi t'es-tu vendu à Ipille ? demanda Tamas. Dame Winceslav avait confiance en toi.

Ryze hocha légèrement la tête.

— Ça n'a rien à voir avec les Kez. Je sers Adro et Dame Winceslav.

— Alors pourquoi y a-t-il un Privilégié là-bas, dans les bois ? continua le maréchal, en désignant le nord.

Le brigadier Ryze écarquilla légèrement les yeux.

— Ça n'a rien à voir avec les Kez, répéta-t-il. Venez avec nous, ou nous vous abattons tous séance tenante.

Les doigts du brigadier se crispèrent sur la corde. Ryze avait la réputation d'être un tireur d'élite, que ce soit à l'arc, à l'arbalète, au fusil ou au pistolet. Il était aussi connu pour être un homme d'action, une brute s'il le fallait. Mais il était loin d'être bête. S'il était devenu brigadier des Ailes d'Adom, ce n'était pas pour rien.

Tamas fit avancer son cheval.

— Descendez, dit Ryze, désignant le sol de la pointe de sa flèche. Donnez vos charges de poudre de rechange au garde du corps. Et le pistolet. Laissez le cheval attaché à un arbre.

Tamas obéit et s'approcha du brigadier.

— Espèce d'enfoiré, grinça Olem. Fils de pute. Je t'arracherai l'œil qui te reste.

— Retenez votre molosse, lança Ryze.

— C'est bon, Olem. (Tamas s'arrêta aux côtés de Gaben et leva les yeux. Le visage de ce dernier était dépourvu d'expression.) J'imagine qu'il est des tiens, dit-il à Ryze.

— En effet, répondit-il. Il va nous guider vers le reste de la chasse.

— Puisses-tu brûler dans la poix. Olem, veille à ramener tous les autres. Tu as dit que tu jouais dans ces bois quand tu étais gamin. Tu sauras retrouver ton chemin ?

— Oui, répondit Olem, l'air écœuré.

— Alors c'est un ordre. Ne reviens pas me chercher avant que tout le monde soit en sécurité.

— Si tu nous suis, ajouta Ryze, je lui tranche la gorge.

Le brigadier sauta au bas de son rocher pour atterrir sur le sol avec un bruit étouffé.

Il fit signe à Tamas de se mettre devant lui. Ils furent vite flanqués de deux coureurs des bois, puis deux autres encore. Le maréchal remarqua qu'ils ne portaient pas les couleurs de la chasse sous leurs manteaux. Ils devaient probablement être ici depuis plusieurs heures.

Une voix s'éleva soudain.

— Ryze !

Tamas se retourna en même temps que le brigadier. C'était Sabastenien, le commandant placide. Sa voix était calme, pleine de retenue.

— Ta trahison te coûtera ta tête, reprit-il. La Dame ne te le pardonnera pas.

— Je sais, répondit le brigadier.

Il y avait de la tristesse dans sa voix. Il tourna le dos à Sabastenien et poussa Tamas vers les bois. Dès qu'ils furent hors de vue du petit groupe, le brigadier partit au petit trot, poussant Tamas de la pointe de sa dague d'un geste machinal, comme s'il avait oublié qu'il était son prisonnier. Tamas jeta un coup d'œil par-dessus son épaule pour le toiser.

— Pourquoi fais-tu ça ? demanda Tamas.

— Chut, répondit Ryze d'une voix sans dureté excessive. Vous ne savez même pas ce qu'est « ça ». Vous avez dit qu'il y avait un Privilégié dans la forêt ?

Tamas s'arrêta soudain, puis se retourna d'un bond pour saisir le poignet du brigadier qui tenait la dague. Celui-ci résista, tentant de prendre Tamas par l'épaule. Comme tous deux étaient de force égale, ils luttèrent un moment en silence sans que l'un ou l'autre ne prenne l'avantage, jusqu'à ce qu'un des hommes de Ryze aille donner un coup sur la nuque de Tamas. Celui-ci grogna en lâchant le brigadier et tomba à genoux.

— En arrière, feula Ryze à l'adresse de son nervi. (Il prit Tamas par l'avant-bras pour l'aider à se relever.) On m'a trahi, dit-il d'une voix si basse que seul Tamas put l'entendre.

— Moi aussi.

Le maréchal regarda le brigadier d'un air furieux. Il était un temps où il le considérait comme un collègue, bien qu'ils n'aient jamais été assez proches pour devenir amis. Des années plus tard, le hasard des assignations les avait réunis à l'étranger.

— Pas comme vous le croyez. (Ryze fit un pas en arrière et baissa sa dague.) Je ne suis pas ici pour vous tuer, maréchal, pas plus que pour vous remettre aux Kez.

— Alors à quoi rime cette mascarade ?

Tamas se demanda s'il devait attaquer à nouveau. Mais même s'il prenait la main, les hommes du brigadier le surveillaient de près.

— C'est un avertissement, répondit Ryze. J'ai fait venir tous mes hommes de confiance, mais apparemment, ça n'a pas suffi. Vous êtes sûr qu'il y a un Privilégié dans la forêt ?

— Oui, répondit lentement Tamas. (Il ouvrit son troisième œil.) Il se rapproche. Et il est accompagné de Gardiens.

Cette idée lui donna le frisson. Ryze semblait sincère, mais il n'était pas encore disposé à lui faire confiance. Peut-être se contentait-il de gagner du temps en attendant que le Privilégié les rejoigne.

— Kah ! Loadio ! cria soudain Ryze. Prenez position là et là ! (Il désigna tout à tour deux rochers. Les hommes acquiescèrent et les escaladèrent.) Tuez le sorcier. (Il se tourna vers Tamas.) Allons-y !

Le maréchal se demanda s'il devait profiter de l'occasion pour s'enfuir. Il hésita un bref instant avant de suivre le brigadier dans la forêt. En cours de route, Ryze appela ses hommes, les mit par paires et les positionna entre le sorcier et eux-mêmes. De temps en temps, Tamas regardait par-dessus son épaule, cherchant l'aura pastel du Privilégié. Celui-ci se rapprochait rapidement, et sa lueur avec lui. Or les Privilégiés ne se déplaçaient à aussi vive allure que s'ils étaient portés par un Gardien.

Ryze se retourna pour aboyer un ordre… et s'arrêta net. Tamas faillit lui rentrer dedans. Le brigadier tira sa dague et se mit en position de combat.

Le maréchal se retourna à son tour. Deux des hommes de Ryze étaient tout proches. L'un était un soldat portant un arc sur le bras. Il s'effondra sur un lit de feuilles mortes, la gorge tranchée. Le second n'était autre que Gaben. Il essuya tranquillement son couteau sur la cape du soldat et fit face à Ryze.

— Ton père… dit le brigadier.

— Est un putain d'imbécile qui n'aurait jamais dû s'acoquiner avec ce traître, répondit Gaben en désignant Tamas. (Il se raidit, son couteau pointé vers Ryze.) Tout ce que j'ai à faire, c'est de t'occuper en attendant l'arrivée du duc.

Le vieux brigadier se jeta en avant, dague en main. Il para, frappa de biais, puis sauta sur Gaben, plongeant sa lame dans la poitrine de l'homme. Le veneur n'avait pas une chance. Il s'écroula, inerte, mort. Ryze se releva, son œil unique flamboyant de rage, et regarda le sentier. Tamas entendit le grondement d'un sort et le craquement d'un arbre qui s'abattait.

— J'ai envoyé mes hommes à la mort.

Il ferma son œil, laissant tomber sa dague. Tamas remarqua une tache de sang sur son manteau. Ryze toucha la plaie.

— Un coup de chance, dit-il en désignant d'un geste le veneur mort.

Tamas aida Ryze à gagner un espace dégagé et l'adossa à un tronc.

— Dis-moi ce que tu voulais m'expliquer. Sinon, tout ceci n'aura servi à rien.

Le grondement de sorcellerie se rapprochait.

— Ça fait un certain temps que je n'ai pu vous approcher, dit Ryze. C'était un plan de la dernière chance, mais monsieur, comprenez-moi bien, j'étais désespéré. Le brigadier Barat nous a trahis. Il a fait prisonnier mon plus jeune fils. J'espérais vous convaincre de quitter la chasse à courre pour m'aider à le sauver. Nous aurions eu quelques heures avant qu'il ne constate notre absence. (Ryze passa une main sur son visage. De la sueur dégoulinait sur ses joues, mêlée à ses larmes.) Je ne savais pas qu'on nous avait trahis.

— C'est le brigadier Barat le traître ? le pressa Tamas. Dame Winceslav est au courant ?

— Oui, mais il n'est pas le seul. Il complote avec un des membres de votre conseil. Et non, la Dame n'a pas la moindre idée de ce qui se trame. L'amour la rend aveugle. Barat l'a séduite. J'ai fait tout mon possible pour envoyer ce dernier au front ou à l'étranger, mais elle n'a rien voulu savoir. Pour l'instant, il est le seul qu'elle veuille bien écouter.

— Sais-tu de qui il est le complice ?

— Non. Fuyez !

Ryze se jeta en avant, poussant Tamas à terre. Soudain, la forêt tout entière s'embrasa, la chaleur des flammes roussissant le visage et les mains du maréchal. Celui-ci heurta le sol, roula sur lui-même et se releva d'un bond pour se précipiter vers Ryze. Le vieux brigadier hurla alors que sa peau se décollait et que sa chair se flétrissait. Tamas plongea derrière un rocher, ses yeux fous cherchant le Privilégié et ses Gardiens. Il entendit un grand craquement et la dernière chose dont il se souvint fut le rocher volant en éclats.

XXIV

— Que veux-tu ?

Le Seigneur Vetas se tenait sur les marches de la maison d'Adamat. Il était impeccablement habillé d'un manteau noir flambant neuf et chaussé de bottes assorties, brillant si fort qu'elles agressaient le regard. Sous son manteau, il portait un gilet rouge et une chemise de soie noire. Il tenait son chapeau de la main, ses cheveux sombres coupés court aplatis sur sa tête. Adamat essuya ses yeux encore pleins de sommeil et rajusta sa robe de chambre. Il regarda l'horloge du vestibule.

— Il est sept heures du matin.

— Je peux rentrer ? demanda poliment le Seigneur Vetas.

— Non. Que fais-tu là ? (Il se tut, soudain suspicieux.) Où sont tes nervis ?

— Aujourd'hui, je ne suis pas venu pour proférer des menaces, répondit Vetas. La dernière fois, mes hommes n'étaient là que pour s'occuper de Palagyi. J'imagine que tu n'as pas eu trop de mal à te débarrasser du cadavre ?

Vu le peu de cas qu'il en faisait, il aurait aussi bien pu parler de sa tasse de thé du matin.

— Pas trop, merci. Bon. Qu'est-ce que tu viens faire chez moi ?

Sa brusquerie ne sembla guère gêner son interlocuteur.

— Un don, répondit-il en lui tendant une petite boîte noire. Ça fait longtemps que tu ne m'as pas donné de nouvelles. Je présume que tu n'as pas l'intention d'accepter mon offre d'emploi ?

Adamat lui arracha la boîte.

— Dis à ton maître d'aller se faire voir. Je me suis rendu à l'adresse que tu m'as donnée, celle d'un entrepôt vide près de la rivière. Ça ne m'a guère porté chance. Et toi, ajouta-t-il, tu n'existes pas. Je n'ai pas eu le temps d'approfondir mes recherches, mais il n'existe pas de « Seigneur » Vetas.

— Bien joué, mais l'adresse est tout à fait valide. Ça m'étonne que mes hommes n'aient pas remarqué ta visite. En fait, je suis impressionné. (Il leva les mains et les claqua doucement.) Tes dons d'enquêteur sont étonnants.

Je suis sûr qu'à terme, tu découvriras ma vraie identité, ainsi que celle de mon maître.

— Et si tu nous faisais gagner du temps à tous les deux en me les révélant séance tenante ?

Le Seigneur Vetas se contenta de sourire.

— Tu mènes l'enquête au nom du maréchal Tamas afin de démasquer le traître au sein de son conseil.

— Non.

— Ne me mens pas, Adamat. Je le sais avec certitude.

— Même si c'était vrai, je ne parle jamais de mes enquêtes en cours.

— Et jusque-là, quelles sont tes conclusions ?

— Tu n'as pas compris la première fois ? rétorqua Adamat. Je n'ai rien à te dire. Bonne journée.

Il tenta de fermer sa porte. Vetas leva poliment la main comme un écolier cherchant à attirer l'attention.

— Quoi ? aboya Adamat.

— Tu n'ouvres pas ton cadeau ?

Adamat fronça les sourcils en regardant la boîte. Elle était noire, très simple, nouée avec un ruban de soie comme si elle contenait une bague. Il le défit. À l'intérieur, il trouva un doigt sectionné au niveau de la première phalange. Par expérience, il en déduisit que c'était celui d'un jeune garçon. Et une chevalière y était glissée. Celle qui avait appartenu au père d'Adamat. Et qu'Adamat lui-même avait donnée à…

De ses doigts tremblants, il remit le couvercle de la boîte et la fourra dans la poche de sa robe de chambre. Il prit le Seigneur Vetas par l'avant de son manteau et lui fit franchir le seuil. L'homme ne protesta pas alors que l'inspecteur refermait la porte d'un coup de pied et le poussait violemment contre le mur. Sa respiration ne s'accéléra même pas. Adamat approcha son visage du sien.

— C'est celui de ton fils, souligna inutilement Vetas.

— Je sais, merci ! ne put s'empêcher de crier Adamat.

Cette fois, il empoigna l'homme à deux mains et le jeta à terre. Il prit sa canne au portemanteau près de l'entrée et dénuda la lame pour la fourrer sous la gorge de Vetas. Celui-ci ne tremblait pas.

— Si jamais il est mort…

Vetas loucha sur la pointe de l'épée comme s'il examinait un objet curieux.

— Oh, il est bien vivant. C'est un peu l'idée lorsqu'on prend quelqu'un en otage. Une fois mort, il ne sert plus à rien.

— Je vais te tuer.

— Si tu veux, mais mon maître se contentera de t'envoyer quelqu'un d'autre. Quelqu'un qui t'apportera une boîte plus grosse. Qui contiendra la tête de ta fille.

Adamat tira une goutte de sang de la gorge du Seigneur Vetas. Celui-ci sortit un mouchoir pour l'essuyer.

— Qu'est-ce qui m'empêche de te passer au fil de l'épée ? chuchota Adamat.

— Je viens de te le dire. (Il eut un sourire compatissant.) Pour l'instant, tu es sur les nerfs. Je comprends. Prends donc le temps de te calmer et de réfléchir.

Adamat aurait payé cher pour pouvoir clouer cet homme au mur comme un insecte, mais il lutta pour se maîtriser. Un simple spasme et le sang de cette larve éclabousserait le tapis de l'entrée.

SouSmith, encore dans ses vêtements de nuit, apparut en haut de l'escalier. Adamat lui fit signe de repartir.

— Que me veut ton maître ?

— Tout. Tout ce que Tamas t'a dit. Ce que tu as découvert au cours de ton enquête.

Adamat perdit toute volonté de combattre et soupira. La peur s'empressa de remplir l'espace vide.

— Rien. Je ne sais rien.

Le Seigneur Vetas eut un geste d'irritation.

— Mon enquête n'a pas encore atteint sa conclusion, reprit Adamat.

Il lutta pour rassembler ses pensées éparses. Josep était toujours en vie, ne cessait-il de se répéter. Tout irait bien. Du moment qu'il jouait le jeu.

— Commençons donc par le commencement, déclara le Seigneur Vetas. Parle-moi de tes enquêtes. Toutes les deux.

Adamat se surprit à vider son sac. Les mots se bousculèrent dans sa bouche, comme si chacun d'entre eux était une brique édifiant un mur de protection autour de sa famille. À un moment donné, il se sentit faible et rangea sa lame dans sa canne-épée pour s'appuyer dessus.

Il dit au Seigneur Vetas tout ce qu'il savait à propos de la Promesse de Kresimir et révéla les conclusions auxquelles ils étaient arrivés, Tamas et lui. À savoir que tout cela n'était que des fadaises. Il lui relata cette nuit au Palais d'Horizon et sa rencontre avec Uskan. Il continua en racontant ses rendez-vous avec Ricardo Tumblar et Dame Winceslav. Le Seigneur Vetas le laissa parler sans l'interrompre. Adamat ne put scruter son expression : il absorbait les informations, impassible.

L'inspecteur débitait ses mots si vite qu'il n'eut même pas l'idée d'altérer la vérité ou de mentir, du moins pas sur le moment. Lorsqu'il eut terminé, il se laissa tomber assis sur les marches, les mains tremblantes. Il se sentait vidé. On aurait dit que son âge l'avait rattrapé et même dépassé.

Le Seigneur Vetas prit le temps de réfléchir.

— Deux mois d'enquête, et c'est tout ce que tu as pu glaner ?

Adamat fronça les sourcils.

— J'ai fait le travail de vingt hommes !

— Tu es sûr de tous ces détails ?

— Certain. Je n'oublie jamais rien.

— Ah, oui. Ton Don. Parle-moi de cette… destruction programmée d'Adro.

— Je ne sais pas grand-chose. (Adamat était fatigué. Il n'avait plus qu'une seule envie : rentrer dans son trou.) Ce n'est qu'une prophétie concernant le retour de Kresimir. Ce qui devrait s'accompagner de violences à grande échelle. Une vieille légende.

Le Seigneur Vetas resta pensif. Il tapota son cou une dernière fois pour en éponger le sang et coiffa son chapeau.

— Je reviendrai, dit-il. Et j'espère qu'à ce moment-là, tu auras quelque chose d'intéressant à me dire. Sinon…

Il jeta un œil en direction de la boîte dans la poche d'Adamat.

XXV

Taniel essuya son visage maculé de sang et regarda deux femmes entraîner le Veilleur loin des remparts. Une balle lui avait enfoncé le crâne une minute à peine après que Taniel et lui avaient partagé un pichet de vin derrière la protection relative des murs du bastion. Il ferma les yeux et tenta de se souvenir du visage de la victime. Il dessinerait son portrait plus tard.

Il y avait du sang partout, frais ou déjà coagulé. Le sol et le manteau de Taniel en étaient détrempés, et ses taches rouges étaient omniprésentes. Le bastion tout entier était imprégné de son odeur métallique légèrement salée. Un relent putride de mort sale s'élevant des étages inférieurs luttait contre les nuages de poudre noire pour perturber les sens de Taniel.

Les Kez emportaient leurs blessés le long de la montagne avec une régularité inquiétante. Les hommes étaient poussés de côté et emportés sans douceur, comme des sacs de grain, afin de laisser la place à de nouveaux soldats. Une semaine plus tôt, ils avaient construit avec des rondins une glissière en V descendant jusqu'à Mopenhague. Ils y jetaient les morts, que des hommes munis de bâtons, aux visages protégés par des écharpes de lin, poussaient afin de les faire descendre. Il y avait longtemps que le bois avait viré au brun roux. Taniel ne voulait même pas imaginer l'odeur qu'il devait dégager. Au loin dans la plaine, il pouvait voir les grands puits qu'on avait creusés pour y jeter les cadavres.

Il resta là, adossé au rempart, occupé à nettoyer et recharger son fusil. Une balle normale cette fois-ci – il commençait à être à court de rougebandes. Ka-poel se tenait derrière lui, vêtue de son long cache-poussière et de son chapeau, noirs tous les deux. Une balle avait arraché un bout de son revers. Elle lui retourna son regard inquiet avec un hochement de tête indéchiffrable. Elle se dressa sur un genou pour regarder par-dessus le rempart.

Il y avait longtemps que l'ennemi avait investi les redoutes et on n'avait rien fait pour les reprendre. Des soldats kez se cachaient derrière leurs murs, attendant les ordres. Taniel en surprit un qui se penchait un peu trop à l'angle du mur et visa. L'homme porta les mains à son visage en hurlant. Il perdit pied, tomba et dévala la colline, emportant deux de ses camarades avec lui alors qu'il cherchait aveuglément de quoi interrompre sa chute.

S'il survivait, il serait défiguré à vie.

Taniel chassa cette idée et se retourna pour recharger son fusil. Peu après, une balle ricocha contre le mur juste à côté de lui. Il inspira profondément et se concentra sur son arme.

— Trouve-moi un Privilégié, dit-il à Ka-poel.

Elle acquiesça et regarda à nouveau par-dessus le muret.

Ce cirque durait depuis des semaines. Les soldats kez tenaient les flancs de montagne jusqu'à la première redoute. Ils avaient édifié des barrières de terre sur la route en guise de protections et se cachaient derrière les rochers et tout ce qu'ils pouvaient trouver. Ils avaient avancé quelques pièces d'artillerie, mais rapidement, il n'en était resté que des débris roulant jusqu'à la plaine, pulvérisés par les canons des Montagnards. D'autres avaient suivi, accompagnées par des Privilégiés. Après d'innombrables tentatives, l'ennemi avait formé une tête de pont, et, maintenant, ses pièces martelaient les remparts depuis au moins quinze positions.

Régulièrement, à quelques heures d'intervalle, les soldats montaient à l'assaut, se mettant en formation derrière leurs barrières en préparant leurs armes. Ils chargeaient à flanc de colline, où ils étaient accueillis par un feu nourri. Taniel pouvait presque voir des rêves de gloire briller dans les yeux des officiers avant de les abattre. Ça lui retournait l'estomac.

Chaque assaut se soldait par un échec et pourtant, peu à peu, ils se rapprochaient de la forteresse. Pouce par pouce. Les Veilleurs subissaient également de lourdes pertes. Les grenades transperçaient les boucliers magiques que Bo tissait au-dessus d'eux. Lorsqu'ils s'alignaient pour tirer, les fusiliers étaient abattus d'une balle entre les deux yeux. Même quelques sorts commençaient à passer les barrières. Le jour précédent, un homme avait été brûlé vif par une langue de feu de Privilégié. Le bastion puait encore la chair grillée.

Taniel finit de charger son fusil avec une rougebande et inspira profondément plusieurs fois. Ka-poel lui fit un signal. Cible identifiée. À onze heures. Il la visualisa dans son esprit. Une des positions d'artillerie.

Il se levait pour faire feu lorsqu'il s'arrêta. Gavril venait d'arriver. Le colosse se précipita vers Taniel, la tête basse, une bouteille de vin dans une main et un gobelet d'étain dans l'autre. Il s'affala aux côtés du poudremage, son dos frappant le rempart avec un bruit sourd, et agita la bouteille sous le nez de Taniel.

— Comment va le front, Marqué ?

Ka-poel tapota l'épaule de Taniel. Refit le même signal. Il inspira profondément et se releva. Moins d'une seconde pour viser et tirer. Il appuya sur la détente et se baissa aussitôt, inspirant profondément l'odeur de poudre. Ka-poel regardait toujours par-dessus le parapet. Elle se tourna vers lui en hochant la tête et fit un signe horizontal de la main à hauteur de sa taille. Il avait touché le Privilégié, mais sans le tuer.

Taniel décocha sa meilleure grimace à Gavril.

— Plein de trous. Pourquoi cet air réjoui ?

— C'est le festival du vin de Saint Adom ! (Il leva sa bouteille.) Adopest nous a envoyé de quoi saouler toute l'armée kez ! Dommage qu'on soit en guerre. Le printemps est bien la seule période de l'année où je respecte Adopest. Le festival du vin doit y jouer un rôle.

Il s'interrompit le temps de remplir son gobelet et le tendit à Taniel, qui déclina l'invitation.

— J'en ai déjà bu une lichette il y a cinq minutes.

Ka-poel prit la bouteille des mains de Gavril et l'inclina pour boire à grandes goulées. Taniel la lui reprit.

— N'abuse pas, ma fille.

Elle lui arracha la bouteille pour se remettre à boire.

— S'ils sont en âge de tuer, reprit Gavril, ils sont en âge de boire. Elle est bien assez grande pour ça, Taniel. Laisse-m'en un peu, fillette.

Gavril reprit la bouteille et la vida d'une longue rasade. Il claqua des lèvres, les joues rouges. Taniel se demanda combien le Veilleur en avait déjà éclusé. Il sentit une pointe qu'inquiétude – la rumeur disait que Gavril s'était remis à boire plus que de raison chaque soir. Il espérait que ce soit faux.

Mais ce n'était pas la seule rumeur le concernant.

— Le vin, c'est bien beau, reprit Taniel, mais je préfèrerais de la poudre. Des nouvelles quant au ravitaillement ?

Leurs réserves se vidaient avec une rapidité inquiétante. En quelques semaines, ils avaient utilisé ce qui aurait dû leur tenir un an. Les Kez étaient bien trop nombreux.

Gavril secoua la tête.

— Adopest n'a rien envoyé. Le dernier coursier dit que l'armée en a en abondance. Toutefois, ils nous ont encore soutiré deux chariots bien remplis. (Il fit la grimace.) J'ai l'impression qu'on passera bientôt au combat à mains nues.

— Tu crois vraiment qu'ils vont réussir à passer par-dessus les remparts ?

— À un moment ou à un autre.

Soudain, Gavril eut l'air au bout du rouleau. Son corps s'était légèrement affaissé et son visage était celui d'un homme menant une guerre d'usure, longue et éprouvante, qu'il redoutait de perdre.

— On a déjà tué vingt mille hommes, reprit-il, et les blessés sont bien plus nombreux. Pourtant, ils continuent d'affluer. On dit qu'ils sont un million dans la plaine en contrebas, la tête farcie de rêves de gloire et de richesse.

— J'ai entendu dire qu'Ipille a offert un duché à l'officier qui mènera l'assaut qui brisera nos lignes.

— Moi aussi, acquiesça Gavril. Et ils nommeront officiers les mille premiers qui le suivront.

— Ça fait une sacrée carotte.

— Oui. Et pas mal de cibles.

— Ils ont plus d'hommes qu'on a de balles.

— Combien de Privilégiés crois-tu avoir tués ?

Taniel caressa du bout des doigts les encoches sur la crosse de son fusil.

— Treize. J'ai dû en blesser deux fois plus.

— Ça fait un bon pourcentage de leur cabale royale.

— Oui, mais pas assez.

— Eh ben, je voudrais que tu rajoutes également d'autres cibles.

Taniel fronça les sourcils.

— Quoi de plus important qu'un Privilégié ?

— Les sapeurs, répondit Gavril.

Taniel s'en souvenait. Le premier jour, ils avaient tenté de creuser la montagne, mais les défenseurs les avaient repoussés et ils étaient repartis la queue entre les jambes. Depuis, ils ne s'étaient pas montrés. Enfin, jusqu'à hier. Ils étaient revenus et se planquaient sous la première redoute – loin derrière le front. Ils avaient déjà progressé assez profondément pour que l'artillerie ne les dérange plus, bien que plusieurs canons aient continué à pilonner leur position.

— Ils t'inquiètent vraiment ? demanda Taniel. Il leur faudrait des années avant de pouvoir arriver sous nos pieds. Et même s'ils arrivaient à forer un trou, il nous suffirait de pointer un canon dedans et le remplir de grenaille.

— J'aimerais que ce soit si facile, répondit Gavril. Bo dit qu'ils ont reçu de l'aide. Des Privilégiés. Et de Julène.

Taniel sentit ses mains trembler légèrement. Il les calma en les frottant l'une contre l'autre.

— Quoi qu'elle fasse pour les aider, ça ne présage rien de bon. Tu veux que je tire sur les sapeurs ?

— Pas les troufions eux-mêmes. Plutôt les Privilégiés qui les épaulent.

— Gavril !

Bo les rejoignit, traversant au pas de course la distance qui les séparait. Il se laissa tomber aux côtés de Taniel, le souffle court. Ce dernier pouvait voir que le Privilégié était épuisé. Ses joues étaient creuses, il avait perdu ses rondeurs et ses cheveux étaient sales et emmêlés. La boue souillait son visage.

— Ils mijotent quelque chose d'énorme, déclara Bo.

— Les sapeurs ? répondit Gavril. On sait.

— Non, rétorqua Bo. Là, tout de suite. Le…

Il se tut en entendant les tirs de l'artillerie ennemie s'interrompre brutalement. Il y eut un moment de silence, puis un canon des Veilleurs tira, suivi par les détonations des mousquets. Les Kez ne rendirent pas le feu.

— Tous les Privilégiés se sont massés juste en dessous de la dernière redoute, à côté des sapeurs.

Taniel haussa les épaules.

— Ils sont au moins cent ! reprit Bo. Ils ne sont pas là pour un pique-nique. Et je suis sûr qu'il y a aussi des officiers. Ils se préparent à donner l'assaut.

Gavril se leva pour regarder par-dessus le rempart. Taniel ferma les yeux et attendit.

— Merde, fit Gavril en se laissant retomber. Tu as peut-être raison. Ils ont des hommes qui montent la route en silence. *Beaucoup* d'hommes. J'ai vu quelques vestes noires au milieu d'eux.

— Des Gardiens ? Poix !

Gavril se releva et partit en ordonnant aux Veilleurs de faire venir tous les hommes capables de se tenir sur leurs pieds.

— Comment la manœuvre a-t-elle pu t'échapper ? demanda Bo. Tu ne tires pas sur ces enfoirés ?

Taniel désigna Ka-poel.

— C'est elle mon éclaireuse. Je suis toujours en planque.

Ka-poel agita les mains, mélangeant toutes sortes de signaux.

— Elle dit que ça ne fait que quelques instants qu'ils sont rassemblés.

— Eh bien, tiens-toi prêt au cas où…

Bo leva les mains en guise d'avertissement. Quelques secondes plus tard, une grenade explosait juste au-dessus de leurs têtes. L'écho de la déflagration fit vibrer le bastion tout entier. Les boucliers de Bo jetèrent des éclairs rouges alors que les éclats retombaient au sol, inoffensifs, dans un crépitement de pluie. Des grenades détonèrent aux quatre coins du bastion dans un fracas étourdissant. Le mur auquel était adossé Taniel trembla. Il jeta un coup d'œil à Ka-poel. Ses yeux étaient sombres. Elle n'avait même pas frémi.

— Ils doivent tirer toutes leurs munitions en un seul coup ! brailla Taniel par-dessus le fracas terrifiant.

Bo l'ignora. Ses traits étaient tirés et ses mains s'agitaient à une vitesse sidérante alors qu'il invoquait des sorts de protection.

Le bombardement était d'une intensité ahurissante. Les yeux de Bo larmoyèrent et des veines saillirent sur son front. Des flammes jaillirent au-dessus de leurs têtes. Taniel sut aussitôt que le pilonnage était soutenu par de la sorcellerie.

Terrorisés par les explosions, les Veilleurs s'empressaient de se mettre à l'abri. Ils étaient munis de sacs et de torches. L'un d'entre eux déposa doucement une sacoche aux côtés de Taniel et, après un bref coup d'œil à Bo en marmonnant une prière, alla en chercher un autre. Le poudremage regarda l'intérieur de la sacoche. Elle était remplie à craquer de boules de glaise de la taille d'un poing. Des grenades. Pas de doutes, ils s'attendaient à voir les Kez dans le blanc des yeux.

— Baïonnettes au canon !

Le hurlement de Gavril s'éleva au-dessus des tirs d'artillerie. Taniel sentit son cœur s'accélérer. Il tira sa baïonnette de son étui de cuir et la fixa au canon de son fusil. Elle se mit en place avec un déclic.

— Paré ! brailla Gavril.

Taniel vérifia son fusil – déjà chargé. Il jeta un coup d'œil à Bo. Le Privilégié faisait des efforts pour rester debout pendant que ses doigts envoyaient leurs ordres à des éléments invisibles. Ses protections commençaient à faiblir. Un sac de grenades détona à l'intérieur même du refuge magique. Des hommes s'enfuirent en hurlant. Un canon perdit ses servants.

Entendant le son d'un clairon, Taniel risqua un œil par-dessus le muret. Le flanc de montagne grouillait de soldats kez courant sur la route ou escaladant les rochers. On ne pouvait pas apercevoir un seul pouce de terre tant ils étaient nombreux. Où avaient-ils caché tous ces hommes si près de la forteresse ?

— Visez !

Taniel choisit un officier tout près du premier rang. Ses plumes blanches se tortillaient dans l'air alors qu'il escaladait la route à la tête de ses hommes, agitant son épée en l'air. Les troupes kez martelaient le sol derrière lui, baïonnettes fixées à leurs mousquets. Un manteau noir au milieu de tout ce rouge et or attira son attention et le fit changer de cible. Les battements de son cœur l'assourdissaient presque. Il vit des Gardiens. *Beaucoup* de Gardiens, éparpillés au milieu des soldats. Ils grimpaient, des poignards glissés entre leurs dents comme des marins, escaladant les rochers, fonçant droit vers les remparts.

— Feu !

Taniel appuya sur la détente. Il brûla un peu de poudre afin de donner du mordant à la balle. Un nuage de fumée s'éleva, obscurcissant brièvement sa vision. Lorsqu'elle s'éclaircit, des cris mortifiés s'élevèrent dans tout le bastion.

La bordée n'avait fait qu'une seule victime : le Gardien que Taniel avait tué raide d'une rougebande entre les deux yeux. Les autres balles et les grenailles étaient tombées à terre dans des gerbes d'étincelles, quelques pieds en avant des premiers rangs. Elles ne les avaient même pas ralentis.

— Il y a des Privilégiés au milieu des soldats ! cria Taniel.

— Feu à volonté !

Il chercha sa sacoche à rougebandes et ouvrit son troisième œil. Une vague de nausée monta en lui, mais il la ravala tout en rechargeant. Il n'avait pas le temps de prendre de la poudre. Il se contenta de laisser tomber une rougebande dans son canon et d'y fourrer une bourre de coton. Il visa et ouvrit à nouveau son troisième œil.

L'irruption de couleurs pastel lui fit tourner la tête. Le bouclier invisible des Privilégiés devint une sorte de patine jaune translucide masquant partiellement ce qui se trouvait derrière. Il lutta pour discerner les couleurs qu'il dissimulait. Les Gardiens luisaient au milieu des soldats, tout comme les Doués. Taniel chercha les tons les plus lumineux – ceux des Privilégiés. Il en sélectionna un et appuya sur la détente. L'homme eut un soubresaut et s'écroula. Taniel chargea une autre rougebande.

Il réussit à en tirer encore deux avant que les Kez n'atteignent les murs. Soudain, le tonnerre de l'artillerie se tut.

— Cessez le feu ! fit la voix de stentor de Gavril.

Taniel entendit Bo émettre un râle. Il se retourna juste à temps pour le retenir et le mettre délicatement à terre. Le Privilégié secoua la tête.

— Continue ! toussa-t-il. Tu les affaiblis ! (Il ouvrit de grands yeux et se releva d'un bond.) Ils baissent leur bouclier !

— Feu ! rugit Gavril.

Un autre nuage de poudre tourbillonna tout autour d'eux alors qu'ils déchargeaient leurs armes. Un silence de mort retomba brièvement sur les remparts, puis les hommes s'empressèrent de recharger pendant que les capitaines d'artillerie aboyaient des ordres.

La fumée s'éclaircit.

Le tir de barrage avait creusé un sillon sanglant dans les premiers rangs. Les hommes étaient tombés comme des mouches. Les blessés se jetaient sur le côté pour ne pas être piétinés par ceux qui continuaient d'avancer. Mais en vain : ils étaient trop nombreux. Les canons adrans balancèrent de la mitraille, pilonnant les tympans de Taniel.

Après un tel tir de barrage, seuls les Gardiens étaient encore debout. Ils progressaient toujours, sans montrer aucun signe de souffrance, les taches sur leurs manteaux témoignant de leurs blessures. Ils poussèrent des cris de défi en agitant leurs couteaux, puis firent signe aux soldats placés derrière eux. Les morts furent piétinés.

— Grenades !

On alluma les boules d'argile à l'aide des torches, puis on les jeta par-dessus le muret. Des explosions ravagèrent les rangs kez. Même des Gardiens volèrent en éclats.

Les survivants se massèrent à la base des remparts comme un vol de frelons furieux. Ils posèrent des échelles, ils jetèrent des grappins. Un de ces derniers atterrit aux côtés de Taniel qui s'empara d'une hache. Il trancha la corde d'un seul coup et se leva d'un bond pour tirer sur un Privilégié embusqué à la base du mur.

Des Gardiens grimpèrent les parois du bastion comme s'ils n'étaient qu'une prolongation du flanc de la montagne. En un instant, ils avaient atteint le sommet, et plusieurs de ces créatures atterrirent au milieu des Veilleurs.

— Aux baïonnettes ! cria Gavril. Continuez le pilonnage !

Une grosse tête difforme apparut juste devant Ka-poel. Taniel fit tourner son fusil pour le braquer sur le Gardien, mais la sauvage fut plus rapide. Elle tendit la main, découvrant un long poignard caché dans sa manche. Elle poignarda l'œil du Gardien jusqu'à enfoncer la lame dans son cerveau. La créature perdit son équilibre et disparut.

De sa baïonnette, Taniel frappa à l'épaule un soldat ennemi qui cherchait à franchir le mur. Il cogna le suivant de la crosse de son arme, puis tenta de charger une autre rougebande. L'ennemi arrivait beaucoup trop vite. Il renifla une ligne de poudre et empoigna son fusil à deux mains, certain de ne pas pouvoir tirer encore une fois. Il se prépara à la vague suivante – un poudremage en pleine transe les attendait de pied ferme.

Un Gardien s'annonça, une main sur les briques, brandissant de l'autre un couteau assez grand pour couper Taniel en deux. Ka-poel lui sauta dessus, mais il la repoussa comme une poupée de son. Taniel chargea dans un grand cri. Le Gardien sembla ignorer les quatorze pouces d'acier qui se fichèrent dans sa chair. Il tendit les mains vers le poudremage et lui donna un coup du revers de la main. Taniel chancela. Malgré la poudretranse, l'impact avait été assez violent pour l'ébranler.

Le Gardien vit Bo allongé sur le sol et s'arracha à la baïonnette. Le Privilégié leva les mains en une dérisoire tentative de se protéger, mais la créature lui sauta dessus, couteau en main.

Taniel fut sur elle au moment même où elle allait poignarder Bo. Il donna un coup de baïonnette, l'embrochant comme un porcelet. Le Gardien tourna la tête, surpris de voir que Taniel s'était relevé si rapidement. La créature chercha à bénéficier de son avantage en poids et en taille pour lui faire lâcher son arme.

Taniel n'allait pas s'en laisser conter. Il pouvait sentir la tension sur le canon du fusil alors qu'il poussait le Gardien contre le mur extérieur du bastion. Plantant ses pieds dans le sol, il souleva la créature pour la jeter par-dessus les remparts. Il espéra que ses blessures l'empêcheraient de repartir immédiatement à l'assaut.

Il prit le temps d'aider Ka-poel à se relever. Elle était ébranlée, mais indemne.

Gavril apparut à ses côtés.

— Continue de tirer, feula-t-il en empoignant un soldat kez par la gorge. (Il le souleva de terre et le jeta par-dessus le parapet.) Tue les Privilégiés !

Soudain, Fesnik apparut aux côtés de Gavril, une épée courte dans une main, tenant de l'autre un long bâton pour repousser les échelles. Taniel empoigna son sac de rougebandes. Il en fourra deux dans son canon, y rajouta de la bourre et visa.

Les angles flottants. C'est ainsi que les appelaient les poudremages, lorsqu'ils tiraient une balle pour lui faire décrire un virage autour d'un coin de mur ou même d'une personne. Taniel avait vu son père le faire plus d'une fois – et on disait que, dans ce domaine, il était le meilleur.

Taniel, en revanche, avait du mal avec ces mêmes angles flottants et, souvent, n'arrivait pas à rendre cet angle assez aigu. Il fallait une synchronisation parfaite et une sacrée dose de concentration. C'était cette dernière qui lui posait problème. Un échec lui donnait l'impression qu'on lui avait fracassé la tête à coups de marteau. En cas de réussite, c'était encore pire.

Ce que Taniel pouvait faire, par contre, c'était éviter les projectiles. Ce n'était pas plus compliqué que de brûler un peu de poudre pour corriger son tir pendant que la balle était en vol. Un œil acéré suffisait, et, pourtant, il ne connaissait personne qui puisse tirer aussi loin que lui ni être aussi précis. Et il pouvait le faire avec deux balles à la fois.

Ka-poel lui montra deux Privilégiés à dix pas l'un de l'autre. Ils se tenaient à l'abri des redoutes, à une centaine de pas du rempart, protégés par leurs boucliers individuels. Taniel visa et appuya sur la détente.

Les deux hommes s'écroulèrent, chacun frappé d'une balle en pleine poitrine. Un troisième Privilégié les vit tomber. Taniel replongea derrière le mur.

Il fit signe à Ka-poel de ne pas se montrer. Maintenant, les Privilégiés l'auraient à l'œil. Il ne pouvait arrêter de tirer. Il inspira profondément, mit une balle dans son fusil et localisa mentalement le troisième Privilégié. Moins d'une seconde pour viser et faire feu. Il rampa le long du muret pour changer de position et s'arrêta cinq pieds plus loin. Quelques inspirations et il se redressait d'un bond.

Le Privilégié avait levé les mains et agitait les doigts. Un arc de foudre naquit au-dessus de sa tête alors que Taniel appuyait sur la détente. L'éclair frappa la position où le poudremage se tenait quelques instants plus tôt avec un impact assez puissant pour déséquilibrer Taniel, Gavril, Ka-poel, Fesnik et une douzaine de soldats kez.

La balle fila dans les airs pour aller déchirer la gorge du Privilégié. Il s'abattit dans un geyser de sang.

Taniel eut un soupir de soulagement.

Le son d'un clairon s'éleva au-dessus de la montagne. Les bruits de bataille s'affaiblirent alors que les Kez battaient en retraite.

Gavril repoussa le soldat dont il essayait de se dépêtrer et leva un poing.

— Cessez le feu !

Les canons se turent. Les Kez qui avaient réussi à escalader le rempart jetèrent leurs armes. Gavril les toisa d'un regard sévère.

— On ne fait pas de prisonniers. Donnez-nous vos affaires et cassez-vous.

On se passa le mot tout au long du bastion. Une fois délestés de leur poudre et leurs mousquets, les soldats kez descendirent le muret qu'ils avaient eu tant de mal à escalader et entamèrent leur longue retraite au milieu des cadavres de leurs camarades. Gavril trouva un officier parmi les blessés et le prit par l'épaule sous les yeux de Taniel.

— Va dire au maréchal Tine qu'il peut envoyer des hommes désarmés pour récupérer vos morts. Et je suggère qu'on convienne de quelques jours de trêve le temps de soigner nos blessés.

Gavril répéta l'ordre en langue kez pour être sûr qu'il soit bien compris.

L'officier hocha la tête d'un air las et, avec l'aide d'un soldat kez, descendit à son tour le muret pour entamer son long voyage jusqu'au camp.

Taniel se laissa tomber aux côtés de Bo.

— Ça va ?

Bo le regarda longuement sans répondre.

— Je présume que ça veut dire non.

Katerine, Rina et Alasin – les trois femmes de Bo – semblèrent surgir de nulle part. Elles l'entourèrent, le cajolant et le morigénant tour à tour, avant de l'emmener vers la ville.

Taniel et Gavril le regardèrent partir.

— Je devrais m'en dégoter un, remarqua Taniel.

— Un quoi ? demanda Gavril. Un harem ?

— Oui.

Ka-poel lui donna un petit coup de poing sur le bras.

— J'ai déjà essayé d'avoir plus d'une femme en même temps, reprit Gavril, et c'est un vrai casse-tête. Je ne sais pas comment font les Privilégiés.

— Ils les traitent comme de la merde.

— Pas lui. J'imagine que j'aurais plutôt dû dire : « Je ne sais pas comment fait *Bo.* »

Ils se retournèrent pour scruter en silence la foule des Kez battant en retraite.

— Tu nous as vraiment sauvé la mise, reprit Gavril au bout d'un moment.

Taniel lui jeta un regard surpris.

— Pardon ?

— Comment, tu ne savais pas ?

Le Montagnard s'esclaffa bruyamment en se claquant la cuisse. Les Veilleurs qui s'occupaient des morts et des blessés s'arrêtèrent pour lui jeter un drôle de regard.

— Tu ignores qui tu as abattu ?

— Un Privilégié ?

Gavril se baissa pour ramasser une bouteille de vin du festival de Saint Adom. Curieusement, malgré tout ce tumulte, elle était restée intacte. Il but une rasade, hésita un instant, puis la tendit à Ka-poel qui but à son tour et la lui rendit.

— Même à cinq cents pieds, fit Gavril, je l'aurais reconnu entre mille. Le dernier, celui qui nous a balancé un éclair assez puissant pour briser les sorts de protection. C'était Brajon l'Insensible.

Taniel, qui buvait à nouveau à la bouteille, faillit s'étrangler.

— Le maître de la cabale kez ?

— Le seul et unique.

Taniel sentit ses jambes se transformer en coton. Il posa une main sur le mur du bastion pour garder son équilibre.

— Si j'avais su que c'était lui, je n'aurais jamais tenté de l'abattre. Brajon était à Fatrasta quand la guerre a éclaté. Il a failli y mettre fin tout seul. Il a balayé toute une armée fatrastane. À lui tout seul ! Si Ipille en personne ne l'avait pas rappelé à Kez, le conflit aurait été terminé.

— Eh bien, heureusement que tu l'ignorais, remarqua Gavril. Leur ruse a bien failli réussir. Leurs Privilégiés portaient les couleurs de l'infanterie et cachaient leurs gants. Ils se fondaient dans la masse. Bo était trop occupé avec ses boucliers pour déceler la supercherie.

Et Taniel avait trop tardé à ouvrir son troisième œil. *Idiot*, se morigéna-t-il. Par sa faute, ils avaient bien failli y passer, tous jusqu'au dernier. Il regarda Gavril évaluer les dégâts subis par le bastion.

— Tu sais, remarqua Taniel, on aurait pu continuer de tirer après qu'ils ont sonné la retraite. Ils seraient tombés par milliers. À Fatrasta, les Kez ne s'en sont pas privés.

Gavril eut un reniflement colérique.

— Que serait la guerre sans un minimum de principes ? Sinon, autant en revenir à l'Obscurcissement, et tant pis pour Kresimir.

Sur ces mots, Gavril s'en alla. Taniel regarda par-dessus le rempart du bastion. Il pensa ouvrir son troisième œil pour traquer les Privilégiés, mais décida de s'abstenir. Il n'en tirerait qu'une bonne migraine.

Une idée le troublait. Si cet assaut était censé être leur grande offensive, où était Julène ? Il scruta les flancs de montagne, cherchant l'entrée du tunnel des sapeurs. Il y avait un peu d'activité là en bas, et il crut apercevoir un homme vidant une brouette remplie de terre.

* * *

Tamas fixait le plafond d'une petite salle. Sa vision était brouillée, mais de toute façon, il n'y avait pas grand-chose à voir. Il pouvait discerner des rondins inclinés qui formaient un toit et des murs de bois simple, avec de la boue pour colmater les interstices. Il y avait de la lumière, quoique faible. *Probablement celle de l'aube*, se dit-il. Ce début de jour lugubre semblait annoncer une tempête. Il entendit chanter un coq, puis une conversation étouffée. En langue kez.

Il ne sentait plus sa jambe droite. C'était une sensation désagréable qui, ajoutée à sa vision brouillée, réveillait sa panique. Sans ses jambes ni ses yeux, comment allait-il s'échapper ? Il inspira profondément pour se calmer et inspecta le reste de son corps, cherchant d'autres blessures.

Ses mains et ses bras répondaient à ses injonctions ; ils semblaient indemnes. Il pouvait sentir le dur matelas de paille sous son dos. Lorsqu'il inspira profondément, une pointe de douleur poignarda sa poitrine, mais elle n'était pas assez forte pour signaler une côte cassée. Son flanc était sensible, peut-être suite à une coupure ou à un bleu. Il le toucha délicatement. Un simple hématome, conclut-il. Il portait ses sous-vêtements et rien d'autre.

Un instinct affiné par des années d'expérience lui souffla qu'il n'était pas seul dans la pièce.

Tamas lutta pour se mettre en position assise. On ne lui avait octroyé ni oreiller ni couvertures. Il gisait sur une paillasse crasseuse posée sur un cadre de bois. Il y avait une fenêtre sur sa gauche et des marches pour descendre du lit. Il se frotta les yeux, ce qui améliora considérablement sa vision. Un Gardien, facile à reconnaître à son corps difforme bosselé de muscles – bien que Tamas ne puisse apercevoir qu'une vague silhouette – était assis dans un coin de la pièce.

— Où suis-je ? demanda Tamas.

Le Gardien se leva et disparut dans la cage d'escalier.

— Où suis-je ? répéta Tamas plus fort. (Il se releva un peu plus.) Monstre ! Bête immonde !

Et il retomba sur sa couche, ayant épuisé le peu de forces qui lui restaient. Sa tête se mit à pulser douloureusement à chaque geste. Il palpa ses pansements en faisant la grimace. Comme le moindre contact déclenchait une pointe de douleur, il préféra abandonner son examen. On l'avait soigné. Il ne pourrait pas marcher avant un bon moment. Sa jambe était bien serrée, mais le sang pouvait y circuler. Il entendit des pas venant de l'étage inférieur, deux paires de bottes qui montaient les marches. Le Gardien réapparut, suivi d'un homme plus petit.

— Maréchal, fit une voix dans un adran au fort accent.

Tamas sentit tous ses poils se hérisser.

— Nikslaus, cracha-t-il, je pensais t'avoir jeté dans l'Admer.

Pourtant, le duc s'exprimait avec convivialité.

— Mes Gardiens m'ont repêché. Comment va ta jambe ?

— Formidable, railla Tamas. Je crois que je vais danser une petite gigue. Où suis-je ?

Nikslaus s'installa sur le siège, dans le coin de la pièce, pendant que le Gardien se plantait au pied du lit.

— Au plus profond de la Forêt du Roi, répondit-il. Bon, mon chirurgien m'a dit que tu t'étais cogné la tête en tombant. As-tu des troubles de la vision ?

— Non, mentit Tamas.

— Bien sûr que si. Je peux voir que tu as du mal à accommoder. Je vais demander au chirurgien de t'examiner avant notre départ.

Tamas fit de son mieux pour dévisager le duc avec colère. Ce qui n'était pas si facile, étant donné qu'il le voyait à peine.

— Pourquoi suis-je encore en vie ? grogna-t-il. Et où allons-nous ?

— À Kez, répondit Nikslaus. J'étais contre, mais lorsque le premier Gardien n'a pas pu te tuer, Ipille a décidé que nous devions envoyer un message clair à tout Adopest. Si tout se passe comme prévu, tu seras guillotiné sous les yeux de mon roi au dernier jour du festival de Saint Adom.

— Ça fait longtemps que tu planifies tout ça.

— Oh, c'était une possibilité parmi tant d'autres. Si nous voulions prendre Adro, il nous fallait nous débarrasser de toi d'une façon ou d'une autre. Tu es le plus puissant de tous les poudremages et un stratège de génie – ça ne me gêne pas de le dire, puisque c'est la stricte vérité. Les mercenaires nous donneront du fil à retordre, mais tu es la colonne vertébrale de cette armée. Sans toi, tes soldats seront perdus.

— Tu les sous-estimes.

— Peut-être, répondit Nikslaus que cette perspective ne semblait pas vraiment inquiéter. Les dominos vont tomber, Tamas, et tu n'es que le premier. Adro est en infériorité numérique. Lorsque ta tête aura roulé dans un panier, nous tuerons les Montagnards un par un et traquerons tes poudremages. Nous avons tous les atouts en main.

Tamas fixa ses mains en tentant désespérément d'éclaircir sa vision.

— Qu'est-il arrivé à ma jambe ?

— C'est ma faute, répondit Nikslaus. Le rocher derrière lequel tu te cachais s'est fendu d'une façon bien particulière, puis a explosé lorsque je lui ai jeté un sort. Une écharde a frappé ta jambe. J'ai bien peur qu'elle ne soit fracturée. Mais ne te fais pas de soucis : notre chirurgien dit qu'elle finira par guérir si on lui laisse le temps. Il est plutôt bon. Il l'a remise en place et a rafistolé le tout comme si de rien n'était. (Nikslaus se leva et s'approcha du lit. Il se pencha en avant, restant hors de portée de Tamas.) Tu es plus riche de quelques centaines de kranas. (Il désigna sa jambe d'un hochement de tête.) Il y a inséré une étoile d'or massif, collée à l'os. Tu es guéri.

Tamas fit un bond et tenta de décocher un coup de poing à l'image brouillée du duc. Tout son corps protesta et sa jambe lui envoya des coups de poignard si douloureux qu'ils lui retournèrent l'estomac. Nikslaus se mit hors de portée d'un geste.

Guéri. C'était comme ça que le duc voyait les choses. Verser de l'or dans le sang d'un poudremage était un véritable sacrilège. Cela lui enlevait toute capacité de sentir ou de toucher la poudre, ou d'entrer en transe.

Nikslaus gloussa.

— Tu es guéri, Tamas, mais ça ne servira pas à grand-chose. Tu vas passer sous la guillotine, celle-là même qui a exécuté ton épouse il y a tant d'années. Tu ne mourras pas dans la peau d'un poudremage, mais d'un simple apothicaire sans le sou.

Le sang de Tamas pulsait à ses oreilles et ses mains tremblaient violemment. Il aurait bien voulu pouvoir sauter à la gorge du duc. Terminer ce qu'il avait commencé là-bas, sur les quais. Et pourtant, il ne pouvait rien faire.

Ce sentiment d'impuissance ne lui était guère familier. Aussi loin qu'il puisse se souvenir, la magie avait toujours été en lui. Même lorsqu'il n'était pas en poudretranse, il pouvait sentir les autres sorciers à des centaines de pas et évaluer la nature et l'étendue de leurs pouvoirs. Il pouvait faire détoner des charges, respirer leur fumée âcre et entrer dans une furie meurtrière.

Et maintenant, il avait perdu tous ses pouvoirs. Il ne lui restait que ses mains, sa jambe fracassée, sa vision troublée par une commotion cérébrale. Il se laissa tomber sur le lit et sentit ses joues s'humidifier. Il tourna le dos à Nikslaus.

Le duc s'en alla en silence. Même le Gardien s'était éclipsé. De toute évidence, Tamas était réduit à l'impuissance et, à en juger par les bruits qui lui parvenaient de l'extérieur, ils avaient mieux à faire que de regarder en chiens de faïence un vieil homme brisé.

La voix de Nikslaus était plus forte que les autres. Il aboyait ses ordres avec toute l'arrogance de la noblesse. Dans un effort de volonté, Tamas ordonna à ses mains de cesser de trembler. Il leva sa jambe indemne et posa le pied sur le sol. Il se releva…

Et faillit s'effondrer. Il lui fallut invoquer toutes les forces qui lui restaient pour ne pas tomber à plat ventre. Il posa une main sur le mur, l'autre sur le pied du lit. Sautant à cloche-pied, il se dirigea vers la fenêtre. Il ne s'arrêta que pour vomir, la douleur ayant raison de sa capacité à refouler ses haut-le-cœur, puis il se retrouva devant l'ouverture.

Tamas se laissa glisser au sol en prenant soin d'éviter la flaque de bile et posa son front contre le mur frais. La voix de Nikslaus lui parvenait aussi clairement que s'il s'était trouvé à ses côtés. Soit le duc ne s'attendait pas à ce qu'il l'écoute, soit il s'en moquait.

— On prendra la route la plus longue vers Adopest, disait-il en kez. Peu importe ce que racontent les éclaireurs, je ne veux pas tomber sur ces idiots de chasseurs.

Tamas entendit le tonnerre de chevaux lancés au galop. Ils s'arrêtèrent juste en dessous de la fenêtre.

— Alors ? lança Nikslaus.

— On en a repéré encore quatre autres, monsieur, répondit une voix grave.

Son ton guttural lui apprit que ce n'était pas un Gardien.

— Ce sont les derniers ?

— Je ne saurais le dire. Maintenant que notre espion est mort, impossible de déterminer combien d'hommes Ryze a emmenés avec lui. Mais je soupçonne qu'on les a tous eus.

— Ne sous-estime pas ce brigadier de malheur, feula Nikslaus. C'est un des meilleurs hommes de Winceslav. Il a certainement envoyé des éclaireurs à l'avant au cas où il se passerait quelque chose. Envoie deux Gardiens à la chasse.

— Il a fallu éviter les patrouilles. Ils sont à la recherche de Tamas.

— Lorsqu'ils arriveront jusqu'ici, nous serons partis depuis longtemps. Va aider les autres. On lève le camp dans l'heure.

Avec les poudremages à ses trousses, Nikslaus voulait certainement déguerpir sans tarder. Tamas sentit son moral s'améliorer, et rechuter aussitôt lorsque la logique derrière tout cela lui apparut. Ils étaient à des heures de la chasse. À une demi-journée d'Adopest. Sabon n'était peut-être même pas encore au courant. Et il ne le serait pas avant longtemps si Nikslaus avait finalement décidé de ne pas laisser partir ses compagnons. Combien de Gardiens avait-il à ses côtés ? Nikslaus les avait-il envoyés aux trousses d'Olem, Charlemund et les autres ?

Tamas eut un soupir las. Et même si ces derniers le retrouvaient, maintenant, il n'était plus un poudremage. Juste un vieillard inutile.

XXVI

Adamat avait passé presque une semaine à enquêter sur le préfet Ondraus avant de prendre rendez-vous pour l'interroger. Mais en entendant les spéculations folles qui avaient circulé en ville ce matin-là, il avait bien failli tout annuler. Tamas avait disparu le jour d'avant alors qu'il participait à la chasse à courre de la Vallée des Vergers, et on parlait d'un brigadier renégat et d'assauts de sorcellerie dans la Forêt du Roi. De toutes ces rumeurs, pas une seule n'avait été confirmée. Adamat préféra donc maintenir le rendez-vous, bien qu'il eût l'impression déplaisante de ne plus avoir d'employeur.

Il arriva chez le préfet à cinq heures, en retard après être passé quatre fois devant sa maison sans pouvoir la trouver. Celle-ci était cachée derrière une haie et coincée entre deux manoirs. Il était facile de la confondre avec des logements de serviteurs. Il y avait un petit jardin entre la haie et les marches donnant sur la porte de devant, un espace bien entretenu où pas un brin d'herbe n'était déplacé. La maison elle-même était sans fioritures, une simple construction au toit pointu faite de briques de bonne qualité, mais peu coûteuses.

La porte s'ouvrit au moment où il levait la main vers le heurtoir. Une vieille femme le toisa. Elle portait une robe unie de servante et un gilet de laine qui descendait jusqu'aux chevilles.

— Je suis venu…

— Voir le préfet, coupa-t-elle. Vous êtes en retard.

— Désolé, je n'arrivais pas à trouver…

La vieille femme se retourna et s'en alla en boitillant sans attendre la fin de sa phrase. Adamat s'interrompit. Il ravala son irritation et la suivit dans la maison.

L'intérieur était aussi modeste que l'extérieur. Le manteau de la cheminée était dénudé, les étagères époussetées de frais et vides, à l'exception de deux rangées de livres de comptes. Une seule chaise était posée face au foyer. Il y avait trois portes. L'une menait à une petite cuisine, où le seul signe de vie était un pain posé sur la table. La deuxième était fermée : probablement la chambre à coucher. La troisième s'ouvrait sur une pièce où le préfet en personne, assis à un petit bureau, ses lunettes en équilibre sur le bout de son nez, passait un doigt sur les colonnes d'un livre de comptes.

La domestique gloussa et entra dans la cuisine, laissant Adamat se présenter au préfet. L'inspecteur regarda le dos de la femme pendant un moment, se demandant s'il lui arrivait de faire la cuisine – il n'y avait pas la moindre odeur de cuisson, pas de chaleur issue d'un feu. Elle devait avoir acheté le pain dans une boulangerie. Elle se retourna, surprit son regard et ferma la porte.

Adamat porta son attention sur le petit homme assis à son bureau. Ricardo lui avait bien dit de ne pas se fier à son apparence. Eh bien, à quoi ressemblait-il ? À un rat de bureau, un comptable poussiéreux – bien qu'il soit réputé pour être le meilleur de tout Adro. Alors que pouvait-il être en réalité ? Tout et n'importe quoi, admit-il.

— Vous êtes en retard.

Le préfet ne se donna même pas la peine de lever les yeux de son registre en entendant entrer Adamat.

— Toutes mes excuses. Avec le festival, les rues sont bondées.

Adamat ne prit pas la peine d'ajouter qu'il était inhabituel de prendre rendez-vous alors que le festival battait son plein. Quelque chose lui disait que le préfet n'était pas du genre à faire la fête.

— Gardez vos excuses. Mon temps est précieux, inspecteur, ne le gaspillez pas. Je n'ai *pas* voulu faire assassiner Tamas. Je n'ai ni le temps ni la patience de répondre à vos questions. Même en l'absence du maréchal, il faut bien tenir les comptes.

Il fit la grimace en comprenant qu'il avait dit un mot de trop.

— Donc, il est bien absent ? fit Adamat.

Le préfet lui jeta un regard noir.

Adamat l'examina un moment. Ondraus était un petit bonhomme aux épaules affaissées qui, après avoir passé des années courbé sur un bureau, se tenait légèrement voûté. Son visage était allongé, ses joues creuses, son torse étroit. Le préfet était un des hommes les plus connus de tout Adopest. Un bel exploit pour quelqu'un qui se montrait rarement en public, n'avait jamais laissé faire son portrait, et qui, disait-on, faisait tout pour se rendre antipathique. Au moins, ce dernier point semblait vrai. Adamat pouvait également présumer qu'Ondraus refuserait de parler de la disparition de Tamas.

Vu le temps qu'il avait consacré à enquêter sur lui, ses résultats étaient bien minces. Le préfet régnait en maître sur le trésor national – à l'exception de la bourse du roi, mais l'exécution de Manhouch avait changé cela – depuis ce bureau relégué dans un coin de cette petite pièce. Il avait une étude rue Joon, bien qu'il ne s'y rendît jamais. C'était là que ses comptables faisaient l'essentiel du travail et leurs résultats étaient examinés avec soin par le préfet en personne. On ne lui connaissait pas de passe-temps, pas d'amis. Sa domestique était à son service depuis près de quarante ans, mais ils n'avaient pas le moindre lien affectif. Il disposait d'un garde du corps qui l'accompagnait dès qu'il sortait de chez lui, ce qui était rare.

Toujours selon la rumeur, il avait participé à la chasse à courre durant laquelle Tamas avait disparu. Adamat avait du mal à l'imaginer juché sur un cheval.

— Vous ne me semblez pas être du genre à trahir votre pays, remarqua Adamat. En tant que préfet, vous pourriez le saigner à blanc depuis l'intérieur sans avoir besoin des Kez. Ce n'est pas une question d'argent. D'après mes recherches, vous êtes un des hommes les plus riches d'Adro. Vos services vous rapportent deux cent mille kranas par an et vous possédez trois millions d'acres de terres agraires à Fatrasta, un demi-million d'acres de côtes bakashcanes – y compris un port de taille respectable –, une mine de charbon à Deliv et la moitié d'une compagnie d'import-export à Kez. Pourquoi avoir tant investi à l'étranger ? Vous n'avez pas confiance en votre propre pays ?

— Vous le sauriez si vous aviez été un peu plus rigoureux. Je suis également propriétaire de trois mines d'or et de douze routes à péages chez les Montagnards. Ainsi que trois cent cinquante acres de vignes, et je finance une guilde de marchands dans le nord. (Il eut un geste négligent de la main.) Si vous voulez en savoir davantage, demandez à votre ami, Ricardo Tumblar. J'emploie personnellement trois mille de ses ouvriers syndiqués dans mes aciéries.

— Une parmi d'autres industries, glissa Adamat.

Ondraus fronça les sourcils.

— Vous le saviez déjà.

— J'étais curieux de voir ce qui avait le plus de valeur à vos yeux.

— Si je ne figure pas sur la liste des suspects, pourquoi êtes-vous là ?

— Je n'ai jamais dit que vous n'étiez pas sur ma liste de suspects. Juste que vous étiez tout en bas. Monsieur, je veux savoir ce que vous enseignent vos registres.

— Je ne comprends pas.

À la façon dont la main d'Ondraus se crispait sur son registre, Adamat le soupçonnait de comprendre très bien, au contraire.

— L'argent. Vous enregistrez chaque transaction. Même ce que n'est pas supposé savoir un préfet. (Adamat désigna le registre du bout de sa canne.) Je suis passé à la rue Joon pour jeter un œil à vos comptes. Très impressionnant. Très complet.

— Ils ne sont pas accessibles au public, rétorqua Ondraus.

— Je ne suis pas le public. J'ai dû me frayer un chemin au milieu de vos employés. Maintenant, dites-moi, que vous apprennent les mouvements de capitaux ?

Ondraus le scruta pendant un moment avant de répondre. Il faisait ses calculs mentaux. Des pièces s'emboîtaient.

— Si le mobile est financier, finit par déclarer Ondraus, et c'est presque toujours le cas, vous pouvez rayer le Propriétaire et Dame Winceslav de votre fameuse liste. Ça fait des mois que j'ai accès à leurs comptes et je n'ai pas vu la moindre irrégularité. Le Propriétaire, eh bien, c'est peut-être un criminel, mais il est en règle. Jusqu'au dernier sou, même si celui-ci est mal acquis. Un homme qui paie ses impôts aussi scrupuleusement se soucie peu de la façon dont est mené le gouvernement. Il veut juste un monde stable où son influence pourra s'étendre, lentement mais sûrement.

— Pour un opportuniste, une guerre peut s'avérer très lucrative.

— Les opportunistes ne paient pas leurs impôts.

— Et les autres conseillers ?

Ondraus eut un reniflement :

— Le doyen Lektor est une énigme. Ses finances sont inexistantes. Ça, c'est bizarre. À part une subvention de l'université de temps en temps, c'est comme si jamais un sou ne passait entre ses mains. Ricardo Tumblar, lui, est un homme d'affaires. Il truque ses chiffres de son mieux. Ces derniers temps, il a reçu de grosses sommes de Brudania et de banques de Fatrasta et de Gurla.

— Brudania est un des principaux alliés des Kez.

— Et les banques de Gurla leur appartiennent.

— Fatrasta n'est pas un allié et, en ce qui concerne Ricardo, je ne suis pas sûr de vous croire. Voir vos ouvriers se syndiquer a dû vous mettre en colère.

— Vraiment ? (Ondraus leva un sourcil.) Ses syndicats ont réorganisé la production en employant des moyens que je n'aurais jamais seulement envisagés. Depuis qu'ils ont pris les choses en main, les revenus de mes aciéries et de mes mines d'or ont augmenté de trois cents pour cent. Vous pouvez demander à Ricardo. Je n'ai pas cherché à m'opposer aux syndicats, je les ai accueillis à bras ouverts. (Ondraus fit un autre geste évasif, indiquant qu'il changeait de sujet.) Reste l'Archidiocèle. En tant qu'homme de l'Église, tout ce qu'il fait est sous le sceau du secret. En-dehors de son ordre, personne n'a le droit de jeter ne serait-ce qu'un œil à ses comptes. Et pourtant, ses dépenses somptueuses feraient pleurer un roi. Elles dépassent largement ses gages d'Archidiocèle. Je me pose souvent des questions à son sujet.

— Et vous-même ?

— Dois-je me soupçonner moi-même ?

— Auriez-vous une raison de vouloir la mort de Tamas ?

— Le maréchal consacre un budget bien trop important à l'armée et à son réseau d'espions. Néanmoins, nous sommes en guerre, donc, ces dépenses sont nécessaires. Il a augmenté le rationnement public un peu plus que je ne l'aurais souhaité, mais c'était à la suite d'un accord que nous avions passé. Un furet pourrait gouverner ce pays mieux que Manhouch ne le faisait. Au moins, Tamas écoute mes avis.

Une fois de plus, Adamat réfléchit à la position singulière qu'occupait Ondraus dans l'organigramme du pouvoir. S'il voulait nuire à Tamas, il n'avait pas besoin de le tuer : il avait des moyens bien plus subtils à sa disposition. Il pouvait se contenter de lui dire qu'il n'y avait plus d'argent pour payer son armée ou nourrir le peuple. D'ici un mois, il y aurait des émeutes. Encore un mois et Tamas serait déposé.

Ce que le préfet avait dit sur Ricardo le dérangeait. C'était peut-être le chef des Nobles Guerriers du Travail et, en tant que tel, il avait gagné une somme conséquente d'argent, mais il n'était pas riche, du moins pas selon l'échelle de valeurs d'hommes tels qu'Ondraus ou Charlemund. Ce n'était pas un roi. Mais les Kez avaient les moyens de lui offrir un royaume.

— Je vous remercie, déclara Adamat. J'en ai fini. Je reviendrai vous voir si j'ai d'autres questions.

Le préfet retourna à ses comptes sans un mot de plus.

— Je trouverai la sortie, ajouta l'inspecteur.

* * *

Difficile de dire si Nikslaus se défiait de Tamas, mais il ne prenait pas le moindre risque. Le maréchal se trouvait à l'autre bout du fiacre. Il portait des fers aux chevilles et aux poignets, tous deux rivés au sol par des chaînes épaisses, comme dans un chariot de transport de prisonniers. Un Gardien se tenait à côté de lui, sa masse difforme poussant Tamas contre le flanc du chariot. Le simple fait d'être si près d'une de ces créatures lui donnait la chair de poule.

Malgré les fers, ce fiacre était digne d'un duc. En face de Tamas, Nikslaus était installé sur un coussin de velours, ce qui lui laissait toute la place pour étendre les jambes. Le capitonnage des cloisons et les tentures des fenêtres assortis aux coussins étouffaient légèrement les bruits en provenance de l'extérieur. Depuis peu, le fiacre avait cessé de tressauter, signe qu'ils roulaient sur une route dallée. Et à en juger par les bruits de la circulation, ils se rapprochaient de la ville.

Nikslaus semblait plongé dans ses pensées. Ses doigts, engoncés dans des gants de Privilégié blancs brodés de runes, dansaient sur ses genoux. Tamas se demanda s'il usait d'une sorcellerie invisible ou s'il se contentait de passer le temps. Tamas leva un doigt vers le rideau et l'écarta pour regarder à l'extérieur. Mais il n'y avait rien à voir. En entendant tinter ses chaînes, Nikslaus le regarda. Il hocha la tête à l'attention du Gardien, qui chassa fermement la main de Tamas de la fenêtre.

Le maréchal soupira. Au moins, sa vision s'était éclaircie. Le jour précédent, ils avaient quitté la ferme en fin d'après-midi. Quelque chose avait calmé Nikslaus, qui ne semblait plus craindre de se faire prendre. Tamas tourna ses sens vers lui-même avant de les étendre. Il tenta d'ouvrir son troisième œil.

Les poudremages étaient les seuls sorciers dont les pouvoirs pouvaient être annulés de cette façon. Tamas ne savait ni quand, ni comment on l'avait découvert, mais même une quantité minimale d'or dans son sang suffisait largement pour faire de lui un homme comme les autres. Il ne pouvait même plus accéder à l'Autre. On disait que couper les mains d'un poudremage l'empêchait de manipuler l'Autre, mais pas de le voir.

— Je ne suis pas un homme mauvais, déclara soudain Nikslaus.

Tamas lui jeta un coup d'œil. Le duc le dévisagea, l'air troublé.

— Ton infortune ne me réjouit pas plus que la perspective de ta mort prochaine, reprit-il.

— Heureux de l'apprendre, répondit Tamas. Bien que ça ne m'empêchera pas de te tuer de mes mains nues si j'en ai l'occasion.

Nikslaus eut un bref sourire.

— J'espère bien ne pas te donner telle occasion. (Il se tut avant de reprendre.) J'étais en train de me demander ce que serait ma vie si j'étais privé de ma sorcellerie. Si mes mains m'étaient arrachées et si je perdais tout accès à l'Autre. Une idée bien déplaisante.

— N'attends pas la moindre compassion de ma part.

— Je veux jusque que tu saches que je ne tire aucun plaisir de tout cela. J'agis sur ordre de mon roi. Je ne suis qu'un serviteur.

— Étais-tu un simple serviteur lorsque tu m'as fait livrer la tête de mon épouse dans une boîte en bois ?

Une phrase qu'il commença d'une voix calme, mais lorsqu'il la termina, ce fut en un feulement plein d'une rage qu'il ne cherchait plus à dissimuler.

Elle l'avait envahi comme un raz-de-marée. Ses chaînes tintinnabulèrent. Le Gardien lui jeta un regard menaçant.

Nikslaus leva une main pour le calmer.

— Oui, j'étais un simple serviteur.

— Tu en as bien profité, fit Tamas entre ses dents serrées, sa voix dégoulinante d'amertume. Admets-le. Tu as adoré le moment où tu as commandé la lame du bourreau, et le jour où tu m'as m'apporté sa tête pour mieux voir ma peine, et en ce moment, tu jouis de me voir à ta merci.

Nikslaus y réfléchit un moment.

— Tu as raison, finit-il par dire.

Tamas ne dit rien, choqué par une telle déclaration. C'était indigne d'un duc.

— Formulé de cette façon… Oui, j'ai adoré tout ça, et encore aujourd'hui. Mais pas pour les raisons que tu imagines. Ce n'est pas une affaire personnelle. Les poudremages sont une tare. Un bubon qui corrompt la sorcellerie tout entière. Je ne prends pas le moindre plaisir à voir souffrir autrui. Mais je m'enorgueillis de voir abattre un poudremage, comme je l'ai fait quand Ipille a condamné ta femme à mort.

— Ce qui ne change rien, rétorqua Tamas. Tu restes une bête. (Il jeta un coup d'œil au Gardien.) Tout comme ceux qui ont créé ce pauvre bougre.

Nikslaus fronça les sourcils.

— Dit le poudremage… Les tiens sont largement plus monstrueux que les Gardiens. (Il regarda le plafond.) Je n'ai jamais compris comment raisonnent les gens comme toi, Tamas. Il faut croire que nous avons tous nos préjugés. (Il eut un gloussement.) Si tu étais né Privilégié, tu aurais fait un allié formidable.

— Ou un adversaire redoutable, souligna Tamas.

— Non. Notre antagonisme est uniquement basé sur le fait que tu es un poudremage.

— Je suis adran. Tu es kez.

— Et si les Accords avaient été signés, la cabale adrane se serait fondue dans la cabale kez. Comme elle le devrait.

— Ipille compte-t-il vraiment régner sur Adro ?

Nikslaus cligna des yeux.

— Bien sûr.

Tamas ne lut pas le moindre doute dans le regard du duc. *Quelle arrogance.*

— Depuis que j'ai su que ton coup d'État avait réussi, reprit Nikslaus, je me suis souvent demandé ce qui t'avait motivé. La vengeance ? Ou crois-tu vraiment agir dans l'intérêt d'Adro ?

— Penses-tu vraiment qu'il est dans l'intérêt d'Adro de se mettre sous le joug des Kez ? rétorqua Tamas. Non, inutile de répondre. Je le vois sur ton visage. Tu es un noble et un pantin de la monarchie, aussi aveugle que ceux que j'ai envoyés à la guillotine. Tu ne lis pas les journaux ? Tu n'as pas entendu parler des émeutes à Gurla ? Je sais que tu as senti la piqûre de la rébellion lorsque Fatrasta s'est soulevée pour chasser tes armées.

— Des idiots, tous autant qu'ils sont.

— Le monde change, insista Tamas. Les gens refusent de n'exister que pour le bon plaisir de leur gouvernement ou de leurs rois. Les gouvernements existent pour servir le peuple, et ce dernier devrait avoir son mot à dire.

Nikslaus eut un geste de dérision.

— Impossible. On ne peut laisser les gueux prendre des décisions importantes.

— Un peuple ne devrait pas en opprimer un autre.

Nikslaus joignit la pointe de ses doigts pour former une voûte. Un geste souvent significatif lorsqu'il était réalisé par un Privilégié – surtout lorsque celui-ci portait ses gants.

— Soit tu te joues de moi, soit tu es bien naïf. Tu as été cantonné à Gurla, à Fatrasta, et dans une demi-douzaine de pays où des membres des Neuf ont revendiqué des terres. Tout comme moi. Il faut montrer aux paysans et aux sauvages qui est le chef. Tout comme Adro et les poudremages doivent être soumis.

— Il semblerait que nous n'ayons pas tiré les mêmes conclusions de notre expérience.

À voir l'expression de Nikslaus, ce que Tamas avait appris ne l'intéressait pas. Le maréchal préféra revenir à ce qui le taraudait.

— Qui m'a trahi ? demanda-t-il.

Nikslaus le regarda.

— Tu crois vraiment que je vais te le dire ? (Il secoua la tête.) Non. Peut-être que, juste avant que la lame de la guillotine ne s'abatte, je te le chuchoterai à l'oreille. Mais pas avant.

Tamas ouvrit la bouche, prêt à se moquer de lui. Le maréchal savait que le brigadier Barat était un traître. Mais il s'arrêta net. Le duc redoutait-il vraiment qu'il s'évade ? Pensait-il qu'il avait une chance ? Le poudremage avait perdu ses pouvoirs et l'usage d'une jambe. Comment pourrait-il échapper à ses griffes ?

Nikslaus se tortilla sur son siège. Il tira sur le rideau pour jeter un coup d'œil à l'extérieur, puis se rassit, l'air irrité.

— On nous suit ? demanda Tamas de la voix la plus normale que possible.

Nikslaus ignora sa question. Il regarda à nouveau par la fenêtre.

— Tu sais, à la cour royale, nombreux sont ceux qui applaudissent ton coup d'État.

— Je n'en doute pas. Si vous prenez Adro, vous pourrez vous partager les terres confisquées aux nobles.

— Confisquées ? Volées, oui. Les terres et les biens seront rendus aux héritiers survivants des nobles. On leur rendra leurs titres. Il y aura des taxes à payer, mais nous nous devons de tendre la main à nos frères spoliés.

— Donc, Ipille n'est pas si bête que je le croyais, ni si avide.

Un instant, le duc parut sur le point de frapper Tamas. Mais il y renonça et se contenta de lever le nez en l'air.

— Quel défaut d'éducation t'a donné un tel mépris envers tes supérieurs ? Un tel dédain pour le roi choisi par Dieu ?

— Ce n'est pas un dieu qui a choisi Ipille. Ou alors ce dieu est un idiot.

— Sur ce blasphème, cette conversation prend fin, répondit sèchement Nikslaus.

La journée continua, le matin cédant la place à l'après-midi. Il se mit à faire chaud dans la nacelle du fiacre. Tamas défit le col de sa chemise gluante de sueur. Il avait renoncé à son manteau de cheval en échange d'un pardessus brun quelconque. Tamas aurait bien voulu que le duc ouvre la fenêtre. Mais le Privilégié et le Gardien ne semblaient pas souffrir de la chaleur.

Il put discerner le moment où ils traversèrent le canal. Le pont était fait de pierres montées sur une infrastructure métallique et les roues y glissèrent sans problème. Ils se rapprochaient du port. Il le sentait.

Nikslaus ne cessait de regarder par la fenêtre. Tamas se demanda ce que percevait sa sorcellerie. Sabon était-il sur leurs traces ? Ou Nikslaus était-il juste nerveux maintenant qu'ils étaient proches de la garnison de la ville ? Le poudremage inspira profondément et étudia le duc. Nerveux ? Certainement. Au bord de la panique ? Non, absolument pas. Et pourtant, il ne manquerait pas de craquer s'il croyait qu'un autre membre de la cabale des poudremages se rapprochait.

Tamas écouta les sons autres que ceux de l'attelage, cherchant à se localiser. Quelque part entre les quais et le canal. S'ils avaient emprunté le pont Roan, ils étaient tout près. Ils pourraient prendre un des bateaux de contrebandier amarrés à l'une des jetées. Nikslaus n'attendrait pas un moyen de transport plus luxueux. Il voudrait partir le plus vite possible avec son prisonnier.

Le fiacre s'arrêta. Le duc leva le rideau et sourit. Tamas sentit son moral chuter. Ils étaient arrivés.

Il n'aurait su dire ce qui le surprit le plus : l'explosion ou les hennissements terrifiés qui s'ensuivirent. Tout l'attelage fut secoué et Tamas roula contre ses chaînes. Il se mordit la langue pour ne pas crier alors que son propre poids, ainsi que celui du Gardien, appuyaient sur sa jambe blessée.

Nikslaus ouvrit la portière d'un coup de pied.

— Si je suis capturé, tue-le, ordonna-t-il au Gardien en sautant sur le pavé.

L'écho des sortilèges frappa le flanc du fiacre, le secouant encore plus que l'explosion.

Tamas et le Gardien se regardèrent. Ce dernier alla s'installer à la place du duc en tirant son coutelas.

D'autres détonations suivirent. Ainsi que des hurlements. Des voix de femmes et d'enfants entremêlées. Tamas en eut la nausée. Là dehors, on mourait. Des badauds innocents se retrouvaient pris entre deux feux. Une fusillade retentit, suivie par les « pop » à peine audibles des Gardiens rendant les tirs avec leurs armes à air comprimé. Une balle fracassa la vitre et passa entre le Gardien et Tamas pour forer un trou de l'autre côté de l'habitacle. Le Gardien écarquilla les yeux, mais ne dit rien.

— Frayez-nous un chemin ! hurla le cocher. On va tenter une sortie !

Tamas serra les dents. Il avait envie de passer à l'action, d'arracher son couteau au Gardien. Sans sa poudre, il se ferait laminer. Mais au moins, il aurait fait *quelque chose*. Les deux mains entravées, sa sorcellerie perdue, il ne pouvait que rester là, impuissant, grimaçant lorsqu'une explosion ou un sort secouait l'attelage.

Soudain, ils se remirent en mouvement. Quel que soit l'obstacle qui leur barrait la route – sans doute un fiacre embrasé –, il avait été déplacé. Le cocher fouetta frénétiquement les chevaux, partant au galop le long de la rue dans un concert de cris. Les balles et les sorts continuaient de pleuvoir et l'habitacle semblait pris de folie. Le Gardien tendait les mains pour se cramponner aux deux cloisons, le visage inexpressif. Comme ses chaînes l'empêchaient d'en faire autant, Tamas était ballotté d'un côté à l'autre, réduit à écouter ses propres gémissements à chaque fois que sa jambe blessée heurtait quelque chose.

Le Gardien regarda par la vitre.

— On y est presque.

Il tira une clé et, malgré les mouvements de l'attelage, réussit à déverrouiller la chaîne rivée au sol, laissant les chevilles et les poignets de Tamas entravés par les fers. Il brandit son coutelas en disant avec un fort accent kez :

— Si tu mouftes, je te l'enfonce dans la poitrine.

L'attelage ralentit jusqu'à l'arrêt complet. Le cocher sauta de son banc pour se recevoir sur le sol et ouvrit la portière. Le Gardien se tourna… et se figea.

Il lui fallut une fraction de seconde à peine pour se tourner vers Tamas, lame au poing. Le maréchal amortit le coup entre ses poignets et utilisa ses fers pour arracher le coutelas. Puis il se retrouva allongé sur son banc, des lumières dansant devant ses yeux, les oreilles carillonnantes. Il remarqua à peine la douleur qui poignardait sa cuisse.

Il lui fallut un moment avant de pouvoir s'asseoir. Chaque centimètre de son corps le faisait souffrir. Sa jambe était en feu. Du sang s'écoulait sur sa joue. Tout compte fait, il n'avait pas évité la morsure de la lame. Il se cramponna au flanc de l'attelage, un relent de poudre emplissant ses narines.

Le Gardien n'était plus là. Dans le flanc de l'habitacle, de l'autre côté de la portière, il y avait un trou de la taille d'un homme. Le Gardien était allongé sur le pavé, une jambe encore sur le rebord du fiacre, retenue par une écharde de bois.

Tamas baissa les yeux pour voir Olem poser un énorme pistolet sur le plancher. Il grogna sous le poids de l'arme, puis regarda Tamas. Il avait l'air soulagé.

— Ah ! J'ai bien volé le bon fiacre.

Le garde du corps aida Tamas à descendre de l'attelage. Ils se trouvaient dans une ruelle entre deux bâtiments de briques. L'odeur de sel et le bruit du ressac apprirent au maréchal qu'ils étaient tout près de l'océan. En quelques secondes, la ruelle s'emplit de soldats adrans. L'un d'entre eux voulut soulager Olem du poids de Tamas, mais le garde du corps l'en dissuada d'un signe.

— Où est Sabon ? demanda Tamas.

— Il chasse le Privilégié avec Vlora.

Olem semblait exténué. Pouvait-il ressentir la fatigue ?

— Nikslaus ?

— Ce salopard s'est tiré dès qu'il a vu combien on était.

Tamas ouvrit de grands yeux en voyant affluer d'autres soldats dans la ruelle. Et il y en avait également dans la grande rue.

— Tu as fait venir toute la garnison ?

— Tous ceux qui étaient dans le coin, confirma Olem.

— Par la poix, comment as-tu pu me retrouver ?

Olem sourit. Il baissa les yeux et, pour la première fois, Tamas remarqua le chien assis à ses pieds, qui le regardait avec des yeux grands comme des soucoupes. Sa queue frappait le sol. Tamas se trouva incapable de prononcer un mot. Malgré la douleur, il se pencha pour caresser la tête de Hrousche.

— C'est impossible, réussit-il à marmonner au bout d'un moment.

— Sabon a dressé Hrousche pour qu'il puisse vous retrouver quelles que soient les circonstances. Il l'a pris sous son aile lorsqu'il n'était qu'un chiot. Il a reçu l'aide d'une vieille sorcière vivant dans une ferme au nord de l'université, une Douée qui sait dresser les bêtes. Hrousche pourrait reconnaître votre odeur entre mille, même si vous étiez dans une caisse hermétiquement scellée au beau milieu de l'océan.

— Je n'étais pas au courant.

— C'était son petit secret. Un plan de dernière minute, si l'on veut. J'espérais qu'on ne devrait jamais y avoir recours.

Tamas sentit deux jours d'angoisse, de douleur et d'inquiétude quitter son corps, comme balayés par le regard dévoué d'Olem. Le garde du corps le fixait comme un parent regarde un enfant perdu, avec un mélange de colère et de soulagement. Des soldats se massaient autour de lui, exprimant leur inquiétude. Tamas leur décocha des sourires pleins de reconnaissance. Puis, au bout d'un moment, il s'écroula à terre.

XXVII

Aux yeux de Tamas, le bureau du dernier étage de la Maison des Nobles semblait bien vieux et bien familier, même s'il ne l'occupait que depuis quelques mois. Il passa ses doigts sur les broderies du canapé avec l'impression de rentrer chez lui. Ses mains tremblaient et il devait s'appuyer sur une canne. La pièce sentait le citron. Il se demanda s'il en avait toujours été ainsi.

Olem le regardait depuis l'embrasure de la porte. Doué ou pas, au final, il avait bien besoin de repos. Ses yeux papillonnaient comme s'il avait sommeil et des poches violettes s'étaient formées en dessous. Sa barbe habituellement bien taillée était en désordre, ses cheveux également. En temps normal, Tamas lui aurait rappelé l'étiquette militaire.

Mais ce n'étaient pas des temps normaux.

Je devrais lui dire d'aller prendre un peu de repos. Que me répétait Père ? « On dormira quand on sera morts. »

— Oui, monsieur.

Tamas lui jeta un coup d'œil.

— Hmmmm ?

— Vous avez dit : « On dormira quand on sera morts. »

— Tu m'as l'air à moitié mort.

— Vous ne respirez pas la grande forme non plus, monsieur. (Olem se forçait à sourire, mais Tamas voyait bien l'inquiétude dans ses yeux.) Vous devriez vous reposer. Monter ces marches a bien failli vous achever.

Le garde du corps avait tenu à l'assister tout au long, quitte à le porter à moitié par moments.

— Je n'ai pas besoin d'une infirmière. J'ai encore du travail.

Il boitilla vers son bureau, mais à mi-chemin, il faillit tomber. Olem fut aussitôt à ses côtés pour le prendre par le coude.

— Asseyez-vous, monsieur. Le docteur Petrik sera là d'un instant à l'autre.

— Bah, fit Tamas en désignant une chaise. Installe-toi.

— Je crois que je préfère rester debout, monsieur.

— Comme tu voudras. (Tamas ne pouvait l'envoyer se coucher. Lui-même ne s'octroyait pas ce luxe.) Je dois savoir ce qui s'est passé en mon absence. Combien de gens sont au courant de ma capture ?

— Les nouvelles vont vite. J'ai bien peur d'avoir eu d'autres soucis en tête. À peine revenu de la chasse, j'ai fait mander Sabon et suis allé chercher Hrousche. (Il désigna le chien, qui s'était endormi dans un coin.) Charlemund a fait de son mieux afin que tout cela ne s'ébruite pas. Mais je suis sûr que ses prêtresses ont parlé. Je sais que le brigadier Sabastenien a gardé le silence.

— Donc, tout le monde a pu s'échapper ?

Olem acquiesça.

— J'ai bien failli tourner casaque lorsque j'ai entendu le grondement des sorts, dit-il en refusant de regarder Tamas dans les yeux. Si vous voulez mes galons...

— Tais-toi. Je ne vais pas te dégrader.

— Vous m'aviez donné l'ordre d'escorter les autres jusqu'au reste de la chasse.

— Je croyais que tu l'avais fait.

— Pas vraiment, monsieur. Je suis parti en les laissant retrouver leur chemin. Je n'ai pas voulu attendre.

— Si je m'étais retrouvé à ta place, je n'aurais pas obéi non plus. Je ne peux reprocher à un homme de suivre son instinct. De plus, tu n'as fait que ton devoir. Tu ne t'es pas défilé. Continue.

Tamas avala sa salive. Il n'avait qu'une seule envie, se coucher et dormir. Mais, avant, il avait des choses à faire. Il luttait contre la douleur, la nausée et l'épuisement.

— La trahison de Ryze a fait du bruit, remarqua Olem. Dame Winceslav veut des réponses. On fait courir les rumeurs les plus folles.

— Fais-les cesser.

— Quoi ? fit Olem, surpris.

— Ce n'est pas la vérité.

Tamas lutta pour se relever. Ryze était un honnête homme. Il ne le laisserait pas porter le chapeau. Olem posa une main sur son épaule pour le retenir avec douceur.

— Je vous ai vus partir.

— Tu as trouvé les cadavres, n'est-ce pas ?

Olem secoua lentement la tête.

— Du sang, oui, mais pas de cadavres.

— Cette sorcellerie que tu as entendue, ce n'était pas moi qui me défendais. C'étaient les hommes de Ryze qui retenaient le Duc Nikslaus afin que le brigadier puisse m'avertir. Ryze a été brûlé vif.

— Vous êtes sûr… ?

— Que la poix t'emporte, gronda Tamas. Ne sois pas si condescendant. Je n'ai pas perdu la raison en une après-midi.

— Si Ryze voulait vous avertir de quelque chose, pourquoi s'est-il donné tant de mal ? Il aurait pu vous envoyer une missive ou venir vous trouver en personne.

Tamas se frotta les tempes.

— Je ne m'en souviens pas. Je me rappelle qu'il avait peur. Et qu'il était en colère. Barat avait un moyen de pression pour le faire taire.

— Le brigadier Barat ? Vous avez dû heurter violemment votre tête, vu la taille de votre bosse, remarqua Olem avec un faible sourire.

— Ne joue pas à l'idiot. (Tamas tenta à nouveau de se relever. Sa jambe le brûlait. En un instant, il fut en sueur. Il préféra abandonner.) Envoie une missive à Dame Winceslav. Dis-lui que Ryze est innocent de tout ce dont on l'accuse. (Il se tut avant d'ajouter :) Fais mander les brigadiers Barat et Sabastenien.

— Je vais envoyer un messager, dit-il en se dirigeant vers la porte.

— Non, grogna Tamas. Vas-y en personne. Je ne veux pas qu'ils nous glissent entre les doigts. Emporte un escadron. Et, à la réflexion, ne parle de Ryze à personne.

— Mais s'il est innocent…

Tamas ferma les yeux. Il avait besoin de forces pour ce qu'il allait entreprendre.

— Je m'en occuperai plus tard. Exécution.

— Tout de suite, monsieur !

À peine Olem avait-il franchi la porte que le maréchal laissait échapper un hoquet de souffrance. En quelques minutes à peine, sa jambe s'était raidie. Lorsqu'elle ne lui faisait pas directement mal, elle palpitait d'une douleur lancinante et, lorsqu'il la bougeait et que des lances térébrantes remontaient jusqu'à sa hanche, il souhaitait l'avoir laissée en paix. Il passa une main dans ses cheveux en désordre.

Il se força à réfléchir. Pourquoi Ryze avait-il simulé un enlèvement pour lui parler de Barat ? Tamas aurait bien voulu bénéficier du Don d'Adamat.

Son fils !

— Olem ! glapit-il.

Il attendit un peu. Olem ne revint pas. Il cria à nouveau. Un garde passa la tête par la porte.

— Qu'y a-t-il, monsieur ?

— Kema, Olem est-il parti ?

Le soldat acquiesça.

— Il a filé il y a une minute. À voir sa tête, quelqu'un va passer un sale quart d'heure.

— Donne-moi du papier et un crayon.

Kema alla chercher un stylo-plume et du papier à écrire et les lui rapporta. Tamas écrivit un petit mot rapide et le lui tendit.

— Rattrape Olem. Dis-lui de remplir cette mission en premier lieu.

— Oui, monsieur !

Kema repartit aussitôt, laissant Tamas seul. Sa jambe se remit aussitôt à palpiter douloureusement. Un doigt de poudre noire et il ne sentirait plus rien… S'il pouvait s'en servir. Avec cette étoile d'or dans sa chair, il ne fallait pas compter entrer en poudretranse.

— Où est ce fichu Petrik ?

— Ici même.

Le docteur ferma délicatement la porte derrière lui. Il portait sa sacoche dans une main, son manteau sur le bras. Il examina Tamas à travers sa paire de lunettes.

— Vous m'avez arraché à une partie de bridge plutôt intéressante.

Il avait l'air furax, mais c'était son expression naturelle. Si on l'avait viré de la plupart de ses postes de docteur, publics comme privés, c'était à cause de ses manières déplorables. Mais il compensait son caractère de cochon par sa concision et sa compétence.

— Je m'excuse, répondit Tamas. Tu n'as qu'à y retourner. Je souffrirai en silence.

Le docteur Petrik s'arrêta, puis haussa les épaules et se dirigea vers la porte.

— La notion de sarcasme t'est étrangère, bougre de vieux salopard ?

Petrik le toisa d'un long regard furibond, puis vint à ses côtés. Bien que maigre comme un clou, il se dandinait comme un homme de deux cents livres. Il s'assit à côté de Tamas et retira ses lunettes, puis prit un monocle pour mieux examiner le visage et le crâne du maréchal.

— Juste quelques égratignures, dit-il après un moment. Rien de bien méchant. On dirait que vous avez eu une commotion cérébrale. (Il claqua des doigts devant les yeux de Tamas et les examina tour à tour.) En effet, rien d'inquiétant.

Le docteur prit sa jambe, sans grande douceur, et la posa sur ses genoux. Il retira les linges qui l'enveloppaient pour mieux l'inspecter.

— Vous avez déjà vu un docteur, dit-il d'une voix où pointait un certain ressentiment.

— Oui. Celui qui accompagnait mes ravisseurs. C'est lui qui a remis l'os en place.

— À quoi ressemblait-il avant ?

— Je ne sais pas. J'étais inconscient.

— Tant mieux pour vous. Apparemment, le tibia a été fracassé. Il a fait du bon boulot, admit-il à contrecœur.

— Je veux que tu la casses.

Petrik le regarda en clignant des yeux.

— Pardon ?

— Ma jambe. Je veux que tu la casses à nouveau.

Petrik la reposa délicatement.

— Vous vous êtes cogné le crâne plus fort que je ne le croyais.

Y avait-il une note d'inquiétude dans la voix du docteur ? Non. Tamas devait l'avoir imaginée.

— Le chirurgien a posé un bout d'or contre l'os avant de refermer les chairs. (Tamas se tut, avala sa salive. Le simple fait d'exprimer ce qui s'était passé lui donnait la nausée.) Je ne peux plus me servir de ma magie.

Le docteur Petrik chaussa ses lunettes. Il les retira, puis les remit à nouveau.

— Vous êtes fou. Je ne ferai pas une chose pareille. Si vous la laissez comme ça, un kyste va se former. Il devrait écarter l'or de votre système sanguin et vos pouvoirs reviendront.

— Fais-le. C'est un ordre.

— Vous pensez que ça va tout arranger ? Si le choc ne vous tue pas, vous perdrez l'usage de votre jambe. Ce qui pourrait également provoquer votre mort. Vous n'avez pas les idées claires.

— Nikslaus a dit qu'il avait la forme d'une étoile. À chaque fois que je bouge, ses pointes déchirent les tissus et l'or s'introduit à nouveau dans mon sang. Je le sens se déplacer en moi.

Petrik eut une hésitation.

— Tes scrupules t'honorent, ajouta Tamas.

— Mes scrupules ? Mes craintes, oui. Si vous succombez à la procédure, vous *savez* ce que vos laquais feront de moi. En arrivant ici, j'ai croisé Olem. Je ne suis pas idiot. Vous l'avez envoyé au diable pour qu'il ne puisse pas protester et Sabon n'est pas encore revenu. Ils me mettraient en pièces.

— *Qui* vous mettrait en pièces ?

Sabon se tenait dans l'entrée. Il s'était interrompu alors qu'il boutonnait sa veste. Celle-ci était couverte de brûlures, de poussière et de traces de poudre. On aurait dit qu'il venait de traverser une mine de charbon. Il l'accrocha à une patère. Une coupure labourait sa joue, le sang déjà sec, et ses mains étaient sales.

— Tu l'as rattrapé ? demanda Tamas.

Sabon secoua la tête.

— Désolé.

Tamas ravala une réprimande. *Merde.*

— Comment t'a-t-il échappé ?

— Il a emprunté un chemin qu'il connaissait bien. Par un entrepôt avec un faux plancher qui lui a permis de descendre dans les égouts. Nos hommes scrutent les sorties, mais ça m'étonnerait qu'ils le trouvent. Vlora le traque, mais il peut émerger dans n'importe quel coin d'Adopest. C'est comme s'il avait tout prévu. (Sabon eut une grimace de dégoût. Il s'avança et regarda la jambe de Tamas.) Tu as connu des jours meilleurs.

— C'est vrai.

— Va-t-il perdre sa jambe ?

Le docteur ignora le regard d'avertissement de Tamas.

— Possible, surtout si je la rouvre, comme il me le demande.

Sabon regarda Tamas, en quête d'explications.

— Pourquoi ?

Le maréchal inspira profondément.

— Le chirurgien de Nikslaus m'a soigné. Mais avant de refermer la plaie, il y a inséré une plaque d'or juste contre l'os. Elle est en forme d'étoile pour éviter qu'un kyste ne se forme.

Sabon ouvrit de grands yeux.

— Quel salaud, feula-t-il. Le jour où je l'attraperai, je lui couperai les mains.

Tamas pouvait difficilement le contredire.

— *Si* jamais on le retrouve, corrigea-t-il. Petrik, je veux que tu m'opères.

Le docteur le regarda longuement.

— Non, déclara Sabon. Si tu en meurs, la campagne tout entière sera mise en péril.

La campagne. Tamas sourit presque. Sabon n'avouerait jamais son inquiétude.

— On vient juste de te retrouver, renchérit Sabon.

— Sans mes pouvoirs, je ne suis pas d'un grand secours. Petrik, si je ne te force pas à opérer, quels sont les risques ?

Le vieux docteur fronça les sourcils.

— Si ce que vous dites est vrai, la douleur sera constante. Vous ne pourrez pas dormir et la fatigue empêchera votre corps de guérir naturellement. (Il n'avait pas l'air très satisfait.) Il vaut mieux opérer.

Le regard de Sabon passa de Tamas au docteur, puis il renifla.

— Bonne chance, dit-il en sortant de la pièce.

* * *

— Vous vouliez me voir ?

Adamat passait d'un pied sur l'autre en examinant les instruments chirurgicaux alignés aux côtés de Tamas. Ce genre de charcutage l'avait toujours rendu nerveux. Trop de choses pouvaient mal tourner et il semblait que, chaque année, les docteurs inventaient de nouveaux moyens, tous plus douloureux les uns que les autres, de vous tuer sous prétexte de vous soigner. Une idée irrationnelle, il le savait. Les statistiques disaient exactement le contraire. L'ancienne pratique de la saignée devenait impopulaire là où des idées nouvelles, comme la stérilisation par exemple, se répandaient dans le corps médical. Le taux de survie était bien plus élevé qu'au temps de Kresimir.

Le maréchal était assis sur le bord de la table d'opération improvisée, installée dans une pièce secondaire de la Maison des Nobles. Il portait juste une serviette autour de sa taille. Le nombre de cicatrices déjà anciennes sillonnant ses chairs stupéfiait l'inspecteur. Certaines provenaient de coups d'épée, d'autres de poignard et il y avait trois cercles d'un rose délavé laissés par des balles. Malgré les cheveux gris, il pouvait apercevoir une bosse sur son crâne, et la jambe droite était rouge et enflée. Dans l'angle de la pièce, un docteur en blouse blanche examinait attentivement ses instruments.

Ainsi, Tamas était en vie, bien qu'en piteux état. Les colporteurs de potins auraient donné n'importe quoi pour apprendre ce qui était arrivé la veille rue Palo et où était le maréchal les deux jours avant. Adamat décida de ne pas lui poser la question.

— Tu as trouvé mon traître ? demanda Tamas.

— Non, monsieur.

— Pourquoi ?

— Je ne me cherche pas des excuses, mais j'abats le travail de vingt hommes.

— On te paie bien, non ?

— Pas tant que ça et les gages ne font pas progresser plus vite. Je dois faire encore des recherches et des interrogatoires, ce qui implique pas mal de déplacements.

— « Pas tant que ça » ?

— J'enquête sur le préfet, monsieur. Je ne vais pas lui poser des questions *et* demander mon chèque.

Tamas se rengorgea.

— Olem, veille à ce que notre grand détective touche son dû.

Le garde du corps s'arrêta de tourner comme un lion en cage le temps d'acquiescer.

— Tu as certainement des soupçons ?

— Toujours. Mais pas de preuves.

— J'ai là une lettre de mon fils Taniel, dit Tamas en désignant son bureau. Il est à Docouronne avec les Montagnards, où il les aide à repousser les Kez. Lui et le Privilégié Borbador sont du même avis : une puissante sorcière s'est jointe à l'ennemi et cherche à faire passer la cabale kez par la forteresse pour rejoindre Kresim Kurga, où ils tenteront d'invoquer Kresimir.

Adamat en resta bouche bée.

— C'est absurde.

— En effet, répondit Tamas. Mais des hommes assiégés perdent parfois le sens des réalités. De plus, mon fils n'est pas très bien portant. (Tamas n'entra pas dans les détails.) Cependant, je dois examiner toutes les possibilités. Les Kez ont peut-être développé une arme nouvelle ou… (Il regarda par la fenêtre et fit la grimace.) Cette histoire de Promesse de Kresimir… As-tu découvert quelque chose d'autre à ce sujet ? Quelque chose qui indique qu'il faille invoquer Kresimir et de quelle façon il voudrait chercher à venger son roi mort ?

— Non, répondit Adamat. Comme je vous l'ai dit, mes recherches sont au point mort. On a arraché des pages entières des livres utiles, expurgés par quelqu'un qui ne voulait pas qu'on accède à ces informations. (Ce qui l'avait inquiété depuis le début. Mais ce n'était pas à lui de spéculer.) Ma seule source d'information sur la Promesse de Kresimir me vient du Privilégié Borbador, et de personne d'autre.

— Voilà qui est fâcheux. (Tamas posa une main sur son front et oscilla légèrement. Il n'était pas bien.) Je ne veux pas jouer les hystériques, mais je ne peux nier la possibilité qu'il y ait un fond de vérité derrière tout ça. Invoquer un dieu ? Bah ! Qui imagine des choses pareilles ? J'ai envoyé la quatrième brigade à Docouronne. Ça devrait suffire à contenir les Kez. (Il eut un geste dédaigneux.) Désolé d'avoir interrompu ton enquête, inspecteur. Mais je voudrais te dire une chose avant de repartir.

— Monsieur ?

— Si je ne survis pas à l'opération, ou si ma convalescence tourne mal, je veux que tu poursuives ton enquête.

Adamat sentit un frisson de terreur.

— Avec tout le respect que je vous dois, monsieur, si cela devait malheureusement être le cas, je serais mort au fond d'un ruisseau dans l'heure.

Je présume que seule la crainte d'être soupçonné me sauve des assassins envoyés par le traître. D'être soupçonné par vous-même, je le précise.

— Tu auras un garde du corps, répondit Tamas. Et si je suis mort, la justice ne sera pas rendue dans un tribunal, mais par les armes. La septième brigade sera heureuse de t'assister, je présume.

Tamas pensait vraiment qu'il pouvait ne pas survivre à ses blessures. Adamat sentit la morsure glacée de la peur. Si le maréchal mourait, tout s'écroulerait. Surtout dans de telles circonstances. L'armée se chargerait de ses conseillers ; ce serait chacun pour soi. Le pays serait livré au chaos. Il n'y aurait pas de vainqueur. Et si Tamas survivait, Adamat serait obligé de continuer de le trahir en racontant tout au Seigneur Vetas. Où était son intégrité ? Pour la centième fois, l'inspecteur se demanda s'il ne ferait pas mieux de vider son sac et de demander son aide au maréchal. *Non*, décida-t-il. La sécurité de sa famille était plus importante que son intégrité ou son honneur.

Le train de pensées d'Adamat fut interrompu par l'arrivée d'un homme grand et gros avec de longs cheveux noirs ramenés en queue-de-cheval. Il se déplaçait comme un roi, bien qu'il portât le tablier et la toque d'un grand cuisinier. Il tenait un plateau d'argent au-dessus de sa tête, et une louche assez grosse pour fracasser des crânes était accrochée à sa taille.

Tamas le regarda avec une certaine lassitude.

— Mihali ?

— Maréchal. Je vous ai apporté un brouet à prendre avant votre opération. Je pense qu'il vous aidera à vous remettre.

Le docteur lui jeta un regard noir.

— Ni nourriture ni boisson.

— J'insiste ! fit Mihali en tendant son plateau vers Tamas.

— C'est absolument hors de question. Toute ingestion de liquide ou de solide peut entraîner des complications durant l'opération et…

Tamas le fit taire d'un geste.

— Je pense que ça ira. Tu ne me donnes même pas d'éther.

Adamat allait s'éclipser, laissant Tamas à son brouet et son opération, lorsque la porte s'ouvrit en coup de vent. L'inspecteur reconnut l'Archidiocèle par ses robes plus que par son visage. Charlemund était un homme à la réputation intimidante et il ne donnait pas beaucoup de sermons en public. Il n'était pas très apprécié par les classes inférieures, même pour un Archidiocèle.

— Tamas, dit Charlemund. Heureux de vous voir sain et sauf, mais je suis là pour affaires. Mes hommes disent que vous refusez de leur remettre ce cuisinier blasphémateur. Hier, lorsque mes gardes sont venus le chercher, il y a eu comme une échauffourée…

Il s'interrompit, fronçant les sourcils en voyant Mihali, Adamat et les autres.

— Mihali n'est pas si important, déclara Tamas.

— Si ça ne dépendait que de moi, je vous le laisserais. Qu'ai-je à faire d'un cuistot fou ? Et pourtant, des Archidiocèles bien plus dévots que moi demandent son arrestation. Ils savent se faire entendre, Tamas. Ils menacent la neutralité de l'Église.

— Je vous donnerai ma décision un peu plus tard, répondit le maréchal.

— Désolé, mais il me la faut maintenant. (Charlemund se redressa. Son regard se posa sur Mihali.) C'est toi, n'est-ce pas ? Le cuistot blasphémateur ?

Mihali posa doucement le plateau avant de se retourner vers Charlemund. Il inspira profondément, rentrant son énorme ventre.

— Je suis un chef, monsieur, et je vous prie de vous adresser à moi conformément à mon rang.

— Un chef ! Ha ! (Charlemund leva la tête en éclatant de rire. Sa main se posa sur la crosse de son épée courte.) Tamas, au nom de l'Église, j'arrête cet homme.

— Va-t'en.

Les mots avaient été prononcés avec le plus grand calme, mais Adamat eut l'impression que la température de la pièce était devenue glaciale. Il se tourna vers Tamas, mais ce n'était pas lui qui avait parlé. C'était le chef.

— Comment oses-tu ? fit Charlemund en tirant son épée de quelques pouces.

— Va-t'en ! brailla Mihali.

Sa louche apparut dans ses mains, brandie comme une épée. Sa grande cuillère était braquée sur le nez de Charlemund.

— Je ne veux pas de toi ici. Faux prêtre, répugnant idiot ! Donne-moi une seule raison de t'abattre !

Le visage de l'Archidiocèle était tordu par la rage.

— Qu'est-ce que c'est que cette folie ? Je t'arrête au nom de l'Église ! Je n'ai pas peur de ta louche, glouton impie !

Soudain, Mihali marcha sur Charlemund. L'Archidiocèle fit quelques pas en arrière, tira son épée et frappa. Mihali para le coup avec sa louche, la ramena sur le côté d'une main experte et contra d'un revers assez puissant pour envoyer son adversaire sur le canapé.

Le silence retomba. Olem se précipita aux côtés de Charlemund.

— Viens-tu juste de tuer notre Archidiocèle ? demanda Adamat.

Mihali eut un reniflement hautain.

— J'aurais dû. Buvez votre brouet, maréchal.

Et il s'en alla sans un mot de plus.

— Il est en vie, monsieur, déclara Olem. Juste assommé.

Adamat et Tamas échangèrent un regard. L'inspecteur pouvait voir sa propre incrédulité se refléter dans les yeux du maréchal. Celui-ci leva sa jambe douloureuse.

— Olem, fais déposer l'Archidiocèle dans une chambre à l'étage en dessous. Dis qu'il a fait une chute dans les escaliers. Trouve des témoins. Inspecteur, je suis sûr que tu as assisté à la scène.

Adamat lissa l'avant de sa veste.

— Une très vilaine chute. Il avait déjà dégringolé deux étages avant qu'on ne le rattrape.

— Tout à fait. Docteur, que peux-tu prescrire à Charlemund ?

Le docteur le toisa d'un regard méprisant.

— De l'arsenic ?

— Non, vraiment. Quelque chose qui lui donne une bonne migraine et une amnésie partielle.

— Du cyanure.

— Docteur !

— Je trouverai bien, marmonna Petrik.

— Olem.

Celui-ci s'arrêta. Il avait passé ses bras sous les aisselles de Charlemund et l'entraînait vers la porte.

— Monsieur ?

— Qu'est-ce c'est que cette histoire d'échauffourée entre les hommes et ses gardes ?

— J'allais vous en parler après l'opération, monsieur.

— Je n'en doute pas. Que s'est-il passé ?

Olem se tut sans lâcher Charlemund.

— Rien de plus, monsieur. Les nôtres ne veulent pas perdre Mihali. Pas seulement à cause de sa cuisine : ils disent qu'il leur porte bonheur. Je ne m'en suis pas mêlé. Enfin, pas trop.

— Comment peut-il leur porter bonheur ? Qu'a-t-il fait pour mériter ça ?

— Il a rempli leurs estomacs.

— Il y a eu des victimes ?

Un nuage assombrit le visage d'Olem.

— Il y en aura la prochaine fois.

— Et si je donne un ordre direct ?

— Je suis sûr que les hommes obéiront, monsieur.

Tamas ferma les yeux et les massa.

— Que suggères-tu, inspecteur ?

Adamat eut un sursaut.

— Je ne suis pas sûr d'avoir assez d'éléments à ma disposition.

Il avait l'impression d'être de trop. Il n'était pas censé assister à tout ça. Ce Mihali… Il faudrait qu'il en apprenne davantage sur ce drôle de personnage.

— Fais comme si, insista Tamas.

— Quel genre de commandant cède aux caprices de ses troupes ? répondit Adamat. Et pire encore celui qui ignore leurs désirs et leurs besoins. Cependant, il y a des circonstances atténuantes.

Il désigna l'Archidiocèle, qu'Olem traînait vers la porte.

— Olem.

Le garde du corps s'arrêta une fois de plus.

— Il reprend conscience, monsieur.

— Je préfèrerais qu'il choisisse un autre moment.

Il y eut un bruit évoquant un marteau frappant de la viande.

— Ne vous en faites pas.

Tamas se prit la tête entre les mains.

— Qu'on passe le mot que Mihali a été affilié à la septième brigade de l'armée adrane. Envoie un message à Hassenbour, qu'ils nomment un docteur pour s'occuper de lui. À nos frais, bien sûr. Claremonte ne perdra pas la face.

— Et l'Église ?

Tamas soupira.

— S'ils le désirent, ils peuvent envoyer un prêtre lui parler. Le convertir ou je ne sais quelles fadaises.

— Donc, maintenant, Mihali est le cuistot officiel de la légion ?

— Leur chef.

— C'est vrai, monsieur. Merci, monsieur.

Tamas attendit qu'il soit parti pour manger son brouet. Quelques moments passèrent, uniquement rompus par ses lampées satisfaites. Puis il leva les yeux.

— Inspecteur ?

— Oui ?

— Tu peux disposer.

Alors qu'il quittait la pièce, Adamat entendit Tamas dire :

— Finissons-en, Petrik.

L'inspecteur s'arrêta dans l'embrasure de la porte. Tamas avait bien maîtrisé la situation. Le maréchal n'avait que peu de patience pour les imbéciles qui remettaient en question ses ordres. Il valait mieux ne pas le contrarier. Une fois de plus, il se demanda s'il ne devait pas lui parler du Seigneur Vetas.

S'il découvrait sa trahison, Adamat perdrait toute chance de revoir sa famille. Mais s'il montait une opération pour les secourir, même avec l'aide des soldats de Tamas, les siens risquaient d'être exécutés malgré tout. Il ne pouvait pas courir un tel risque.

XXVIII

— Vas-y, idiot, grinçait Tamas. Redresse-moi. Mets l'oreiller là.

Il fit une pause et agrippa les bords de son bureau alors que la pièce tournait tout autour de lui.

— Monsieur ? s'inquiéta Olem en mâchouillant le bout de sa cigarette.

— Je vais bien. Continue.

Olem glissa un coussin entre Tamas et sa chaise.

— Plus bas, demanda-t-il. Voilà, parfait. Tourne un petit peu la chaise. Je veux avoir l'air naturel.

Tamas donna encore quelques ordres jusqu'à ce qu'il soit satisfait. Il se tenait derrière son bureau, face à l'entrée de la pièce, le dos redressé afin d'avoir l'air plus grand. Olem se recula.

— Ai-je l'air d'un invalide ? demanda le maréchal.

— Non.

— Tu as hésité.

— Juste l'air un peu fatigué, monsieur. Ça ira.

— Bien.

Tamas n'osait pas se pencher en avant, encore moins baisser les yeux, si bien qu'il fouilla en aveugle son tiroir et en tira une cartouche de poudre. Il en écrasa le bout sur son pouce et la vida sur sa langue. Il lutta contre un vertige puis contre l'obscurité, alors que son esprit tentait de se retirer devant la vague de conscience qui inondait ses sens. Le goût de la poudre était amer, sulfurique. Pour Tamas, c'était de l'ambroisie.

Son épuisement reflua. La douleur dans sa jambe diminua jusqu'à n'être plus qu'un vague bourdonnement au fond de sa tête, un simple souvenir de sa jambe ouverte, de la chair qu'on avait torturée pour remettre l'os en place, mais sans la souffrance qui l'accompagnait.

— Trois capsules en une heure, monsieur ?

Il y avait une pointe d'inquiétude dans la voix d'Olem.

— Garde tes conseils pour toi, grogna Tamas. Je n'ai pas le temps de me soucier de ça. Si la poudre m'aveugle, tant pis.

Et pourtant, il devait bien admettre que l'euphorie de la poudretranse s'accrochait à lui. Il en avait besoin, il désirait son étreinte comme si elle avait été une amante absente depuis trop longtemps. Il s'occuperait de ces symptômes d'addiction plus tard. Pour l'instant, il y avait plus important. Malgré la poudretranse, une des plus profondes qu'il ait jamais connue, il pouvait à peine bouger. Son corps ressentait toujours la douleur, il souffrait du manque de sommeil – mais son cerveau n'enregistrait rien de tout cela.

— Parle-moi du brigadier Sabastenien.

— C'était un orphelin, répondit Olem, adopté par les Ailes d'Adom comme simple grouillot. Les Ailes d'Adom sont sa famille – Adro sa mère, l'armée son père.

— C'est ce que j'ai entendu.

— Il m'a aidé à vous retrouver. La trahison de Ryze l'a profondément ébranlé.

— Il sait qu'il est mort ? demanda Tamas.

Olem secoua la tête.

— Et tu ne lui as pas dit que Ryze était innocent ?

— Non, monsieur.

— Bien. Envoie-le-moi.

À vingt-cinq ans à peine, le brigadier Sabastenien était un des plus jeunes commandants des Ailes d'Adom. Tamas savait qu'on ne donnait pas ce grade à la légère. Pour cela, il fallait être rapide, courageux, intelligent, et d'une loyauté proche du fanatisme envers la famille Winceslav et Adro.

Le brigadier Sabastenien était un homme de petite taille, avec des cheveux noirs désordonnés coupés juste au-dessus des yeux. Afin d'avoir l'air plus mûr, il s'était fait pousser des rouflaquettes fournies et les portait mieux que la plupart des hommes de son âge.

— Heureux de vous voir en bonne santé, monsieur, dit-il.

— Merci. J'ai cru comprendre que tu avais aidé Olem à me retrouver.

Tamas désigna son garde du corps, puis le renvoya d'un coup sec de la tête. Olem passa sur le balcon pendant que le maréchal grimaçait suite à son mouvement brusque. *Fais attention*, se rappela-t-il.

— J'ai juste proposé mes services. Je vous en prie, si je peux faire davantage, dites-le-moi. J'ai déjà commencé à rassembler des hommes pour traquer le brigadier Ryze avec la bénédiction de Dame Winceslav. Il ne nous échappera pas.

— Il y a une chose que tu peux faire.

— Ce que vous voudrez, monsieur.

— Oh, ce n'est pas grand-chose. Tu vois cet écran ? (Tamas désigna un coin de la pièce, où un paravent était replié.) Je voudrais que tu te caches derrière et que tu écoutes.

— Monsieur ? fit Sabastenien surpris.

— Tu vas vite comprendre. S'il te plaît. Fais plaisir à un vieil homme décrépit.

Le brigadier acquiesça d'un air peu convaincu.

— Maintenant ?

Tamas regarda l'horloge.

— Oui, ce sera parfait.

Sabastenien alla se cacher derrière le paravent. Quelques instants s'écoulèrent, durant lesquels Tamas ferma les yeux. Son esprit, bien que préservé de la douleur et de l'épuisement qui l'auraient incapacité, tournoyait encore sous l'effet de la poudretranse. Les yeux ouverts, il pouvait voir Olem sur le balcon, regardant les oiseaux voler dans le soleil au-dessus de la Place des Élections. Il distinguait des fibres de la veste du garde du corps et, s'il se concentrait, pensait entendre les battements du cœur de Sabastenien, toujours caché derrière le paravent. Le jeune brigadier était très calme.

On frappa à la porte.

— Entrez, dit Tamas.

Il se redressa sur sa chaise. Ce n'était pas le moment d'avoir l'air affaibli.

La porte s'ouvrit et le maréchal aperçut Vlora qui attendait dans le couloir, les mains posées sur la crosse de ses pistolets, alors que deux soldats faisaient entrer le brigadier Barat. Contrairement à Sabastenien, il était largement plus grand que la moyenne. Ses traits étaient taillés à coups de serpe, son front grave, bien qu'il conservât assez de douceur dans les yeux et les joues pour rester un bel homme. Il était rasé de frais, même si l'on disait qu'il n'aurait jamais pu se faire pousser la barbe s'il l'avait souhaité. Barat avait vingt-six ans et son père avait été un riche vicomte avant sa mort, il y avait maintenant des années.

Tamas ne manqua pas de remarquer son air plein d'assurance et l'épée passée à sa ceinture.

— Assieds-toi, je t'en prie, dit le maréchal, indiquant une des chaises en face de son bureau.

— Je préfère rester debout, merci. Vos soldats m'ont escorté jusqu'ici et j'espère qu'il y a une bonne raison à cela. Un malentendu, peut-être ?

— Je n'en doute pas, répondit Tamas. Consacre-moi juste un peu de temps.

Il se tut sans quitter Barat des yeux, guettant le moindre signe de malaise. Une minute s'écoula, puis deux.

— Ce n'est pas très régulier, monsieur, dit le brigadier.

— Excuse-moi, répondit Tamas. Mes aventures de ces derniers jours m'ont affecté. Mais je pensais…

— À quoi, monsieur ?

— Tu as entendu parler de la trahison de Ryze ?

Le brigadier Barat se raidit.

— Un camouflet pour les Ailes d'Adom. Je suis heureux que vous n'ayez rien, ajouta-t-il.

— Merci, fit Tamas avec un sourire sans joie. Sais-tu pourquoi Ryze nous a trahis ?

— C'était un homme brisé. Vieux et friable.

Tamas feignit la surprise.

— Vraiment ? Je ne peux pas dire que nous étions amis, mais Ryze était un de mes contemporains. Il avait quelques années d'avance à l'université, puis à l'académie. Il aimait Adro de tout son cœur, et c'était un bon commandant et un bon père. Sa façon de diriger la campagne contre les royalistes a été magistrale.

— C'était la seule impression que j'avais de lui, monsieur. Je veux dire, je ne le connaissais que depuis un an environ. Je ne voulais pas paraître désobligeant.

— Pourquoi était-il « vieux et friable » ?

— Je ne sais pas. Il…

— Oui ?

— Eh bien, je ne veux pas déclencher des rumeurs, surtout sans connaître tous les faits, mais…

— C'est un peu tard pour ça. Ryze m'a livré à un Privilégié kez. C'est un traître et un criminel.

Barat sembla ébranlé. Il se lécha les lèvres.

— Eh bien, je crois qu'il ne m'aimait pas plus que ça. Il était jaloux de ma position auprès de Dame Winceslav. Il pensait que quelqu'un d'aussi jeune n'aurait pas dû devenir brigadier si vite.

— Vraiment ? fit Tamas, feignant une fois de plus de s'étonner. Je… Eh bien, ça me dépasse. Je sais que le brigadier Sabastenien s'est élevé plus vite que toi. Toutefois, lui n'a pas couché avec Dame Winceslav.

— Oui, mais… (Barat ouvrit de grands yeux.) Monsieur ! Sauf votre respect, je vous demande de retirer ce commentaire.

— Nous le savons tous les deux. En fait, à peu près tout le monde est au courant, que ce soit dans mon armée ou parmi les Ailes d'Adom.

Ce n'était pas vrai, mais Barat n'avait pas besoin de le savoir. Tamas entendit Sabastenien bouger derrière le rideau. Barat regarda dans sa direction. Le maréchal le rappela à son attention avec un petit toussotement.

— Je vous provoquerai en duel s'il le faut, monsieur. Pour protéger mon honneur et celui de Dame Winceslav.

— Provoquer en duel un poudremage ? Vraiment ?

Un petit sourire étira les traits du brigadier.

— Oui. Et je vous supplierai de choisir le pistolet, même si cela doit me condamner à mort. Afin de laver mon honneur.

Barat savait pour l'étoile d'or dans la jambe de Tamas, ou il ne parlerait pas de duel de façon si cavalière. Surtout avec de si grands mots. Il savait qu'on le surveillait.

— Où est le fils de Ryze ? demanda Tamas.

Le brigadier Barat parut décontenancé.

— Quoi ? Comment voulez-vous que je le sache ?

— Désolé, répondit Tamas. Mon esprit dérape. Je le sais déjà. On a repêché son corps dans le canal pas plus tard que cet après-midi. Il avait des poids aux chevilles. Il a été étranglé avec un garrot si brutalement que lorsqu'on l'a repêché, sa tête s'est détachée. Dommage, finir comme ça, lui qui n'avait que dix-huit ans et était si prometteur. Tu sais, c'est encore une chose que Ryze et moi avions en commun. Nous nous sommes tous les deux mariés plutôt tardivement et nous n'avons eu qu'un fils avant la mort de nos épouses.

Tamas pensa à Taniel et se demanda brièvement comment tournait la bataille du Pic du Sud. Et ce qu'il ferait si quelqu'un prenait son fils en otage. Il cligna des yeux pour éclaircir sa vision soudain brouillée et lutta pour ravaler sa colère. Pour ce qu'il avait à faire, il valait mieux avoir la tête froide.

— Une tragédie, commenta le brigadier Barat d'une voix sèche.

— Hier soir, à l'université d'Adopest, reprit Tamas, un témoin a vu un homme ressemblant à ta description entrer dans l'un des dortoirs. Un de ses camarades de classe a dit que le garçon était reparti avec ce même individu.

— Impossible, feula le brigadier Barat. Aucune enquête ne peut aller si vite… (Il s'arrêta là, flairant le piège.) J'espère que l'assassin sera arrêté et jugé. Mais ça n'excuse en rien ce qu'a fait son père.

— Les étrangleurs se servent souvent de cordes de piano. Ceux qui manquent d'expérience ont tendance à se couper les doigts. Puis-je voir tes mains ?

Barat les fourra dans son dos et eut un mouvement de recul.

Tamas inspira profondément avant de dire d'une voix forte mais calme :

— Son père m'a averti qu'il y avait un traître parmi les brigadiers. Il m'a dit que son fils avait été pris en otage et m'a supplié de le protéger. Lorsque le sorcier nous a rattrapés, il se souciait peu de préserver sa propre vie. Ryze n'était pas un traître, Barat, mais un patriote. Un héros. Et il m'a mis en garde contre toi.

— Qu'est-ce que vous racontez ? siffla le brigadier Barat. Vous êtes devenu fou.

— Parfois, je me dis que si c'était vrai, tout serait beaucoup plus simple. Qui est le traître au sein du conseil ? Tout ira mieux si tu me le révèles.

— Que la poix vous emporte, fit-il avec dérision. Vous n'avez pas la moindre preuve, vieil homme. Je n'ai pas le temps de jouer avec vous. (Il pivota sur ses talons et se dirigea vers la porte. Elle refusa de s'ouvrir.) Pourquoi est-elle fermée à clé ?

Barat jeta un coup d'œil nerveux au balcon. De là, Olem surveillait la scène, fusil en main.

Le brigadier se retourna vers Tamas.

— Non, mais pour qui vous prenez-vous ? Dame Winceslav ne l'acceptera jamais ! Que comptez-vous faire ? Me remettre à la justice ? Me traîner devant le tribunal ? La Dame me protègera. Je n'ai jamais connu la prison et vous ne réussirez qu'à vous discréditer. Des accusations non fondées de la part d'un vieillard aigri. (Son sourire s'agrandit.) Comme Ryze ! L'esprit farci de mensonges et d'illusions, un traître à son pays. Vous n'êtes même plus un poudremage.

Tamas renifla. Il passa sa main dans sa poche et en tira une balle. Il la leva et la fit rouler entre ses doigts. De l'autre, il tenait une cartouche de poudre.

— En es-tu sûr ? (Il secoua la tête.) Hélas, ce n'est pas à moi de m'occuper de ton cas, même si ça me plairait beaucoup. (Il baissa les mains et reprit d'une voix forte :) Il y a un pistolet sous le coussin du canapé. Il est chargé.

— Quoi ? s'écria Barat.

Il tira son épée et marcha vers Tamas.

Le brigadier Sabastenien jaillit de derrière le paravent et se saisit du pistolet. Il l'arma en tirant le chien. Sa main ne tremblait pas.

Le coup éveilla mille échos dans la pièce, donnant le vertige au maréchal. Il empoigna son bureau jusqu'à ce que le monde se stabilise, puis leva la tête alors qu'Olem rentrait dans la pièce.

Le brigadier Barat gisait sur le plancher, son sang et des morceaux de sa cervelle répandus sur le canapé et les rideaux. Son corps eut un dernier spasme avant de s'immobiliser. Le brigadier Sabastenien baissa le pistolet.

Son visage était blanc comme un linge. D'une main légèrement tremblante, il jeta l'arme et tituba jusqu'au canapé.

— Et moi qui croyais que Ryze était un traître, dit-il au bout d'un moment.

Sa voix était torturée, son visage contorsionné par la douleur morale.

— C'était un homme bon, remarqua Tamas.

— Son fils…

— Est mort. Olem, je veux qu'on retrouve le corps de Ryze. Comme un sort l'a frappé, il n'en restera pas grand-chose. Passe la Forêt du Roi au peigne fin s'il le faut. Je veux qu'il soit inhumé à côté de son fils et de sa femme. Avec tous les honneurs.

— Bien sûr, acquiesça doucement Olem.

— Que dois-je dire à la Dame ? demanda Sabastenien.

Il avait toujours l'air d'avoir croisé un spectre. Tamas vit alors le jeune homme qu'il était et eut pitié de lui.

— Tu l'as tué pour me défendre, répondit Tamas. Je ne te laisserai jamais passer en cour martiale.

— J'ai tué l'amant de Dame Winceslav, un autre brigadier, reprit Sabastenien d'une voix blanche. Quelle qu'en soit la raison, je vais être chassé des Ailes d'Adom, déshonoré. (Il reprit après un silence.) Puis-je me retirer ?

— Bien sûr. Mais sache que tu trouveras toujours une place dans mon armée.

Après le départ du jeune brigadier, Tamas dit à Olem :

— Envoie quelqu'un garder un œil sur lui.

Olem fronça les sourcils.

— Il a tout entendu. Il a fait ce qu'il fallait. Quelle importance s'il se fait renvoyer des Ailes d'Adom ? L'armée ne paie pas aussi bien, mais…

— Les Ailes ne sont pas qu'une bande de mercenaires, Olem. (Sa lassitude commençait à pointer sous la poudretranse, et la douleur à percer ses défenses.) Les Ailes sont un mode de vie. Une fraternité. Tuer l'un des leurs est le pire des crimes. Même en cas de trahison, ils règlent le problème entre eux. L'exécuteur reste inconnu, protégé, afin qu'il ne soit pas ostracisé par ses pairs. La carrière de Sabastenien au sein des Ailes est finie.

Olem se tourna vers lui en fronçant toujours les sourcils.

— Alors pourquoi… ?

Tamas soupira. Il prit une autre charge de poudre, rêvant de pouvoir la vider sur sa langue, et la remit dans la poche de sa chemise.

— Tu vas me trouver cruel, mais j'ai besoin de Sabastenien pour l'envoyer au front. S'il survit à cette guerre, il sera général avant la trentaine. (Il ignora le regard désapprobateur d'Olem.) Lorsqu'il sera renvoyé, je veux que quelqu'un se trouve à ses côtés pour lui proposer un poste de commandement.

Pris de vertige, Tamas se pencha sur sa chaise pour vomir par terre. Il s'essuya la bouche de sa manche et affronta le regard soucieux d'Olem.

— Maintenant, je vais prendre un peu de repos.

Olem alla chercher une femme de chambre. Tamas s'affala sur sa chaise, un goût de bile dans la bouche. Il s'était chargé du renard lâché dans le poulailler. Maintenant, il devait trouver le lion dans son troupeau.

* * *

Nila ne pouvait détourner les yeux des taches sur le canapé.

Elle se demanda si le maréchal Tamas avait abattu de ses mains l'homme dont le sang maculait le parquet du bureau ou si un de ses nervis l'avait fait pour lui. Elle savait que pour lui, tuer n'était pas une affaire. Elle l'avait vu abattre Bystre en pleine rue sans sourciller.

— Olem, je… (Le maréchal rétablit son équilibre en s'appuyant sur le paravent avant de voir Nila.) Excuse-moi. Je ne savais pas qu'ils avaient déjà envoyé quelqu'un faire le ménage.

Faire le ménage. Comme si des bouts de crâne et de cervelle n'étaient pas plus importants que les reliefs d'un dîner.

— Pardon, monsieur, dit-elle avec une révérence. On m'a juste ordonné d'aller prendre votre uniforme.

Olem entra par la grande porte, roulant une cigarette entre ses doigts. Il sourit à Nila avant de passer derrière le paravent.

— Ce fichu sang est partout, grogna le maréchal.

— Ça arrive, monsieur.

— Aïe. Putain de… Fais attention !

— Désolé, monsieur.

— Ma jambe, bordel !

— Nous sommes en présence d'une demoiselle, monsieur !

Les jurons du maréchal s'atténuèrent jusqu'à n'être plus qu'une série de grognements. Olem réapparut peu après avec l'uniforme fourré sous un bras pour le donner à Nila. Le sergent semblait différent du soir où les soldats adrans avaient investi le manoir d'Eldaminse. Maintenant, il y avait des poils blancs dans sa barbe et les rides au coin de ses yeux étaient plus marquées. Nila l'avait déjà croisé dans la Maison des Nobles, mais il ne l'avait pas reconnue.

— Tu crois que tu pourrais laver également les rideaux ? demanda Olem. Qui sait quand ils pourront envoyer quelqu'un pour s'occuper des meubles !

— Bien sûr, répondit Nila.

Le maréchal Tamas boitilla de derrière le paravent jusqu'à son bureau. Il portait une chemise blanche et un pantalon bleu de soldat. Nila se demanda à quoi ressemblerait ce visage lorsqu'elle l'aurait étranglé dans son sommeil.

Olem retira le rideau des fenêtres.

— Monsieur, dit-il, je l'aide à les descendre et je remonte tout de suite.

— Prends tout ton temps, déclara le maréchal avec un geste évasif. Charlemund m'a envoyé un décret clérical imbécile qui doit être prêt avant le dîner.

— Je peux m'en charger, dit Nila dans le couloir.

Olem fourra les rideaux sous son bras.

— Ça ne me gêne pas. De temps en temps, le maréchal demande à rester seul.

— Vous n'êtes pas son garde du corps ?

— Plutôt son homme à tout faire, dit-il sans la moindre amertume. À cet étage, nous avons triplé la garde. Si malgré ça, quelqu'un réussissait à passer, je ne pourrais pas faire grand-chose. Cigarette ?

Nila l'étudia du coin de l'œil alors qu'ils descendaient les escaliers.

— Merci, répondit-elle en acceptant celle qu'il lui proposait.

Il se mit aussitôt à en rouler une autre.

— Tu n'as pas l'air timide. Pourtant, on dit que tu ne parles pas beaucoup.

Le froid de la peur mordit l'estomac de Nila. Pourquoi le garde du corps de Tamas s'intéresserait-il à elle ?

— J'aime rester dans mon coin, c'est tout.

— C'est ce qu'on prétend. (Il garda le silence pendant un moment, puis :) Après ce soir-là, je ne pensais pas te revoir.

Le cœur de Nila bondit dans sa poitrine. Il se souvenait d'elle ? Elle ne voulait pas qu'on se souvienne d'elle. Elle ne voulait pas être reconnue. S'il savait qui elle était, peut-être avait-il compris que c'était elle qui avait fait sortir Jakob de la maison.

— Oh ? fit-elle lorsqu'elle eut retrouvé sa voix.

— Tu as l'air plus à ta place ici qu'à frotter des livrées chez ce seigneur. J'aime bien cette robe. Plus que ce que tu portais là-bas.

Nila tenta de se rappeler l'uniforme qu'elle revêtait chez le Duc Eldaminse. Impossible. Il fallait qu'elle détourne la conversation. Il pouvait se mettre à lui poser des questions.

— Vous aussi, vous portez une autre tenue, dit-elle.

Olem tripota la broche de capitaine épinglée à son revers.

— Le maréchal a dit que son garde du corps personnel ne pouvait avoir un grade inférieur à celui de capitaine. (Il haussa les épaules.) Mais je ne suis pas un grand officier. En fait, je ne les ai jamais portés dans mon cœur. Par contre, je ne crache pas sur la solde.

Olem retira sa cigarette, la fit passer dans son autre main, puis la remit dans sa bouche. Soudain, il s'arrêta net, l'obligeant à tourner la tête.

— Veux-tu voir une pièce de théâtre ce soir ? demanda-t-il.

Nila cilla. Une pièce de théâtre ? Donc, ce n'était pas en tant que garde du corps du maréchal Tamas qu'il s'intéressait à elle. Elle ne put retenir un sourire de soulagement, qu'Olem prit pour un assentiment.

— Le maréchal a insisté pour que je prenne ma soirée. Et y a-t-il meilleure compagnie que celle d'une jolie femme ?

— Ce serait un honneur.

Elle lui fit une petite révérence et ce qu'elle espérait être son meilleur sourire timide.

Ils avaient atteint les buanderies sous la Maison des Nobles. C'est là qu'Olem la laissa. Elle fouilla ses fournitures, cherchant un produit qui puisse faire partir le sang maculant l'uniforme et les rideaux. Tout en frottant les taches, elle se rappela qu'elle était ici pour tuer Tamas. Elle ne laisserait pas Olem l'arrêter ou la détourner de son but. Il avait l'air bon, mais servait un maître maléfique. Tamas devait mourir avant que d'autres taches de sang ne viennent souiller son uniforme. Il avait tué et tué encore, des hommes comme des femmes. Même des enfants innocents. Il fallait que quelqu'un l'empêche de nuire davantage.

Olem avait dit qu'il n'était pas le seul garde du maréchal. Si elle le tuait lorsqu'il n'était pas en service, nul ne rejetterait la responsabilité sur lui. Oui, ce serait pour le mieux. Elle se mit à frotter avec un surcroît d'entrain.

XXIX

Taniel entendit le martèlement régulier des sabots qui gravissaient la montagne. Il se pencha sur son fusil et prisa une ligne de poudre. Le cavalier était apparu au bas de la route au moment où le soleil avait décliné au-dessus des montagnes derrière lui, et depuis, Taniel n'avait cessé de le surveiller. L'inconnu venait de la base avancée kez. Il portait un drapeau blanc en signe de trêve.

Un messager.

— Va chercher Gavril, dit-il à Fesnik.

Le jeune Veilleur plissa les yeux sous la lumière du couchant et acquiesça avant de repartir vers la ville. Il avait été affecté à la garde du soir. Taniel avait choisi de lui tenir compagnie, ce qui lui donnait une excuse pour voir à l'œuvre les ingénieurs et les maçons qui réparaient le bastion.

Le tour de garde de Fesnik se terminerait lorsque le soleil aurait fini de se coucher et que ses derniers feux auraient été effacés du ciel. Alors Taniel rentrerait avec lui. Il avait hâte de passer une bonne nuit de sommeil. Si le destin était miséricordieux, ce messager annoncerait que les Kez allaient battre en retraite.

La montagne était silencieuse. Seuls quelques bruits épars provenaient de l'immense armée kez qui s'étendait en contrebas. Ce soir, ils ne préparaient pas de nouvel assaut. Depuis le début de cette semaine, ils n'avaient pas bougé. La bataille pour le bastion avait affaibli les deux côtés, et ils avaient consacré ces derniers jours à ramasser leurs morts, refaire leurs stocks de provision et de munitions, et prendre un peu de repos.

Tout ce calme rendait Taniel nerveux.

Il se retourna au son de pas claquant sur la pierre derrière lui. C'était Mozes, un mousquet sur l'épaule.

— Le tirage au sort m'a attribué la garde de nuit, dit-il.

— Je te la laisse, répondit Taniel en s'étirant.

Mozes était un homme réservé qui n'avait que peu d'appétence pour les longues conversations, mais faisait un bon compagnon de beuverie.

Ces derniers temps, ils s'étaient souvent retrouvés à la taverne du *Wendigo Hurlant*.

Taniel resta encore quelques minutes sur le mur du bastion. Assez pour regarder le cavalier s'approcher de la porte, qui s'ouvrit pour laisser passer un petit groupe qui s'approcha du nouveau venu. Gavril ouvrait la marche : sa silhouette colossale était facile à reconnaître. La conversation fut courte, après quoi le cavalier franchit à son tour la porte.

Taniel salua Mozes d'un hochement de tête et se dirigea vers Gavril.

Lorsque Taniel arriva à sa hauteur, le groupe était en pleine discussion courtoise. Toutes les têtes se tournèrent vers lui.

— Que raconte le maréchal Tine ? demanda Taniel.

— Il dit que les hostilités ont officiellement repris, répondit Gavril. As-tu vu les signes avant-coureurs d'un raid nocturne ?

Merde.

— Pas un seul mouvement de toute la journée.

— Les sapeurs ?

— Ils ne se sont pas montrés non plus.

Malgré la trêve d'une semaine, ils avaient continué de creuser. Taniel avait voulu descendre pour les débusquer, mais Gavril avait insisté pour qu'ils respectent le cessez-le-feu.

— Où est-ce qu'ils cherchent à aller ? gronda Gavril. Ils sont trop loin pour saper nos fondations et Bo dit qu'ils n'ont pas employé de sorcellerie.

— En parlant de Bo, tu l'as vu récemment ? demanda Taniel. Il a passé toute la semaine à regarder le fond d'une chope de bière et il fait peur à voir. En ce moment, je pense qu'il ne reconnaîtrait pas un sort d'une taupinière.

— Oh, arrête, fit une voix douce. Je ne vais pas si mal.

Taniel se retourna. Bo se tenait à quelque distance du groupe. Avait-il toujours été là ? Il le regarda en fronçant les sourcils. Le Privilégié portait une flasque et s'appuyait sur Katerine. La femme lui décocha un regard assassin.

— Tu devrais aller dormir plutôt que de boire, dit Taniel.

— Ils mijotent quelque chose, déclara Bo en désignant l'armée kez. Qui sait ce qu'ils nous préparent ?

— Que peut-on faire ? répondit Taniel. Ils sont bien protégés contre les tirs d'artillerie. On a bombardé les collines au-dessus de leur trou, mais on ignore si leurs tunnels se sont effondrés. On ne sait ni leur profondeur, ni où ils mènent. Ils peuvent chercher à saper les fondations du bastion ou à surgir au beau milieu de la ville. Poix, avec l'aide de sorciers, ils pourraient aussi bien passer sous la forteresse pour ressortir au cœur d'Adro.

— Voilà qui donne à réfléchir, acquiesça Bo. Mais tu dis qu'aujourd'hui, tu n'as pas vu la moindre activité de leur part ?

— Ils continuent de creuser. Pas de doutes là-dessus.

— Voilà pourquoi j'ai pris une décision, déclara Gavril. (Tous deux se tournèrent vers lui.) Je vais faire une sortie pour prendre la mine.

— Quand ? demanda Taniel en inspirant une prise de poudre.

— Demain. Si Bo daigne dessoûler.

— Oh, je suis sobre.

Il tituba. Et se serait écroulé si Katerine ne l'avait pas retenu. Gavril ne sembla rien remarquer.

— Néanmoins, je veux minimiser les risques. Leur armée est à des heures de là. Mais si Julène est proche, ou quelques Privilégiés de moindre pouvoir, Bo ne nous suffira pas. (Il jeta un coup d'œil à Taniel.) Cette sortie sera basée sur le… volontariat.

Taniel voulut renâcler, mais ses sinus lui faisaient trop mal. Cette semaine, il avait fait de son mieux pour ne pas prendre de poudre. Il avait échoué, mais au moins, son nez n'avait pas saigné depuis plusieurs jours.

— J'en suis, bien sûr.

— Merci, fit Gavril, l'air soulagé. Mais il n'y a pas que toi.

Taniel fronça les sourcils, puis comprit.

— Ka-poel.

Gavril acquiesça.

— Je ne sais pas… Elle est si jeune.

— C'est une sorcière, insista Gavril. Très puissante. J'en ai parlé avec Bo. Il s'intéresse à elle.

— Beaucoup.

Taniel leur jeta un regard noir. Gavril se tut un moment avant d'ajouter :

— Pas de *cette* façon-là.

— Bien sûr que non, renchérit Bo.

Taniel n'était toujours pas satisfait.

— Ka-poel est sous ma protection. (En réalité, c'était plutôt lui qui était sous la sienne. Ou du moins c'était ce que voulait lui faire croire Bo.) C'est vrai, elle m'a aidé à traquer des Privilégiés, elle a combattu une ou deux fois à mes côtés…

Il se souvint de la façon dont elle s'était interposée entre Julène et lui sur la montagne. Elle était plus forte qu'elle en avait l'air.

— Taniel, soupira Bo. À côté d'elle, la cabale kez ressemble à un jardin d'enfants. On aura besoin d'elle.

Le poudremage se rappela ce jour où elle avait tenu tête à Rozalia au musée de l'université d'Adopest. La Privilégiée redoutait de devoir l'affronter. Avait-elle senti quelque chose qui lui échappait ?

— Je doute qu'elle soit aussi puissante que ça, mais mettons que tu aies raison. Je ne veux pas la mettre en danger.

— Ça ne dépend pas de toi, remarqua Gavril.

— Ni de toi, rétorqua Taniel.

— Je lui ai déjà posé la question. Elle vient avec nous.

Taniel cligna des yeux.

— Non, tu as vraiment fait ça sans passer par moi ?

Gavril fit rouler sa langue dans sa bouche. Il croisa le regard du poudremage.

— Je suis au courant des risques qu'on prend en l'emmenant là en bas, mais, à ce stade, elle est un atout encore plus crucial que Bo. Avant de prendre ma décision, je voulais savoir si je pouvais compter sur elle.

Taniel le regarda d'un air furieux. Le colossal Veilleur l'ignora.

— Demain soir ? demanda Taniel.

— Demain soir, confirma Gavril.

Le poudremage mit ses mains dans ses poches et retourna seul vers la ville. Maintenant, les journées étaient chaudes, et les nuits encore plus alors que l'été s'emparait d'Adro. Toutefois, à une telle altitude, lorsque le soleil se couchait, le fond de l'air était toujours frais. Taniel resserra son manteau de daim autour de lui en écoutant les gémissements du vent alors qu'il se rapprochait du *Wendigo Hurlant*. C'était un bruit sinistre, presque spectral, qui lui donnait le frisson.

Il s'arrêta à mi-chemin de la rue. Les gémissements s'accrurent alors qu'il continuait son chemin, mais peu à peu, un autre son enfla jusqu'à les couvrir. Ce nouveau bruit évoquait le long cri d'une bête dans le lointain. Il était plus… organique. Taniel tressaillit et regarda autour de lui. Ce cri, si c'en était un, venait de plus haut dans la montagne. Par une nuit claire comme celle-ci, constellée d'étoiles, n'importe quel son portait loin. Il scruta le passage du nord-est, se frotta les yeux et regarda à nouveau. Il avait cru surprendre un mouvement.

Le hurlement retentit à nouveau, un bruit sauvage et obsédant. Taniel se souvenait avoir lu qu'il n'y avait pas de loups dans ces montagnes. Uniquement des lions des cavernes. Mais il ne connaissait pas de félin capable de pousser un cri pareil. Il avala sa salive et se força à détourner les yeux.

Il sursauta. Il avait surpris un autre mouvement du coin de l'œil – quelqu'un qui cherchait à s'approcher de lui discrètement. La silhouette se mit à courir. Taniel se lança à sa poursuite. Il tourna à l'angle pour se précipiter dans une ruelle et s'appuya à un mur pour reprendre son équilibre.

— Que la poix t'emporte ! (Il empoigna Ka-poel par l'avant de son long cache-poussière. Ses mains tremblaient.) Ne me fais pas des peurs comme ça.

Elle le toisa de ses grands yeux verts qui absorbaient la clarté lunaire. Il lâcha son manteau et lissa l'avant de sa veste.

— Bon sang, tu m'as fichu une de ces frousses ! Que fais-tu là, dehors ?

Ka-poel désigna ses propres yeux, puis lui.

— Tu me surveilles ? Mais pourquoi, au nom de Kresimir ?

Elle haussa les épaules.

Taniel lui donna une petite tape sur la nuque. Elle avait taillé ses cheveux encore plus court, presque au-dessus des oreilles. Il regagna la rue et s'assit sous un porche. Ka-poel allait partir lorsqu'il la rappela.

— Viens ici, dit-il d'une voix dépourvue d'agressivité.

Elle s'exécuta comme une petite fille à qui son père a promis le fouet, mais qui sait qu'un sourire innocent la tirera d'affaire.

— Pourquoi ne m'as-tu pas prévenu que Gavril t'avait demandé de participer à sa sortie ?

Ka-poel leva un sourcil et désigna sa gorge.

— Oui, je sais que tu ne peux pas parler. (Taniel leva les yeux en l'air.) Mais lorsque tu as quelque chose à me dire, tu es parfaitement capable de t'exprimer.

Ka-poel fit la moue.

— Ne joue pas les saintes-nitouches avec moi, reprit-il. Ça commence à me taper sur les nerfs. Je veux une réponse.

Elle s'enlaça de ses bras, puis désigna Taniel, qui secoua la tête. Elle frappa une main contre sa poitrine juste au-dessus du cœur et le désigna à nouveau. *Tu m'aimes ?* Non, ça ne pouvait pas être ça. Il secoua la tête. Ka-poel soupira. Elle mima une épée qu'on agite, puis leva l'autre bras.

— Un bouclier ?

Elle acquiesça, puis le désigna à nouveau.

— Me protéger ? Tu veux me protéger ? Pourquoi, bon sang ? Tu as, quoi, quinze ans ? Tu ne devrais pas chercher à me protéger. Tu as à peine passé l'âge de jouer à la poupée. Quoique… (Il se souvint de celle qu'elle avait à l'image de Julène.) Tu joues toujours avec des poupées. Dangereusement. Mais tu as tort.

Taniel se souvint de comment il était à quinze ans. Un garçon efflanqué et têtu comme une mule, aux cheveux noirs et raides, avec à peine l'ombre d'une barbe. Depuis, il s'était étoffé. Il avait grandi, pris des forces, et arborait déjà les cicatrices d'un soldat aguerri. Il se sentait vieux, et pourtant, il n'avait que vingt-deux ans.

Ka-poel lui tourna le dos.

— Hé, ne…

Elle croisa les bras.

Taniel se leva et se plaça derrière elle, qui agita rapidement les doigts.

— Quoi ?

Elle recommença. Taniel en resta bouche bée.

— Dix-neuf ? Oh. Tu as dix-neuf ans ? Et moi qui t'ai toujours prise pour une enfant ! Les Dynizes se marient dès leurs seize ans.

Elle secoua la tête, toujours sans le regarder, et se montra du doigt.

— Pas toi, hein ?

Elle acquiesça.

— Eh bien, par la poix, peu m'importe ton âge, je ne veux pas que tu me protèges.

Soudain, elle se retourna. Leurs visages étaient assez proches pour qu'il sente son haleine. Elle était agréable, comme du miel, et Taniel se demanda machinalement ce qu'elle avait mangé.

Dommage, mima-t-elle.

Taniel serra la mâchoire. Cette fille avait un don pour l'énerver !

— Pourquoi tu t'en fais tant pour moi ? demanda-t-il lentement.

Elle se rapprocha de lui au point que leurs lèvres se touchèrent presque. Il plongea dans ses yeux sombres. La clarté des étoiles s'y reflétait. Il sentit son cœur accélérer. Puis elle virevolta et partit en courant le long de la rue.

Taniel inspira profondément en la regardant partir.

— Qu'est-ce qui s'est passé ? demanda-t-il doucement.

Il se lécha les lèvres et se demanda quel goût pouvaient bien avoir celles de cette étrange fille. Une idée qu'il repoussa aussitôt. Elle était une simple servante, une sauvage sans la moindre éducation. Il fourra ses mains dans ses poches et repartit le long de la rue avec l'espoir de ne pas la trouver lorsqu'il retournerait à sa chambre au baraquement des officiers.

XXX

À une heure et demie du matin, les rues du district ouest des quais d'Adopest étaient tout sauf calmes. Des chants dérivaient des bars et des bordels, et plus d'un groupe d'ivrognes étaient allés continuer leurs libations sur le pavé, agitant leurs poings vers le ciel lourd de pluie, crachant des vers de mirliton à qui voulait les écouter.

Adamat se cacha dans un coin sombre, le col relevé, engoncé dans un manteau noir avec un chapeau melon pour se protéger de la pluie et dissimuler son visage. SouSmith se tenait dans un autre recoin, curieusement invisible dans une flaque de ténèbres qui aurait dû être deux fois trop petite pour sa masse. Adamat ouvrait l'œil et le bon, canne brandie, prêt à régler son compte à quiconque était assez sobre pour les remarquer.

Comparée au reste du quartier, la maison close de l'autre côté de la rue était plutôt silencieuse. Sa clientèle était plus riche et sa façade ressemblait plutôt à l'étal d'un boucher. On l'appelait *le Marché de Molly*, et la maison n'acceptait pas de nouveaux clients sans recommandation. À côté de la porte, un petit nombre d'hommes dotés de poings énormes et de cerveaux minuscules se blottissaient sous un auvent. Des gardes du corps et des videurs qui murmuraient entre eux en tentant de se réchauffer. Deux d'entre eux avaient remarqué Adamat et lui jetaient des regards noirs, mais ils n'étaient pas encore venus lui parler.

La porte de la maison close s'ouvrit, permettant d'apercevoir des meubles de luxe et des dentelles noires. Ricardo Tumblar s'arrêta dans l'entrée et donna quelques pièces à l'homme qui lui tenait la porte avant de s'éclipser sous la pluie.

Ricardo avait la démarche irrégulière d'un homme qui a déjà bien bu, mais qui connaît ses limites. Il toucha le rebord de son chapeau pour saluer les gardes du corps. Deux d'entre eux se détachèrent du groupe pour le suivre. Ricardo repoussa d'un geste celui qui lui proposait un parapluie.

Adamat attendit qu'il soit assez près pour sortir de l'ombre. Il amena son chapeau en arrière pour s'identifier dans la lumière faible des réverbères.

Les gardes du corps s'avancèrent, cherchant déjà leurs poignards, alors que les videurs restés sous l'auvent se redressaient. À proximité du *Marché de Molly*, les détrousseurs n'étaient pas les bienvenus.

— Rappelle tes hommes, dit Adamat. Je veux juste te parler.

Ricardo leva une main pour arrêter ses gardes et posa l'autre sur son cœur.

— Adamat, par Kresimir, tu m'as fait peur. Qu'y a-t-il ?

L'inspecteur inclina la tête et s'éloigna des gardes. Ricardo le suivit.

— Tu sais que tu peux passer me voir à mon bureau quand tu veux. Ma porte est toujours ouverte.

Ricardo mit sa main en visière pour se protéger de la pluie.

— Je suis venu t'avertir. En tant que vieil ami.

Le chef syndicaliste n'avait jamais apprécié les menaces, explicites ou sous-entendues. Adamat posa une main sur son épaule pour le rassurer.

— Certaines circonstances m'obligent à te soupçonner d'être le traître que recherche Tamas.

Ricardo serra les lèvres, mais garda le silence. C'était là que tout se jouait. S'il était effectivement le traître, il lâcherait ses nervis sur Adamat.

— Tu dois remettre de l'ordre chez toi. Des espions kez arrivent par l'Admer. Des Gardiens, aussi. Tamas n'est pas content. Je crois qu'il va garder ça pour plus tard, parce qu'il a désespérément besoin de tes bateaux pour transporter ses hommes aux Portes.

— Quel rapport avec moi ? répondit Ricardo.

Son ton était égal, mais non dépourvu de colère.

L'inspecteur lui poignarda la poitrine de son doigt pour souligner ses mots.

— Les quais sont ton territoire, mon ami. Tamas sait ce qui s'y passe et s'il se sent menacé, il fera tout fermer. Ton commerce avec Novi et Unice, tes usines et tes moulins.

Ricardo ouvrit de grands yeux.

— Il ne peut pas faire ça. Ça déchirerait le cœur même d'Adopest, et les syndicats se révolteraient.

— Il peut y être forcé, s'il croit que ses ennemis se cachent dans ce secteur.

Ricardo sembla réfléchir un moment, puis :

— Qui d'autre sait que tu es là ?

Le cœur d'Adamat bondit dans sa poitrine. Ses doigts se crispèrent sur sa canne. Avec un peu de chance, il pourrait abattre les trois hommes avant que SouSmith n'ait traversé la rue.

— Personne, répondit-il.

— Personne ne t'a envoyé ?

— Je suis venu de mon propre chef.

Ricardo le regarda un moment, étudiant soigneusement la situation, comme s'il cherchait où planter sa lame. Adamat se demanda s'il ne devait pas appeler SouSmith à la rescousse.

— Merci, finit par dire Ricardo. Si tu en es arrivé à ces conclusions par toi-même… Il va falloir que je fasse du ménage, en effet. Merci encore, mon ami.

Adamat le regarda s'enfoncer dans la nuit en prenant enfin le parapluie des mains de son garde du corps. Son pas était plus stable, plus rapide, comme si, maintenant, il avait une destination en tête. SouSmith s'approcha pour se tenir aux côtés d'Adamat.

— Il t'a écouté ?

— Je ne sais pas, répondit l'inspecteur. Il n'a pas fait mine de me tuer, c'est déjà ça. Mais il n'est pas bête. Il doit avoir vu clair dans mon jeu. Plus qu'à attendre sa réaction.

— Et maintenant ?

— J'ai d'autres suspects. Je dois toujours confronter l'Archidiocèle, le Propriétaire et le doyen Lektor.

SouSmith fronça les sourcils.

— Le Propriétaire ? Il est hors de portée.

— Je trouverai bien quelque chose, fit Adamat avec une confiance qu'il était loin de ressentir. J'en conclus que l'Archidiocèle est le prochain sur la liste.

SouSmith fit le signe de la Corde.

— J'aime pas ça.

Une des réflexions les plus pertinentes qu'Adamat ait jamais entendue.

— Il sait que je vais venir le trouver. On a rendez-vous avec lui demain matin.

* * *

Un jeune prêtre à l'air nerveux se tenait sur les marches menant à la demeure de l'Archidiocèle. Il regarda approcher la calèche d'Adamat. La demeure elle-même était une villa surdimensionnée, avec un seul étage, mais avec une base digne de celle du Palais d'Horizon. L'architecture était d'un style gurlan oriental avec des tours blanches s'élevant de chaque côté d'une façade de marbre. Il y avait des rideaux de satin et des fenêtres en forme de bulbes. Des vignes s'étendaient d'un côté de la longue allée pavée conduisant à la maison. De l'autre, des garçons d'écurie entraînaient des étalons sur un petit hippodrome.

Alors qu'Adamat descendait de la calèche et s'étirait les jambes, il repensa à ce qui se disait : l'Archidiocèle se consacrait davantage aux plaisirs de l'existence qu'à Kresimir. Finalement, n'était-ce pas ce qu'était devenue l'Église de nos jours ? Oh, bien sûr, il y avait encore de véritables prêtres, qui aimaient Kresimir et leurs frères humains, et faisaient de leur mieux pour instaurer la paix et la fraternité. Mais les gens comme Charlemund étaient bien plus courants. Leur passion pour l'or, les femmes et le pouvoir les consumait comme une fièvre maligne.

Le jeune prêtre s'approcha d'Adamat d'un pas traînant. Sa robe blanche descendait jusqu'à ses chevilles et il était chaussé de sandales. La tenue d'un moine pauvre, malgré l'opulence qui l'entourait.

— Je m'appelle Siemone, dit le prêtre.

Il joignit les mains et regarda ses pieds comme s'il était en prière.

— Tu sers l'Archidiocèle ?

— J'ai le plaisir de servir Kresimir, monsieur, répondit Siemone, en assistant son fidèle serviteur Charlemund, Archidiocèle d'Adro.

— J'ai rendez-vous avec l'Archidiocèle. Doit-on attendre à l'intérieur ?

Il désigna la porte de sa canne.

— Heu, non, monsieur. (Il se tordit les mains comme s'il faisait sa lessive.) Pour l'instant, la maison est pleine. La famille étendue de notre seigneur est venue célébrer les festivités de Saint Adom. Il y a des enfants partout, on peut à peine avancer.

Adamat regarda par une fenêtre. Il aperçut un homme très corpulent qui le regardait derrière la vitre – sans doute un des gardes du corps de l'Archidiocèle. Mais pas l'ombre d'un enfant, ni un seul bruit dénotant leur présence. Cela dit, la villa était immense. Charlemund pouvait y cacher une armée entière et tout le monde n'y verrait que du feu. Les rideaux étaient tirés.

— Je vois, dit-il.

Drôle de façon de traiter les invités, même si Adamat n'était pas le bienvenu.

Siemone s'éclaircit la gorge.

— De plus, l'Archidiocèle est très occupé. Il faudra aller le trouver à la chapelle. Avec l'orgie de ce matin, il est en retard pour la prière de l'après-midi.

Adamat pâlit.

— Pardon ? L'orgie du matin ?

— Oui. Maintenant, si vous voulez bien, l'Archidiocèle n'aime pas se sentir menacé. *Lui* doit rester ici.

Il désigna SouSmith, qui descendait justement de la calèche, les cheveux ébouriffés après un long somme.

— C'est mon associé, répondit Adamat. Il m'assiste dans mon enquête. Il ne menace en rien l'Archidiocèle.

Siemone évitait par tous les moyens de croiser le regard d'Adamat.

— Vous ne me comprenez pas, monsieur. Votre associé est grand et bien bâti, et, de toute évidence, un combattant aguerri, quelle que soit sa discipline. L'Archidiocèle ne veut pas que ses servantes soient distraites. Il… hum… n'aime pas la compétition. Son excellence est très sélective quant à ceux qui sont admis sur sa propriété.

Adamat cligna des yeux. *Il n'aime pas la compétition*… ? Il secoua la tête.

— En ce cas, il vaut mieux que tu restes dans la calèche, dit-il à SouSmith.

Le boxeur grogna et remonta à l'intérieur sans un mot.

— Vous dites que votre maître est en retard ? reprit Adamat.

Les coins de la bouche de Siemone tressautèrent.

— Oui, à cause de l'orgie. Bien, veuillez me suivre. Nous pourrons le voir juste après la prière, avant la course prévue pour cet après-midi.

Siemone leva la main. Une petite voiture attelée tirée par un seul cheval blanc sortit des vignes, où elle avait été dissimulée, et s'arrêta à côté d'eux.

Adamat ne put détourner son regard de la conductrice. Elle était jeune, seize ans peut-être, avec de longs cheveux dorés lui descendant jusqu'à la taille. Elle portait un simple uniforme de cocher, une blouse, un chemisier et des gants pour tenir les rênes – mais ils étaient confectionnés dans une soie transparente, et elle ne portait rien dessous. La fille lui fit un sourire poli.

— Monsieur ? Je vous en prie.

Adamat détourna son regard et monta à l'arrière de la voiture. Comme il n'y avait qu'une seule place, il se tourna vers Siemone. Avant qu'il ait pu lui demander où il comptait s'installer, la voiture se mit en mouvement. Le prêtre la suivit en courant.

Adamat empoigna son chapeau qu'un vent vif menaçait de lui arracher. Ils avançaient rapidement le long d'un chemin traversant la vigne, passant devant de nombreux travailleurs. Malgré leur allure et la longue robe de Siemone, le prêtre n'avait aucun mal à rester à leur hauteur. Adamat remarqua qu'il gardait les yeux baissés, et il comprit vite pourquoi.

Alors qu'ils passaient devant des travailleurs élaguant les vignes ou s'occupant des pelouses, l'inspecteur constata que tous portaient des tuniques basiques, mais comme celle de la conductrice, elles étaient faites de soie. Il y avait des garçons et des filles, tous jeunes et beaux.

Comment un endroit tel que celui-ci pouvait-il exister ? Adamat croyait connaître les pires maisons de passe de tout Adopest, mais là… Ces garçons et ces filles auraient été à leur place dans le bordel d'un millionnaire, où chacun aurait pu rapporter jusqu'à mille kranas la nuit. Et pourtant, ils travaillaient la terre dans cette tenue, dans la villa d'un Archidiocèle.

— Tu m'as l'air bien… déplacé en ces lieux, Siemone. (Adamat réalisa trop tard comment ce commentaire pouvait être interprété et fit la grimace.) Bien que tu sois beau garçon, s'empressa-t-il d'ajouter.

Un sourire voleta sur les lèvres du moine, mais il ne leva pas les yeux.

— Je vois ce que vous voulez dire, monsieur. Telle est ma pénitence. Si je sers l'Archidiocèle pendant encore un an, ma demande de licence de mariage sera acceptée. (Un pli soucieux traversa son front.) Si elle veut toujours de moi, bien sûr.

L'Église Kresim permettait aux prêtres de bas niveau de prendre une épouse, même s'il leur était nécessaire de rester célibataires s'ils voulaient s'élever dans la hiérarchie cléricale. Même ceux qui étaient déjà mariés devaient souvent faire pénitence.

Charlemund était bien cruel d'exiger une chose pareille d'un prêtre.

— Dis-moi, la villa a-t-elle toujours été comme ça ? J'ai entendu parler d'une propriété magnifique, avec des vignes et des étables. J'ignorais qu'elle était si… unique.

Bien sûr, il avait entendu les rumeurs. Comme tout le monde. Mais il n'y avait jamais cru. Peut-être une des dépendances transformée en bordel, ou quelques jolies femmes au service de Charlemund, qui lui obéissaient au doigt et à l'œil. Mais là… C'était au-delà de la débauche.

— En effet, monsieur, répondit Siemone, ce n'est pas récent. L'Archidiocèle a instauré son propre règlement. Ses visiteurs peuvent choisir qui ils désirent – sauf moi – pour en user à leur bon plaisir. Oh, cela vaut également pour vous, monsieur, vous qui êtes son invité.

Adamat se sentit rougir.

— Oh, non. Non. (Il étira ce mot, gêné, et termina par un petit rire nerveux.) Je suis un vieil homme heureux en mariage. Ça ira, merci bien.

— Un autre règlement, continua Siemone, stipule que quiconque parle des… serviteurs de l'Archidiocèle n'est plus jamais invité.

— Comment peut-il le savoir ?

— Oh, il sait tout, croyez-moi. L'Archidiocèle a des yeux et des oreilles partout.

Adamat ne put s'empêcher d'avoir un sourire rusé.

— En ce cas, je vois pourquoi il les encourage à garder le silence. Tous les invités de l'Archidiocèle profitent-ils de son hospitalité ?

— Non. Pas tous. Mais ceux qui s'abstiennent ne sont généralement pas du genre à raconter ce qu'ils ont vu.

Ou ils ont honte, comprit Adamat. Si tout le monde gardait le silence, c'était parce que personne ne souhaitait être associé aux actes sordides qui pouvaient se perpétrer dans cette villa. C'était pour la même raison qu'un gentilhomme ne parlait pas des maisons de passe qu'il fréquentait.

Il retira son chapeau pour se gratter la tête, puis dit d'une voix neutre :

— Donc, en gros, tu travailles dans le plus grand bordel de tout Adro… Poix, de tous les Neuf… pour qu'un jour, tu puisses épouser ta bien-aimée tout en restant un homme de la Corde ?

Siemone eut un petit rire nerveux.

— Les voies de Kresimir sont impénétrables, monsieur.

Adamat se sentit vaguement nauséeux.

— Je pense que cela relève plus du sens de l'humour assez particulier de l'Archidiocèle que de la volonté divine.

La voiture sortit des vignes et traversa un petit champ pour s'arrêter devant une chapelle. Celle-ci était simple, bâtie en petites briques de pierre de chaux, pas plus grande qu'une maison de taille moyenne. Elle n'avait qu'un étage, avec un toit incliné et un balcon juste au-dessus de la porte principale. Une corde tressée de fils d'or était accrochée à ce même balcon. Au grand soulagement d'Adamat, il n'y avait pas un seul « serviteur » de l'Archidiocèle en vue.

L'inspecteur descendit de l'attelage et regarda le fiacre contourner la chapelle avant de se diriger vers la porte. Au moment où il tendait la main, Siemone lui toucha l'épaule.

— Je vous en prie, monsieur, la prière se terminera dans un instant.

Adamat eut un soupir.

— Ai-je failli tomber sur une orgie ?

Il crut que Siemone allait éclater de rire, mais il se contenta de secouer la tête.

— Non, c'est réservé au service de l'après-midi. Veuillez attendre un court instant.

Malgré les objections du prêtre, Adamat entrouvrit la porte. À l'intérieur de la chapelle, il vit plusieurs rangées de bancs aux coussins de velours. Les murs de plâtre étaient à moitié couverts de tapisseries luxueuses or et rouge représentant des montagnes fumantes et Kresimir descendant sur sa Corde jusqu'au sommet du Pic du Sud. Ceux qui assistaient au sermon n'étaient pas bien nombreux, bien qu'il y ait de la place pour trente personnes.

L'Archidiocèle se tenait à l'avant, les bras levés, le visage incliné pour regarder en l'air. Sa voix dérivait sous la voûte du bâtiment.

— Ô grand Seigneur Kresimir, protège-nous de la vilenie et de l'injustice, délivre-nous du mal, afin que nous puissions rejoindre ton troupeau…

Adamat laissa la porte se refermer doucement. Accompagné de Siemone, il alla s'adosser au mur de briques.

— Cet endroit fait… désert, remarqua-t-il.

— Que voulez-vous dire ?

— L'Archidiocèle est quelqu'un d'important. Je m'attendais à ce qu'il ait plus de visiteurs. Des messagers, des clercs, tout ça.

— Oh. Rares sont ceux qui sont admis au domaine. Son Éminence reçoit ses invités dans la villa. Elle bourdonne d'activité.

— Et en quoi suis-je supérieur aux autres ?

— Eh bien, vous avez un blanc-seing du maréchal.

C'était toujours ça.

— Depuis combien de temps es-tu au service de l'Archidiocèle ? demanda Adamat.

— Deux ans, sept mois.

Siemone ne le regardait toujours pas en face, mais il commençait à comprendre pourquoi. Le jeune prêtre cherchait à rester aussi pur que possible en prévision de son mariage – ce qui était respectable, même si ça l'obligeait à ne pas croiser beaucoup de regards. S'il souhaitait éviter toute cette luxure qui s'étalait autour de lui, il valait mieux qu'il fixe ses pieds.

— Tu ne sors pas beaucoup, hein ?

— Parfois, je vais à Adopest. En mission pour Son Éminence.

Ben voyons.

— Pourquoi ne pas t'en aller pour de bon ? Tu n'as pas besoin de faire pénitence pour obtenir une licence de mariage ?

— Je suis un homme de la Corde, monsieur. Si je m'en vais maintenant, je renoncerai à mon titre. (Il caressa une petite corde brodée sur sa robe au-dessus de la poitrine.) Et à mes chances de pouvoir me marier.

— Ainsi, elle veut épouser un prêtre ?

— De nombreux prêtres sont mariés.

— Je n'ai jamais entendu parler d'une pénitence si longue. Est-ce qu'en général, elles ne durent pas… six mois ?

Siemone prit un air misérable.

— Ma promise est la nièce de l'Archidiocèle, monsieur.

Adamat lui jeta le regard le plus compatissant qu'il puisse former.

— Pauvre bougre.

— Le service est fini, monsieur.

Alors même que Siemone prononçait ces mots, la porte s'ouvrit. De l'autre côté de la chapelle, un certain nombre de calèches s'annoncèrent et vinrent attendre leurs clients. Plusieurs hommes et femmes sortirent du bâtiment, tous vêtus de soies, de cuir et de mousselines luxueuses. Adamat reconnut quelques-uns des convives qui montaient dans les attelages : généralement de riches marchands. À sa grande surprise, il aperçut Mme Lourent, qui avait récemment fait appel à ses services. Elle était d'une famille opulente, et il était étonné de voir qu'elle avait survécu à la grande purge entreprise par Tamas. Elle passa devant lui sans faire mine de le reconnaître.

Adamat s'imagina Ricardo dans une de ces calèches. Il aurait parfaitement été à sa place dans un endroit pareil, bien qu'il ne consacrerait pas beaucoup de temps à la prière. Les attelages trottaient le long du champ, mais pas vers l'allée. Ils se dirigeaient vers l'arrière de la maison, prêts à profiter du divertissement lubrique que Charlemund leur réservait certainement. Adamat secoua la tête, stupéfait.

Lorsque tout le monde fut parti, l'Archidiocèle sortit à son tour et marcha lentement vers Adamat.

— Bonjour, lui dit l'enquêteur.

Charlemund ignora son salut. Siemone s'empressa d'aller fermer les portes de la chapelle, puis se retourna pour prendre la traîne de la robe de cérémonie de l'Archidiocèle.

— Siemone, dit l'ecclésiastique, Dame Jarvor s'est endormie pendant la prière. C'est la troisième fois. Faites-la interdire d'entrée.

— Oui, Votre Éminence.

— Et qui est-ce là ?

— L'inspecteur Adamat, Votre Éminence.

L'Archidiocèle posa ses poings sur ses hanches pour toiser Adamat.

— Un des chiens de chasse de Tamas. Bon. Que fais-tu là ?

À son tour, Adamat scruta l'ecclésiastique. Avec une tête de plus que lui, Charlemund était imposant. Avant de se vouer à la Corde, il avait été le plus grand champion d'escrime d'Adro. Il se déplaçait toujours avec une certaine grâce, à longues enjambées, ses bras démesurés lui donnant un avantage sur la plupart de ses adversaires. Adamat se souvenait encore du jour où il était devenu prêtre, puis avait été intronisé Archidiocèle d'Adro le lendemain. Cette promotion avait scandalisé et on en fit des gorges chaudes pendant des années, mais les autorités ecclésiastiques n'étaient pas revenues sur leur décision. Charlemund avait des relations haut placées.

L'Archidiocèle avait deux bleus sur le visage qu'il avait couverts de son mieux à l'aide de poudre blanche.

— Votre Éminence, reprit Adamat en s'inclinant. J'espère que vous allez bien après votre chute de l'autre jour. J'étais là quand c'est arrivé. Terrible.

Charlemund renâcla d'un air hautain.

— Finissons-en. Que fais-tu chez moi ?

Adamat remarqua qu'il était fort irritable. Il ressentit une nouvelle pointe de pitié pour Siemone.

— Je suis venu vous parler de la tentative d'assassinat du maréchal Tamas il y a un mois.

— Ça ? Ce n'est toujours pas résolu ? Bah. La course va bientôt commencer, alors si tu as des questions à poser, fais vite.

Adamat se mordit la langue. Archidiocèle ou pas, il y avait un minimum de courtoisie à respecter. D'une voix douce, il dit :

— Votre Excellence, j'enquête sur un acte de trahison, je ne vous demande pas qui est votre catin préférée. Maintenant, si vous voulez bien, j'ai quelques questions à vous poser.

Siemone se tenait derrière l'Archidiocèle, sa traîne en mains. Les yeux du pauvre bougre semblaient prêts à jaillir de leurs orbites. Il fixait le vide en secouant violemment la tête.

L'Archidiocèle toisa à nouveau Adamat.

— Vous êtes peut-être l'homme le plus puissant du conseil de Tamas, reprit Adamat, peut-être même plus que le maréchal lui-même. Toute l'Église Kresim vous soutient, une institution à côté de laquelle les mercenaires de Dame Winceslav, le syndicat de Ricardo Tumblar et les entreprises criminelles du Propriétaire ne sont rien, car en termes de taille, de force et de richesse, elle les surclasse tous. Ce qui me donne à penser que si vous vouliez la mort de Tamas, il y a longtemps qu'il ne serait plus des nôtres. La seule chose qui m'empêche de rayer définitivement votre nom de cette liste, c'est que je n'ai pas pu découvrir pourquoi vous avez soutenu ce coup d'État. Vous n'avez pas plus de mobiles de vouloir supprimer Tamas que de l'assister… Mais je peux encore découvrir ce qui vous motive.

— Qu'est-ce qui te donne le droit de m'interroger ? demanda froidement l'Archidiocèle.

Adamat tira le mot de Tamas de sa poche et le tendit à l'ecclésiastique. Siemone s'avança et le prit en marmonnant des excuses. Il s'éclaircit la gorge et lut à voix haute.

L'Archidiocèle rejeta la tête en arrière et hurla de rire.

— Coopérer ? Répondre à tes questions ? Peu me chaut si Tamas me soupçonne ! Que peut-il faire ? Il a besoin de moi pour gagner cette guerre et pour tenir l'Église à l'écart.

Adamat reprit le mot des mains de Siemone, le replia et le remit dans sa poche.

— Je pourrais cracher sur Tamas, continua l'Archidiocèle, et il me supplierait encore. Tu crois que j'en ai quelque chose à fiche de cette enquête ? (Il secoua la tête.) Non, certainement pas. Mais tu as raison sur un point : si je voulais la mort de Tamas, il serait déjà dans une fosse commune. Un jour ou l'autre, il devra répondre de ses actes, mais ce sera devant une puissance supérieure. Je n'ai pas à m'en mêler.

Une puissance supérieure ? Adamat se retint de s'esclaffer. Charlemund n'était pas exactement un homme d'église modèle. Il inspira profondément et s'appuya sur sa canne pour regarder l'Archidiocèle droit dans les yeux. Il savait que son entêtement lui coûterait cher, mais il n'en avait cure.

— Pourquoi avez-vous soutenu Tamas ? énonça-t-il. Quel intérêt y trouvez-vous ?

L'Archidiocèle soutint son regard. Il considérait Adamat comme s'il n'était rien qu'une souris qui refusait de quitter le garde-manger, mais qui était trop pathétique pour qu'il l'écrase du pied.

— L'Église a jugé nécessaire que Manhouch soit déposé. La monarchie d'Adro avait perdu tout contact avec le peuple.

Adamat ravala un commentaire à propos d'hommes soi-disant de foi transformant leur propre demeure en maison de passe.

— L'Église soutient-elle toujours Tamas ?

— C'est une question que Tamas pourrait me poser, mais pas son chien de garde. Si tu veux vraiment faire progresser ton enquête, tu devrais aller trouver Ricardo Tumblar, ou peut-être le préfet Ondraus. Ce sont des hommes peu dignes de confiance, qui ne devraient pas faire partie du conseil.

— Pourquoi ? demanda doucement Adamat.

— Ils n'œuvrent pas pour le bien d'Adro. Ricardo est un blasphémateur et son syndicat impie le protège de la justice. Il reçoit des pots-de-vin à droite et à gauche…

— Excusez-moi, mais comment le savez-vous ?

Charlemund ne s'y attendait pas. Ses lèvres se retroussèrent en un rictus.

— Ne m'interromps pas.

— Pardon.

— Il a accepté des pots-de-vin des Kez, de criminels et de bandes des rues. Il est corrompu, maléfique et indigne de l'amour de Kresimir lui-même.

— Comment savez-vous tout ça ?

— L'Église a ses sources. Ne me pose plus de questions sur ce sujet.

— Et Ondraus ?

— Il a tenté de lever des taxes sur l'Église. Son âme est en grand danger. Il ne cesse de me défier à la moindre occasion, moi, un homme de Kresimir. Il ne paye pas la dîme et refuse de montrer ses registres aux comptables de l'Église. Même le roi ne faisait pas preuve d'une telle impudence ! Épluche ses comptes et je suis sûr que tu y trouveras largement de quoi le faire inculper pour trahison. (L'Archidiocèle consulta sa montre.) Je vais être en retard pour la course. Va-t'en ou je vais perdre patience.

Avant qu'Adamat ait pu ajouter quoi que ce soit, l'Archidiocèle était déjà parti, braillant pour qu'on lui amène une calèche.

L'inspecteur le regarda s'éloigner. Ce qu'il lui avait dit à propos d'Ondraus ne semblait pas tenir debout. Charlemund n'aimait pas le préfet, c'était tout. Par contre, c'était la troisième fois qu'Adamat entendait dire que Ricardo était corrompu. Voilà qui ne lui disait rien qui vaille.

— Je vais aller jeter un coup d'œil aux dépendances, dit-il à Siemone.

Le prêtre hocha sèchement la tête.

— Je suis désolé, mais ce n'est pas possible, répondit-il en se tordant les mains.

— J'ai une enquête en cours et rien ne pourra m'empêcher de la mener. Je ne dérangerai pas la famille de l'Archidiocèle.

Siemone s'humecta les lèvres.

— Ce n'est pas ça, monsieur, je… Son Éminence tient à ce qu'on respecte sa vie privée. Je suis désolé, mais il faut que vous vous en alliez.

Adamat voulut discuter, mais n'obtint même pas un tour du domaine. Lorsqu'il devint évident que tout ce qu'on attendait de lui, c'était qu'il s'en aille sur le champ, Adamat refusa la calèche que lui proposait Siemone et regagna son fiacre à pied. Il y monta, uniquement mû par le désir de sortir de cette maudite villa, et secoua SouSmith pour le réveiller.

— Ça te dirait d'aller jeter un coup d'œil à la propriété de l'Archidiocèle une fois la nuit tombée ? demanda-t-il.

Le boxeur ouvrit de grands yeux.

— C'est le meilleur moyen de finir dans un costard en sapin.

— En effet. (Adamat tapota sur la fenêtre du fiacre alors qu'ils s'éloignaient de la villa.) Et pourtant… on a encore du travail.

XXXI

Tamas se réveilla en sursaut. Ses vêtements étaient trempés de sueur, son corps si brûlant qu'il avait du mal à respirer. Il pouvait voir le soleil briller derrière une des fenêtres : il était plus de dix heures du matin.

— Monsieur, lui dit Olem.

Son garde du corps se dressait devant lui, un bol de porridge dans une main, le journal dans l'autre. Apparemment, il avait pris un peu de repos. Ses yeux semblaient plus vifs et les rides sillonnant son visage s'étaient atténuées. Il posa le plateau de petit déjeuner et aida Tamas à s'asseoir.

— Offert par Mihali, dit-il en mettant le bol sur la table de nuit.

Tamas secoua la tête pour chasser les dernières bribes de sommeil. Il se sentait lent, l'esprit embrumé. Cinq jours s'étaient écoulés depuis son opération et la mort de Barat. Sa jambe lui faisait toujours de plus en plus mal. Au moindre mouvement, elle se mettait à palpiter d'une douleur lancinante.

— Voulez-vous aller lire sur le balcon ? proposa Olem. Le docteur Petrik a dit que l'air frais vous ferait le plus grand bien.

Tamas regarda le beau soleil qui brillait de l'autre côté de la vitre. Puis sa jambe. Souffrir le martyre ou rester enfermé toute la journée ?

— Bien.

Olem l'aida à se lever, lui tendit sa béquille et ils se dirigèrent lentement vers le balcon. Olem retourna chercher une chaise pendant que Tamas boitait jusqu'à la rambarde.

— Que de bruit aujourd'hui ! murmura-t-il.

Il jeta un coup d'œil en contrebas. Il y avait pas mal de monde dans le square. En fait, il était même quasiment plein. Depuis les élections, il n'avait jamais vu une foule pareille.

— Olem ! cria-t-il, sursautant en s'apercevant que le garde du corps était juste à côté de lui.

— Monsieur ?

L'interpellé arborait un petit sourire fat, une cigarette au coin de la bouche, une chaise en mains. Tamas n'aimait pas ça du tout.

— Qu'est-ce qui se passe ? dit-il en désignant la populace massée sous ses fenêtres.

Olem tendit le cou.

— Ah, oui. C'est un coup de Mihali.

Le square était rempli de dizaines, non, de centaines de tables entourées de chaises. Toutes étaient occupées et d'innombrables badauds se tenaient debout, attendant leur tour qu'une place se libère. Ils formaient une ligne impressionnante : des hommes, des femmes et des enfants s'y mêlaient. Elle s'étendait le long de l'avenue des Martyrs pour disparaître à l'angle de la rue. Tamas se pencha, ignorant la douleur, pour voir où elle s'arrêtait.

Juste en dessous de lui, de grandes tables rectangulaires (qu'il reconnaissait : elles venaient tout droit de la Maison des Nobles) s'étendaient sur toute la longueur du bâtiment. Elles étaient couvertes de nourriture. Des montagnes de pains. Des marmites de soupe. De la viande cuisant sur des rôtissoires. En plus grand nombre que pour le festin d'un roi.

Tamas se tourna vers Olem.

— Arrête de sourire comme un idiot et aide-moi à descendre l'escalier.

Cela prit un certain temps, mais avec l'aide du garde du corps, Tamas réussit à boitiller jusqu'à la porte de la Maison des Nobles. Une fois arrivé, il s'arrêta un instant. Du haut du balcon, la foule semblait impressionnante, et, d'en bas, elle paraissait plus immense encore. Il resta planté là, stupéfait.

— Excusez-moi, monsieur.

Tamas céda le passage à un escadron de soldats portant une autre table. Suivirent des clercs munis de chaises et une cuisinière avec une marmite de soupe presque trop grande pour elle. Où que se porte son regard, des gens ripaillaient, attendaient leur tour ou servaient des plats. Il vit des comptables, des soldats, des citadins, même des marins et des dockers. Comme si tout le monde s'était improvisé serveur.

— Je présume que c'est toi qui est responsable de ce cirque ? fit une voix familière derrière lui.

Ondraus. Tamas se retourna pour voir que le préfet était furieux. Ses lunettes étaient perchées sur son nez, et il serrait un vieux registre contre sa poitrine. Ses lèvres étaient retroussées, son front luisant de sueur, son visage écarlate à force de crier.

— Personne ne veut se remettre au travail ! piailla-t-il. Ils disent tous que Mihali leur a demandé un coup de main et ils m'ignorent !

Tamas ne savait que dire. Il fouilla la foule du regard, cherchant la silhouette replète du chef.

— D'où vient toute cette nourriture ? continuait Ondraus. Qui paie la note ? (Il leva son registre et le claqua d'une main.) Il n'y a ni comptes ni reçus. Pas un krana de dépensé, et pourtant ! Je n'y comprends rien. Tu dis qu'il a un Don pour la cuisine, mais c'est ridicule ! Rien n'est gratuit, Tamas. Il y a forcément un coût !

Le maréchal laissa dériver son esprit, ignorant la voix du préfet qui fut vite noyée par des milliers de conversations. Il scruta le peuple amassé. Des marchands étaient assis aux côtés de filles de cuisine, des nobles de basse extraction partageaient l'assiette de marins et de gosses des rues. Tamas tituba. Une main ferme l'empoigna pour l'aider à reprendre son équilibre. Il se tourna vers Olem.

— Je… ne comprends pas…

De l'autre côté de la place, les portes de Sablecroc étaient grandes ouvertes. Des wagons-prisons joignirent la ligne des chariots à pain en cours de chargement, prêts à être envoyés aux quatre coins d'Adro. Tamas entrevit le bleu des uniformes des soldats dirigeant les chariots.

— Qui leur a donné la permission ? demanda Tamas en désignant la tour prison.

— Je m'excuse, fit une voix puissante, mais c'est vous-même.

Mihali apparut aux côtés de Tamas, semblant surgir de nulle part, les mains fourrées dans la poche de son tablier. Il souriait jusqu'aux oreilles.

— Moi ?

— Oui, répondit Mihali. (Il ajouta d'un ton penaud :) Du moins c'est ce que je leur ai dit. Mais ne vous inquiétez pas, ils regagneront leur poste dès qu'on aura besoin d'eux. J'ai mis une poudremage à la tête des chariots à pain. Vlora, je crois qu'elle s'appelle.

— Où est Dame Winceslav ? demanda Tamas. Elle est censée diriger le festival.

— Monsieur, répondit Olem, elle s'est calfeutrée chez elle. Mihali a pris sa place.

Tamas n'avait rien à ajouter. Il regarda autour de lui et dit au chef :

— Qu'est-ce que tu as fait ?

Son sourire s'élargit encore davantage. Tamas crut voir briller des larmes au coin de ses yeux.

— Je vous suis… reconnaissant. Reconnaissant d'avoir tout arrangé avec l'Archidiocèle. De m'avoir enfin accueilli comme l'un des vôtres. Ainsi, en signe de gratitude, j'ai écouté le cœur de la ville. J'ai découvert ce qui manque à Adro, maréchal.

— Quoi donc ?

— Le peuple a faim. (Il leva les mains et les étendit pour englober toute la cité.) Il a besoin de se remplir l'estomac. Tous ont besoin de pain et de vin, de soupe et de viande. Mais pas seulement. Ils ont aussi soif de convivialité.

Il désigna un noble mineur, un vicomte de quelque chose en tenue de dentelle, versant du vin du festival de Saint Adom dans les gobelets d'une demi-douzaine de gosses des rues.

— Ils ont besoin de compagnie, reprit Mihali. D'amour et de fraternité.

Il se tourna vers Tamas et tendit une main pour plaquer sa paume sur la joue du maréchal. La première intention de Tamas fut de se reculer. Il constata qu'il en était incapable.

— Vous les avez abreuvés du sang de la noblesse, reprit le chef d'une voix douce. Ils ont bu, mais ne sont pas rassasiés. Ils se sont gavés de haine, mais leur faim n'a fait que croître. (Il inspira profondément.) Vos intentions étaient… pas vraiment pures, mais justes. Or la justice ne suffit pas. (Il lâcha Tamas et se tourna vers le square, puis gonfla la poitrine en étirant les bras.) Je vais nourrir tout Adro. Voilà ce qu'il lui faut.

Mihali arrêta au passage une de ses marmitonnes qui portait une corbeille de pains vers les chariots.

— Ça ne suffit pas, dit-il. Prends de la viande, de la soupe et des gâteaux. Sers les pauvres sur des plats d'argent. Pour les marchands, sors les bols en bois. Il faut approvisionner tous les quartiers de la ville. Et assurer la protection des chariots.

— Comment ? réussit à marmonner Tamas.

— Je suis la résurrection d'Adom. Adro doit être unifiée. Mon peuple ira au combat le ventre plein.

— Adom, railla Tamas, bien qu'il ne pût donner la force souhaitée à ce nom.

Un homme en tablier d'ouvrier s'approcha de Mihali.

— Monsieur, dit-il doucement. (Le chef se retourna.) Ricardo Tumblar nous envoie. Il nous a dit de nous mettre à votre service, quoi que vous puissiez nous demander.

— « Nous » ? répéta Mihali.

L'ouvrier fit un geste. Derrière lui, d'autres hommes étaient alignés entre les tables et la file de ceux qui attendaient leur place, leurs tabliers constellés de brûlures, maculés de suie, de farine et de sang. L'ouvrier sourit.

— Il a fait fermer les usines, monsieur. Mais on touche tout de même notre paye, du moment qu'on vient vous aider.

— Les Nobles Guerriers du Travail, hein ?

— Tous jusqu'au dernier, monsieur, acquiesça l'homme.

Mihali ouvrit de grands yeux.

— Excellent ! Venez, allons voir là où vous pourrez vous rendre utiles.

Et Mihali s'en alla, balançant des ordres de ci, donnant des conseils de là. Tamas le regarda partir.

— Un homme remarquable. Fou ou pas.

* * *

Nila n'aimait pas la cuisine de Mihali.

Elle sapait petit à petit sa résolution. Chaque jour qui passait, elle sentait décroître la haine qui brûlait en elle. Chaque jour, elle prêtait un peu moins attention aux habitudes du maréchal Tamas et au moyen de mettre fin à sa campagne sanguinaire. Elle n'aurait pu dire comment, mais c'étaient ses petits plats qui étaient responsables, elle en était sûre.

Elle chercha à se procurer du pain venant du quartier des Mitrons. Mais il était loin d'être aussi bon et, de plus, Mihali tenait un immense buffet gratuit sur la Place des Élections.

Nila ne pouvait plus attendre. C'était pour ce soir. Il le fallait. Olem était de garde, mais elle ne pouvait rien y faire. Elle l'aimait bien, vraiment. Ces derniers jours, il l'avait traitée avec douceur, une gentillesse telle qu'elle n'en avait jamais connue lorsqu'elle travaillait chez le Duc Eldaminse. Mais il fallait arrêter Tamas.

Lorsque tout le monde fut couché, elle commença par la lessive des officiers les moins gradés. Elle suivit sa routine habituelle, frotter, laver, sécher et repasser, avant de remettre les tenues dans les chambres de leurs propriétaires respectifs. Elle attendit le dernier moment pour passer à celles de Tamas. Comme toujours. Elle s'en occupait avec une attention toute particulière.

Le couloir menant au bureau du maréchal était gardé par quatre hommes. Maintenant, ils la reconnaissaient tous. Elle pouvait même appeler certains d'entre eux par leurs noms. Depuis qu'Olem avait commencé à la courtiser, plus personne ne la reluquait ou ne se permettait un mot déplacé. Ils la laissaient passer sans faire le moindre commentaire. Mais ce soir, elle s'inquiéta de voir qu'Olem n'était pas parmi eux. S'il se trouvait à l'intérieur ?

Les appartements du maréchal étaient plongés dans l'obscurité, à l'exception d'un peu de clarté lunaire filtrant par la fenêtre. Elle s'orienta en tâtonnant, faisant appel à sa mémoire. Constatant avec satisfaction qu'Olem n'était pas là, elle s'approcha du maréchal. Celui-ci ronflait doucement, allongé sur son lit de camp. Nila tira la dague qu'elle avait dissimulée dans sa manche et s'arrêta.

Le front et les joues du maréchal Tamas étaient luisants de sueur. Il marmonna quelque chose et remua faiblement.

Elle leva sa lame.

— Erika ! fit Tamas en un soubresaut.

Nila se figea. L'homme se retourna sur sa couche, toujours profondément endormi. Elle inspira profondément plusieurs fois pour ne pas trembler.

— Nila, chuchota une voix.

Elle ferma les yeux. La porte du bureau s'entrouvrit.

— Nila, répéta la voix.

C'était celle d'Olem.

Elle remit la dague dans sa manche et prit l'uniforme posé sur le dossier de la chaise, puis sortit de la pièce. Autant voir ce qu'Olem lui voulait avant de s'en débarrasser. Alors elle aurait à nouveau sa chance.

Il l'attendait dans le couloir. Les autres gardes firent semblant de ne rien remarquer alors qu'il lui prenait les mains et l'embrassait sur la joue. Ses lèvres étaient chaudes.

— J'avais peur de t'avoir ratée, dit-il en marchant à ses côtés.

— Non, répondit-elle, se forçant à sourire.

Il passa son bras sous le sien.

— Tant mieux. Je n'ai pas beaucoup de temps libre. Vu mon Don, le maréchal me fait faire un maximum d'heures supplémentaires.

— Bien sûr. Tu devrais garder un peu de temps pour toi-même.

— J'aimerais. Mais uniquement si je peux le passer avec toi.

Voilà qui ne lui disait rien qui vaille.

— Tu en es sûr ?

— Sûr de quoi ?

— De vouloir être avec moi. (Elle s'arrêta et retira son bras.) Pourquoi viens-tu me voir *moi*, Olem ? Je ne suis pas un bon parti. Je n'ai pas de famille, pas de relations, et tu n'as pas cherché à t'imposer par la force. Je ne te comprends pas.

Olem plissa le coin de sa bouche.

— Lorsque le bon moment viendra, je n'aurai pas besoin de te forcer la main.

Elle lui donna un coup sur l'épaule, se sentant rougir. Il éclata de rire.

— Viens, j'ai quelque chose à te montrer. (Il la prit à nouveau par le bras et l'entraîna sur le côté.) Tu sais, je me suis demandé ce que tu étais devenue après avoir disparu de la demeure d'Eldaminse.

— Vraiment ?

— Surtout, je cherchais à savoir comment retrouver le fils du duc.

Nila trébucha. Elle serait tombée si Olem ne tenait pas son bras. Son cœur se mit à marteler sa poitrine.

— Puis je t'ai vue sur les barricades, continua Olem. Je n'ai pas pu arriver jusqu'à toi. Je n'allais pas abandonner le maréchal en plein chaos, mais j'ai demandé à mes hommes de ne pas te faire de mal en allant récupérer le garçon.

Nila se mit à trembler de tous ses membres. Olem savait. Il avait toujours su qu'elle était royaliste. Pourquoi avait-il attendu si longtemps avant de la confondre ? Pourquoi était-elle là, à ses côtés, au lieu d'avoir déjà la tête sur le billot ?

Au bout d'un vestibule, Olem s'arrêta devant un soldat posté devant une entrée. Celui-ci le salua et il fit de même en portant deux doigts à son front. Le soldat leur ouvrit la porte.

Nous y voilà, pensa Nila. Il allait la mettre aux arrêts. L'emprisonner en attendant la prochaine fournée vouée à la guillotine. Est-ce qu'ils l'enverraient tout droit à Sablecroc ? Elle avait toujours sa dague. Elle pouvait chercher à frapper Olem… mais il devait être prêt à parer le coup. Mieux valait attendre qu'il s'en aille et qu'un autre garde prenne sa place.

La pièce était plongée dans l'obscurité, à l'exception d'une seule lanterne posée sur une table près de la fenêtre. Ce décor ne ressemblait pas à une cellule. Il y avait un bureau, un lit, un canapé. Près du lit, une vieille femme en tenue de servante sommeillait sur une chaise.

— Entre, dit doucement Olem.

Elle obéit. Il alla prendre la lanterne. À côté, sur la table, il y avait quelque chose de posé. Un jouet de bois en forme de cheval. Nila alla s'agenouiller près du lit. Une petite silhouette y était allongée, blottie sous ses couvertures, profondément endormie.

Jakob avait l'air en meilleure santé. On lui avait coupé et teint les cheveux. Ses joues étaient un peu mieux remplies et, maintenant, il y avait des rides de sourire au coin de ses lèvres.

— Tamas n'est pas le monstre sans cœur qu'on croit, dit Olem. Jamais il n'assassinerait un enfant innocent. Le jour des Élections, il n'a envoyé à la guillotine personne de moins de dix-sept ans. C'est lui qui a fait circuler les rumeurs voulant que les enfants des Privilégiés avaient été étranglés, afin d'expliquer leur disparition.

Du bout des doigts, Nila effleura le front de Jakob.

— Qu'est-ce qui leur est arrivé ? Que va-t-il lui arriver à *lui* ?

— Ils ont été envoyés au loin. Pour certains, à Novi ou à Rosvel. Pour d'autres, à la campagne.

— Je pourrai lui parler lorsqu'il sera réveillé ?

— Non. Il ne doit voir personne qui lui rappellerait son ancienne vie. En grandissant, il doit croire qu'il est comme les autres. Il ira vivre dans une ferme, où il mènera une existence certes dure, mais qui n'aura rien de complexe ni de dangereux. Un jour, peut-être, il épousera une lavandière. Mais jamais, jamais il ne sera roi.

Nila resta agenouillée quelques minutes au chevet du garçon avant qu'Olem ne l'entraîne. Il remit la lampe à sa place et le garde referma la porte de la nurserie derrière eux. Nila serra l'uniforme de Tamas contre sa poitrine.

Olem resta là, les mains croisées dans le dos, l'air sévère.

— Tu dois nous détester, nous qui avons détruit ton monde. Mais Tamas... et nous tous... l'avons fait pour qu'un jour, le peuple puisse avoir de meilleures conditions de vie. Que nous ne soyons plus esclaves.

— J'étais heureuse comme ça. Enfin, je crois.

— C'était la meilleure forme de servage. Mais du servage néanmoins. (Il resta quelques instants silencieux avant de reprendre :) Si tu veux quitter le service du maréchal et être transférée ailleurs, je comprendrai. Ce doit être dur, sachant ce qu'il a fait à ceux qui t'employaient. Mais Tamas sera furieux. Il dit que tu es la première à amidonner correctement ses cols depuis son retour de Gurla.

— Et toi ?

Olem alluma une cigarette et poussa un grand soupir.

— Tu n'aimes pas que quelqu'un puisse connaître ton secret. Le maréchal a pardonné aux royalistes, mais l'armée se défie toujours d'eux. Je n'en parlerai à personne. Et je te laisserai en paix.

Nila scruta son visage, cherchant la moindre trace de duplicité. En vain. Elle n'avait qu'à lui demander et il ne lui adresserait plus jamais la parole. Il fit rouler sa cigarette le long de ses lèvres, inspira longuement, puis la retira en détournant les yeux, lui laissant le temps de réfléchir.

— Tu es sûr de ne pas avoir été gentilhomme dans une autre vie ? demanda-t-elle.

— Certain, répondit-il en lui tournant le dos.

Son visage restait figé dans une expression de gravité qui ne lui était pas habituelle.

Nila chercha à se persuader que cela ne changeait rien. Que Tamas était toujours un monstre, un danger pour Adro, et qu'il le resterait tant qu'il serait en vie. Mais Olem venait de lui révéler sa part d'humanité. Qu'il était capable de compassion. Nila ne pouvait regarder un autre humain dans les yeux et prendre sa vie si elle savait qu'il n'était pas complètement corrompu.

Et elle détestait Olem pour ça.

Elle mit ses mains dans son dos pour qu'il ne puisse voir qu'elle tremblait.

— Je préférerais qu'on ne se parle plus.

Olem se raidit. Il baissa les yeux et perdit son air sévère, rien qu'un instant, le temps qu'elle puisse déceler sa tristesse, avant qu'il ne se redresse.

— C'est noté, m'dame.

Nila le regarda s'en aller en chassant une larme du revers de sa main. Elle se devait d'être cruelle. Pour accomplir son devoir. Pleurer pouvait attendre. Elle avait encore des lessives à faire avant que la maison ne se réveille.

XXXII

Plongé dans ses pensées, Taniel s'approcha de la porte du bastion. Il se demandait comment se passait le festival de Saint Adom à Adro. Ce matin-là, ils avaient reçu une livraison de provisions : des barils de bière, du porc salé, du bœuf premier choix. Le tout de bien meilleure qualité que l'ordinaire des Montagnards.

Mozes était déjà devant la porte, armé jusqu'aux dents, bardé de couteaux, de pistolets et de fusils. Une des femmes de Bo l'accompagnait. Rina, la maîtresse-chien des Veilleurs, se tenait face au duo, accroupie au milieu de ses bêtes. En voyant Taniel, ces dernières émirent un gémissement. Il s'assit un peu plus loin et les examina à la lueur des torches.

C'étaient trois énormes molosses aux poils longs. Ils portaient des colliers noirs à pointes et de simples harnais de cuir accrochés à des laisses permettaient de les retenir. Plus gros que des loups, ils auraient pu entraîner leur dresseuse comme un fétu de paille.

— Pourquoi as-tu amené ces chiens ? demanda-t-il.

Rina ne daigna pas lever les yeux.

— Pour fouiller le tunnel, répondit-elle d'une voix douce, agréable. J'ai dressé ces trois-là dans les mines. Ils sont capables de courir plus d'une centaine de pieds pour écharper un Privilégié. Et les tirs de mousquets ne leur font ni chaud ni froid.

Elle gratta une des bêtes entre les oreilles. Le molosse inclina son énorme tête, la langue pendante.

— Comment s'appellent-ils ?

— Kresim. Lourad. Et voilà Gael.

Taniel tendit la main vers Kresim. Le chien le renifla, puis se détourna.

— Ils ne sont pas dressés pour être affectueux, dit-elle.

— Pourtant, ils t'aiment bien.

— Je suis leur maîtresse.

— Je vois.

Taniel se leva. Bo venait d'arriver en compagnie de Katerine, qui les toisa tous d'un air désapprobateur. Le Privilégié vint s'accroupir à côté de Rina et passa une main autour de sa taille. Lourad eut un grondement sourd.

Bo eut un mouvement de recul.

— Tsssst, lui siffla Rina, et le chien se coucha, s'aplatissant sur le sol.

— Maudits molosses, dit le Privilégié à Taniel. Ils me rendent nerveux.

— Leur maîtresse est aussi la tienne, répondit Taniel. *Moi,* ça me rend nerveux. Après tout ce que tu as bu, ça m'étonne que tu tiennes encore debout.

Bo désigna Katerine.

— Elle a un don pour me dessoûler.

— Rien de bien agréable, j'imagine.

Bo fit la grimace.

Un peu plus tard, Ka-poel émergea de l'obscurité. Elle avait mis ses peaux de daim. Taniel ne l'avait pas vue ainsi habillée depuis Fatrasta. En général, elle préférait son long cache-poussière et son chapeau à large bord. Les peaux moulaient ses formes comme pour lui rappeler qu'elle était une femme et non une gamine. Ce qu'il n'avait encore jamais remarqué. Il s'aperçut que ses doigts tremblaient et il inspira une prise à même la boîte, ce qui les stabilisa quelque peu. Il inspira profondément, résistant à l'envie de reprendre une deuxième dose. Il n'y cèderait pas, du moins pas tant qu'il pourrait s'en passer.

Fesnik s'annonça derrière Ka-poel, menant deux ânes chargés de barils de poudre. Gavril arriva juste derrière lui. Tous se rassemblèrent autour du Commandant de Veille.

— On en a bien assez pour faire sauter leurs galeries, dit Gavril. On peut te faire confiance pour les faire détoner lorsqu'on sera à bonne distance ?

— Avec une telle quantité, remarqua Taniel, il faudra qu'on soit bigrement loin.

Vlora, elle, aurait pu le faire. Elle avait toujours été capable de faire exploser des charges à des distances plus importantes que n'importe quel mage qu'il ait jamais connu. C'était là son unique talent, mais elle savait s'en servir.

— En ce cas, trancha Gavril, mieux vaut utiliser une mèche. Ce sera vite fait. Que personne ne fasse de bruit tant qu'on n'aura pas exploré les galeries. Y compris tes chiens, Rina. Dieu sait quel genre de pièges ils ont pu installer et combien de soldats ou d'ouvriers sont là en bas. Lorsqu'on aura installé les barils, on allumera la mèche et on filera le plus vite possible. S'il le faut, on abandonnera les ânes.

— Qu'ont-ils fait pour mériter ça ? demanda Fesnik.

Gavril leva les yeux en l'air.

— Tout le monde est prêt ?

Chacun acquiesça. Ils sortirent en silence par la grande porte.

En dessous d'eux, le flanc de montagne était plongé dans l'obscurité jusqu'à Mopenhague, où était toujours cantonnée l'armée kez. Ils cheminèrent dans le noir, marchant assez lentement pour laisser leurs yeux s'accoutumer à l'obscurité. Une prise de poudre noire fit pétiller le cerveau de Taniel et affina ses sens. Pour lui, les ténèbres n'avaient pas de secrets. Et il en était heureux : il se rappelait encore les hurlements de l'autre soir et l'impression qu'il avait eue que des créatures maléfiques rôdaient dans les montagnes.

Taniel prit de l'avance, Ka-poel restant vingt pas en arrière. Ils progressaient rapidement maintenant, à l'affût d'éventuels soldats kez. Le poudremage atteignit les ruines de la première redoute. On l'avait prise et reprise bon nombre de fois, puis on l'avait ignorée pour finalement la détruire par un pilonnage d'artillerie et de sorcellerie. Il s'attendait à ce qu'elle soit gardée, mais lorsqu'il grimpa sur le monticule de gravats, il ne vit personne.

Il examina avec soin chaque redoute. À la place des Kez, il aurait laissé un petit escadron auprès de chacune d'elles afin de pouvoir donner l'alarme en cas de contre-attaque, aussi improbable soit-elle. Dans la quatrième redoute, il trouva un cadavre, la tête arrachée par un boulet de canon, ses chairs putréfiées enveloppées des haillons d'un uniforme kez. Un soldat oublié par ceux qui, la semaine dernière, avaient passé la pente au peigne fin pour ramasser les cadavres.

Toujours pas le moindre garde.

Les travaux de sape commençaient non loin de la dernière redoute. Taniel examina les lieux, cherchant le plus petit signe de la présence ennemie. Pas de lumière, pas un signe de vie. Lorsqu'il posa l'oreille sur le sol, il ne put entendre le cliquetis des pelles et des pioches. Taniel fronça les sourcils. Il y avait quelque chose de bizarre. Il envoya Ka-poel dire aux autres qu'ils pouvaient venir. Toujours pas l'ombre d'un mouvement. Tout en bas, le camp kez scintillait de mille feux. Taniel entendit le bruit de bottes sur les rochers alors que les autres le rejoignaient.

Ils se retrouvèrent sur la route, juste au-dessus de l'entrée, lorsque derrière eux, un des ânes émit un braiment. Taniel sentit son cœur bondir. Il s'accroupit, la crosse de son fusil reposant sur son pied afin qu'il puisse viser le flanc de la montagne. Il attendit de voir la tête d'un soldat apparaître, ou d'entendre des cris ou un clairon sonnant l'alarme.

Quelques minutes s'écoulèrent. Il regarda Bo et Gavril. Le visage de ce dernier était impénétrable. Bo avait l'air irrité.

Taniel ouvrit son troisième œil. Il ressentit un vertige qui se dissipa très vite, lui permettant de se concentrer sur ce qui l'entourait. Un résidu crayeux laissé par la sorcellerie constellait la montagne de taches, comme des éclaboussures de chaux sous une clôture fraîchement repeinte. Mais ce n'était que de la vieille magie et elle avait, depuis bien longtemps, commencé à se dissiper. Il se tourna vers le tunnel.

Ce qu'il vit n'était pas vieux et ne se dissipait nullement. Deux traits de couleur traversaient la terre, l'un sous ses pieds, l'autre montant vers la montagne. Taniel ferma son troisième œil et descendit vers le tunnel, Ka-poel sur ses talons.

— Quoi… ? Taniel ! chuchota Gavril.

Le poudremage l'ignora. Il continua jusqu'à l'ouverture du tunnel et se laissa tomber dedans. Au-dessus de lui, Ka-poel fit claquer sa langue. Il chercha d'éventuels ennemis avant de lui faire signe de le suivre. Lorsqu'elle sauta à son tour, il l'attrapa dans ses bras puis la remit sur ses pieds.

Devant lui, il y avait deux grands trous creusés dans la montagne. Les ténèbres étaient trop profondes, même pour les sens d'un Marqué, mais il se doutait de ce qu'il verrait. Deux tunnels, de sept à huit pieds de hauteur, entièrement forés par sorcellerie, comme par une gigantesque perceuse. Il les scruta de ses sens afin de déterminer leur destination.

Au bout d'une minute, Bo et Gavril les rejoignirent.

— Il n'y a personne, déclara Gavril éberlué.

— Merci de le signaler, rétorqua Bo.

— La ferme, lui dit Taniel.

— Où sont les sapeurs ? insista Gavril. Et les Privilégiés ?

Taniel leva un doigt.

— Tout là-haut.

— Tu veux dire qu'ils ont fini ?

— Oui.

— Et ils sont ressortis…

— Au-dessus de la forteresse des Montagnards. Sur la crête. La nuit dernière, j'y ai aperçu quelque chose. J'ai cru à un jeu de lumière et je l'ai vite oublié. Maintenant, je pense que je n'avais pas la berlue.

Gavril leva les yeux vers la chaîne de montagnes.

— Pour forer aussi loin, il faut une sorcellerie particulièrement…

— C'est un coup de Julène, coupa Bo. Et probablement la moitié de la cabale kez avec elle.

— Alors pourquoi n'ont-ils pas attaqué ? insista Gavril. Le col du nord-est est à peine gardé. La plupart du temps, il n'y a même pas de Veilleurs sur ce mur. Ils auraient pu prendre un millier d'hommes pour frapper depuis cette position élevée, et on n'aurait rien pu y faire.

— Elle se moque de la forteresse, dit Bo. Ce qui l'intéresse c'est de parvenir au sommet de la montagne.

— Ça ne tient pas debout, reprit Taniel. Elle aurait pu détruire Docouronne avant de continuer vers la montagne. À moins que…

— À moins qu'elle n'ait pas une seconde à perdre, finit Bo. (Il resta un moment à fixer le Pic du Sud à peine visible dans l'obscurité.) Toutes sortes de récits courent sur la cabale, certains aussi vieux que Kresimir lui-même. Ils disent que les Privilégiés les plus puissants peuvent user de l'aura des autres planètes, de la lune, des étoiles et du soleil pour renforcer leur magie. Julène attend le solstice d'été.

Soudain, Taniel se sentit nauséeux. Il inspira à grand mal. Une petite prise de poudre lui fit du bien.

— Mais, reprit-il, même si elle est pressée, pourquoi n'a-t-elle pas parlé des tunnels au maréchal Tine ? Comment peut-elle lui cacher leur existence ?

— Je pense qu'il se passe plus de choses qu'on ne le croit au campement kez, répondit Bo. Il est sûr que Julène se sert de la cabale royale. Mais peut-être pas de Tine.

Gavril se gratta le menton.

— Comment peut-elle lui dissimuler quelque chose d'aussi énorme ? Et si elle ne lui a pas parlé des tunnels, pourquoi en avoir creusé deux ?

— Elle a agi en douce et les Kez n'y ont vu que du feu, répondit Taniel. Pour moi, c'est un plan de rechange. Si elle n'arrive pas à invoquer Kresimir, elle veut toujours être capable de prendre Docouronne.

Ils restèrent quelques instants silencieux, à fixer l'entrée des galeries.

— Peut-elle vraiment invoquer Kresimir ? finit par demander Gavril.

— Elle peut toujours essayer, répondit Bo. Quant à ses chances de réussir… Tout dépend du nombre de Privilégiés qu'elle aura à ses côtés.

— Je n'ai pas l'intention d'attendre pour voir ce qui va se passer, affirma Taniel en se retournant pour se diriger vers la forteresse.

— Où vas-tu ?

— Si je veux la pourchasser jusqu'en haut de cette fichue montagne, il me faudra des provisions.

Bo le rattrapa plus vite qu'il ne l'aurait cru.

— C'est du suicide, dit-il. Elle doit avoir une trentaine de Privilégiés avec elle, peut-être plus, sans compter les Gardiens et les soldats. Une fois qu'elle t'aura repéré… (Il claqua des doigts.) Rideau.

— En ce cas, je ferai en sorte de passer inaperçu.

Ils rejoignirent les autres et leur expliquèrent la situation.

— Je vais partir aux trousses de Julène, conclut Taniel.

— Tu veux dire, la seule sorcière assez puissante pour invoquer un dieu ? dit Fesnik.

Katerine croisa les bras et dévisagea Taniel d'un air qui signifiait clairement qu'elle le prenait pour un fou furieux.

— Et maintenant, je présume que tu vas nous dire que tu vas y aller seul, parce que c'est trop dangereux pour nous autres ?

Taniel eut un rire qui ressemblait à un aboiement.

— Poix, non. Si vous voulez venir, vous êtes les bienvenus. Je ne veux pas crever seul sur cette putain de montagne froide comme la mort.

Bo faillit s'étrangler.

— Je suis partant.

— Dans tes rêves, rétorqua Katerine.

— Fiche-moi la paix, femme. Il faut arrêter Julène.

— Laisse faire le Marqué.

— Je vous accompagne. (La voix paisible de Rina fit presque sursauter Taniel. Elle était là, les laisses de ses chiens en main, légèrement en retrait.) Où qu'il aille, je suivrai toujours Bo.

— Tu ne… commença Katerine.

— Fiche-moi la paix, j'ai dit ! rétorqua le Privilégié.

Gavril semblait déchiré entre deux obligations.

— Je devrais… commença-t-il, mais il ne finit pas sa phrase.

Taniel comprit qu'il mourait d'envie de les accompagner, mais que la forteresse des Montagnards était sous sa responsabilité. Si le maréchal Tine lançait un nouvel assaut, il se devait d'être présent pour rassembler les défenseurs.

— Tu as des responsabilités qui te retiennent ici, déclara Taniel. (Il eut une pensée.) À ton avis, les moines novis la laisseront-ils passer ?

— Je n'en sais rien, répondit Bo. Mais s'ils s'y opposent, Julène risque de raser le monastère.

— Merde, cracha Gavril, ces moines sont des gens bien. (Il se tourna vers Mozes et Fesnik.) Posez les charges.

Ils passèrent devant ce qui restait des redoutes avant d'allumer les mèches. Taniel regarda l'étincelle dévaler la pente. Elle ne tarda pas à atteindre les tunnels. Lorsque les charges explosèrent dans un fracas apocalyptique, toute la montagne trembla et Taniel sentit la terre glisser sous ses pieds. La dernière redoute encore debout s'effondra dans ce qui restait du tunnel. C'est alors que des lumières s'allumèrent dans le camp kez, et un brouhaha s'en éleva.

Ils retournèrent à la forteresse. Taniel et les autres rassemblèrent leurs armes et convinrent de se retrouver à la porte nord-est une demi-heure plus tard. Le groupe était plus nombreux que Taniel ne l'aurait voulu : Bo, Rina et ses chiens, Fesnik, Mozes et huit autres Veilleurs – des hommes burinés qu'il avait déjà vus à l'action sur les remparts.

— On ne devrait pas être si nombreux, dit-il à Gavril.

Le colosse se tenait près de la porte, visiblement tourmenté par son envie de les accompagner.

— Tu vas avoir besoin d'une bonne puissance de feu, dit-il. En cas d'affrontement, étalez-vous un maximum sur les collines. Si ça devait tourner au vinaigre, envoie quelqu'un nous prévenir que la poix va recouvrir Adro.

— Ce sera fait, acquiesça Taniel.

— Bonne chance.

Ils vinrent à bout des préparations. Taniel se rapprocha de Ka-poel. Elle avait passé son sac à dos à son épaule.

— Ai-je une chance de te convaincre de rester ?

La Dynize planta ses pieds dans le sol d'un air bravache.

— Je m'en doutais, soupira-t-il. Allons-y.

XXXIII

Adamat rentra chez lui après la tombée de la nuit. Un autre jour à poser des questions sans obtenir de réponses, à fouiner sans découvrir quoi que ce soit qui ait la moindre valeur. Un autre jour à se torturer en pensant à une famille qu'il était incapable de protéger et à un maître-chanteur contre lequel il ne pouvait pas se défendre. Il avait mal aux pieds et ses yeux se fermaient tout seuls. Les bourdonnements des festivités, l'enthousiasme pour un festival qui semblait avoir oublié et la guerre et le chaos, l'avaient rempli d'énergie. Mais un homme ne pouvait supporter qu'une certaine dose d'excitation avant qu'elle finisse par se dissiper. Il s'arrêta devant la porte de derrière pour examiner le verrou à la lumière de la lune. Il frotta de ses doigts la zone située juste au-dessus du trou de la serrure et perçut une bouffée odorante : de la clochedouce, une épice gurlan.

— Qu'est-ce que c'est ? demanda SouSmith derrière lui.

— Rien.

Adamat déverrouilla la porte. Ils avaient passé une bonne partie de leur soirée à fouiller les archives publiques à la recherche des plans architecturaux de la villa de Charlemund. Ils les avaient trouvés, mais les documents étaient vieux et, même après sa visite particulièrement brève, il savait que Charlemund avait fait des modifications d'importance à sa propriété. Il ne cessait de se demander s'il devait ou non essayer de s'y introduire en pleine nuit. S'il se faisait prendre, il devrait en subir les conséquences, mais il ne pouvait continuer son enquête sans avoir fouillé ce lupanar géant.

SouSmith alla tout droit à la chambre d'amis pour se changer. Adamat, lui, se rendit à son bureau sans allumer la lumière, tâtonnant dans cette vieille maison familière. L'odeur d'épice, toujours très faible, était plus forte dans son bureau. Il ouvrit le placard à liqueurs pour en tirer une bouteille d'eau-de-vie et remplit trois verres. Il en prit un et s'assit dans son fauteuil, grattant une allumette pour allumer sa pipe. Il inspira plusieurs bouffées pour s'assurer que le tabac avait pris et expira la fumée par le nez. Il appliqua l'allumette encore brûlante à la mèche de sa lampe à huile.

— La journée a été longue, déclara-t-il.

Il appuya son front sur le verre froid et, entre ses paupières presque closes, examina l'homme qui se tenait dans un coin.

La bouche entrouverte, celui-ci cligna des yeux devant le soudain afflux de lumière. Sa peau, d'une couleur presque fauve, trahissait ses origines gurlanes, tandis que son visage gras et son corps replet autour des hanches indiquaient qu'il avait été castré peu avant sa puberté. Il avait le crâne rasé et son visage était dépourvu de la moindre pilosité.

Adamat désigna un des verres posés sur le bureau.

— Un rafraîchissement ?

L'eunuque attendait là, dans le coin de la pièce, les mains croisées sous les longues manches de sa robe. Il s'avança lentement.

— Comment savais-tu que j'étais là ?

Sa voix était fine et aiguë comme celle d'un enfant.

— J'ai entendu parler de toi, répondit Adamat. L'assassin fantôme à la solde du Propriétaire. On dit que tu peux apparaître et disparaître sans laisser de traces. Ça fait très longtemps que je suis inspecteur. Même les meilleurs ne peuvent forcer une serrure sans laisser d'éraflures.

— Un certain nombre de gens te filent, déclara l'eunuque. Le maréchal Tamas, des agents du Seigneur Claremonte. Comment as-tu su que c'était moi ?

Sa curiosité n'était pas feinte.

Des agents du Seigneur Claremonte ? Adamat tenta de ne pas montrer sa surprise. C'était donc lui, le mystérieux employeur du Seigneur Vetas ?

— J'attends ta visite depuis le jour où Tamas m'a demandé de démasquer le traître au sein de son conseil. Tôt ou tard, ce moment devait arriver.

— Tu n'as pas répondu à ma question.

Adamat leva son verre, mais il ne donna aucune explication.

L'eunuque alla jusqu'au bureau. Il examina le verre d'eau-de-vie sans pour autant le boire. SouSmith, en robe de chambre, entra dans la pièce et s'arrêta net. Adamat le vit serrer les poings, mais ce fut sa seule réaction face à la présence de l'eunuque.

Celui-ci inclina sa tête chauve vers le boxeur.

— Bonjour, SouSmith. Ça fait un bout de temps qu'on ne t'a pas vu dans l'arène. On se demandait justement quand tu nous reviendrais.

SouSmith renifla, comme le ferait un ours qui a senti la présence d'un serpent.

— Quand le Propriétaire arrêtera de chercher à me tuer.

— Bois un coup, mon ami, lui dit Adamat.

SouSmith prit son verre et battit en retraite vers l'entrée, bloquant la seule issue. L'eunuque ne sembla pas s'en soucier.

— Je présume que tu es là pour parler de mon enquête ? reprit Adamat.

Le visage de l'eunuque se fit très sérieux.

— Mon maître m'a ordonné de répondre à tes questions, dans les limites du raisonnable, du moment que je peux te convaincre qu'il n'est pas le traître que tu recherches.

Adamat réfléchit un moment. Il savait déjà pourquoi le Propriétaire soutenait Tamas : dans les Accords, il était stipulé qu'une force de police kez serait instaurée, avec comme but de changer radicalement le monde de la pègre d'Adopest. Et, plus spécifiquement, de se débarrasser du Propriétaire. Son empire criminel était bien trop puissant pour le laisser vivre. Il avait beau cacher son identité, les Kez auraient mis Adopest sens dessus dessous jusqu'à ce qu'ils l'aient débusqué.

Maintenant que la menace que constituaient les Accords était passée, le Propriétaire aurait pu profiter d'une situation encore plus chaotique en éliminant Tamas. Néanmoins, le Propriétaire se retrouvait face au même problème que les autres membres du conseil. Si Tamas venait à mourir, les Kez étaient sûrs de gagner la guerre et ils imposeraient ces Accords, et plus encore.

— Pourquoi une telle franchise ? demanda Adamat.

— Mon maître n'a aucun intérêt à ce que tu viennes fourrer ton nez dans ses affaires. Parmi ses collègues, tu t'es fait une certaine réputation d'obstiné inébranlable. Cela dit, Tamas a bien fait comprendre que ton assassinat attirerait l'attention de la plus déplaisante des façons. Le plus simple est encore d'en finir une bonne fois pour toutes.

— Voilà qui me semble frappé au coin du bon sens.

Le Propriétaire était-il juste pragmatique ou cherchait-il à manipuler Adamat pour éloigner l'enquête de sa personne ?

L'inspecteur fit rouler le verre d'eau-de-vie sur son front.

— Le Propriétaire connaît-il l'identité de celui qui a voulu faire tuer Tamas ?

— Non, répondit l'eunuque sans l'ombre d'une hésitation. Il a mené sa propre enquête. Sans résultat. Ce traître, quel qu'il soit, ne passe pas par des intermédiaires adrans. Mon maître l'aurait su.

— Donc, il est en relation directe avec les Kez ?

— Ce n'est pas le préfet, répondit l'eunuque. Comme c'est lui qui gère tout l'argent qui circule en ville, le Propriétaire le surveille de près. Ce n'est pas Dame Winceslav non plus. Nous avons quelques agents dans sa maisonnée qui surveillent ce qui s'y passe.

— Un de ses brigadiers était dans le coup, remarqua Tamas.

— Un seul. Le brigadier Barat n'avait pas la même conception de la loyauté et de la justice que les autres.

— Le vice-chancelier ?

L'eunuque hésita.

— Le vice-chancelier – le doyen Lektor – est aussi imprévisible que Brude.

Brude. Le saint à deux visages de Brudania. Drôle de référence.

Adamat attendit qu'il entre dans les détails, mais l'eunuque ne dit rien de plus. Le préfet avait précisé que ce vice-chancelier avait quelque chose de bizarre, lui aussi.

— Tu suggères que le doyen Lektor est aussi capable de traîtrise que Ricardo Tumblar et l'Archidiocèle ? Ce n'est à peine plus qu'un proviseur.

— Comme je l'ai dit, reprit l'eunuque calmement, il ne faut pas s'y fier.

Adamat tira une longue bouffée de sa pipe. En admettant que l'eunuque dise la vérité, Ricardo Tumblar était le coupable le plus vraisemblable. L'Archidiocèle était corrompu et avide de pouvoir, mais il n'avait pas la moindre raison de vouloir la mort de Tamas. Ricardo aurait fait n'importe quoi pour son syndicat. Il était possible qu'il ait négocié en secret avec les Kez.

Une fois de plus, il se demanda s'il devait courir le risque de s'introduire dans la villa de l'Archidiocèle. Cela semblait être la seule chose qui lui restait à faire avant d'accuser ouvertement Ricardo. Bien sûr, il fallait encore enquêter sur le vice-chancelier.

— Merci, dit-il à l'eunuque. Tu m'as été très utile. Dis à ton maître que j'éviterai de farfouiller dans ses affaires. Si je le peux.

L'eunuque eut un petit sourire.

— Il sera heureux de l'entendre.

— SouSmith, escorte notre invité jusqu'à la porte.

Le boxeur revint un peu plus tard et s'assit sur le sofa.

— J'en ai la chair de poule.

— Pareil.

Adamat inspira profondément, profitant de l'odeur du tabac. C'était un mélange boisé, plaisant au nez et à la gorge, laissant un léger goût sur sa langue. Son effet était relaxant.

— D'après toi, il dit la vérité ?

SouSmith grogna.

— L'a plutôt bonne réputation.

Adamat lui jeta un drôle de regard.

— Vraiment ? Au contraire, j'ai entendu dire qu'il ne fallait pas s'y fier.

— Pas l'eunuque lui-même. Mais quand il parle au nom du Propriétaire, sa parole est d'or.

— Il va falloir que je te croie sur parole, dit Adamat.

Il nota mentalement qu'il lui faudrait jeter un coup d'œil aux affaires du Propriétaire – tout en restant discret, cependant. Avec un peu de chance, il éviterait de se faire tuer.

Adamat passa encore une heure à son bureau, à lire le journal du jour pendant que SouSmith sommeillait sur le canapé. Lorsqu'il décida d'aller se coucher, la nuit était calme.

Il monta les marches, plongé dans ses pensées, le boxeur sur ses talons. Une fois au premier, Adamat scruta le palier plongé dans l'obscurité.

— Tu n'as pas allumé la lanterne quand tu es monté ?

Certains instincts vont plus loin que les simples réflexes. Il se jeta en arrière dans l'escalier, entendant presque les protestations de SouSmith alors qu'un courant d'air caressait sa gorge. Le boxeur jura bruyamment, et un coup de pistolet retentit.

Adamat resta allongé sur les marches, les oreilles carillonnantes suite à la détonation. Le tir venait du vestibule du premier étage. L'inspecteur ne pensait pas avoir été touché. Il posa une main sur son cou et palpa la texture visqueuse du sang. Le rasoir l'avait juste effleuré : il avait à peine entamé la peau.

Il tendit l'oreille. SouSmith avait dévalé les marches et gisait sur le palier. Soit il avait la présence d'esprit de rester immobile, soit le coup de feu l'avait tué. Adamat pria pour que la première solution soit la bonne.

Il inspira profondément. Celui qui l'avait attaqué était toujours là, à l'étage. Il n'y avait pas eu le moindre mouvement sur le palier – ces vieilles planches grinçaient au moindre courant d'air. Son agresseur devait l'attendre là-haut. Il devait savoir qu'il n'avait pas eu la chance de les tuer tous les deux. Adamat écouta en scrutant les ténèbres, cherchant à établir le nombre des assassins. Ils étaient entrés pendant qu'il lisait le journal, peut-être par la fenêtre de l'étage.

L'inspecteur se releva lentement, évitant le milieu des marches, là où elles avaient le plus de chances de grincer. Il progressa lentement, escaladant à quatre pattes les derniers degrés, jusqu'à ce qu'il puisse palper le sol du palier.

Il continua d'explorer les planches jusqu'à ce qu'il distingue une forme. Il délimita les contours d'une chaussure de cuir, puis d'une autre, jusqu'à ce qu'il ait une bonne idée de l'endroit où se trouvait son agresseur. Il imagina sa posture. Il devait brandir un couteau ou un rasoir, et être prêt à frapper. De quelle main ? Impossible à dire.

Il bondit. Ses doigts se refermèrent sur le poignet droit de l'agresseur pendant que, de son coude, il le frappait à la gorge. L'homme poussa un cri de surprise. Adamat sentit quelque chose érafler son oreille. Pas la bonne main !

Il entraîna le bras de l'homme vers le bas pour le faire pivoter, cherchant à deviner où et comment l'agresseur abattrait son rasoir. Il percuta du coude l'épaule de l'homme, lui arrachant un grognement. Un autre coup de feu retentit et l'éclair de lumière aveugla brièvement Adamat. Il sentit son agresseur tressauter, puis devenir flasque. Il avait reçu la balle qui lui était destinée.

Ils étaient au moins deux, plus peut-être. Le coup de feu était venu du palier, près de la porte de sa chambre. Il palpa le sol en aveugle et tomba sur le canon encore chaud d'un pistolet. De son autre main, il chercha le couteau de poche qu'il avait toujours sur lui. Il sentit deux paumes frapper sa poitrine, le repoussant vers les escaliers. Son talon heurta le corps du premier assaillant et il dévala les marches cul par-dessus tête.

Il atterrit à côté de la porte d'entrée. Ses oreilles carillonnaient, sa tête lui tournait. Rien n'avait arrêté sa chute.

Des pas retentirent sur les marches. Deux silhouettes se découpèrent sur la lumière de la lune qui filtrait à travers la fenêtre. L'une d'elles laissa tomber son pistolet, qui rebondit le long de l'escalier, et tira quelque chose de sa ceinture. Adamat entendit un faible déclic alors qu'un reflet étincelait dans la pénombre.

Il se releva d'un bond et battit en retraite vers le vestibule, se dirigeant vers la cuisine afin qu'ils ne puissent pas l'attaquer depuis le premier étage. Les deux assassins le suivirent. L'un plongea dans le bureau. L'autre avança vers lui.

Adamat agrippa son couteau. L'assaillant s'approcha sans autre bruit que les grincements des planches. L'inspecteur sentit un filet de sueur dégouliner de son front, passant à côté de son œil.

L'homme qui s'était dérobé dans le bureau alluma une lanterne. Adamat entrevit brièvement les contours du premier agresseur. Il était de taille moyenne, à demi accroupi, les jambes écartées pour assurer son équilibre. *Poix*, se dit l'inspecteur. L'autre assassin passa l'angle du couloir, la lanterne en main. La lumière éclaira Adamat, l'aveuglant tout en permettant aux agresseurs de bien voir leur proie. Il bondit et frappa en aveugle.

Il sentit une piqûre glaciale au niveau de la poitrine alors qu'au même moment, quelqu'un poussait un cri. Il agita son couteau. Une main s'empara de son poignet. Il se débattit, s'attendant à ressentir les conséquences qu'impliquait une plaie mortelle. Un coude frappa sa poitrine, déclenchant une nouvelle explosion de douleur.

Plus loin dans le vestibule, il y eut un vague tumulte. La lumière se détourna des yeux d'Adamat. Il aperçut SouSmith empoigner de ses énormes bras le porteur de lanterne. Un nouveau coup de feu résonna tout près de ses oreilles, faisant vibrer ses tympans.

Il réussit à libérer son bras qui tenait le couteau. L'homme qu'il affrontait tenta d'attaquer, rasoir en main. Sentant son cœur bondir dans sa poitrine, il frappa de toutes ses forces dans l'espoir de toucher juste, puis se recula sans cesser de donner des coups de lame, encore et encore, jusqu'à ce que l'agresseur implore sa pitié et s'effondre à terre.

Il s'affala alors contre la porte de derrière et parcourut des yeux le vestibule, à l'affût du moindre mouvement. Il tenta de contrôler sa respiration, l'oreille en alerte, cherchant d'autres assassins.

— On les a tous eus ? marmonna SouSmith.

Adamat prit encore quelques inspirations avant de répondre.

— Je crois. Un mort dans l'escalier, deux en bas. Tu n'as rien ?

— On m'a tiré dessus. Deux fois. Et toi ?

— Je ne sais pas, répondit-il avec une grimace.

Il donna un petit coup de pied à l'homme affalé à ses pieds. L'assassin émit un gémissement sourd. Adamat tituba jusqu'à son bureau. Sa poitrine lui faisait de plus en plus mal. Il y porta une main et la ramena dégoulinante de sang. Il se courba, perclus de douleurs, jusqu'à ce qu'il puisse empoigner la lanterne tombée au sol. La bougie ne s'était pas éteinte. Il retira le capuchon.

Le vestibule était un vrai champ de bataille. Il y avait de la poussière de plâtre et des flaques de sang. Trois cadavres. Adamat les ignora pour se diriger vers SouSmith. Le vieux boxeur était assis sur la première marche, une main fourrée sous sa chemise imprégnée de sang.

L'inspecteur avala la boule qui s'était formée dans sa gorge.

— Je vais chercher plus de lumière.

Il alluma les lanternes du vestibule et, empruntant le rasoir d'un des agresseurs morts, découpa la chemise de SouSmith. Une balle avait éraflé son bras gauche, emportant au passage un bout de chair de la taille d'un doigt. L'autre avait perforé son ventre. Adamat faillit s'étouffer en voyant la plaie.

— C'est grave ?

SouSmith posa sa tête contre le mur. De grosses gouttes de sueur coulaient sur son front et ses joues. Il chercha à les essuyer, laissant une trace de sang tout le long de son visage.

— Tu es blessé à l'estomac. Impossible de dire si la balle a touché un organe vital. Il faut faire venir un chirurgien. Continue d'appuyer là pour arrêter l'hémorragie. Je vais chercher de l'aide.

Il n'eut pas à aller bien loin. Plusieurs voisins avaient entendu les coups de feu et étaient sortis dans la rue, munis de lanternes et de pistolets. Ils regardèrent Adamat d'un œil rond, puis tentèrent de distinguer l'intérieur de la maison.

— Que quelqu'un appelle un chirurgien, fit-il d'une voix faible. Et qu'on envoie un coursier à la Maison des Nobles. Qu'il porte un message au maréchal Tamas. Assurez-vous qu'il le reçoive. Dites-lui… dites-lui que les Barbiers de la Rue Noire ont attaqué l'inspecteur Adamat.

Il n'y eut personne pour partir donner l'alerte, ni pour héler un fiacre. Certains se tortillèrent nerveusement, gênés par la mention de ce gang de sinistre réputation.

— Je vous en prie, insista-t-il d'une voix où pointait son désespoir.

Un de ses voisins s'avança. C'était un gentilhomme âgé, un vétéran des guerres gurlanes avec de longues rouflaquettes grises et broussailleuses, et un manteau noir passé sur sa chemise de nuit. Il enserrait un vieux tromblon antique. Adamat se souvint de son nom : Toulard.

— J'ai quelques notions de médecine, dit-il. Acquises sur le front. (Il se tourna vers sa maison et cria :) Millie ! Fais venir le gamin. Exécution ! (Il se tourna à nouveau vers les badauds.) Rentrez chez vous, les amis. Allez ! Circulez !

Adamat le remercia d'un hochement de tête alors qu'ils entraient dans la maison.

— Tu es blessé ? demanda Toulard.

Adamat lui montra SouSmith.

— Surtout lui. Il a pris une balle dans l'estomac.

Toulard fit la grimace et examina sommairement les cadavres d'un œil expérimenté. Il se dirigea vers le boxeur.

Adamat soupira en s'affalant contre le mur. Il prit un moment pour étudier le cadavre. Un des hommes, celui qui gisait dans l'entrée du bureau, s'accrochait encore à la vie. Il ignora son regard suppliant. Le deuxième corps se trouvait en haut des escaliers. Il gisait sur le flanc, abattu par son propre collègue alors que ce dernier cherchait à atteindre Adamat. La balle avait transpercé sa joue, le tuant sur le coup. Une flaque de sang gouttait sur les marches.

Le dernier corps était encore debout, la tête plantée dans le mur. Adamat alla l'examiner d'un peu plus près. C'était celui qui avait tenu la lanterne. SouSmith lui avait pris le menton et avait cogné son crâne si fort contre le mur qu'il avait enfoncé le plâtre et la brique.

Toulard s'agenouilla aux côtés de SouSmith, lui parlant doucement tout en palpant délicatement son ventre. Adamat se pencha sur l'assassin survivant. Il lui retira son manteau en s'appliquant à ne pas le faire souffrir davantage. L'homme laissa échapper un gémissement.

— Je voulais juste aider…

Adamat s'interrompit. Il regarda le visage du blessé – vraiment, pour la première fois.

— Coel, dit-il.

L'assistant de Ricardo qu'il avait vu dans le bureau de ce dernier. Ébranlé, Adamat inspira profondément.

Il finit de lui enlever son manteau. Dans sa panique, il l'avait lardé d'une dizaine de coups de couteau. Les plaies étaient assez profondes, il ne tarderait pas à se vider de son sang. Par acquit de conscience, il leva la manche de sa chemise. Aussitôt, ses soupçons se confirmèrent. Il était là : un petit tatouage représentant un rasoir de barbier.

Lorsque les soldats de Tamas arrivèrent, Coel était mort depuis longtemps. Ils ne tardèrent pas à investir la maison, rassurant Adamat qui redoutait que les Barbiers ne reviennent finir le travail. Une équipe de chirurgiens porta SouSmith dans le salon, et ses cris et jurons lui apprirent qu'ils cherchaient à lui retirer la balle. Adamat resta assis sur les marches, regardant d'un œil vide le va-et-vient des gens dans l'entrée.

— Il te faudra des points de suture.

Il leva les yeux. Tamas était là, au bas des marches, une main sur la rambarde, s'appuyant sur une canne. Il puait la poudre à canon. Il désigna du menton la poitrine d'Adamat.

L'inspecteur baissa les yeux. La blessure était superficielle, mais elle piquait comme si on y avait versé du jus de citron et saignait toujours.

— Lorsqu'ils en auront fini avec SouSmith, j'irai me faire soigner. (Adamat se tut avant de reprendre.) Vous n'aviez pas besoin de vous déplacer en personne.

Tamas l'étudia quelques instants.

— Les Barbiers de la Rue Noire n'étaient pas censés accepter d'autres contrats. Au lever du jour, ils vont avoir quelques surprises assez déplaisantes. Tu as beaucoup de chance. J'ai pu les voir en action. (Il détourna les yeux pour fixer les taches de sang.) Dommage qu'aucun d'eux n'ait survécu.

— Oui. Lorsqu'on est agressé dans le noir par des hommes armés de rasoir, c'est difficile de garder la tête froide. (Il eut un grognement.) Je ne pourrai pas me raser pendant au moins un mois.

Il passa la main sur sa gorge, là où la peau avait été à peine éraflée. Il y avait encore un petit trait de sang séché. Ses doigts tremblaient. Il eut l'impulsion subite de tout raconter à Tamas : sur le Seigneur Vetas, sur sa famille prise en otage. Peut-être le maréchal savait-il déjà tout ça. Il était difficile à duper. Et pourtant, il ne laisserait jamais Adamat continuer son enquête s'il pensait que son intégrité avait été compromise. L'inspecteur se sentit rougir.

Tamas ne sembla rien remarquer.

— D'après toi, qui les a envoyés ?

C'était évident, non ?

— Les Barbiers de la Rue Noire sont à la solde de Ricardo Tumblar. (Il désigna d'un coup de menton le corps de Coel, repoussé d'un côté du vestibule.) J'ai vu ce gars dans son bureau, il y a un mois.

— Ça me semble convaincant. Ricardo peut-il avoir d'autres raisons de vouloir ta peau ?

— Non, répondit Adamat d'un ton lugubre.

Il se souvenait du temps où Ricardo avait été emprisonné après une tentative de former un syndicat, quinze ans auparavant. Adamat, qui avait déjà une solide réputation de franchise, avait témoigné en sa faveur, suite à quoi Ricardo avait été libéré le lendemain.

Deux ans plus tard, lorsqu'Adamat était trop pauvre pour acheter des cadeaux de Saint Adom à ses enfants, Ricardo s'était présenté à sa porte avec des dons d'une valeur d'au moins six mois de son salaire d'inspecteur. Au cours de ces années, ils s'étaient entraidés plus d'une fois. Il avait du mal à croire qu'une telle amitié puisse se terminer comme ça.

— Je vais envoyer une escouade pour l'arrêter.

Tamas se tournait vers un de ses soldats lorsqu'Adamat l'arrêta.

— Attendez.

Le maréchal s'arrêta puis se retourna, non sans une petite grimace. Adamat ferma les yeux.

— Laissez-moi un peu de temps. On n'est pas encore sûr que Ricardo soit coupable.

Tamas haussa les sourcils.

— Les Barbiers de la Rue Noire exécutent toujours leur contrat, inspecteur. Ce n'était pas une feinte. Ils sont à la solde de Ricardo. Lorsque j'aurai réglé cette affaire, ils appartiendront à l'histoire ancienne.

— Ce sont des tueurs à gages. Quelqu'un d'autre peut les avoir embauchés. (Un argument assez mince, même à ses propres yeux.) Pas plus tard que la semaine dernière, j'ai donné à Ricardo l'occasion de me tuer, et il ne l'a pas saisie.

Tamas croisa son regard.

— Si on attend quelques heures encore, il apprendra que la tentative d'assassinat a échoué, et il sera sur un bateau en partance pour Kez avant l'aube.

— Laissez-moi jusqu'à midi.

— Je ne peux le permettre. (Une lueur de colère s'alluma dans les yeux du maréchal.) Si ce traître me glisse entre les doigts, je perdrai mon emprise sur le conseil et ils se retourneront contre moi.

— Envoyez une escouade, suggéra Adamat. Qu'ils surveillent Ricardo. Et qu'ils l'arrêtent s'il tente de s'enfuir. En ce cas, nous aurons la preuve de sa culpabilité. Mais si vous commettez une erreur à ce stade, vous aurez toujours un traître dans votre conseil et ce seront les Nobles Guerriers du Travail qui se retourneront contre vous.

Tamas parut hésiter.

— Donnez-moi jusqu'à midi, répéta-t-il. Je crois pouvoir élucider toute cette histoire.

— Comment ?

Adamat avala sa salive.

— Je dois vous emprunter un de vos poudremages. Je vais aller trouver les Barbiers de la Rue Noire.

XXXIV

Les Barbiers de la Rue Noire étaient une des plus vieilles bandes des rues d'Adopest. Ils prétendaient avoir entre cent cinquante et trois cents ans d'existence, selon l'état d'ébriété de celui à qui vous posiez la question. Ils opéraient depuis une série d'appartements miteux à quelques rues seulement de la Compagnie des eaux de Jalfast. D'après la police locale, ils étaient environ soixante-quinze.

Adamat surveillait leur quartier général depuis la rue, prenant soin de rester à une distance respectable. Apparemment, les Barbiers avaient connu des jours meilleurs. Le bâtiment n'était qu'une ruine. Il comprenait un seul étage et était fait de briques de boue bien trop vieilles pour qu'on puisse penser que l'édifice était encore sûr. Le premier étage était un vaste dortoir alors que le rez-de-chaussée ressemblait à un bar. Devant la façade, on avait installé des chaises pour profiter du soleil. Un certain nombre de Barbiers y traînaient, jouant aux dés sur le trottoir en attendant les dockers qui avaient besoin d'un rasage.

— J'aime pas m'approcher de trop près de ces oiseaux-là, grogna SouSmith.

Adamat regarda son ami. Le boxeur portait une veste noire courte aux manches remontées. Il se tenait adossé au mur d'une usine de traitement du charbon désaffectée, à lorgner le quartier général des Barbiers. Il y avait de la sueur sur son front et de la douleur dans ses yeux, seule indication des deux balles qu'il avait essuyées et qu'on lui avait retirées pas plus tard qu'hier soir. Un homme de moindre stature se serait bourré d'opiacés pour moins souffrir.

— Je t'ai dit de ne pas venir.

— C'est pour ça que tu me payes. Je pouvais pas te laisser y aller seul.

Adamat eut un petit reniflement. Il était loin d'être seul. SouSmith avait juste envie d'écraser la tête d'un autre Barbier contre le premier mur venu. L'inspecteur se gratta la poitrine, résistant à l'envie d'arracher les points de suture que lui avait posés le chirurgien de Tamas.

Sous ses yeux, trois escadrons de soldats emplirent la rue, coupant toute voie de sortie à pied ou en fiacre. Deux autres prirent position discrètement derrière le bâtiment. Un des Barbiers qui jouaient aux dés leva la tête. Il tapota sur l'épaule de son collègue, tendit le doigt. Puis tous deux rentrèrent dans le bâtiment.

— C'est le moment, dit Adamat.

Il se détacha du mur pour s'avancer au beau milieu de la route. Sabon, le lieutenant deliv de Tamas, quitta un des groupes de soldats. Son uniforme bleu était impeccablement blanchi, son crâne d'ébène rasé de frais. Il portait un pistolet accroché à une hanche et une épée courte à l'autre. Il hocha la tête en guise de salut.

— Ne les laissez pas trop se rapprocher, l'avertit Adamat. Ils savent se servir de ces rasoirs.

Il attendit que SouSmith le rejoigne. Cette simple petite marche l'avait affecté : le vieux boxeur était blanc comme un linge et il transpirait comme en plein été. Adamat ouvrit la bouche pour le renvoyer, puis se ravisa. S'il tenait tant à être des leurs, qu'il fasse à sa guise.

L'inspecteur toucha le pistolet caché sous son long manteau pour se rassurer. Il empoigna fermement sa canne et se dirigea vers la porte de devant, ignorant la douleur transperçant sa poitrine.

Il donna un coup de pied dans le panneau dont les gonds n'opposèrent aucune résistance : ils cédèrent bien gentiment dans un déluge de rouille pulvérisée. L'intérieur était bien éclairé, la lumière affluant par les fenêtres ouvertes du côté est, derrière une rangée de fauteuils de barbier. Curieusement, il y avait des traces brunes sous les sièges. Du sang. De l'autre côté, s'étendait un long bar avec des étagères remplies de bouteilles. À son extrémité, il y avait un tonneau de vin large de la hauteur d'un homme.

Un groupe d'hommes attablés au bar s'entre-regardèrent, puis partirent comme un seul homme vers Adamat. Ils présentaient tous la même apparence : minces, secs comme des coups de trique, vêtus de tabliers recouvrant des chemises blanches. Adamat s'adressa au premier.

— Bonjour, Tef.

L'homme tirait déjà un rasoir de sa poche lorsque son regard croisa celui d'Adamat. Il ouvrit de grands yeux et eut un geste mal assuré, manquant de faire tomber son arme. La canne de l'inspecteur jaillit pour frapper son poignet. Le rasoir vola dans les airs.

Ses camarades, eux, ne reconnurent pas l'enquêteur. Ils sortirent et déplièrent leurs lames, puis leurs mains blanchâtres plongèrent vers Adamat, qui frémit.

En entendant la détonation, les trois hommes entourant Tef eurent tous la même réaction. Ils lâchèrent aussitôt leurs rasoirs et affichèrent une expression de surprise, puis de douleur alors qu'ils enserraient leurs poignets ensanglantés. Trois balles avaient frappé leurs mains avant même qu'ils aient eu le temps de tirer un seul de leurs pistolets. De la pointe de sa canne, Adamat donna à Tef un grand coup dans la joue. L'inspecteur jeta un regard par-dessus son épaule. SouSmith s'appuyait contre l'embrasure de la porte, les yeux fermés. Sabon se tenait à ses côtés, en silence, scrutant l'intérieur du salon d'un air très calme, comme s'il évaluait le stock d'une boutique. Seul le nuage de fumée qu'il dégageait donnait une indication de ce qu'il venait de faire.

— Qu'est-ce que… fit Tef d'une voix qui se brisait. Que faites-vous ? Égorgez-les ! (Il regarda ses camarades et en resta bouche bée.) Qu'est-ce qu'il y a ?

Il agitait la bouche comme un poisson hors de l'eau. Il fixa Sabon et comprit alors. Adamat posa la pointe de sa canne contre la gorge du Barbier.

— Les égorger, hein ? C'est ce que tu as dit à Coel et aux deux autres que tu as envoyés hier soir pour me tuer ?

— Ça n'avait rien de personnel, Adamat, je te le jure. (Tef tendit les mains, jetant des regards nerveux entre Sabon et Adamat. Ses yeux s'arrêtèrent au-dessus de l'épaule de l'inspecteur.) Oh, merde.

— On ne t'a pas dit que SouSmith était mon garde du corps, n'est-ce pas ? (Il sourit devant l'air paniqué de Tef.) Il a pris un de tes nervis et lui a enfoncé la tête dans un mur de brique. Ça prendra des heures pour laver le sang de mon vestibule. Bien. Qui t'as embauché, Tef ?

— Je voulais pas, je le jure, je…

— J'imagine qu'on t'a promis un beau paquet de kranas. Le pactole. Dis-moi, avant que tu ne prennes la tête des Barbiers de la Rue Noire, combien de fois ai-je passé l'éponge ? Quand tu n'étais qu'un crétin de gosse avec un don pour jouer de la lame et une poisse monumentale ? C'est comme ça que tu me rends la monnaie de ma pièce, Tef ?

Il appuya plus fort sur sa gorge et secoua légèrement la tête lorsque Tef tenta de se reculer. Le Barbier était ébranlé jusqu'au fond de son être.

— Poix, où sont-ils fourrés ? cria-t-il soudain. Au secours ! À moi les Barbiers !

Adamat eut un soupir affligé.

— Cinq escouades des meilleurs soldats de Tamas encerclent tes gars, Tef. En combat singulier, vos rasoirs sont très efficaces, mais ils ne peuvent pas grand-chose face à des fusils prolongés de baïonnettes.

Des coups de feu retentirent comme pour souligner les paroles d'Adamat. À l'étage, des pieds martelèrent le plancher, puis le bruit étouffé d'un corps frappant le sol leur parvint.

Tef serra les poings, mais les garda devant lui.

— Tu ne t'en tirerais pas comme ça si mes gars étaient tous là, gronda-t-il en retroussant les lèvres. On te donnerait du fil à retordre.

— Je veux bien le croire. Qui t'a embauché pour me tuer ?

Tef grinça des mâchoires.

Adamat inspira profondément. Il n'avait pas de temps à perdre.

Il sentit qu'on le poussait doucement sur le côté. Il baissa sa canne pour laisser passer SouSmith. Le boxeur devait faire une bonne tête de plus que le Barbier et était deux fois plus large. Adamat se mordit la langue. SouSmith était couvert d'une sueur froide et serrait les dents sous l'effet de la douleur. Il prit la main de Tef.

— Je casserai celle-là en premier, gronda-t-il.

— Ricardo, lança Tef comme s'il crachait une injure.

— Ça ne suffit pas, déclara Adamat.

Il entendit un craquement. SouSmith venait de tordre un doigt du Barbier, le ramenant en arrière jusqu'à ce que l'ongle touche son poignet. Le tueur poussa un hurlement de douleur. Un de ses hommes voulut l'aider, mais SouSmith lui décocha un coup de botte en pleine poitrine qui l'envoya à terre. Adamat tendit la main pour soutenir le boxeur titubant. Celui-ci reprit son équilibre et tordit le poignet de Tef.

Le Barbier se laissa tomber au sol en hurlant. L'inspecteur tapota l'épaule du boxeur du bout de sa canne. Il se recula aussitôt.

— Qui t'a embauché ? répéta Adamat.

— Le Propriétaire ! piailla Tef au milieu d'un chapelet de jurons. Il est venu demander ta tête !

— Si tu dois mentir, au moins, essaie d'être crédible.

Adamat lui donna un petit coup sur le poignet. Lorsqu'il hurla à nouveau, l'inspecteur ressentit une pointe de pitié, qu'il ravala aussitôt. Tef avait envoyé ses chiens chez lui, là où dormaient sa femme et ses enfants. Si ces derniers avaient été présents, ils auraient tous été égorgés dans leurs lits. Adamat savait comment opéraient les Barbiers. Ils étaient aussi froids et sans scrupules que le Seigneur Vetas. Il leva sa canne pour frapper à nouveau…

— Un prêtre.

Adamat arrêta son geste.

— Un prêtre ? Allons !

— C'était un prêtre, insista Tef. (Sa respiration était saccadée, sa poitrine se soulevant rapidement, et ses joues étaient striées de larmes.) Il est venu hier matin. Il ne cessait de pleurer et d'implorer le pardon de Kresimir.

— À quoi ressemblait-il ? demanda l'enquêteur.

— À un prêtre… Une robe et des sandales blanches. Les cheveux blonds. Un peu plus grand que toi. Une verrue à la joue droite. Il n'a pas voulu me regarder dans les yeux.

Siemone. Adamat sentit sa bouche s'assécher.

— Combien ?

— Cinq cent mille kranas.

L'inspecteur faillit en lâcher sa canne.

— Quoi ? Pour moi ?

Tef eut un éclat de rire sifflant.

— Deux contrats. Quinze mille pour ta tête.

— Et le reste ? Pour qui ?

Adamat regarda autour de lui. Il avait présumé qu'avec un peu de chance, il n'y aurait pas beaucoup de Barbiers dans le bâtiment. Il comprenait maintenant pourquoi ils n'étaient pas plus nombreux : ils étaient en mission. Cette idée lui donnait la chair de poule. Cela faisait au moins quarante assassins lâchés dans la nature, plus peut-être.

Sabon s'avança et empoigna Tef par le devant de sa chemise pour le relever de force.

— Est-ce Tamas ? (Il le secoua comme un prunier.) C'est sur lui que porte ce second contrat ? Parle, espèce de traître !

— Par la poix, non ! répondit le Barbier. Il n'y a pas assez d'argent en ce monde pour ça.

— Alors qui ?

— Un cuistot. Un gros poussah qui s'occupe du festin. Mon employeur tenait à ce qu'on lui tranche la gorge en public. En général, on n'opère pas comme ça, mais vu le montant qu'il nous a proposé…

Il ne finit pas sa phrase.

Sabon le lâcha comme un sac à patates. Tef tenta de se rattraper et poussa un cri de douleur. Sabon lui jeta un regard dégoûté.

— Tu as commis une grave erreur. (Il regarda Adamat.) Colle-les à Sablecroc. J'ai à faire.

Il s'en alla sans un mot de plus. Il ne resta plus qu'Adamat, SouSmith et les quatre Barbiers. Le boxeur haussa les épaules. L'inspecteur souleva Tef de la pointe de sa canne.

— Qu'est-ce qu'un cuistot peut avoir de si important ?

Il se rappelait son nom. Mihali. L'Archidiocèle s'était-il souvenu de la correction que ce drôle de bonhomme lui avait administrée en présence de Tamas ? Ça faisait cher la vengeance.

Tef secoua la tête. Adamat agita sa canne d'un air menaçant. Le Barbier secoua encore plus fortement la tête.

— Je ne sais pas, que Kresimir t'emporte ! C'était juste un contrat !

— Et tu n'as pas une petite idée d'où venait cet argent ?

Charlemund. Siemone ne ferait pas le sale boulot de quelqu'un d'autre. Depuis le début, l'Archidiocèle cherchait à faire porter le chapeau à Ricardo.

Tef hésita une seconde de trop.

— Je te conseille de rester dans l'ignorance, dit Tamas, ou ton sort sera encore pire qu'il ne l'est déjà.

Tamas allait le mettre en pièce. Adamat avait presque pitié du Barbier. Presque. Il s'écarta alors qu'un groupe de soldats entrait dans la pièce.

— Amenez-les à Sablecroc, ordonna-t-il. Tous. Il faut que j'aille chercher le maréchal.

— Avec le festival, lui lança SouSmith alors qu'il se dirigeait vers la sortie, traverser la ville va te prendre des heures.

Adamat l'entendit à peine tant il courait. Il devait avertir Tamas de ce que manigançait Charlemund avant qu'il ne soit trop tard.

XXXV

La poitrine de Taniel se souleva et ses jambes le brûlèrent. En deux jours, il avait dû se contenter de quelques heures de repos. Seule la poudretranse lui permettait de tenir le rythme, mais il devançait toujours ses compagnons. Deux des Veilleurs s'étaient effondrés, à bout de forces. Le groupe les avait laissés sur place pour continuer son chemin. Ils sauraient redescendre tout seuls.

Cette ascension était plus facile que la précédente. La neige avait partiellement fondu et les Montagnards avaient déblayé le reste. Depuis l'hiver, des caravanes avaient fait le trajet entre la forteresse des Montagnards et Novi pour réapprovisionner cette dernière. Elles avaient laissé des traces de leur passage : des restes de feux de camp et du crottin de cheval.

Taniel n'en avait cure. C'étaient ceux qui avaient emprunté ce chemin bien plus récemment qui l'inquiétaient. Ils n'avaient toujours pas aperçu les Kez, mais avaient trouvé deux campements abandonnés. D'après les traces et les reliefs de repas, ils devaient être au moins une centaine d'hommes et de bêtes de somme. Une telle troupe n'aurait jamais dû passer au nez et à la barbe des Montagnards, et pourtant, elle l'avait fait.

Ils trouvèrent le troisième camp aux alentours de midi. Il était légèrement éloigné de la piste, à côté d'une cascade qui, bien qu'on fût presque en été, était encore à moitié gelée. Taniel examina les cendres du feu. Elles étaient chaudes.

Il observa le campement. Celui-ci lui rappelait l'époque où il écumait le fin fond de Fatrasta, lorsqu'il traquait les patrouilles kez avec les indigènes et les prenait en embuscade. Sauf que ce n'était pas en pleine montagne, et ces patrouilles ne comprenaient pas de Privilégiés. Ni de Gardiens.

Alors qu'il donnait un petit coup de pied dans un objet brillant, son estomac se glaça. Il le ramassa pour le faire sauter dans sa main. C'était une boule de métal de la taille d'un poing. Le réservoir à air comprimé de la carabine d'un Gardien.

— Ils sont encore loin ? demanda Bo lorsque le reste du groupe l'eut rejoint.

Le Privilégié semblait chaque jour un peu plus mal en point. Ses joues étaient creuses et il avait des poches noires sous les yeux. Le train d'enfer qu'ils s'imposaient n'arrangeait rien.

— À quelques heures, répondit Taniel. (Il lui jeta le réservoir.) Voilà qui confirme mes présomptions.

— Là où il y a des Privilégiés kez, il y a des Gardiens, affirma Bo.

Taniel laissa tomber la sphère de métal, mais Ka-poel s'avança pour la ramasser. Elle l'examina de près avant de la fourrer dans son sac à dos.

— On gagne sur eux, dit le poudremage.

— Et on se rapproche du sommet, renchérit Bo. On n'est plus très loin du Perchoir de Novi.

— Tout le monde est reposé ? demanda Taniel à Fesnik.

Le jeune Veilleur s'approchait de la cascade pour remplir sa gourde.

— Poix, non, grogna-t-il. On est censés combattre après une grimpette pareille ?

— Combattre et vaincre.

Il donna un petit coup de pied à Fesnik.

— Bien, bien. (Il se redressa.) Venez, cria-t-il aux autres, on bouge !

Il les regarda reprendre la piste. C'étaient des Montagnards, de vrais durs. Et pourtant, ils n'avaient pas l'avantage que lui donnait son contrôle de la poudre, et lui-même se sentait à bout. À quoi serviraient-ils face à Julène et aux autres Privilégiés ? S'il leur fallait combattre, comment pouvaient-ils espérer sortir vainqueurs ?

Taniel se mit à son tour en marche derrière Ka-poel. Celle-ci tripotait une petite effigie de cire au visage dépourvu de traits, qu'elle ne cessait de façonner de ses doigts.

— Que fais-tu ? lui demanda-t-il.

Elle fourra la poupée sous son bras. Taniel s'approcha, s'attendant à ce qu'elle s'explique en langage des signes. Mais elle lui donna un petit coup de poing sur le bras.

— Aïe.

Elle le chassa de la main avant de retourner à son ouvrage. Il ralentit afin de se retrouver aux côtés de Bo. Celui-ci avait l'air troublé.

— Tu m'as l'air bien joyeux, lui dit-il.

Bo ne changea pas d'expression. Il n'avait pas perçu le sarcasme.

— On risque d'arriver trop tard.

— On progresse plus vite que je ne l'aurais cru possible.

— Il faut qu'on soit là-haut au moment du solstice.

— Ne t'en fais pas, on y sera.

Taniel remarqua un filet de fumée dans le ciel. Il prit Bo par l'épaule et le lui montra.

— C'est le Pic du Sud ?

Lors de son dernier voyage, il ne se souvenait pas avoir vu les volutes du volcan, du moins pas à cette hauteur.

Bo pâlit.

— Non. C'est trop près. C'est le Perchoir de Novi.

Ils se passèrent le mot et redoublèrent d'effort. Une heure plus tard, ils avaient atteint le monastère.

Le mur du bâtiment marquant la fin de cette partie du chemin avait été balayé. On aurait dit qu'un géant l'avait aplati d'un revers de la main. Quelques bouts de roche s'accrochaient encore à l'endroit où il se joignait à la montagne. Le reste avait fini au fond du gouffre, là où les nuages empêchaient de voir les débris. L'intérieur du monastère éventré était exposé comme une maison de poupée, ses couloirs et ses escaliers soumis à la rigueur des éléments.

Les ruines gisaient là comme la carcasse fumante d'un grand animal, des poutres saillant des débris comme des côtes cassées. Ici et là, la pierre elle-même avait fondu. Le poing invisible qui avait fracassé l'essentiel du monastère avait aussi détruit une partie de la falaise et le couloir permettant de passer d'un bout à l'autre du bâtiment était divisé par une fissure de vingt pieds de large.

— On peut revenir en arrière et traverser une des salles, remarqua Fesnik. Il y a un labyrinthe de petits passages à l'intérieur même de la montagne – c'est là que se trouve le reste du monastère. Ça ne devrait pas prendre plus de quelques minutes.

Sa voix était douce, presque révérencieuse. Son regard était empreint de tristesse. Taniel réalisa alors que les Veilleurs devaient bien connaître les moines.

Ils trouvèrent l'entrée à l'endroit que Fesnik avait indiqué. Une fois à l'intérieur de la montagne, la fumée ne fit qu'empirer. À tel point que lorsqu'ils traversèrent le labyrinthe, ils purent à peine respirer. Rina avait beau gronder ses chiens, ils ne cessaient de gémir. Taniel s'arrêta face à un mur et remarqua qu'il était taché de sang. Il y avait une drôle d'éraflure dans la pierre. Il la caressa de ses doigts. Certainement laissée par une balle.

— Il n'y a pas de cadavres, dit-il doucement.

Il parlait plus ou moins tout seul, mais remarqua que Ka-poel était à ses côtés. Elle examinait les ruines d'un œil clinique.

— Il y a forcément des survivants, insista-t-il. La fumée a dû les contraindre à sortir. Ils doivent se trouver de l'autre côté. (Il acquiesça, se sentant nauséeux.) Oui, ce doit être ça.

Ka-poel lui jeta un regard disant clairement qu'elle n'était pas convaincue.

Ils sortirent du labyrinthe, débouchant derrière la fissure. Taniel pouvait voir l'endroit où se terminait le monastère proprement dit, et l'escalier fracassé menant à l'entrée opposée. Toujours personne en vue.

— Je vous en prie, fit une voix.

Taniel se retourna, pistolet en main, avant même d'avoir pu esquisser une pensée. Il baissa aussitôt son arme.

— Pardon, dit-il.

C'était une femme, et sa simple vue faisait trembler ses doigts. Son visage était couvert de plaies et de bosses.

— Y a-t-il d'autres survivants ? ajouta-t-il.

La femme indiqua un des nombreux couloirs. À trente pieds d'eux, abrité le mieux qu'il était possible, il y avait un petit groupe dépenaillé. Là, la fumée n'était pas trop étouffante. Taniel dénombra sept rescapés encore sur pied et de nombreux autres allongés sur le sol, enveloppés de bandages. Au fur et à mesure qu'il les comptait, il sentit chuter son moral. Il s'arrêta à quarante. Il devait y en avoir, en tout et pour tout, moins du double.

Fesnik s'adressa à un des moines, un vieil homme à la robe sale et déchirée, aux sourcils roussis. Taniel s'approcha d'eux.

— On s'est défendus du mieux qu'on a pu, disait le vieillard en agitant sa canne. Ils sont sortis de nulle part. On aurait dû être mieux préparés. S'ils n'avaient pas été si nombreux…

Le monastère aurait tout de même été détruit, il le savait. Que pouvaient faire une poignée de moines contre la moitié de la cabale kez, avec Julène en sus ? Elle s'était contentée de traverser le bâtiment en massacrant tout ce qui bougeait. Qu'avaient Bo et Taniel à opposer à une telle puissance ?

— C'était il y a deux heures, continua l'homme. Ç'a été rapide, violent. Je n'avais jamais rien vu de tel. Certains des plus jeunes n'arrivent toujours pas à y croire. (Il désigna un moine assis à côté du mur, les bras serrés autour de lui. Il était sous le choc, fixant le vide.) Depuis, Del n'a pas dit un mot. Néanmoins, on s'en est bien tirés.

Taniel eut du mal à cacher sa stupéfaction.

— Bien tirés ?

Le visage du vieil homme était sérieux mais fier.

— Eh bien, oui. La moitié des cadavres sont des leurs.

Lorsqu'il regarda à nouveau autour de lui, Taniel vit ce qu'il n'avait pas remarqué précédemment – une pile de carabines à air comprimé. Il réalisa également que la plupart des corps étaient grands, plus que n'auraient dû l'être des humains. Quinze, vingt. Des Gardiens. Et là, près d'un petit feu autour duquel les survivants cherchaient à se réchauffer, il aperçut le tissu effiloché de gants de Privilégié et un uniforme kez. Il ressentit alors un mélange de respect et d'admiration. Non seulement ce petit groupe de moines avait tenu tête à la cabale kez, mais ils leur avaient rendu la monnaie de leurs pièces.

Il y avait eu de la sorcellerie à l'ouvrage. Sacrément puissante. Il se demanda si d'autres survivants se terraient au plus profond des ruines. Non, c'était peu probable. C'était tout ce qu'il restait. Une maigre poignée de survivants. Et pourtant, ils avaient affronté des Gardiens et des Privilégiés.

— Pourquoi vous ont-ils laissé la vie ? demanda Taniel aussi doucement que possible.

Le vieil homme resserra le pansement entourant son poignet.

— Ils avaient l'air pressés.

— À cause du solstice, ajouta Bo, apparaissant derrière Taniel.

Le moine cilla à peine et son visage ne refléta pas la moindre émotion.

— De vieilles formes de magie, dit-il doucement.

— Ils étaient menés par une femme ? demanda Taniel. D'allure noble, environ trente-cinq ans, avec une grande balafre sur un côté du visage ?

— Une femme ? Non, un immense lion des cavernes jetant des sorts à droite et à gauche.

— La forme qu'elle s'est choisie, commenta Bo d'un ton lugubre.

— On est à sa poursuite, continua Taniel. Sais-tu combien il en reste ?

Le vieillard lui jeta un regard irrité.

— Je ne me suis pas arrêté pour les compter pendant qu'on rassemblait nos morts.

— Pardon, marmonna Taniel.

Il y avait beaucoup de cadavres. Peut-être avaient-ils éliminé une bonne partie des forces kez. Un grand nombre de Gardiens, semblait-il. Il jeta un coup d'œil à Bo, qui examinait les corps enveloppés et se déplaçait au milieu des survivants. Sous les gants, ses doigts étaient agités de spasmes. Il aurait bien aimé savoir quel genre de sorcellerie ces moines pouvaient cacher. Taniel en conclut que même les cabales ne connaissaient pas tous les anciens secrets.

Bo revint au vieux moine.

— Le monastère. Si on l'a édifié ici, c'était pour garder quelque chose.

Le vieillard ne cilla pas.

— Contre le retour de Kresimir ? insista-t-il.

— S'il revient, ça ne peut rien présager de bon. Mais il y a pire encore sur cette montagne. (Il se tut avant de reprendre.) Oui, nous sommes les gardiens de Kresim Kurga. Les Predeii sont de retour. Nous étions censés les arrêter. (Soudain, sa bravoure sembla le quitter.) Nous avons échoué.

— Nous ferons de notre mieux, affirma Bo.

Taniel eut ce qu'il espérait être un hochement de tête confiant.

Ils s'éloignèrent du moine pour conférer entre eux.

— Il en sait bien plus qu'il n'en dit, déclara Bo.

— On n'a pas le temps de l'interroger.

Bo frotta ses doigts gantés.

— Je vais faire vite. Il peut détenir des informations précieuses.

Ses yeux brillaient de curiosité, et il y avait longtemps que son visage n'avait pas eu l'air aussi… vivant.

— Non, répondit Taniel. Regarde autour de toi. Il désire la mort de Julène autant que nous. S'il en savait davantage, il nous l'aurait confié. Poix, pour rejoindre la cabale, tu as vraiment dû vendre ton âme, hein ?

— Simple question d'opportunité.

— Il faut qu'on y aille, reprit Taniel. Le solstice ?

— C'est pour aujourd'hui.

— Combien d'heures avant d'atteindre le pic ?

— On n'y arrivera jamais à temps.

— Il va pourtant le falloir, insista Taniel. On a un plan de rechange ?

Bo fronça les sourcils.

— Parmi tous ces morts, il y a beaucoup de Privilégiés. Peut-être que ça pourra contrecarrer ses plans. Pour invoquer Kresimir, il va lui falloir énormément de pouvoir. Elle devra aller chercher son dieu à l'autre bout de l'univers et au-delà. (Il y réfléchit un instant.) Voilà un plan. Descends un maximum de Privilégiés. Ignore Julène.

— Ce sera assez difficile une fois qu'on l'aura mise en colère.

Bo soupira.

— On verra bien le moment venu.

Taniel retourna voir le vieux moine. Il s'était agenouillé aux côtés de celui qu'il appelait Del et chuchotait à son oreille. Il leva les yeux.

— Il vous servira de guide, dit-il. Dans cette montagne, certains chemins sont dangereux. Del les connaît. J'essaie de le convaincre de…

— Oui, dit soudain Del d'une voix qui ressemblait plutôt à un sifflement. J'irai.

Ses yeux s'animèrent comme un feu s'embrasant dans un foyer sombre.

— Ça va ? demanda Bo.

— De l'eau.

— Donne-lui à boire ! dit Taniel au vieillard.

Ce dernier se leva et revint quelques secondes plus tard. Il fit boire Del et le releva avec l'aide de Taniel.

— Ça ira, dit le moine. J'irai avec vous. Vous… vous dites que vous pouvez les arrêter ?

— On peut toujours essayer, répondit Bo.

— Il faut qu'on soit à Kresim Kurga avant le solstice.

— Tu sauras les retrouver ? demanda Taniel.

Del fronça les sourcils.

— Tout là-haut, il y a un Colisée bâti par Kresimir en personne. Il permet de concentrer la sorcellerie. Ça me semble être l'endroit idéal.

— Excellent ! déclara Taniel. (Il prit Bo à l'écart.) Qu'est-ce que tu as fait pour le ranimer ?

— Rien. J'allais entrer dans son esprit pour voir s'il y avait quelque chose, mais il s'est réveillé avant.

— Ce sera bien d'avoir un guide.

Bo acquiesça.

Taniel s'éloigna. Plus loin dans le vestibule envahi par la fumée, deux Veilleurs tiraient le corps d'une vieille femme. Elle ne portait pas la moindre marque. Elle était peut-être morte dans son lit, étouffée par les vapeurs nocives, dans une chambre si profondément enfoncée dans la montagne qu'elle n'avait même pas entendu les bruits de la bataille. Ils donnèrent son cadavre aux moines, puis repartirent en chercher d'autres.

— Il faut qu'on y aille, dit Taniel d'une voix douce, mais assez forte pour que tous l'entendent. Fesnik, rassemble les hommes.

Ce dernier aidait à envelopper un autre cadavre. Il se leva et regarda la scène d'un œil las. Il semblait avoir compris ce qu'ils s'apprêtaient à affronter. Ce n'était pas qu'une aventure, mais une chasse à mort où ils se mesureraient à un adversaire beaucoup plus puissant qu'eux.

Lorsque Taniel revint, Bo discutait avec le vieux moine.

— On ne peut pas les enterrer tous, dit-il.

— Et pourtant, c'est notre devoir, répondit le vieillard, toujours sans la moindre expression.

— Jetez les Kez par-dessus la falaise. Occupez-vous des vôtres si vous ne pouvez pas les conserver dans la glace pendant quelques semaines. Il faut descendre pour prévenir Gavril.

— Nous enverrons quelqu'un, affirma-t-il.

Bo lui jeta un regard méprisant.

— Et comment allez-vous survivre ? Le monastère est détruit. Vous n'avez plus d'abri. Les nuits sont si froides que vous allez tous geler vifs. Vous ne pouvez plus rester ici !

Il élevait la voix et ses gestes rendaient Taniel nerveux.

— Bo, dit-il.

L'interpellé se retourna d'un bond.

— Quoi ?

— C'est le moment de partir.

Le Privilégié inspira profondément pour se calmer.

— Bonne chance, dit-il au vieux moine avec une pointe de sarcasme dans la voix. Têtu comme une mule, marmonna-t-il en passant devant Taniel.

— Ton ami est très fatigué, remarqua le vieillard.

— Ce dernier mois a été pénible.

— Il ne lui reste pas grand-chose.

Taniel fronça les sourcils. Ces moines s'exprimaient par énigmes. De quelle sorcellerie disposaient-ils pour avoir pu combattre Julène et la cabale kez ? Il n'avait pas vu le moindre gant de Privilégié sur les morts. Il ouvrit son troisième œil, luttant contre la nausée qui monta aussitôt en lui. Il le referma aussi vite que possible et cligna rapidement des yeux pour chasser les couleurs de l'Autre. Cette sorcellerie était trop dense pour qu'il puisse distinguer quoi que ce soit.

— Je sais, répondit Taniel. Trouvez-vous un abri.

— Bonne chance. (Le vieillard réussit à le gratifier d'un sourire. Taniel lui en fut reconnaissant.) On leur a donné du fil à retordre. Ils sont affaiblis. Profitez-en.

Si ces hommes et ces femmes vénérables pouvaient tenir tête à Julène, alors lui aussi le pourrait, décida Taniel. Il inspira profondément et serra les poings. Il était temps de monter au combat.

Il serra la main du vieux moine et rejoignit les autres Veilleurs. Ils avaient fait ce qu'ils pouvaient pour aider les survivants. Certains leur avaient laissé des provisions et leurs couvertures de rechange. Taniel espérait que les moines pourraient en récupérer d'autres en fouillant les ruines, lorsque la fumée serait retombée.

Il compta ses troupes. Rina et ses chiens n'étaient pas là.

Ils la trouvèrent tout au bout du monastère, où elle était accroupie devant le mur fracassé, examinant le chemin menant au pic. Elle se retourna en les entendant approcher. Ses chiens gémirent et tirèrent sur leurs harnais. Elle les fit taire d'un sifflement, mais les bêtes terrifiées ne garderaient pas longtemps le silence.

— Il y a quelque chose d'autre sur cette montagne.

Taniel réprima un frisson.

— Que veux-tu dire ?

— Des lions des cavernes. (Elle désigna le sol, montrant des traces que Taniel pouvait à peine distinguer.) Nous en avons déjà chassé. Mes chiens savent reconnaître leur odeur.

Il y avait quelque chose de sinistre dans sa déclaration. Taniel s'aperçut que ses mains tremblaient.

— Oh. Il y a des lions dans ces montagnes. C'est peut-être même Julène – les moines ont dit qu'elle avait pris cette forme lorsqu'elle les a attaqués.

— Je doute que ce soit elle.

Taniel sentit son cœur battre un peu plus vite.

— Pole ! cria-t-il. Viens ici !

Elle avait pris trente pieds d'avance et s'était accroupie sur la piste pour gratter le sol. Elle l'ignora.

— Non ? demanda-t-il à Rina. Comment le sais-tu ?

Le maître-chien étendit les mains et parla de sa voix toujours aussi douce.

— Parce qu'ils sont au moins cinquante.

Plusieurs Veilleurs poussèrent un juron. Bo bafouilla en traçant des signes de protection dans l'air.

— Quoi ? glapit Taniel avec plus de force qu'il ne l'eut souhaité.

— Plus haut. Devant Ka-poel, où la piste s'élargit. Ils sont descendus des pentes pour suivre les Kez.

Taniel regarda Bo.

— Peut-elle les invoquer ? J'ai entendu parler de Privilégiés capables de…

Le rire de Rina le coupa.

— Quoi encore ?

— Ces fauves ne sont pas *avec* les Kez. Ils les *chassent*. (Une pointe d'hystérie faisait vibrer sa voix douce.) Et lorsqu'on les rejoindra, ils nous chasseront également. Par Kresimir, ils nous chasseront !

Elle tira sur les laisses de ses chiens pour les rapprocher d'elle et fixa les traces laissées sur le sol.

— Les lions des cavernes ne chassent pas en meute, remarqua un des Veilleurs.

Tous semblèrent se retourner en même temps pour dévisager Bo. Il leur rendit leur regard las et hagard. Il palpa l'air de ses mains gantées comme un docteur cherchant un os brisé sous la peau. Un fil chaud de sorcellerie effleura les sens de Taniel.

— Il y a quelque chose de bizarre dans cette montagne, se contenta-t-il de dire.

* * *

Nila bénéficiait désormais d'un chariot pour lui faciliter la tâche. Un des nombreux employés du festival de Saint Adom l'avait aidée à le fabriquer en utilisant une vieille baignoire et la base d'une carriole de camelot. Elle n'avait pas pu se résoudre à demander un coup de main aux gardes, bien qu'ils l'auraient certainement assistée sans sourciller. Ils s'étaient passé le mot : tous savaient qu'elle avait repoussé les avances d'Olem. Les soldats restaient courtois, mais avaient moins d'égards que précédemment.

Pendant trois jours, elle s'était servie de son nouveau chariot pour ramasser le linge, le temps que les gardes s'y habituent. C'était logique : maintenant que la moitié du personnel de la Maison des Nobles oubliait ses devoirs pour profiter du festin de Mihali, elle avait davantage de travail. Du coup, elle se retrouvait plus souvent qu'à son tour seule dans le sous-sol servant de buanderie, et avait pu infléchir son itinéraire pour passer devant la chambre de Jakob.

Elle avait vite compris que, de nuit, il lui serait plus difficile de l'exfiltrer du bâtiment. Dur de le cacher dans des couloirs déserts. Néanmoins, dans la journée, ces mêmes couloirs étaient bondés. Tant que le festin continuait, il était impossible de tenir le compte de tous ceux qui entraient et sortaient et, une fois dehors, ils pourraient se fondre dans la foule.

Au matin du dernier jour du festival, elle poussait son chariot le long des couloirs de la Maison des Nobles. Elle fit ses arrêts habituels, assemblant assez de vêtements pour pouvoir cacher un enfant, avant de se diriger vers la chambre de Jakob. Elle passa devant des hommes et des femmes, des soldats et des clercs, et hocha la tête en souriant à tout un chacun.

Le garde n'était pas à son poste. Nila soupira et chuchota une prière de remerciement à Kresimir. Seule la nurse de Jakob serait là pour s'interposer.

Elle vérifia que sa matraque était toujours dans le chariot. Elle ne voulait pas s'en servir, mais si cette femme lui faisait des difficultés, elle n'hésiterait pas.

Nila s'arrêta brutalement. La porte de la chambre était grande ouverte. D'habitude, elle était toujours close. Elle se força à continuer, poussant toujours son chariot, et jeta un coup d'œil le plus naturellement possible à l'intérieur.

La chambre était vide. Pas de Jakob, pas de nurse. Avait-elle commis une erreur ? Avaient-ils transféré le garçon dans un autre lieu ce matin, ou pire, dans un autre pays ?

Elle scruta le couloir pour vérifier qu'il n'y avait toujours pas de soldats en vue et entra.

Le lit était défait. Il y avait des jouets sur la table de nuit et des vêtements d'enfant dans le placard. Si Jakob était parti, c'était tout récent. Était-il à la salle de bains ? Il fallait qu'elle sorte de la pièce : il pouvait revenir avec un garde à tout moment.

— Par la poix, qui es-tu ? demanda une voix masculine.

Nila virevolta, son cœur bondissant dans sa poitrine. Deux hommes se tenaient dans l'entrée. Celui qui s'était adressé à elle ressemblait à un docker, avec une casquette plate et un gilet de laine aux coudes raccommodés sur une veste brune crasseuse. L'autre était, de toute évidence, un gentilhomme, vêtu d'une redingote noire sur un gilet de velours et une chemise blanche, un pantalon noir et des chaussures vernies. Il avait également une canne et un chapeau haut de forme.

— La lavandière, répondit-elle en avalant sa salive.

Qui étaient ces hommes ? Que faisaient-ils dans la chambre de Jakob ?

Le docker la toisa en grimaçant, puis regarda le chariot à linge resté dans le couloir.

— Repasse plus tard.

— Je peux vous aider ?

À l'accent du docker, elle pouvait dire qu'il était du coin. Sans doute un membre des Nobles Guerriers du Travail. Le gentilhomme gardait le silence, mais son regard fixe lui tapait sur les nerfs.

— J'suis revenu chercher les jouets et les fringues du gamin, reprit le docker. J'en ai pour une minute.

— J'allais justement les porter au nettoyage. Je peux les laver et vous les faire envoyer ensuite.

— Ça ne sera pas nécessaire.

Le gentilhomme avait enfin pris la parole. Sa voix était douce, mais ferme. Il paraissait être une personne instruite.

— Va, dit-il au docker.

Le docker écarta poliment mais fermement Nila et se mit à vider le placard et les tiroirs sur le lit. Il jeta un train de bois et deux soldats de fer blanc sur la pile et rassembla le tout dans un drap dont il noua ensemble les quatre coins pour faire un baluchon.

— Je suis sûre qu'il a un sac de voyage quelque part… commença Nila.

— Ça ne sera pas utile, répondit le gentilhomme. Tu peux t'occuper du reste.

Et il quitta la pièce.

Le docker passa le paquet par-dessus son épaule et le porta dans le couloir. Nila le suivit, le regardant emboîter le pas du gentilhomme. Lorsqu'elle constata qu'ils ne se retournaient pas, elle se mit à pousser son chariot dans la même direction.

Restant à bonne distance, elle les suivit jusqu'au grand vestibule, puis le long d'un couloir avant de tourner dans une pièce située à son extrémité : un des nombreux bureaux du bâtiment. Nila laissa le chariot et s'en approcha lentement, puis jeta un coup d'œil à l'intérieur.

Une main s'abattit sur son épaule. On l'attira dans la pièce pour la balancer brutalement contre un mur. Quelqu'un enserra son menton et elle se retrouva face aux yeux impassibles du gentilhomme.

— Pourquoi ce gamin t'est-il si important ?

Sa voix restait calme, composée, bien qu'il enserrât Nila d'une poigne de fer.

Surprise, elle marmonna des mots indistincts sans trop savoir que dire. Qui était cet homme ? Pourquoi la traitait-il de cette façon ? Pouvait-il savoir ce que Jakob signifiait pour elle ?

— Pourquoi ce gamin t'est-il si important ? répéta-t-il, projetant la tête de la jeune femme d'un côté, puis de l'autre à chaque mot comme pour donner plus d'emphase à sa question.

— Rien. Je suis juste la lavandière.

— J'ai un Don qui me permet de savoir lorsqu'on me ment, dit-il. Tu as cinq secondes pour me répondre. Après, je t'étrangle.

Nila sentit les doigts se refermer sur sa gorge. Elle plongea à nouveau dans ses yeux. Elle avait vu plus de vie dans le regard d'hommes morts. Elle compta dans sa tête. La prise se resserra sur son cou.

— J'étais… commença-t-elle, sentant sa gorge lui faire mal. (Il la relâcha légèrement.) J'étais lavandière pour sa famille avant la purge. Je le connais depuis le jour de sa naissance. Je voulais qu'il échappe à Tamas.

Les doigts la lâchèrent.

— C'est bien, dit le gentilhomme. Nous avons eu… quelques problèmes avec sa nurse. Tu vas prendre sa place. Viens.

— Je ne…

Il la prit par l'arrière de la nuque, la traînant à travers la salle comme une enfant dissipée. Il ouvrit un placard et la força à baisser les yeux.

Nila se souvenait de la nurse qui veillait sur Jakob. Olem la lui avait présentée. C'était une femme corpulente plus âgée qu'elle. Elle gisait au fond du réduit dans une position peu naturelle, ses yeux fixant le vide. Nila voulut se reculer, mais le gentilhomme la retenait fermement.

— Voilà ce qui arrive à ceux qui doutent, dit-il. Si tu décides d'avoir des hésitations, des scrupules… Si jamais tu me désobéis… Je n'hésiterai pas à te tuer de mes mains nues. Je suis le Seigneur Vetas, et maintenant, je suis ton maître. Suis-moi.

Il ferma la porte du placard et l'entraîna dans le couloir. Le docker apparut, le baluchon rempli des affaires de Jakob passé par-dessus son épaule. Vetas lui désigna Nila.

— Elle sera la nouvelle nurse du garçon. Emmène-la. J'ai à faire ailleurs.

Et il s'en alla d'un pas vif. Nila ne put s'empêcher de le regarder partir. Son cœur tambourinait dans sa poitrine et ses jambes semblaient changées en coton. Elle n'avait jamais ressenti une telle terreur. Pas même lorsqu'Olem l'avait sauvée des violeurs, pas même lorsqu'elle avait failli se noyer dans l'Admer quand elle n'était qu'une gamine. Cet homme était le mal incarné.

Le docker haussa les épaules et prit Nila par le bras. Il la mena le long du couloir jusqu'à une petite porte donnant sur l'extérieur. Un fiacre les y attendait. Même la ruelle derrière la Maison des Nobles était bondée. Nila regarda le docker. Sa poigne n'était pas si ferme. Elle pouvait se dégager et s'enfuir pour disparaître dans la foule.

Ils se rapprochèrent de l'attelage. Une angoisse sourde au creux de son estomac lui dit que si elle montait dedans, elle ne pourrait jamais échapper à l'emprise de ce Seigneur Vetas. Elle se tendit, cherchant une occasion de fuir, soulevant le bas de sa robe afin de pouvoir courir.

— Mam'zelle Nila ?

Jakob apparut à la portière du fiacre. Ses cheveux étaient ébouriffés, sa veste de guingois, mais on ne lui avait pas fait de mal.

— Mam'zelle Nila ! Je savais pas que vous étiez là !

Nila lâcha sa robe. Elle prit la main du garçon et monta dans le fiacre.

— Ne t'en fais pas, dit-elle. Je vais m'occuper de toi.

XXXVI

Tamas se penchait sur son fauteuil, une jambe posée sur un pouf, regardant la moitié de la ville affluer pour prendre un petit déjeuner tardif offert par Mihali. La place était pleine à craquer et les rues avoisinantes remplies de gens attendant leur tour. Certains regardaient des jongleurs, d'autres se massaient par milliers devant une estrade élevée au milieu du square, mangeant leur porridge debout pendant qu'une troupe de théâtre interprétait une pièce grivoise. C'était le dernier jour du festival, et pour distraire les masses, on n'avait pas regardé à la dépense.

Un grand parasol protégeait Tamas du soleil de ce milieu de matinée. Il se tenait sur les marches à l'avant de la Maison des Nobles, faisant un sort à un panier de gâteaux que Mihali lui avait donné une heure plus tôt. Il se sentait mieux qu'il ne l'avait été depuis des mois.

— Avec votre patte folle, vous devriez être au lit, dit Dame Winceslav. Vous êtes sûr d'être assez bien portant pour sortir ?

Il la toisa, remarquant sa pâleur, et se demanda s'il ne devait pas lui retourner la question.

— Bien sûr, Ma Dame. On ne peut mieux.

Des mots braves, peut-être, mais c'était vrai : sa jambe allait vraiment mieux. Il pouvait presque *sentir* les progrès de sa guérison et les forces lui revenir peu à peu. Il n'était pas encore pleinement remis, il le savait, mais cela ne lui semblait plus si important. Pour la première fois depuis la mort de sa femme, il se sentait à nouveau lui-même.

Même Dame Winceslav semblait avoir le moral au beau fixe. Malgré le scandale relatif à la trahison du brigadier Barat, elle avait bravé la multitude pour venir jusqu'ici. Elle ne dirigeait pas le festival – tout était entre les mains de Mihali maintenant – mais, au moins, elle était présente.

— Vous croyez que tout le monde va venir ? demanda-t-elle.

Tamas scruta la foule des yeux.

— Ma Dame, je crois que la ville entière s'est donné le mot.

— Je parlais du conseil, corrigea-t-elle en lui donnant une petite tape sur le bras.

— Ricardo est là depuis six heures et demie, dit Tamas, transportant des plats et du vin comme tous ses ouvriers.

Et sous surveillance discrète mais constante jusqu'à ce qu'Adamat m'apporte des preuves démontrant son innocence, ou sa culpabilité. Si le chef syndicaliste savait quoi que ce soit sur la tentative d'assassinat, il le cachait bien.

— Vraiment ? s'étonna-t-elle. Incroyable.

— Ondraus aussi est là, quelque part, à crier après ses employés, ajouta Tamas. Olem dit avoir croisé l'eunuque il n'y a pas une heure. Par contre, pas la moindre trace de Charlemund.

Tamas regarda le doyen Lektor se frayer un chemin au milieu de la foule. La tache de naissance sinuant sur son visage semblait plus sombre qu'à l'habitude. Le vice-chancelier lorgnait les plats en passant devant les tables, mais il semblait avoir autre chose de plus important en tête. Il s'arrêta brièvement lorsque les gardes du corps de Tamas lui jetèrent un regard noir, puis plongea sous le parasol. Il inclina son chapeau à l'adresse de Dame Winceslav.

— Un siège ? demanda Tamas, faisant un geste à l'adresse d'un garde.

— Merci. (Il observa le festin tout en attendant sa chaise, puis s'assit aux côtés de Tamas.) Vous m'avez l'air bien joyeux.

— Vraiment ? Je n'ai dit que deux mots.

Le doyen s'éclaircit la gorge.

— Je le sens. C'est dans l'air. Comme un étudiant de première année qui sait qu'il sera le chouchou des professeurs. C'est agaçant.

Lektor regarda à nouveau autour de lui. Il ne cessait de revenir aux tables et de lorgner les assistants amenant des plats, des saladiers et tout le reste.

Tamas jeta un coup d'œil torve au vice-chancelier.

— Vous ne le sentez pas ? dit-il. Ce n'est pas seulement moi. C'est toute la ville. C'est… ça. (Il eut un geste englobant le festin, les dizaines de milliers de citoyens qui se gavaient des petits plats de Mihali avec abandon.) Les riches et les pauvres, les nobles et les ignobles, côte à côte. Je n'ai jamais rien vu de tel.

Le doyen toisa toute cette liesse d'un air guindé.

— Vous ne croyez toute de même pas en ces fadaises, non ? Que ce chef serait un dieu ?

Ses yeux s'attardèrent sur un bol de porridge.

Tamas hésita, cherchant à déchiffrer le ton du doyen. Il y avait quelque chose de bizarre. Malgré son air dédaigneux, on aurait dit qu'il souhaitait presque entendre le maréchal répondre affirmativement.

— Ha. Un dieu ? Non. Un Doué particulièrement puissant, oui. Quoique… (Il passa un doigt le long de son nez en un geste indiquant un secret.) À quoi peut bien ressembler un dieu ? Qu'est-ce qu'il fait ? Comment en reconnaître un lorsqu'on le voit ? (L'air exaspéré du doyen lui arracha un rire.) Mihali a un Don précieux, mais ça n'en fait pas un dieu pour autant. Et vous, qu'en dites-vous ? Après tout, c'est certainement vous le plus qualifié. Vous connaissez toute l'histoire des Neuf sur le bout des doigts. Vous devez savoir si c'est Adom, non ?

— Il y a longtemps que j'ai compris que Kresimir ne reviendrait pas.

Le doyen se tut, et Tamas réalisa alors qu'il n'avait pas la moindre idée de son âge.

— Et Adom… insista Tamas.

— Il aimait bien manger. Ce n'est pas pour rien qu'il est le saint patron des chefs cuisiniers. Il était grand, fort, puissant et… (Il suivit des yeux une des assistantes de Mihali qui passait non loin de là, un plat d'oiseaux farcis en main.) Les femmes l'aimaient beaucoup. Il a eu quatre cents épouses, et il les a toutes aimées. Au sens propre comme au figuré.

— Quatre cents ? s'étonna Tamas. Et moi qui pouvais à peine me débrouiller avec une seule. (Sa gorge se serra, et il dut se l'éclaircir.) À la façon dont vous en parlez, on dirait que vous l'avez connu personnellement.

Le doyen ne répondit pas.

— Il faut croire que Mihali est un bon candidat.

— Il reste encore bien des questions, reprit le vice-chancelier. Cela fait des siècles et des siècles qu'un dieu n'est pas descendu sur terre. Kresimir est parti pour reprendre son exploration du cosmos. Quelques jours plus tard, Novi et Brude ont fait de même. Les autres les ont suivis ou ont disparu sans trop de bruit. Selon la rumeur, un ou deux sont restés en ce monde…

Il ne finit pas sa phrase.

Tamas et Dame Winceslav échangèrent un regard intrigué.

— Vous vous sentez bien ? demanda Tamas.

Le doyen lui jeta un coup d'œil.

— Me croiriez-vous si je vous disais que Mihali est un sorcier très puissant ?

— Sans l'ombre d'un doute. Mais ce n'est pas un Privilégié. Juste un Doué.

Le doyen renâcla.

— Un Doué, mon cul. Et si je disais « le sorcier le plus puissant au monde » ? Ou que les dieux n'ont jamais été autre chose que des sorciers aux pouvoirs immenses ?

— Hypothétiquement ? demanda Tamas, laissant paraître son scepticisme.

— Le plus puissant qui ait jamais vécu ?

— Vous plaisantez ?

— Ce n'est qu'une question, rétorqua le doyen.

— Et si c'était vrai ?

— Le problème avec la logique, c'est que, parfois, on est obligé de croire en ses propres hypothèses, même lorsqu'on ne le souhaite pas. Qu'est-ce que votre sixième sens vous transmet lorsque vous êtes près de Mihali ?

— Que c'est un Doué, comme je l'ai dit. Il a cette légère radiance. Mais une chose est certaine, il n'a pas le pouvoir d'un Privilégié.

— Vous en êtes sûr ?

Tamas soupira. Il ouvrit son troisième œil et le tourna vers Mihali. Dans une foule pareille, les Doués ne manquaient pas, mais le chef était facile à trouver. D'une façon ou d'une autre, il se détachait du lot. Et pourtant, son aura n'était pas particulièrement forte.

— Oui, répondit Tamas. (Il étudia le vice-chancelier. Le vieil homme couvait Mihali d'un regard noir.) Vous ne croyez tout de même pas que c'est possible ? Qu'il puisse vraiment être un dieu ?

Le doyen ferma les paupières et resta silencieux pendant plusieurs minutes. Tamas commençait à se demander s'il s'était assoupi lorsqu'il rouvrit les yeux.

— Trop de questions, dit-il.

— Vous avez dit « les autres dieux », remarqua Tamas. Je croyais que Kresimir était le seul.

Le doyen bougea sur sa chaise tout en regardant un employé propret faire rouler un baril de bière le long des marches.

— Ce n'est pas tout à fait vrai, répondit-il.

— Tel est le dogme, dit Tamas. Charlemund me le rappelait pas plus tard que l'autre jour.

— Ce n'est pas parce que quelque chose fait partie du dogme de l'Église que c'est forcément vrai.

— Oui, certainement. Tout homme instruit…

Voyant l'expression du doyen, il ne finit pas sa phrase.

— Des hommes instruits, répéta le vieil homme. Bah. Dix dieux sont descendus sur cette terre, pas un dieu et neuf saints. Kresimir est venu en premier, puis a requis l'aide de ses frères et sœurs pour organiser les Neuf.

— Dix dieux ? (Tamas lutta pour se souvenir de ses leçons d'histoire.) J'ai toujours cru que les Kez avaient pris Kresimir comme leur saint patron. Alors qui est le dixième ?

Le doyen secoua la tête.

— Vous vous trompez de question. Celle que vous devriez vous poser est : si Mihali est un dieu, que vient-il faire ici et surtout *maintenant* ?

Le Pic du Sud était caché derrière la Maison des Nobles, mais ils se tournèrent tous les deux dans cette direction. Tamas repensa aux avertissements qu'il avait reçus de Bo comme de Taniel. Des sorciers anciens cherchant à invoquer un dieu. C'était presque pittoresque, comme un récit sorti d'un livre d'images. Des frayeurs nées de mois de combats épuisants. Quoique, se rappela Tamas, ces signes avant-coureurs avaient précédé le début du siège. Il gratta le haut de sa jambe blessée. Aussitôt, la douleur revint, comme une vieille plaie qui se serait rouverte.

— Avez-vous déjà entendu parler de la Promesse de Kresimir ? dit soudain Tamas.

— Fadaises, fit le doyen.

— Fadaises ? Vous savez ce que c'est ? On m'a dit que c'est un secret de cabales que seuls les rois et leurs Privilégiés connaissent.

— Ça l'est, répondit le doyen en s'essuyant le front avec un mouchoir.

Tamas allait insister lorsqu'il entendit un cri.

Un autre suivit, puis un autre encore. Une onde de frayeur traversa la foule alors qu'un murmure se transformait en rugissement. Des convives se levèrent, oubliant leurs plats, cherchant à voir d'où venait ce tumulte.

— Qu'est-ce qui se passe ? (Tamas empoigna sa béquille et lutta pour se lever.) Va voir ce que c'est, dit-il à un garde. Rentrez à l'intérieur, ordonna-t-il au doyen. Gardes, emmenez Dame Winceslav dans la Maison.

Tamas vit Mihali qui montait sur une table, agile malgré sa corpulence, pour tenter de discerner l'origine de l'agitation.

— Calmez-vous ! cria-t-il d'une voix d'une force surprenante qui porta au-dessus de la foule. Veuillez retourner à votre siège.

Les gens restèrent indécis, mi-assis mi-debout, sans trop savoir que faire. Ceux qui attendaient hésitèrent, ne voulant pas perdre leur place dans la file, mais s'inquiétant de ce qui pouvait arriver. Tout le monde se souvenait des Dragons le jour de l'élection.

Tamas ne voyait toujours rien. Le tumulte semblait venir de tout au bout des tables. Certains s'enfuirent, luttant contre ceux qui voulaient se rapprocher pour mieux voir.

— Mon pistolet, fit Tamas.

Il remarqua que le doyen s'était levé et tendait le cou pour regarder par-dessus les tables. Dame Winceslav et son garde du corps attendaient juste devant la porte de la Maison des Nobles.

— Rentrez, dit-il au doyen. Je ne veux pas que vous vous fassiez tuer par une meute folle de peur.

Ce dernier l'ignora.

— Comme vous voudrez, gronda Tamas en prenant l'un de ses pistolets de duel que lui tendait un garde.

Il vérifia qu'il était bien chargé et armé avant de scruter la foule.

— Là, fit le doyen en tendant le doigt.

À plusieurs centaines de pas de lui, Tamas vit un homme autour duquel la foule s'était écartée. Il semblait tenir quelque chose dans sa main. Tamas mordit dans une charge de poudre et tituba alors que la force de la poudretranse lui montait à la tête. Il inspira plusieurs fois et se redressa en braquant son regard sur l'inconnu.

Il était vêtu comme un Barbier, avec une chemise blanche et un pantalon noir sous un tablier blanc souillé de sang. Il y avait un cadavre à ses pieds, celui d'une femme aux longs cheveux blonds. Il essuya la lame de son rasoir sur son tablier et courut vers les badauds.

— Les Barbiers de la Rue Noire, dit lentement Tamas. Qu'est-ce que…

D'autres cris s'élevèrent. Par dizaines. Tamas balaya la place du regard. Les Barbiers fonçaient au beau milieu de la foule, envoyant les plats au sol, abattant hommes, femmes et enfants impunément, leurs rasoirs volant dans les airs comme le pinceau d'un maître réalisant un chef-d'œuvre sanglant.

— Aux armes ! brailla Tamas.

Son premier coup de feu frappa un Barbier entre les deux yeux, à cent pas de lui. Pour ça, il n'avait pas besoin de sorcellerie.

— Vous pouvez le recharger ? demanda-t-il en laissant tomber le pistolet sur les genoux du doyen. Des balles !

Un des gardes lui donna une poignée de munitions et une autre de poudre. Tamas jeta une balle en l'air et alluma une charge d'une pensée. Un autre Barbier s'écroula, puis un autre encore.

— Pourquoi me demandez-vous ça alors que vous n'en avez même pas besoin ? râla le doyen en lui tendant le pistolet.

— Ça me permet de mieux viser, répondit Tamas, surpris de voir qu'un intellectuel lettré pouvait recharger si vite.

Au bruit des coups de feu, la foule se mit à bouger et refluer comme un troupeau pris de panique. Tamas se prépara au pire en remarquant que certains citoyens lorgnaient les portes ouvertes de la Maison des Nobles.

— Fais fermer ces portes, dit-il à un garde. (Il leva ses pistolets.) Assure-toi que Dame Winceslav est bien à l'intérieur.

— Là ! s'écria le doyen.

Le vieil homme poussa le canon du pistolet en direction de Mihali. Tamas vit un Barbier sortir de la foule pour se précipiter sur le chef. Il appuya sur la détente. L'homme tomba comme une pierre.

— Par les doigts gelés de Novi ! Sabon était supposé s'occuper des Barbiers. Mihali ! Planque-toi !

Le chef ne l'entendit pas. Il se tenait debout sur une table, à agiter les bras en poussant de grands cris, semblant ignorer le cadavre du Barbier gisant à quelques pieds de lui.

— Encore un, fit le doyen en tendant le doigt. C'est Mihali qu'ils visent !

Pourquoi ? se demanda Tamas.

Il tendit à nouveau le pistolet au doyen et, d'un claquement de doigts, jeta une balle en l'air. Le coup érafla l'épaule d'un Barbier pour se perdre dans la foule, où un quidam posa les mains sur son flanc.

— On est trop loin. Je ne peux pas faire grand-chose, il me faut d'autres armes. (Il fouilla ses poches, mais il était à court de munitions.) Merde. Que ce soit un fou ou un dieu, maintenant, il va devoir se débrouiller. Trouvez-moi des balles !

Le doyen secoua lentement la tête.

— Non. On ne peut l'abandonner.

— Parce qu'on a le choix, peut-être ? rétorqua Tamas. On ne pourra jamais traverser ce troupeau !

La foule s'était mise en mouvement. Les gens s'enfuyaient lentement, comme sensibles aux appels au calme éructés par Mihali, mais ses braillements ne suffisaient pas à apaiser complètement la peur bouillonnante de la multitude.

— Il va bien falloir essayer, répondit le doyen en enserrant le bras de Tamas. Venez, appelez votre garde.

Dame Winceslav apparut de l'autre côté. Tamas réprima un juron.

— Ma Dame, vous feriez mieux de rentrer.

— Je refuse d'abandonner mes soldats, déclara-t-elle. (Elle serra les poings.) Qu'on me donne un fusil. Nous allons nous frayer un chemin jusqu'à Mihali et…

Le doyen inspira subitement, faisant sursauter Tamas.

— C'est *lui* ! Ouvrez votre troisième œil !

— Comment savez…

Tamas n'eut pas à obéir à son injonction. Il *sentit* la sorcellerie passer au-dessus de lui avec la force d'un raz-de-marée.

— C'est bien Adom, gémit le doyen. Il a enlevé son déguisement.

— Que fait-il ?

Tamas se sentait gourd, désemparé. Il n'avait jamais vu une sorcellerie aussi puissante. Si celle d'un Privilégié était comme la chaleur d'une flamme, là, il avait l'impression de se tenir dans la chaudière d'un forgeron.

— Il invoque un sortilège !

— Je ne comprends pas !

— Il invoque ! Ces quelques moments qui servent à créer un sort, à cueillir les auras de l'Autre. Il ne cherche pas à raser un bâtiment ou à détruire un bataillon. Il y travaille depuis une semaine ! Ce festin, ces gens. Ils en font partie. Il tisse des auras au cœur même de la ville. Si les Barbiers arrivent jusqu'à lui, ils détruiront tout son travail !

— Comment savez-vous tout ça ?

— Nous n'avons pas le temps !

Le doyen lâcha le bras de Tamas alors que la foule s'avançait vers eux. Un des gardes de Tamas fut renversé et faillit bien se faire piétiner avant d'être tiré en lieu sûr. La masse se mit à se tortiller comme un animal. Ils risquaient d'être balayés, gardes ou pas. Ce n'était pas une chose que des soldats pouvaient maîtriser.

— Il faut qu'on rentre.

Olem se trouvait aux côtés du maréchal, fusil en main. Il se tenait dans les rangées entre les tables lorsque tout avait commencé.

Le regard de Tamas passa entre lui et le doyen. Ils devaient battre en retraite le temps que la panique retombe. Ils s'occuperaient des Barbiers plus tard. Ces maudits assassins étaient finis, quoi qu'il arrive. Il fit un pas en arrière, enserrant sa béquille. Que racontait le doyen ? Invoquer des sorts ? Il l'aurait senti.

— Fermez les portes de la Maison. Je ne veux pas que ces gueux puissent entrer.

— Monsieur ?

— On va venir en aide à Mihali.

— C'est du suicide, monsieur !

— À moi mes hommes, en formation !

Ses gardes du corps se regroupèrent autour de lui. Des soldats sortirent de la Maison des Nobles pour se joindre à eux. En quelques instants, il avait trente hommes à ses côtés. Trente hommes qui ne pourraient faire face à une foule de cent mille citoyens paniqués.

— Ma Dame, vous feriez mieux de rentrer, dit-il pour la dernière fois.

Quelqu'un lui avait donné un fusil. Elle avait l'air de savoir s'en servir. Il n'y avait pas la moindre trace de peur dans ses yeux. Tamas ne l'en respectait que plus.

— Pas de baïonnettes, les gars, ordonna-t-il. Jouez des crosses. Où est le doyen ?

— Là, répondit Olem.

Tamas suivit la direction qu'il lui indiquait. Le doyen se trouvait à quelques pieds devant ses hommes, à quelques pouces seulement de la masse de corps.

— Ramenez-le-moi, lâcha Tamas d'un ton sec. Ce vieil enfoiré va se faire tuer.

Un soldat rompit le rang et courut vers le vice-chancelier pour l'attraper par le col de son manteau. Le vieil homme se dégagea avec une force surprenante. Devant lui, au cœur de la masse, Mihali était toujours debout sur sa table. Il avait cessé de brailler et scrutait la foule en fronçant les sourcils. Malgré la violence des mouvements de cette dernière, personne ne s'était approché à moins de dix pas de sa table.

Jusqu'à ce qu'un Barbier surgisse.

— Mon pistolet, ordonna Tamas. Vite !

Un second Barbier jaillit de la multitude pour s'approcher de Mihali. Il secoua la tête, l'air perplexe, et échangea un regard avec son collègue. Un troisième assassin se joignit à eux, et ils marchèrent vers le chef.

— Une arme ! brailla Tamas.

Le soldat n'avait pas réussi à ramener le doyen vers le bâtiment. Du coin de l'œil, Tamas aperçut le vice-chancelier. Il avait l'air tassé sur lui-même. Soudain, le vieil homme fouilla ses poches, en tira une paire de gants blancs frappés de runes rouge et or. Il les enfila et leva les mains.

Tamas le fixa, les yeux ronds. Ainsi, le vice-chancelier, ce vieux professeur d'histoire grassouillet, était un Privilégié ? Comment pouvait-il l'ignorer ?

Le doyen fit jouer ses doigts en l'air comme un chef d'orchestre. Un *foump* sonore secoua l'air et sépara la foule en deux, formant un chemin assez large pour y faire passer un fiacre alors qu'une force invisible repoussait les citadins. Certains se débattirent pendant que d'autres semblaient écrasés comme des bateaux contre des rochers.

— Faites venir vos soldats, lança le doyen par-dessus son épaule.

Tamas hésita un instant, puis :

— Allez-y.

Il boitilla vers le vice-chancelier, saisissant un pistolet des mains d'un soldat pour le braquer sur un Barbier. Il n'avait qu'un seul coup et pas une seule charge de poudre de rechange. Il était trop loin pour faire rebondir la balle, et ses hommes n'arriveraient jamais à temps. Une analyse qui ne lui prit qu'une fraction de seconde. Il pointa son arme vers le plus grand, le plus menaçant des assaillants et appuya sur la détente.

Le Barbier s'évapora. Le projectile traversa une fine brume rouge pour frapper une femme à l'épaule. Tamas écarquilla les yeux. Il pointa le pistolet vers le ciel et regarda le long du canon. Tout semblait normal. Il reporta son attention sur Mihali.

Le deuxième Barbier s'arrêta, lorgnant le nuage qui avait été son camarade, la bouche légèrement ouverte. Le brouillard se dissipa dans la brise comme de la fumée d'une pipe. Le troisième Barbier fonça sur Mihali en brandissant son rasoir. Tamas crut entendre un petit claquement, comme une bulle qui éclate, et l'agresseur disparut à son tour. Il ne resta ni vêtements, ni lame de métal. Rien qu'une brume grise qui disparut presque aussi vite qu'elle était apparue. Le deuxième Barbier tourna les talons pour s'enfuir, et, dans un autre claquement – que le maréchal ne pouvait avoir imaginé –, il disparut. Tamas secoua la tête alors que d'autres « pop » lui sonnaient aux tympans. Quelqu'un hurla.

La place commençait à se vider. Mihali restait seul, debout sur sa table, les bras croisés. Il scrutait d'un œil sévère les pavés alors que ce qui restait de la foule s'écoulait dans les avenues. La nourriture jonchait le sol, les tables et les chaises étaient renversées, les plats, les bols et les gobelets abandonnés. Ici, on avait renversé un chaudron de porridge dont le contenu se répandait lentement sur les dalles, et là, les corps de passants gisaient, immobiles. Une femme grogna de douleur.

Tamas héla un garde.

— Va l'aider.

Derrière lui, les portes de la Maison des Nobles s'ouvrirent en grand, laissant passer un flot de soldats.

— Que s'est-il passé, monsieur ? demanda Vlora en arrivant à sa hauteur.

— Les Barbiers de la Rue Noire, cracha Tamas. Adamat et Sabon n'ont pas fait leur travail.

— Qui est-ce, par la poix ?

— J'en ai abattu deux. Ils… (Tamas s'arrêta. Les Barbiers blessés avaient disparu. Il cligna des yeux. Était-ce une brume rouge qu'il voyait à l'endroit où ils étaient tombés ?) J'en ai vu d'autres. Ils ont dû s'enfuir avec la foule.

Il passa devant Olem et boitilla le long des marches pour s'arrêter à côté du vice-chancelier. Le doyen se tenait là, les mains fourrées dans les poches de sa veste, examinant la place désertée d'un air consterné.

— Qui êtes-vous, par la poix ? demanda Tamas.

Ses mains tremblaient. La sorcellerie qui l'avait submergé quelques minutes plus tôt avait disparu. Dissimulée à nouveau. De toute évidence, elle avait émané de Mihali. Mais qu'en était-il du vice-chancelier ? Il lui avait caché sa nature de Privilégié ? Impossible. Tamas s'en serait forcément aperçu à un moment ou à un autre.

Le doyen retira les mains de ses poches pour tambouriner des doigts sur son ventre. Il avait retiré ses gants.

— Vous êtes l'un d'entre eux, dit Tamas lorsqu'il devint évident que le doyen ne répondrait pas à sa question. Un Predeii. Comme Julène.

Alors c'était vrai. Tout. Tamas sentit une angoisse sourde lui glacer l'estomac.

— Ne bougez pas d'ici, dit-il en se dirigeant vers Mihali.

Le chef était descendu de sa table et ramassait des chaises pour les remettre à l'endroit. Il s'arrêta à côté du chaudron de porridge renversé, posa ses mains sur le rebord et fronça les sourcils.

Tamas s'arrêta à une douzaine de pieds du chef. Sous ses yeux, le porridge s'évapora comme de la pluie séchant sur des pierres chauffées par le soleil. Mihali se pencha sur le chaudron et l'empoigna à deux mains. Il le souleva sans mal, bien qu'il dût peser au moins deux cents livres, et le remit sur son support de métal.

Tamas ouvrit son troisième œil et lutta contre ce vertige devenu familier. Le monde se mit à luire. Les pavés où s'était renversé le porridge étaient éclaboussés de rose. Les couleurs tourbillonnaient autour de Mihali comme des rubans de carnaval, mais elles ne touchaient jamais le chef.

Celui-ci se laissa tomber sur une chaise et posa les coudes sur ses genoux, puis son menton sur ses paumes. Il s'aperçut de la présence de Tamas.

— Merci d'avoir veillé sur moi.

— J'étais trop loin pour servir à quoi que ce soit, répondit Tamas.

Mihali lui décocha un faible sourire.

— Néanmoins… Je reste vulnérable dans ce corps.

— Ces brutes ont gâché ton festin.

— Les gens reviendront.

Le chef s'épongea les sourcils de la paume. Une de ses assistantes s'approcha de lui et posa doucement une main sur son dos. Il l'étreignit d'un de ses énormes bras et l'embrassa sur le front.

— Et il y en aura plus encore, reprit-il avec un soupir. Mon œuvre n'est pas gâchée. Retardée, tout au plus.

— Le doyen a dit que tu invoquais de la sorcellerie.

Mihali regarda le vice-chancelier par-dessus l'épaule de Tamas.

— Très perspicace. (Un instant, il resta là, enserrant le bras de son assistante avant de la chasser.) Maintenant, je me souviens de vous, dit-il alors que le doyen s'approchait. Ça fait bien longtemps.

— Environ quatorze siècles, répondit ce dernier. Alors c'est vraiment vous ? Je n'y croyais pas… Je ne voulais pas y croire. (Il inspira tant bien que mal.) Après tout ce temps, je croyais que Kresimir ne reviendrait jamais. Je croyais qu'il était temps de tout changer. Que les inquiétudes de Rozalia n'étaient pas fondées et que Julène vivait dans le passé. Je croyais que nous étions seuls.

— Qu'as-tu fait de ces Barbiers ? demanda Tamas.

Mihali n'avait pas l'air très heureux.

— Ils ont cessé d'exister, dit-il avec la voix lugubre de quelqu'un qui a dû agir contre sa volonté. J'ai perdu mon sang-froid. Je n'aime pas… (Il se tut. Sa voix se brisait.) Ils n'ont pas souffert. Je n'aime pas faire souffrir.

Tamas regarda le chef pendant un moment. Mille questions se bousculaient dans son esprit. Mais quelque chose semblait lui paralyser la langue.

— Monsieur, dit Olem en arrivant à ses côtés, pas moyen de retrouver les Barbiers. Pas un seul.

— Inutile de les chercher. (Tamas inspira profondément.) C'est un dieu, Olem. Un vrai dieu incarné. (Une conviction nouvelle qui n'avait rien de plaisant. Il avait mal au crâne. Son estomac se révulsait.) Ça ne présage rien de bon.

Olem fixait Mihali comme s'il se demandait encore ce qu'il devait en penser.

— Pourquoi ? Enfin, s'il est vraiment un dieu, c'est plutôt bien, non ?

Tamas regarda le ciel. C'était une belle journée, chaude sans être brûlante, aérée sans être venteuse, et les rayons du soleil caressaient son visage.

— Pourquoi ? Parce que Mihali n'est pas le seul dieu, répondit Tamas. Il y a aussi Kresimir. Ça signifie qu'il peut être invoqué. On peut le faire revenir. Et il viendra me tuer. Les avertissements de Bo étaient justes. Ça n'annonce rien de bon.

Il sentit une présence à ses côtés, une patte énorme sur son épaule. Mihali l'avait rejoint.

— C'est pire encore, dit-il. S'il n'y avait que vous, je serais désolé, mais…

Tamas se sentait mal. Sa jambe le faisait à nouveau souffrir. Il la remua et ressentit une pointe de douleur. Il ravala une nausée subite.

— Que veux-tu dire ?

— Il va détruire le pays tout entier, expliqua Mihali. Tout homme, femme et enfant. Chaque plante, chaque animal. Il va faire table rase.

— Pourquoi ?

— Mon frère n'est pas… un dieu de bonté. Il trouvera certainement plus facile de recommencer à partir de zéro.

Tamas serra les dents. Des dieux. Comment pouvait-il gérer *ça* ? Que pouvait-il bien faire ?

— Pourquoi n'est-il pas encore intervenu ?

Mihali se tourna vers la Montagne du Pic du Sud.

— Mon frère est parti pour un très, très long voyage. Je ne crois pas qu'il ait jamais eu l'intention de revenir. Mais il va être invoqué. Certaines factions œuvrent en ce sens, d'autres pour les en empêcher. (Mihali se tourna vers Tamas.) Il n'est pas trop tard. Vous pouvez encore influencer cette bataille. Je vais tenter de protéger Adro de son pouvoir, mais il faut que vous fassiez le ménage chez vous.

— Le traître, chuchota Tamas.

— Si nous connaissons d'autres interruptions comme celle-ci… (Il désigna la place.) S'il y a d'autres distractions…

— Mais j'ignore qui c'est, dit Tamas.

— Peut-être eux le savent, intervint Olem en désignant du doigt l'autre bout de la place.

Le maréchal se retourna pour voir Sabon et Adamat se précipiter vers eux.

XXXVII

La Place des Élections était un vrai capharnaüm. Des soldats erraient au milieu d'un fatras de chaises renversées, de nourriture éparpillée et de tables retournées, fouillant les débris d'un air triste. Lorsqu'Adamat arriva, on emportait quelques victimes sur des civières, et un petit groupe d'hommes s'était rassemblé sur les marches de la Maison des Nobles.

Sabon les rejoignit alors que l'inspecteur ralentissait son allure, cherchant des indices lui permettant de déterminer ce qui s'était passé. Arrivaient-ils trop tard ? Tout le monde s'était enfui, c'était certain. Mais qu'était-il arrivé ? Il ne voyait ni Barbiers, ni soldats morts ou blessés. Les personnes qui étaient à terre ne portaient pas le moindre uniforme : ce n'étaient que des badauds qui s'étaient retrouvés pris entre deux feux. Il vit des gorges tranchées, du sang répandu sur les pavés, même quelques blessures par balle. Des familles au chevet de leurs défunts. Des femmes gémissantes.

Adamat atteignit à son tour le groupe de soldats et eut un soupir de soulagement. Tamas était là, aux côtés du vice-chancelier et de Mihali. Le garde du corps du maréchal restait à ses côtés, fronçant les sourcils en toisant le chef. Dame Winceslav était également présente et Ricardo Tumblar ainsi qu'Ondraus le préfet arrivaient de l'autre côté de la place, alors que les troupes de Tamas se déployaient pour venir en aide aux blessés.

Le maréchal posa une question à Sabon qui secoua la tête. Tous deux se tournèrent vers Adamat.

Le maréchal ouvrit la bouche.

— C'est Charlemund, déclara Adamat sans attendre. L'Archidiocèle.

Le visage de Tamas refléta sa colère. Il lutta un instant contre ses émotions avant de se reprendre.

— Comment le sais-tu ? dit-il entre ses dents serrées.

Adamat lui parla sommairement de Siemone le prêtre et de la confession de Tef.

— Ça ne peut être que Charlemund, conclut-il. La description qu'a faite Tef ressemble trop à Siemone pour que ce soit une coïncidence.

— Ce prêtre pourrait-il travailler pour quelqu'un d'autre ? demanda Tamas.

— Non.

Bien sûr, c'était toujours possible. Il ne pouvait en être sûr à cent pour cent. Mais c'était fort peu probable et Adamat devait faire preuve de fermeté.

Le garde du corps se rapprocha de Tamas.

— Rentrons-lui dans le lard, dit-il. On a son nom, on a un témoin. Ce n'est pas le moment de tergiverser.

— Bien d'accord, renchérit Sabon.

Tamas ferma les yeux.

— C'est nécessaire, ajouta Sabon.

Adamat regarda le maréchal. Ce dernier avait peur, réalisa-t-il. Charlemund était le seul membre du conseil qui avait assez de pouvoir pour l'écraser d'une chiquenaude. Tamas pouvait le laisser tranquille et attendre le prochain assassin, ou passer à l'offensive, quitte à subir le courroux de l'Église. Adamat n'aurait pas voulu être à la place de celui qui devait prendre une telle décision.

Tamas étudia soigneusement les visages de ceux qui l'entouraient. Son regard se posa sur le chef, qui hocha sèchement la tête. Adamat eut l'impression d'avoir raté quelque chose.

— Pourquoi vous a-t-il attaqué, vous ? demanda Tamas.

Il le vouvoyait, maintenant ?

Pendant un moment, Mihali scruta le vide en fronçant les sourcils.

— Ça n'est pas très net, répondit-il. Julène est une Predeii. Elle sait que j'habite le corps d'un mortel. Peut-être a-t-elle averti ce Charlemund. Ou peut-être que d'autres encore sont entrés dans la bataille.

Tamas attendit que Ricardo Tumblar et Ondraus soient assez près pour déclarer :

— Charlemund a trahi notre cause. Je ne le supporterai pas. Je ne sais si sa trahison a la bénédiction de l'Église. Et je m'en fiche. Qui est avec moi ?

— Moi, fit Ricardo en s'avançant.

— Moi, renchérit Dame Winceslav.

Le doyen Lektor acquiesça.

— Bien sûr, dit Ondraus avec un rire de dérision.

— Préparez les chevaux et les fiacres. Rassemblez tous les hommes disponibles. Je vais arrêter l'Archidiocèle.

— Comme ça, de front ? demanda Sabon. On ne peut pas plutôt arranger un rendez-vous et l'arrêter lorsqu'il se montrera ?

— Il faut le forcer à abattre ses cartes, répondit Tamas. Ses espions vont lui dire que l'attaque sur Mihali a échoué et qu'il a été démasqué. S'il s'enfuit, ça ne fera que confirmer sa culpabilité. S'il reste, nous l'interpellerons. Quoi qu'il en soit, il ne s'en sortira pas. Allez, exécution.

Adamat se sentit poussé sur le côté alors que les soldats passaient à l'action. Tamas s'arrêta près de lui, courbé sur sa canne, et posa une main sur son épaule.

— Tu as bien agi, dit-il. Rentre chez toi. Fais tes bagages. (Il baissa la voix.) Fais sortir ta famille du pays. Si tout se passe bien, à l'avenir, j'aurai encore besoin de toi et de tes talents.

Se moquait-il de lui ? Adamat scruta le visage du maréchal. Non, il était très sérieux. Trop sérieux. Tamas s'en alla avec des mouvements saccadés évoquant une marionnette, sa béquille cliquetant sur les pavés.

* * *

Au fur et à mesure que la compagnie de Taniel s'approchait du sommet, les traces de lions des cavernes se faisaient de plus en plus nombreuses. Malgré les réprimandes de Rina, les chiens ne cessaient de tirer sur leurs laisses. À certains moments, ils voulaient partir en chasse, à d'autres, ils entraînaient leur maîtresse vers le bas en gémissant.

Taniel sentait que ses propres nerfs étaient éprouvés au point de lâcher. Dans son esprit, les grands félins se cachaient derrière chaque hauteur, chaque rocher, prêts à leur bondir dessus. Les yeux fous de ses compagnons lui apprenaient qu'ils ne s'en sortaient pas mieux. Et pourtant, personne ne les suivait. Au contraire, tout indiquait que les bêtes étaient devant eux, lancées à la poursuite des Kez. D'après les traces, elles étaient au moins soixante-dix, et d'autres ne cessaient de se joindre à la meute.

Ils découvrirent bientôt un premier cadavre, partiellement dévoré et traîné sur le côté de la piste. Il avait été mis en pièces, son sang souillait la neige, mais il était facile de dire que c'était bien un lion des cavernes. Ka-poel s'accroupit à ses côtés, ses doigts fouillant la couche blanche. Taniel crut la voir mettre quelque chose dans son sac. Il vint se tenir à ses côtés.

— Qu'est-ce qui l'a tué ? demanda-t-il, bien qu'il en ait déjà sa petite idée.

Ka-poel fit mine de pointer un fusil. Il acquiesça.

— Ainsi, les Kez savent qu'on les suit. Et ces animaux se dévorent entre eux. On est encore loin du sommet ? demanda-t-il en voyant Bo les rejoindre.

— Plus très loin, répondit-il. Je ne suis monté aussi haut qu'une fois. (Il se tourna vers le moine.) Del ?

En voyant la carcasse du lion, leur guide avait blanchi. Lentement, les doigts tremblants, il tendit un bras.

— Là, réussit-il à dire.

Taniel suivit son geste vers une avancée rocheuse où disparaissait la piste. Il fronça les sourcils.

— Si près ? Où est la ville ?

— Là, répéta Del.

— Tu vas comprendre, dit Bo.

Il leur fallut moins d'une demi-heure pour atteindre le point que le moine leur avait désigné. Ils escaladèrent une pente escarpée. Une fois en haut, Taniel s'arrêta pour reprendre son souffle… mais le spectacle qui se présentait lui déroba le peu d'air qui lui restait.

Il se tenait au bord d'un vaste cratère qui devait faire cinq ou six lieues de diamètre et des centaines de pieds de profondeur. Il tituba, puis reprit son équilibre.

Il y avait des arbres en contrebas, des espèces qui n'auraient pas dû pousser à une telle altitude. Ils garnissaient les pentes intérieures abruptes du cratère, se dressant, imposants et immenses. Il aurait presque pu tendre le bras et toucher la cime des plus proches. Et pourtant, ces arbres étaient morts depuis longtemps. Leurs troncs étaient noircis par les flammes, leurs branches nues et torturées. Un jour, il y avait eu ici une forêt magnifique. Maintenant, tout cela ressemblait à l'ossuaire d'un lieu maudit depuis des siècles.

Au-delà des troncs s'étendaient les ruines d'une immense ville. Des bâtiments remplissaient l'essentiel du cratère – en plus grand nombre qu'à Adopest et, pour la plupart, plus imposants. Mais ce n'était guère plus que des masses de pierre inerte. Tout comme les arbres, leurs parois étaient noircies, et les fenêtres sans volets les fixaient comme les orbites de milliers de crânes. Une vision qui fit frissonner Taniel.

— La Caldera de Kresim, déclara Del d'une voix tremblante.

Bo acquiesça d'un air lugubre.

— Au fil des siècles, les protections déposées par Kresimir se sont dissipées. L'acidité et la chaleur du volcan ont tué les arbres et carbonisé les bâtiments. Plus rien ne vit ici.

— À part les lions des cavernes, remarqua Taniel. J'ignore comment ils en sont capables.

— Quelque chose les garde en vie, fit Bo.

Taniel pouvait voir un lac au milieu de la caldera. Il y avait des squelettes d'arbres, des mares et des monticules arides là où, un jour, à l'ère de Kresimir, se trouvaient des parcs où jouaient les enfants. Taniel pouvait sans mal imaginer l'époque où ce cratère était rempli d'une eau claire et pure. Maintenant, le lac était brun et fétide. Il bouillonnait et crachait des bulles méphitiques, et un nuage de vapeurs pestilentielles s'élevait de son centre.

Dans le lointain, Taniel entendit le feulement d'un lion.

— Baïonnettes au canon, ordonna-t-il.

Il entendit le cliquetis des armes alors que, derrière lui, les Veilleurs se préparaient. Ils se déployèrent pour descendre dans le cratère.

Taniel se positionna entre Del et Bo.

— Où est le Colisée ? demanda-t-il.

Del ne répondit pas. Taniel crut l'entendre émettre un gémissement. Ou étaient-ce les chiens ? Depuis qu'ils avaient abordé la caldera, ils gardaient un silence de mort.

— Lorsque Kresimir a été invoqué, dit Bo, le Pic du Sud était un vrai pic. (Il plissa le front.) On dit que lorsqu'il a touché le sol, celui-ci s'est effondré sous ses pieds et la montagne est entrée en éruption, projetant assez de suie et d'acide dans les airs pour recouvrir tout Adro. Les Predeii ont bien failli ne pas y survivre. Lorsque le calme est revenu, la caldera s'était formée et Kresimir se tenait sur les bords du Lac du Pic.

Il désigna le centre du lac.

— Le Colisée est là ?

Del acquiesça.

— Il me faut un endroit d'où je pourrai avoir un bon angle de visée. Le plus éloigné sera le mieux.

Del sembla réfléchir un moment.

— Le Palais de Kresimir. Suis-moi. Je sais où il est.

Ils restèrent silencieux alors qu'ils traversaient la partie la plus profonde de la forêt. Leurs pas résonnaient sur la route pavée. Soudain, Taniel réalisa qu'il n'y avait pas la moindre trace de neige. Le sol était nu entre les buissons et les taillis morts depuis longtemps. Il remarqua également que l'air était plus chaud. Un résidu des protections que Kresimir avait posées sur sa ville sainte ? Ou une conséquence de la lave reposant dans les profondeurs du volcan ? Pourraient-ils seulement s'approcher du Lac du Pic ? Les gaz empoisonnés et la chaleur insupportable pouvaient les en empêcher. Ils n'avaient pas les protections magiques de Julène et de la cabale kez. Taniel jeta un coup d'œil à Bo. Il avait l'air de plus en plus mal en point. Le poudremage doutait qu'il puisse protéger une mouche et encore moins toute cette troupe.

Ils trouvèrent les cadavres en bordure de la forêt, sur le flanc d'une petite colline. Ils purent constater, alors qu'ils se rapprochaient, qu'il n'y avait pas que des animaux parmi eux.

Un Gardien mis en pièces gisait au milieu des restes d'au moins six ou sept lions des cavernes. Bien que sa main ait été dépouillée de sa chair, elle enserrait encore la gorge d'un animal mort. Taniel posa un mouchoir contre son nez pour atténuer la puanteur. Les cadavres n'étaient pas là depuis assez longtemps pour se mettre à sentir, mais l'odeur de fauve des lions était bien plus prononcée ici, où le froid était moins intense et où il n'y avait pas de vent pour l'emporter.

Ka-poel prit à nouveau la tête. Elle s'arrêta de l'autre côté de la colline, toujours en vue, et leur fit de grands signes. Taniel fut heureux de s'éloigner du charnier.

Pas pour longtemps. Il s'arrêta à côté de Ka-poel et faillit s'étrangler, un goût de bile dans la bouche. Derrière lui, il entendit quelqu'un vomir bruyamment son petit déjeuner. Un bref coup d'œil lui apprit que c'était Bo.

Une bataille s'était déroulée à cet endroit. Des Gardiens s'étaient tenus au centre d'un petit parc – probablement pendant que Julène et les autres Privilégiés kez s'enfuyaient vers le cœur de la ville. Une douzaine d'entre eux avaient péri, mais ils avaient abattu une trentaine de lions avant de mourir. Leurs restes étaient éparpillés tout autour du parc. Non loin de là, un autre Gardien gisait, un bras sur un banc de pierre, ses entrailles étalées devant lui. Il avait été dévoré avec hâte.

— Ces créatures sont affamées, remarqua Rina, ses chiens assis à ses pieds refusant de s'éloigner de leur maîtresse. Ils cavalent comme s'ils chassaient, comme s'ils n'avaient comme but que d'attaquer et de tuer. Pourtant, dès qu'ils font une victime, ils s'arrêtent pour dévorer le cadavre. Ils meurent de faim.

Taniel avala sa salive.

— Ils sont affamés ? répéta-t-il. C'est pour ça qu'ils chassent les Kez ?

C'était plus facile à accepter que de les imaginer guidés par une entité ou une intelligence surnaturelle. Même si ça ne les rendait pas moins dangereux.

— C'est possible, répondit Rina en haussant les épaules. Mais les lions des cavernes ne chassent pas en meute, même dans les pires moments. Ce sont des créatures solitaires.

— Comment peuvent-ils être si nombreux ? demanda Bo. Il n'y a rien à manger ici. Je n'ai jamais entendu parler de plus d'un ou deux lions se partageant le même territoire.

Personne ne semblait pouvoir répondre à cette question.

Taniel vérifia ses pistolets et son fusil, s'assurant qu'ils étaient chargés, puis renifla une dose de poudre. Ses mains tremblaient. Son corps lui demandait encore plus de substance, mais il résista. Sinon, elle finirait par l'aveugler. Quoique, sans la force qu'elle lui donnait, il serait mort depuis longtemps. Il s'offrit donc une autre prise.

La piste sanglante sinuait à travers le parc jusqu'à un boulevard semblant mener au centre de la ville. Des morceaux de Gardiens et de lions avaient été traînés par les fauves alors que ces derniers pourchassaient les Privilégiés kez.

Ils entrèrent dans la ville. Taniel ne quittait pas des yeux les bâtiments déserts. Pas un son n'en provenait, alors que le vent aurait dû hurler en traversant leurs squelettes, et que de petits animaux auraient dû y grouiller. Il y régnait un silence de sépulcre. La ville était morte, comme l'étaient les éléments, ce qui glaçait Taniel jusqu'à l'âme.

Une main se posa sur son épaule. Il se retourna, fusil en main, manquant d'étriper Del avec sa baïonnette. Il tenta de calmer son cœur emballé.

— Pardon, dit-il.

— Le palais est par là, déclara Del en désignant le cœur de la ville.

Ils suivirent le moine.

Même si cette ville fantôme le terrifiait, Taniel était content de s'éloigner de la piste des lions et des Privilégiés. Il allait trouver le Palais de Kresimir, puis abattre ces mêmes Privilégiés un par un afin de s'assurer qu'ils n'aient pas assez de puissance pour invoquer leur dieu.

* * *

En rentrant chez lui, Adamat ne cessa d'entendre les pires rumeurs concernant le massacre de la Place des Élections. Le mot se répandait à grande vitesse et, partout, on voyait des signes de la Corde alors que les citoyens cherchaient à se protéger du mauvais œil et des sombres présages. Un tel carnage durant le festival de Saint Adom était suffisant pour pousser les gens à se calfeutrer chez eux.

Il espérait pouvoir prendre immédiatement une calèche pour Offendale. Là, il pourrait rejoindre sa famille et leur faire quitter le pays, et ensuite…

— SouSmith ! cria-t-il en accrochant son manteau sur la patère.

Il s'arrêta net. Il y avait au moins trois vestes de trop sur le portemanteau. Il ferma les yeux. *Ça ne va pas recommencer…*

— Non, mais vous ne pouvez pas me foutre la paix…

Adamat entra dans le salon et se figea.

Le Seigneur Vetas et deux de ses nervis se tenaient à l'autre bout de la pièce. Astrit était au milieu d'eux, la main mince de Vetas posée sur son épaule. Elle ressemblait à une mouche impuissante prise dans une toile d'araignée. Le cœur d'Adamat manqua de s'arrêter à la vue de sa petite fille. Savoir qu'elle était en danger était bien assez insupportable, mais la voir dans les griffes du Seigneur Vetas…

SouSmith était assis sur le canapé. Il était rentré juste après leur petite visite chez les Barbiers. Il était blanc comme un linge et de la sueur dégoulinait le long de ses joues. Sa respiration était irrégulière, une main appuyant sur sa blessure.

— Pardon, dit-il d'une voix faible. Ils étaient là avant moi.

— SouSmith m'a parlé de votre passage chez les Barbiers, dit le Seigneur Vetas d'une voix dépourvue de toute compassion ou de pitié. Tu as survécu à trois assassins. Ce n'est pas donné à tout le monde.

— Laisse-la tranquille, répondit Adamat d'une voix lasse.

Soudain, le poids de ces deux derniers jours s'abattit sur ses épaules. Tout ce qu'il voulait, c'était se laisser tomber sur son fauteuil préféré et dormir tout le reste de la journée. Ce qui, malheureusement, n'était plus une option envisageable.

— Mets-moi un peu au courant, reprit le Seigneur Vetas. Comment va Tef ?

— Il va pourrir à Sablecroc, rétorqua Adamat. Et le Seigneur Claremonte ?

Vetas prit un air surpris qui disparut si vite que l'inspecteur se demanda s'il ne l'avait pas imaginé.

— Astrit, dit doucement ce dernier, tu vas bien ?

La petite fille acquiesça. Son visage était maculé de terre, sa robe froissée comme si elle avait dormi dedans, mais elle semblait indemne.

— Ça va, Papa, répondit-elle.

— Tu as peur ?

Elle serra les dents et secoua la tête.

— C'est bien. Il t'a fait du mal ?

Elle secoua à nouveau la tête.

— Pourquoi Tef est-il à Sablecroc ? demanda le Seigneur Vetas.

— Parce qu'il avait passé un marché avec Tamas. Il l'a rompu lorsqu'il a voulu me tuer.

Le Seigneur Vetas fronça les sourcils.

— Pourquoi ne m'as-tu pas dit qu'il avait passé un marché avec Tamas ?

— Je l'ignorais.

— Vraiment ?

Il serra les épaules d'Astrit. La petite fille tenta de se dégager, mais il la tenait fermement.

— Oui, espèce de salopard. Je l'ignorais, je le jure !

Le Seigneur Vetas desserra sa prise.

— Je présume que tu as découvert le traître ? Que Tamas est en route pour arrêter Ricardo Tumblar ?

Ce gredin avait peu de raisons de penser que le traître était Ricardo Tumblar, à moins qu'il ait toujours fait partie du complot visant à lui faire porter le chapeau.

— Pourquoi le Seigneur Claremonte est-il mêlé à tout ça ? demanda Adamat. Qu'a-t-il à y gagner ? Pourquoi s'intéresse-t-il à la politique locale ? Il n'est même pas adran.

— Ses intérêts sont ceux de la compagnie d'import-export Brudania-Gurla. Et ceux-ci dépendent du destin des Neuf.

— Dans quel camp est-il ?

— Il reste neutre. Un petit coup par ci, un petit coup par là. C'est tout ce que tu dois savoir. Donc, Tamas va-t-il faire arrêter Ricardo Tumblar ?

— Jamais.

— Pourquoi ?

— Il est en chemin pour appréhender le vrai traître : Charlemund.

Astrit poussa un cri. Le Seigneur Vetas venait de lui tordre cruellement les épaules.

— Tous les indices accusent Ricardo. Pourquoi crois-tu que c'est Charlemund ?

— On a cité son nom devant les poudremages de Tamas. Que voulais-tu que je fasse ?

Adamat fit un pas en avant.

— Arrière ! aboya Vetas.

Ses nervis s'animèrent et jetèrent des regards noirs à l'inspecteur.

— Touche à un seul de ses cheveux et tu es un homme mort.

— Tout comme le reste de ta famille.

— Vetas, reprit Adamat, je jure sur tous les Neuf que si tu fais le moindre mal à ma fille, je te détruirai, toi et ta maison. J'abattrai le Seigneur Claremonte comme s'il n'était qu'un chien errant.

Il sentit quelque chose de froid remuer au plus profond de ses entrailles.

Le Seigneur Vetas inspira profondément. Il desserra sa prise sur les épaules d'Astrit et la petite fille put se dégager. Adamat la saisit par la main pour la cacher derrière lui.

Le nervi charbonnier tira un couteau, l'autre un pistolet. Le Seigneur Vetas leva une main pour les arrêter.

— Tout peut encore s'arranger. Tu es trop doué pour qu'on se résigne à te perdre. On ne te tuera pas… pas encore. Quand aura lieu l'arrestation ?

— Dès que Tamas aura rassemblé ses hommes.

Vetas voulait-il avertir Charlemund ?

— Où ça ?

— À sa villa.

— J'espère pour toi que tu dis la vérité. Kale ! lança le Seigneur Vetas.

Le charbonnier tourna la tête.

— Va à la villa avertir l'Archidiocèle. Dis-lui que c'est le Dément qui t'envoie. Si le duc est toujours là, ils devraient pouvoir tendre un piège à Tamas.

Le charbonnier acquiesça sèchement. Il jeta un regard noir à Adamat, puis passa devant lui et sortit de la maison au pas de course.

— Pourquoi Claremonte est-il complice de l'Archidiocèle ? demanda Adamat. Et si c'est le cas, pourquoi Charlemund a-t-il voulu me tuer ? Je suis censé travailler également pour Claremonte.

Vetas lui jeta un regard glacial.

— La main droite ignore ce que fait la main gauche. Une telle stratégie a un prix, que tu as bien failli payer. La tâche de Charlemund se limitait à tuer Mihali, le dieu imposteur. Il a péché par excès de zèle. Et je vais te dire une bonne chose : Charlemund n'est qu'un employé. Claremonte se sert de gens comme lui à ses propres fins.

— Personne ne se sert d'un Archidiocèle.

— Claremonte, si.

— Dans quel but ?

— C'est largement au-delà de ta compréhension, répondit le Seigneur Vetas. Tu m'as déçu, Adamat. Ta petite fille devait être un signe de bonne foi, un cadeau afin de récompenser ton obéissance. Mais maintenant, je crois qu'elle va repartir avec moi. Certains de mes hommes apprécient ce genre de pratique.

Il s'avança d'un pas et fit un signe au nervi armé d'un pistolet. Adamat serra les poings.

— Bon, d'accord, dit-il.

Le Seigneur Vetas s'arrêta.

— Ils ne vont pas l'arrêter à sa villa. Il se trouve à la cathédrale, pour le service de l'après-midi. Je t'en prie, laisse-moi ma fille.

Les yeux du Seigneur Vetas jetèrent des éclairs.

— Tu m'as menti ?

— C'est la vérité, je le jure !

— Poix ! (Il désigna le nervi.) Toi, reste là. S'ils cherchent à s'enfuir, tue Adamat en premier, le boxeur et la fille ensuite.

Le Seigneur Vetas quitta précipitamment la pièce, donnant un coup de coude à l'inspecteur au passage. Ce dernier eut un grognement. Une fois dans la rue, Vetas se mit à courir, les pans de son manteau voletant derrière lui. Adamat le suivit des yeux par la fenêtre jusqu'à ce qu'il disparaisse. Il eut un long soupir.

— Ça va, Papa ? demanda Astrit.

— Oui. Heureux de voir que tu n'as rien. Et ta mère ?

— Elle se fait du souci. Elle a hurlé lorsqu'ils m'ont enlevée.

— Ils lui ont fait du mal ? Et ton frère ?

— Ils lui ont coupé un doigt. Il a même pas pleuré.

— Il est très courageux.

— Et maintenant, Papa ? Qu'est-ce qui va se passer ?

— Je ne sais pas, avoua-t-il.

Ils devaient à tout prix quitter les lieux avant que Vetas revienne. Sinon, ils seraient exécutés tous les trois. SouSmith semblait à peine capable de marcher et Astrit n'était qu'une petite fille. Et, pourtant, il fallait absolument qu'il prévienne Tamas.

— Ne bouge pas, chuchota-t-il à Astrit.

— Hé ! fit le nervi alors qu'Adamat se dirigeait vers l'autre côté de la pièce.

L'inspecteur s'arrêta et leva les mains. Le nervi agita son pistolet entre SouSmith et Adamat. Les yeux du boxeur étaient fermés, ses mains posées sur ses blessures. Sa respiration était saccadée. Comme il n'avait rien de menaçant, le nervi pointa son arme sur Adamat.

— Je veux juste boire un coup, dit ce dernier.

Le nervi rétrécit les yeux.

— S'il te plaît, insista Adamat, tendant les mains pour montrer qu'elles tremblaient.

— D'accord, trancha le nervi. Mais je te garde à l'œil, des fois que t'aurais planqué une arme.

— Quoi ? Un pistolet chargé caché dans le placard à boissons ? Tu es dingue. Si tu crois que je vais tirer un couteau, tu n'as qu'à te tenir là-bas, ajouta-t-il en désignant le canapé.

Le nervi obéit d'un pas traînant.

— Je t'ai à l'œil.

Bien. Adamat retira une bouteille du placard.

— Un peu de vin ?

Le nervi secoua la tête.

L'inspecteur ouvrit la bouteille avec un tire-bouchon et prit tout son temps pour retirer le bouchon avant de le jeter sur une étagère. Il remplit deux verres, le goulot tintant contre les rebords tant ses mains tremblaient. Il fit un pas vers le nervi.

— Tu es sûr de ne pas en vouloir ?

— Bois en premier. Je connais tous tes tours.

— Des tours ? répéta Adamat en secouant la tête. Tu crois que j'irais empoisonner une bouteille à deux cents kranas ? De plus, le poison est trop lent. Tu aurais le temps de m'abattre avant de crever. SouSmith ? Un coup de vin ?

Le boxeur acquiesça faiblement.

— À la vôtre, déclara Adamat, levant les verres alors qu'il se rapprochait, afin de montrer qu'il ne cachait rien.

Il laissa tomber les deux verres en même temps. D'une main, il repoussa le pistolet, de l'autre, il frappa le nervi au cou avec le tire-bouchon. Le pistolet se déchargea, assourdissant l'inspecteur. Une fenêtre se brisa. Astrit hurla. Adamat lutta contre le nervi d'une main, le poussant de l'autre. Ils s'abattirent tous les deux sur SouSmith.

Le boxeur lâcha un grognement sonore. Il glissa un poing de la taille d'un jambon autour du cou du nervi pour l'immobiliser. Adamat pesa de tout son poids sur l'homme, ne se relevant que bien après qu'il ait cessé de se débattre. Il empoigna alors les revers de son manteau, le souleva des genoux de SouSmith et le laissa tomber au sol. Le boxeur gémit en se tortillant sur le canapé.

— T'aurais pu prévenir, râla-t-il. V'là que je saigne à nouveau.

— Quel bébé tu fais. (Il s'assura que le nervi était bien mort, puis leva les yeux. Astrit le fixait depuis le vestibule.) Va dans ta chambre.

La fillette resta là, à trembler comme une feuille.

Adamat se redressa et retira sa veste souillée de sang pour la jeter sur le plancher. Il prit Astrit dans ses bras.

— Je regrette que tu aies dû voir ça. Ça va ?

— Oui, Papa, répondit-elle d'une voix tremblante.

— Bien. Il faut que tu sois forte, chérie. Je veux que tu ailles avec SouSmith. Il va te cacher.

Le boxeur se leva avec une grimace de douleur.

— J'suis pas une nourrice, dit-il. Où tu vas ?

— Il faut que je prévienne Tamas.

— D'la merde, grogna le boxeur. Je vais…

Il chancela et se rattrapa au bras du canapé.

— Emmène Astrit, dit l'inspecteur. (Il guida la fillette jusqu'à SouSmith et mit sa main dans la grosse patte du boxeur.) Cache-la. Protège-la. Je t'en prie. (Il inspira profondément.) Si j'échoue, tu le sauras bien assez tôt. Mais… que le Seigneur Vetas ne s'approche pas d'elle.

SouSmith le regarda un moment, puis acquiesça.

— Merci, mon ami.

— Tu me paies pas assez, grogna le boxeur.

— Ton sens du sacrifice deviendra légendaire.

Il se rendit dans son bureau et ouvrit un petit coffre anonyme relégué dans un coin. Il tira une épée courte de son étui pour en examiner la lame et la poignée. Cette arme n'avait rien de particulier – on la lui avait donnée lorsqu'il était encore dans l'armée, avant qu'il devienne inspecteur. Elle était décorée sobrement, avec une garde ovale au-dessus de la poignée. Il entendit des pas derrière lui.

— Ça fait dix ans que je n'y ai pas touché, remarqua-t-il. Elle a l'air en bon état.

— Ça vaudrait mieux, grogna SouSmith.

Adamat se retourna. Le boxeur lui tendait un pistolet avec des charges et des munitions.

— Bonne chance.

Ils se serrèrent la main avec vigueur, puis Adamat quitta la maison.

XXXVIII

— Comment vas-tu expliquer tout ça à l'Église ? demanda Olem.

— Facile, répondit Tamas avec une assurance qu'il était loin de ressentir. Pas plus que nous, l'Église n'aime qu'on se moque d'elle. Charlemund nous fournira ce qu'il faut pour le discréditer à ses yeux. Il n'est que pompe et bravache. Une fois face à nos inquisiteurs, il ne tiendra pas plus de quelques heures.

Le fiacre tangua sur ses suspensions alors qu'ils approchaient de la vigne de Charlemund. Tamas toisa Olem. Son garde du corps était un soldat dans l'âme. Il obéirait à ses ordres. Toutefois, il était loin d'être bête. Il voulait juste s'assurer qu'il n'allait pas aveuglément vers une mort certaine.

— Torturer un Archidiocèle ?

Il avait fini de nettoyer et charger le pistolet à canon long du maréchal. Heureusement, il s'abstenait de fumer en manipulant la poudre. Il tendit son arme à Tamas avant de s'occuper de la sienne.

— Vous croyez vraiment qu'il va nous dire ce que nous avons besoin de savoir ?

— Oui, répondit Tamas avec un maximum de confiance dans la voix.

Arrêter l'Archidiocèle, c'était prendre un risque insensé. Si Adamat manquait de preuves, si l'Église décidait d'ignorer ces dernières, ou même, si elle jugeait qu'il n'était pas nécessaire d'y porter une quelconque attention, il risquait fort de voir son univers s'écrouler autour de lui. Personne, pas même l'immense armée des espions et des assassins à la solde des Kez, ne pouvait vous laminer mieux que l'Église.

Le fiacre s'arrêta dans un soubresaut. Tamas regarda par la fenêtre. Un Dragon passa, puis un autre. Sabon apparut à la portière.

— On a pris la guérite de la grille. Pas le moindre mouvement à l'intérieur de la villa.

— Très bien. (Tamas leva son pistolet pour saluer Sabon du bout du canon.) Allons-y.

Le fiacre reprit son chemin et passa les grilles de la villa. Deux gardes en tenue d'Église violet et or se tenaient entre deux soldats de Tamas, les mains sur la tête, fixant l'attelage d'un œil furieux.

— J'espère que vous aurez la présence d'esprit de me laisser passer en premier, monsieur ? demanda Olem.

— Et rater le spectacle, soit la tête de Charlemund lorsque tu lui liras les chefs d'inculpation ? Oh que non ! Je vais boitiller le long de ces marches avec vous autres.

— Il va peut-être résister, remarqua Olem.

Tamas caressa le canon de son pistolet.

— Je l'espère bien.

— Et si son garde du corps est armé de leurs fameux fusils à air comprimé ? Vous êtes prêt à courir ce risque ? Une balle suffit, vous savez.

— Il faut toujours que tu gâches une bonne occasion de s'amuser.

Au bout de quelques minutes, le fiacre s'arrêta à nouveau. Sabon ouvrit la portière.

— La maison et les cours sont encerclées. Nos hommes ont inspecté la chapelle et la plupart des bâtiments avoisinants. Sa calèche est au garage. Il y a de fortes chances qu'il soit à l'intérieur.

Sabon n'avait pas l'air joyeux.

— Et ? demanda Tamas.

— Pas la moindre trace de ses employés. C'est une belle journée. Ils devraient travailler les vignes ou faire sortir les chevaux. Cet endroit ressemble à une ville fantôme. Je…

Sa phrase fut coupée net par une balle qui lui perfora la tempe. Il tomba sans un cri, aspergeant de sang la carrosserie du fiacre.

Les détonations sèches des fusils à air comprimé furent suivies par les cris des soldats pris en embuscade. Une balle passa au-dessus de la tête de Tamas. Un cheval hennit. Le maréchal lutta pour gagner la portière.

— Oh, non, monsieur, dit Olem en attrapant son manteau.

Tamas le repoussa et se pencha par l'ouverture. Sabon gisait dans la boue, les yeux vitreux.

— Oh, et puis merde, marmonna Tamas.

Il descendit du fiacre, analysant la situation en une seconde. La villa s'étalait devant lui. Sa façade de stuc était immaculée et les hautes fenêtres étroites adjointes aux murs épais donnaient un net avantage aux défenseurs. Il y avait au moins cinquante ouvertures rien qu'à l'avant de la construction. Des fusils à air comprimé pouvaient se cacher derrière n'importe laquelle. Tamas crut apercevoir un canon et tira dans cette direction. Puis il battit aussitôt en retraite : le son des impacts de balles et des ricochets était un peu trop proche à son goût. Il entreprit de recharger son arme.

— Qu'est-ce que…

Olem venait de sauter du fiacre. Il se retourna, prit Tamas par le col de son manteau, l'attira à lui, le chargea sur son épaule et courut vers les vignes.

— Que la poix t'emporte, jura Tamas.

Il grogna lorsque le garde du corps le jeta à terre, déclenchant une pointe de douleur dans sa jambe. Olem se laissa tomber à ses côtés, hors d'haleine, fusil en main. Ils étaient dans un fossé et la boue émettait des bruits de succion sous les pieds du maréchal. Sa jambe le faisait abominablement souffrir, au point d'obscurcir son esprit. Il tira une charge de poudre de sa poche et l'ouvrit pour vider son contenu dans sa bouche. Il l'écrasa avec rage, ignorant le goût de soufre et la douleur dans ses dents.

— Qu'est-ce que c'était ? demanda Tamas.

Olem regarda par-dessus le bord du fossé.

— Depuis qu'on en est descendus, le fiacre a essuyé sept ou huit impacts.

Tamas ne répondit pas. La poudretranse s'empara très vite de lui. Le monde tournoya un moment, et il s'agrippa à l'herbe pour éviter de tomber. Ses sens se corrigèrent d'eux-mêmes. Les claquements des coups de feu lui parvinrent : ses hommes rendaient les tirs. Les détonations furent suivies par un relent de poudre noire. Tamas l'inspira, approfondissant sa poudretranse, chassant la douleur dans sa jambe par un simple effort de volonté.

— Ils semblent avoir beaucoup de fusils à air comprimé, remarqua Olem. (Il jeta un coup d'œil au-dessus du rebord du fossé, puis leva son propre fusil, visa et tira.) Au moins vingt. Plus peut-être, ajouta-t-il en se laissant retomber. Et des Gardiens.

— Tu es sûr ?

— Je viens de voir un de ces affreux à une fenêtre.

Tamas finit de recharger son fusil. La douleur dans sa jambe avait fini par refluer jusqu'à l'arrière de son esprit.

— Des Gardiens, marmonna-t-il. J'ai horreur de ces brutes.

Il regarda par-dessus le fossé. La façade de la villa semblait normale, mais les fenêtres étaient grandes ouvertes et des canons de fusils en sortaient. Il pouvait voir circuler les silhouettes grotesques des Gardiens à l'intérieur, cherchant un bon angle de visée, et les couleurs vives des gardes du corps de Charlemund. Il braqua son pistolet et tira, brûlant la moitié d'une charge de poudre pour que la balle frappe là où il le désirait. Un des fusils disparut.

— Qui les a prévenus ? feula Tamas. Il y a un espion parmi mes hommes. Dans mes troupes d'élite !

— On ferait mieux de se demander si on a assez d'hommes, remarqua Olem. On en a moins de cent. Si l'Archidiocèle a pas mal de Gardiens là-dedans en plus de ses gardes du corps, on est mal barrés.

Soudain, Vlora se laissa tomber entre eux.

— Monsieur, il faut battre en retraite. Nous subissons de lourdes pertes. Deux hommes de mon attelage se sont fait descendre alors qu'ils cherchaient à se cacher.

— Poix, jura Tamas.

Ils n'étaient pas assez nombreux pour arrêter Charlemund. Par contre, s'ils battaient en retraite, il filerait dans l'heure. Il ne servirait alors à rien de revenir en force.

— Il est pris au piège. On l'a coincé. Il ignore si on a cent ou mille hommes. Vlora, retourne tout de suite à la garnison. Non, au domaine de Dame Winceslav. Je veux deux mille mercenaires des Ailes d'Adom, et je les veux dans l'heure.

— Monsieur, je vais envoyer un coursier.

— Non, vas-y en personne.

Tamas ferma les yeux. Il ne cessait de revoir Sabon se prendre une balle en pleine tête. Aujourd'hui, il ne perdrait pas un autre ami. Il lui claqua l'épaule.

— C'est un ordre, soldat. Exécution !

Vlora partit en courant. Tamas risqua un autre coup d'œil à la villa.

Un cheval blessé s'était enfui, renversant le fiacre qu'il traînait. On avait préféré trancher ses rênes et quatre soldats s'étaient blottis derrière la carriole, rechargeant frénétiquement leurs armes.

— Ils n'auraient pas dû se poster là, dit Tamas. Il nous faut des tirs de couverture, qu'ils puissent se planquer dans un fossé ou dans les vignes.

Il avait à peine fini sa phrase qu'une décharge de sorcellerie déchirait l'attelage renversé. Tamas se détourna, aveuglé par la lumière de l'éclair. Des cris s'élevèrent. Le fiacre avait été coupé en deux, les morceaux projetés sur le côté comme par la main d'un dieu. Les soldats avaient été aussitôt mis en pièces par les éclats. Un cadavre déchiqueté atterrit à côté du fossé où se cachait Tamas.

Le maréchal laissa retomber son pistolet et rampa hors de son abri.

— Monsieur !

Avec la poudretranse qui cavalait dans ses veines, il avait à peine senti les galets sous ses genoux. En une seconde, il était aux côtés du soldat, se traînant vers lui à la force de ses bras. Il l'attrapa par la jambe. Une balle frappa le sol non loin de sa tête. Olem se dressa au-dessus de lui, les dents serrées, présentant une meilleure cible en vue d'attirer les coups de feu. Il se pencha, prit Tamas par l'arrière de sa veste et tira le maréchal et le soldat dans le fossé.

— Franchement, monsieur ! Vous voulez vous suicider ?

— Comment va-t-il ?

Il put alors voir que le soldat avait été frappé de plein fouet par la décharge. Sa poitrine était en lambeaux. Impossible de dire où se terminait la chair et où commençait l'uniforme ensanglanté. Olem posa son oreille contre sa bouche et secoua la tête. Mort.

Une nouvelle décharge de sorcellerie fit vibrer l'air. Des cris leur parvinrent depuis les vignes, où un certain nombre de soldats s'étaient cachés. Tamas serra les dents.

— C'est forcément Nikslaus. (Il rechargea son pistolet et leva discrètement la tête.) Où es-tu, espèce de salopard arrogant ?

Il ouvrit son troisième œil, repoussa rageusement le vertige qui montait déjà et examina la villa.

— Là, s'écria-t-il.

Une grappe de taches de couleurs indiquait que le sorcier se cachait dans une chambre non loin de la porte d'entrée et qu'il était accroupi sous une fenêtre. Tamas serra les dents. S'il ouvrait le feu, le mur solide arrêterait la balle. Mais rien ne l'empêcherait de rebondir à l'intérieur. Il caressa une charge de poudre. Il posait son doigt sur la détente lorsqu'un éclair de lumière attira son attention.

— Des miroirs. Poix. Il se sert de miroirs. Il est dans une boîte à sorcier.

— Une quoi ? demanda Olem.

— C'est une boîte blindée. Tu y fourres un sorcier avec un petit trou et un dispositif de miroirs pour qu'il puisse viser, et il peut abattre des armées entières sans risquer de se faire descendre par un poudremage. C'est étroit et on y crève de chaud, mais c'est la meilleure protection dans un combat. Charlemund nous attendait de pied ferme.

— Vous ne pouvez pas tirer sur le miroir ?

Tamas avait déjà levé son fusil.

— Il en a sûrement de rechange. (Il appuya sur la détente et la balle fracassa une surface réfléchissante.) Mais ça peut nous faire gagner du temps.

— Monsieur, dit Olem en tirant sur son manteau, ils ont cessé le feu.

Les tirs de ses propres soldats s'étaient faits plus rares alors que les détonations des carabines à air comprimé s'étaient tues. Il soupira. Combien d'hommes avait-il déjà perdus ?

— Tamas ! cria une voix depuis la villa.

— Il cherche peut-être à vous localiser, monsieur, suggéra Olem.

— Tamas ! Il faut qu'on parle !

— De ton exécution, marmonna le maréchal.

— Monsieur ! reprit Olem, de plus en plus alarmé. Faites attention. Il ne nous reste plus beaucoup de soldats. Ce serait peut-être bien d'écouter ce qu'il a à dire.

— Tamas ! lança Charlemund. J'ai avec moi des Gardiens et un sorcier. On vous massacrera tous avant que vous n'ayez pu battre en retraite.

Tamas inspira profondément afin de maîtriser sa colère. Le cadavre de Sabon, toujours allongé dans l'allée, semblait le narguer.

— Très bien, je vais écouter ce qu'il a à dire.

Lorsqu'il voulut se lever, Olem posa une main sur son épaule.

— Laissez-moi faire, monsieur. (Il s'avança de six pieds le long du fossé.) Ne tirez pas ! cria-t-il avant de se relever.

— Où est ton maître ? cria Charlemund.

— Que lui voulez-vous ? demanda Olem.

Il y eut un silence.

— Parler. Il faut convenir d'un agrément. Tamas, rencontrons-nous sous couvert d'une trêve.

— Pourquoi devrait-il vous faire confiance ?

— Tu oses douter de ma parole, vermisseau ? rugit l'Archidiocèle.

Olem regarda la villa d'un air de défi.

— Je jure sur mes saintes parures que nul ne lui fera le moindre mal, reprit Charlemund.

— Alors sortez donc vous-même.

— Pour recevoir une balle ? Je connais trop bien Tamas. Je suis un homme de la Corde.

Et le maréchal se servirait de cette même corde pour le pendre. Ce dernier fit un signe à Olem, qui se remit sur le ventre pour le rejoindre.

— C'est du suicide, monsieur, dit-il. Je n'ai aucune confiance en lui.

— On n'a pas assez d'hommes pour l'abattre, répondit Tamas. Nikslaus va nous mettre en pièces. Je ne peux même pas le prendre pour cible.

— Que pouvez-vous faire ?

— Appeler des renforts. Le reste de ma cabale. Si je peux l'occuper jusqu'à ce qu'Andriya, Vadalslav et Vlora arrivent…

— Ça prendra des heures, remarqua Olem.

— Néanmoins…

Tamas regarda la villa. Toujours pas le moindre signe de l'Archidiocèle. La présence des Gardiens et celle d'un Privilégié kez étaient autant de preuves. C'était bien Charlemund le traître. Allait-il essayer de s'en sortir par de beaux discours ? Ou voulait-il s'emparer de Tamas pour s'en servir de bouclier ? Il avait juré sur la Corde. Mais pour un homme comme lui, cela avait-il une quelconque valeur ?

— Donne l'ordre d'envoyer des renforts, dit Tamas.

Olem alla rejoindre un groupe de soldats tout proche. Il revint presque aussitôt.

— C'est fait.

— Tamas ! lança Charlemund. Je n'ai pas toute la vie devant moi. Est-ce que vous allez me laisser une chance de m'expliquer ou est-ce qu'on continue de se tirer dessus ? Soyez raisonnable !

— Raisonnable ! cracha Tamas. Ce salopard me trahit et c'est lui qui me parle de raison. Que va-t-il dire ? Qu'il cherchait à pactiser avec les Kez pour sauver Adro ?

— Il racontera n'importe quoi pour s'en sortir, répondit Olem. Il ne faut pas faire confiance à un homme qui s'entoure de jolies femmes. Encore moins si c'est un prêtre.

— Sages paroles !

— Vous allez accepter, hein ?

— Oui.

— Je vais avec vous.

Tamas ouvrit la bouche.

— Je ne veux rien savoir, monsieur. Je vous accompagne. (Il se leva et agita la main pour attirer l'attention d'un soldat tout proche.) Ne les laissez pas sortir de cette baraque, lui ordonna-t-il. Même s'ils tiennent le maréchal. Tirez à vue. Et pour tuer.

* * *

Le Palais de Kresimir était immense. Taniel n'avait jamais rien vu de tel, ni à Adopest, ni à Kez, ni à Fatrasta. S'il regardait le plus loin possible vers l'horizon, il ne voyait même pas le bout de la rue. Contrairement à tous les autres bâtiments de Kresim Kurga, ses murs n'étaient pas noircis par la fumée. L'édifice était fait de roche volcanique, comme si la montagne l'avait craché en un seul gigantesque bloc et laissé refroidir. Ses flancs étaient si polis que Taniel pouvait se voir dedans. Il ne put distinguer la moindre fissure ni une seule trace qu'aurait laissée un outil.

— C'est un complexe plus qu'un palais, expliqua Del alors qu'ils cherchaient l'entrée. La demeure de Kresimir sur cette terre. Ils y ont vécu durant des décennies, lui et les Predeii.

— Oui, répondit Bo en palpant le mur lisse, j'ai lu des descriptions de ce lieu. Mais comment y rentre-t-on ? En faisant appel à la sorcellerie ?

— Il y a une entrée, affirma Del.

— Des lions !

Le cri venait de l'arrière de leur petit groupe. Del se remit à trembler en s'appuyant au mur. Taniel s'empara de lui et le poussa en avant.

— Allons-y ! Fuyons !

Il aperçut le premier fauve qui sortait de la rue qu'ils avaient empruntée en arrivant. L'animal vira et dérapa, ses coussinets martelant le sol, ses pattes de devant griffant les pavés, cherchant une prise. Il faisait trois fois la taille d'un grand chien, et ses crocs étaient acérés. Ses mâchoires étaient maculées de sang.

Le groupe s'enfuit, cherchant l'entrée du bâtiment.

— Ils en ont eu marre de cavaler après Julène ? dit Taniel à Bo alors qu'ils couraient.

— Ou plutôt, elle leur a fait peur, hoqueta Bo.

Il inspirait l'air à grandes goulées. Taniel le prit par les épaules pour le pousser. D'autres lions suivirent le premier. Six au total.

— Pole ! cria Taniel. Si tu as un tour de prêt pour nous débarrasser de ces bêtes, c'est le moment !

Ka-poel se hâta vers l'avant, mettant un peu de distance entre elle et le reste du groupe avant de s'arrêter net. Elle tira plusieurs poupées de son sac. Contrairement à la précédente, ces effigies n'étaient pas humanoïdes. Elles ressemblaient plutôt à des animaux – des lions des cavernes. Elle en prit deux et les jeta contre le bâtiment volcanique.

Un des lions hurla. Il glissa sur le sol et saisit sa tête entre ses pattes. Ka-poel laissa tomber une des poupées et abattit son pied dessus. L'animal abattu explosa en projetant du sang aux alentours, comme écrasé par une main invisible.

Ka-poel remit l'autre effigie dans son sac.

Les grands félins se jetèrent sur leur compagnon broyé, déchaînant une tempête de crocs et de griffes. L'un d'entre eux arracha une bouchée de viande, puis se remit à cavaler, lâchant un filet de sang derrière lui alors qu'il se précipitait sur Taniel et les Veilleurs.

— Attends, tu vas les attirer !

Trop tard. Fesnik avait appuyé sur la détente. La balle érafla la tête du lion qui s'arrêta net, l'air surpris. Le coup de feu résonna entre les bâtiments, brisant un silence immémorial. Un nuage de fumée s'éleva au-dessus de Fesnik. Les autres fauves cessèrent leur festin macabre pour les regarder. Taniel avala sa salive. Au temps pour l'élément de surprise.

Un long sifflement fit alors vibrer l'air. Le poudremage regarda autour de lui pour en chercher la provenance.

Rina avait porté une flûte en os à ses lèvres. Ses chiens tendirent l'oreille, puis le son se tut subitement.

— Allez-y.

Elle les libéra de leurs harnais, et les trois molosses filèrent vers les lions. Ceux-ci semblèrent à peine les remarquer : ils avaient repris leur festin interrompu. L'un d'entre eux poussa un glapissement de surprise lorsque Kresim lui rentra dedans. Les chiens ne perdirent pas une seule seconde. Ils visèrent la gorge, et la masse des bêtes se transforma en tourbillon.

Malgré la taille et les griffes des lions, les molosses les avaient pris par surprise. Ils profitèrent de leur avantage, tuant trois fauves plus vite que Taniel ne l'aurait cru possible. Ils se regroupèrent pour attaquer les deux survivants alors que d'autres félins abordaient la rue.

— Courez ! brailla Taniel.

— Ici !

Bo avait pris un peu d'avance sur le reste de la troupe et leur faisait de grands gestes. Ils ne tardèrent pas à arriver à sa hauteur pour trouver une porte taillée à même la surface lisse du bâtiment. Il fallut la force de deux hommes pour l'ouvrir, luttant contre le poids de la pierre elle-même et les siècles d'immobilité.

Le dernier de la troupe passa l'ouverture et les autres refermèrent le panneau derrière eux. Il n'y avait ni verrou ni loquet.

— Où est Rina ? demanda Bo.

Ils rouvrirent la porte. Elle était là, dans la rue, pistolet braqué, tremblant de tout son corps alors qu'un peu plus loin ses molosses affrontaient toujours les lions.

— Viens ! s'écria Taniel.

— Je ne les abandonnerai pas, répondit-elle d'une voix douce, mais ferme.

Bo passa la porte, leva une main gantée et abattit un doigt, comme on frappe sur une porte en verre.

Soudain, une bourrasque de vent balaya la rue. Rina agrippa son chapeau avant qu'il ne s'envole. Les combattants se séparèrent, leurs flancs couverts de sang. Par miracle, les trois chiens étaient encore vivants. Les bêtes jetèrent un regard circonspect à Bo. Le vent tourbillonna autour d'eux, les poussant en avant. Les chiens furent entraînés loin des fauves et allèrent percuter leur maîtresse, la soulevant à son tour. Bo retourna à l'intérieur. Les chiens et la femme le suivirent, et la porte se referma, les emprisonnant dans les ténèbres.

Quelque chose heurta violemment l'autre côté du panneau. Taniel s'y adossa et poussa de toutes ses forces. Les autres s'empressèrent de le rejoindre. Les feulements rageurs des lions leur parvinrent de l'extérieur. Quelqu'un gratta une allumette.

Bo, Rina et ses chiens gisaient étalés par terre. Une des bêtes gémit. Bo et Rina étaient inconscients – ou morts, Taniel ne pouvait le dire. À la faible lumière de la flamme, il regarda ses compagnons. Leurs visages creusés par la frayeur, luisants de sueur, étaient couverts de… Quoi ? De cendre ? D'où aurait-elle pu venir ? Taniel examina le sol. Oui, il y avait bien une couche de vieille cendre d'un bon pied de haut qui recouvrait le sol. À un moment ou à un autre, un incendie devait avoir dévoré le bâtiment, détruisant tout ce qu'il y avait à l'intérieur. Il n'en restait que la coquille. Il scruta les visages de ses compagnons. Ils avaient fait un bien long chemin. Et pour quoi ? Pour servir de proies à des lions dans une cité morte ?

Taniel sentit le poids de l'échec peser sur ses épaules.

— Où est Del ? demanda-t-il.

Le moine n'était pas là. Taniel l'appela à voix haute. Pas de réponse. Des traces de pas creusés dans la cendre partaient vers le centre du bâtiment. Taniel entendit un autre choc violent contre la porte et des grattements de griffes contre la pierre.

Toujours adossé à la porte, il prisa une pincée de poudre. Ses sens captèrent la moindre source de lumière, même la plus infime – de simples points évoquant des têtes d'épingle loin au-dessus de sa tête – afin de lui permettre de voir. Ils se trouvaient dans un immense espace dégagé qui ressemblait davantage à une mine qu'à un bâtiment. Il inspira profondément afin de garder son calme.

— Ça ne ressemble pas à un palais, remarqua-t-il.

— Taniel !

L'écho de ce cri résonna tout autour d'eux.

— Del ? répondit Taniel.

— Par ici. Vite !

— Bo est blessé.

— Pas le temps. Viens.

Un autre choc sourd contre la porte. À l'extérieur, un lion gémit.

— Vous pouvez tenir ? demanda Taniel.

— Va, insista Fesnik. On s'en sortira. Va faire ce que tu as à faire.

— Reste ici, ordonna-t-il à Ka-poel. Aide-les à garder la porte fermée.

Il ignora son geste de défi et tourna les talons. Le sol était lisse, poli à la perfection. Peut-être y avait-il du marbre sous la cendre.

Il chercha à suivre la voix de Del, puis y renonça, préférant se repérer aux traces de pas. Grâce à la poudretranse, les faibles rais de lumière en provenance du lointain plafond lui donnaient juste assez d'éclairage pour qu'il retrouve son chemin.

Il trouva Del face à un énorme escalier, tel qu'on en bâtissait dans les salles de bal des rois. Il n'avait pas de rampe et, pour avoir survécu à l'incendie qui avait ravagé le bâtiment, il devait être creusé dans la même pierre que les murs.

— Ça ne ressemble pas à un palais, répéta-t-il.

Del tremblait de tous ses membres. Il semblait à peine capable de se tenir debout. Il tendit les deux mains comme pour le supplier.

— Un jour, ce fut un lieu magnifique. Des milliers et des milliers de pièces remplies d'or, des parquets et des tapis des plus luxueux. Si tu avais une lanterne, tu ne verrais que des cendres. Seuls les murs sont faits de pierre durcie. Ils sont l'œuvre de Kresimir. L'intérieur a été bâti par des hommes, avec du bois et des outils. Tout a brûlé. Il n'en reste plus rien.

Sa voix éveillait d'étranges échos dans le bâtiment.

— Il n'y a pas de fenêtres ?

— Viens, dit Del en désignant l'escalier. Il faut monter assez haut pour voir le Colisée. Il ne reste plus beaucoup de temps avant le solstice.

* * *

Olem aida Tamas à se relever et à sortir du fossé. Le maréchal lissa sa veste, s'épousseta les genoux et ajusta sa ceinture.

— Mon épée, dit-il.

Ils avancèrent lentement jusqu'au fiacre, où Tamas s'agenouilla aux côtés de Sabon, tournant le dos à la villa.

— Je suis désolé, mon ami, dit Tamas. Mon arrogance nous a fait tomber dans ce piège, et elle va nous mener tout droit dans un autre. Excuse-moi.

— Monsieur.

Olem lui tendit son épée et un sac de charges de poudre. Assez pour tuer toute une compagnie.

— Des balles ? demanda Tamas.

Olem tapota la poche de poitrine de son uniforme.

Le maréchal accrocha son épée à sa ceinture et se tourna vers la villa. Il avança à petits pas douloureux, une main sur sa canne, l'autre sur l'épaule du garde du corps. Mieux valait que Charlemund le croie faible. Enfin, encore plus qu'il ne l'était vraiment. À chaque enjambée, il s'attendait à entendre la détonation d'un fusil à air comprimé ou à voir un éclair de sorcellerie. Il atteignit la porte d'entrée.

— On est encore vivants.

Olem le regarda longuement.

— Ça ne me rassure guère.

Une des doubles portes de la villa s'ouvrit. Un Gardien apparut, un fusil à air comprimé sous le bras. Olem aida le maréchal à monter les marches et à entrer dans la bâtisse. Il s'arrêta dans le vestibule le temps de laisser ses yeux s'accoutumer à la pénombre. Il compta quatre Gardiens et trois gardes de l'Église braquant leurs armes sur eux.

Le hall d'entrée était très simple, tout en marbre blanc avec des bancs insérés dans les murs de chaque côté. Seul un buste représentant Charlemund était posé sur un piédestal au milieu de la pièce, comme un hommage à son ego. Il ne fallait pas se fier au minimalisme de ce vestibule. Un peu plus loin, Tamas apercevait des pièces bien éclairées remplies de couleurs vives et d'œuvres d'art luxueuses, tout en or et en velours.

— Laisse la porte ouverte, que mes hommes puissent voir que je vais bien, dit Tamas au Gardien le plus proche.

Celui-ci se contenta d'un rictus pour toute réponse.

Charlemund entra dans le vestibule depuis une pièce adjacente.

— Emmenez-les, ordonna-t-il.

Quelqu'un ferma la porte d'entrée derrière Tamas. Celui-ci voulut dégainer son épée, mais un Gardien s'empara de son poignet. Un autre donna un grand coup de crosse dans l'estomac d'Olem, qui eut un grognement en tombant à genoux. Sans son soutien, le maréchal s'affaissa, la douleur dans sa jambe pénétrant sa poudretranse.

— C'est ce que vous appellez en toute bonne foi ? feula Tamas.

— Ce n'est pas ma faute si vous avez été assez bête pour me croire, répondit Charlemund. De plus, je ne vous ai pas menti. Tant que vous serez sous ma responsabilité, il ne vous sera fait aucun mal. Je ne peux en dire autant une fois que vous atteindrez le Pic du Sud.

— Le Pic du Sud ?

D'une main, Charlemund lissa un pli sur son uniforme de duelliste.

— Oui.

— Comment ça ? demanda Olem en se relevant lentement.

— Faites taire ce chien de garde, grinça l'Archidiocèle.

Un Gardien lui donna un nouveau coup de crosse en plein visage. Olem s'écroula, du sang jaillissant de son arcade sourcilière.

Tamas serra les poings et se retint d'allumer de la poudre. Il devait attendre que Nikslaus soit également présent.

— J'espère pour vous qu'il n'a rien, grinça-t-il en regardant son garde du corps.

— J'aimerais savoir ce que vous voulez dire, Votre Grâce.

Nikslaus entra dans la pièce en essuyant son front luisant de sueur. Son uniforme kez était sale et froissé suite à son séjour dans la boîte à sorcier.

— Tamas n'ira pas au Pic du Sud, reprit-il. Il part pour Kez, avec moi.

Charlemund se tourna vers le duc.

— Plus maintenant. Aujourd'hui même, Kresimir va revenir parmi nous. Notre seul espoir d'éviter la destruction complète d'Adro est de lui livrer ce porc de basse extraction.

Nikslaus tira sur ses gants de Privilégié.

— Vous pouvez garder vos superstitions, Votre Excellence. L'Église n'a aucune autorité sur moi. Je n'obéis qu'à mon roi, et il veut voir la tête de Tamas sous le couperet de la guillotine.

— Si nous n'amadouons pas Kresimir, il n'y aura plus d'Adro à se partager.

Nikslaus serra les poings.

— Sans moi, vous ne pourrez jamais sortir de ce pays.

— Je peux vous en dire autant.

Aux pieds de Tamas, Olem remua faiblement. Le maréchal se pencha sur sa béquille pour lui offrir une épaule sur laquelle s'appuyer.

— Tu peux te lever ?

Olem avait l'arcade sourcilière fendue. Il essuya le sang et se palpa doucement la tempe.

— Envoyez-les dans la poix, monsieur.

Tamas se redressa et posa ses deux mains sur sa béquille. Sentant un danger, Nikslaus se tourna vers eux. Le sorcier fronça les sourcils.

Tamas perçut que le duc ouvrait son troisième œil.

— Il peut se servir de sa sorcellerie !

En un éclair, il leva les mains tout en agitant les doigts.

Tamas fit naître une étincelle pendant qu'Olem jetait le sachet de balles en l'air. Aussitôt, ce dernier vola en éclats. Les projectiles labourèrent les corps qui s'effondrèrent, des jets de sang maculèrent les murs tandis que les carabines à air comprimé roulaient au sol. Des éclairs illuminèrent le corps de Nikslaus là où les balles heurtaient une barrière invisible érigée à la hâte.

— Fuyez ! hurla le duc en continuant d'agiter les doigts.

Charlemund dévisagea Tamas une seconde avant de tourner les talons.

— Ne le laisse pas s'enfuir, grinça le maréchal.

Il ne pouvait détacher les yeux de Nikslaus. Une seule erreur, et il était mort. Il devait occuper le duc et ses mains. Il alluma de la poudre, la consumant à petites doses afin de garder une douzaine de balles en suspension dans l'air, où elles tournoyèrent sur elles-mêmes. Puis il les projeta sur le Privilégié. Les doigts du duc s'agitèrent lestement. Tamas ouvrit son troisième œil, ce qui lui permit de distinguer des taches de couleur alors que les projectiles s'écrasaient sur un obstacle invisible. Il utilisa encore un peu de poudre afin de donner davantage de puissance aux balles.

Olem se releva et se précipita, épée en main, passant à côté de Nikslaus… pour s'arrêter net : cinq gardes cléricaux venaient de faire irruption dans la pièce. Ils scrutèrent Tamas et le duc, concentrés sur leur lutte silencieuse, avant de se tourner vers le garde du corps.

Le maréchal agrippa la poignée de sa canne. Il prenait peu à peu le dessus alors que les défenses de Nikslaus s'affaiblissaient. Les balles arrivaient de plus en plus vite, nécessitant toute l'attention du Privilégié pour les repousser. Tamas ne lui laisserait pas le temps d'ériger une barrière magique plus solide. Le maréchal jeta un coup d'œil à Olem. Celui-ci avait abattu un de ses adversaires, mais ils étaient trop nombreux. Ils ne cessaient de le repousser, et il était presque à la hauteur de Nikslaus.

Tamas ne tarderait pas à se retrouver à court de poudre. Charlemund allait s'en sortir.

Nikslaus s'essuya le nez d'une de ses mains gantécs. Tamas tira profit de cette fraction de seconde pour envoyer une giclée de balles sur les gardes cléricaux. Elles transpercèrent des yeux et des bouches. Les hommes s'écroulèrent aussitôt. Olem bondit, enjambant leurs cadavres, et se lança à la poursuite de Charlemund.

Nikslaus s'essuya à nouveau le nez. Tamas eut un sourire.

— Tes allergies te reprennent ?

Le duc fit un pas en arrière. Tamas s'avança d'un pied mal assuré. Nikslaus continua de reculer en serrant les dents. Le maréchal fit cliqueter la pointe de sa béquille sur le carrelage.

Les doigts du duc s'agitaient frénétiquement et son front commença à s'ourler de sueur alors que Tamas lui envoyait une nouvelle grêle de balles. Toutes furent repoussées et s'en allèrent rebondir sur le sol. Mais la poudre se faisait rare. Le maréchal inspira profondément, l'odeur de poudre brûlée faisant pulser son sang. Sa poudretranse était profonde.

Nikslaus fit danser ses mains d'un geste furieux et lâcha un hurlement rauque.

Tamas poussa un cri alors qu'il roulait à terre, sa concentration rompue. Il fixa les deux moitiés de sa canne qui venait de se briser, puis leva les yeux sur Nikslaus. Le Privilégié vint se placer devant lui, dressant deux doigts l'un près de l'autre, comme s'il s'apprêtait à les faire claquer. Sa chemise était détrempée de sueur, ses cheveux en désordre. Il baissa les yeux sur le maréchal.

— Vieux fou.

— Tu as gagné, répondit Tamas en allumant un reste de poudre.

Nikslaus poussa un hurlement. Il tituba en arrière, enserrant sa main gauche transpercée, et percuta le piédestal sur lequel était posé le buste de Charlemund. Celui-ci s'abattit au sol, fendant une dalle de marbre. Le duc se prit les pieds dans le piédestal et tomba.

Tamas se mit à quatre pattes, ignorant la douleur dans sa jambe. Il prit le morceau le plus long de sa béquille pour reprendre un semblant d'équilibre, puis sautilla jusqu'à Nikslaus en allumant encore un peu de poudre. Le Privilégié hurla à nouveau lorsqu'une balle traversa sa main droite, déchirant les symboles runiques sur ses gants. Le duc fixa ses paumes, désormais percées toutes les deux. Ses gants blancs étaient couverts de sang qui maculait les symboles encore intacts.

— Maintenant, fit Tamas, tu sais ce que c'est que de se voir privé de ses pouvoirs.

Il tira son épée et s'agenouilla près de Nikslaus. Il prit une de ses mains et retira son gant. Le duc gémit.

— Que voilà des doigts bien délicats.

XXXIX

Adamat arrêta sa monture devant les grilles de la villa. Son cheval, couvert de sueur après sa longue course, rejeta la tête en arrière. Il essuya son front et flatta les flancs de l'animal. Il pouvait voir le toit du bâtiment et les fiacres qui convergeaient dans cette direction.

— L'Archidiocèle n'est là pour personne.

C'étaient des hommes de Tamas, dans leurs uniformes bleu nuit avec leurs revers argentés. L'un d'entre eux fit signe à Adamat de la pointe de son fusil prolongé d'une baïonnette.

— Circulez, dit-il. Vous lirez tout dans le journal de demain.

Adamat prit le temps de reprendre son souffle alors que sa monture renâclait.

— Vous n'avez pas l'air d'un cavalier émérite, remarqua le soldat avec un sourire torve.

— En effet, rétorqua Adamat. Mais il fallait que je prévienne le maréchal Tamas.

L'homme perdit soudain son flegme. Il se rapprocha pendant que son camarade faisait le tour du cheval pour se tenir de l'autre côté.

— Écoutez, dit l'inspecteur alors que son cheval reculait, effrayé par le soldat, je suis Adamat, l'enquêteur à la solde du maréchal. Tamas risque de tomber dans un piège.

Le soldat le toisa sans aménité.

— J'ai déjà entendu ce nom. Allez, passez. N'allez pas vous couvrir de ridicule.

Adamat acquiesça frénétiquement, hors d'haleine. Il n'avait pas chevauché à une telle vitesse depuis l'université.

On lui ouvrit les grilles et il éperonna sa monture. Il se retrouva sur une allée pavée et fit repartir au galop son malheureux cheval. Il se pencha sur son cou, enserrant les rênes si fort que ses phalanges en blanchirent. Maintenant, les fiacres avaient atteint la villa et faisaient le tour de la fontaine.

Des coups de feu retentirent, effrayant l'animal qui trébucha et tituba avant de s'étaler sur le flanc dans un fossé. Projeté à terre, Adamat poussa un cri de surprise. Il évita le fossé et roula sur le sol jusqu'à ce qu'un pied de vigne ne l'arrête. Il se mit à quatre pattes, puis posa une main sur son flanc endolori.

— Par le cul de Rosvel ! jura-t-il.

Sa main était ensanglantée. Ce n'était probablement qu'une coupure bénigne. Il l'essuya sur son manteau, se leva et s'examina. Il ne s'était rien cassé et en serait quitte pour quelques jolis bleus. Sa monture restait allongée dans le fossé, ses flancs se soulevant au rythme de sa respiration.

Les coups de feu continuaient, vite suivis de cris. Il arrivait trop tard. L'envoyé de Vetas avait déjà prévenu l'Archidiocèle. Adamat ferma les yeux. Que pouvait-il faire ? Tout était de sa faute. Il n'avait pas de fusil, juste une épée et un pistolet. Il retourna dans l'allée, les yeux braqués sur la villa. Un fiacre avait été renversé, les soldats s'étaient éparpillés dans les vignobles et rendaient leurs tirs à des assaillants invisibles. En se tournant vers la demeure, il ne vit pas le moindre éclair ni le moindre nuage de poudre. Sur quoi ces imbéciles gaspillaient-ils leurs munitions ? Il secoua la tête. Les défenseurs étaient armés de carabines à air comprimé, bien sûr. Poix !

Adamat se mit à courir, sautant par-dessus le fossé pour s'enfoncer dans le vignoble. Il fit le tour du bâtiment à bonne distance pour gagner l'arrière d'une étable. Il entrevit des uniformes bleus, des soldats accroupis pour se protéger des tirs. Les coups de feu se faisaient rares. Cela ne lui disait rien qui vaille.

Il sauta par-dessus un fagot et faillit atterrir sur un des soldats de Tamas. L'homme braqua son fusil vers l'inspecteur, manquant de l'embrocher sur sa baïonnette. C'était un jeune soldat, manquant d'expérience, les yeux un peu trop écarquillés.

— Ton nom ! fit-il d'une voix tremblante.

— Ne me braque pas avec ça ! rétorqua l'inspecteur, lui arrachant son fusil pour le jeter à terre. Je suis Adamat. Tamas a-t-il fait investir toute la propriété ?

Le jeune homme lui jeta un regard circonspect. Ses mains tremblaient. Il n'avait probablement jamais été au feu.

Exaspéré, Adamat le prit par l'avant de son uniforme.

— Tu as entendu ces tirs ? On les a pris en embuscade à l'avant de la villa. C'est certainement une diversion. Charlemund va en profiter pour s'échapper.

Le soldat hésita.

— Je n'ai pas confiance en toi, dit-il lentement.

— Par la poix, regarde par toi-même ! s'exclama l'inspecteur en désignant la maison.

L'homme se tourna. Adamat lui donna un grand coup de coude sur la nuque.

— Pardon, marmonna-t-il en lui prenant son fusil.

Il poussa le corps inconscient contre la pile de bois de chauffage et jeta un coup d'œil autour de lui, cherchant à repérer d'autres soldats d'Adamat. Il en aperçut un près de l'angle de la maison, se déplaçant lentement vers l'avant du bâtiment – plus concerné par ses camarades pris sous le feu que par un éventuel fuyard tentant de filer de la bâtisse.

— Bon, va falloir que je me débrouille tout seul comme un grand, marmonna-t-il.

Il courut plié en deux jusqu'à ce qu'il atteigne l'arrière de la villa. Il s'arrêta derrière une cabane à outils et tendit l'oreille. Les coups de feu avaient cessé. Il jeta un œil de l'autre côté de la cloison de bois. L'arrière du bâtiment se composait d'un portique et d'un jardin d'agrément avec de grands parasols et des auvents. Il y avait une allée d'entretien recouverte de fin gravier. Un attelage tiré par un seul cheval attendait avec, à la place du cocher, une silhouette familière à l'air misérable. Tamas chercha des gardes ; il n'y en avait aucun. Il courut vers le fiacre.

— Siemone, dit-il.

Le cocher se tourna vers lui. Le jeune prêtre avait l'air consterné – assez pour oublier de ne pas croiser le regard d'Adamat, du moins pour l'instant.

— Que faites-vous là ? demanda-t-il en détournant les yeux. Allez-vous-en avant que l'Archidiocèle ne vous voie.

— Tu vas l'aider à s'échapper.

Adamat prit le cheval par sa bride.

— Il le faut, répondit le jeune prêtre en enserrant ses rênes.

— Non. C'est un homme mauvais, un traître. Ne te rends pas complice de ses méfaits.

— Vous croyez que j'ignore ce qu'il est vraiment ? répondit Siemone en un sanglot. Je l'ai toujours su. Je suis désolé d'avoir envoyé ces hommes vous tuer. Comprenez bien que je ne pouvais rien y faire. Je suis incapable d'échapper à son emprise. Je suis heureux de voir que vous vous en êtes sorti. Maintenant, partez avant qu'il n'arrive. Il vous fera abattre.

Adamat inspira profondément.

— Siemone, dit-il en faisant un pas en avant.

— Restez où vous êtes.

Adamat obéit.

— Siemone, je t'en prie !

Il refit un pas en avant. Un tout petit.

— Gardes ! cria Siemone. Vite !

Deux hommes apparurent à l'arrière de la maison. Ils portaient l'uniforme des gardes cléricaux. En voyant Adamat, ils tirèrent leurs épées.

Des Templiers. Les troupes d'élite de l'Église. Ils protégeaient les Archidiocèles au péril de leurs vies. S'ils arrivaient assez près d'Adamat, ce dernier n'aurait pas une chance de leur échapper. Il se recula en prenant le fusil à deux mains, espérant qu'il était chargé.

Il visa le premier garde et appuya sur la détente. Le coup de feu résonna dans la cour. Sa cible fit encore quelques pas avant de s'écrouler. Le deuxième Templier dépassa son camarade abattu pour se ruer sur l'inspecteur. Adamat lâcha son fusil pour mieux tirer son pistolet. La balle frappa l'homme en pleine poitrine. Il eut un grognement, l'air contrarié, avant de s'effondrer à son tour. Le premier s'était déjà relevé et oscillait sur ses pieds comme un homme ivre. Adamat tira son épée et s'avança. Le templier réussit à parer quatre ou cinq attaques avant qu'Adamat puisse placer un coup fatal.

— Siemone ! cria quelqu'un. On s'en va !

Adamat se retourna. Charlemund venait de faire son apparition, courant depuis l'arrière de la villa, sa cape sur un bras, son épée encore dans son fourreau dans l'autre main.

— Pars ! pressa-t-il. Pars sans lui ! Tu peux le faire, Siemone !

Le prêtre ferma les yeux et se mit à prier. Adamat jura et se retourna pour se retrouver face à Charlemund.

— Toi ! grogna l'Archidiocèle.

Il s'arrêta à l'entrée du jardin et jeta un regard dégoûté à ses gardes abattus.

Adamat s'interposa entre Charlemund et le fiacre. Son pistolet avait été sa dernière chance. L'Archidiocèle était le meilleur bretteur de tous les Neuf. Il le pourfendrait en un clin d'œil. L'inspecteur leva son épée en avalant sa salive.

Charlemund tira sur le lacet autour de son cou et jeta sa cape sur le côté avant de dégainer sa propre épée, rejetant également le fourreau.

Il attaqua avec une rapidité qu'Adamat n'aurait jamais cru possible. Il ne para que par instinct. Il y a longtemps, il avait été un bon bretteur, mais le temps avait passé, des années durant lesquelles il n'avait guère manié que sa canne-épée. Adamat se recula devant la violence de l'assaut. Il battait en retraite mais l'Archidiocèle ne cessait d'avancer, un coup par ci, une fente par-là, la pointe de son arme à quelques centimètres à peine du visage et de la poitrine de l'inspecteur.

« Un bon bretteur » était un terme tout relatif face à un homme comme Charlemund. Et leurs armes n'étaient pas des épées d'entraînement en bois. Lorsque l'Archidiocèle se fendit sans effort apparent, il tira le premier sang. Les premières touches ne furent que des piqûres et des égratignures. Mais si elles continuaient de se multiplier, elles le tueraient aussi sûrement qu'une lame plongée en plein cœur.

D'un revers, Charlemund écarta l'épée de l'inspecteur et s'avança. Il frappa par deux fois. Adamat tituba plus qu'il ne para les coups. Il reprit son équilibre et tenta lever sa propre arme, mais son bras refusa de lui obéir. Un bref coup d'œil lui révéla des taches rouges formant deux cercles sur son manteau, deux cercles qui s'agrandissaient. Un sur son épaule, l'autre juste au-dessus du cœur. Adamat sentit son corps mollir, comme affaibli par l'approche de la mort.

Charlemund se retourna d'un bond, parant de justesse un nouveau coup. Le garde du corps de Tamas – Olem – s'était matérialisé derrière l'Archidiocèle pour attaquer avec rage. Charlemund s'éloigna avec grâce du duo pour gagner le milieu de l'allée, là où il ne risquait pas de glisser. Olem courut après lui, lame au clair, ne lui laissant pas un instant de répit.

Adamat tituba jusqu'à un des rochers du jardin et s'affala dessus. Il tenait toujours son épée d'une main faible. De l'autre, il inspecta ses blessures. Il passa sa paume sur la plus profonde. La tête lui tournait, bien qu'il ignorât si c'était dû au sang perdu ou simplement à l'excitation du duel et à la proximité de la mort. Il regarda Olem avec une drôle d'euphorie. Si ce dernier ne se montrait pas à la hauteur, Charlemund les tuerait tous les deux avant de s'enfuir.

De toute évidence, le garde du corps était un meilleur bretteur qu'Adamat. Il attaquait avec la bravoure d'un soldat, d'un homme qui avait consacré sa vie à l'épée et au pistolet. Il maîtrisait moins sa lame que l'Archidiocèle, qui dirigeait la sienne avec une précision presque clinique, mais il compensait par la férocité de ses assauts. Il serrait les dents, ses yeux brillaient de colère et de détermination, et sa main libre déployée derrière lui l'aidait à garder un équilibre parfait. Charlemund fit encore quelques pas en arrière, surpris par la sauvagerie de son adversaire, avant de reprendre pied et d'attaquer à son tour.

Sous les yeux d'Adamat, l'Archidiocèle étudia les gestes d'Olem, décomposant avec minutie chaque mouvement. Son visage ne trahissait pas la même détermination que celui du garde du corps – juste la concentration paisible et réservée d'un étudiant pendant son cours préféré. Charlemund eut de moins en moins de mal à parer les coups d'Olem tandis que celui-ci subissait ses assauts. Adamat comprit que l'Archidiocèle ne se contentait pas de se battre : il apprenait au fur et à mesure, s'adaptant à son adversaire. C'était bien là le comportement d'un champion duelliste. Adamat n'avait jamais rien vu de tel.

L'inspecteur avait l'impression que le combat se prolongeait depuis des heures, bien qu'il n'ait probablement duré que quelques minutes. Olem battait peu à peu en retraite. Les deux adversaires passèrent devant Adamat, se dirigeant vers le fiacre. Lorsqu'ils l'eurent atteint, Olem tint bon encore quelques secondes, le front baigné de sueur, cherchant désespérément une ouverture. L'inspecteur n'avait aucun mal à lire son visage. Il fatiguait, commençait à s'inquiéter. Face à Charlemund, il n'était pas à la hauteur.

Enfin, il trouva une brèche dans les défenses de l'Archidiocèle. Il plongea, éraflant le flanc de son adversaire alors que celui-ci faisait un pas de côté. Une dague apparut dans la main libre de Charlemund qui la planta entre les côtes d'Olem. Le garde du corps écarquilla les yeux en lâchant son épée. L'Archidiocèle recula d'un pas et leva son sabre pour porter le coup de grâce.

Adamat se détourna. *Nous sommes fichus.*

Olem eut un rire qui ressemblait à une toux, ce qui attira à nouveau son attention. Charlemund se figea.

— Vous allez devoir affronter bien pire que moi, dit-il.

L'Archidiocèle jeta un coup d'œil vers la villa. Il laissa Olem s'écrouler à terre et se précipita vers le fiacre.

— Fonce, cria-t-il en sautant sur le marchepied.

— Non ! lança Adamat à Siemone.

Le prêtre était recroquevillé sur le banc du cocher, les rênes en main. Il tremblait comme une feuille. Il ne bougea pas.

— Allez ! ordonna Charlemund.

Adamat crut que Siemone allait faire claquer les rênes. Le prêtre regarda le ciel, puis ses mains. Ses lèvres remuaient en silence.

— Crétin, lâcha Charlemund.

D'une enjambée, il vint se placer sur le banc, à côté de Siemone. Le prêtre s'écarta, l'air dégoûté.

— Je ne peux pas ! gémit-il.

L'Archidiocèle le poussa. Siemone cria en tombant de son perchoir. Il frappa le sol avec un bruit évoquant un melon qui s'écrase et ne bougea plus.

— Lâche.

Un mot prononcé à voix basse, mais qui attira néanmoins l'attention de Charlemund et d'Adamat. Tamas se tenait sur le porche de la villa, juste au-dessus du jardin, appuyé sur la crosse d'une carabine à air comprimé dont il se servait comme béquille. Il avait l'air d'un vieillard, las et estropié. Le devant de son uniforme était détrempé de sang. Adamat se souvint des appartements des mages au Palais d'Horizon et des éclaboussures qui recouvraient alors le maréchal. Il frissonna.

Charlemund hésita. Il avait pris les rênes et, bien qu'il ait, de toute évidence, l'envie de les claquer pour s'enfuir, une forme de curiosité morbide l'en empêchait.

Adamat se força à se relever. Il tituba, grimaçant sous l'effet de la douleur, de nouveau en proie à des vertiges. Il prit le cheval par la bride.

— Non, dit-il.

L'Archidiocèle parut à peine le remarquer. Il n'avait d'yeux que pour Tamas.

— Je vois que vous vous êtes occupé de notre ami le duc, déclara Charlemund.

Il se leva, laissant tomber les rênes, et sauta du banc. Il se reçut accroupi et se redressa aussitôt. Adamat sentit son cœur s'accélérer.

Tamas ne semblait guère impressionné.

— Il est toujours vivant, mais il préfèrerait être mort. Je sais en quoi il pourra m'être utile. (Tamas descendit lentement les marches jusqu'au jardin, se servant toujours de la carabine comme d'une béquille.) Et vous aussi.

Charlemund dégaina son épée.

— Vous êtes à court de poudre, dit-il, sinon, nous ne serions pas là à parler. Vous n'avez pas peur de mon titre, ni des répercussions. Vous auriez pu me loger une balle dans la tête depuis l'intérieur de la maison. Nikslaus a-t-il épuisé toutes vos réserves ?

Le visage de Tamas semblait moulé dans du métal.

— Si vous aviez un minimum d'honneur, continua Charlemund, vous seriez déjà en partance pour le Pic du Sud afin de vous donner en sacrifice à Kresimir dans l'espoir de sauver notre pays.

— C'est vous qui parlez d'honneur ? Venant d'un traître, ça ne manque pas de sel, remarqua le maréchal.

— Que comptez-vous me faire, Tamas ? Même dans vos meilleurs jours, vous êtes loin d'être aussi bon bretteur que moi.

Soudain, Charlemund se mit à courir, fonçant sur Tamas, les bras écartés comme les ailes d'un oiseau de proie.

Tamas lâcha sa carabine. Il tira son épée, plantant sa jambe blessée dans le sol, ce qui lui arracha une grimace de douleur. Adamat inspira profondément. Cette même jambe avait été fracassée. Tamas serait incapable de manœuvrer. Dans des conditions propices, il aurait peut-être été à même de donner du fil à retordre à l'Archidiocèle. Aujourd'hui, la simple idée d'un duel était risible.

Charlemund bondit en un assaut sauvage. Tamas para, leurs lames se croisèrent, puis l'Archidiocèle se retrouva derrière Tamas, prêt à porter un coup fatal avant que le maréchal puisse pivoter sur sa jambe blessée. Le cri de victoire de Charlemund mourut dans sa gorge alors qu'il baissait les yeux sur son épée… qui venait de se briser d'un coup sec.

Des volutes de fumée noire s'écoulaient entre les doigts du maréchal. Il ouvrit son poing gauche, laissant tomber l'emballage d'une charge de poudre. Le sachet finit sur le sol, à côté de la lame de son adversaire. Charlemund regarda la poignée de son épée désormais amputée. Ses yeux brûlèrent d'une lueur de folie et son visage se tordit en un masque de fureur. Il lança la poignée et se précipita sur Tamas qui se retourna lentement pour lui faire face.

Ce qu'il restait de l'épée frappa le maréchal au front, laissant une petite coupure. Ce dernier cligna des yeux et porta un coup, prenant la pose classique du duelliste, sa main libre reposant sur sa hanche. Propulsé par son propre élan, Charlemund vint s'empaler sur la lame de son adversaire. Tamas la retira et frappa à nouveau, encore et encore. L'Archidiocèle tenta de reculer, couvrant ses plaies comme pour contenir le sang qui s'étalait sur son uniforme immaculé. Il tituba jusqu'au fiacre contre lequel il s'adossa et tendit la main, mais n'empoigna que le vide. Enfin, il se laissa glisser sur le gravier.

Adamat avala sa salive. À vue de nez, les plaies de Charlemund n'avaient pas l'air mortelles, mais elles étaient nombreuses. Il allait se vider de son sang, lentement, douloureusement – enfin, si Tamas lui en donnait l'occasion. Le maréchal ne fit aucun geste pour lui porter secours, il n'appela même pas ses soldats. Il se contentait de regarder Charlemund tenter d'endiguer l'hémorragie de ses mains tremblantes. Il essuya son épée sur la cape que l'Archidiocèle avait laissée tomber et la rengaina.

L'inspecteur se concentra sur ses propres blessures. Elles étaient graves, mais il survivrait s'il les pansait sans trop tarder. Il repoussa cette idée et alla s'agenouiller aux côtés du corps inerte de Siemone. Dans sa chute, le prêtre s'était brisé la nuque. Ses yeux vitreux fixaient les pâturages. Adamat lui ferma les paupières du bout des doigts, se leva et fit le tour du fiacre.

Olem et Tamas se soutenaient mutuellement, têtes baissées, discutant entre eux. Une fois de plus, le maréchal se servait de la carabine à air comprimé comme d'une béquille. Tous deux se tournèrent vers lui.

— Olem m'a dit que tu avais retenu Charlemund le temps qu'il arrive. (Tamas hocha lentement la tête.) Je t'en remercie.

Adamat humecta ses lèvres desséchées. Ni l'un ni l'autre n'avait l'air de l'accuser, ni même de le soupçonner de quoi que ce soit. Pourquoi ? Ce qu'il avait dit au Seigneur Vetas avait provoqué la mort de plusieurs des hommes de Tamas. À un moment ou à un autre, ils se demanderaient ce que l'inspecteur faisait ici.

— Je suis désolé, monsieur, commença-t-il. Mais ma famille…

* * *

Tamas retourna à l'intérieur du manoir. Des Gardiens et des gardes cléricaux jonchaient le sol, tous morts. Il s'émerveilla de voir comme ils avaient été tués proprement – d'une seule balle dans la tête ou dans le cœur, des tirs faciles à si peu de distance. Des mares de sang s'étendaient sur les sols de marbre, les rendant glissants. Il trouva une grande ombrelle d'ivoire dans un coin de l'entrée et en récupéra le manche pour s'en faire une vraie béquille, posant la carabine contre le mur.

Nikslaus n'était plus là. Tamas se mordit l'intérieur de la joue, luttant contre l'exaspération qui montait en lui. Lorsqu'il avait laissé le Privilégié, il se tortillait de douleur sur ce même sol. Une trace de sang menait à une pièce adjacente. Le maréchal n'avait pas assez d'hommes à sa disposition pour s'occuper des blessés et envoyer des chasseurs à sa poursuite. Il ferma les yeux et suivit la piste en boitillant.

Adamat. Qu'allait-il faire de cet inspecteur ? Il avait avoué avoir trahi Tamas et Adro pour ce Seigneur Vetas et son maître, le Seigneur Claremonte. Combien d'ennemis puissants Tamas pouvait-il avoir ? Au final, Adamat était responsable de la mort de Sabon. Ou peut-être pas. À l'en croire, on avait envoyé un messager prévenir Charlemund quelques minutes seulement avant qu'il ne quitte sa maison pour rejoindre la villa. L'Archidiocèle avait bien préparé sa défense. Une telle organisation ne s'improvisait pas.

La douleur dans sa jambe ne cessait de croître au fur et à mesure que sa poudretranse s'affaiblissait. Il lui restait un peu de temps avant qu'elle ne se soit entièrement dissipée. Avec sa canne improvisée, il pourrait être opérationnel encore quelques heures. Mais, ensuite, la souffrance serait telle qu'il lui serait impossible de tenir encore debout.

Le docteur Petrik serait furieux. En partant au combat bille en tête, Tamas avait peut-être causé des dommages irréparables à sa jambe. Idiot.

Il suivit les gouttes de sang à travers deux pièces, deux mondes distincts faits de meubles d'un luxe digne du palais d'un roi. Des chaises gravées dans l'ivoire d'animaux fatrastans, des peaux et des corps empaillés de grands félins provenant des jungles les plus éloignées. Une table basse sculptée dans un seul bloc d'obsidienne. Le squelette d'un lézard de la taille d'un cheval, mort depuis longtemps. Des œuvres d'art issues des quatre coins du monde, des sculptures d'avant l'ère de Kresimir.

La piste le mena à une porte de service donnant sur un petit patio. Tamas examina prudemment la pièce. Il ne savait pas si tous les Gardiens avaient été abattus. Il entrevit un mouvement au loin, au milieu des herbes. Une porte d'étable s'ouvrit et deux chevaux en jaillirent au grand galop, contournant le bâtiment pour s'enfuir de la villa. Du fond de sa poudretranse, Tamas put voir les pansements improvisés sur les mains de Nikslaus et les muscles noueux du Gardien qui dirigeait son cheval. Le duc jeta un regard nerveux vers la villa. Tamas les suivit des yeux jusqu'à ce qu'ils aient disparu.

Si Julène réussissait à invoquer Kresimir, ils auraient fait tout ça pour rien.

— Pas moyen de trouver Nikslaus, dit Olem.

Tamas se retourna. Son garde du corps ne s'était même pas donné la peine de s'occuper de ses propres plaies. Il se tenait le plus droit possible, cherchant à croiser le regard de son maître. Son expression trahissait une vague douleur, ce qui signifiait qu'il devait souffrir horriblement. Il fouilla la poche de sa chemise, cherchant son tabac et son papier à rouler. Tous deux faillirent lui échapper tant ses doigts étaient gluants de sang. Tamas les lui prit des mains, lui roula une cigarette, puis l'alluma avec une allumette tirée d'une autre poche du garde du corps. Celui-ci tira une bouffée et eut un sourire empreint de reconnaissance.

— Occupe-toi des blessés, ordonna Tamas. Nikslaus ne présente plus le moindre danger. Mais soigne-toi en premier. Tu as bien agi, mon ami.

— Mais Nikslaus…

— La meilleure des vengeances est encore de le laisser vivre. (Il eut un sourire teinté de cruauté.) Ça suffira largement.

XL

Ce n'est qu'après un temps qui lui parut infini, passé à grimper des marches, que Taniel prit conscience de la véritable taille du Palais de Kresimir. Comme l'avait dit Del, ce n'était qu'une enveloppe vide – la coquille de ce qui avait dû contenir des milliers de chambres, de couloirs et de galeries. Il n'en restait plus que la croûte volcanique et le gigantesque escalier en spirale bordant son mur intérieur. Au fur et à mesure qu'ils s'élevaient, les cendres se firent plus rares. Leurs pas résonnèrent dans le vide et Taniel comprit vite que les minuscules points de lumière qu'il voyait loin au-dessus d'eux étaient des fenêtres. Il se força à accélérer sans se soucier de savoir si Del le suivait ou pas.

Dans ce silence presque absolu, il avait l'impression que le temps s'était arrêté. Il crut voir des couleurs pâles clignoter dans la pénombre comme les auras spectrales d'une magie évanouie depuis longtemps. De temps en temps, des nuages de cendres s'élevaient tels des fantômes. En s'approchant du sommet, il vit effectivement des fenêtres, mais bien trop hautes pour pouvoir s'en servir de poste de tir, et il n'y avait rien sur quoi grimper. Alors il continua son chemin. Les cloisons se refermèrent peu à peu sur eux et l'escalier rétrécit. Il atteignit un palier baigné de lumière, noirci par la suie et aussi large qu'une salle de bal, vit le plafond se voûter et aperçut les fentes de meurtrières tout en haut des parois.

Il s'affala contre le mur en attendant que Del le rattrape.

— Alors ? demanda Taniel lorsque le moine arriva, hors d'haleine. (Il se précipita sur lui et le prit par les plis de sa robe.) Tu as dit que je pouvais tirer de là-haut. Mais d'où ? Montre-moi une putain de fenêtre !

Il secoua le moine comme un prunier.

— Là ! gémit Del.

Il ferma les yeux et tendit la main au-dessus de l'épaule de Taniel.

Celui-ci le lâcha pour se retourner. Alors qu'il scrutait la pièce, il se sentit glacé, comme si une main gelée venait de lui toucher le cœur.

C'était la salle du trône de Kresimir. Tout au bout du palier, il y avait une estrade, treize marches menant à un fauteuil noirci. Et derrière ce trône, il vit de la lumière.

Taniel s'empressa de gravir les degrés. Il dépassa le fauteuil vide et trouva une ouverture dépourvue de porte. Il prit le temps de réunir son courage, puis la franchit.

En voyant ce qu'il y avait de l'autre côté, il s'arrêta net. Il eut un hoquet, sentant son esprit chanceler. La pièce était meublée, bien éclairée, ses murs couverts de tapisserie. Il y avait des vitres aux fenêtres et, au centre, un lit à baldaquin. Des chaises à coussins de velours et des tables aux rebords dorés. Des traces de suie sur le tapis blanc. Il aurait pu se croire dans un sous-sol du Palais d'Horizon. Il tituba.

— Et tu as laissé Bo en bas ? fit une voix de femme.

Taniel se sentit mollir. Julène venait d'apparaître, entrant depuis un balcon.

Del pénétra à son tour dans la pièce.

— Oui, m'dame.

— Et la fille ? insista Julène, un rictus tordant légèrement ses lèvres.

— Elle veille sur Bo.

Del se redressa de toute sa taille, la tête haute. Il avait cessé de trembler. Il ne ressemblait même plus au moine qu'il était. Sa jeunesse avait quitté son visage comme s'il avait retiré un masque, dévoilant les rides qu'il dissimulait. Sous les yeux de Taniel, le moine tira deux gants de Privilégié de sa poche et les enfila.

Julène se dirigea vers le poudremage. Elle posa un doigt sous son menton et leva sa tête pour qu'il la regarde droit dans les yeux. Il se sentait malade. Comme mort intérieurement.

— Je me doutais bien que tu me suivrais jusque-là, dit-elle. Heureusement que j'ai laissé Jekel en arrière. Que comptait-il faire ? demanda-t-elle au Privilégié.

— Abattre un certain nombre d'entre nous, assez pour nous empêcher d'invoquer Kresimir, répondit-il.

— Ça aurait pu marcher, admit-elle. Il faut beaucoup de sorcellerie pour attirer Kresimir depuis les Limbes qui séparent les mondes.

Taniel se sentit chanceler. Il aurait bien voulu tirer son pistolet. Il avait peut-être une chance de tuer le faux moine. Mais ses doigts refusaient de lui obéir. Il était vaincu. Il le savait.

— Pourquoi ? demanda-t-il.

Il inspira profondément, cherchant ses mots.

— Pourquoi invoquer Kresimir ? demanda Julène en levant les yeux au ciel.

— Non. Pourquoi m'avoir envoyé ce chien de traître ? Pourquoi cette ruse ? Il aurait aussi bien pu attendre de nous massacrer tous. Et pourquoi ne pas me tuer séance tenante ?

Julène haussa les épaules.

— Si ton père réussit à survivre au chaos qui va suivre, je te garderai comme otage. Il n'est pas particulièrement ingénieux, mais il est têtu comme une mule.

Taniel tenta de digérer ce qu'elle lui disait.

— Tue-moi maintenant et qu'on en finisse, fit-il.

De ses ongles longs, elle lui tapota le cou.

— S'il le faut, je n'hésiterai pas.

Elle leva une main. Taniel ferma les yeux. Au bout d'un moment, il les rouvrit, mais ce fut pour recevoir une gifle. Il sentit ses ongles labourer sa peau.

— Ça, c'est pour m'avoir jetée du haut de la falaise, lança-t-elle avant de tourner les talons.

Les doigts de Taniel tressautèrent, agités de spasmes nerveux. Ils allaient partir. Bien. Que pouvait-il faire ?

— Tu vas invoquer Kresimir ? demanda-t-il.

Julène gloussa.

— C'est déjà fait. Je vais assister à son arrivée. Tu veux m'accompagner ? La dernière fois qu'il a touché la terre, la moitié de la montagne s'est effondrée. Ma sorcellerie te protègera.

Jekel suivit Julène, l'air soucieux. Taniel cligna des yeux. Il posa ses doigts sur son pistolet avant de leur emboîter le pas.

Il y avait foule sur le balcon. Au moins deux douzaines de Privilégiés, plus peut-être. Tous avaient les yeux braqués vers le ciel. Taniel constata qu'ils se trouvaient au sommet du gigantesque bâtiment. Il se fraya un chemin au milieu des sorciers pour jeter un coup d'œil en contrebas. Il retint un éclat de rire nerveux lorsqu'il s'aperçut qu'il y avait bel et bien un Colisée au bord du lac. De sa position élevée, il le voyait très clairement.

— Le spectacle te plaît ? chuchota une voix à son oreille.

C'était Jekel. Le faux moine lui fit un sourire sans joie.

— Tu me dégoûtes, dit-il. Toi et tes semblables. Kresimir va détruire les poudremages une bonne fois pour toutes. Maudits Marqués.

Taniel l'empoigna par l'avant de sa robe. Jekel eut un rictus railleur en levant ses mains gantées. C'est alors que le poudremage le jeta du haut du balcon.

Le hurlement du faux moine se prolongea un long moment alors même qu'il glissait et rebondissait le long de la paroi de roche volcanique lisse qu'était le mur du bâtiment.

— Quoi ? fit quelqu'un.

— Qui est-ce ? demanda un Privilégié.

Taniel tira son pistolet, mais à quoi bon ? Que pouvait-il faire ? Du coin de l'œil, il entrevit une lumière au-dessus de lui, dans les nuages. Il devint pâle comme la mort tout en resserrant ses doigts sur la crosse de son arme. Il pouvait toujours emporter quelques traîtres avec lui.

Juste devant lui, un Privilégié leva ses mains gantées. Ses doigts tressautèrent. Taniel braqua son pistolet sur lui. Mais avant qu'il pût tirer, l'homme se jeta du balcon, volontairement, joyeusement même.

Un autre Privilégié suivit son exemple. Puis un troisième s'élança en hurlant tout en se griffant les yeux. Taniel se retourna vers l'entrée du balcon.

Ka-poel était là, les jambes largement écartées, sa veste de daim dégrafée, son sac à dos à ses pieds. Ses cheveux roux étaient en désordre. Elle leva une main.

Des effigies sortirent par dizaines de son sac et s'élevèrent, comme soutenues par des mains invisibles. Les poupées s'étalèrent devant elle comme les cartes d'une diseuse de bonne aventure. Julène aperçut la jeune sauvage et poussa un grand cri.

C'est alors que tout se précipita. Des Privilégiés cherchèrent désespérément leurs gants et esquissèrent des gestes de protection. Julène se figea, comme prise de panique. Ka-poel passa à l'attaque.

Des flammes naquirent à la pointe de ses doigts. Elles frappèrent plusieurs poupées. Aussitôt, des Privilégiés prirent feu. Une aiguille apparut entre ses mains. Elle s'en servit pour transpercer plusieurs effigies, engendrant des cris de douleur tout le long du balcon.

Un rai de lumière fusa vers Ka-poel – un Privilégié avait tenté sa chance. Elle ne frémit même pas. L'éclair de sorcellerie la contourna pour aller frapper une poupée. Le Privilégié se trouvant juste à la droite de Taniel se transforma en un nuage de poussière que le vent s'empressa de disperser.

La mangouste avait trouvé le nid de serpents, et Taniel se retrouvait pris entre deux feux. Il leva son pistolet, abattit un Privilégié qui avait échappé à l'attention de Ka-poel, puis il jeta l'arme et tira la seconde. Lorsqu'il l'eut déchargée, il prit le fusil passé à son épaule.

Pendant que Ka-poel massacrait les Privilégiés, Julène reprenait ses esprits. Elle se dirigea vers la sauvage en serrant les poings, le visage contorsionné par la fureur. Taniel ressentit alors la morsure de la peur. Il ne tremblait pas pour lui, mais pour Ka-poel. Si l'étrange magie de cette dernière se démontrait efficace contre les Privilégiés kez, elle ne pouvait rien face à Julène.

Taniel fonça sur la Privilégiée, baïonnette au clair. Elle se contenta d'agiter la main et il se retrouva projeté dans les airs. Il sentit céder quelque chose en s'écrasant sur la rambarde. Cherchant désespérément une prise, il réussit in extremis à interrompre sa chute, son fusil glissant sur le sol du balcon. Tout autour de Julène, qui marchait toujours vers Ka-poel, des Privilégiés gisaient morts ou agonisants.

Les poupées de la sauvage fondaient alors que les sorciers succombaient. Certains chancelaient avant de s'écrouler, d'autres réussissaient à s'éloigner. Ka-poel tortilla ses mains, faisant tourner les effigies. Taniel reconnut celle de Julène.

Cette dernière eut un rire féroce alors que la sauvage massait le vide au-dessus de la poupée. Elle ouvrit la bouche.

— Taniel, fuis !

C'était Julène qui avait parlé, et, pourtant, ce n'était pas sa voix. C'était celle d'une fille beaucoup plus jeune, qui semblait poussée à bout.

— File d'ici ! Maintenant !

Julène ne sembla rien remarquer. Elle baissa la tête et fonça vers la Dynize, du feu naissant des pointes de ses doigts, embrasant tout ce qu'elle touchait – la chair comme la pierre. Les flammes aspergèrent deux des effigies de Ka-poel, et deux Privilégiés poussèrent des cris de douleur.

Le fusil de Taniel reposait à l'autre extrémité du balcon. Les Privilégiés survivants ne semblèrent même pas le remarquer. Ils reculaient pour s'éloigner le plus possible de Ka-poel. Ils se dispersèrent et levèrent frénétiquement les mains afin de contrer sa magie.

Non, il ne fuirait pas. Il ne laisserait pas Ka-poel se battre seule.

Il ramassa son fusil et examina le canon. Dans sa chute, la balle était tombée. Il en chargea une, puis une deuxième, des rougebandes toutes les deux. Puis il fourra de la bourre dans le canon pour les maintenir en place. Un Privilégié tituba vers lui, les mains levées. Il planta sa baïonnette dans son œil.

Il trouva un emplacement à côté de la rambarde et posa le canon de son fusil dessus. La lueur qu'il avait aperçue descendait peu à peu du ciel. On aurait dit un nuage qui ne cessait de se rapprocher.

La lumière passa au-dessus d'eux pour se poser au centre du Colisée en contrebas. Taniel s'humecta les lèvres, puis s'éclaircit la gorge. Il tenta de stabiliser ses mains tremblantes. Une pincée de poudre lui éclaircit l'esprit et affina sa vision.

Le Colisée était trop loin. Au moins deux lieues. Impossible d'espérer toucher quoi que ce soit à une telle distance. Il inspira profondément. Le nuage toucha le sol.

Un pied en sortit, suivi par une silhouette humaine. Taniel lutta pour ne pas perdre connaissance – un sort d'étourdissement, probablement.

L'homme qui venait d'émerger du nuage était d'une beauté telle qu'il n'en avait jamais vu. Sa peau était parfaite, ses cheveux longs et lustrés. Il portait une tunique semblant venir tout droit d'une pièce de théâtre dont l'action se situerait durant l'ère de Kresimir. Une fois sorti du nuage, il s'arrêta, fronçant les sourcils.

Taniel cligna des yeux pour chasser les gouttes de sueur dégoulinant de son front et appuya sur la détente. La détonation résonna à ses oreilles. Il baissa son fusil. Le mage *sentit* plus qu'il ne vit les deux balles foncer en direction de Kresimir. La force de sa volonté les fit continuer bien après le moment où elles auraient dû retomber. L'effort mental qu'il déployait était tel que sa tête commença à lui faire mal et ses mains à trembler. Il crut que son cerveau allait exploser alors qu'il faisait brûler le contenu de sa corne de poudre afin de garder les balles en vol. Et pourtant, il ne fléchit pas.

Un projectile perfora l'œil gauche de Kresimir. L'autre frappa sa poitrine et lui transperça le cœur. Taniel vit ce corps parfait s'écrouler à terre.

Un sanglot s'extirpa de sa gorge. Il venait de tuer un dieu !

Il se laissa tomber sur le balcon.

Lorsque le hurlement de Julène déchira son esprit, il n'en eut cure. Un choc assourdissant lui parvint et tout se mit à trembler. Il berça son fusil, cherchant à se mettre en position fœtale. L'édifice s'écroulait autour de lui. *J'ai tué un dieu.*

Ka-poel. Était-elle toujours en vie ? Il se releva sur des jambes de coton et jeta son fusil. Il ne la vit pas. Julène avait disparu, elle aussi. L'immense construction ne cessait de grincer et d'osciller sous ses pieds. Un autre tremblement de terre ? En bas, au milieu du lac, un grand geyser s'élevait dans les airs. Taniel pouvait sentir la chaleur qui s'en dégageait. Il se força à rentrer dans le bâtiment.

Ka-poel gisait près de l'ouverture donnant sur la salle du trône. Du sang s'écoulait de sa bouche, de son nez et du coin d'un de ses yeux. Elle fixa Taniel en enserrant une de ses poupées. C'était l'effigie de Julène, et son visage reflétait une rage absolue.

Il s'agenouilla à côté d'elle.

— Je ne peux t'emmener là où tu seras en sécurité. C'est fini. Je viens de tuer un dieu.

Ka-poel cligna des yeux. Taniel s'étouffa sur un sanglot.

— Pole ?

Elle sourit, tendit la main, le prit par la nuque et l'attira vers elle avec une force qu'il n'aurait jamais cru qu'elle pouvait posséder.

C'est alors que le bâtiment s'écroula sous leurs pieds.

ÉPILOGUE

Maudite poix, pensa Olem alors qu'ils portaient les corps pour les déposer devant Tamas.

La pluie tombait sans discontinuer et le vent secouait la toile de la tente au-dessus de leurs têtes. Les bruits – des hurlements qui ne pouvaient provenir d'une gorge humaine – et le relent de soufre planant dans l'air lourd engourdissaient ses sens et lui donnaient envie de cracher toutes les cinq minutes.

De temps en temps, entre les arbres, il pouvait voir le Pic du Sud. La montagne tout entière, non, tout le ciel au sud-est semblait être la proie des flammes. Quoi qu'en dise le maréchal, s'en rapprocher le rendait nerveux. La montagne avait changé. Son sommet tronqué familier s'était effondré sur le versant sud, crachant ses tripes embrasées sur les plaines kez.

Si seulement elles pouvaient bien avaler toute cette foutue armée au passage…

Des nuages de cendres et de fumée aussi grands qu'Adro flottaient au-dessus d'eux, reflétant les pentes escarpées de la montagne. Ces mêmes cendres s'abattaient sur eux, forçant les hommes à se protéger le visage d'un tissu. Un panache de flammes jaillit du côté sud, partit vers Kez et disparut. Olem frissonna. Ce souffle embrasé devait être assez puissant pour dévorer une ville entière.

Docouronne avait été éradiquée, balayée comme un fétu de paille lorsque le flanc de la montagne s'était effondré. Les derniers rescapés venaient de gagner le camp de Tamas. Apparemment, tous les Veilleurs avaient été évacués à temps. Les survivants de la bataille de la forteresse les avaient accompagnés et ils répandaient des rumeurs à vous glacer le sang.

— Ils sont morts ? demanda Olem.

Il alluma une nouvelle cigarette grâce au brasier et la porta à ses lèvres pour tirer une bouffée. Le docteur Petrik lui décocha un regard noir. Le garde du corps fit la grimace. Il devait marcher sur des œufs. Après tout, il parlait du fils du maréchal.

Il y avait trois corps, tous enveloppés de la tête aux pieds pour les protéger des chutes de cendres. Au moins l'un d'entre eux était toujours en vie. C'était un homme de taille moyenne, frêle et émacié. On l'avait allongé sur une civière et ses poignets et ses chevilles étaient entravées. Ses bras étaient levés et posés sur des bâtons afin que ses mains nues restent en évidence. *Sans doute Borbador le Privilégié*, présuma Olem. Le dernier survivant de la cabale royale. Bo ne cessait de scruter la pièce. On ne l'avait pas bâillonné, et pourtant, il gardait le silence.

Les deux autres corps étaient ceux d'un homme et d'une femme, jeunes tous les deux. Des soldats déballaient les linges qui les transformaient en momies afin que le docteur Petrik puisse les examiner. La femme – non, la fille, vu sa taille – était une sauvage à la peau constellée de taches de rousseur, aux cheveux qui auraient été d'un roux ardent s'ils n'avaient pas été presque entièrement carbonisés. Impossible de dire si elle respirait ou non. Le jeune homme n'était autre que Taniel. Le garde du corps l'avait reconnu au premier coup d'œil. Tous les soldats de Tamas en étaient capables.

Olem s'approcha de la civière du Privilégié et tira un tabouret.

— C'était moche là-haut ? dit-il.

Il grimaça lorsqu'une pointe de douleur poignarda sa poitrine. La plaie que Charlemund lui avait infligée était propre et nette, si bien que Mihali avait pu la guérir avec sa sorcellerie, qu'Olem était bien incapable de comprendre. Mais il avait beau être guéri, ses côtes lui faisaient toujours un mal de chien.

Bo lui jeta un coup d'œil.

— Une cigarette ?

Il en roula une et la glissa entre les lèvres du Privilégié avant de l'allumer. Celui-ci inspira la fumée et se mit à tousser. Olem attrapa la cigarette puis la lui replanta dans la bouche. Bo hocha faiblement la tête.

— Il paraît que tous les nôtres s'en sont sortis avant que la montagne ne s'effondre. Un vrai coup de chance.

Bo garda le silence.

— D'après la rumeur, vous avez affronté une puissante sorcière là-haut, Taniel et toi. Elle a survécu ?

Bo parla enfin, un simple murmure passant entre ses lèvres serrées pour ne pas faire tomber sa cigarette.

— Sais pas.

— Dommage. Si elle s'en est tirée, espérons qu'elle est du côté kez.

Bo ne répondit pas.

Un homme entra dans la tente. Vu sa taille et les fourrures posées sur ses épaules, il aurait pu être un ours. Sur son gilet, il portait l'emblème des Maîtres des Veilleurs. Olem ne le reconnut pas.

Tamas quitta brièvement le chevet de son fils.

— Jakola, dit-il en guise de salut.

— Comment va ton garçon ?

— Il est vivant. À peu près.

— Un vrai miracle, acquiesça Jakola. Tu peux remercier cette fille et t'en occuper aussi bien que Taniel lui-même. S'il s'en sort, c'est parce qu'elle lui a sauvé la vie. Poix, d'après ce que racontent mes hommes, on peut tous en dire autant.

Tamas jeta un coup d'œil à la sauvage.

— Elle s'accroche, mais elle est encore plus faible que Taniel. J'ignore ce qu'on peut faire pour elle.

— Trouve ce qu'on peut faire. Tu as d'autres chirurgiens à ta disposition en plus de cette vieille chouette.

Il traversa la pièce pour s'asseoir sur la couche de Tamas, puis tira une flasque de sa poche.

Olem fronça les sourcils. Devait-il reprendre ce colosse pour son impertinence ? Il avait l'air de faire trois fois sa taille. De par son expérience, seul Sabon pouvait parler sur ce ton au maréchal impunément.

— Jakola, dit-il. Ce nom m'est familier.

Bo acquiesça faiblement.

— Aussi connu sous celui de Gavril.

Olem prit la cigarette des lèvres du Privilégié et en tapota les cendres avant de la lui redonner.

— Jakola, répéta Olem. Jakola. Hmmmm. J'y suis. Jakola de Pensbrouk ! (Il écarquilla les yeux.) C'est lui ?

— Ce n'est pas à moi qu'il faut poser la question, répondit Bo.

Olem se rassit sur son tabouret et fuma en silence, cherchant à se souvenir des rumeurs qui circulaient parmi les soldats. On disait que Jakola était un des amis les plus proches de Tamas. Certains prétendaient qu'il était le frère de son épouse défunte. Olem se demanda ce qu'il y avait de vrai dans tout ça. Depuis son engagement dans l'armée, il n'avait plus entendu parler de cet homme-là.

Tamas boitilla jusqu'à la couche de Bo. Il avait refusé de laisser Mihali le soigner tant que Taniel n'était pas hors de danger. Sa jambe le faisait souffrir de plus en plus, mais son obstination était plus forte que la douleur.

— J'ai des questions à te poser.

Olem retira la cigarette des lèvres de Bo pour qu'il puisse lui répondre.

— Que s'est-il passé là-haut ? demanda le maréchal.

Bo le toisa d'un air lugubre. Il n'avait pas l'air de vouloir parler. Pas avant un bon moment.

— Je ne vais pas te faire exécuter. Du moins pas maintenant. Tout ça... (Il désigna les liens.) N'est qu'une mesure de précaution. Je présume que tu es toujours sous l'emprise du pacte ?

Bo acquiesça.

— Alors vous n'avez pas trouvé le moyen d'en venir à bout, Taniel et toi ?

— Ces derniers mois, répondit Bo d'une voix rauque, on a surtout cherché à repousser les Kez. On n'a pas eu le temps de s'en occuper.

— Quand le pacte te tuera-t-il ?

— Je ne sais pas.

Tamas y réfléchit avant de reprendre.

— Pour l'instant, on ne te fera rien. Tu seras bien traité. Je sais que tu veux me tuer, mais aussi que ce n'est pas ta faute.

Bo n'eut pas l'air particulièrement soulagé.

— Que s'est-il passé là-haut ? insista Tamas. Taniel a-t-il vraiment tiré sur Kresimir ?

— Oui, répondit Bo.

— Tu as assisté à la scène ?

— Je l'ai *sentie*. Comme chaque Privilégié des Neuf. Ça m'a déchiré l'âme. Et toi ?

Tamas secoua la tête.

— Tu l'as senti, Olem ? demanda-t-il.

— Non, monsieur. (Il tira sur la cigarette de Bo pour éviter qu'elle s'éteigne.) Quoique, peut-être que si. Depuis que j'ai mangé des rations de l'armée, je souffre d'indigestion. La cuisine de Mihali me manque.

— Tu l'aurais senti, affirma Bo.

Tamas se pencha en arrière et frémit sous l'effet de la douleur. Il se cramponna au rebord de la civière.

— Donc, Kresimir est mort.

Olem fronça les sourcils.

— Où est votre béquille, monsieur ?

Bo gloussa. Un son bas et irritant. Qui ne cessa de s'enfler.

— Qu'est-ce qu'il y a de drôle ? demanda Olem.

Bo secoua la tête.

— Rien. Tu ne comprends pas, Tamas. On ne peut tuer un dieu.

Tamas s'assit au chevet de son fils. Taniel s'accrochait à la vie. D'après les docteurs, il était dans le coma. Impossible de dire quand il en sortirait, ni même s'il en sortirait.

Tamas aurait dû faire venir Mihali. Il avala la boule qui s'était formée dans sa gorge. Pourvu que Taniel survive à son voyage jusqu'à Adopest. Un dieu comme Adom pouvait certainement le soigner. Et lorsque le chef aurait sauvé son fils, il le laisserait s'occuper de sa jambe.

— Tu as bien agi, dit-il, posant une main sur le front brûlant de son fils. Maintenant, je t'interdis de mourir. J'ai déjà perdu ta mère, je refuse de te perdre également.

On ouvrit le pli de la tente. La montagne jeta son ombre immense sur l'intérieur.

— Ton garçon est un sacré combattant.

Tamas regarda son colossal beau-frère prendre le seul siège libre.

— Dois-je t'appeler Jakola ou Gavril ? demanda-t-il.

Il passa une main sur son visage dans l'espoir que l'autre ne voie pas ses larmes.

— Gavril sera parfait.

Gavril. Le nom qu'il avait pris pour éviter que les chasseurs d'Ipille le retrouvent après que Tamas et lui avaient tenté d'assassiner le roi kez. C'était il y avait bien longtemps. Dans une autre vie, semblait-il. Depuis cet échec, Gavril n'avait plus dessoûlé. Et pourtant, maintenant, il semblait sobre.

— Lorsqu'on a quitté le Pic du Sud, reprit le colosse, on a pu voir l'armée kez se diriger vers l'ouest et la Porte de Wasal.

— Ce qui veut dire qu'ils se préparent à attaquer. En force. Sans nous laisser le moindre répit.

— Si Bo a raison, et que Kresimir est toujours en vie, ils ont désormais un dieu dans leurs rangs.

— Nous aussi.

— Quoi ?

— Adom. Le frère de Kresimir. Mais ce n'est pas un dieu violent. La bascule penche du côté des Kez.

Gavril tendit les jambes, se pencha en arrière, puis s'empressa de se redresser en entendant grincer sa chaise.

— Un dieu, fit-il en un souffle. Non, deux ! Et des sorciers anciens. Ce n'est plus le monde que nous connaissions, Tamas.

— Tout ce à quoi je pense, c'est à lui, répondit-il en désignant son fils.

Gavril réfléchit un moment avant de reprendre :

— J'ai pleuré la mort de ma sœur pendant quinze ans. Si le pire devait arriver, ne va pas commettre la même erreur que moi. Je t'en supplie, ne porte pas son deuil avant même qu'il soit mort.

Tamas acquiesça. Que pouvait-il dire ?

— J'ai appris pour Sabon. Je suis désolé.

— Il y a des traîtres parmi mes hommes, déclara Tamas.

Gavril fronça les sourcils.

— J'ai embauché un inspecteur pour qu'il démasque le traître au sein de mon conseil, reprit-il. Il y est arrivé, mais il m'a également trahi. On avait pris sa famille en otage. C'est ce qui a causé la mort de Sabon.

— Que vas-tu faire de lui ?

— Il répondra de ses crimes.

— Ne te laisse pas aveugler par la haine.

— Je veux que justice soit rendue, c'est tout.

— Pour ça, il aurait fallu que Kresimir détruise Adro par les flammes.

Tamas se releva et se rendit vers sa valise de voyage. Chaque pas était un monde de douleur. Il l'ouvrit et en tira l'un des pistolets jumeaux de Hrousche que Taniel lui avait offert.

— Mon fils est aux portes de la mort. (Il retourna à sa chaise, posant le pistolet sur ses genoux.) Ma femme est décédée depuis longtemps et beaucoup de mes amis l'ont rejointe. (Il examina le canon, ramena le chien en arrière et visa la toile de la tente.) Je suis désormais incapable de compassion. J'engagerai les troupes d'Ipille à la Porte de Wasal et je les repousserai. Je les renverrai à Kez et me frayerai un chemin jusqu'à la porte d'Ipille. (Il appuya sur la détente. Le chien émit un déclic.) J'affronterai Kresimir lui-même, et il verra ce que justice veut dire.

Remerciements

Nombreux sont ceux sans qui ce livre n'aurait jamais existé.

Tout d'abord, je me dois de remercier Caitlin Blasdell, ma talentueuse agente, pour avoir vu le potentiel du manuscrit puis m'avoir forcé à faire de nombreuses révisions et relectures douloureuses avant même de montrer le résultat à un éditeur. Puis ma correctrice, Devi Pillai. C'est bien son enthousiasme contagieux qui m'a poussé à continuer même quand j'avais envie de crier « Non… Je t'en prie… ne me fais pas changer le nom de ce personnage ! »

Merci à ma chère épouse, Michele, pour les heures passées à échanger des idées. Bien des bonnes choses qu'on peut trouver dans ce roman viennent d'elle.

C'est au lycée que j'ai commencé à m'apercevoir que je voulais devenir écrivain. Je me dois de citer Marlene Napalo, qui a supporté mes caprices et a lu mes premiers essais, même si elle était persuadée qu'elle allait les détester. C'est elle qui a donné l'impulsion initiale. William Prueter m'a appris à aimer l'Histoire avec un grand H, d'où découlent même les créations les plus fantaisistes. Au lycée, d'innombrables personnes m'ont poussé à continuer par leurs conseils et leurs encouragements. Principalement, parmi eux, Zina Petersen et Grant « Boz » Boswell.

Merci à Nancy Gould, qui m'a servi de chaperon durant une grande période de transition, alors qu'il n'était pas évident que j'arrive un jour à devenir quelqu'un.

Isaac Stewart, Steve Diamond et Logan Moritz ont lu plusieurs versions de ce livre, comme d'autres encore. Je ne peux exprimer le dévouement et l'amitié que cela demande. Leurs retours me furent précieux. Merci à Charisa Player, la toute première *inconnue* à avoir lu quelque chose de moi et à avoir cru que j'avais une chance de me faire publier. Durant mon long combat pour devenir un écrivain, nombreux sont ceux qui m'ont donné des conseils. Merci à tous !

Merci également à Susan Barnes, Lauren Panepinto et tous les employés anonymes d'Orbit. Je suis toujours époustouflé de savoir que d'autres peuvent s'enthousiasmer à l'idée de travailler sur le fruit de mon imagination.

Toute mon admiration et mon affection vont à Brandon Sanderson, qui m'en a plus appris sur l'écriture que n'importe qui d'autre et m'a montré comment composer avec toute une industrie.

Bien sûr, tout ceci est bien peu comparé à l'immense gratitude que je dois à ma mère, qui a éveillé mon intérêt pour ce que je désirais à peine et n'a jamais douté de moi ; et mon père, pour avoir financé tout ce que Maman m'a fait faire.

Enfin, merci à toute ma famille de m'avoir encouragé à pourchasser mes rêves.

AUX ÉDITIONS LEHA

Éric Amon
L'Éveil des Chimères

Pierre Bordage
Inkarmations

Olivier Cotte
La momie qui aimait les pizzas et les jeux vidéo

Jeanne-A Debats et François Froideval
Chroniques de la Lune Noire, tome 1, De gueules

Sara Doke
La Complainte de Foranza

Steven Erikson
Le Livre des Martyrs tome 1, Les Jardins de la Lune
Le Livre des Martyrs tome 2, Les Portes de la Maison des Morts
Le Livre des Martyrs tome 3, Les Souvenirs de la Glace
Le Livre des Martyrs tome 4, La Maison des Chaînes
Le Livre des Martyrs tome 5, Les Marées de Minuit
Le Livre des Martyrs tome 6, Les Osseleurs
Le Livre des Martyrs tome 7, Le Souffle du Moissonneur
Le Livre des Martyrs tome 8, La Rançon des Molosses

Alexis Flamand
Le Cycle d'Alamänder tome 1, La Porte des Abysses
Le Cycle d'Alamänder tome 2, La Citadelle de Nacre
Le Cycle d'Alamänder tome 3, La Nef Céleste

James Islington
La Trilogie de Licanius tome 1, L'Ombre du Savoir Perdu

Brian McClellan
La Trilogie des poudremages tome 1, La Promesse du Sang

Patrick McSpare
Pré-mortem, tome 1, Mourir de vivre

Jean-Luc Marcastel
Thair tome 1, Renaissance
Thair tome 2, Malepeste

Jacques Martel
Loups Sombres

Olivier Martinelli
Le Livre des Purs tome 1, Le Roi des Krols
Le Livre des Purs tome 2, L'Enfant Guerre

Alex Nikolavitch
Le Dossier Arkham

Philippe Tessier
Les Chroniques Hérétiques tome 1, Les Loups d'Uriam
Les Chroniques Hérétiques tome 2, Une Saison de Cendres
Morts
Polaris - Cycle Azure livre 1, Point Nemo

Suivez-nous !
www.editions-leha.com

Première édition

Achevé d'imprimer en mars 2022
par L.E.G.O. S.p.A. en Italie.